HEYNE BÜCHER

StarTrek
Raumschiff »Enterprise«
Die nächste Generation

Diane Carey *Gespensterschiff*

Carmen Carter, Peter David, Michael Jan Friedman,
Robert Greenberger *Planet des Untergangs*

A. C. Crispin *Die Augen der Betrachter*

Drei Romane in einem Band

WILHELM HEYNE VERLAG
MÜNCHEN

HEYNE ALLGEMEINE REIHE
Nr. 01/9432

2. Auflage

Printed in Germany 1995
Quellenverzeichnis: s. Anhang
Umschlagillustration: Cintron/Pocket Books
Umschlaggestaltung: Atelier Ingrid Schütz, München
Gesamtherstellung: Ebner Ulm

ISBN 3-453-08259-1

INHALT

DIANE CAREY

GESPENSTERSCHIFF

Das Leben ist ein steter Angriff,
gerichtet gegen
das monotone Uhrwerk des Universums.

Alfred North Whitehead

Für Captain Frank R. Carey, U.S.M.C., I.R., der mir die nötigen Details besorgt hat. Danke, Paps.

Für Jack Lifton, meinen ganz privaten Chemiker und internationalen Geheimagenten. (Ach übrigens — Clive? Ärger' dich schwarz!)

Für David Forsmark, der mich beim Abfassen der wirklich harten ethischen Grundsatzprobleme — jene, auf die es keine einfachen Antworten gibt — unterstützt hat, ohne die das Buch nur noch mehr Lärm um nichts gewesen wäre. Große Geister und so...

Für Nicole Harsch, die Expertin in Weltraumpsychologie, die alle wichtigen Artikel gefunden und uns unfehlbar den Weg durch sie gewiesen hat. Hast du's schon mal mit Fechten probiert?

Und für *Star Trek*-Redakteur Dave Stern — das Beste kommt immer zuletzt. Du machst all die redaktionellen Ringkämpfe leichter erträglich, und ich schätze dich dafür.

Gregory... du hast es wieder mal geschafft.

Das sind jene Leute, von denen ich immer rede, wenn mich die Leser fragen, woher die Detailgenauigkeit in meinen wissenschaftlichen, militärischen und philosophischen Passagen stammt. Diese Leute meine ich, wenn ich ausweichend antworte: »Oh, ich habe meine Quellen.«

KAPITEL 1

Die *Sergej G. Gorschkow* glitt über die Wellen, als sei die See allein dafür geschaffen, solche Schiffe aufzunehmen. Wie jeder Seemann in der Tiefe seines Herzens wußte, hatte es vor der Erfindung des Schiffes keinen Ozean gegeben, und der Ozean war nur deshalb so unermeßlich geworden, weil Schiffe dieser Größenordnung damit begonnen hatten, seine entlegensten Küsten aufzusuchen, seine Grenzen immer mehr zurückzudrängen, die Weiten des Meeres dank ihres unermüdlichen Forschergeistes zu erobern. Die Schiffe, immer größer, immer mächtiger, immer majestätischer, waren die Tapferkeitsmedaille der Menschheit.

Wenigstens denken Seeleute so.

Für den Bäcker ist es das Brot in seinem Ofen, dem die Menschheit größere Beachtung schenken sollte.

Eben Ansichtssache.

Arkadij Reykow knöpfte den tiefblauen Overall der sowjetischen Marine auf und streifte den schweren Mantel von der Schulter. Sein persönlicher Adjutant fing den Mantel auf und verstaute ihn. Reykow bedankte sich nicht für den kleinen Dienst, marschierte statt dessen auf die Brücke, ohne Mantel, aber mit intakter Autorität. Heute ruhten die Augen des Politbüros auf ihm und seinem Schiff.

Sein erster Offizier näherte sich ihm mit jener verbissenen Verläßlichkeit, die Reykow etwas störte und die ihm irgendwie doch stets willkommen war. Die beiden Männer nickten einander zu, wandten sich im selben Augenblick um und sahen auf die erstaunliche Landefläche des zweiten Volldeck-Flugzeugträgers der Sowjetunion hinab. Die Werft von Nikolajew lag weit hinter ihnen. Vor ihnen befanden sich die offenen Weiten des Schwarzen Meers. Um sie herum, in einem Radius von mehreren Meilen, stampften die Hilfsschiffe des Flugzeugträgers durch die See, gerade jenseits des Horizonts. Es waren vier schwere Kreuzer und sechs Zerstörer; die Tankerflotte würde sie morgen einholen.

Reykow war ein hochgewachsener Mann mit geraden Schultern und einer Neigung zur Gesetztheit, jene Art von Russe, der immer dann in Komödien und Dramen auftauchte, wenn dieses Klischee für die Geschichte nötig war; nur der obligatorische Schnurrbart fehlte. Der erste Offizier Timofei Vasska war schlanker, blonder, und jünger, doch beide sahen gut aus, was ihnen — um der Wahrheit die Ehre zu geben — in ihrem Beruf nicht gerade zum Vorteil gereichte. Wenigstens fiel ihnen das Aufstehen am Morgen etwas leichter.

Man wollte einfach gut aussehen, wenn man ein Schiff wie dieses führte, diesen atomaren Berg auf hoher See. Es hatte lange gedauert, bis man das nötige Wissen erworben hatte, ein solches Schiff zu konstruieren. Marinearchitekt wurde man nicht einfach so, und selbst wenn das der Fall gewesen wäre, woher hätte man die nötigen Wirtschaftsstrukturen nehmen sollen, die dieses Wissen überhaupt erst anwendbar machten? Selbst die Produktion eines schlichten Kugelschreibers erforderte ein enormes Maß an Technologie, Einfällen, Fabriken, Maschinen, genauen Meßlatten, genauem Abwägen, gründlicher Überlegung, exakten Produktionsmethoden und steter Überprüfung. Und ein Flugzeugträger ist etwas teurer.

Reykow war stolz auf die *Gorschkow*, ein Schiff der Lenin-Klasse. Sie war groß, und Russen liebten große Dinge. Überdies war sie mit einer Waffe ausgerüstet, die die erste und einzige ihrer Art darstellte. Ihr ganzer Stolz. Etwas, das noch nicht einmal die Amerikanskis hatten.

Reykow blähte seine Brust in einem tiefen Atemzug. Sein Schiff. Na ja, wenigstens konnte er sich einreden, es wäre seins.

Er fühlte den Puls der fünftausend Männer seiner Crew, ein stetes uhrwerkhaftes Pochen, während er im Turm des Flugzeugträgers auf der Brücke stand.

»Wir nähern uns dem Manövergebiet, Genosse Kapitän.«

Vasskas Stimme klang melodischer, als die Worte es erforderten.

Reykow bestätigte mit einem schnellen Blick. »Teilen Sie dem Flugoffizier mit, er soll die MiGs für die Zielübungen starten.«

Ein leichter Schauder überkam ihn, als er den Befehl erteilte. Es war das erste Mal, daß die neuen MiGs bei einer Demonstration für Würdenträger vom Flugzeugträger aus abheben würden. Bislang hatten nur militärische Augen dieses Schauspiel zu Gesicht bekommen. Nach langer Zeit hatte die Sowjetunion endlich das Geheimnis der Titanverarbeitung entdeckt, und nun gab es eine neue Klasse von MiGs, die leicht genug waren, um auf Flugzeugträgern eingesetzt werden zu können. Über Jahre hinweg hatte das Mutterland sein Titan an die USA verkauft, während sowjetische Flugzeuge immer noch aus Stahl bestanden. Zu schwer, zuviel Treibstoffverbrauch. So war es mit einem gewissen inneren Vergnügen, daß Arkadij Reykow zusah, wie die MiGs über das Ende des Flugdecks rasten und in den Himmel aufstiegen, eine nach der anderen — sieben insgesamt.

»Lassen Sie die Maschinen aus fünfzig Meilen mehrere unangekündigte Angriffe auf unser Schiff fliegen. Bereiten Sie das Lasersuchgerät und die Radaranlage vor, damit wir zeigen können, daß wir jede unmittelbar nach Zielerfassung vom Himmel holen können. Und raten Sie dem Politkommissar, die Würdenträger aus ihren Betten zu holen. Ich denke, heute wären Sie ausnahmsweise lieber mal in Rot anstatt in Grün.«

Vasska bemühte sich nach Kräften, die Befehle an die entsprechenden Stationen weiterzuleiten. Dennoch wurden seine Wangen rot, und seine Schultern zuckten verdächtig. »Sie waren ziemlich grün, nicht wahr, Genosse Kapitän?« murmelte er leise, die Augen auf die anderen Brückenoffiziere gerichtet.

Der Kapitän lächelte. »Und richten Sie ihnen aus, sie sollen sich anziehen, bevor sie auf Deck erscheinen. Die amerikanischen Satelliten könnten sonst die Haare an ihren Beinen zählen.«

»Sind Sie denn nicht über den neuesten Geheimdienstbericht im Bilde?« gab Vasska zurück. »Bürokraten haben keine Haare auf den Beinen.«

Reykow lehnte sich auf eine derart natürliche Weise zu ihm hinüber, daß es nach all den Jahren, in denen sie nun zusammenarbeiteten, kaum mehr auffiel. »Sie sollten die ganzen Bürokraten in den Gulag stecken. Vielleicht kämen die Dinge dann einmal ins Rollen.«

Vasska grinste ihn an und warf ihm einen verstohlenen Blick zu. »Sie waren früher selbst mal einer.«

»Allerdings«, entgegnete der Kapitän, »und sie hätten mich damals knebeln sollen. Vielleicht wären Sie dann jetzt Kapitän, und ich schon im Politbüro.«

»Ich will gar kein Kapitän sein. Wenn das Geknalle losgeht, brauche ich jemand, hinter dem ich mich verstecken kann.«

Reykow zog einen Mundwinkel nach oben. »Schon in Ordnung. Mein heimlicher Wunsch ist es, nie im Politbüro sitzen zu müssen. Sind die Drohnen einsatzbereit? Hat man sie vorher noch mal überprüft?«

»Einige davon. Heute morgen haben wir zwei davon hinausgeschickt, und eine hat versagt. Hoffen wir, daß wir bei der Vorführung besser abschneiden.«

»In der guten alten Zeit«, bemerkte Reykow mit gewohnter Trockenheit, »wären die Ziele mit einem Selbstzerstörungsmechanismus ausgestattet gewesen. Nur für den Fall, daß wir vorbeigeschossen hätten.«

Die beiden Männer teilten ein Grinsen.

»Die Raketen sind wieder und immer wieder überprüft worden. Dieser Satz dürfte aller Wahrscheinlichkeit nach so zünden, wie er soll. Lauter Zielübungen und nichts, worauf man schießen kann.« Vasska betrachtete die See, die am breiten Bug der *Gorschkow* vorbeidonnerte.

»Mhm«, pflichtete ihm Reykow bei, die Lippen zusammengekniffen. »Wissen Sie, Timofei, daß ich nun schon dreißig Jahre diene und bisher niemand auch nur ein einziges Mal auf mich geschossen hat?«

Vasska richtete sich auf, das jungenhafte Gesicht von einem mühsam zurückgehaltenen Grinsen angespannt. »Woher wissen Sie dann, daß Sie im Falle eines Angriffes nicht einfach zusammenbrechen?«

»Sie kennen doch meine Frau.«

Vasska verschränkte die Hände hinter dem Kopf und senkte seine Stimme aufs neue. »Wie läuft es denn mit Borka?«

»Ich habe mit ihm geredet... ich habe ihn allein erwischt.«

»Irgendwelche Fortschritte?«

Reykow hob die Brauen und zuckte die Achseln. »Ich kann nicht jede Minute auf ihn aufpassen. Und immer wenn ich ihn aus den Augen verliere, mache ich mir Sorgen.«

»Womit haben Sie's versucht?«

»Vernunft... Drohungen... Belohnungen... nichts funktioniert. Ich fürchte, es ist an der Zeit für härtere Maßnahmen.«

Vasska nickte mitfühlend. »Seien Sie streng, Kadij. Ich wünschte, ich könnte dabei sein. Das kommt eben von zu großer Freizügigkeit. Rebellion. Mit der Zeit wird es schon werden. Irgendwann wird Borka seine eigenen Entscheidungen treffen, und dann können Sie stolz behaupten, daß Ihr Enkel den Windeln entwachsen ist.«

Noch während er es sagte, richtete Vasska seinen Blick auf das dichte braune Haar des Kapitäns mit dem kleinen Silberstreifen knapp über der linken Braue. Auf einmal hatte er Schwierigkeiten, sich Arkadij Reykow als Großvater vorzustellen. Das Gesicht des Kapitäns war beinahe faltenlos, die Augen noch genauso klar und lebhaft wie an jenem Tag vor acht — oder waren es neun? — Jahren, als er ihm das erste Mal begegnet war. Damals waren Vasska noch Pilot und Reykow Flugoffizier auf der *Moskau* gewesen. Es waren keine schlechten acht Jahre gewesen, zumindest nach den ersten beiden, als sie sich endlich gegenseitig davon überzeugt hatten, daß sie offen miteinander reden konnten — was in vielen Beziehungen nie zustande kam.

»Stellen Sie sicher, daß sich keine anderen Flugzeuge in unserem Gebiet aufhalten, Genosse Vasska. Starten wir das Zielflugzeug und beginnen mit der Vorführung, bevor wir Hunger kriegen und den Job überhaupt nicht mehr erledigen können.«

»Sollten wir nicht warten, bis der Politkommissar uns mitteilt, daß die Würdenträger auch tatsächlich zusehen?«

Ein bleistiftdünnes Lächeln breitete sich auf Reykows Gesicht aus, während er jede Alternative mehrfach abwog. Schließlich richteten sich seine Gedanken auf seine Privilegien als Kapitän. Er lehnte sich zu Vasska, ein erneuter privater Gedankenaustausch. »Tun wir *nicht*!«

Vasskas Wangen zogen sich zusammen, als er sich vorstellte, wie die Würdenträger an die Decken ihrer Luxuskabinen gehen würden, wenn die Schießübungen anfingen. Er richtete sich auf und wandte sich mit fester Stimme an den Offizier vom Dienst. »Beginnen Sie mit den Abtastmanövern, Genosse Mijakischew.«

Die Vorführung mit echten Kampfflugzeugen lief wie am Schnürchen, vor allem deshalb, weil man auf dem Papier vorher alles genau durchgeplant hatte. Die Waffen feuerten erst, nachdem die unbemannten Drohnen einen großen Kreis über den Weiten des Schwarzen Meers gezogen und die *Gorschkow*, genau wie vorherberechnet, angegriffen hatten. Dann wurden die Blindraketen mit einem Hagel von Patronen aus extrahiertem Uran beschossen, deren Gewicht allein schon ausreichte, um jede angreifende Rakete aus der Bahn zu werfen, sofern sie sie in einem ausreichenden Abstand trafen. Immerhin befanden sich Würdenträger an Bord, und so überließ man nichts dem Zufall. Es gab einige Fehlzündungen, die eine oder andere Fahrkarte und diverse Fehlstarts, und obwohl die Vorführung nicht perfekt ablief, konnte man sie doch als perfekt *interpretieren,* wenn man die richtigen Worte benutzte. Reykow war sicher, daß die Worte mit derselben Sorgfalt gewählt werden würden, die eine Mutter anwendet, wenn sie ihrem Säugling das erste Mal die Fingernägel schneidet.

Dennoch schenkte ihm diese unbestreitbare Tatsache — was die Berichte in den sowjetischen Medien anging — nur wenig Trost. Schließlich wandte sich Reykow an Timofei Vasska und gab mit ruhiger Stimme jenen Befehl, der sie beide an den Sitz fesselte: »EMP-Test vorbereiten.«

Während die Waffenschau der letzten Stunde noch immer in seinen Ohren dröhnte, zog sich alles in Vasska innerlich zusammen, obwohl er sorgsam darauf achtete, seine Besorgnis nicht offen zu zeigen. Was für ein Gerät! Das erste seiner Art, das auf einem mobilen Fahrzeug eingesetzt werden konnte. Selbst die stationären Prototypen waren im Grunde nichts weiter als Testkanonen gewesen. Diese allerdings war echt, fest im Zentrum der Waffenzentrale der *Gorschkow* eingebaut. EMP — der kontrollierte elektromagnetische Puls.

»Signalisieren Sie der *Wladiwostok*. Sie sollen die blinden Raketen abfeuern. Und Vasska«, fügte Reykow schnell mit erhobenem Finger hinzu, »stellen Sie sicher, daß sie nur jeweils eine davon abfeuern und uns dazwischen vierzig Sekunden Zeit lassen, den Pulsor wiederaufzuladen.«

Vasska schüttelte den Kopf. »Wäre es nicht toll, wenn auch unsere Feinde so kooperativ wären und nie mehr als eine Rakete auf einmal abfeuern würden?«

Reykow zuckte mit den breiten Schultern. »Wir arbeiten noch daran. Für den Anfang reicht es, wenn wir das Lenksystem bei einer Rakete nach der anderen durcheinanderbringen. Verlangen wir nicht zuviel. Machen wir die Ingenieure nicht zum Narren.«

Vasska nickte Mijakischew zu, der den Befehl weitergab.

»Anflugziel«, kam die trockene Mitteilung wenige Augenblicke später. »Eine Rakete, Kurs Vier-Null. Bestätigt.«

»Schon sichtbar?«

»In sechs Sekunden, Sir.«

»Wenn sie im Sichtfeld ist, EMP-Feuer auf meinen Befehl.«

»Jawohl, Genosse Kapitän. Sichtbar in drei... zwei... eins... *Jetzt.*«

Sie blinzelten in die klare blaue Luft und sahen die anfliegende Rakete. Obwohl sie nur ein silbernes Glitzern am Himmel war, bescherte selbst die Blindrakete jedem einen Kloß in der Magengrube. Reykow stellte sich vor, wie die Würdenträger in diesem Moment eine Gänsehaut bekamen.

»EMP – Feuer frei.«

Mijakischew berührte seine Kontrollen, und die Vier-Meter-Antenne auf dem Turm unter ihnen schwang auf die anfliegende Rakete zu. Als der Pulsor feuerte, zuckten alle zusammen...

Fast gleichzeitig ertönte ein lautes *Knack*, und ein weißer Blitz leuchtete auf. Zunächst schien es so, als ob das Geräusch zuerst gekommen wäre, doch nun, wo es vorbei war, waren sie sich nicht mehr sicher.

Oben am Himmel geriet die Rakete ins Trudeln, schraubte sich nach unten und stürzte weitab vom Ziel ins Meer – ein Opfer ihres gestörten Lenksystems.

Die Brücke brach in Jubel aus.

Erleichtert ließ Reykow die Luft aus seinen Lungen entweichen. »Laden Sie den Pulsor wieder auf, Genosse Vasska.«

»Aufladung läuft, Genosse Kapitän.«

»Guter Mann...« Reykow holte tief Luft und versuchte, das Gefühl bevorstehender Probleme zu verdrängen. Er war nicht wirklich nervös, aber aus irgendeinem Grunde fühlten sich seine Hände kalt an.

»Genosse Kapitän ...« Mijakischew beugte sich über die Schultern des Offiziers an der Radarstation.

»Genosse?« ermunterte ihn Reykow, der seine Hände mittlerweile hatte sinken lassen.

Auch Vasska, den irgend etwas in Mijakischews Stimme alarmiert hatte, beugte sich nun über die Radarstation.

»Wir haben ein Anflugziel... und es ist keine von uns.«

Vasska stürzte an das TBS und hatte den Hörer schon am Ohr, als Reykow bellte: »Nehmen Sie Verbindung mit der *Wladiwostok* auf.«

»Sir, Kapitän Feklenko meldet, daß sie nicht geschossen haben. Sie haben *nicht* auf uns geschossen.«

»Was ist es dann?«

»Ich weiß nicht.«

»Was ist es? Ein Amerikaner?«

»Anscheinend nicht.«

»Was dann? Ein Franzose? Ein Brite? Ein Albanier? Haben die Afrikaner solche Raketen? Wem gehört sie?«

»Sir, wir haben keine Berichte darüber... Ich bin mir nicht mal sicher, ob es überhaupt eine Rakete ist.« Mit einem Schnippen seiner Finger erteilte Vasska den anderen bemannten Stationen stumme Befehle.

Reykow drängte sich an Mijakischews Schulter. »Milliarden von Rubeln für euch Genies, und keiner weiß, was es ist. Ich will wissen, was da auf uns zufliegt. Was ist da draußen?«

»Es kommt direkt auf uns zu.«

Reykow richtete sich auf, kniff die Augen zusammen und suchte den Himmel ab. Zum ersten Mal in seinem Leben traf er jene Art von Entscheidung, von der er gehofft hatte, er müsse sie nie treffen.

»Richten Sie den EMP darauf. Feuer nach eigenem Ermessen.«

Wie der Kopf eines ungewöhnlichen Insekts schwang das breite Rechteck der Antenne herum, und einmal erklang das schreckliche *Knack-Blitz*, als der elektromagnetische Puls mit wissenschaftlicher Kühle durch die Atmosphäre raste.

Es hätte funktionieren müssen. Der Puls hätte das Lenksystem jeder Art von Flugzeug oder Rakete lahmlegen sollen.

Jeder Art.

»Es folgt dem Strahl – beschleunigt jetzt!« Mijakischews Stimme rasselte in seiner Kehle.

»Selbst die Amerikaner haben nichts Derartiges...«, flüsterte Vasska.

Reykow wirbelte herum, bahnte sich einen Weg durch die Brückencrew zur Luke und starrte auf das Schwarze Meer hinaus.

Da war tatsächlich etwas, und es war keine Rakete.

Am Horizont – und die Entfernung zur *Gorschkow* wirkte für dieses Phänomen wie ein Kinderspiel – war eine Wand.

Eine elektrische Wand. Sie knisterte und knackte, warf Farben an den Himmel, formlos und häßlich; mehr als alles andere glich das Phänomen einer Infrarot-Fehlfarbenaufnahme. Farben über Farben, doch ohne erkennbare Form. Es kroch über das Meer und hatte die Größe eines Wolkenkratzers.

»Radar ausgefallen«, murmelte Mijakischew hinter ihm erstickt. »Funkverbindung ausgefallen. Wir erhalten Rückkopplungen...«

Reykow schnappte zweimal nach Luft, bevor er etwas sagen konnte. »Volle Wende! An alle! An...«

Seine Stimme erstarb. Um ihn herum fielen alle Instrumente aus. Selbst die mechanischen Geräte versagten ihren Dienst, als ob etwas die gesamte Brücke mit Zuckersirup übergossen hätte. Nicht einmal der beruhigende Klang falsch arbeitender Geräte ertönte mehr. Tatsächlich gab es nicht das geringste Geräusch.

Dann ertönte doch noch ein Geräusch – ein elektrischer Schrei, der über das Wasser schoß, während der Fehlfarbengeist den Steuerbordbug emporbrauste und den Flugzeugträger verschluckte. Er war dreimal so groß wie das ganze Schiff. *Dreimal.*

Reykows letzte Tat als menschliches Wesen bestand darin, sich zur Radaranlage umzuwenden. Er sah Timofei Vasska, der sich aufrichtete und seinen Kapitän anstarrte, die Hände an die Ohren gepreßt. Der Blick gefror, hielt die beiden Männer fest. Es schien, als ob ihr gesamtes Blut auf einmal gerinnen wollte. Reykows letzter Eindruck war, wie sich Vasskas Brauen leicht zusammenzogen und sie gemeinsam die Ganzheit dieses letzten Augenblicks vor der endgültigen Vernichtung teilten.

Dann bedeckte das Fehlfarbenbild Vasskas Gesicht und Reykows Geist versagte mitleidvoll den Dienst.

Das Fehlfarbenphänomen durchtränkte den Flugzeugträger mit seinem elektrischen Kielwasser. Binnen weniger Sekunden existierten keine Lebensformen mehr an Bord. Das gewaltige Schiff war von Organismen aller Art gesäubert, von den Menschenhorden bis hinunter zu der kleinen Küchenschabe, die sich im Schuh des Schiffskochs versteckt hatte. Selbst das Leder auf den Sesseln in der Luxuskabine des Kapitäns war verschwunden.

Es gab nur noch Stahl und Draht und Aluminium und Titan und die verschiedenen Stoffe — Ölzeug und Uniformen —, die erkennbar anorganisch waren. Die *Gorschkow* trieb auf offener See, leergefegt.

Der Rumpf und die von ihm getragene Landebahn fingen an zu rumpeln und vibrieren. Auf Höhe der Wasserlinie sandte der Rumpf kleine Wellen aus, die sich auf dem Wasser zu Mustern formten, und mit jeder neuen Sekunde stieg die Intensität der Vibrationen, bis die *Gorschkow* ansehnliche Wellen im Schwarzen Meer verursachte.

Das Schiff schüttelte sich wie ein Spielzeug, erschauerte und zerriß in zwei Hälften, als bestünde es aus Schokoladenkuchen. Der Schrei geborstenen Metalls dröhnte über das Meer. Jedes einzelne Stück des Schiffs detonierte, ein Farbenregen im Inneren des elektrischen Strudels, einer Splittergranate nicht unähnlich.

Neunzigtausend Tonnen metallenen Schrotts regneten auf das Schwarze Meer herab.

»Captain auf der Brücke.«

Inmitten der sechs Kreuzer und siebzehn Zerstörer, aus denen sich ein Konvoi zusammensetzte, stampfte die *U.S.S. Theodore Roosevelt* (CVN-71) durch die See. Von seinem Standort neben der Navigationskonsole konnte Captain Leon Ruszkowski ohne Mühe die beiden anderen Aegis-Kreuzer ausmachen, die jeweils in einem Abstand von vier Meilen an Steuerbord und Backbord dahinglitten.

»Sehr schön«, murmelte er. »Blauer Himmel, Sonnenschein, die Fluten des exotischen Mittelmeers unter unseren Füßen, und ein Lied im Herzen. Wenn ich jetzt bloß in Paris wäre. Oder in Athen ... verdammt, in irgendeiner Stadt.«

»Tut's ein bißchen Kaffee auch?« David Galanter, der Erste Offizier, tauchte auf der Brücke auf, und wie gewohnt begleitete ihn der Mokkaduft einer Tasse Kaffee ohne Milch und mit Zucker.

Der Captain nahm die Tasse. »Dave, aus Ihnen wird noch mal ein erstklassiger Oberkellner. Wir lassen uns in den Ruhestand versetzen und machen ein griechisches Restaurant in East L. A. auf. Admiral Harper wird unser Maître ... Annalise kann kochen ...«

Air Wing Commander Annalise Drumm riß den Blick von der Landebahn los und sah zu ihm hinüber. »Kriege ich dann ein Gratis-Frühstück?«

»Pochierter Tintenfisch auf Weizentoast, unsere Spezialität.«

Sie lachte und rollte die Augen. »Und nach einer Weile ersetzen wir den Tintenfisch durch diese kleinen rosafarbenen Radiergummis auf unseren Marinebleistiften. Den Unterschied merkt keiner.«

»Wahrscheinlich kriegen wir sogar eine gute Besprechung in *Essen & Trinken*. Dave, was ist das für ein Blip?«

»Tut mir leid, Sir ... einen Augenblick. Compton, überprüf das mal.«

Der Captain kam näher, die Augen zusammengekniffen. »Jetzt ist er weg. Was war das?«

Galanter schüttelte seinen dunklen Kopf und runzelte die Stirn. »Bin mir nicht sicher, Sir. Alle Stationen: Überwachungsgebiet überprüfen.«

Kaum merklich änderte sich die Stimmung auf der Brükke. Hochtrainierte Besatzungsmitglieder gingen derart reibungslos ans Werk, daß sich ihre Beschäftigung kaum von der in jenen Momenten unterschied, als sie tatsächlich nichts taten.

Dann verkündete der Radaroffizier ruhig: »Empfange sechs Blips, Skipper... Korrektur – sieben Blips. Anscheinend Fighter.«

»Fighter von wo? Annalise, hast du irgendwas in der Luft, von dem ich nichts weiß?«

Annalise bedrängte ihn am Monitor und wirkte auf einmal sehr besitzergreifend, was ihren Luftraum anging. »Nein, Sir, alle Jets sind am Boden.«

Die Brauen des Captains zogen sich enger zusammen. »Und die *Dwight Eisenhower* ist dreitausend Meilen weit weg. Identifizieren Sie die Maschinen, Compton.«

»Allem Anschein nach sieben MiGs, Sir. Radarkennung weist Konfiguration als MiG-33 B, Marinemodell, aus.«

»Werden wir angegriffen?«

»Nein, Sir. Ihr Raketenradar ist aus.«

»Was tun MiG-33 hier? Was ist da los? Wer spricht Russisch?«

»Ich, Sir.« Compton wandte seine Augen keinen Moment vom Bildschirm ab.

Der Captain zögerte nicht. »Kommen Sie her und finden Sie raus, was da vorgeht.«

»Äh, jawohl, Sir.« Er redete in Russisch in sein Kehlkopfmikro und wandte sich wenige Sekunden später wieder an den Captain. »Skipper, sowjetische CAPs erbitten Landegenehmigung auf unserem Rollfeld. Behaupten, ihr Treibstoff wäre alle. Hoher Anflugwinkel. Sehr aufgeregt.«

Commander Drumm und der Erste Offizier drängten sich um den Captain, der die Brauen hochgezogen hatte und vor sich hin murmelte: »Sieben MiG-33 wollen auf einem amerikanischen Flugzeugträger landen? Dafür muß es doch einen verdammten Grund geben. Ich schätze, wir können nicht solange warten, bis Mutter uns einen ihrer Ratschläge gibt.«

Mit vorsichtigem Nicken pflichtete ihm Galanter bei. »Ohne Treibstoff ist ohne Treibstoff.«

Der Captain beobachtete die Statusanzeigen. »Befehlen Sie dem sowjetischen Staffelkommandanten, alle Raketen und Bomben abzuwerfen und ihre Kanonen komplett zu entladen. Annalise, jagen Sie vier Tomcats als Eskorte hoch.«

»Aye, Skipper.« Sie stürmte so rasant hinaus, daß sie ihr Verschwinden beinahe nicht bemerkt hätten.

Der Captain wußte es allerdings besser – er kümmerte sich nicht einmal darum. »Alarm für alle Mannschaften.«

Galanters Stimme wurde steif. »Aye, Sir. Bootsmann, Alarm für alle Mannschaften.«

»Alle Mannschaften, jawohl.« Der Bootsmann ging sofort an das Interkom, durchdrang das ganze Schiff mit seiner Alarmpfeife und gab dann mit täuschend ruhiger Stimme den Befehl, der zum selben Zeitpunkt durch die zweitausend luftdichten Kabinen des Flugzeugträgers dröhnte. »*Alle Mannschaften. Alle Mannschaften. Kampfstationen besetzen. Dies ist keine Übung. Kampfstationen besetzen. Dies ist keine Übung.*«

Captain Ruszkowski wartete das Ende der schwungvollen Ansage nicht mehr ab, da dies einige Minuten in Anspruch nehmen würde. Im ganzen Schiff besetzten Tausende von trainierten Männern und Frauen gerade ihre Posten, das Blut heiß vor jener inneren Erregung, die der Klang solcher Worte aus dem Interkom ganz unweigerlich mit sich brachte. Egal, wie schrecklich oder gefährlich die Situation auch sein mochte, an dieser Erregung änderte das nichts. Sie war Teil jenes Zaubers, der die Dinge auf einem Militärschiff am Laufen hält.

Ruszkowski blieb noch einige Sekunden lang ruhig, bis er das unverkennbare *kksshhhhhhhoooooo* der F-14 hörte, die das Flugdeck in so rascher Folge verließen, daß es einem beinahe Angst machte. Es war ein gutes Geräusch, und er fing wieder an zu atmen. »Tasten Sie einen Tausend-Meilen-Radius nach anderen Schiffen ab. Ich will wissen, ob das ein Trick ist.«

Compton wandte sich in seinem Stuhl herum. »Sir?«

»Was ist, Compton?«

»Sowjetischer Staffelführer meldet 720 Pfund Treibstoffreserve, Sir. Sie willigen ein, die Waffen und alles, was Sie sonst noch fordern, abzuwerfen.«

»Fragen Sie den Staffelführer nach seiner Fahrwerkarretierung, erklären Sie ihm unser Modell und sehen Sie zu, ob die beiden kompatibel sind. Wir müssen wissen, ob ihre Schwanzhaken die Geschwindigkeit aushalten oder ob wir eine Barrikade aufstellen sollen.«

Galanter richtete sich auf. »Sollen wir ihnen das wirklich sagen? Ich meine, ist das nicht geheim?«

»Schon, aber im Moment ist mir das egal. Und melden Sie unseren Vorposten, daß sie die MiGs vielleicht bergen müssen, wenn wir sie nicht auf den Haken kriegen und sie ins Wasser knallen.«

»Sowjetischer CAP meldet bedingungslose Einwilligung in alle unsere Konditionen. Er klingt ziemlich verstört.«

»Geben Sie Landeerlaubnis, Mr. Compton. Dave, bringen wir die Piloten runter.«

Niemals zuvor in der Geschichte des Universums war es je so heiß gewesen. Ein unheimliches gelbes Licht ging an und aus und spiegelte sich in den kleinen runden Schweißtropfen auf der Elfenbeinhaut der Frau. Wie die Frau so dalag, die Augen fest geschlossen, fingen sich einige der Tropfen am Ende der langen schwarzen Augenbrauen. Das Glühen glich einem Krampf, an, aus, an, aus.

Ihre Augen flogen auf. Ihre Hände krallten sich in den Rand der Matratze. Das plötzliche Aufsitzen ließ ihren

Rücken steif werden, und doch konnte sie sich beim besten Willen nicht daran erinnern, daß sie sich aufgerichtet hatte. Unter ihrer Uniform lief der Schweiß über ihre Brust, als ob jemand ein Becherglas mit Glyzerin über ihre Schultern gegossen hätte.

»Nicht schießen... alle Systeme abschalten... Vasska... Vasska!«

Sie keuchte auf. Mehrere Sekunden verstrichen im schrecklichen Blinken des gelben Lichts, bevor sich ihr Blick auf das zierliche Blumenarrangement auf ihrem Nachttisch konzentrierte.

»*Alarmstufe Gelb... Alarmstufe Gelb...*«

Sie wandte sich um, blinzelte die Tränen aus ihren Augen. Unfrisiertes schwarzes Haar glitt über ihre Schultern und erinnerte sie daran, wer sie war. Sie versuchte, sich ihrer Identität bewußt zu werden, die am Rande ihres Geistes trieb, mal sichtbar, mal unsichtbar...

»*Alarmstufe Gelb... Alarmstufe Gelb... Counselor Troi, bitte melden Sie sich umgehend auf der Brücke. Counselor Deanna Troi, bitte melden Sie sich auf der Brücke. Alarmstufe Gelb... Alarmstufe Gelb...*«

KAPITEL 2

»Phaser, Feuer frei!«

Captain Picards präzise Aussprache gab dem Befehl einen bühnenhaften Tenor. Fast unmittelbar darauf lief das Donnern von Waffen durch das Schiff. Picard war ein hagerer, gebieterischer Mann. Wo andere nervös auf der Brücke auf und ab gelaufen wären, stand er ruhig da und verfolgte das bislang letzte einer Serie von reichlich langwierigen wissenschaftlichen Experimenten.

Aus den Augenwinkeln sah er das Blinken des Alarmsignals. Es erinnerte ihn daran, daß sämtliche Stationen bemannt waren und alle unverhofften Änderungen der Orbitstabilität mittlerweile ohne Probleme aufgefangen werden konnten. »Orbitalstatus, Mr. LaForge?«

Während er noch sprach, lief Picard über den topasfarbenen Bodenbelag ins Zentrum der Brücke und sah über die Schulter von Geordi LaForge. Daß der junge Schwarze ein Metallband über seinen Augen trug, ignorierte er dabei, wenngleich eher aus Gewohnheit. Für Menschen lag etwas Ironisches und Beunruhigendes darin, die Steuerung eines Raumschiffs einem Blinden anzuvertrauen.

LaForges Kopf bewegte sich ein Stück nach unten links – die einzige Andeutung, daß das optische Interface in seinem Gehirn tatsächlich funktionierte. »Ein derart enger Orbit ist ein wenig heikel, weil Gasriesen keine echte Oberfläche besitzen, Sir. Aber noch sind wir stabil. Ich schätze, die Föderation erhält alle gewünschten Informationen, ob es uns gefällt oder nicht.«

Picard bewegte sich stumm auf die andere Seite LaForges und legte eine Hand auf den Sessel seines jungen Offiziers. »Wenn ich einen Kommentar wünsche, frage ich danach, Lieutenant.«

LaForge versteifte sich. »Jawohl, Sir. Tut mir leid, Sir.«

Sorgfältig hielt der Captain mit seiner eigenen Ansicht hinter dem Berg. Obwohl sich das gewaltige neue Raumschiff angeblich auf einem Forschungsauftrag befand, ließ sich die Föderation reichlich Zeit damit, die *Enterprise* endlich damit anfangen zu lassen. Noch war das Schiff nicht in die unerforschten Regionen des Weltraums vorgedrungen, und der Anblick des gewaltigen Gasplaneten auf dem zimmergroßen Bildschirm vor ihm ärgerte ihn. Gut, er war eine Anomalie. Ja, er war einzigartig. Und ja, er war groß. Aber wenn die wissenschaftliche Abteilung der Föderation ihn wirklich studieren wollte, würde er gewiß nicht wegfliegen. Man brauchte kein Raumschiff der Galaxis-Klasse, nur um ihn sich näher anzusehen.

»Mr. Riker, heben Sie Alarmstufe Gelb auf. Gehen Sie auf Stufe 3.«

Auf dem Achterdeck erwachte William Riker zum Leben. »Stufe 3. Aye, Sir.« Er wollte sich nach der taktischen Station umwenden, wo sein Befehl ausgeführt werden würde, überließ die Aufgabe jedoch im letzten Augenblick dem Offizier vom Dienst. Sein eigentliches Augenmerk galt Jean-Luc Picard.

Der Captain beobachtete die Brücke, seine Leute und die Aufgaben, die sie ausführten, mit der Würde eines Vogels auf seinem Ast. Kein Raubvogel allerdings. Dieser Vogel konnte in allen möglichen Richtungen davonfliegen, in jede Richtung, die die Pflicht von ihm verlangte. Weder war er groß noch besonders eindrucksvoll — diese Aufgabe überließ er seinem Ersten Offizier —, mitunter war er regelrecht unauffällig: ein Vogel, der sich in den Baumkronen verbarg, ungesehen, bis sich die großen Flügel unvermittelt ausbreiteten. Jene um ihn herum wußten, daß es ganz plötzlich geschehen, daß er sich jeden Moment über dem Brückenpanorama entfalten konnte wie ein graziles Geschöpf des Himmels. Selbst seine Gelassenheit ließ sie auf der Hut sein.

Ich wünschte, ich brächte das auch fertig. Eine kleine

Grimasse überzog Rikers breite Gesichtszüge. Er bemühte sich, den Captain nicht dabei zu beobachten, wie jener die Brücke überwachte. Wie üblich schmerzte Rikers Rücken, weil er zu steif herumstand. Er wünschte, er könnte seine üble Angewohnheit endlich ablegen, jenes eitle Herumstolzieren, geboren aus kleinen tiefverwurzelten Unsicherheiten, die beständig an ihm nagten, als ob sie ihn in der Reihe halten wollten. Hinterher wünschte er sich immer, er hätte den Weg von hier nach da nicht derart formvollendet hinter sich gebracht. Womöglich dachte der Captain sonst noch, er wolle ihn übertreffen — ein schrecklicher Gedanke. Nächster Programmpunkt: »Die Parade des Ersten Offiziers.«

Oder schlimmer noch... wenn der Erste Offizier mangelndes Selbstvertrauen an den Tag legte. War das nicht noch schlimmer? Und dazwischen gab es einfach nichts. Wenigstens hatte Riker es noch nicht entdeckt. Er wollte ein Bollwerk sein, aber keines, über das der Captain in einem fort hinwegklettern mußte.

Ständig vortäuschen zu müssen, er sei eins mit einem Vorgesetzten, den er persönlich einfach nicht genügend kannte, ermüdete ihn. Und dennoch mußten sie sich der Aussicht stellen, die nächsten Jahre Seite an Seite zu verbringen. Konnte das auf der Ebene der Förmlichkeit geschehen, die sich zwischen ihnen ergeben hatte?

Riker bemühte sich, beiläufig auf der Brücke auf und ab zu gehen, ohne dabei ziellos zu wirken. Das war der komplizierte Teil. Mitunter tat es sogar weh — sein Rücken, seine Beine schmerzten. Wie gerade jetzt. Wenn man dabei etwas falsch machte, wurden die Bewegungen pompös und zwiespältig. Dann würde er ein Opfer der simplen Tatsache werden, daß ein Erster Offizier verdächtig wenig auf der Brücke zu tun hatte. Darüber machte er sich ohnehin die ganze Zeit Gedanken. Gut, daß er für gewöhnlich das Kommando über die Landetrupps innehatte; zumindest dabei konnte er sich nützlich fühlen.

Picard besaß all das. Ruhige Autorität. Verläßliche Beinahe-Präsenz. Man konnte leicht vergessen, daß er überhaupt auf der Brücke war. Er verfolgte einfach alles von seinem Ast herab.

Riker zwang sich zum Wegsehen, bevor ihn das münzengleiche Profil des Captains völlig verzauberte.

»Stimmt etwas nicht, Mr. Riker?«

Ertappt.

Riker wandte sich um und verzog den Mund zu einem Grinsen, das einfach gequält aussehen mußte — noch ein Fehler. »Nein, Sir. Alles bestens.« Er fühlte, wie sich seine Augen zusammenzogen. Weil er das Grinsen nicht außer Kontrolle geraten lassen wollte, schürzte er schließlich seine Lippen und täuschte enormes Interesse an den taktischen Anzeigen vor.

Gut — der Captain sah wieder weg. *Entspann dich, Riker. Runter mit der einen Schulter. Jetzt die andere. Guter Soldat.*

Eine beiläufige Drehung sagte ihm, daß sich niemand um ihn kümmerte. Jedermann war mit dem Riesen beschäftigt.

Einen Augenblick später traf ihn der Bann erneut, doch diesmal rührte er nicht von der kaum spürbaren Gegenwart Captain Picards her. Dieses Mal erwischte ihn der Gasriese, der den breiten, vom Boden bis zur Decke reichenden Bildschirm ausfüllte. Er hielt ihn fest, hüllte ihn ein in seine unvergleichliche Blauheit.

Ach, der Bildschirm. Er war das einzige auf dem gesamten Schiff, das die Größe und Erhabenheit des Kreuzers angemessen wiedergab. Er beherrschte die Brücke, war ein halbes Universum für sich.

Die andere Hälfte lag hinter Rikers Schulter: die neue *Enterprise*. Kaum eingefahren, von der Grazie eines Schwans, erstreckte sie sich hinter ihm wie die Flügel eines Vogels.

Vögel. Auf einmal dreht sich alles in mir um Vögel, dachte Riker und warf Jean-Luc Picard einen Blick zu.

»Lagebericht, Mr. Data«, forderte der Captain in diesem

Moment und richtete sein Augenmerk auf die neben der Taktik gelegene Wissenschaftsstation.

Riker wandte sich rechtzeitig nach achtern, um mitanzusehen, wie sich der schlanke Humanoide an der Wissenschaftskonsole aufrichtete. Das Gesicht verblüffte ihn nach wie vor, der puppenhafte, an Katzenglanz erinnernde Schimmer, gemildert nur durch den wie eingemeißelt wirkenden Gesichtsausdruck. Datas Gesichtsausdruck, so er denn einen zur Schau stellte, war von einer kindlichen Naivität, die die Strenge seines zurückgekämmten Haars und die Cartoon-Farben seiner Haut etwas milderte. Zum hundertsten Mal fragte sich Riker unwillkürlich, wie jemand, der so klug war, einen derart komplizierten Androiden zu erschaffen, zugleich zu dumm dazu sein konnte, das Gesicht hinterher in der richtigen Farbe anzustreichen oder etwas Farbe auf die Lippen zu bringen. Wenn ihn seine Erbauer schon mit allen nur denkbaren Daten über die Menschheit ausgestattet hatten, hätte sich unter diesen Daten doch auch die Information befinden müssen, daß Chrom normalerweise kein Bestandteil der Palette menschlicher Hautfarben darstellte. Es schien, als ob sie sich über die Maßen bemüht hatten, ihn einem Menschen so ähnlich wie möglich zu machen, und sich dann noch mehr angestrengt hatten, ihn mit kleinen Schildern auszustatten, die lauthals verkündeten: »Hey, ich bin ein Androide!«

Datas Pinselstrichbrauen hoben sich. »Die Ergebnisse der Phaserstrahlechos kommen gerade herein, Sir. Völlig leblos — hohe Konzentrationen von nicht erfaßten chemischen Verbindungen, extrem komprimiert... ausgesprochen seltene Reaktionskinetik, Captain. Diese Informationen werden sich als sehr wertvoll erweisen.«

»Gibt es eine Sicherheitsmarge, wenn wir versuchen wollen, mit den Abtastern zum Kern des Gasriesen vorzustoßen?« fragte Picard.

Der schwarze Kragen der einteiligen Uniform bildete einen perfekten Rahmen für Datas Gesicht, dessen eigentümliche Farbe vom Senfgelb auf der Brust wieder aufgenommen wurde, seit dem Urknall die Standardfarbe von Starfleet. »Eine breite Marge, Sir. Ich würde den Versuch empfehlen.«

Riker preßte die Arme an die Seiten. Es lag etwas Unwirkliches in Datas Stimme. Seine Worte klangen abgerundet, mit offener Kehle geäußert, menschlicher als menschlich, als ob es immer etwas härter daran arbeitete, als eigentlich nötig.

›Er‹. Nicht ›Es‹. Dem Rest der Crew zuliebe — denk: ›Er‹. Sinnlos, das Vertrauen, das die anderen in ihn haben mochten, dadurch zu zerstören, daß man die Tatsache hervorhob, daß er lediglich eine Maschine war. Als er Picards Blick spürte, riß sich Riker von diesen Gedanken los, und in diesem Moment sammelte er die nötige Autorität, um den unausgesprochenen Befehl des Captains auszuführen.

Er räusperte sich. »Phaser auf volle Wirkung. Finden wir heraus, was im Herzen dieser Schönheit steckt.«

»Er ist schön, nicht wahr? So was findet man nicht alle Tage«, fügte Beverly Crusher hinzu. Mit verschränkten Armen saß sie auf dem Platz direkt neben dem Sitz der Counselor, das Recht des Schiffsarztes wahrnehmend, auf der Brücke sein zu dürfen, wenn sie sich gerade danach fühlte. Dr. Crusher war ein weiterer Farbklecks auf den bisquitfarbenen Wänden und Bodenbelägen. Ihr Haar türmte sich über ihrer kobaltblauen Uniform wie eine Krone aus Terrakotta — und es war einfach etwas Besonderes an einem Rotschopf. Sie war schlank und flink, klug und anmutig, und neigte trotz ihrer schmalknochigen Schönheit zu vernünftigen Schuhen. Riker mochte sie. Der Captain ebenfalls. Besonders der Captain.

»Ja«, murmelte Picard, der die Unterhaltung als Vorwand dafür nutzte, ihr einige Schritte näher zu kommen, »und er ist zweimal so groß wie gewöhnliche Gasriesen. Phaser, Feuer frei.«

Wieder summte das dumpfe *phhhiiiuuuuuu* durch das

Schiff, und auf dem Schirm schoß ein Energiebündel nach unten auf den oberflächenlosen Strudel zu.

»Sensoren zeigen verschiedene Gaskonzentrationen an«, berichtete Data. »Kondensieren in flüssigen Aggregratzustand, verdichten sich an manchen Stellen zu fester Materie... Erfassung der chemischen Verbindungen läuft, Sir.«

»Ausgezeichnet«, gab Picard zurück. »Ich bin sicher...«

Der vordere Turbolift neben dem Bereitschaftsraum des Captains glitt auf, und Deanna Troi stürzte auf die Brücke, so anders als gewohnt, daß sie sämtliche Blicke auf sich zog. Sie war ein Wrack – so weit von ihrem üblichen Verhalten entfernt, wie es überhaupt möglich war, ohne vorher aktiv an einer Schlammschlacht teilgenommen zu haben. Ihr Haar, das normalerweise zu einem so engen Knoten zusammengeschürzt war, daß der bloße Anblick die Muskeln anderer schmerzen ließ, war eine unförmige Masse aus Schwarz, die über ihre Schultern und ihre perlmuttartigen Wangen herabfloß. Ihre Augen, jene großen Augen mit dem gewissen Anflug von Fremdartigkeit, von jenem Obsidian, das auch aus einem griechisch-römischen Fresko blickte, hatten sich aufgrund irgendeiner fürchterlichen Tragödie zusammengezogen. Sie atmete schwer. War sie durch jeden Korridor gerannt?

Riker bahnte sich einen Weg durch das Brückenkontingent zu einer Stelle direkt unterhalb ihrer Plattform. »Deanna... stimmt etwas nicht?«

Sie keuchte einige Male, die bleistiftdünnen Brauen so sehr zusammengekniffen, daß sie zwei Falten über ihrer Nase bildeten. »Warum... warum sind wir auf Alarmstufe Gelb?«

Selbst in diesem Augenblick war ihre Stimme seidenweich, die Worte geprägt von jenem leicht fremdartigen Akzent aller Betazoiden. Sie bemühte sich nach Kräften, sich zusammenzureißen, doch irgend etwas bedrängte sie ganz offensichtlich.

In der Hoffnung, sie ein wenig zu beruhigen, trat Riker einen Schritt auf sie zu. »Wir versuchen gerade einen engen Orbit um das da.« Er deutete auf den Bildschirm, doch seine Gedanken galten ebensowenig dem Schirm wie die ihren. Er öffnete die Lippen, um zu einem weiteren Satz anzusetzen, doch Data unterbrach ihn.

»Wir feuern in die Atmosphäre, um aufgrund der Rückkopplung einige Daten zu erhalten. Obwohl der Kern noch nicht gezündet hat, strahlt der Planet dreimal soviel Energie aus, als er eigentlich sollte, das meiste davon in Langwellenstrahlung. Wir sind deshalb auf Alarmstufe Gelb, weil es zu Schockwellen oder Schwerkraftrück...«

»Data«, bellte Riker. Er brachte den Androiden mit einem rauhen Blick zum Schweigen, wünschte sich einmal mehr, daß er einen Ausschalter hätte, und wandte sich dann wieder an Troi. »Ich hätte den Computer anweisen sollen, die Standardvorschrift zu umgehen und Sie nicht eigens auf die Brücke zu beordern. Es war meine Schuld.«

Sie hob ihre Hand zu einer beschwichtigenden Geste, doch während sie noch sprach, verwandelte sich die Geste zu jener Art Bewegung, mit der eine Frau normalerweise nach einem Halt suchte. »Nein... es war nicht Ihre Schuld.«

Zu Rikers Linken glitt der Captain heran. »Was bedrückt Sie, Counselor?« fragte er sanft, doch mit einem Unterton der Ungeduld.

Die kohlschwarzen Augen unter den zusammengezogenen Brauen zogen sich zusammen. »Ich spüre etwas... in meinem Geist...«

»Können Sie es beschreiben?« wollte Riker wissen. Ein Stechen zog sich sein Genick empor. Ihre halbtelepathischen Fähigkeiten machten ihn stets nervös. Es war nicht etwa Unglaube, da niemand das Vorhandensein mentaler Fähigkeiten bei Betazoiden bestreiten konnte, eher eine Art Mißtrauen.

Sie wich einen Schritt zurück. »Tut mir leid...« Sie blinzelte, holte tief Luft und gab vor, sich wieder gefangen zu haben. »Captain, die Unterbrechung tut mir leid. Ich wollte Ihre Tests nicht durcheinanderbringen. Bitte entschuldigen Sie mich.«

Bevor einer der beiden Männer ein Wort herausbringen konnte, vollzog sie einen raschen und nervösen Abgang.

Riker starrte auf die Lifttür. »So habe ich sie noch nie erlebt«, murmelte er.

Data stand auf und trat einige Schritte auf die Rampe zu. »Ist Counselor Troi krank?«

»Es ist etwas anderes«, beschied Riker, eher an sich selbst denn an Data gewandt.

»Sie benahm sich anomal.«

Nun wandte er seine Augen vom Lift ab und bedachte Data mit einem Blick, der den Androiden schwer beschäftigt hätte, wäre er ein echter Schlag gewesen. »Ich glaube nicht, daß Sie sich in diesem Punkt ein Urteil anmaßen sollten«, bellte er.

Picard neigte lediglich die Schulter, als er sich ihm zuwandte. »Erlaubnis zum Verlassen der Brücke erteilt, Nummer Eins. Für kurze Zeit.«

»Danke, Sir«, entgegnete Riker. »Es wird nicht lange dauern.« Er mußte sich beherrschen, um nicht auf den Lift zuzustürzen. Er warf Data einen zweiten säuerlichen Blick zu, bevor er die Brücke endgültig verließ.

Picard glättete die Wogen mit einer ruhig angeordneten Fortsetzung der wissenschaftlichen Untersuchungen. »Setzen Sie Phaserfeuer in regelmäßigen Abständen fort.«

Data überging die verwirrende, durchaus schmerzhafte Reaktion Rikers ihm gegenüber und ließ sich wieder an der Wissenschaftskonsole auf dem Vorderdeck nieder. »Stationen erhalten laufend Informationen über den Planetenkern, Captain.« Er senkte seine Stimme, wie er es so oft bei Menschen beobachtet hatte, und meinte zu LaForge: »Commander Riker hat sich über mich geärgert.«

LaForge zuckte nur die Achseln. Er warf dem Androiden einen Blick zu, sah dabei jedoch nicht, was ein normales Menschenauge sehen würde. Die Körperwärme des Androiden verteilte sich unregelmäßig über den gesamten, hochtechnischen Körper, ein Körper, der sehr viel dichter war als der eines Menschen gleicher Größe. Die Infrarotanteile konzentrierten sich, hatten schärfere Umrisse als die verwaschenen Infrarotflecken eines menschlichen Körpers, und LaForge konnte ohne Mühe jene Stellen ausmachen, wo sich das organische Material in die komplizierte Mechanik einfügte. Data strahlte eine elektromagnetische Aura aus, doch ein Toaster war er gerade nicht.

»Sie können sich bemühen, nicht so steif zu sein«, schlug LaForge vor. »Lernen Sie ein bißchen Slang oder so was.«

Datas Lippen wurden zu einem dünnen Strich. »Slang. Umgangssprache. Nicht standardisierte Idiome. Die Stimme des Volkes... Das scheint mir ziemlich unpräzise. Ich habe mich bemüht, diese Art der Kommunikation in meine Sprachbanken einzugliedern, doch die korrekte Sprachmelodie scheint sich mir zu entziehen.«

»Weil Sie sie dauernd mit unsichtbaren Anführungszeichen einrahmen. Sie verwenden lediglich die einzelnen Worte, statt die Bedeutung des gesamten Satzes zu erfassen. Sie müssen sich wirklich anstrengen, diese Art von Slang etwas beiläufiger zu verwenden.«

»Welchem Zweck dient Slang eigentlich?«

LaForge lehnte sich zu ihm hinüber und meinte leise: »Er macht Sie etwas zugänglicher. Lassen Sie sich einfach freien Lauf.«

Während seine Lippen stumm die letzten Worte nachmalten, überzog ein verwirrter Ausdruck Datas Gesichtszüge. Anders als in jenen Augenblicken, wenn er zu hart an seinem Mienenspiel arbeitete und am Ende eher wie ein Vaudeville-Clown wirkte, sah er in diesen Momenten menschlicher aus, als er es bewußt hätte heraufbeschwören können, jene Momente, in denen unerwartete Gefühle ganz plötzlich in seinem Gesicht auftauchten. »Freien Lauf... ein Begriff aus dem Sport — oh! Eine Anstrengung. Ein Versuch. Natürlich! Freier Lauf. Ich laufe. Computer, zeig mir alle verfügbaren Vokabel- und Dialektbanken über irdischen Slang, Schnelldurchlauf.«

Auf der Konsole vor ihm erwachte der Computer zum Leben und fragte mit sanfter weiblicher Stimme und einer Betonung, die sehr viel ungezwungener war als Datas eigene: »*Welche Ära und welche Sprache?*«

Geordi LaForge ließ sich in seinen Sessel zurücksinken und murmelte: »Ich hab' immer gewußt, er braucht ein Hobby.«

Unvermittelt ertönte ein Geräusch auf dem Achterdeck, einem Knurren vergleichbar, das jedoch ebenso unvermittelt wieder verstummte und dem volltönenden Baß von Lieutenant Worf wich, der gerade auf seinen Monitor starrte.

»Unmöglich!«

Captain Picard wandte seine Aufmerksamkeit von dem blauen Riesen ab und ging auf seinen eigenen Kommandosessel zu, hinter dem sich ein hufeisenförmiges Geländer nach oben schwang, an der taktischen Station vorbei. Jenseits davon stand Worf mit dem Rücken zur Brücke und starrte derart unzufrieden auf seine Statusanzeigen, als ob er sie mit seinen Blicken durchbohren wollte. Einem Klingonen war so etwas durchaus zuzutrauen.

Picard bemühte sich um jenes automatische Extramaß an Ruhe, das er sich im Umgang mit Worf angewöhnt hatte.

»Lieutenant?« forderte er ihn dann auf. »Ist irgend etwas?«

»Ich bin nicht sicher, ob ich was gesehen habe«, fauchte der Klingone.

Doch Sicherheitschefin Tasha Yar drehte ihren angespannten Körper herum, ohne ihre Hände von ihrer taktischen Station zu nehmen. »Ich hab's auch gesehen«, sagte sie zu ihm.

»Was?« wollte Picard wissen.

»Einen Energiepuls, Captain.« Das Mädchen strich eine Strähne ihres blonden, sehr jungenhaft geschnittenen Haares zurück. »Einen ungeheuer großen. Quer durch das ganze Sonnensystem.«

Ein einziger Schritt trug Worf den ganzen Weg bis an Tashas Seite. »Sehr ausgeprägt und stark, Sir. Eine Refraktionsabtastung. Vergleichbar mit einem simultanen Sensorpuls.«

»Es war zu schnell für einen Sensor«, schoß Tasha zurück.

»Was dann?« donnerte Worf. »Es gibt keine Spur mehr davon.«

Während ihrer Diskussion ging Picard die Rampe hoch zur taktischen Station und sah sich die Kontrollen selber an. Es war nichts mehr zu sehen. »Könnte es eine Störung gewesen sein? Eine Rückkopplung von unseren Experimenten?«

»Sir, es kam von außerhalb des Sonnensystems«. Tashas Kehle spannte sich um ihre Worte, wie sie es immer tat, wenn sie es zuließ, daß sie etwas erregte.

»Suchabtastung.«

»Nichts mehr da«, meinte Worf rauh.

Picard hob seinen Kopf. »Reden Sie nicht in diesem Ton mit mir, Lieutenant. Noch sind wir nicht in einer Krisensituation.«

Worfs breites braunes Gesicht wirkte nicht im mindesten reumütig. Sein gerippter Schädel, ein Zeichen seiner Klinzhai-Abstammung, jenem Genom, das sich während der letzten klingonischen Säuberungsaktion als dominant erwiesen hatte, verlieh ihm ein ausgeprägt animalisches Aussehen. Er wirkte eindrucksvoll, mehr noch, ausgesprochen furchteinflößend, da die anderen Besatzungsmitglieder stets erkennen konnten, daß Selbstbeherrschung harte Arbeit für ihn war und er den Kampf eines Tages vielleicht verlieren würde.

»Tut mir leid, Sir«, brummte er. »Während unserer letzten Phasersalve war es da, jetzt ist es verschwunden.« Er legte seine großen Hände auf die taktische Konsole und schoß dem Hauptschirm einen durchbohrenden Blick zu. »Das gefällt mir nicht. Es ist, als ob man uns beobachtet.«

Einen nachdenklichen Augenblick lang stellte sich Picard wieder auf die Absätze und kniff die Augen zusammen. »Könnte ein anderes Schiff sein. Stellen wir sicher, daß sie uns nicht verpassen. Kontaktaufnahme ist ein Teil unseres Auftrags. Sensoren auf Breitband-Abtastung. Lieutenant Data, senden Sie Grüße in allen interstellaren Sprachen und Kodes auf der gängigen Frequenz. Schalten Sie den automatischen Universalübersetzer zu.«

»Klemme mich sofort dahinter.«

»Lieutenant LaForge, nehmen Sie uns aus dem Orbit. Verzichten Sie auf weitere Experimente mit dem Gasriesen, bis wir die Lage in diesem Sonnensystem geklärt haben.«

»Aye, Sir. Hebe Orbitallage auf.« LaForge drückte mit den Fingern auf die Signalkontrollen, die in Handgelenkhöhe auf der formschönen Konsole angebracht waren. Mehr war nicht nötig, um das massive Raumschiff aus dem Schwerkrafttrichter des Gasriesen zu heben. Während des Manövers, als das Schiff sicher unter der Kontrolle des Navigationscomputers stand, nahm er sich die Zeit, um dem links von ihm sitzenden Data einen schnellen Blick zuzuwerfen.

Wenn er die anderen Besatzungsmitglieder betrachtete, sah er die verschiedenen Infrarotschichten, die er je nach Bedarf verstärken konnte. Er sah das Blut durch die Arterien, Arteriolen und Kapillaren fließen, und doch sah er es besser als jeder Computer, da sein Gehirn als Dolmetscher fungierte und er intuitiver als ein Computer war. Vor dem Infrarotbild, vergleichbar einem Nylonstrumpf, den man einem Mannequin übergestreift hatte, sah er Haut und das verschwommene Leuchten feiner Härchen. Das Mannequin schien von innen heraus zu leuchten und besaß einen schwachen Schimmer.

Data dagegen — Data war ein Kunstwerk. Nur Geordi konnte die exotischen, hervorragend miteinander verbundenen Substanzen erkennen, aus denen sich der Androide zusammensetzte, die verschiedenen Schichten von Hitze und Kälte, die unterschiedlichen Dichten, wo Metall an Synthetik und Synthetik an organisches Material grenzten und miteinander verschmolzen. Er sah die Dichte von Datas Körper, und all die Abermillionen schwacher elektrischer Impulse, die ihn am Leben erhielten und die wie Insektenschwärme durch seinen Körper strömten, wann immer er ein wenig härter arbeiten, sich ein wenig stärker konzentrieren oder neue Kräfte schöpfen mußte. Und doch hatte der Anblick nichts mit dem der Computerkonsolen vor ihm oder der Mechanik hinter dem Kaffee- und Lebensmittelspender an der Wand gemein. Nicht das geringste. Das waren Maschinen.

Mitunter überkam LaForge das Gefühl, daß die Menschen vergessen hatten, daß sein Gehör durchaus in Ordnung war. Er hatte Rikers Tonfall bemerkt, kurz bevor der Erste Offizier die Brücke verlassen hatte. Auch die leichten Schwankungen in Datas Stimme, als jener bemerkte, daß Riker wohl nicht sonderlich zufrieden mit ihm sei, waren ihm aufgefallen. Data war mechanisch, doch für Geordi LaForge war er alles andere als eine Maschine.

Geordi gestattete sich einen nachsichtigen Blick auf Datas Gesicht, als der Androide vor Konzentration aufglühte. Er sah die Struktur der synthetischen Gesichtsknochen, winzige, blutdurchströmte Ligamentfasern, die mit Impulsinterpretern verbunden und von jenem kalten Involucrum überzogen waren, das in Wahrheit Datas Haut darstellte. Geordi sah ein gutaussehendes Gesicht, das sich seiner eigenen Züge nicht schämte, ein Gesicht, das zahlreiche Gefühle ausdrükken konnte, von Mut bis hin zu kühler Berechnung, von Verwirrung bis zur Leidenschaft, vorausgesetzt, man war empfindsam genug, um die kleinen Veränderungen in ihm zu bemerken. Und so schwefelgelb Datas Augen sein mochten, verströmten sie doch eine nie versagende Sanftmut.

Geordi schüttelte den Kopf und murmelte: »Maschine, meine Fresse.«

Picard sah auf. »Lieutenant?«

»Sicherheitsabstand, Sir.«

»Dann reden Sie ein wenig lauter.«

»Ja, Sir.«

Der Türsummer war nicht zu überhören, doch Troi reagierte nicht darauf. Einmal mehr huschten Lichter über ihr Gesicht, doch diesmal waren es nicht die Signale für Alarmstufe Gelb. Sie saß an ihrem Schreibtisch und betrachtete ein Hologramm, das die Bewegungen eines kleinen Fleckens blauen Meerwassers simulierte. Am Ende des dreißig Zentimeter durchmessenden Hologramms verschwamm das Meer und wurde wieder Tisch. Genau im Zentrum des brodelnden Wasserflecks stand das dreidimensionale Bild eines alten Militärschiffs. Es hatte die Form eines Keils und war mit stahlgrauen Metallaufsätzen ausgestattet, die für sie nicht den geringsten Sinn ergaben. Auf dem Schirm an ihrem Handgelenk erschien die schlichte Beschreibung: *Erstes Dampfschiff mit Eisenschraube, S.S.* Great Britain.

Sie runzelte die Stirn und tippte auf den WEITER-Knopf. Das 3-D-Bild faltete sich zusammen, als ob es implodieren würde, verschob sich ein wenig und formte sich dann zu etwas völlig Neuem, einem größeren, flacheren Objekt, das ungeschlacht über ihren Schreibtisch zu tukkern schien. Der dunkle Bildschirmstreifen darunter verkündete: *Tanker,* Edmund Fitzgerald, *mit allen Mann an Bord untergegangen, Lake Superior, Michigan, Vereinigte Staaten, Erde 1975.*

Beinahe wütend hieb Troi auf den Kopf. Falsch. Alles falsch. Fast augenblicklich tauchte ein neues Bild auf, ein großes, schwarz-weiß-rotes Schiff, sehr elegant und schlank diesmal, augenscheinlich zum Transport von Passagieren gedacht. Passagiere — ja, das stimmte. Sie sah auf das Display. *Luxuskreuzer* Queen Elizabeth II., *Cunard Line, Erde.*

Nein... nein... Trois maulbeerfarbene Lippen verloren ihre perfekte Form. Nein. Wieder bewegte sich ihr Finger.

H.M.S. Dreadnought. *Kriegsschiff, Großbritannien, Erde, 1906.*

Sie beugte sich vor, als sie ein Bestandteil wiedererkannte — die Farbe, das Aussehen des Schiffes... dichter dran.

Wieder tippte sie auf den Knopf. »Diese Art von Schiff«, sagte sie diesmal.

»Dies ist ein Marineschiff zu Angriffs- und Verteidigungszwecken, wie es während und nach dem Ersten Weltkrieg im Einsatz war«, informierte sie der Computer höflich.

»Weiter.«

Das Hologramm blinkte auf, und dann glitt ein anderes Schiff derselben Art durch den kleinen runden Flecken Meer. Sein schiefergrauer Bug hob und senkte sich mit der See, allenfalls der Aufnahmewinkel unterschied sich. Das Computerbild rotierte, als ob Troi das Schiff in einem Flugzeug umkreisen und von allen Seiten betrachten würde. Es besaß eine ungeschlachte Anmut, verströmte Stärke, gewiß, und doch trug es keinerlei Außenbeleuchtung. Die Farben eines Raumschiffs gingen ihm völlig ab, die blitzenden gelben und weißen Lichter, das glühende Rot, sein elektrisches Blau.

Aegis-Kreuzer. Gebaut von SYSCON für die US Navy. Erde 1988.

Wieder summte die Tür.

»Oh — ja. Herein.«

Sie ließ das altmodische Schiff weiter durch die winzige See gleiten, sah auf und bemerkte den hereinstürmenden Will Riker. Kaum hatte sich die Tür geöffnet, als sich sein Blick auch schon mit dem ihren verschränkte. Wie lange hatte er schon da draußen gewartet? Sie erinnerte sich jetzt dunkel daran, daß sich der Türsummer schon einmal gemeldet hatte.

»Ich habe mir Sorgen um dich gemacht«, sagte er. Er ließ sich in den anderen Sessel nieder und lehnte sich mit seinem Ellenbogen dicht neben dem Hologramm auf den Tisch. Der massige Kreuzer platschte weiter auf ihn zu und blieb doch an derselben Stelle. »Ich habe nicht gewußt, daß du dich für Geschichte interessierst.« Er deutete mit dem Kopf auf den Aegis. »Sieht gut aus.«

Troi neigte ihren dunklen Kopf. »Ich habe so etwas noch nie gesehen.«

Das war also das Ende der einfachen Einleitung, erkannte Riker. Irgend etwas in ihrem Tonfall sagte ihm, daß ihre Bemerkung bedeutsamer war, als sie zu sein vorgab.

»Was ist passiert?« fragte er, nun offensichtlich nicht mehr willens, sie vor ihrem Verhalten auf der Brücke in Schutz zu nehmen.

Sie schenkte ihm ein untypisches Achselzucken und schüttelte den Kopf. Ein selbstbewußtes Lächeln umspielte ihre Lippen. »Hast du gesehen, was ich getan habe? Ich schäme mich so. Ich habe noch nie einen Traum mit der Wirklichkeit verwechselt. Es muß wirklich komisch ausgesehen haben. Hat irgend jemand gelacht?«

»Gelacht?« meinte Riker frech. »Du hättest sie sehen sollen. Captain Picard mußte von der Brücke abtransportiert werden. Worf war...«

»Ach, du!« Sie schlug auf sein nächstgelegenes Knie und lächelte über sich selbst.

»Ich würde mir darüber nicht den Kopf zerbrechen.« Riker lehnte seine massige Gestalt im Sessel zurück. »Früher oder später passiert das jedem einmal. Und je stoischer man ist, um so schlimmer kommt einem der Fehler vor.«

»Bin ich stoisch?« fragte sie. Das Lächeln verbreiterte sich wieder.

»Ich weiß nicht, Counselor«, gab er zurück. »Ich kann mich nicht daran erinnern, wann ich dich das letzte Mal angeschaut und nur die Fachfrau in dir gesehen habe. Mit dir verbinden mich blumigere Erinnerungen.«

Troi schürzte die Lippen, lehnte sich vor, ignorierte das Hologramm des Schiffes, das seine Nichtreise weiter fortsetzte, und stützte ihr Kinn in eine Hand. »Erzähl mir davon, Bill, daß ich mich wieder besser fühle.«

»Unfair. Rechne es dir selbst aus. Du solltest das doch am besten können.«

Sie ließ sich wieder zurückfallen. »Das ist kein besonderer Trost für jemanden, der gerade voller Panik von der Brücke gestürmt ist.«

Spitzbübisch blitzten Will Rikers helle Augen vor ihr

auf. »Trost willst du? Was hältst du davon: Unmittelbar nach meiner Beförderung zum Lieutenant Commander hat man mich als Zweiten Offizier auf einen Zerstörer abgestellt – das war vor etwa tausend Jahren, wenn mich die Erinnerung nicht trügt. Ich habe meine Order auf Starbase 18 in Empfang genommen, die Koordinaten in den Transporter eingegeben, mich auf die Plattform gestellt, und, zack, da war ich. Ich bin dann eine Weile herumstolziert, ganz der allmächtige Zweite Offizier, aufgeplustert wie ein Hahn. Wir waren bereits zehn Stunden vom Raumdock entfernt, als mir endlich aufging, daß ich auf das falsche Schiff gebeamt worden war.«

»Oh, Bill! Oh, nein...«

»Und das Schiff, auf dem ich gelandet war, war nicht mal ein Zerstörer. Es war die U.S.S. *Yorktown* – ein Raumschiff der Excelsior-Klasse, unterwegs mit einem Zweijahresauftrag. Gegen ihren Captain ist Picard ein regelrechter Franz von Assisi. Ihr Abflug hatte sich wegen diplomatischer Verwicklungen ohnehin schon um vier Tage verzögert, und da stand er nun, der Zweite Offizier Riker, und mußte sich beim *echten* Zweiten Offizier melden.«

Inzwischen hatte sie die Hand vor den Mund geschlagen. Sie spreizte ihre Finger gerade weit genug, um atemlos zu fragen: »Was haben sie dann gemacht?«

Er breitete die Arme aus. »Was hätten sie schon machen sollen? Sie wendeten das Schiff, das ganze riesige Schiff, und flogen den ganzen Weg zurück, um sich mit dem Zerstörer zu treffen, auf dem ich eigentlich hätte sein sollen. Und da war er dann, der Zerstörer, der eigens ein Raumschiff treffen mußte, um seinen Zweiten Offizier abzuholen, der sich eigentlich schon vor zehn Stunden an Bord hätte melden sollen.«

»Ach du meine Güte...«

»Also hör schon auf, dich zu beschweren.«

»Ist das wahr? Oder hast du das nur erfunden, damit ich mich wieder besser fühle?«

»Erfunden? Deanna, kein vernünftiger Mensch könnte eine derart fiese Geschichte erfinden. Es ist wie ein böser Streich, dem man einem Bräutigam in seiner Hochzeitsnacht spielt, außer, daß ich mich selber überlistet habe.« Versonnen schüttelte er den Kopf. »Seither sehe ich Transporterplattformen mit völlig anderen Augen. Ich frage mich laufend, ob ich nicht durch irgendeinen dummen Zufall in die Dusche irgendeines Unschuldigen beame. Und das Schlimmste kam erst noch. Zwei Jahre später hat man mich wirklich als Zweiten Offizier auf die *Yorktown* abgestellt und ich mußte mich ein *zweites* Mal bei ihrem Captain melden.«

Sie kicherte und verlieh ihrem Verhalten damit eine unerwartete Mädchenhaftigkeit. »Hat er sich an dich erinnert?«

»Erinnert? Als erstes hat er mich gefragt, ob ich mich die ganze Zeit im Laderaum versteckt hätte.«

Ihr Gelächter verschränkte sich, erfüllte den düsteren Raum und vertrieb das Unbehagen.

Während Riker sie noch beschützend ansah, bemerkte er, daß sie seine Gefühle aufgefangen hatte und nun stellvertretend für ihn errötete. Zunächst fühlte er sich versucht, sich wieder in sich selbst zurückzuziehen, doch er wußte, daß es im Grunde keine Rolle spielte. Im Falle von Deanna wirkte selbst Zurückhaltung wie ein starkes Signal. Es hatte einfach keinen Sinn. Er wünschte sich, daß er dem Rest der Besatzung ebenso entspannt gegenübertreten konnte.

Gemeinsam saßen sie da und grinsten einander an, sicher und warm in ihren Erinnerungen und der Abgeschiedenheit einer Beziehung und einer Vergangenheit, die sie keinem anderen an Bord anzuvertrauen wünschten. Es war, als ob sie noch einmal von vorne anfangen würden, ein völlig neues Leben. Ihre beiderseitige Zuneigung hatte eine zweite Chance erhalten, weil kein anderer etwas davon wußte. Niemand auf dem ganzen Schiff *ahnte* etwas davon.

Riker wandte seinen Blick von ihrem sanften Gesicht ab und betrachtete das ungewöhnliche Hologramm neben sich. »Hast du einen Alptraum gehabt?«

Ihre Miene wischte sein Lächeln fort. Er zwang sich dazu, nicht weiter in sie zu dringen, ihr eine Chance zu geben, sich die nötige Zeit für ihre Antwort zu lassen, während er sich an der Gegenwart ihrer verstörten, onyxfarbenen Augen erfreute.

»Ein Alptraum«, murmelte sie. »Aber in diesem Alptraum konnte ich die Gefühle der Fremden wahrnehmen. Es war nichts, das ich wiedererkennen würde... klare Bilder von Gegenständen, die ich nicht kenne. Namen, die ich nie zuvor gehört habe.«

Riker spitzte die Ohren. »Was für Namen?«

Sie kramte in ihrer Erinnerung und zwang sich zu einer Antwort. »Da gab es Vasska, Arkadij, Gork... Gorsha... Ich bin mit diesen Klängen nicht vertraut. Und ich verstehe nicht, warum ich ausgerechnet Namen höre. Dazu bin ich gar nicht in der Lage. Ich kann nur Emotionen wahrnehmen. Ich war nie dazu fähig, komplette Unterhaltungen aufzufangen.«

Er rückte ein wenig näher. »Aber du bist Betazoidin. Was ist so verblüffend daran, wenn du...«

»Ich *kann* es einfach nicht. Das konnte ich noch nie«, beharrte sie und fragte sich zugleich, ob sie es ihm je begreiflich machen konnte. »Du weißt nicht, was es heißt, mit einem stummen Geist Kontakt aufzunehmen. Du hast keine Ahnung von den Schwierigkeiten und Qualen, die immer dann entstehen, wenn wir es mit Rassen zu tun bekommen, die ihre Gedanken nicht abschirmen können. Es ist, als ob ein Mensch mit normaler Sehkraft plötzlich eine Welt chaotischer Lichter und Farben betritt, als ob ein Mensch mit normalem Gehör plötzlich einen Ort aufsucht, an dem es nichts gibt außer unkontrollierten Geräuschen. Das Licht würde ihn blenden, der Lärm ihn in den Wahnsinn treiben... Ich habe hart daran gearbeitet, meine Gedanken von denen der anderen zu trennen, und es ist mir auch geglückt. Verstehst du jetzt, weshalb es mich derart verstört, wenn ich etwas derart Ungewohntes erlebe?«

»Deanna, es war nur ein Traum«, meinte er besänftigend und legte seine Hand unter die ihre.

Ihre Stimme sank zu einem Flüstern. »Aber das stimmt nicht«, beharrte sie. »Wenigstens... nicht ganz.«

Er glaubte ihr. Deanna Troi war der Inbegriff der Professionalität und neigte keineswegs zu jenen Ego-Höhenflügen, die ihre betazoidischen Artgenossen so häufig zur Schau stellten. Ohne Pause fragte er: »Hast du den Computer gebeten, die Namen nachzuschlagen?«

Troi lehnte sich in ihrem Sessel zurück und entspannte sich schließlich wieder. »Computer aus.«

Das Hologramm gab ein elektrisches Knacken von sich, schrumpfte zu einem winzigen Lichtball zusammen, wie ein Luftballon, der plötzlich alle Luft verlor, und erlosch.

»Hast du?« spornte er sie an.

»Ich schätze, das muß ich wohl.«

»Warum drückst du dich so seltsam aus?«

»Ich gebe nicht gerne meinen Träumen nach.«

Riker starrte sie zweifelnd an.

»Bill«, fragte sie ihn, ohne ihm genügend Zeit zu geben, eine Antwort auf ihre Bemerkung zu formulieren. »Was denkst du? Glaubst du, ich könnte meine Fähigkeiten auf andere Weise besser nutzen?«

»Damit meinst du doch nicht etwa, daß du das Schiff verlassen willst?«

»Vielleicht«, entgegnete sie. »Wenn das die Art ist, in der ich der Föderation am besten dienen kann.«

Verzweiflung überfiel ihn. So sehr er ihr aus Angst, ihre einstige Beziehung könnte seine Effizienz als Erster Offizier beeinträchtigen, bislang aus dem Weg gegangen war — ja, das war das Wort —, schnitt der Gedanke, sie könnte unvermittelt aus seinem Leben verschwinden, doch wie eine scharfe Klinge in sein Fleisch. »Gefällt es dir denn hier nicht?« fragte er mit vorsichtigem Tonfall. »Gefällt dir der Dienst auf einem Raumschiff nicht?«

»Doch«, gab sie zurück. »Sehr sogar. Aber es gibt Zeiten... kannst du dir vorstellen, wie es ist, auf der Brücke zu stehen und sich plötzlich darüber klarzuwerden, daß man eigentlich nichts zu tun hat?«

Mit einem weiteren Kopfschütteln trommelte Riker mit seinem Finger auf den Tisch. »Ob ich es mir vorstellen kann?« platzte er dann heraus. »Das brauche ich gar nicht. Das ist das Vermächtnis aller Ersten Offiziere im ganzen Universum. Wenn du *Erster Offizier* im Marine-Handbuch nachschlägst, steht da nur der Satz: ›Nur in Krisenzeiten öffnen.‹ Es dauert eben seine Zeit, bis sich ein neuer Posten entwickelt hat. Wenn wir tatsächlich mal auf Forschungsreise gehen, steckst du meiner Ansicht nach bald bis zum Hals in Arbeit. Uns in den Tiefen des Weltraums bei geistiger Gesundheit zu halten – das ist nicht gerade wenig. Was die Wichtigkeit angeht, kommt der Schiffspsychologe auf solchen Flügen direkt hinter dem Schiffsarzt.«

Seine ehrlichen Bemühungen entrangen ihr ein leichtes Lächeln. »Und welcher Platz bleibt für den Schiffstelepathen?« murmelte sie dann.

Darauf hatte Riker keine Antwort parat.

Troi spürte seine Unruhe und zwang sich zu einem halben Lächeln, um seine Besorgnis abzumildern. Sie stürzte sich in seine großen blauen Augen, wie sie es vor so langer Zeit getan hatte, und bahnte sich ihren Weg durch sie, wie der holographische Kreuzer sich seinen Weg durch den kleinen Flecken blauer See gebahnt hatte. Wie konnte sie es ihm nur begreiflich machen? Konnte überhaupt ein Mensch verstehen, wie unbehaglich sie sich die ganze Zeit fühlte? Sie wußte, daß sie den Menschen Unbehagen einflößte, weil jene sie für eine Art Voyeur hielten, der in einem fort durch die kleinen Schlüssellöcher ihrer Gedanken spähte. Gedankenschlampe, so hatten einige sie genannt. Viele waren ihr aus dem Weg gegangen, und so hatte sie sich bemüht, etwas geschäftlicher und stoischer gegenüber ihrem ausgesprochen ungewöhnlichen Talent zu sein; doch selbst diese Taktik war nach hinten losgegangen.

Kalt, so nannten sie sie. Eine *gefühllose* Gedankenschlampe.

Wie konnte sie ihnen jemals sagen, daß ein überfüllter Korridor einen sehr leeren Ort für Deanna Troi darstellte? Unfruchtbar und einsam. Sie hatte sich so sehr bemüht, sich in sich selbst zurückzuziehen, daß sie außer ihren Blikken von allem anderen abgeschnitten war, eines Verbrechens angeklagt, das zu begehen sie sich weigerte. Selbst ihrem eigenen Volk konnte sie nicht länger mehr ungezwungen gegenübertreten; sie hatte sich mit derartiger Besessenheit um Disziplin bemüht, daß sie sich in der kurzen Zeit, die sie unter anderen Betazoiden verbrachte, einfach nicht mehr gehenlassen konnte. In beiden Gemeinden verloren und von beiden fälschlicherweise als zu reserviert betrachtet, war sie zu einer Frau voll intensiver Gefühle geworden, die ihren Lebensweg in völliger Einsamkeit zurücklegen mußte.

Selbst jetzt verbarg sie diese Einsicht vor William Riker und seinen sanften Wellen der Besorgnis.

Sie schluckte unmerklich und teilte ihre Lippen aufs neue. »Und nun frage ich dich — was ist los? Was bedrückt dich?« Sowohl mit ihrem Geist als auch mit ihren Augen erkannte sie, wie er abwog, ob er ihr seine Gedanken preisgeben sollte oder nicht. Dann, ganz plötzlich, überlegte er es sich anders.

»Es gefällt mir nicht, daß du Schmerzen empfindest, die nicht deine eigenen sind«, gab er zu. »Das ist einfach nicht gerecht.«

»Es liegt in meiner Natur«, entgegnete Troi. »Das Erbe meiner mütterlichen Vorfahren. Das ist das Wesen der Telepathie. Oh, ich könnte natürlich meinen Geist abschirmen, noch einsamer werden, aber ich habe entdeckt, daß mein Weg auch nützliche Seiten hat. Ich habe Glück.« Sie rang sich ein Lächeln ab. »Ich kann die Emotionen fühlen und ihnen gegenüber dennoch objektiv bleiben.«

Er dachte an das seltsame Schiff auf dem Tisch neben ihm, das sich gerade mit einem Klick in nichts aufgelöst hatte, und zuckte die Achseln. »Ich schätze, von dieser Warte habe ich das noch gar nicht betrachtet.«

Sie zog ihre Hand unter der seinen hervor, legte sie auf seine und drückte leicht. »Es gibt noch andere Gefühle außer Schmerz. Liebe kann ich gleichfalls fühlen.«

Riker erlaubte sich ein sentimentales Lächeln. Für einen Augenblick lang teilten sie etwas, von dem keiner von ihnen völlig sicher war, daß es noch zwischen ihnen existierte. Die Anziehung war unbestreitbar, und doch durchbohrten ihn im selben Augenblick die damit ebenfalls verbundenen Gefahren.

»Ich kann nicht bleiben«, sagte er. »Ich muß wieder nach oben und mich unentbehrlich machen.«

»Ich weiß.«

Er schob seinen Zeigefinger unter ihr Kinn. »Versuch, dich zu entspannen. Solche Träume haben wir alle mal. Ich wollte nur sichergehen, daß es dir gut geht.«

Troi lächelte warm. »Ich bin in Ordnung.«

Er drückte ihre Hand und verspürte irgendwie das Gefühl, daß es ihm nicht ganz gelungen war, das zu vollbringen, dessenthalben er eigentlich gekommen war. Na ja, es brachte auch nichts, das Ganze über die Kitschgrenze hinaus auszudehnen. Er trat auf die Tür zu und vollzog einen seiner Meinung nach recht ungeschickten Abgang.

Die Tür schob sich auf, entließ ihn in den leeren Korridor und schloß sich hinter ihm automatisch wieder. Er ging ein, zwei Schritte auf den Turbolift zur Brücke zu...

Und hielt jäh inne.

Da stand jemand vor ihm. Er hätte schwören können, daß der Korridor noch vor einem Augenblick völlig menschenleer gewesen war. Die Luft war kühl und schwer.

Der Mann war groß, beinahe so groß wie Riker. Und vielleicht fünfzehn Jahre älter. Seine Augen waren bereit für Riker, sie wandten sich nicht ab, richteten sich konzentriert auf ihn. Eine silberne Locke war die einzige Unregelmäßigkeit in seinem dichten, schwarzen Haar, und unter seinem Arm steckte eine Uniformmütze. Tatsächlich — er trug eine Uniform, irgendeine dunkelblaue Uniform.

Verschwommen erkannte Riker den Zuschnitt wieder, wenngleich das Erkennen eher aus einem rassischen Gesamtgedächtnis denn aus persönlicher Erfahrung resultierte.

Ohne Speichelabsonderung teilten sich die blassen Lippen des Mannes. In seinem Gesicht arbeitete es, als ob er sprechen wollte, doch da lag eine unsichtbare Wand zwischen ihnen. Es gab kein Geräusch, kein Gefühl der Wärme — tatsächlich wehte nun sogar ein kalter Luftzug durch den Korridor.

Aufrecht stand der hagere Mann da und streckte beschwörend seine Hand nach Riker aus. Vielleicht war es auch eine fragende, eine flehende Geste, doch dann erschienen Falten in dem gutaussehenden Gesicht. Die Augenbrauen zogen sich zusammen, und Falten der Frustration formten sich auf beiden Seiten des Mundes.

Riker stand in diesem Moment da wie angekettet. Er war schon bereit, an alles mögliche zu glauben, als sich die Gestalt des anderen Mannes in einen Schleier hüllte, langsam durchsichtig wurde und verschwand.

KAPITEL 3

»Captain, ich empfange einen Energieimpuls...«

Tasha Yar unterbrach sich, sah auf ihre Anzeigen und schnitt eine verwirrte Grimasse. Eine Handvoll Strähnen war ihr ins Gesicht gefallen, als ob sie darauf bestünden, daß ein Teil von ihr stets gegen Disziplin und Ordnung rebellieren würde.

Ihre zarte litauische Haut rötete sich ein wenig, als sie die Instrumente kraft ihres Blickes dazu zwingen wollte, vernünftige Informationen zu übermitteln, besonders jetzt, da Captain Picard an ihrer Seite auftauchte und auf besagte Instrumente hinuntersah.

»Jetzt ist er wieder weg«, meinte sie verbittert. »Wie ist das möglich? Worf, haben Sie etwas?«

»Nichts«, donnerte der Klingone und verstärkte damit nur ihre Ungeduld. »Das *gefällt* mir nicht.«

»Ruhig Blut! Das gilt für Sie beide!« entgegnete Picard. Die Werte schienen absolut normal. Auf die beiden Hitzköpfe konnte man sich zwar verlassen; dennoch wünschte sich der ungläubige Thomas in ihm, daß Data und LaForge den Energieblitz, von dessen Existenz Worf und Yar so überzeugt waren, ebenfalls gesehen hätten.

Plötzlich drosch Yar mit der Handfläche auf die Konsole und rief: »Da ist er wieder! Aber er ist im Inneren des Schiffs!« Ohne die Befehle Picards abzuwarten, hieb sie auf den Schalter des Interkoms. »Sicherheitstrupp nach Deck Zwölf, Sektion A-Drei!«

»Im Inneren?« Picard trat näher. »Sind Sie sicher?«

»Es ist wieder weg!«

»Überprüfen Sie Ihre Instrumente auf Fehlfunktionen. Worf, dasselbe mit den Fernabtastern.«

Yar holte tief Luft. »Aye, Sir.«

»Überprüfung läuft.« Worf schien sehr viel weniger verlegen als Yar.

Picard richtete sich auf. »Und rufen Sie Mr. Riker auf die Brücke.«

Nachdenklich starrte Troi auf den leeren Fleck, in dem zuvor die Hologramm-Schiffe über ihren Tisch getuckert waren. Ihr Blick war unkonzentriert und beschaulich, und obwohl sie bereits mehrmals die Hand zum Startknopf des Computers gehoben hatte, hatte sie irgend etwas doch jedesmal davon abgehalten. Sie konnte sich nicht einmal dazu aufraffen, dem Computer mündlich den Befehl zur Wiederaufnahme des Programms zu erteilen. Weitermachen hieße nachgeben.

Ein Traum. Aber keiner, der in ihrem eigenen Geist Gestalt angenommen hatte, dessen wurde sie sich immer sicherer.

Die Tür öffnete sich aufs neue, diesmal ohne höflichen Summton, und Riker marschierte herein. Beinahe im selben Augenblick gewann Troi die Beherrschung über ihre sorgenvolle Miene zurück.

»Hast du dich die ganze Zeit im Laderaum versteckt?« fragte sie mit ironischem Funkeln in den Augen.

»Wieviel Saft speist du eigentlich in die Maschine?« wollte Riker wissen.

Sie blinzelte. »Wie bitte?«

Er blieb stehen, den Schenkel dicht an der Tischkante. »Deine Hologramme. Sie breiten sich aus.«

Sie wollte antworten, wurde jedoch vom Interkom unterbrochen.

»Commander Riker, die Brücke benötigt Ihre Anwesenheit. Bitte melden Sie sich auf der Brücke.«

Riker berührte den Insignienkommunikator. »Riker. Ich komme sofort.«

Er wandte seine Aufmerksamkeit wieder Troi zu. »Deine Geschichtslektion. Sie verbreitet sich bis in den Korridor.«

Ihre Lippen schlossen und teilten sich, während sie versuchte, seine Frage zu verstehen und die richtige Antwort zu finden. Seine Miene, sein Tonfall machten sie irgendwie glauben, daß es eine Antwort geben mußte, und sie legte keinen Wert darauf, daß er sich so lächerlich vorkam, wie sich seine Behauptung angehört hatte — aber wovon redete er eigentlich?

Schließlich riß sie sich zusammen und meinte kühl: »Aber das ist unmöglich.«

Riker wechselte auf sein anderes Bein. »Natürlich ist es möglich. Laß die Wartungstechniker den Energieverbrauch der Einheit überprüfen!«

Troi bemühte sich nach Kräften, dem Unvermeidlichen aus dem Weg zu gehen, und versuchte, die Verantwortung einfach abzulehnen. »Nein«, entgegnete sie, »es kann nicht sein. Erinnerst du dich nicht? Ich habe es abgeschaltet, bevor du gegangen bist. Und seither habe ich es nicht wieder eingeschaltet.«

Obwohl sich Riker äußerlich kaum veränderte, nahmen seine blauen Augen doch einen Ausdruck verwirrter Härte an, der indes weniger gegen sie als gegen ein plötzlich aufgetauchtes Geheimnis gerichtet war. Sein Mund zog sich derart leicht über seinem zerfurchten Kinn zusammen, daß es ihr nicht aufgefallen wäre, hätte sie nicht genau auf derartige Veränderungen geachtet.

Troi verschränkte ihre Hände im Schoß und widerstand der Versuchung, ihn zu berühren. Eingenommen von der ominösen Wahrnehmung in seinen Augen, fügte sie hinzu: »Völlig kalt ...«

»Das ist verrückt«, beschwerte sich Yar. Sie kniff ihren kleinen Mund zu einem engen Strich zusammen und zwang sich dazu, dem wartenden Captain einen angemesseneren Lagebericht zu erstatten. »Sicherheit meldet keine ungewöhnlichen Vorgänge auf Deck Zwölf, Captain. Meine Instrumente funktionieren perfekt. Ich verstehe das nicht.«

Captain Picard stand auf dem Vorderdeck und hatte den Navigations- und Operator-Stationen den Rücken zugewandt. So entging es ihm, daß Data beinahe seine Meinung kundgetan hätte, wenn LaForge den Androiden nicht mit einer Geste zum Schweigen gebracht hätte. Alle anderen sahen die Bewegung freilich und wußten ihre Klugheit zu würdigen, besonders als Picard seine Stimme erhob und losbrüllte. »Jetzt reicht's mir aber mit dem Geschwafel. Wenn die Störung das nächste Mal auftaucht, möchte ich, daß die Computer des Schiffes für eine Aufzeichnung bereitstehen. In den Speicherbänken und Matrizen dieses Schiffes steckt die fortgeschrittenste Technologie, die die Föderation zu bieten hat, und Sie verlassen sich immer noch auf Ihre Intuition und Ihre Augen. Hören Sie auf damit, und lassen Sie das Schiff seine Arbeit tun!«

Sein Tonfall machte unmißverständlich klar, daß er damit nicht sagen wollte, daß das Schiff die Arbeit *für* die anderen tun sollte, sondern daß seine Offiziere ihre Arbeit besser und vollständiger erledigen konnten, wenn sie sich der Systeme unter ihren Händen bedienten. Picard war einfach jener Typ von kommandierendem Offizier, dem es nicht gefiel, wenn etwas aus der Reihe tanzte.

Er wirbelte herum und starrte finster auf den Hauptbildschirm, als ob er etwas suchte und es doch nicht finden konnte, als ob er die Dunkelheit des Weltraums zu einer Antwort zwingen konnte. »Verdammt zu jung«, sinnierte er.

Der Backbord-Turbolift glitt auf, und Riker trat heraus. Er stützte Troi am Ellenbogen. Seltsam... sie wirkte nach wie vor ein wenig unvorbereitet für den Brückendienst. Ihr Haar hing immer noch herab, sie trug ihre bequeme Freizeituniform anstatt des üblichen Einteilers, an den sie sich gewöhnt hatte, und die beiden standen gemeinsam vor Picard, die Gesichter sorgenvoll.

»Captain«, fragte Riker. »Können wir uns kurz mit Ihnen unterhalten?«

Trois Sorgen waren nicht mehr derart offensichtlich; inzwischen hatte sie sie sorgfältig unter dem Deckmantel ihrer Professionalität versteckt, und nur jene, die sie sehr gut kannten, sahen, daß sie ihre Hände etwas zu eng über ihrem Schoß verschränkt hatte, als sie in ihrem Sessel im Kommandobereich Platz nahm und die Geschichte ihres Traums erzählte. Ohnehin gab es nur eine einzige Person, die sie derart gut kannte.

Will Riker beobachtete sie und zwang sich dazu, sie nicht zu unterbrechen, nichts zu sagen, nachdem er den Zwischenfall im Korridor beschrieben hatte, egal, wie lächerlich es sich auch anhören mochte. Er stand einfach nur da, als die anderen ihr Augenmerk auf Troi richteten. Es war nicht einfach für sie gewesen, dem Captain zu gestehen, daß sie einen Traum gehabt hatte, den sie nicht mehr loswurde; ebenso mühsam, wie es für Riker gewesen war, jene Person — oder was immer es gewesen sein mochte — im Korridor näher zu beschreiben. Nur die beflissene Aufmerksamkeit, die Captain Picard ihren lächerlichen Geschichten schenkte, verriet ihnen, daß er in der Galaxis schon genug erlebt hatte, um solche Geschichten nicht von vornherein als lächerlich abzutun.

Nun stand der Captain neben Troi, nahm das Schema ihres Traums in sich auf und versuchte es mit dem in Beziehung zu bringen, was Riker ihm erzählt hatte. Irdische Schiffe, Menschen in Uniform — irgendwo gab es einen gemeinsamen Nenner. Er war entschlossen, ihn zu finden.

»Können Sie Ihre Wahrnehmungen etwas genauer beschreiben, Counselor?«

Troi neigte ihren hübschen Kopf. »Ich werde mich bemühen, sie in sprachlicher Form auszudrücken, Captain. Aber ich muß Sie darauf aufmerksam machen, daß es sehr ungenaue Erklärungen sein werden. Telepathische Eindrücke sind mitunter zu vage für eine Interpretation.«

»Versuchen Sie Ihr Bestes!«

Sie nickte einmal. »Mein Geist zeigte mir verschiedene Perioden der Geschichte, nicht alle davon irdisch, obwohl die klarsten darunter menschlicher oder humanoider Art zu sein scheinen. Vielleicht liegt das an meiner teilweise menschlichen Abstammung — ich weiß es nicht. Andere wiederum ... andere sind so fremdartig, daß mir die Worte fehlen, um meine Eindrücke zu beschreiben.«

»Fremdartig, sagen Sie?«

»Sogar sehr augenfällig. Aber das Schiff in meinen Visionen stammte zweifellos von der Erde.«

»Darauf kommen wir gleich zurück. Fahren Sie fort.«

Sie unterbrach sich kurz, aber nicht für lange Zeit. Picard war niemand, den sie warten lassen wollte. »Da war ein Nebel aus Besorgnis ... Dringlichkeit ... Widerstand. Aber keine Absicht zur Gewaltanwendung.«

»Da können Sie nicht sicher sein!« unterbrach sie Tasha vom Achterdeck herab mit ihrer üblichen Gelassenheit. Sie spürte Rikers Blick und seine Ablehnung, fuhr aber fort. »Ich meine nur ... wenn es fremdartige Gefühle waren, könnte Deanna sie völlig falsch deuten. Anderen Mitgliedern dieser Spezies könnten sich diese Eindrücke als feindselig, aggressiv und gefährlich darstellen.«

»Sie sind zu mißtrauisch, Tasha«, erwiderte Riker, der sich in die Defensive gedrängt sah.

»Ich erledige nur meinen Job«, konterte sie. Nicht einmal ein Anflug des Bedauerns beeinträchtigte ihre Überzeugung. Sie wußte sehr gut, wie aufbrausend sie war — und sah das als Vorteil an. Im Gegensatz zu Worf, der ständig daran arbeitete, sein klingonisches Temperament zu beherrschen, bekannte sich Tasha zu dem ihren. Riker erkannte es in ihren Augen, als er sich zu ihr umdrehte, in der unterschwelligen Wildheit ihres Gesichts, und tatsächlich sorgte es dafür, daß er klein beigab. Erst nachdem er einige Sekunden stumm nachgedacht hatte, wurde ihm klar, wie wirksam sie ihre Ansicht verbreitet hatte.

Troi spürte die entstandene Spannung noch im selben Augenblick, obwohl sie dafür keine Telepathin hätte sein zu brauchen. Es nagte an ihr; ihr Job war es, die Gefühle und den Geisteszustand der Raumschiffbesatzung im Auge zu behalten, Auswege aus derartigen Krisen aufzuzeigen, die wirklich gefährlichen Pannen zu vermeiden, die in dieser Art andauernder Trennung kamen und gingen. Wie schrecklich, daß sie auf einmal der Grund für all das sein sollte... wie entsetzlich.

Sie klappte ihre Hand leicht nach oben. »Nein«, sagte sie dann. »Tasha hat recht. Daß ich keine aggressiven Absichten auffange« — sie unterbrach sich und sagte dann jenen Satz, der sie selbst am meisten erschreckte —, »ändert nichts an der Tatsache, daß ich Bilder von Gewalt und Zerstörung empfange.«

Picard gab den ominösen Behauptungen erst gar keine Chance, sich in der Phantasie der Brückencrew einzunisten. In der Hoffnung, Deanna und die anderen etwas zu beruhigen, ließ er sich in seinem Kommandosessel nieder. Er war sich der Wirkung nur zu bewußt, die solche kleinen Aufregungen auf seine Crew hatten, besonders in einem solchen Augenblick, wo es niemandem entgehen konnte, daß Deanna Trois übliche Ausgeglichenheit aus unerklärlichen Gründen in die Brüche gegangen war. »Können Sie sich darauf konzentrieren? Sind wir in Gefahr?«

»Das ist es ja, was mich so verwirrt, Sir«, meinte sie ruhig. »Obwohl ich Bilder der Zerstörung sehe, scheint doch keine Absicht dahinter zu stehen, obwohl es zweifellos das Werk eines denkenden Wesens und nicht ein Naturphänomen ist. Wie ich schon sagte, keine Absicht zur Gewaltanwendung.«

»Wenigstens eine kleine Beruhigung.«

»Aber Sir, Sie verstehen nicht.« Sie hielt ihn mit einer leichten Berührung seines Arms vom Aufstehen ab. »Eigentlich sollte ich überhaupt keine konkreten Bilder empfangen. Es zählt einfach nicht zu meinen Fähigkeiten, Visionen und Formen aufzufangen. Aus diesem Grund«, fügte sie widerstrebend hinzu, »bin ich mir nicht sicher, ob Sie meinem Urteil trauen sollten.«

Ein tröstendes Lächeln erschien in Picards fürstlichen Gesichtszügen. »Ich vertraue Ihrer Interpretation, Deanna.«

»Aber sie ist Telepathin«, hob Dr. Crusher hervor, die die Ereignisse bislang nur stumm verfolgt hatte. Deanna Trois Geschichte von unwillkommenen Eindrücken und unscharfen Träumen faszinierte die Ärztin sowohl in persönlicher wie beruflicher Hinsicht. Nun, da ihre Stimme durch die spürbare Anspannung schnitt, fügte sie zugleich auch jenen gesunden Menschenverstand hinzu, den sie momentan am dringendsten benötigten. »Keine Hellseherin. Das ist ein entscheidender Unterschied, wie Ihnen hoffentlich klar ist.«

»Ja, das stimmt.« Troi sah sie dankbar an. »Das ist genau, was ich sagen will. Der Unterschied zwischen dem, was ich aus eigener Kraft vollbringen kann, und dem, das zu tun mich irgend etwas zwingt.«

Picard fügte die Einzelteile im Geist zusammen, erhielt aber nur ein sehr grobes Mosaik. »Sagen Sie mir, was Sie in diesem Moment empfinden«, sagte er dann. »In einem Wort.«

Sie antwortete nicht sofort. Lange, nervöse Minuten verstrichen, als sie eine Reihe von Möglichkeiten in Erwägung zog und wieder verwarf. Jene um sie herum sahen zu, wie jede dieser Möglichkeiten über ihr Gesicht huschte und sie durch ihre Unzulänglichkeit verwirrte.

Dann hatte sie es. Oder zumindest jenes Wort, das der Sache noch am nächsten kam. Das erste Mal während der langen Minuten stummer Suche richtete sie ihren Blick auf Jean-Luc Picard, und ihre Lippen formten ein Wort.

»Leid.«

Noch während sie sprach, erschien das Leid in ihren Augen. Einen Moment lang holte das Mitgefühl sie ein, Mitgefühl für die Wesen, deren Eindrücke sie empfing — oder die zu empfangen man sie zwang. Es war, als ob sie flehentlich um Hilfe bat. Nach einer Pause holte sie tief Luft, seufzte und zog dann ihre schönen Brauen zusammen, als ihr klar wurde, daß den anderen die volle Bedeutung dieses Wortes teilweise entging. Andererseits konnten sie es nicht nachfühlen.

Picard bemerkte den Wandel in ihrem Gesicht. »Leid umfaßt sehr viele Dinge, Counselor«, sagte er zu ihr.

Sie nickte. »Allerdings«, stimmte sie zu. »Klinisch würde ich es als eine Art Dysphorie bezeichnen. Aber es wäre nicht richtig zu behaupten, daß es kein körperliches Leid gibt. Und doch spüre ich keine körperliche Präsenz. Es ist recht verwirrend, Sir. Tut mir leid.«

»Erlaubnis erteilt, sich nicht in einem fort entschuldigen zu müssen, Counselor«, meinte Picard. Er legte seine Hände auf die Knie und stand auf. »Kümmern wir uns mal um diese Schiffe.« Er führte die Versammlung hinauf zu den übergroßen Bildschirmen der Wissenschaftsstation. Worf machte Platz, damit sich alle um seine Station scharen konnten. Der Captain ergriff sogleich das Wort. »Computer, zeig mir verschiedene Militärschiffe aus der Zeit um – wann haben Sie gesagt?«

Troi trat vor und schaffte es dabei irgendwie, dicht bei Riker zu bleiben, um Kraft aus seiner Gegenwart zu schöpfen. »Das am vertrautesten aussehende Schiff stammte aus den späten Achtzigern des 20. Jahrhunderts, Captain. Ein Aegis-Kreuzer, den Daten zufolge.«

»Computer, Ausführung wie angegeben.«

Beinahe unmittelbar darauf erschien ein zweidimensionales Bild des Aegis-Kreuzers auf dem Schirm.

»Ist das das richtige Schiff?« fragte Picard.

»Oh nein, Sir. Nur das richtige ... Konzept. Das richtige Zeitalter.«

»Computer, weiter in diesem Index.«

Der Kreuzer wich einem anderen Schiff, jenes einem anderen, jenes wieder einem anderen, während die sanfte weibliche Stimme die dazugehörigen Beschreibungen herunterbetete.

»Zerstörer, Marine der Vereinigten Staaten ... Ausbildungsschiff, Marine der Vereinigten Staaten ... Computerkreuzer der Reserveeinheiten, Königliches Kanadisches Marinekommando ... leichter Amphibientransporter, Marine der Vereinigten Staaten ... atomares Unterseeboot,

Marine der Union der sozialistischen Sowjetrepubliken... Kurzstart-Flugzeugträger der Invincible-Klasse, Königliche Britische Marine... Konventioneller Flugzeugträger vom CV-Typ, Marine der Vereinigten...«

»Halt!«

Troi schreckte vor ihrem eigenen Ausbruch zurück, deutete aber weiterhin auf den Schirm. »Das ist sehr dicht dran.«

»Aber?« ermunterte sie Picard.

»Aber... ich weiß nicht. Ich habe nicht viel Ahnung von Oberflächenschiffen.«

»Computer, nähere Beschreibung dieses Schiffs.«

»U.S.S. Forrestal. *CV-59. In Dienst gestellt Oktober 1955. Marine der Vereinigten Staaten.«*

»Gut, weitermachen.«

Auf dem Schirm tauchte ein neues Schiff auf. Für die ungeübten Augen der Zuschauer zeigte sich kaum ein Unterschied. *»Atomarer Volldeck-Flugzeugträger vom CVN-Typ...«*

»Ja!« Troi zuckte zusammen. »Genau das!« Sie preßte ihre Hand über ihren Mund, tief bewegt von dem Anblick.

Picard blieb gelassen und überbot ihre Reaktion durch seine eigene Unnachgiebigkeit. »Computer, nähere Beschreibung.«

»U.S.S. George Washington. *CVN-73. Flugzeugträger der Enterprise-Klasse. In Dienst gestellt Januar 1992. Marine der Vereinigten Staaten.«*

Troi nahm ihre Hand von ihrem Mund. »Das erscheint mir sehr vertraut.«

Ein spürbares Unbehagen hüllte die Brücke ein. Alle Augen blinzelten und richteten sich dann auf sie. Natürlich spürte sie es, auch ohne hinzusehen. »Will sagen, es ähnelt den Eindrücken, die ich empfangen habe«, verbesserte sie sich selbstbewußt.

»Gut«, murmelte Picard und warf über Trois dunklen Kopf hinweg einen Blick auf Riker. »Natürlich. Sie sagten etwas über Namen.«

Troi starrte den Flugzeugträger an, als fürchtete sie, er könne ebenso verschwinden wie all die anderen Bilder. »Einer lautete Vasska. Arkadij... und Gor... Gorsha – nein, das stimmt nicht. Das ist unvollständig.«

»Data, kommen Sie bitte herauf.«

Der überraschte Androide warf sich förmlich in den Sessel der Wissenschaftsstation, als habe man ihn tief beleidigt, weil man ihn nicht schon früher um seine Hilfe gebeten hatte. Riker gab seinen Vorurteilen nach und trat ein wenig weiter zurück als nötig, zwang sich jedoch dazu, über die Reaktion hinwegzusehen. Data war tatsächlich der am meisten qualifizierte. Ein Instrument, das ein anderes Instrument bediente.

Offenbar war Data bereit, die Rolle des Führers bei der Suche in den gewaltigen Datenspeichern der *Enterprise* anzunehmen. Er konzentrierte sich auf den speziellen Flugzeugträger-Typ und die Namen, die Troi erwähnt hatte; er bat sie nicht einmal darum, sie noch einmal zu wiederholen. Seine Finger verhedderten sich beinahe, so eifrig war er darauf bedacht, aktiv an diesem ganzen Gerede über Gefühle, Sinneseindrücke und Erinnerungen teilzunehmen.

Falls er enttäuscht war, ließ er es nicht zu, daß sich die Enttäuschung in seinem Gesicht bemerkbar machte.

»Sir«, fing er an, »ich bedaure, aber dies wird einige Zeit in Anspruch nehmen. Ich muß nach einem Ausscheidungsverfahren arbeiten. Darf ich vorschlagen, daß ich Sie verständige, wenn ich damit fertig bin?«

Falls es tatsächlich seine höfliche Art war, ihnen zu sagen, ihm nicht die ganze Zeit über die Schultern zu sehen, funktionierte sie.

»Also gut.« Picard verscheuchte die Meute und lehnte sich zu Riker. »Was hat er gesagt?«

»Sir...« Tasha hob ihre Hand zu einer angedeuteten Geste und senkte sie sehr rasch wieder, als Picard sich zu ihr umwandte. »Ich bin Litauerin.«

Picard schluckte die Versuchung hinunter, ihr dazu zu gratulieren. »Und?« fragte er nur.

»Und ich erkenne diese Namen wieder. Sie sind russisch.«

»Aha. Sehr gut, Lieutenant. Mr. Data, machen Sie Gebrauch davon.«

»Darauf können Sie wetten«, meinte Data kurzangebunden und drehte sich wieder zu seiner Station um. Picards verblüffte Miene entging seiner Aufmerksamkeit.

»Captain...«, wandte sich Troi unvermittelt zu ihm um. »Wenn Sie erlauben, möchte ich in mein Quartier zurückkehren. Vielleicht bekomme ich dort wieder einen klaren Kopf. Ich möchte mich besser auf diese Eindrücke konzentrieren oder zumindest zulassen, daß sie sich stärker auf mich konzentrieren.«

Picard fiel auf, daß Data ihn nach wie vor beobachtete. Als ob die Entscheidungen voneinander abhingen – Computersuche und Geisterjagd. »Eine vernünftige Strategie«, sagte er dann zu ihr, »nachdem unsere Hardware offenbar nicht in der Lage ist, das Problem schneller zu lösen. Ich wünsche allerdings, daß Sie sich vorsehen. Und nichts ist zu unbedeutend, um es nicht zu melden.«

»Jawohl, Sir«, murmelte sie. Als sie sich zum Turbolift umwandte, bemerkte sie Rikers Besorgnis. »Ich verspreche es.«

Doch die Brücke war groß, der Weg zum Turbolift unangenehm weit. Und obwohl Troi ganz bewußt darauf achtete, sich ihre Unruhe nicht anmerken zu lassen, spannten sich Rikers Beine an. Er fühlte jeden ihrer Schritte mit, wünschte sich, daß er sie begleiten, ihr auf irgendeine Weise helfen könnte. In letzter Zeit war es ihm und Deanna offenbar nicht vergönnt, mehr als nur eine Ablenkung für den jeweils anderen zu sein.

»Ziemlich fähige Puppe«, meinte Data.

So unschuldig. So trocken.

Riker hielt die Luft an. Picard schoß ihm einen finsteren Blick zu. LaForge und Worf erstarrten beide, Tasha errötete, und Bev Crusher schaute weg.

Troi hatte kaum den Turbolift erreicht. Hatte sie es noch gehört?

Data saß in einem Tümpel ewig guter Absichten, sein Sessel drehte sich kaum merklich zu den anderen herum, und als alle Augen zu ihm hochkrochen und ihm einen gemeinsamen Verweis erteilten, erschien ein verwirrter Ausdruck auf seinem Gesicht. »Biene? Hase?«

Die Türen des Turbolifts glitten auf, und die geistesabwesende Counselor des Schiffs verschwand.

»Maus? Frauenzimmer? Weibsbild?«

»Data!« riefen Picard, Riker und Yar im Chor, als die Lifttüren gerade wieder zuglitten.

Der Androide fuhr zusammen und kniff seinen Mund zusammen, als ob er schmollte. Plötzlich zeigte sich Unschuld in seinem goldfarbenen Gesicht, auf einmal wirkte er verletzlich. Unter ihren strafenden Blicken zog er sich zurück und widmete sich erneut der Datensuche in den Tiefen der Schiffsdatenbank. Picard fiel auf, wie sich Datas Schultern unübersehbar verschoben, als sich das Augenmerk wieder von ihm abwandte.

»Alle Mann auf ihre Stationen«, befahl Picard beiläufig. Solange es keinen Grund gab, war es seiner Auffassung nach besser, wenn die Stimmung auf der Brücke entspannt war. Zwar lösten sich die Spannungen nicht vollständig auf, doch lobenswerterweise bemühte sich jeder Offizier nach Kräften, sie nicht weiter anwachsen zu lassen.

Von der Seite nahm Picard das dankbare Nicken seiner Chefärztin zur Kenntnis. Er erkannte die eindeutig medizinische Geste — Crusher würde keinen Kommentar abgeben — noch nicht. Nicht, bevor nicht alle Karten auf dem Tisch lagen. Weder über Trois aufgeregten Zustand, noch über diese unklinischen Vorfälle oder sonst irgend etwas.

»Ich bin in der Krankenstation, Captain«, sagte sie unmißverständlich, »wenn Sie mich brauchen.«

Picard nickte bestätigend. Ihre Worte erfüllten ihn mit einer Wärme, die jenseits aller Logik lag, und einmal mehr drängte sich die Vergangenheit zwischen sie, der gemeinsame Ausblick und die gegenseitige Trauer, die sie vor langer Zeit zu Bekannten gemacht und doch zugleich verhindert hatten, daß sie sich jemals wirklich nahekamen. Mit einem Stich des Bedauerns sah er zu, wie sich Crusher auf dem Absatz herumdrehte und die Brücke verließ.

Picard begrub seine Gefühle und näherte sich Riker aus einem derart geübten Winkel, daß Riker ihn erst dann bemerkte, als er das Wort ergriff. »Mr. Riker.«

»Oh, Captain... Aye, Sir? Was kann ich für Sie tun?«

»Fragen Sie lieber, was Sie für sich selber tun können. Erzählen Sie mir noch einmal, was Sie im Korridor gesehen haben.«

Riker verlagerte unbehaglich sein Gewicht. Der Gedanke, daß er ›Dinge‹ gesehen hatte, gefiel ihm nicht. Nach wie vor ballte sich ein harter Klumpen in seinem Magen, zogen sich die Brauen über seinen Augen zusammen, ganz egal, wie sehr er sich bemühte, sein Gesicht wieder zu entspannen. »Ich wünschte, ich wüßte es. Es wirkte genauso massiv wie Sie in diesem Augenblick. Besser gesagt: *er*. Als er wieder verschwand, nahm ich an, daß Trois Hologramme bis in den Korridor gedrungen waren. Aber dem war nicht so. Und ich habe es mir auch nicht eingebildet.«

»Wie können Sie sich da so sicher sein?«

»Weil es nicht getan hat, was ich eigentlich von ihm erwartet hatte. Ich denke doch, daß meine Phantasie etwas so handeln lassen würde, wie ich es erwarte, aber dieser... Mann... streckte seine Hand nach mir aus und musterte mich mit einem sehr sonderbaren Ausdruck. Es ist schwierig, Sir. Ich wäre gern ein wenig konkreter...«

»Captain«, rief Data plötzlich von oben herab und wirbelte auf seinem Sessel herum. »Ich hab's, Sir.«

»Hi, Mom.«

Wesley Crusher sah auf, als seine Mutter in ihr gemeinsames Quartier neben der Krankenstation hereinstürmte. Seine Haut hatte die unverkennbare, an Porzellan erinnernde Glätte aller Sechzehnjährigen. Das Haar war ein wenig zu ordentlich gekämmt, die Kleider hingen faltenlos an seinem schmächtigen Körper. Seit ihn der Captain zum amtierenden Fähnrich ernannt hatte, legte er größeren Wert auf sein Äußeres. Beverly Crusher kam es so vor, als ob sich Wesley nur deshalb so gut pflegte, damit er unter dem uniformierten Brückenpersonal nicht deplaziert wirkte; und wie jeder Sechzehnjährige übertrieb er dabei ein wenig.

»Wes«, meinte sie statt einer Begrüßung, »ich brauche deine Hilfe.«

Freudig wandte er sich von seinen Studienbändern ab. »Klar, Mom. Worum geht's denn?«

»Sieht dein Dienstplan vor, daß du heute auf der Brücke bist?«

»Ich? Na ja, eigentlich nicht. Mr. Data hat mich gebeten, ihm in dieser Woche bei der Katalogisierung einiger physikalischer Theorien zu helfen, und eigentlich wollte ich das als Ausrede verwenden, um später...«

»Kannst du das jetzt gleich erledigen?«

Wesley stand auf, wodurch er plötzlich genauso groß wie seine hochgewachsene Mutter wurde. »Wirklich? Ich meine, wieso?«

»Spiel den Babysitter auf der Brücke.«

Wesleys glattes Gesicht legte sich in Falten. »Wie bitte?«

»Ich möchte, daß du für mich ein Auge offenhältst. Irgend etwas geht da vor, und keiner weiß genau, was. Es beeinflußt Deanna Troi, und wenn ich mich schon nicht auf ihre Expertise verlassen kann, möchte ich wenigstens im Bilde sein, was da oben vorgeht.«

Wesley schnitt eine Grimasse. »Mom«, fing er an, »ich habe keinen blassen Schimmer, wovon du redest.«

Dr. Crusher grinste ihn traurig an. »Nenn es einfach medizinische Eingebung. Nenn es, wie du willst, aber sei einfach mein Spion auf der Brücke. Ich kann nicht selber hinaufgehen, weil ich eine Reihe pediatrischer Untersuchungen an diesem Nachmittag habe, und außerdem wäre ich zu auffällig. Machst du's?«

Er zuckte die Achseln. Irgendwo mußte an dieser Sache doch ein Haken sein. »Klar.«

Sie tätschelte seine Wangen, wie sie es von Zeit zu Zeit zu tun pflegte, wenn sie sich daran erinnern wollte, daß dieser helle, lebhafte, *große* Junge immer noch der sieben Pfund schwere Säugling war, der kaum eine Nacht durchgeschlafen hatte, bevor er zwölf wurde. »Danke, Kumpel. Das vergesse ich dir nie.«

Sie ging auf den Laboreingang zu, drehte sich aber noch einmal herum, als Wesley fragte: »Mom, wonach genau soll ich eigentlich Ausschau halten?«

Mitten im Schritt, ohne abzubremsen, wandte sich Beverly Crusher einmal mehr herum. »Nutz einfach deine Phantasie.«

Zögernd betrat Riker Trois Quartier. Er wußte, daß er sie viel früher störte, als sie es erwartete.

»Wieder da, Bill?« murmelte sie und lächelte ihn an. Das düstere Quartier hellte sich um eine winzige Nuance auf.

Wie stets überraschte es ihn, dieses ›Bill‹. Nur sehr wenige Menschen nannten ihn so, und auf diesem Schiff war Troi die einzige. Nur Deanna. »Tut mir leid.« Er ging auf sie zu, setzte sich dieses Mal aber nicht. »Ob du's glaubst oder nicht, Data hat die Datei bereits gefunden. Ich wollte dir nicht so schnell wieder auf die Nerven fallen, aber...«

»Laß die Entschuldigungen«, sagte sie. »Sie passen nicht zu dir.«

Seine Brauen schossen nach oben. »Nein? Das ist schlecht.«

Troi zuckte die Achseln. »Hängt alles von der Quelle ab.«

»Die Quelle hat leider nicht den Luxus, nicht wissen zu müssen, wie man sich entschuldigt«, entgegnete er. »Vielleicht irgendwann einmal.«

»Vielleicht irgendwann mal *Captain* Riker. Glaubst du nicht?«

»Du schürfst zu tief, Deanna«, beschuldigte er sie grinsend. »Ich bin wie ein offenes Buch für dich, und glaube ja nicht, daß ich das nicht wüßte. Ich bin noch nicht bereit für den Posten eines Captains, aber ich gebe zu...«

»Daß der Posten des Ersten Offiziers unangenehm ist«, vollendete sie flüssig.

Riker lachte und ließ sich in den nächstgelegenen Sessel fallen. Zunächst lehnte er sich nur im Sessel zurück und wedelte mit der Hand herum, doch die Zeit drängte, und so lehnte er sich beinahe im selben Moment wieder nach vorne. »Ich möchte dich nicht drängen.«

»Schon in Ordnung. Ich würde die Antwort selber gerne wissen, weil sie mir vielleicht den inneren Frieden wiederbringt. Einsamkeit ist kein so willkommener Weggefährte.«

Riker fragte sich schweigend, ob sie sein Mitgefühl für sie auffangen konnte, die Unzulänglichkeit seines Verständnisses. Schließlich sah er sich außerstande, sich von ihrem gleichmütigen Blick abzuwenden. »Warum bleibst du? Was hilft es dir, unter Menschen zu bleiben? Wir müssen dich doch in den Wahnsinn treiben.«

Troi lachte. »Oh, Bill... du bist immer so entschlossen. Weißt du denn nicht, warum ich bleibe?«

»Ich bin auf Empfang, Counselor. Sagen Sie's mir.«

Ihr Lächeln veränderte sich, wurde wehmütig, und sie wandte ihren Blick nach unten. Als sie wieder aufsah, funkelten ihre kohlefarbenen Augen. »Ich mag die Menschen.«

Riker grinste. »Wirklich?«

»Doch, sogar sehr. Mehr als die Betazoiden. Sag das ja niemand weiter.« Verschwörerisch schürzte sie ihre Lippen. »Ja, ich mag sie. Obwohl ich sie unbehaglich mache, schätze ich sie sehr. Sie sind so redlich und meinen es stets so gut. Sie besitzen eine derart ausgeprägte Integrität als Spezies... und meine menschliche Hälfte hat mir etwas gegeben, was nur wenige Betazoiden besitzen.«

»Und das wäre?«

Sie straffte ihre Schultern und lehnte sich gegen den Sessel. »Disziplin. Selbstdisziplin, meine ich. Und... ich glaube, daß ich eine Intuition besitze, für deren Entwicklung andere Betazoiden gar keinen Bedarf haben. Meine Mutter und ihr Volk glauben alles unbesehen. Oft genug halten sie es für einen Scherz, in den Geist eines anderen einzudringen. Ich habe gelernt, daß man im Universum nichts so einfach unbesehen glauben darf, und dieses Wissen haben mir die Menschen beigebracht. Wußtest du übrigens, daß ich als Mischling ein breiteres Spektrum von Gefühlen lesen kann als Vollbetazoiden? Obwohl die Eindrücke nicht sehr klar sind. Meine menschliche Seite hat mir viele Vorteile gebracht, und deshalb bin ich stolz auf sie.«

Riker war merklich still geworden, überrascht von ihrer Großzügigkeit. Er wußte, wie oft sie sich alleine und verlassen fühlte. Er sah die Blicke, die man ihr zuwarf, wenn sie einen Raum betrat oder verließ. Lange Zeit schon hatte er sich gefragt, ob seine Zuneigung zu ihr in der Tat echte Zuneigung oder nur der Beschützertrieb aller Männer gegenüber etwas war, das er als die Schwäche einer Frau empfand. Troi trug einen Übermaß an Nachteilen durch ihre Position als Counselor des Schiffs, eine Position, die für Starfleet und die gesamte Föderation gleichermaßen neu war, neu und nach wie vor nicht genau festgelegt. Niemand wußte oder verstand auch nur, worin ihre eigentliche Aufgabe an Bord des Schiffes bestand. Aber alle wußten, daß sie hier war, um sie zu beobachten, um die allgemeine psychologische Verfassung der Schiffsbesatzung zu beurteilen und ihre Beobachtungen gegebenenfalls an den Captain weiterzuleiten. Ein geistiger Wächter — oder Wachhund, je nachdem. Irgendwann einmal würde die Föderation den Posten einer Counselor besser definieren, oder vielleicht würden sich die Menschen von selbst an den Gedanken gewöhnen, doch für den Augenblick mußten Deanna Troi und die wenigen anderen, die diesen Posten innehatten, jene Unbestimmtheit einfach erdulden.

»Du beeindruckst mich«, sagte er spontan.

Sie lachte erneut. »Sei nur nicht zu beeindruckt. Ich weine mich häufiger in den Schlaf, als ich zugeben möchte.«

Ihr schwacher griechischer Akzent kratzte gegen die Worte wie die Klauen eines kleinen Spatzes, der gerade über eine Marmorplatte hüpfte. Riker biß sich auf die Zunge und behielt seine unzulänglichen Beteuerungen für sich. Sie brauchte sie nicht — zumindest nicht jene, denen er Ausdruck verleihen konnte.

»Danke«, flüsterte sie, und schon wußte er, daß es ihm nicht gelungen war, seine Gefühle für sich zu behalten. »Ich werde gebraucht, Bill. Ich kann einen Beitrag leisten, zu dem selbst Vollbetazoiden nicht imstande wären. Für dieses Privileg bin ich gerne bereit, den entsprechenden Preis zu bezahlen. Ich bin mir nur nicht sicher, ob dies der richtige Ort für diesen Beitrag ist.«

Riker verschränkte seine Hände, stützte seine Ellenbogen auf die Knie, starrte einen Moment nach unten und sah dann wieder auf. »Weißt du, wieviel Schuldgefühl du mir damit bescherst?«

Troi blinzelte ihn an, schwieg einen Augenblick lang und warf dann ihren Kopf zurück. »Ja, das weiß ich.«

Der überrumpelte Riker errötete und konnte sein Lächeln nicht länger mehr unterdrücken, doch immerhin lächelte sie ebenfalls. Verdammt, sie war wirklich gut in diesen Dingen.

»Zur Brücke, Nummer Eins?« schlug sie sanft vor.

Er stand auf und griff nach ihrer Hand. »Zur Brücke, Counselor.«

»Fahren Sie fort, Mr. Data.«

Picards Stimme erklang zu Trois Rechten. Riker stand zu ihrer Linken, als ob seine Gegenwart an ihrer Seite sie irgendwie vor dem beschützen würde, was da kommen sollte. Sie wirkte recht beherrscht, wenn man bedachte, daß sie keine wie auch immer geartete Chance gehabt hatte, einen Moment lang abzuschalten und die Ereignisse zu verdauen. Data rief die Informationen ab, die er entdeckt hatte.

»Sir, ich muß mich entschuldigen«, sagte er. »Die Suche war weniger aufwendig, als ich zunächst vermutet hatte. Counselor Trois Wahrnehmungen waren präzise, und alle Informationen fügten sich zu ...«

»Also berichten Sie schon, Data. Trödeln Sie nicht rum.«

»Jawohl, Sir. Wie Sie auf dem Schirm erkennen können, handelt es sich um einen Volldeck-Flugzeugträger aus den Neunzigern des 20. Jahrhunderts. Ein sowjetisches Schiff, das im Schwarzen Meer gerade auf Gefechtsübung war, als es am 24. April 1995 auf geheimnisvolle Weise verschwand.«

»Verschwand?« brummte Picard. »Wissen Sie eigentlich, wie groß ein atomarer Flugzeugträger ist, Commander?«

Obwohl Picard die Frage eher rhetorisch gemeint hatte, hatte Data sofort eine Antwort parat. »Natürlich, Sir. Bis zu neunzigtausend Tonnen, mit einer Besatzung, die der fünffachen unseres Raumschiffs entspricht.«

Plötzlich kam es dem Captain albern vor, die Frage überhaupt gestellt zu haben. »Also gut, fahren Sie fort. Wie hieß das Schiff?«

Selbst Data war sich der Anwesenheit von Deanna Troi bewußt, als er leise antwortete: »Die *Gorschkow*.«

Trois Augen schlossen sich langsam. Sie suchte inneren Halt im Klang dieses Wortes, schlug dann die Augen wieder auf und hielt die plötzlich auf sie einstürzenden Gefühle fest im Zaum – sogar die Trauer.

»Fahren Sie fort, Data«, drängte Picard.

»Ihr Captain hieß Arkadij Reykow. Er hatte eine lange und unsichere Karriere in der Politik durchlaufen, bevor er sich von diesem Feld abwandte und zur Marine ging. Seine Ablehnung des sowjetischen Systems hatte ihm einige Probleme bereitet, doch seine Fähigkeiten als Marineoffizier überwogen diese Tatsache offensichtlich. Erfahrung stand in der UdSSR der damaligen Zeit sehr hoch im Kurs, und so gestattete man ihm, seine Karriere fortzusetzen.«

Riker hörte den vereinfachten Beschreibungen eines komplexen internationalen Gewirrs zu, jenem Tauziehen, das in dieser gefährlichen Periode gang und gäbe gewesen war, und fragte sich unwillkürlich, was Reykow wohl empfunden hätte, wenn er die Zukunft gekannt hätte. Wenn er gewußt hätte, daß er nur ein winziges Zahnrad in jenen Mechanismen darstellte, die die Erde im 21. Jahrhundert an den Rand der Katastrophe gebracht hatten.

»Und dieser Vasska?« forderte Picard.

Die Antwort, in einem Tonfall, der so zart war wie das Reißen eines Spinnfadens zwischen zwei Blättern, kam nicht von Data, sondern Troi.

»Timofei...«

Sie wandten sich ihr zu.

Troi bemühte sich um Gelassenheit. »Timofei Vasska«, vollendete sie den Satz. »Ich glaube, er war der Erste Offizier.«

Unbehaglich wandte sich Picard an Data.

»Ja, das stimmt«, entgegnete Data nicht minder unbehaglich.

»Haben wir ein Foto von ihnen?« fragte Riker.

Data warf ihm einen Blick zu. »Möglicherweise... ich programmiere eine Suche. Computer, zeig mir alle verfügbaren visuellen Daten über Reykow oder Vasska.«

Der Computer begnügte sich mit einem langen Summton. Lange mußten sie jedoch nicht warten, bevor seine weiche weibliche Stimme verkündete: *»Einzig verfügbares Bild von angegebenen Personen ist ein Zeitungsfoto kurz vor Stapellauf der* Gorschkow. *Auf dem Schirm.«*

Der Bildschirm tat sein Bestes, um eine körnige Aufnahme scharfzustellen, auf der mehrere Hundertschaften uniformierter Männer, anscheinend die Offiziere des Flugzeugträgers, gemeinsam auf dem großen, flachen Deck standen. Die Gestalten waren klein und standen eng beisammen, doch auf der linken Seite standen zwei Offiziere etwas weiter von den anderen entfernt. Die schlechte Qualität des Photos machte ihre Gesichter beinahe unerkenntlich.

»Da.« Riker wies auf die beiden Männer. »Computer, vergrößere die beiden Männer im Vordergrund.«

Plötzlich erschienen zwei Gesichter, etwas verschwommen zwar, doch ihre ausgeprägten, stolzen Gesichtszüge waren deutlich zu erkennen.

»Das ist er«, murmelte Riker und wies auf den großen Mann rechts. »Das ist der Mann, den ich im Korridor gesehen habe.«

Picard sah tief in die Augen des sowjetischen Offiziers und murmelte: »Reykow...«

Während er noch den Namen aussprach, wurde ihm klar, daß seine Reaktion völlig instinktiv gewesen war. Niemand hatte ihm gesagt, daß es sich dabei um den Captain der *Gorschkow* handelte, und doch wußte er es irgendwie. Irgendwie gab es da eine Symbiose, etwas im Gesicht des anderen, das er als Captain nur zu gut verstand.

Er wandte sich an Deanna Troi. »Counselor?«

Sie bemühte sich um ihre Fassung und starrte die beiden Gesichter auf dem Bildschirm an. »Ja«, meinte sie dann leise. »Reykow und Vasska.«

»Data«, sagte der Captain, »haben Sie sonst noch etwas über diese beiden?«

Der Androide nickte. »Ein wenig, Sir. Timofei Vasska war fünfunddreißig und diente schon seit langer Zeit unter Reykow. Die Daten sind unvollständig, doch einige Artikel über den Zwischenfall spekulieren, daß die beiden Männer befreundet waren und planten, mit einer neuen Technologie im Gepäck zum Gegner überzulaufen.«

»Welche neue Technologie?« platzte Riker heraus, dem es auf einmal völlig gleichgültig war, ob seine Frage den dienstlichen Gepflogenheiten zuwiderlief. Er spürte die Anspannung in Trois Körper neben sich und hätte in diesem Moment alles getan, um ihre Furcht ein wenig zu mildern. Tatsächlich fühlte er ihre Furcht derart stark, daß er hätte meinen können, er sei der eigentliche Telepath.

Data wollte gerade antworten, als die Lifttür aufglitt und Wesley Crusher mit langen Beinen auf die Brücke marschierte. Knirschend hielt er inne, als sich alle Blicke ihm zuwandten. Erstaunen traf ihn wie ein Schlag, und jegliche Gelassenheit fiel von ihm ab. Warum scharte sich jedermann um die Wissenschaftsstation?

Er blieb einen Augenblick stehen, winkte dann unbeholfen und lächelte. »Hallo, alle miteinander...«

Der Captain richtete sich auf. »Was führt Sie zu dieser Stunde hierher, Mr. Crusher?«

Wesleys Mund trocknete aus. Komisch, aber es hatte sich alles so einfach angehört, als seine Mutter davon erzählt hatte. »Ich... ich... äh...«

»Schon gut. Machen Sie sich an die Arbeit und stören Sie uns nicht weiter.«

Befangenheit überflutete ihn. Wesley ging zur zweiten Konsole der Wissenschaftsstation und bemühte sich, Arbeit vorzutäuschen, aber er konnte nicht anders, als gelegentlich einen Blick hinüberzuwerfen, um zu sehen, was die anderen da trieben.

»Weiter, Commander«, befahl Picard scharf.

Data warf ihm einen Blick zu und machte da weiter, wo er aufgehört hatte. »Die *Gorschkow* hatte ein spezielles Gerät an Bord, einen elektromagnetischen Pulsor, der anfliegende Raketen und Flugzeuge aus der Bahn werfen sollte. Man hatte die wissenschaftlichen Grundlagen gerade erst ausgearbeitet, doch die Sowjets verschwendeten keine Zeit mit längeren Testreihen, sondern konstruierten gleich einen voll ausgerüsteten Pulsor.«

»Gut«, bellte Picard. »Aber was ist mit ihnen *passiert*?«

»Oh... natürlich. Anscheinend wurde das Schiff auf unerklärliche Weise vollständig... pulverisiert.«

»Mein Gott«, keuchte der Captain.

»Es gab kaum Überreste des Schiffes«, Data schwieg einen Augenblick, »und absolut keine Überreste der Besatzung.«

Riker schob sich nach vorne. »Gar keine? Nicht einmal eine einzige Leiche?«

»Nein. Die Beziehungen zwischen den Supermächten hatten sich seit den Achtzigern stetig verbessert, doch als die Untersuchungen des Treibguts andeuteten, daß das

Schiff durch äußere Einflüsse und nicht etwa durch ein Reaktorproblem zerstört worden war, brach die Welt unter den gegenseitigen Anschuldigungen beinahe zusammen.«

»Wundert mich nicht«, flüsterte Picard.

»Aber es gab keinen Beweis, daß irgendeine Nation das Schiff blitzartig angegriffen hätte. Hinzu kam das Auftauchen von sieben sowjetischen Marineflugzeugen von der *Gorschkow*, die kurze Zeit später bei einem Flugzeugträger der Vereinigten Staaten um Landeerlaubnis nachsuchten — entschuldigen Sie, Sir. Ich wollte nicht derart unpräzise sein. Bei dem amerikanischen Flugzeugträger handelte es sich um die *Roosevelt*. Sie befand sich auf offener See, als die sowjetischen Maschinen neunundsechzig Minuten, nachdem sie Augenzeuge der Zerstörung ihres Schiffes geworden waren, in ihren Luftraum eindrangen. Die Piloten schworen, daß die Vernichtung der *Gorschkow* nicht auf eine Rakete zurückzuführen sei. Historiker haben die Theorie aufgestellt, daß es ohne die Aussage der Piloten sofort zu einem Abbruch der internationalen Beziehungen und zum Ausbruch des 3. Weltkriegs gekommen wäre. Hinzu kam noch das Glück, daß es sich bei den Piloten um Russen handelte, die ohne Belastung durch rassische Vorurteile an die wütende Regierung des Obersten Sowjets appellieren konnten. Hätte es sich bei den Augenzeugen um Amerikaner oder Briten gehandelt, wären wir heute vielleicht nicht hier. Selbst so sorgte der Zwischenfall für eine deutliche Abkühlung in den Beziehungen der Supermächte. Den Diplomaten hat's auch ziemlich einen reingewürgt.«

Picard runzelte die Stirn. »Aha... danke, Data.« Er packte Riker am Arm, zog ihn zur Seite und beugte sich zu ihm hinüber. »Warum redet er so komisch?«

Riker blinzelte, doch das Blinzeln galt weder Picard noch Data, sondern Deanna Troi, die ihrerseits die Luft anhielt und auf die Steuerkonsole starrte — auf Lieutenant LaForge. Ihr Gesicht erstarrte vor Verblüffung, als die Empfindungen LaForges zu ihr emporströmten.

Instinktiv schoß Riker der Steuerkonsole einen Blick zu. LaForge erhob sich gerade aus seinem Sessel, langsam, wie ein Schlafwandler, die Hände flach gegen die Konsole gepreßt. Er stand so langsam auf, daß er ganz unwillkürlich alle Aufmerksamkeit auf sich lenkte.

Als Riker einen Schritt auf die Rampe zu getan hatte, hatten es auch die anderen bemerkt und beobachteten ihn angespannt — unfähig, ihre Blicke wieder abzuwenden. LaForges Mund stand offen, der Körper vornübergebeut, als habe man ihm einen Schlag in die Rippengegend versetzt. Seine Hände ruhten nach wie vor flach auf der Konsole, die Beine steif und leicht gekrümmt. Natürlich verbarg das Visor seine Augen, doch von der Haltung seines Körpers, dem Ausdruck in seinem Gesicht und auf seinen Lippen konnte sich Riker durchaus vorstellen, was sich in den Augen eines Sehenden zeigen würde. Schock.

Wesley ging einen Schritt auf die Rampe zu, den hageren jugendlichen Körper völlig verkrampft. »Geordi?«

Riker schnippte mit den Fingern und deutete auf ihn. »Wesley, bleib wo du bist.«

Doch Wesleys Bewegungen hatten Riker dazu veranlaßt, selbst einen Schritt auf die Steuerkonsole zuzugehen.

LaForge atmete in kurzen Stößen. Er reagierte nicht, starrte nur — so sah es zumindest aus — nach vorne in Richtung Steuerbord. Er drehte seinen Kopf weiter in die Richtung und wandte sich dann halb herum, um die Steuerbordseite der Brücke in ihrer Gänze aufnehmen zu können.

Riker kam um die Steuerkonsole herum. »Geordi?«

»Sir...« LaForge drehte sich weiter, eine Puppe auf einer Spieldose.

Vor ihm, entlang des gesamten Steuerbordbogens, tummelten sich menschliche Gestalten. Sie hatten nichts mit den warmen Formen der normalen Besatzung gemein; sie wirkten eher flach und leuchteten in einem elektrostatischen, von zackigen Impulslinien zerfurchten Gelb — doch sie waren unverkennbar menschlich. Nicht nur humanoid

— *menschlich*. Etwas in der Art, wie sie sich bewegten und drehten, etwas in ihren Gesten gab ihm Gewißheit.

»Sir... da ist etwas...«

Riker kam einen Schritt näher, die Schultern leicht nach vorne gerückt, als ein Schauder über seinen Rücken fuhr.

»Aber da ist nichts.«

»Da *ist* etwas, Sir!«

Riker streckte seine Hand zu einer beruhigenden Geste aus, die ihren Zweck völlig verfehlte. »Also gut... Sagen Sie mir, auf welche Wellenlängen Sie momentan eingestellt sind. Helfen Sie mir, Geordi. Ich will es auch sehen.«

Geordi zuckte zurück, prallte gegen Riker, gegen seinen eigenen Sessel. Er versuchte, den unsichtbaren Wesen aus dem Weg zu gehen, die Wissenschaftsstation auf der oberen Brücke zu erreichen, doch das gelang ihm nicht einmal ansatzweise. Schließlich prallte er mit einer Schulter gegen das Brückengeländer und konnte nicht mehr weiter. So blieb er an Ort und Stelle und versuchte sich einzureden, daß er nicht den Verstand verloren hatte.

»Geordi, beschreiben Sie es.« Mit einem Blick bat Riker Picard um Unterstützung. »Was sehen Sie?«

LaForge zitterte. »Ich weiß nicht...«

»Lieutenant«, schnappte Picard. »Geben Sie mir einen Lagebericht. Analysieren Sie die Dinge, die Sie sehen, und berichten Sie.«

»Äh... sie sind... enge Bandbreite... Bildpunkte niederer Auflösung auf mehreren Wellenlängen... nahe Ultraviolett im unsichtbaren Spektrum... aber einige Akustikwellen geben mir Bilder von bewegten Impulsen...«

Ungeduld, aber auch Erstaunen durchtränkte Picards Stimme. »Wollen Sie sagen, Sie können sehen, wie sie sich *anhören*?«

»Ja, Sir — mehr oder weniger. Mein Gott, sie sind überall!«

»Data«, drängte Picard.

»Ich hab's gleich, Sir. Einen Augenblick.« Data arbeitete wild an der Sensoranpassung des Computers, berührte dann einen letzten Kontaktpunkt und sah zum Hauptschirm auf.

Das Bild der Brücke machte sie schaudern. Jeder sah sich selbst, wo er gerade stand. Alles schien normal: Über die Bildschirme flackerten die üblichen Statusanzeigen, der beigefarbene Bodenbelag, die Farbstreifen auf Wesleys grauem Hemd, das Rot-Schwarz oder Gold-Schwarz der Offiziere, die azurfarbenen Uniformen, die verkündeten, daß das Bild scharf und farbecht war — was in diesem Augenblick allerdings niemanden zu trösten vermochte.

An Steuerbord schritten geisterhafte Erscheinungen über die Brücke. Über ein Dutzend menschlicher Gestalten leuchtete in gelblichem Weiß, flach wie Röntgendiffraktionsaufnahmen. Formen, Bewegungen, Gestalten ohne scharfe Konturen, ohne Tiefe, gläserne Menschen hinter einem Vorhang spektraler Impulse, umrahmt von zischend blauen Fäden. Manche bewegten sich wie Schlafwandler auf der Rampe auf und ab, vor dem großen Hauptschirm und in der Kommandozentrale. Andere standen still, als ob sie Riker beobachten würden, als er es endlich wagte, sich dem Schirm zu nähern, aufzunehmen, was dieser anzeigte. Er sah in einen Spiegel, und da waren Bilder, die neben ihm im Raum standen und ihn anstarrten.

Er wirbelte herum und musterte die Steuerbordseite, die völlig leer aussah. Seine Kehle verkrampfte sich und erstickte jedes Wort. Er konnte nichts weiter tun als zuzusehen, wie sich Captain Picard vom Bildschirm abwandte und gleichfalls musterte, was vom nackten menschlichen Auge überhaupt nicht wahrgenommen werden konnte. Im Gegensatz zu allen anderen, die sich langsam von jener Brückenseite davongeschlichen hatten, bewegte sich Picard darauf zu, sein Gesicht eine Herausforderung von granitener Härte.

»Alle Kanäle auf. Übersetzer zuschalten.« Er wartete nur einen Augenblick, bis ihm ein Klicken verkündete, daß Tasha ihre Angst abgeschüttelt und dem Befehl Folge geleistet hatte. Er hob seine Stimme. »Ich bin Captain

Jean-Luc Picard der Vereinigten Föderation der Planeten. Sie sind ohne Einladung in mein Schiff eingedrungen. Was wollen Sie von uns?«

Keine Reaktion. Riker hielt seinen Blick auf die Gestalten auf dem Bildschirm gerichtet, obwohl sich seine Nakkenhaare langsam aufrichteten. Er wußte, daß sie direkt hinter ihm standen.

»Wir fordern Sie auf, mit uns in Verbindung zu treten«, sagte Picard energisch. »Teilen Sie uns unverzüglich Ihre Absichten mit.«

Riker beobachtete den Bildschirm, unfähig, auf das leere Deck zu sehen, und eine Gänsehaut überkam ihn. Zwei der Röntgenbilder bewegten sich auf Picard zu, einer von der Seite, der andere von hinten.

Riker stürzte auf ihn zu. »Captain!«

Er bekam den Arm des Captains zu fassen und zog ihn beiseite, ein Tanz von seltener Dringlichkeit, der Riker zwischen den Captain und die heranrückenden Geister brachte. In der nächsten Sekunde landete Worf neben ihm auf dem Kommandodeck, über ihnen hatte Yar bereits ihren Phaser gezogen. In einer rein menschlichen Geste riß Riker seinen Kopf herum, auf der Suche nach dem Unsichtbaren. Sein Magen zog sich zusammen, als er auf die Schläge unsichtbarer Hände wartete.

Dann...

»Sie sind weg...« LaForge sprach laut genug, um die anderen erst *wirklich* nervös zu machen.

Riker glaubte nicht daran. Seine Magengrube bewies ihm das Gegenteil.

Doch der Captain vertraute dem wellenlängensensitiven Bildschirm, der nun nichts weiter auf der Brücke zeigte als ihn selbst und seine Crew. Selbst er konnte jedoch einen verstohlenen Rundblick über das Deck nicht vermeiden.

»In Ordnung, Mr. Riker«, murmelte er dann. »Rühren!«

Dazu war freilich keiner in der Lage. Kein einziger.

Wesley Crusher kniff seine jungen Augen zusammen und flüsterte: »Hier spukt's.«

KAPITEL 4

»Spuk?« schnaubte Captain Picard. »Abergläubischer Unfug. Schluß damit, Fähnrich.«

Er ging in die Kommandozentrale, noch nicht ganz bereit, sich wieder hinzusetzen, gequält von dem Gedanken, die Wesen könnten immer noch um ihm herumwandern. Er warf Wesley Crusher einen unnachgiebigen Blick zu, der besagte, daß derzeit kein Bedarf an der Weisheit eines Teenagers bestand, der die Sache nur noch mehr vermasseln würde. Als ihm Wesleys Miene auffiel, der Ausdruck eines verprügelten Welpen, empfand Picard einmal mehr einen Stich ob seiner Entscheidung, Wesley zum Fähnrich ernannt zu haben, eine Entscheidung, die kein guter Vater getroffen hätte, eine Entscheidung aber auch, die er als Mann, der niemals Kinder gehabt hatte, getroffen hatte, ohne im mindesten über die Folgen nachzudenken. Er hätte es besser wissen müssen, immerhin stellte er als kommandierender Offizier so etwas wie den Vater seiner Besatzung dar. Wesleys Gesicht war das Gesicht eines Kindes; kein altgedienter Offizier hätte die Rüge derart persönlich aufgefaßt. Und nachdem er sie einmal ausgesprochen hatte, konnte Picard sie nicht mehr zurücknehmen.

Es gab so viele Dinge, die er nicht zurücknehmen konnte. Es war ein Fehler und ein Bärendienst gewesen, ihn so früh, ohne den geringsten Anlaß, auf die Brücke zu holen. *Weniger ein Bärendienst für die Brücke als für den Jungen.*

Picard sah auf den Hauptschirm und wandte sich von dem jungen Gesicht ab, das seinen Geist beschäftigte. Ja, Wesley auf die Brücke zu befördern, hatte für Verstimmung bei einigen anderen Starfleet-Offizieren gesorgt, die vielleicht nicht ganz so brillant sein mochten, den Posten aber zweifellos eher verdient hätten. Wesley Crusher war zu einem billigen Schmuckstück geworden — eine hübsche Ansammlung von Talent, aber nicht wirklich einsatzbereit. Alles, was er auf der Brücke tat, mußte überwacht werden, ganz gleich, ob er sich in seinem Schädel die Dinge manchmal schneller zusammenreimen konnte als alle Computer. So war es aber.

Und warum habe ich ihm das angetan? fragte sich Picard und ließ den vertrauten Gedanken einmal mehr durch seinen Geist wandern. *Fühle ich mich so verantwortlich für den Tod seines Vaters? Schulde ich Jack Crusher derart viel für den Fehler, der ihn umbrachte, daß ich bei seinem Sohn einen weiteren Fehler begehe? Bin ich so versessen darauf, die Dankbarkeit seiner Mutter zu erringen, daß ich seine Fähigkeiten als Schaukasten für meine guten Absichten verwende? Und wenn ich jetzt riskiere, dieses Zerrbild seiner selbst zu zerstören, indem ich seinen Rang als amtierender Fähnrich zurücknehme und ihn dahin zurückschicke, wo er hingehört... Ach, Picard,* tu t'es fait avoir.

Er seufzte und wandte sich an seine Kommandocrew. »Also gut. Fähnrich Crusher hält es für Geister. Immerhin ein Ausgangspunkt.«

Worfs klingonische Brauen zogen sich zusammen. »Aber, Sir, Geister sind Ammenmärchen!«

»Vielleicht, von einem metaphysischen Blickwinkel«, entgegnete Picard gleichmütig. »Aber damit können wir uns momentan nicht befassen. Wir werden von einem rein wissenschaftlichen Ansatz an das Phänomen herangehen. Verbannen Sie alle Gedanken an Gespenster, denken Sie statt dessen an andere Lebensformen und Geistwesen. Mr. Data, was können Sie mir darüber berichten?«

Völlig überrascht, daß man Fragen zu einem derart volkstümlichen Thema an ihn richtete, blinzelte Data nur einmal und wirkte plötzlich hilflos.

Riker sprang in die Bresche, und obwohl er es eigentlich besser hätte wissen sollen, konnte er sich doch nicht mehr rechtzeitig bremsen. »Man kann von einem Androiden kaum erwarten, daß er etwas über das Leben weiß, geschweige denn über das Übersinnliche.«

Die Augen des Captain trafen ihn wie Schwerter. »Ich rede hier von geisterhaften Erscheinungen, Riker, und Ihre Bemerkung paßt wohl nicht hierher, nicht wahr?«

Riker nickte gekränkt. »Jawohl, Sir. Ich schätze, nicht.«

»Ich habe Data eine Frage gestellt.«

Data mochte die Standpauke zu seinen Gunsten zwar zu würdigen wissen. Tatsache war jedoch, daß er bei einem solchen Thema tatsächlich ins Schwimmen kam. Für ein Wesen, das sein Wissen stets aus reinen Tatsachen schöpfte, waren derart mystische Konzepte purer Treibsand. Sich der Aufmerksamkeit aller wohl bewußt, warf Data Riker einen schnellen Blick zu, richtete sich dann auf und antwortete.

»Sir«, hob er an. »Nachdem die Lebensformen von Geordis Visor und den neujustierten Brückensensoren aufgenommen wurden, neige ich zu der Annahme, daß es sich bei ihnen nicht um Produkte irdischer Thaumaturgie handelt und sie durchaus nennenswerte stoffliche Substanz besitzen.«

Picards Mund kniff sich zusammen. »Wie bitte?«

»Sie sind echt.«

»Oh. Das hätten Sie auch gleich sagen können.«

»Tut mir leid, Sir.«

»Was Sie damit sagen wollen«, fuhr Picard fort, »ist, daß etwas Körperloses nicht gleichzeitig etwas Lebloses sein muß. Traditionelle Geister sind tot, diese Wesen aber nicht.«

Data hob den Kopf. »Schwer zu sagen, Sir. Das überschreitet die Grenze zur Semantik. Wir müßten zunächst definieren, was es bedeutet... am Leben zu sein.«

Das plötzliche Unbehagen des Androiden ob dieser Worte lenkte Picards Aufmerksamkeit einmal mehr auf dessen Augen, auf die jugendhafte Unschuld eines Wesens, das den ganzen Weg durch die Starfleet-Akademie zurückgelegt und ein Dutzend Jahre auf verschiedenen Starfleet-

Schiffen zugebracht hatte und irgendwie doch die Quintessenz des Unwissens geblieben war. Man mußte Data zugestehen, daß er am Leben war ... aber kein noch so umfangreiches Studium war in der Lage, jene unbezahlbaren Freuden und Leiden zu ersetzen, die aus zwischenmenschlichen Beziehungen resultierten.

»Haben wir schon eine Analyse der wissenschaftlichen Labors?« fragte Picard.

Data spielte mit der nächstgelegenen Computerkonsole und nahm die Informationen auf, die ihm das ausgefeilte Vergleichsanalyse-System des Computers zuspielte. »Es scheint sich um eine Art phasenverschobener Energie zu handeln, Sir.«

»Was heißt das?«

»Anscheinend existieren sie nur zeitweise. Mal sind sie hier, mal nicht. Sie leben nicht die ganze Zeit an einem Ort. Es handelt sich nicht um Energie, wie wir sie kennen, eher um eine Form von Proto-Energie. Manchmal zeigt sie einige der Eigenschaften gewöhnlicher Energie und Materie, manchmal wieder nicht. Unsere Wissenschaft scheint nicht mit diesem Phänomen vertraut zu sein.« Data sah auf. »Stabilität ist offenbar nicht ihre stärkste Seite.«

»Interessante Nicht-Analyse, Mr. Data. Sieht so aus, als ob sich der Computer lieber einen abbricht, bevor er zugibt, daß er keine Ahnung hat.«

»Augenblicklich kann ich ihm das nicht verübeln, Sir.«

Picard schoß ihm einen säuerlichen Blick zu, erlebte dann jedoch eine angenehme Ablenkung, als Troi auf ihn zukam. Sie hatte ihre Hände vor dem Körper verschränkt, ein Zeichen ihrer Bemühungen, ihre Selbstbeherrschung zu bewahren. »Sir ...«

»Reden Sie weiter, Counselor. Zu diesem Zeitpunkt erscheint mir nichts mehr zu weit hergeholt.«

»Wenn es wirklich ... Geister sind, ich meine, die geistigen Überreste verstorbener Lebewesen«, sagte sie, »kann man sie dann zerstören?«

»Zerstören.« Picard kostete das Wort. »Sie meinen, ob

man sie dann töten kann, nicht wahr? In der Lage zu sein, getötet zu werden, ist ein Merkmal alles Lebendigen.«

Angespornt durch seine barsche Antwort, zwang sich Troi dazu, ihre Ansichten energischer zu vertreten. »Und wenn man sie töten kann, bedeutet das dann, daß sie am Leben sind?«

»Keiner hat bislang von Strafaktionen geredet, Counselor«, erwiderte der Captain. »Aber diese Bilder der Zerstörung, die Sie empfangen haben«, fügte er hinzu. »Ich kann sie nicht so einfach ignorieren.«

Ihre Miene machte allen klar, daß sie keine Haarspalterei betreiben wollte. Die Frage war ihr sehr wichtig, eine echte Sache von Leben und Tod. »Ja, Sir, ich weiß. Aber ich möchte sehr darum bitten, daß meine Wahrnehmungen nicht falsch verstanden werden. Ich traue mir noch nicht zu, sie zu analysieren. Ich möchte nicht, daß Sie allein aufgrund meiner Worte an Strafaktionen gehen, bevor sie nicht völlig gerechtfertigt sind.«

»Wollen Sie damit sagen, daß Sie *tatsächlich* eine Gefahr für uns spüren?«

Frustriert neigte sie den Kopf und seufzte. »Ich bemühe mich, es nicht zu sagen, aber ich fürchte mich auch vor dem Gegenteil. Wenn Sie wissen, was ich meine...«

»Oh, ich verstehe. Diese Wesen existieren auf einer Ebene, die sich so sehr von der unseren unterscheidet, daß ihre bloße Anwesenheit eine Gefahr für uns darstellt. Solchen Dingen ist die Föderation bei ihrer Expansion schon des öfteren begegnet.«

»Ja, Sir, genau das will ich damit sagen«, entgegnete Troi besorgt. »Und selbst wenn sie eine Gefahr für uns darstellen sollten, haben sie es dann verdient, umgebracht zu werden, nur weil sie in unser Schiff eingedrungen sind?«

»Hmmmm«, murmelte Picard. »Ich frage mich, ob sie bei ihrer Diskussion über uns genauso großzügig sind.« Er wanderte um sie herum und studierte den Bodenbelag. »Ich werde daran denken. Aber wie auch immer: Ich werde es nicht zulassen, daß meine Besatzung dem Aberglauben verfällt. Wir werden die Antworten finden, und sie werden eine solide wissenschaftliche Grundlage haben.«

Troi reckte ihren Rücken. »Ja, Sir.«

»Ja, Sir«, bestätigte Data und wandte sich wieder an seine Konsole.

»Ich stimme zu, Sir«, sagte Riker. »Wer auch immer diese Wesen sein mögen, müssen wir davon ausgehen, daß sie intelligent sind und gewisse Absichten verfolgen, die es erst einmal zu erkennen gilt, bevor wir handeln können.«

»Genau«, murmelte Picard. »Und die Frage steht nach wie vor im Raum«, fügte er leise hinzu. Er überflog die Brücke, die inzwischen so unheimlich und ruhig geworden war wie ein Friedhof vor Sonnenaufgang. »Was wollen sie *hier*?«

Die Worte bildeten eine eisige Pfütze um die Füße der Crew. Picard wartete nicht, bis sie sich aufgewärmt hatte.

»Mr. Riker, bitte in meinen Bereitschaftsraum. Ich möchte kurz mit Ihnen sprechen.«

Riker zwang sich dazu, der davoneilenden Gestalt des Captains in das Privatquartier neben der Brücke zu folgen. Kaum hatte sich die Türe hinter ihm geschlossen, als der Captain ihn mit einem überlegenen Blick erstarren ließ.

»Sie haben meine Autorität untergraben, Mr. Riker.«

Riker ignorierte die Furcht, die nach wie vor auf der anderen Seite der Türe herrschte, und ließ die letzten Minuten noch einmal in seinem Geist Revue passieren. »Wirklich, Sir?«

Jenseits der Aussichtsluke umrahmten Sterne die kompakte Gestalt des Captains, der nun mehr denn je als Adeliger unter Bauern erschien. »Haben Sie.«

Riker neigte seinen Kopf. »Aber ich habe die Gestalten bemerkt, die auf Sie zukamen«, brachte er dann vor. »Ich wußte nicht, was sie vorhatten.«

»Wegen mir hätten Sie keinen olympiaverdächtigen Stabhochsprung hinzulegen brauchen«, sagte der Captain. »Eine einfache Warnung hätte genügt.«

Riker zog die Schultern hoch — nicht viel, gerade genug. »Es ist meine Aufgabe, Sie zu beschützen.«

»Ja, ich kenne die offizielle Geschichte. Wenn man so oft mit heiler Haut zurückgekommen ist wie ich, hat man es verdient, daß sich jemand um einen kümmert. Trotzdem möchte ich mich schon jetzt bedanken, wenn Sie mir in Zukunft die Würde gewähren, die mir zugedachten Schläge selber einzustecken. Wegtreten.«

»Geordi, guck mal hier. Geordi, guck mal da. Geordi, guck mal, woraus das gemacht ist. Geordi, guck durch die Wände wie Superman. Klar, kein Problem. Ich gucke. Ich hab' den Durchblick, also bin ich.«

»Immer mit der Ruhe!« murmelte Beverly Crusher, während sie den winzigen Filter des miniaturisierten Sensorausgleichs in LaForges Visor neu justierte. »Eigentlich sollte sich ein Medo-Ingenieur darum kümmern.«

»Nein danke«, brummte der junge Mann, blinzelte sie aus seinen grauen, blinden Augen an und versuchte dabei, sich vorzustellen, wie sie *wirklich* aussah.

»Und Sie hätten sich ausruhen sollen, nach dem, was auf der Brücke passiert ist«, riet sie ihm gleichmütig. »Sie können von Ihrem Körper nicht verlangen, daß er dieses Sensorsystem auf dieser Belastungsstufe hält, ohne sich zwischendurch einmal auszuruhen. Deshalb haben Sie auch diese Schmerzen, Geordi. Sie sind zu eigensinnig.«

Er nickte mit seinem kakaofarbenen Kopf in ihre ungefähre Richtung. »Die Schmerzen machen mir nichts aus. Ich kann nicht einfach meinen Posten verlassen. Aber irgendwie habe ich mehr Anerkennung von Leuten erwartet, die es bis auf die *Enterprise* geschafft haben. Ich habe einfach angenommen, daß jeder, der auf diesem Schiff Dienst tut, auf einem etwas neueren Stand ist als eine normale Schiffsbesatzung.« Er rieb sich mit den Händen über die zusammengekniffenen Augen, um den hämmernden Kopfschmerz zu erleichtern, und wartete darauf, daß das Arzneimittel Wirkung zeigte. »Riker hat von mir erwartet, daß ich es ihm einfach *beschreibe*. So einfach ist das nicht. Ich kann nicht so einfach einen schnellen Blick auf etwas werfen. Ich kann mir nicht so einfach Worte für die Sensorimpulse ausdenken, die aus meinem Gehirn eine Art Computerdolmetscher machen. Wußten Sie übrigens, daß ich auf kurze Distanz jedem Sensorabtaster überlegen bin? Er übersieht gewisse Dinge, schätzt andere falsch ein. Eine Maschine versteht die Dinge nicht so wie ich.«

»Weil sie nicht die Intuition besitzt, das Gesehene zu interpretieren«, klärte ihn Crusher milde auf. »Darauf sollten Sie stolz sein.«

»Bin ich auch«, beteuerte er. »Aber ich wußte genausowenig wie die anderen, was die Gestalten auf der Brücke wirklich waren, Mr. Riker eingeschlossen. Die Leute sehen mich an, aber sie sehen mich nicht wirklich. Sie sehen nur dieses *Ding*.« Er wies mit seiner Hand in ihre Richtung; die Geste umfaßte sie und das Gerät in ihrer Hand.

»Sie verstehen es nicht«, sagte die Ärztin, »und das können Sie auch nicht erwarten. Sie werden nie verstehen, wie anstrengend es für Sie ist, mit diesem Visor umzugehen.«

»Ich weiß!« Frustriert schlug er sich mit der Hand auf sein Knie. »Ich weiß... aber manchmal ist es schwer, vernünftig zu sein, besonders, wenn jedermann auf der Geordi-was-siehst-du-Masche herumreitet. Sie wissen einfach nicht, wie schwer es war, die Informationen verstehen zu lernen, die mir jeder Quadratzentimeter vermittelt. Ich bin keine Maschine, wissen Sie, Doc? Mein Gehirn ist nicht für so was eingerichtet. Es ist nicht so, daß ich etwas ansehe, und ein Dutzend kleiner Etiketten taucht auf und sagt mir genau, woraus es gemacht ist. Ich mußte die Bedeutung jedes einzelnen Impulses lernen, jeder Schwingung, jedes Flackerns, jedes Filters, jeder Spektralebene... die Menschen wissen einfach nicht, wieviel es mich kostet zu sagen: ›Ich weiß nicht, was es ist.‹«

Crusher unterbrach ihre Feineinstellungen und starrte ihn an, plötzlich bewegt von ihrer Fähigkeit, zu einer so einfachen Sache imstande zu sein. Weil er ohne seine Prothese blind war, entging ihm ihre Kunstpause. Im Augenblick konnte er überhaupt nichts sehen, und darüber war sie froh.

»Es ist nicht so einfach, wissen Sie«, fuhr er fort. »Es brauchte Jahre des Umlernens – schmerzhaften Umlernens –, bis mein Gehirn dazu in der Lage war. Menschliche Gehirne sind nicht für so etwas geschaffen. Und jedesmal, wenn ich gestehen muß: ›Das weiß ich nicht‹ oder ›So etwas habe ich noch nie zuvor gesehen‹, durchfährt es mich wie ein Blitzstrahl. Es bedeutet nichts anderes, als daß ich wirklich blind bin.«

»Oh, Geordi ...«, murmelte Crusher.

»Manchmal«, sagte er, »gehe ich durch zwanzig oder dreißig Analyseschritte, und jeder einzelne davon beraubt mich eines kleinen Teils meiner selbst. Wenn ich etwas nicht erkenne, kann man das nicht mit einem Sehenden vergleichen, der sich einen Kasten ansieht und nicht in der Lage ist, das Innere zu erkennen. Es ist mehr, wie wenn man seinen Atem anhält, tiefer und tiefer nach unten taucht ... und auch wenn man den Grund nicht erreicht, muß man doch wieder an die Oberfläche zurück, bevor die Lungen explodieren ... ach, ich kann es nicht erklären. Ich kann es Ihnen nicht *begreiflich* machen.«

In seiner Blindheit streckte er die Hand aus und fand das Visor, das sie in der Hand hielt – es war reiner Instinkt, der Instinkt eines Blinden, der ihm genau sagte, wo seine Hände waren. Mit seinen künstlichen Augen in der Hand glitt er vom Tisch und schaffte es irgendwie, zur Tür zu finden. Als sie für ihn aufglitt, trat er fehlerlos hindurch, sich an den Geräuschen und dem schwachen Luftzug aus dem Korridor orientierend, als wollte er ihr beweisen, daß er auch ohne die Bürde seiner hochtechnischen Krücke ein ganzer Mann war.

»Geordi«, rief ihm Crusher nach, doch sie tat es nur mit halbem Herzen, weil sie keine Worte hatte, die ihm helfen konnten. Sie zuckte zusammen, als Riker wie aus dem

Nichts auftauchte und Geordi mit ihm zusammenstieß. Andernfalls wäre es ein perfekter Abgang gewesen...

»Lieutenant...«, setzte Riker zu einer Begrüßung an, gaffte ihm dann aber nur mit offenem Mund hinterher, als LaForge ohne die geringste Entschuldigung an ihm vorbeistürmte. Nachdem Geordi um die Biegung des Korridors verschwunden war, wies Riker mit dem Daumen in seine Richtung. »Was ist dem denn über die Leber gelaufen?«

»Sie.« Crusher verschränkte ihre Arme und seufzte.

»*Ich*? Wie komme ich denn dazu?«

»Komisch, daß Sie mich das fragen.« Sie packte ihn beim Arm und zog ihn in die Krankenstation, pflanzte ihn in den nächstgelegenen Sessel und nahm ihre Vortragshaltung ein — jene, die vor allem Eltern so gut beherrschten. Den schlanken Knöchel gegen einen Untersuchungstisch gelegt, näherte sie sich dem Thema mit geübter Strenge. »Er macht sich Sorgen wegen der kleinen Episode auf der Brücke.«

»Er hat Ihnen davon erzählt... also gut, ich beiße an. Warum macht er sich deshalb Sorgen?«

Die hübschen Art-Deco-Gesichtszüge Beverly Crushers verzogen sich. »Sind Sie sicher, daß Sie das wissen wollen?«

Frustriert breitete Riker die Hände aus. »Seit wann komme ich jedermann so reserviert vor? Ich will es wirklich wissen.«

»Deshalb sind Sie aber nicht zu mir gekommen.«

»Nein«, gab er zu. »Ich bin gekommen, weil ich wußte, daß LaForge hier war. Ich wollte eine Analyse der physikalischen Zusammensetzung dieser Lebensformen. Ich dachte mir, daß er der beste Mann für so was ist.«

»Ich glaube, Sie sollten die Aufgabe lieber Data überlassen.«

»Warum? Plötzlich funktioniert jedermann nur noch mit halber Kraft. Geordi LaForge ist doch der Experte für Spektroskopie.«

»Aus Sachzwang«, gab sie zurück. »Nicht aus freier Wahl.«

Riker sah sie an, sah sie einfach nur an. Dann schüttelte er den Kopf. »Sie sind sauer auf mich. Haben Sie sich mit dem Captain verschworen?«

Plötzlich spannte sich ein gemeinsamer Faden um sie, und Crushers Lippen verzogen sich zu einem verständnisvollen Grinsen. »Ach... verstehe. Nein, ich bin nicht sauer auf Sie. Aber lassen Sie mich Ihnen einen Rat geben.«

»Bitte!«

»Hören Sie auf Lieutenant LaForge. Hören Sie ihm einfach nur zu.«

»Aber das tue ich doch.«

»Nein, tun Sie nicht. Sie hören auf das, was er zu sagen hat, aber Sie wissen es nicht zu würdigen. Sie glauben, daß er ganz normal sieht.«

Riker sah ihr in die tiefliegenden Augen und versuchte, die Bedeutung ihrer Worte zu verstehen, gab jedoch nach einigen Sekunden auf. »Ich weiß nicht, was Sie meinen.«

Sie legte ihre langen Hände in den Schoß. »Mein Gott, Will. Glauben Sie, er setzt einfach nur dieses Ding auf und kann wieder sehen? Gut, das ist ungerecht... ich erklär's Ihnen. Sicher, nach außen hin wirkt das so. Ich habe eben versucht, ihm das zu erklären, aber aus seiner Warte — na ja, es gibt lediglich vier Blinde, die erfolgreich mit einer optischen Prothese ausgestattet wurden, und Geordi LaForge ist einer davon. Ich meine, vier Menschen, die es gelernt haben, damit umzugehen. Vier. Mehr gibt es in der ganzen Föderation nicht.«

»Wirklich?« murmelte Riker in Gedanken versunken. »Reden Sie weiter.«

Crusher holte tief Luft und suchte nach Worten, um etwas zu erklären, das sie selber nie erlebt hatte. »Wenn er einen Apfel ansieht, muß er zwanzig bis zweihundert verschiedene Sensorimpulse interpretieren, nur um eine Vorstellung von Form, Farbe und Temperatur zu bekommen. Danach muß er das Visor neu kalibrieren, um die molekulare Zusammensetzung, die Dichte und alles andere herauszufinden. Glauben Sie mir — es ist unvorstellbar. Und genau das strengt Geordi so sehr an. Wir reden hier von mehr als tausend Impulsen, nur um einen Apfel zu erkennen. Wußten Sie, daß er sehr bald unter Erschöpfungszuständen leiden würde, wenn er das Gerät nicht mehrmals am Tag abnimmt?«

»Nein, das wußte ich nicht. Aber er nimmt es doch nie ab.«

»Er weigert sich, seiner Behinderung nachzugeben. Und eben diese Hingabe zehrt ihn auf und beschert ihm beträchtliche Schmerzen.«

Riker packte die Lehne des Sessels und drückte das Kissen zusammen. »Schmerzen? Wollen Sie mir damit sagen, daß ihm dieses Ding wehtut?«

»Er zeigt es nie.«

»Ich hatte keine Ahnung...«

Dr. Crusher rutschte vom Tisch. »Das ist die Art von Besatzungsmitglied, die Sie haben, Mr. Riker. Jetzt wissen Sie's.«

Der Erste Offizier ließ sich tiefer in den Sessel sacken und kniff die blauen Augen ein wenig zusammen, als er versuchte, sich etwas vorzustellen, zu dessen Vergegenwärtigung sein eigenes Gehirn einfach nicht geschaffen war. Doch er verstand den Schmerz, und er verstand, wie es war, ihm zu widerstehen. Und wie hartnäckig dieser Schmerz trotz allem wiederkehren konnte. Plötzlich wurde ihm klar, wie wenig Zeit er mit diesen speziellen Menschen verbracht hatte. Spezielle Begabungen, ja, aber auch spezielle Behinderungen. Data und sein mechanisches Ich. Yar mit ihrem explosiven Temperament und ihrer Überfürsorglichkeit. Das ständige Tauziehen zwischen ihm und dem Captain. Die unklare Trennung der Machtbefugnisse auf einem Raumschiff, das etliche Zivilisten unter seiner Besatzung hatte. Troi und was sie an allen Fronten durchmachen mußte. Und nun auch noch Geordi LaForge — blind und doch nicht blind, ein Mann, der entweder alles oder nichts sah, ohne daß es dazwischen noch etwas anderes gab.

Es war schwer, eine Belastung sogar. Seit dem ersten Tag hatte es Probleme gegeben — Probleme, wegen derer sie die ach so wichtigen Momente beiseite schieben mußten, in denen sich Menschen erst wirklich kennenlernten. Sie hatten soviel gemeinsam durchgemacht, und doch waren sie sich fremd. Was wußte er schon von Geordi? Was dachte Geordi über andere Dinge außer seinem Sehvermögen und der Steuerkonsole? Was war Yars Lieblingsbeschäftigung, abgesehen von der Vervollkommnung ihres kämpferischen Geschicks? Eine derart junge und vitale Frau mußte zweifellos noch anderen Vergnügungen nachgehen. Welche Musik gefiel ihr? Drückten ihre Schuhe manchmal? Und fraglos hatte Wesley mehr zu bieten als die typische Unverletzlichkeit des Sechzehnjährigen. Und Worf — war er einsam? So einsam, wie Troi von Zeit zu Zeit erschien? Was hielt ihn bei Starfleet, wenn er ohne weiteres zu seinem Klinzhai-Stamm zurückkehren und als einer der ihren aufgenommen werden konnte? Es lag nicht in der klingonischen Natur, das eigene Blut zurückzuweisen, egal, welche Umstände zur Trennung geführt hatten. Warum kehrte er nicht einfach zurück?

Irgendwie war jeder für die anderen nicht mehr geworden als ein Name, verbunden mit einer speziellen Eigenheit. Data war der Androide, Geordi war sein Visor, Worf war der Klingone, Crusher war die Ärztin, Wesley war der Junge, Troi die Empathin, Picard der Marquis...

Ich schätze, das macht mich zu seinem Knappen. Oder zum gemeinen Volk, dachte Riker. Er kümmerte sich nicht darum, ob und wie sich diese Gedanken in seiner Miene zeigten. Crusher sah ihm schweigend zu. *Ich kenne sie nicht. Ich kenne keinen von ihnen, und trotzdem haben wir die ganze Zeit unser Leben und unsere Gesundheit dem anderen anvertraut. Und Captain Picard... ihn kenne ich von allen am wenigsten. Andererseits habe ich ihm auch nicht viel von Will Riker gezeigt, oder?*

»Verdammt«, flüsterte er.

Crusher zog ihre Lippen zusammen und bemühte sich,

ein verständnisvolles Nicken zu vermeiden. Sie hatte die Veränderungen in seinem Gesicht bemerkt. Insbesondere war ihr aufgefallen, daß er auf einmal damit anfing, geistesabwesend an einem Nagel zu zupfen und schuldig dreinzusehen.

»Was?« spornte sie ihn an, sorgsam auf ihren Tonfall bedacht.

»Nichts.« Abrupt stand er auf und beging damit genau jenes Verbrechen, für das er sich geistig bereits aufgehängt hatte. Noch während er sich zur Tür herumdrehte, fiel ihm freilich auf, was er da tat. Er blieb stehen, balancierte auf einem Bein, wandte ihr seine Schulter zu und spielte bereits mit dem Gedanken, sich umzudrehen. »Wir... wir zeigen einfach nicht...«

»Commander Riker, sofort auf die Brücke. Alarmstufe Gelb, alle Mann, Alarmstufe Gelb. Commander Riker, melden Sie sich auf der Brücke...«

»Etwas am Rand der Sensorreichweite, Sir.«

Tasha Yars Stimme gewann plötzlich an Härte und Festigkeit, als sie sich bemühte, das Alarmsignal zu übertönen.

Picard stand entschlossen im Zentrum der Brücke und starrte auf den Hauptschirm, sich der Gegenwart von Counselor Troi neben sich nur zu bewußt. »Abtastung.«

»Abtastung läuft.«

»Seien Sie auf dem Posten, das gilt für alle. Und wo zum Teufel steckt...«

»Riker meldet sich wie befohlen, Sir. Entschuldigen Sie die Verzögerung.«

Picard drehte sich zum Turbolift um. »Ich wünsche, daß Sie mir die nächsten vierundzwanzig Stunden voll und ganz zur Verfügung stehen, Nummer Eins. Wir wissen nicht, worauf wir hier gestoßen sind, und ich schätze Rätsel nicht besonders. Bevor wir nicht entdeckt haben, womit wir...«

»Stets zu Diensten, Sir. Kein Problem.« Mit einem klatschenden Geräusch landete Riker auf seinem Platz zwischen dem Captain und Troi. Einen Augenblick lang hatte Troi seinen Blick aufgefangen, und beide mußten sehr hart daran arbeiten, jene gegenseitigen Beruhigungen zu vermeiden, die zu diesem Zeitpunkt wirklich fehl am Platze waren. Er zwang sich dazu, von ihr wegzusehen, und beobachtete Yar, wie sie wütender als gewöhnlich an der taktischen Station arbeitete. »Informieren Sie mich, Lieutenant.«

Ihre blassen Brauen furchten sich. »Wir haben eine Abtastung am Rand der Sensorreichweite, Mr. Riker, aber ich kann kein festes Ziel erfassen — Moment — das... das kann nicht sein. Ich erhalte keine Echos. Nein, das kann nicht sein.«

Picard wirbelte herum. »Überhaupt nichts? Gar keine Reaktion auf die Abtastung?«

»Nein, Sir«, beschwerte sich Yar. »Nicht einmal eine Anzeige von Raummüll oder sonstiger Körper...« Sie unterbrach sich und schlug auf die Konsole, als sei sie ein kleines Kind, das verlorengegangen war. Dann richtete sie sich entschlossen auf, sich der Bedeutung ihrer Instrumentenanzeigen absolut gewiß. »Sir, soweit ich feststellen kann, absorbiert das Ziel alle Sensorimpulse.«

Picards Gesicht nahm einen Ausdruck arroganten Unglaubens an. »Das ist das Merkwürdigste, das ich je gehört habe. Holen Sie sofort die Bestätigung der Raumlabors ein.«

»Sind bereits zugeschaltet, Sir.« Ihre Augen blitzten auf. »Gleiches Resultat.«

Er wirbelte herum und schlug sich mit der Faust auf den Schenkel. »Verdammt.« Mit herrischen Schritten ging er auf das Sternenfeld vor ihnen zu und kniff die Augen zu Schlitzen zusammen. »Laden Sie die Sensoren auf.«

Yar sah erneut auf. »Wie bitte?«

»Genau. Schicken Sie einen hochenergetischen Sensorpuls über die nominellen Geräte.«

Kraftlos lag Yars Hand auf der Konsole, und sie warf

Riker einen hilflosen Blick zu. Ihr Mund formte die stumme Frage: *Aufladen?*

Riker fühlte die Last auf seinen Schultern. Mindestens zehn Zentimeter kleiner als zuvor, wandte er sich an Picard. »Sir, könnten Sie uns diese Prozedur noch mal erklären?«

Zu jedermanns Überraschung – und Erleichterung – sah Picard nur kurz zu ihm hinüber. »Natürlich.« Er trat an die Operator-Station, wo Data die Ergebnisse stumm und aufmerksam verfolgt hatte, legte eine Hand auf die kleine taktische Zugriffskonsole und tippte sorgfältig auf einige Kontrollen. »Es ist mehr oder weniger inoffiziell. Starfleets Ingenieure lehnen die Taktik normalerweise ab, weil sie zu radikal ist. Wenn man sie zu oft verwendet, können etliche Schaltkreise ausbrennen. Wir müssen die Computersensoren zuschalten, den Ausstoß auf einen hochenergetischen Strahl enger Bandbreite fokussieren, eine Blitzabtastung programmieren, damit die Energie unter Kontrolle bleibt, und dem Computer anschließend mitteilen, daß er nach eigenem Ermessen feuern kann. Bitte, da haben Sie's.«

Elegant zog er seine Hand von den Instrumenten zurück. Überrascht nahmen die anderen zur Kenntnis, daß der Captain durchaus seine spitzbübischen Seiten besaß. Tatsächlich flutete binnen weniger Sekunden ein Energiepuls durch die Sensorsysteme der Brücke hinaus in den Raum, wo er mit der ungehinderten Geschwindigkeit reiner Energie die gewaltigen Entfernungen zum Ziel zurücklegte.

»Sir!« Yar zuckte an ihrer Station zusammen. »Wir empfangen tatsächlich etwas. Mein Gott! Es kommt direkt aus dem interstellaren Raum auf uns zu – es hat uns angepeilt. Ankunft in achtundsiebzig Sekunden.«

»Hauptschirm ein«, bellte der Captain.

»Sir«, mahnte LaForge mit bemerkenswert ruhiger Stimme, »für eine Bildübertragung bei diesen Werten müssen wir die Sensoren zwölf Punkte ins Gammastrahlenspektrum umstellen.«

»Machen Sie schon, Lieutenant!« brüllte Picard.

Der junge Blinde schnitt eine Grimasse hinter seinem Visor, tastete den Code ein, hieb mit einem Fingernagel auf den Einschaltknopf und hielt dann seinen Atem an, als die Schiffsysteme unter der Belastung aufheulten. Doch die Anzeigen kamen herein.

»Sensoren auf Maximalleistung – sie ziehen immer mehr Saft ab, Sir«, meldete LaForge über das Kreischen der Energie hinweg. »Bildübertragung beinahe stabil – da!«

Das Sternenfeld vor ihnen verschwamm, knisterte und formte sich zu einem neuen Muster – und plötzlich zeigten die Brückenwände ein riesenhaftes, glasartiges Fehlfarbenbild, das durch die Tiefen des Weltraums wellenförmig, sich in einem fort verändernd, auf sie zuraste. Die Farben glichen einem Polarlicht, chaotisch, blendend in ihrem Glanz, von unverkennbar elektrischer Herkunft.

Geordi schirmte noch im selben Moment sein Visor mit den Händen ab. »Mein Gott...«

Das Feuerwerk raste über ihre Gesichter und weckte ihre tiefsten Ängste. Es war ein völlig fremdartiges Objekt und weckte Panik in ihren Herzen – es sah aus wie Feuer, wie Elektrizität. Wie das Gesicht der Hölle selbst.

Hinter Riker und dem Captain erwachte plötzlich Troi zum Leben. Das Gewitter auf dem Hauptschirm leuchtete auf ihrer Haut und in ihren Augen, verstärkte das Entsetzen in ihrem Gesicht.

»Bleiben Sie weg davon! Kommen Sie ihm nicht zu nahe!«

Wie aus dem Boden gezaubert, stand Picard auf einmal neben ihr. »Counselor?«

Ihre schmalen Arme umschlossen seinen Arm wie Klauen. »Captain! Weichen Sie ihm aus!«

»Ich kann nicht einfach...«

»Weichen Sie *aus*!« wiederholte sie. »Captain, was soll ich eigentlich auf diesem Schiff, wenn Sie nicht auf meine Ratschläge hören? Wenn ich mich irre, lege ich mein Amt nieder! Wenn ich sonst schon nichts in meinem Leben getan habe, so doch wenigstens das! Captain, bitte!«

Die purpurfarbenen Lichtadern zwischen ihnen formten sich zu häßlichen Mustern, als ob sie Trois Worte und die Überzeugung in ihren Augen in Grund und Boden stampfen wollten.

Der Captain hielt sie an den Armen fest und bedachte sie mit einem bohrenden Blick, der alles andere wollte, als ihre Aufrichtigkeit in Frage zu stellen. Auf einmal holte er tief Luft, und seine Stimme dröhnte über die Brücke: »Schilde ausfahren! Alarmstufe Rot!«

»Alarmstufe Rot«, wiederholte Riker und gab den Befehl an Tasha weiter. »Geschwindigkeit und geschätzte Ankunftszeit?«

»Jetzt auf Warp 6! Geschätzte Ankunftszeit einundsechzig Sekunden!« Die prismatischen Lichter auf ihrem Bildschirm ließen sie zusammenfahren. Ihr blondes Haar funkelte orange, dann violett, dann blau, dann in einem grausamen Weiß. Ihre Arme bewegten sich durch das Feuerwerk, und die Alarmsirenen heulten auf. Überall im Schiff blitzten weitere, diesmal jedoch von Menschenhand geschaffene Lichter auf, während um den breiten Rumpf und die Triebwerksgondeln herum die Hochenergie-Deflektoren zum Leben erwachten.

Picard schob Deanna Troi beiseite, auf die drei Sessel zu, von denen aus sie zu besseren Zeiten das Kommando führten, und bahnte sich einen Weg durch den Lichterglanz.

»Lieutenant Yar, setzen Sie ihm einen Phaserschuß vor den Bug. Sorgen Sie dafür, daß keinerlei Zweifel an unseren Absichten bestehen. Warnen Sie dieses Ding!«

Hinter sich hörte er Troi flüstern: »Waffen ... nein!«

Doch es war zu spät.

Ohne den Befehl zu bestätigen, spielte Yar auf ihren Kontrollen, und vor ihnen stachen die Langstreckenphaser in den Weltraum, dünn wie Nadeln, die Energie zu derart schmalen Fäden gebündelt, daß sie selbst auf diese Entfernung wie feste Klingen wirken würden.

»Captain, es beschleunigt!« schrie sie dann. »Es hat enorm an Geschwindigkeit zugelegt – jetzt auf Warp Zehn ... Warp Zwölf! Warp Vierzehn-Komma-Neun!«

»LaForge!«

LaForge wischte mit seinen Handflächen über die Kontrollen und warf das Raumschiff in den Notwarp. Die Geschwindigkeitsveränderung geschah so abrupt, daß selbst die hochgezüchteten Starfleet-Geräte den Effekt auf die Magengrube nicht ausgleichen konnten.

Das Raumschiff schwenkte herum und beschleunigte plötzlich auf Warp Fünf, doch Warp Fünfzehn war nicht in seinem Vokabular. Bevor das Schiff mehr als ein Lichtjahr zurückgelegt hatte, fiel das Wesen über es her.

Elmsfeuer hüllten die Brücke ein, als die neue *Enterprise* den Testflug des Jahrtausends durchmachte. Eine Milliarde winziger Feuerwerkskörper detonierten in den Schilden. Elektrokinetische Stöße verbreiteten sich fächerförmig durch das Schiff, durch den Körper jedes einzelnen, durch jeden Knochen, jeden Nerv, jeden Schaltkreis, jeden Leitungstunnel, jedes Körperhaar, durch jeden einzelnen Millimeter, ob er nun mechanischer oder biologischer Natur war.

Troi hörte sich kurz aufschreien, als sie unter dem Angriff eines Feindes zusammenbrach, den sie irgendwie wiedererkannte. Um sie herum entweihten gezackte Blitze die Brücke mit häßlich blauen Fingern und hinterließen einen Funkenregen, wo immer sie auch auftraten. Sie sah ihre Kameraden stürzen, sich winden, kämpfen. Sie hörte das Heulen des Schiffes, das sich heldenhaft dem Kampf gegen den energetischen Sturm stellte, und wußte auf einmal, daß die *Enterprise* den Angriff abwehren würde – genau wie ihre Besatzung.

Die Last von tausend Geistern schmetterte auf sie hernieder, und sie vergaß das Schiff, vergaß alles andere außer dem Schmerz. Sie schrien sie an, das schrille Gekreisch der Untoten und Gespenster, Friedhofsklänge von Wesen, über die nachzudenken Picard ihr verboten hatte.

Sie kämpfte gegen die scharfen, schneidenden Akkorde an und versuchte, sich an diesem Befehl festzuklammern. Ihre Finger leuchteten in elektrischem Blau, als sie vor ihr durch die Luft fuhren, die Augen aufgerissen und erstarrt, wie sehr sie auch versuchte, sie wieder zu schließen.

Das Gekreisch war überall, und als es schließlich ihr Gehirn entdeckte und mit ihm alle Teile ihres Körpers, die auf ihr telepathisches Selbst reagierten, ließ es ihre Muskeln einen nach dem anderen versagen. Sie sank auf das Deck, noch immer starrend, noch immer eingehüllt von blauen Blitzen.

Riker sah sie stürzen und versuchte noch, sie aufzufangen, doch auch er fiel dem Angriff zum Opfer. Ebensogut hätte man das Schiff auf einem Blitzableiter aufspießen können. Feurigblaue Adern näherten sich jeder einzelnen Konsole; unter ihnen schüttelte sich das Deck unter der aufprallenden Energie. Mehrere Sekunden verstrichen, und das Phänomen verließ Troi, ließ sie achtlos auf dem Deck liegen, während es die Brücke weiterhin nach dem absuchte, was es begehrte und doch nicht finden konnte.

Riker wollte sich gerade um Troi kümmern, als sich der Sessel neben ihm abrupt bewegte. Data wurde emporgerissen, über die Konsole der Operator-Station geschleudert und von elektrischen Peitschenhieben mißhandelt. Das Schiff schüttelte sich ein letztes Mal, bevor der silberne Blitz seinen Generalangriff auf die Brücke einstellte, zu einem hellen Punkt zusammenlief und sich auf Data konzentrierte, ihn und die Operator-Konsole einhüllte und dort weiter vor sich hin knisterte.

»Data!« LaForge stürzte sich auf den Androiden, nur um von Rikers Schulter zur Seite gestoßen zu werden.

»Fassen Sie ihn nicht an!«

KAPITEL 5

»Niemand rührt ihn an!« rief Riker über das Geknister.

LaForge drängte sich am Ersten Offizier vorbei. »Es bringt ihn um!«

Riker mußte sich herumwinden und seinen Arm packen, um ihn davon abzuhalten. Der Steuermann wollte sich weiter seinen Weg zu Data bahnen, die Hände in Rikers Arm gekrallt, doch Riker weigerte sich, ihn vorbeizulassen.

Data lag zitternd über der Operator-Konsole, umrahmt von Lichtfäden, und wie von einer unsichtbaren Hand gelenkt, öffnete sich auf einmal sein Mund. »Schiff... Kon... takt... Kon... Tod...«

»Steht er mit ihm in Verbindung?« rief Picard über den gräßlichen elektrostatischen Krach. »Data! Stehen Sie mit ihm in Verbindung? Stehen Sie in Verbindung? Data!«

Das Schiff beruhigte sich langsam, als das Phänomen es freigab und nur das Zischen und Knacken überbeanspruchter Geräte zurückblieb. Data war der letzte, der erlöst wurde. Offenbar hatten die schillernden Farben genug von ihm: Sie fielen von ihm ab, krochen in die Operator-Konsole und ließen lediglich ein verwirrtes Flackern auf den Anzeigen zurück. Data rutschte die Konsole hinab und plumpste auf den Boden, schaffte es aber noch, sich mit einer Hand an der Konsolenkante festzuhalten und auf seinen Knien zu landen. In seinem Gesicht zeigte sich eine sehr menschliche Panik, und er zitterte.

Geordi schob sich an Riker vorbei, kniete sich neben Data und bot ihm seinen Arm als Stütze an. Riker ließ ihn gewähren, ging an ihm vorbei zu Trois schlaffem Körper, hob ihn mit einer Hand an und tippte mit der anderen auf seinen Kommunikator: »Krankenstation, Notfall!«

»Alle Systeme abschalten!« befahl der Captain im selben Augenblick. »Nur Passiv-Sensoren einsetzen. *Keinerlei* Abtastung mit aktiven Sensoren!«

»Aye, Sir, Passiv-Sensoren«, bestätigte Yar mit brüchiger Stimme. In ihren mageren, einer Porzellanpuppe ähnelnden Gesichtszügen arbeitete es, als sie sich um ihre Beherrschung bemühte.

»Wo ist es?« wollte Picard wissen.

»Es hat sich zurückgezogen, Sir«, donnerte Worf. »Es schwebt in etwa zwei Lichtjahren Entfernung. Im Augenblick tut es gar nichts, es wandert nur in einer Art Muster durch den Raum.«

»Es bewegt sich?«

»Ja, Sir. Willkürliche Drehungen und Geradeaus-Flüge in einem würfelförmigen Muster. Ich glaube, es sucht nach uns, Captain.«

»Schiffsstatus?« Picard überflog die Brücke und bemerkte die elektrischen Zuckungen und Vibrationen, die sich hier und da noch zeigten.

»Schilde um neunundsiebzig Prozent reduziert«, berichtete Worf aufgebracht. »Systemausfälle im ganzen Schiff. Warp-Antrieb ausgefallen, Funkverbindung ausgefallen, Sensoren instabil. Am schwersten hat es die Schilde getroffen; ihre Aufladung wird die meiste Zeit in Anspruch nehmen.«

»Zustand der Unterkunftssektion?«

»Intakt, Sir. Es hat sie etwas durchgeschüttelt, aber nicht so schlimm wie die Brücke und die Triebwerkssektion. Scheint, als ob es sich auf die Bereiche des Schiffes mit der höchsten Energiedichte konzentriert hat.«

»Was war das?«

Worf schürzte die Lippen zu einer Art klingonischem Achselzucken und sah hinüber zu Tasha.

Sie wurde nervös. »Offenbar ein Bombardement aus reiner Antimaterie.« Sie warf einen nervösen Blick auf Geordi und Data, die nach wie vor auf dem Boden kauerten. »Der Maschinenraum meldet, daß das Wesen die

Energie aus unseren Schilden und ungefähr der Hälfte aller Bordsysteme abgezogen hat, die meisten davon in den Außensektoren. Der Computerkern ist noch intakt, aber ich glaube nicht, daß wir einem weiteren Angriff dieser Größenordnung standhalten können.«

»Bei siebenundneunzig Prozent Energieverlust im Deflektor? Das glaube ich auch nicht.«

Nun sah auch Riker, der immer noch neben Troi kniete und sie stützte, auf. »Ich habe noch nie eine derartige Beschleunigung erlebt. Was ist passiert? Warum hat es sich zurückgezogen?«

»Das weiß momentan nur das Wesen selbst«, entgegnete Picard gelassen.

Er bückte sich und half Riker, Troi in ihren Sessel zu heben. Ihre Augen glichen der Sichel des Mondes, und sie zitterte noch stärker als Data. Als zwei Sanitäter aus dem Turbolift stürzten, schickte Picard sie zu Troi und trat zur Seite, als sie sie in aller Eile untersuchten.

»Es tut mir leid... es tut mir so leid...«, stammelte sie.

»Kann mir nicht vorstellen, was«, sagte Picard sanft. »Ohne Ihre Warnung hätten wir keine Schilde ausgefahren. Mich schaudert, wenn ich daran denke, was in diesem Fall passiert wäre. Ich wünsche, daß Sie sich in der Krankenstation untersuchen lassen. Nein, kein Widerspruch, Counselor.«

Riker richtete sich auf. »Die Antimaterie hätte das Schiff zerfetzt.«

»Aber die Waffen«, quetschte Troi mit erstickter Stimme hervor. »Ich hätte Sie warnen sollen... Ich habe nicht daran gedacht...«

»An was?« forderte Picard sie auf. »Wovon reden Sie?«

»Ich wußte... ich wußte, daß die Waffen... Captain, es tut mir so leid...«

»Sie wußten, daß die Waffen das Ding auf uns aufmerksam machen würden? Ist es das, was Sie sagen wollen?«

Ihre Arme und Beine zitterten, und sie mußte sich sichtlich anstrengen, aufrecht im Sessel sitzen zu bleiben. Dennoch brachte sie ein deutliches Nicken zustande.

»Bringt sie in die Krankenstation!« Picard drängte es danach, sie wieder einsatzbereit zu sehen. »Das Thema ist noch nicht abgeschlossen.«

»Jawohl, Sir«, murmelte sie und ließ sich von den beiden Sanitätern von der Brücke führen. Sie wußte, daß Riker sie beobachtete, wußte, daß er sie gerne begleiten würde, doch da war so viel, das ihr momentan durch den Kopf ging – so viel...

»Captain«, warf Geordi ein und genoß den Augenblick. »Meiner spektrographischen Analyse zufolge besaß es im wesentlichen dieselbe visuelle Form wie die Wesen, die wir über unsere Brücken gehen sahen.«

Picard schenkte ihm einen finsteren Blick. »Wollen Sie damit sagen, es sei ein riesiges Gespenst?«

»Sir?« Yar sah von ihren Anzeigen auf.

»Was gibt's?«

»Ich erhalte gerade die Analyse des Maschinenraums. Das Wesen ist gespickt mit Antimaterie, aber es besteht nicht nur daraus. Als es das Schiff einhüllte, kam es zu einer Million winziger Explosionen, wo immer die Antimaterie auf die Schilde traf. Wenn es durchgebrochen wäre, dann...«

»Fahren Sie alle Systeme bis auf weiteres herunter. Stabilisieren unter diesen Voraussetzungen.« Picard ballte die Fäuste, ging hinüber zur Operator-Station und bückte sich ein wenig, um die Aufmerksamkeit des Bodenteams zu erregen. »Data? Funktionieren Sie noch?«

Der Androide wirkte eher wie ein eingeschüchtertes Kind, wie er so zitternd dasaß und sich an Geordi festhielt. Er sammelte sein letztes Quentchen Energie, das er aufbringen konnte, und sah zu Picard auf. »Ich f-funktioniere... Sir...«

»Hatten Sie Verbindung mit dem Wesen da draußen?«

»Mit etwas... Sir... es muß wohl so gewesen sein...«

»Irgend etwas zu berichten?«

»Nichts Genaues, Sir. Die Verbindung ergab keinen... Sinn.«

»Dann stehen Sie mal wieder auf. Sind Sie dazu in der Lage?«

»Captain?« Lieutenant Yar schien es ganz und gar nicht zu gefallen, ihn aufs neue unterbrechen zu müssen, und noch dazu mit schlechten Nachrichten; doch sie wappnete sich und preßte sich gegen die taktische Station. »Der Energieausstoß des Wesens hat seit dem Angriff um einunddreißig Prozent zugenommen.«

Riker schüttelte den Kopf. »Na toll. Das ist unsere Energie.«

Von unten fühlte sich Geordi zu einem Kommentar befleißigt. »Und wir sitzen hier herum wie ein Frosch auf einem Lilienblatt, während Willi Wesenlos da draußen drei Viertel unserer Energie aufsaugt.«

Mit dem Bewußtsein von Geordis Anwesenheit kehrte auch ein Gefühl der Verpflichtung zu Riker zurück. »Ich wette, ein Raumschiff gilt als besonders würzig. Ich frage mich, wie lang es dauert, bis es wieder Hunger hat.«

»Sehr farbig ausgedrückt, Nummer Eins, aber nicht sehr hilfreich«, meinte Picard trocken, während er Data auf die Beine half. Er hielt den einen Arm fest, Geordi übernahm den anderen, bis der Androide sein Gleichgewicht wiedergefunden hatte.

»Nein, Sir«, gab Riker zu. »Aber wenn es sich vornehmlich auf Energieträger konzentriert, sollten wir uns vor ihm verstecken können.«

Picard wirkte beeindruckt. »Genau mein Gedanke.«

»Sir?«

Der Captain reckte seinen Hals. »Was ist jetzt schon wieder, Yar?«

Sie machte sich auf eine Standpauke gefaßt, fuhr jedoch mit ihrem Bericht fort, weil er einfach zu bizarr war, um ihn für sich behalten zu können. Sie beugte sich über ihre Anzeigen und versuchte, dem Gesehenen keinen Glauben zu schenken. »Sir, ich glaube, unsere Passivsensoren arbeiten nicht mehr einwandfrei. Oder ich bin nicht sehr gut im Ablesen...«

»Ihren Bericht. Aber sofort.«

Sie neigte ihren Kopf und hob die Brauen. »Der Energiegehalt des Wesens scheint langsam nachzulassen.«

»In dem Wesen selbst?«

»Ja, *in* dem Wesen.«

»Und was ist daran verkehrt?«

»Nun, seine Masse ist... Worf, können Sie das bestätigen?«

»Überprüfung läuft«, brummte Worf.

»Lieutenant!«

»Ja, Sir. Die Masse ändert sich nicht. Es gibt auch keine Veränderungen in der Antimaterie, und es strahlt nicht genügend Energie aus, um den Verlust aufzufangen.«

»Das ist unmöglich«, sagte Picard. »Energie kann nicht *verschwinden*. Das ist ein Grundgesetz des Universums. Irgendwohin muß sie gehen.«

»Ich wünschte, dem wäre so«, murrte sie. »Aye, Sir, das ist das Seltsame daran. Es neigt dazu, während unserer Abtastung zu phasieren. Seine Masse, seine Energie – es gibt kaum etwas an diesem Wesen, das konstant bleibt.«

»Immerhin ein Hinweis. Doch wie lautet die Schlußfolgerung? Hat jemand eine Hypothese anzubieten?« rief er lautstark und verdoppelte damit die Spannung auf der Brücke, weil sich nun jedermann um eine Antwort bemühte.

»Inter... Inter...«

»Ja, Data? Haben Sie eine Idee? Data, sind Sie noch ganz da?«

»Inter... dimen... sionalität...« Der Androide lehnte sich ganz hemmungslos bei Geordi an, doch statt Angst und Bestürzung zeigte sich nun verbissene Konzentration in seiner Miene.

»Versuchen Sie's weiter, Data«, munterte Picard ihn auf. Er trat näher auf ihn zu, widerstand jedoch der Versuchung, ihm beim Aufstehen zu helfen.

»Die einzige Erklärung«, sagte Data, »besteht darin, daß

es ... zwischen den Dimensionen existiert ... wenn es Energie verliert ... ohne sie abzustrahlen ... Sir.« Mit sichtlicher Anstrengung richtete er sich auf, warf Geordi einen dankbaren Blick zu und stand dann wieder auf seinen eigenen Beinen. »Die Energie muß in eine andere Dimension verschwinden. Nur so läßt sich erklären, daß wir die enormen Energiemengen, die das Wesen aus unseren Schilden gezapft hat, nicht mehr nachweisen können.«

Picard schaute finster drein, doch die Theorie ergab durchaus einen Sinn. Eigentlich sollte sie das auch, nachdem Data sie gleich zweimal vorgebracht hatte, ohne zu bemerken, daß er sich wiederholte.

Auf dem Oberdeck schüttelte Yar den Kopf. »Zu verrückt für mich«, murrte sie.

»Aber es ist die einzige Schlußfolgerung, die irgendeinen Sinn ergibt«, sagte Riker. »Verdammt, dagegen wirkt selbst unsere Geister-Theorie recht normal.«

»In der Tat«, pflichtete ihm der Captain wehmütig bei. »Und sie bedeutet auch, daß wir von nun an auf Ratespielchen angewiesen sind. Nach allem, was wir derzeit wissen, könnte sich das Wesen auf mindestens hundert verschiedenen Existenzebenen über hundert Sonnensysteme erstrekken.«

Riker betrachtete den Hauptschirm und das Abbild des Wesens in der linken oberen Ecke des Sternenfelds, zwei Lichtjahre backbord. »Und sämtliche Energie, die wir zu unserer Verteidigung einsetzen, wird einfach nur sein nächstes Mahl. Vielleicht sollten wir eine größere Entfernung zwischen uns legen.«

Picard ließ seine Brauen auf- und abschnellen, als ob ihm der Gedanke durchaus zusagte. »Können wir aber nicht«, sagte er dann. »Wenigstens nicht zum jetzigen Zeitpunkt. Das Wesen hat auf beinahe Warp Fünfzehn beschleunigt. Es würde sofort über uns herfallen. Momentan haben wir es getäuscht, weil wir unsere Maschinen abgeschaltet haben. Solange wir hier bleiben, sind wir sicher. Wenigstens im Augenblick.«

»Wie läuft es?« fragte Riker in privatem Tonfall. Er bemühte sich, die Annäherung an Wesley nicht zu offenkundig wirken zu lassen.

Wesley zuckte zusammen. Angesichts der Ereignisse hatte er nicht gedacht, daß ihm irgend jemand Beachtung schenken würde. »Alles klar, Sir. Es ist schon ziemlich lästig, einfach nur im Weltraum herumzuhängen.«

Riker beäugte den Hauptschirm und das entfernte Fehlfarbenbild, das auf der Suche nach ihnen war. »Mehr können wir im Moment nicht tun, bis die Systeme wieder arbeiten und wir uns einen Weg überlegt haben, wie wir dieses Gebiet verlassen können, ohne seine Aufmerksamkeit zu erregen.«

»Vielleicht ein Solarsegel, Sir? Wir könnten auf den Wellen der Sonne dieses kleinen Sonnensystems davontreiben...«

»Zu langsam. Bis dahin hat es uns schon längst gefunden. Sehen Sie es sich doch an. Es fliegt ein Suchmuster, dem wir mit Impulskraft nicht entkommen können. Ein würfelförmiges, mehrere Lichtjahre durchmessendes Muster, und es fliegt mit Lichtgeschwindigkeit. Wenn wir versuchen, uns da durchzuschleichen, und es kommt zufällig in diesem Moment gerade vorbei, solange unsere Schilde noch unten sind... na ja, Sie wissen, was dann passieren würde.«

Wesleys schmale Schultern spannten sich an. »Ich schätze schon. Manchmal wünschte ich mir, ich könnte die Dinge in meinem Kopf nicht so klar erkennen. Dann müßte ich mich ihnen auch nicht stellen. Mr. Riker, ich habe noch nie von Passiv-Sensoren gehört.«

»Oh«, murmelte Riker. »Passiv-Sensoren sind lediglich in der Lage, die Daten zu analysieren, die von fremden Objekten und Lebensformen ausgestrahlt werden. Aktive Sensoren senden einen Suchstrahl aus und warten auf das Echo. Wenn das Ding nach uns sucht, sucht es nach einer Energiequelle. Wenn wir die Aktiv-Sensoren einsetzen, geben wir ihm zugleich ein Leuchtfeuer, an dem es sich orientieren kann.«

»Das gilt auch für die Schilde«, fügte LaForge hinzu.

»Und die Waffen.« Die rätselhafte Bemerkung stammte von Yar, die auf der Steuerbordrampe stand, ein Auge auf ihren taktischen Anzeigen und das andere auf der Fehlfarbenform auf dem Hauptschirm behielt, das auf der Jagd nach ihnen durch den Weltraum streifte.

Riker wartete, bis die Wirkung ihrer Worte nachgelassen hatte. Er hatte nicht gewollt, daß die anderen das Gespräch mitanhören würden. Er beugte sich zu Wesley und senkte seine Stimme noch mehr, doch auf der seltsam ruhigen Brücke hätte er ebensogut durch ein Megaphon sprechen können. Die eine Hälfte der Systeme war ausgefallen, die andere abgeschaltet, und so war es beunruhigend leise auf der Brücke. »Ohne Aktiv-Sensoren müssen wir bei der Kursbestimmung sehr vorsichtig sein. Wir sind dann nur so gut wie alte Segelschiffe. Selbst kleinere Kurskorrekturen werden ausgesprochen heikel sein.«

Wesley nickte und fand sich mit der nackten Wahrheit ab: Es würde kein Warp-Wunder geben, das sie aus der Gefahrenzone brachte.

Captain Picard stand am Fuß der Backbordrampe nahe dem Eingang zum Bereitschaftsraum, hatte die Hände hinter dem Rücken verschränkt und sah zu, wie seine Besatzung gegen ihre eigene Hilflosigkeit ankämpfte. Er sah, wie Riker und Wesley miteinander flüsterten, und fühlte einen plötzlichen Stich der Unzulänglichkeit. Wenn er nur in seinem Inneren eine Möglichkeit finden würde, sie zu beruhigen ...

Plötzlich wünschte er sich, daß er mitten in einem romulanischen Angriff stand und der Feind ihm sechsfach überlegen wäre. Seine einzige Sorge würde in diesem Fall ihm selbst gelten, seinem Schiff und einer Gruppe von Soldaten, die schon bei ihrer Bewerbung gewußt hatten, worauf sie sich einließen. Dann hätte er freie Hand, könnte es sich leisten, radikal vorzugehen, ohne den Anker der Sorge um unschuldige Ehefrauen und Kinder mit sich herumzuschleppen. Ohne sich Gedanken um sie machen zu müssen, wenn das Schiff einen raschen Ausfall machte oder gar in eine Schlacht zog, die seinen Rumpf zum Klingen brachte. Bei jedem kleinen Ruck des Schiffes drängten sich diese unschuldigen Gesichter in seine Gedanken, flüchteten sich unter den dünnen Schirm seines Schutzes und erwarteten allen Ernstes, dort sicher zu sein.

Wie er Riker so beobachtete, erlaubte sich Picard einen kleinen Anflug von Neid. Jedesmal, wenn er seinen Ersten Offizier ansah, bildete er sich ein, ihn mit einem Landetrupp auf der Transporterplattform stehen zu sehen, bereit dazu, nach unten zu beamen, bereit dazu, den Captain zurückzulassen, auf daß dieser sich um das Schiff kümmerte. In diesen Augenblicken, in diesen interessanten Augenblikken galt Rikers Verantwortung nur sich selbst und seinem Landetrupp, während Picard weiterhin für ein ganzes Schiff verantwortlich war. Wo waren die alten, abenteuerlichen Zeiten geblieben, die Raumschiffe mit ihren hageren, ungehobelten, bestens ausgebildeten Besatzungen? Wie war er so plötzlich zum Regierungschef einer kleinen, überbevölkerten Insel geworden?

Er vermißte die Tage, als er noch als Erster Offizier gedient hatte, als er Captain eines Schiffes ohne Kinder gewesen war. Captain eines Schiffes zu sein, das sich die Gefahr zum Beruf gemacht hatte — das war das beste von allem. Und nun saß er zwischen allen Stühlen: Regierungschef einer Gruppe von Familien, die es in den Weltraum zog. Nun war er weder Captain noch Erster Offizier, nun mußte er seine Entscheidungen Riker gegenüber verantworten, dessen Job zugegebenermaßen darin bestand, sich zwischen Picard und die aufregenden Gefahren zu stellen, die ein Vorrecht des Captains waren.

Eine Feuerprobe. Verdiene dir das Recht, für alle Zeiten abgeschirmt zu sein. Und so entwickelte sich der Erste Offizier, der eigentlich eine getreue Verlängerung seiner selbst sein sollte, zu einem verhaßten Hindernis.

In ihren wenigen Abenteuern, die sie gemeinsam erlebt hatten, hatte sich Picard gesagt, daß er einen Kompromiß finden würde. Aber in manchen Situationen, das war die schmerzhafte Wahrheit, gab es keinen Kompromiß. Manche Situationen erforderten entweder den Vormarsch oder einen bedingungslosen Rückzug, und dies war eine davon. Riker würde immer ein Hindernis sein. Und so würde er stets in Picards Geist erscheinen, wenn er zusehen mußte, wie sich Landetrupp um Landetrupp ohne ihn vom Schiff beamen ließ. Das Gefühl, zurückgelassen zu werden, würde niemals abklingen.

Captain. War das sein wahrer Rang? Oder war er Regierungschef der *Enterprise*?

Da waren sie nun, die ungefähr tausend Menschen, und kolonisierten ein Schiff statt eines Planeten. Sie kolonisierten den Weltraum selbst, ungebundene Bürger der Föderation. In künftigen Generationen würden die Kinder jener Kinder die Schiffe als ihr Vaterland betrachten, als ihren Planeten, ihre Nation. Die Antwort auf die Frage »Woher kommen Sie?« würde lauten: »Von der *Enterprise*.«

Ein Habitat. Eine Umwelt. Ein Ort, nicht ein Ding oder ein Schiff. Ein Ort in ständiger Bewegung. Statt zu sagen: »Ich bin Bürger dieses Sektors oder jenes Planeten oder jenes Außenpostens«, würde die Antwort lauten: »Ich bin Bürger der *Enterprise*.«

Am Ende würde die totale Einheit innerhalb der Föderation stehen, der erste Schritt dahin, daß sich Menschen auf jedem Planeten statt nur auf einem einzigen zu Hause fühlten. Im Grunde war es das alte Prinzip der Vereinigten Staaten: Es spielte keine Rolle, ob man in Vermont aufgewachsen war und nun in Kalifornien lebte. Man war immer noch zu Hause, war noch immer Amerikaner. Und mochte der Name auch Baird oder Yamamura oder Kwame lauten, war man doch kein Bürger von Schottland, Japan oder Ghana, sondern Amerikaner. Nach einigen Jahrzehnten der Weltraumfahrt hatte sich die Behauptung geändert. »Ich bin ein Bürger der Erde«, hieß sie nun, egal, aus welchem Staat man kam. Dieses Schiff war jene Art von erstem Schritt. Ob man von der Erde oder von Epsilon Indii VI stammte, man war ein Bürger der Föderation. Die Kinder dieser Kolonie namens *Enterprise* würden die Planeten der Föderation aufsuchen, begutachten und auf jedem von ihnen willkommen sein. Dieses Raumschiff war der größte, phantastischste Schmelztiegel von allen, eine raumfahrende Kolonie. Einzigartig. Voller Hoffnung.

Voller Risiken.

Und Jean-Luc Picard fiel die Aufgabe zu, sie zum Funktionieren zu bringen.

Warum ich? Hat mich das Prestige blind gegenüber dem Verlust an Freiheit und Abenteuer gemacht? Kinder. Unvorstellbar.

»Mr. Riker«, sagte er dann und unterbrach seine Gedankengänge. »Ich wünsche, daß Sie, Data und LaForge in den Maschinenraum gehen und eine vollständige spektrographische Analyse der Zusammensetzung dieses Phänomens erstellen, solange wir noch Zeit haben. Ich möchte wissen, was geschieht, wenn wir unsere Waffen direkt in das Ding hineinfeuern, und was geschieht, wenn wir es nicht tun.« Abrupt wies er mit dem Finger auf seinen Ersten Offizier. »Riker, *Sie* sind dafür zuständig herauszufinden, wie wir mit diesem Ding fertig werden.«

Es erforderte Rikers gesamte Selbstbeherrschung, nicht nervös zu werden. Er fühlte, wie sich sein Körper versteifte. »Aye, Sir.« Er nickte und wandte sich zum Turbolift. »Data, LaForge — kommen Sie mit.«

Sie marschierten von der Brücke, und in einer flüssigen Bewegung übernahmen Worf und Tasha die Navigations- und Operator-Stationen. Picard sah ihnen nach und fühlte sich auf einmal weniger einsam angesichts des dunklen Tunnels, den die folgenden Stunden für ihn bereitzuhalten drohten. Er schaute sich um: Das Schiff war noch immer da. Die Systeme klickten und summten, leiteten die Energie durch eine Million winziger Ersatzleitungen um, stahlen einander die Stromzufuhr, alles, um nur wieder funktionieren zu können. Manche Systeme erhielten Vorrang, während der gewaltige Computerkern jene winzigen Entscheidungen traf, die nur Maschinen treffen konnten. Er fühlte die Gegenwart von zahllosen Ingenieuren in den unteren Decks, die sich tapfer abmühten, den heiklen Energiediebstahl zu überwachen, fühlte sie mit derselben Sicherheit, wie Counselor Troi die Gegenwart der Wesen gespürt hatte, die zu einer derart offensichtlichen Bedrohung geworden waren.

»Ich bin in der Krankenstation«, sagte er und ging auf den Turbolift zu.

»Verwirrung, Sir.«

In der künstlichen Stille der Krankenstation lag Troi auf dem Diagnosebett und versuchte, Worte für etwas zu finden, das keinen Namen besaß. Zu ihrer Rechten nahm Captain Picard die Dinge in die Hand, sorgte dafür, daß niemand aus der Reihe tanzte, gab ihr Kraft. Zu ihrer Linken sorgte Beverly Crusher für eine andere Art von Halt, betrachtete sie aus völlig anderem Blickwinkel. Doch nun wollte der Captain Antworten und Vorschläge, und diese wollten sich ohne Kampf einfach nicht einstellen.

»Es scheint aus Tausenden von unterschiedlichen Gefühlsspektren zu bestehen, wenn Sie so wollen«, sagte Troi. »Vielleicht sind es Millionen. Ich komme mir so hilflos vor, weil ich es Ihnen nicht genauer erklären kann. Doktor, darf ich wieder aufstehen, bitte?«

Crusher tadelte sie mit ihrem Blick. »Ich schätze schon. Aber nur, weil ich nichts an Ihnen finden kann. Das heißt jedoch nicht, daß Sie keine Verletzungen davongetragen haben.«

Sie schwenkte den Diagnoseaufsatz beiseite und trat zurück, als der Captain der Counselor vom Tisch half. Ohne Zögern führte er sie zu einem nahegelegenen Tisch; was ihn betraf, war die Unterredung noch nicht abgeschlossen. Er setzte Troi in einen Sessel, bedeutete Crusher mit einer Geste, in einem anderen Platz zu nehmen, setzte sich dann selbst in einen dritten, verschränkte seine Hände und legte die Arme auf den kühlen schwarzen Tisch vor sich.

»Kann es sein, daß es sich bei diesem Ding um ein Schiff handelt und Sie dessen Besatzung wahrnehmen?«

»Der Gedanke ist mir auch schon gekommen.« Troi war fest entschlossen, ihr Unwissen keinesfalls einzugestehen. »Ich habe ihn noch nicht vollständig verworfen. Aber wenn wir diese humanoiden Bilder schon als Geister bezeichnen, kann es meiner Meinung nach nicht schaden, diese Eindrücke als ihre... Seelen zu beschreiben. Nein, bitte — lassen Sie mich ausreden. Mir ist klar, wie unpräzise das ist, Sir. Es tut mir leid, mich auf diese Weise ausdrücken zu müssen. ›Seele‹ ist ein subjektiver Ausdruck, aber ich glaube, daß es jener Eindruck ist, den diese Wesen selber von sich haben.«

»Sie empfangen Selbstbewußtheit?« fragte Crusher. Der lange kupferfarbene Fächer ihres Haars strich über ihre Schultern, als sie sich vorbeugte.

Trois nymphenhafte Augen weiteten sich. »Oh, ja! Deshalb zweifle ich ja so an meinen Wahrnehmungen. Manche der Visionen sind außerordentlich klar. Das Bild von Vasska, zum Beispiel, und die Erinnerung, ihm Befehle gegeben zu haben, als das Wesen die *Gorschkow* angriff.«

»Das haben Sie vorher nicht erwähnt«, hob der Captain hervor. Ärger schlich sich in seinen Tonfall, als ob er von ihr erwartete, daß sie klare Auskünfte über derart unklare Dinge erteilte.

»Nein, Sir. Ich war mir bis jetzt nicht sicher. Ich habe mich erst dann daran erinnert, als ich auf der Brücke angegriffen wurde. Ich wünschte, ich könnte es erklären.«

»Also stehen Sie mit Captain Reykow in empathischer Verbindung?« schloß Picard.

»Manchmal«, antwortete sie. »Er besitzt die stärkste Persönlichkeit. Aber, Sir... es gibt noch viele andere. Sehr viele. Die unzähligen Lebensformen am Rand des Phänomens lassen die scharfen Visionen verschwimmen. Am Rande, nicht im Inneren. Sie existieren in einer Art Halo, als ob sie von dem Phänomen durch den Weltraum mitgeschleift werden würden.«

»Sind es Gefangene?«

Als Picard die grobe Frage auf sie abschoß, zuckte Troi zusammen. Sie rutschte in ihrem Sessel zurück, als ob sie sich am liebsten ganz zurückziehen würde, und ließ alle Emotion aus ihren mediterranen Gesichtszügen und den tintenfaßähnlichen Betazoid-Augen verschwinden. »Wünschen Sie, daß ich eine Theorie aufstelle?«

»Ich bitte Sie um Ihre Hilfe bei der Aufstellung möglicher Gegenmaßnahmen«, sagte er. »Oder wenigstens um einen Hinweis, wie wir dem Phänomen begegnen sollen.«

»Verstehe«, murmelte sie. »Statt Ihnen zu helfen, habe ich Sie nur in eine noch schwierigere Situation gebracht.«

»Es ist nicht Ihre Schuld, Deanna«, sagte Crusher.

»Nicht im mindesten«, kam das Echo von Picard.

Troi befragte ihr telepathisches Ich nach weiteren Informationen über ihn, doch der Captain war kein Mann, dessen Gefühle ihre Schilde so einfach aufgaben. Sie spürte seinen Widerstand gegen ihre geistigen Sonden, ein Widerstand, der so kultiviert war wie er selbst. Respektvoll zog sie sich zurück.

»Wenn diese Lebensessenzen Gefangene sind, wie Sie andeuten, und wir das Gefängnis zerstören«, fuhr sie fort, »begehen wir dann nicht einen Mord?«

Mit dieser Frage drang sie zum Kern von Picards Problem vor. Er musterte sie. Sie war anmutig, zuvorkommend, exotisch – ja, das war das Wort – und sehr besorgt, und doch war sie nicht minder hilflos als die anderen.

»Sie haben ja doch künstlerische Tendenzen unter Ihrem klinischen Äußeren, Counselor«, bemerkte er sanft. »Ich verstehe, wie sehr Sie Ihre Aufgabe belastet. Aber mir geht es genauso. Wenn wir nur dadurch überleben können, daß wir die Tausende und Millionen von Geistern zerstören, die Sie wahrnehmen, was soll ich dann tun? Retten oder opfern? Wessen Leben ist verwirkt?«

»Das ist der einzige Fehler in der Obersten Direktive, Jean-Luc«, sagte Crusher. »Wenn die Einmischung in eine andere Kultur das einzige Mittel darstellt, das Leben jener zu retten, die man Ihnen anvertraut hat — ich wüßte auch nicht, was ich tun sollte. Köpfe zählen und ausrechnen, wo es mehr Leben zu retten gibt?«

Der Captain lehnte sich zurück und fuhr sich mit dem Knöchel langsam über seine Unterlippe. »Nach den Worten der Counselor wären wir in diesem Fall in einer recht ansehnlichen Minderheit.« Er tippte auf das nächstgelegene Interkom. »Picard an Brücke. Wie ist die Lage da oben?«

»Unverändert, was das Wesen angeht, Sir«, meldete Yar. *»Zustand des Schiffs bessert sich langsam, aber wir müssen einige Systeme jenseits der Belastungsgrenze fahren, um wieder Energie für die Schilde zu bekommen. Alles ist überstrapaziert, Warp-Antrieb eingeschlossen.«*

»Entzückend«, entgegnete Picard. »Dann müssen Sie eben rascher arbeiten.«

»Jawohl, Sir. Das möchte ich auch einmal erleben.«

»Picard Ende. Counselor, haben Sie irgendwelche *konkreteren* Auskünfte?«

Troi seufzte. »Ich habe versucht, die verschiedenen Eindrücke voneinander abzutrennen, festzustellen, ob es sich lediglich um die Erinnerungen anderer Lebensformen oder tatsächliche Lebensessenzen handelt; aber bis jetzt kann ich Ihnen keine Einzelheiten anbieten.«

»Sie sind es, um die ich mir Sorgen mache«, gestand ihr Crusher.

Trois Mund verzog sich dankbar. »Sehr freundlich. Aber wenn ich meine Fähigkeiten nicht zum Wohl des Schiffes einsetze...«

»Sie wissen genau, wovon ich rede«, unterbrach die Ärztin. »Von den der Telepathie innewohnenden Gefahren. Wenn der andere Telepath mächtiger ist als Sie, könnte die Macht seines Geistes Sie verletzen, Deanna. Und um Ihren Geist kann ich keine Bandagen wickeln.«

»Ich habe versucht, meinen Geist abzuschirmen, aber sie zertrümmern meine Schilde...«

»Wollen Sie damit sagen, daß diese Wesen eine echte Gefahr für Sie darstellen?« brauste Picard plötzlich auf.

Erschrocken klappte Troi ihren Mund zu und führte sich das Ganze vor Augen. Nun, da es endlich jemand ausgesprochen hatte, hörte es sich nicht sehr erfreulich an.

»Diese ganze Angelegenheit macht mir Sorgen«, sagte Crusher. »Nach dem, was Wesley mir erzählt hat, würde ich alles für eine Massenhalluzination halten, wenn es nicht auch auf dem Computerschirm erschienen wäre. Erst diese Tatsache gibt dem Ganzen einen erschreckend wissenschaftlichen Anstrich. Übrigens, Captain... Wesley hat mich gebeten, mich in seinem Namen bei Ihnen zu entschuldigen.«

Picard zeigte sich einen Augenblick verwirrt. »Wofür?«

Crusher blinzelte. »Weiß ich nicht. Ich habe gedacht, Sie wüßten es.«

Nach einem Moment schüttelte er den Kopf. »Kann mich an nichts Besonderes erinnern, Doktor.«

Verlegen zuckte sie die Achseln. »Verstehe. Dann muß ich mich wohl entschuldigen. Wesley ist in einem Alter, wo er bei allen Erwachsenen Vorurteile gegenüber Kindern vermutet.«

Picard winkte ab. »Natürlich haben wir die. Immerhin sind sie nur Kinder. Aus dieser Phase müssen sie herauswachsen. Das ist alles, was wir von ihnen erwarten, nicht mehr, aber auch nicht weniger. Wenn sie erst einmal erwachsen sind, sind sie keine Kinder mehr. Und dann können sie durch ihre eigenen Vorurteile waten.«

»Wie jene gegenüber vorgesetzten Offizieren?«

»Genau.« Er lachte in sich hinein, den Mund zu einem melancholischen Grinsen verbreitert. Der Stimmungswechsel klärte seine Gedanken, und auf einmal fand er sich besser mit der schwierigen Situation ab.

Troi wandte sich zur Aussichtsluke und wartete, bis der Moment vorüber war. *Und jene gegen Telepathen, die eine*

Unklarheit nur durch eine andere Unklarheit ersetzten. Unwissenheit in Zweideutigkeiten zu verwandeln... ist das meine einzige Aufgabe?

»Falls diese Wesen Gefangene sind«, sinnierte Picard, »gilt meine Verantwortung auch ihnen. Ich frage mich, ob ich das Recht habe, in ihrem Namen Entscheidungen zu treffen. Auf irgendeine Weise müssen wir unsere Bemühungen verstärken, mit ihnen Verbindung aufzunehmen.«

Mit neu erwachter Furcht sah Troi ihn an. »Aber das erfordert Energie, Sir. Das Wesen könnte sich darauf konzentrieren und uns vernichten.«

Crusher ergriff das Wort: »Und da ist noch etwas anderes.«

Der Captain bemühte sich, nicht zu müde zu klingen. »Ja, Doktor.«

Sie senkte ihren Blick für einen Augenblick. Als sie wieder aufsah, schaute sie Jean-Luc Picard direkt in die Augen. »Was machen wir, wenn sie nicht mit uns verhandeln wollen? Sie kennen doch das Sprichwort über den Weg zur Hölle.«

»Eigenartig, daß sich eine elektromagnetische Störung auf Counselor Troi konzentriert.«

Riker hatte nur ein mürrisches Brummen für den Kommentar des Androiden übrig. »Kümmern Sie sich um Ihre Arbeit.« Ärger überkam ihn. Seine Hand schwebte nur wenige Zentimeter über dem Interkom, wenige Zentimeter von einem Anruf in der Krankenstation. Und da war Data, nur einige Schritte entfernt. Wieder auf den Beinen, und das nach einem solchen Angriff. Hat ihn einfach abgeschüttelt. Und Deanna lag in der Krankenstation und kämpfte um ihre geistige Gesundheit.

Data sah von den Anzeigen auf. »Ich kümmere mich stets um meine Arbeit, Commander. Sehen Sie, ich besitze einen Multiphasen-Gedächtnisspeicher, der mir erlaubt...«

»Ist mir gleich.« Riker ertappte sich dabei, wie er es ihm

mit gleicher Münze heimzahlte. »Interessiert mich wirklich nicht.«

Datas Brauen reckten sich über seine Nase. »Vielleicht, wenn ich es etwas einfacher erklären würde...«

Riker streckte seinen verkrampften Rücken und starrte wütend in Datas gelbe Augen. »Wenn es Ihnen nichts ausmacht...«

»Nicht im mindesten«, antwortete der Androide friedlich. »Das Konzept hinter meiner Multiphasen-Gehirnkapazität ist...«

»Das habe ich nicht gemeint!«

»Nicht? Das haben Sie aber *gesagt*!«

Geordi griff hinüber und zupfte am Ärmel des Androiden. »Reiten Sie nicht auf der Angelegenheit herum, Data. Mr. Riker wünscht ausschließlich Berichte über die Störung und ihre Ursache.«

»Ach so«, erwiderte Data mit kindlichem Blinzeln. »Null Problemo.« Er drehte sich herum und beugte sich wieder über den Schirm. »Die physikalische Zusammensetzung des Phänomens verwirrt die Passiv-Sensoren. Es gibt sehr wenig, worauf sich die Sensoren konzentrieren können, weil das Wesen häufig phasiert. Ich kann nicht bestimmen, ob es sich um ein Lebewesen oder einen Mechanismus handelt.«

Data erlaubte sich ein allzumenschliches Stirnrunzeln über die Graphiken, die über die Schirme tanzten. Neben ihm hatten sich Riker und Geordi über verschiedene Computerkonsolen gebeugt. Zu seiner Rechten trommelte Riker wütend auf den Kontaktpunkten einer molekularen Mikroelektronik-Konsole herum. »Fangen wir mit dem augenscheinlichsten Lebenszeichen an«, schlug er vor. »Irgendwelche Anzeichen organischer Materie? Haut? Knochen? Zellen? Irgend etwas?«

»Organische Materie ist kein Beweis für Leben, Sir. Ich bin teilweise organisch, enthalte aber auch mechanische...«

»Nehmen Sie nicht alles so wörtlich, Data«, schnappte

Riker. »Ich suche einen Ausgangspunkt. Ich behaupte nicht, daß alle Lebensformen organischer Natur sind. Dies ist nur ein Ausscheidungsprozeß. Ich weiß ganz genau, daß Leben nicht nur aus körperlich faßbaren Komponenten besteht. Wir können eine Leiche unendlich lang am Leben erhalten, aber deswegen ist sie doch nicht mehr am Leben. Wenigstens nicht im menschlichen Sinn. Gehen Sie wieder an Ihre Instrumente und deuten Sie die Anzeigen.«

Er ballte seine linke Hand zu einer Faust und fühlte den feuchten Schweiß auf seiner Handfläche. Ein greifbarer Feind war eine Sache, damit konnte er fertig werden. Aber all das Gerede über Leben und Nicht-Leben, dieses Ringen um eine Definition, die ihnen endlich Klarheit geben würde, ob sie etwas umbringen würden, wenn sie versuchten, ihre eigene Haut zu retten... *Ich hasse das. Und ich hasse die Lage, in der ich gerade bin. Den Captain beraten? Wie? Ihm helfen, dieses Ding zu bekämpfen? Wie?*

Ihm waren die Hände gebunden. Als Erster Offizier war er ein Niemand, der größte Laufbursche aller Zeiten. Weder Wissenschaftler noch taktischer Experte noch Psychologe – nichts Besonderes, und doch von jedem etwas. Er war all das, was der Captain zu einem bestimmten Zeitpunkt gerade brauchte. Was würde es das nächste Mal sein? Würde er bereit sein? Frustration nagte an ihm.

Picard... verdammt sollte er sein. Überlegen Sie sich einen Weg, um das Phänomen zu bekämpfen. Ist das alles? Ein Kinderspiel. Natürlich, Sir. Sofort, Sir.

»Die Anzeigen widersetzen sich einer Interpretation.«

Datas Stimme kratzte an Rikers Nerven. Dieser Tonfall, diese gleichgültige Art in seiner Stimme...

»Aber wenn ich es verbal ausdrücken müßte, würde ich sagen, daß das Phänomen ein pseudomechanisches Verhalten zeigt.«

»Versuchen Sie, ein wenig präziser zu sein, ja?« Rikers Toleranz hatte ihre Grenze erreicht.

»Aber immer. Es besteht aus einzelnen Energiekomponenten, verhält sich aber weder wie eine Maschine noch wie ein Lebewesen. Es scheint sich um ein lebendes Werkzeug zu handeln, etwas, das von einem derart hohen Stand der Ingenieurskunst zeugt, daß man es faktisch als Lebensform bezeichnen muß.«

»Klingt vertraut«, brummte Geordi.

Data warf ihm einen Blick zu, den Mund sperrangelweit geöffnet, doch Rikers Forderung hatte ihn verletzt, und so machte er weiter. »Ich empfange starke disruptive Energien. Sobald es uns findet, wird es uns kaltmachen.«

Riker richtete sich abrupt auf. »Hören Sie auf damit!«

Blinzelnd sah Data zu ihm auf. »Sir?«

»Sie fallen mir verdammt auf die Nerven. Mit dieser Ausdrucksweise lenken Sie jedermann von der Arbeit ab. Lassen Sie den Quatsch!«

»Das ist Slang, Sir. Umgangssprachliche...«

»Es ist einfach eine Unverschämtheit.«

»Ich... tut mir leid, Sir. Ich bemühe mich, menschlicher zu wirken.«

Data wich zu der Konsole zurück, als Riker auf ihn zukam. Er sah ein, daß er den Ersten Offizier auf irgendeine Weise wütend gemacht hatte.

»Aus Ihnen wird nie ein Mensch werden«, quetschte Riker hervor. »Sie sind kein Mensch. Scheinbar sind Sie nicht in der Lage, den Unterschied zwischen echtem Menschsein und bloßer Nachahmung zu erkennen. Sie werden niemals wirklich kreativ sein, weil Sie nur die äußere Form und nie den Inhalt sehen. Sie haben das Leben verpaßt. Bevor Sie nicht den Unterschied begreifen, werden Sie immer eine Puppe bleiben.«

»Sir...« Geordi tauchte neben ihnen auf. »Er versucht doch nur...«

»Ich weiß genau, was er versucht«, bellte Riker.

Einen Moment lang schwiegen alle.

Ein Ausdruck tiefer Verletzung huschte über Datas Gesicht. Er sah zu Geordi, dann wieder zu Riker. »Ich... ich versuche doch nur, mich zu bessern... nach bestem Wissen und Gewissen zu dienen...«

»Dann dienen Sie«, platzte Riker heraus. »Machen Sie sich in Ihrer wahren Eigenschaft nützlich. Sie sind ein Androide. Ziehen Sie daraus den größtmöglichen Vorteil und hören Sie auf, etwas sein zu wollen, was Sie nicht sein können. Geben Sie uns Fakten, mit denen wir arbeiten können, wenn Sie dazu in der Lage sind. Verschaffen Sie mir irgend etwas, das ich an den Captain weiterleiten und das uns hier herausbringen kann.« Er trat einen weiteren Schritt auf ihn zu, einen einschüchternden Schritt, der Data noch dichter an die Konsole drängte. »Wenn dieses Wesen noch mal angreift, möchte ich, daß Sie dem Angriff nachgeben. Sehen Sie zu, ob Sie ein Interface aufbauen können.«

Datas bleiche Brauen zogen sich über seiner Nase zusammen, und formten sich zu einem empfindsamen Gesichtsausdruck, der – zumindest für Geordi – Beweis genug war, daß irgendwo hinter den Stromkreisen durchaus Gefühle lagen, die man verletzen konnte. »Ich will es versuchen, Sir«, antwortete er beinahe flüsternd. Nicht imstande, Riker weiterhin in die Augen zu sehen, glitt er an Geordi vorbei und marschierte hastig auf das Spektrometrie-Labor zu. Ein Seufzen der Türen, und er war verschwunden.

Riker sah ihm nach, bemerkte die Anspannung in den synthetischen Schultern und die Gangart, die ein Mensch normalerweise dann verwendete, wenn er sich bemüht, nicht davonzulaufen. Datas zusammengekniffene Augen hatten sich tief in sein Gedächtnis eingebrannt, jener Ausdruck von Demut und Kummer, ein Ausdruck, der nichts weiter besagte, als daß er niemand hatte kränken wollen. Riker spürte das Bedürfnis, dem Androiden zu folgen, als triebe ihn eine plötzliche Verpflichtung. Vielleicht hätte er sogar einen Schritt getan.

Wenn Geordi seine Aufmerksamkeit nicht in Anspruch genommen hätte.

»Wenn er einem derartigen Angriff nachgibt«, sagte der Steuermann, »riskiert er sein Leben, Mr. Riker.«

Langsam gewann Riker die Herrschaft über seine Stimme zurück. »Ich fürchte, es ist die beste Chance für uns.« Er wollte sich wieder den Bildschirmen zuwenden, sah sich jedoch von Geordi abgeblockt, der sich mit den Schultern vor ihn gedrängt hatte.

»Das geht also in Ordnung, was? Data zu opfern, weil er nicht lebendig ist?«

»Sehen Sie, Geordi, ich bin...«

»Wollen Sie damit sagen, daß Sie ihn nur deshalb nicht dauernd zum Landetrupp abstellen, weil er von allen der Entbehrlichste ist?«

Riker starrte auf das dünne Metall des Visors und versuchte, sich die Spannung in Geordis blinden Augen vorzustellen. »Weitermachen, Lieutenant!«

»Würden Sie sich genauso bemühen, sein Leben zu retten, wie Sie sich auf der Brücke um meines bemüht haben?«

»Zurück auf Ihren Posten, Mister!«

LaForge zögerte einen vielsagenden Moment lang und trat dann einen Schritt zurück, die Muskeln in seinem Genick zuckend, die Arme wie Baumäste an der Seite. »Aye, Sir. Wie Sie meinen.«

KAPITEL 6

Der hochgewachsene Krieger streifte durch sein technologisches Revier und gewann allmählich einen sicheren Stand. Er roch den Kampf, schmeckte das rohe Fleisch der Herausforderung auf seiner Zunge, als wäre es das Blut zerfetzter Leiber. Er hörte das Heulen in seinem Geist, das Kreischen des Kriegsgesangs in seinen Instinkten, und er weigerte sich, den Preis des Friedens zu entrichten. Tief in seiner Seele wußte er, daß es vor dem Frieden Schwierigkeiten geben würde, und so bereitete sich jede Faser seines Körpers darauf vor, um später keine böse Überraschung zu erleben.

»Worf.«

Nur eine übermenschliche Anstrengung erstickte das bestätigende Brummen und ersetzte es durch ein zivilisiertes Wort. »Ja?«

»Der Captain möchte eine Meldung hören, wenn er wieder hier heraufkommt.«

Worf wandte sich dem geschmeidigen Frauenkörper und dem Bilderbuchgesicht darüber zu. Sie sah aus wie ein Mädchen, das sich als Junge verkleidet hatte. Ein Mädchen aus den Geschichten, die ihm seine menschlichen Adoptiveltern einst erzählt hatten, Geschichten, die seinen Durst nach Abenteuer nie so recht befriedigen konnten. Er war noch sehr jung gewesen, als es seine Starfleet-Eltern aufgegeben hatten, ihm Geschichten über Mädchen zu erzählen, die sich als Jungen verkleideten, um die Kirchgänger zu täuschen, und sie durch die saftigeren Erzählungen eines Bram Stoker, Melville, Dumas, Stervasney oder Kryo ersetzten, von denen sie hofften, daß sie ihrem ungewöhnlichen Sohn eher gefallen würden.

»Er wird nicht gerade begeistert über das sein, was wir

ihm zu sagen haben, Tasha.« Er dämpfte das Donnern seiner Stimme. Sie standen gemeinsam auf dem Oberdeck, von der eigentlichen Brücke durch die einige Schritte vor ihnen gelegene Taktik-Station abgeschirmt.

»Ich weiß«, stimmte sie zu. Unter der zitronenfarbenen Manschette ihres Haars zogen sich die klaren grauen Augen zusammen. Die Aussicht, sich Picard stellen zu müssen, gefiel ihr nicht. »Ich habe einige Nachforschungen angestellt, und Sie haben recht. Das Wesen fliegt nach einem Muster, stimmt schon, aber das Muster enthält einige willkürliche Abweichungen. Wahrscheinlich ist es so entworfen, daß man es nicht berechnen kann.«

»Ja, habe ich auch bemerkt«, pflichtete ihr sein rauher Baß bei. »Es fliegt ein Suchmuster, das so kompliziert gestaltet ist, daß man ihm nicht ausweichen kann. Unsere Chance für eine Flucht liegt unter fünfzig Prozent.«

»Mehr als fünfzig Prozent Wahrscheinlichkeit, daß es uns erwischt.« Tasha biß sich auf die Lippen und nahm das ganze Problem persönlich. »Und das ist nur eine Schätzung. Die wahren Chancen könnten sehr viel niedriger liegen. Haben Sie dieselben Resultate bekommen? Tut es das, was ich glaube?«

»Wenn Sie damit meinen, ob mir aufgefallen ist, daß sich das Muster langsam enger um uns schließt«, meinte Worf mit ominöser Bestimmtheit, »allerdings. Unsere Chancen sinken mit jeder Minute, in der wir hier herumsitzen und nichts tun. Besser werden sie keinesfalls, eher schlechter. Der Käfig schließt sich langsam.«

Einige Augenblicke lang wanderte Tasha ziel- und sinnlos herum, ein jämmerliches Echo des riesigen Käfigs, der sich langsam um das Schiff schloß. »Was wäre, wenn das Ding einen Adrenalinstoß oder sowas kriegt und noch härter zuschlägt als zuvor? Selbst wenn wir wieder volle Energie für die Schilde haben, können wir ihm vielleicht nicht standhalten. Zumindest nicht jetzt. Ich meine, wo die Schilde sowieso kaum stark genug sind, um das ganze Schiff zu beschützen.«

Worfs breites braunes Gesicht wandte sich von dem kleinen Bildschirm ab, den er die ganze Zeit studiert hatte. Die Augen unter seinem Klinzhai-Schädel und den beiden, nach unten gekehrten Lanzen machten Anstalten, sie durchbohren zu wollen. »Sie wollen ihm doch nicht vorschlagen...«

Sie kaute einige Herzschläge lang auf ihren Lippen, doch ihre Augen ließen keine Spur des Wankelmuts erkennen, den sie empfand. Sie trat von einem Bein aufs andere, schien sich innerlich zu wappnen, und stand dann wieder mit beiden Beinen fest auf der Erde, die kleinen Fäuste geballt.

»Doch, das werde ich«, sagte sie. »Oh doch, das werde ich.«

»Haben Sie überhaupt eine Vorstellung, welche Gefahren Ihr Plan beinhaltet, Lieutenant Yar?«

Tasha suchte Schutz in einer Habtachtstellung, als Picard um sie herumging. Das Glockenspiel der Brückengeräusche bot nur wenig Schutz. Sie holte tief Luft und bemühte sich, sich neben Worf nicht allzu unbedeutend vorzukommen. Es forderte ihre gesamte Beherrschung, dem Klingonen keinen ermutigenden Blick zuzuwerfen, bevor sie anhob.

»Ja, Sir, das habe ich. Aber ich denke, es ist...« Sie unterbrach sich und schluckte den Rest des Satzes hinunter, als Picard sich plötzlich umdrehte und sie mit seinem Lasso der Herausforderung einfing. Sie konnte einfach nicht weiterreden, solange er sie derart finster ansah.

»Dann lassen Sie mal hören«, bellte er, als wisse er überhaupt nicht, worin ihr derzeitiges Problem bestand.

Sie weigerte sich zusammenzuzucken, doch ihr Magen schrumpfte zusammen. »Jawohl, Sir. Wir haben... das heißt, ich habe ausgerechnet...«

»Vergessen Sie die verdammten Berechnungen und geben Sie mir das Resultat.«

»Beim derzeitigen Zustand des Schiffes würde ich unsere

Chance für eine erfolgreiche Flucht auf weniger als fünfzig Prozent einschätzen, und dieser Wert sinkt laufend weiter. Ich habe den letzten Angriff analysiert, und es sieht so aus, als ob das Wesen nur die hochenergetischen Bereiche des Schiffes angegriffen hat. Die Triebwerkskammern des Warp-Antriebs, die Hochleistungskondensatoren der Geschütze, die Sensoren und die Schilde.«

»Und Ihre Schlußfolgerung...«

»Äh... lautet, daß die Rumpfsektion allein dem Wesen vielleicht entgehen könnte.«

Picards Blick war reine Melasse, doch irgendwo in diesem Blick meinte Tasha einen kleinen Funken Hoffnung wahrzunehmen, daß sie vielleicht mit heilem Kopf davonkommen würde.

»Den Rumpf trennen?« murmelte er.

»So... lautet mein Vorschlag, Captain.«

»Ihnen ist natürlich klar, daß die Rumpfsektion in einem solchen Fall nur auf rudimentäre Schutzschirme und keine nennenswerten Geschütze zurückgreifen könnte, wenn die Antriebssektion zerstört werden würde. Das haben Sie in Ihren Berechnungen doch auch berücksichtigt, nicht wahr, Lieutenant?«

Tasha gab ihre Habtachtstellung auf und drehte sich zu ihm um. »Die Chancen der Rumpfsektion, sich mit geringer Impulskraft unbeachtet davonschleichen zu können, erreichen beinahe neunzig Prozent, Sir, insbesondere, wenn wir ein gewisses Maß an Energie in die Antriebssektion einspeisen und das Ding ablenken.«

»Unbekannte Faktoren nicht eingerechnet.«

Sie ging wieder in Habtachtstellung und konzentrierte ihren Blick auf das Schott über dem Hauptschirm. »Richtig, Sir. Andererseits brauchen die Triebwerke in diesem Fall keine Schirmhülle um die Rumpfsektion zu projizieren, was wiederum bedeutet, daß wir mehr Energie in die Schilde leiten und einem zweiten Angriff damit vielleicht widerstehen können. Wenigstens lange genug, um einen Gegenangriff zu starten, meine ich, Sir.«

Auch Picard drehte sich nun um, musterte statt dessen jedoch den glühenden, pulsierenden Dunstwall elektrokinetischer Energie, der im oberen Bereich des Schirms nach ihnen suchte. »Und die Fluchtchancen für die Antriebssektion?«

Tasha holte sich nun doch den Blick bei Worf ab und klammerte sich daran, als wäre er eine Rettungsleine.

»Weniger... als achtzehn Prozent, Sir.«

Jean-Luc Picard umkreiste seine beiden ganz privaten Hitzköpfe, sah ihre Schultern zucken, das eine Paar schmal und von goldenen Rangabzeichen umrahmt, das andere breit und hochgewachsen, ein wahres Feld aus Rot und Schwarz. Vor Worf, der den Körper Tashas völlig verdeckte, blieb er schließlich stehen. Vor ihnen breitete sich das Panorama des großen Hauptbildschirms aus, durch dessen Sternenfeld ihr leuchtender Feind seine Kreise zog. Die Stille zerrte an ihren Nerven. Zwar kam das Wesen mit der Regelmäßigkeit eines Uhrwerks weiter auf sie zu, und doch lag eine gewisse Stärke in der Stimme des Captains, als er schließlich das Wort ergriff.

»Das Risiko gehe ich ein. Holen Sie Riker!«

»Bericht, Mr. Data.«

Picard hatte ihnen noch nichts von seinem Plan erzählt. Data und Geordi LaForge hatten sich vor ihm auf der Brücke aufgepflanzt, Riker wiederum stand dicht daneben. Er war sich Deanna Trois Abwesenheit schmerzhaft bewußt. War er nur zu empfindlich, oder bestand Data in der Tat darauf, ihm nicht in die Augen zu sehen?

Bilde ich mir das nur ein?

»Ausgehend von seiner Handlungsweise und seinen Fähigkeiten — Lichtgeschwindigkeit, zum Beispiel«, begann Data, »möchte ich den Schluß wagen, daß es sich in der Tat um ein konstruiertes Gebilde und kein natürlich entstandenes Wesen handelt. Es besitzt eine rudimentäre Intelligenz und reagiert nach einer einfachen, grundlegenden Kette von Instruktionen, ähnlich wie ein Insekt. Wenn beispielsweise eine Gottesanbeterin ihr Männchen auffrißt, Sir, handelt sie einfach nur nach ihrem Instinkt, ohne eine Vorstellung von der Richtigkeit oder Falschheit ihres Tuns.«

Picard rieb sich die Hände an den Schenkeln und widerstand der Versuchung herumzulaufen. »Sie wollen also sagen, daß wir es mit dem größten Käfer der gesamten Milchstraße zu tun haben.«

Data neigte seinen Kopf zu einer Art Nicken, war aber nicht bereit, sich dieser Behauptung gänzlich zu verschreiben. »Im wesentlichen.«

»Weshalb wir gleich vergessen können, vernünftig mit ihm argumentieren zu wollen«, ergänzte Riker.

»Korrekt, Sir«, sagte Data. »Aber falls es uns gelingt, eine Verbindung auf seinem eigenen Niveau aufzunehmen, bin ich vielleicht in der Lage, seine simple Programmierung weit genug zu ändern, um es aufs Glatteis ...« Er fing sich rasch, und warf Riker einen Blick zu. »Genug, um seine Handlungsweise zu verändern.«

Datas Selbstbewußtsein schwand, als der Turbolift aufglitt und Troi heraustrat. Dr. Crusher folgte ihr auf dem Fuße, offenbar unwillens, die Counselor aus ihren Augen zu lassen.

»Captain!« platzte Troi heraus. Sofort wich sie zurück, sammelte sich und verkündete unmißverständlich: »Sir, sie wollen etwas von uns.«

Picard sah sie zweifelnd an. »Wie bitte? Haben Sie erneut Verbindung aufgenommen?«

»So könnte man es ausdrücken«, meinte Crusher mit einem Blick auf Troi. »Einen Augenblick lang habe ich geglaubt, ich würde sie verlieren.«

»Tatsächlich? Sind Sie in Ordnung, Counselor?«

»Captain, sie wollen etwas.« Troi drängte weiter. »Etwas, das wir ihnen geben können. Oder wenigstens etwas, von dem sie glauben, daß wir es ihnen zur Verfügung stellen können.«

Picard drehte sich um, der Mittelpunkt eines aufziehenden Sturms. »Nun, Data?« meinte er anklagend. »Nach Ihrer Einschätzung der Lage habe ich eine solche Entwicklung ganz bestimmt nicht erwartet.«

Datas dünn gearbeitete Lippen öffneten sich einen Augenblick lang stumm. »Sir, das kann nicht stimmen. Alle Fakten weisen darauf hin, daß der Feind nicht dazu in der Lage ist, bewußt etwas von uns zu verlangen. Er besitzt die Intelligenz eines Insekts auf allen Kommunikationsebenen. Er reagiert automatisch auf gewisse Stimuli. Seine Reaktionen haben nichts mit Gedanken, wie wir sie kennen, zu tun, lediglich mit Instinkten.«

Picard richtete einen Finger auf Troi. »Aber die Counselor behauptet das Gegenteil, während Sie« — der Finger beschrieb eine komplette Drehung — »behaupten, daß es uns nicht aus böser Absicht heraus angreift. Irgend etwas in seiner simplen Programmierung treibt es angeblich dazu.«

»Jawohl, Sir«, stimmte Data freudig zu. »Unsere Waffen haben es angezogen und aufgehetzt.«

»Wir müssen uns darüber klar sein, daß es einen Unterschied geben könnte zwischen dem Feind und den Geistern, die ich spüre, Sir«, hob Troi hervor.

»Wie auch immer«, hob Riker im Gegenzug hervor, »wir müssen damit fertig werden. Wir können weder vernünftig mit ihm argumentieren noch es abschrecken; und wir haben nur eine geringe Chance, es zu überlisten. Aber der Vorteil ist, daß wir vielleicht in der Lage sind, seine Programmierung zu entschlüsseln, wie Data vorgeschlagen hat.«

»Aber nicht«, betonte Picard, »wenn es vernunftbegabt ist.« Er legte seine Hände auf das hufeisenförmige Geländer der Brücke und sah bedeutungsvoll zu Deanna Troi auf. »Wenn es vernunftbegabt ist, spießen wir uns möglicherweise auf dem Horn von Mr. Datas Logik auf.«

Data trat auf das Hauptdeck hinab und stellte sich neben seinen Sessel, an der Operator-Station, als ob er von einem Gefährten innere Kraft schöpfen wollte. »Ich kann sein

Programm nicht allein aus seinen Handlungen heraus ableiten, Sir. Ich brauche irgendeine Form der Kommunikation oder ein Interface. Aus Rücksicht auf Counselor Troi möchte ich behaupten, daß es trotz seiner Programmierung lebt. Es besitzt einen grundlegenden Selbsterhaltungstrieb.«

»Wenn wir seine Programmierung entschlüsseln könnten«, fuhr Picard fort, »könnten wir es ebenso leicht bezwingen, wie wir eine Motte mit einem hellen Licht in die Falle locken können.«

Geordi suchte sich diesen Augenblick aus, um an ihm vorbeizulaufen und seinen Posten am Navigationspult wieder einzunehmen. »Da brauchen wir aber ein verdammt großes Schmetterlingsnetz«, murmelte er.

»Da ist noch eine weitere Gefahr, Sir«, redete Data weiter, »wenn wir versuchen sollten, seine Aufmerksamkeit zu erregen. Wir könnten es unabsichtlich auf die Palme bringen und mit Pauken und Trompeten durchfallen.«

Picard wollte bereits zu einem Kommentar ansetzen, funkelte dann jedoch den Androiden einen Moment lang finster an. »Ja, der Gedanke ist mir auch schon gekommen. Danke. Mr. Riker...«

»Sir?«

»Bereiten Sie die Trennung der Sektionen vor.«

Riker wirbelte herum. »Sir?«

»Sie haben mich verstanden, oder?«

»Ja, Sir, aber...«

»Fragen?«

Riker richtete sich auf und änderte seinen Tonfall.

»Allerdings, Sir. Die Rumpfsektion abzutrennen, ist nur in Situationen ideal, wenn uns ein Kampf bevorsteht und wir sie in sicherer Entfernung, weit abseits des Schlachtfelds, zurücklassen können. Wenn wir in dieser Lage eine Trennung durchführen, ist sie völlig hilflos.«

»Interessante Art, eine Frage zu stellen.« Picard beäugte ihn verschlagen. »Aber jetzt ist nicht die Zeit, kalte Füße wegen der Fähigkeiten dieses Schiffes zu bekommen. Lieutenant Yar, wiederholen Sie bitte Ihre Statistik für den Ersten Offizier.«

Yar stand direkt hinter der taktischen Station, die Wangen gerötet. »Aye, Sir. Wir haben eine Chance von fünfzig zu fünfzig für eine erfolgreiche Flucht des gesamten Schiffs berechnet. Wenn wir uns dagegen trennen und die Kampfsektion das Ding ablenkt, erreicht die Chance der Rumpfsektion für eine geglückte Flucht beinahe neunzig Prozent.«

»Und die Kampfsektion?«

Sie wurde nervös. »Ungefähr siebzehn Prozent.«

Eine steile Falte erschien über Rikers Nasenrücken. Er spürte die Anspannung in seiner Miene, als er sie finster anstarrte, sah einen Schweißfilm auf ihrem Gesicht hervortreten, obwohl sie der Kraft seines Blickes standhielt. Über seinem linken Auge fühlte er das Kitzeln einer Locke seines dunkelbraunen Haars wie einen irritierenden Stofffaden. Sein Geist spulte Yars Worte noch einmal ab, das grandiose Schauspiel, das sie heraufbeschwören würden. Ihn überkamen aufs neue all die zwangsläufigen Folgen, all die Denkanstöße, all die Sorgen, die das Kommando über ein Schiff mit sich brachte, das zu all dem imstande war, was dieses Schiff vollbringen konnte. Die ganzen Probleme eines kampfbereiten Schiffes, das zugleich als Heim für zahlreiche Familien dienen sollte — und wie schwierig es war, beides zu vereinen. Von einem Schlachtschiff erwartete man, daß es sich in den Kampf stürzte, von einem Kolonistenschiff, daß es sich auf dem schnellsten Weg zurückzog. Beides waren vertretbare Antworten; aber was sollte geschehen, wenn beide Antworten sich auf ein und dasselbe Schiff bezogen? Und wenn dieses Schiff nicht in der Lage war, schnell genug zu flüchten?

Diese *Enterprise* hatte sich bislang nur einmal getrennt, und das war noch nicht einmal während eines Testflugs geschehen. Und er selbst war gar nicht an Bord gewesen, als es passierte. Er hatte nur davon gehört. Ein wahnsinniger Schachzug, bei voller Warp-Geschwindigkeit, das alleinige

Vorrecht des Captains. Kein Schachzug, für den sich Riker in derselben Situation entschieden hätte, doch andererseits hieß er nicht Jean-Luc Picard. In seinem Geist stellte er sich plötzlich vor, wie das Raumschiff bei Lichtgeschwindigkeit in zwei Teile zerbrach, wie die Antriebssektion vorbeischoß, während die Rumpfsektion abrupt aus der Warp-Hülle stürzte und gewaltsam auf Unterlichtgeschwindigkeit abgebremst wurde — ein Effekt, der jeden Passagier auf allen Decks zu Boden geworfen haben mußte.

Passagiere ... verdammt, immer diese Grätschen.

Die Worte des Captains erklangen. »Alle Mann vorbereiten für Übergabe des Kommandos an die Kampfbrücke.«

Picard war offensichtlich nicht an Meinungen zu diesem Thema interessiert. Dieses Mal würde es keine gemeinsame Entscheidung geben, das sah Riker ein. Wenn er Captain wäre, würde es das sowieso nie geben. Nicht einmal darüber, ob der Captain an gefährlichen Landeunternehmen teilnehmen sollte. Nicht einmal darüber. Doch wie er sich wieder und immer wieder sagte: Er war nicht Jean-Luc Picard, war nicht jener Mann, der in diesem Moment seine Brückenbesatzung musterte und diplomatisch sagte: »Ich brauche einen Freiwilligen, der in dieser Krise das Kommando über die Rumpfsektion übernimmt.«

Riker dachte nicht daran, das Wort zu ergreifen. Er preßte seine Lippen zusammen und wartete, daß sich jemand anderer freiwillig melden würde. Tasha machte ihren Mund auf, schloß ihn wieder und hoffte, daß es dem Captain nicht aufgefallen war. Worf dachte nicht einmal ernsthaft über das Angebot nach, das zeigte sich bereits in seinem dunkelhäutigen Gesicht. Data wollte sich bereits von seiner Station abwenden, überlegte es sich jedoch anders und schluckte seine Antwort hinunter. Geordi rutschte so tief in seinen Sessel, daß man ihn kaum noch bemerkte.

Auf dem Oberdeck standen Beverly Crusher und Deanna Troi, bloße Schaufensterpuppen, die es nicht wagten, das sorgfältig betonte Angebot des Captains oder die Reaktionen, die es mit sich bringen würde, anzunehmen. Troi stand besonders still. Sie spürte die Verlegenheit jedes einzelnen, als die Aufforderung des Captains in seinen oder ihren Geist eindrang, das Gewissen berührte und wieder verebbte.

Picard drehte sich herum, berührte jeden mit seinem Blick und nützte dann den unwahrscheinlichen Moment, um auf beinahe sentimentale Weise den Kopf zu schütteln. »Ich bin sehr stolz auf Sie alle«, sagte er.

Vom Zentrum der Brücke aus strahlte William Riker sie an, stolz auf den besonderen Menschenschlag, den er hinter sich hatte.

Picard berührte das Interkom am Kommandosessel. »Maschinenraum, hier Picard. Chefingenieur Argyle, melden Sie sich auf der Brücke und übernehmen Sie das Kommando über die Rumpfsektion.«

»Hier Argyle. Habe ich Sie richtig verstanden, Sir?«

»Haben Sie. Kommen Sie herauf und bringen Sie eine zweite Brückenbesatzung mit. Es ist an der Zeit, einige Schritte zu unternehmen.«

»Jawohl, Sir. Schon unterwegs.«

Ohne die geringste Pause lehnte sich der Captain vor. »Mr. Riker, Sie können anfangen.«

Trotz der Unruhe in seiner Magengrube, die so ausgeprägt war, daß er sich nach vorne beugen mußte — er wußte, daß Deanna den Wandel bemerkte, wenn er auch sonst niemandem auffiel —, drehte sich Riker zu der Steuerkonsole um und zwang die Worte heraus, die ihn beunruhigten. Sehr beunruhigten.

»Mr. Data, aktivieren Sie die Energieknotenpunkte der Kampfbrücke, damit sie einsatzbereit ist, wenn wir dort eintreffen. Alle Mann vorbereiten für Verlegung auf die Kampfbrücke. Alarmstufe Gelb. Sichern zur Abtrennung des Rumpfes.«

Mit mandolinenhaftem Klingen erwachte die kompakte und zweckmäßig eingerichtete Kampfbrücke zum Leben.

Sie war ein dunklerer, in mancher Hinsicht privaterer Ort, ein Ort, dessen Gedanken einzig und allein der Arbeit galten. Der Hauptschirm war merklich kleiner, als ob er stärkere Aufmerksamkeit verlangen wollte.

Die Kommandobesatzung der *Enterprise* stürzte aus dem Turbolift und begab sich an ihre gewohnten Stationen. Tasha und Worf an die taktischen und wissenschaftlichen Stationen, LaForge ans Steuerpult, Data an die Operator-Station, der Captain ins Kommandozentrum, Riker an jenen Platz, der allen Ersten Offizieren zugedacht war — zur Rechten und etwas hinter der Schulter des Captains. Irgend etwas war mit diesem Ort. Selbst wenn sich der Erste Offizier woanders aufhielt, war er doch stets hier. Und über ihnen, hoch über ihnen, würde sich die Rumpfsektion bald von ihrer Energiequelle trennen, die Antriebssektion ihrer geringen siebzehnprozentigen Überlebenschance und jenem befriedigenden Gefühl überlassen, das nur eine Selbstaufopferung der menschlichen Seele bescheren konnte.

Jeder war sich der Finger LaForges bewußt, die gerade über die Konsole huschten. Neben ihm glitt Data in seinen Sessel und speiste die dazugehörigen internen Korrekturen ein — Schub, um die beiden, antriebslos im Raum hängenden Sektionen voneinander zu trennen, sorgfältige Begrenzung des dafür nötigen Energieaufwands für den Fall, daß das Wesen ihren Schachzug bemerkte, Millionen anderer winziger Berechnungen, die für etwas nötig waren, daß sich dem nackten Auge als relativ einfaches Manöver darbot. Und doch konnte man es nicht mit dem Zerlegen eines Kinderspielzeugs vergleichen. Millionen von Schaltimpulsen mußten umgeleitet werden, und die Energie zu ihrer Speisung mußte bereitstehen. Und die ganze Zeit bewegte sich das Geschöpf draußen durch das Sternenfeld, leuchtend und knisternd, dem Leckerbissen, den es vor kurzem gefunden hatte, dicht auf den Fersen.

»Auf mein Zeichen«, sagte Riker, im Bewußtsein, daß sie es auch ohne ihn hätten erledigen können. Aus seinen

Augenwinkeln sah er das Muskelspiel in Datas kühlem Nacken, als sich der Androide nach vorne beugte und die Berechnungen des heiklen Manövers abschloß, bemerkte die Effizienz seiner Androidenfinger und kam sich plötzlich grob und ungeschlacht vor. »Alle Systeme normal. Energiezufuhr auf fünfzehn Prozent, Steigerung auf zwanzig Prozent bei Trennung programmiert. Flugdeflektoren zugeschaltet, Triebwerksschub achtern Null-Komma-Null-Fünf Unterlicht. Alle Sektionen bestätigen Räumung der Turbolifte und Wartungsschächte.«

Der Brückenlift öffnete sich. Rikers Konzentration verflog. »Deanna, was haben Sie hier zu suchen?« Wider besseres Wissen ging er einen Schritt vom Captain auf den Lift zu, begierig zu erfahren, weshalb sie sich entschlossen hatte, die geringe Chance in Kauf zu nehmen, daß sie den heutigen Tag überleben würde. Doch er sah die Antwort in ihren mandelförmigen Augen, als sie seinem Tadel keinen Fußbreit nachgab, fühlte sie in den Emotionen, die sie in den nächsten Sekunden auf ihn richtete. Abrupt blieb er stehen und enthielt sich einer Bemerkung — wie auch immer diese ausgefallen wäre.

Selbst wenn er etwas gesagt hätte, wären seine Worte doch in Grund und Boden gestampft worden. »Counselor Troi«, bellte Picard, der sich an Riker vorbeigedrängt hatte. »Verdammt, ich habe Ihnen befohlen, in der Rumpfsektion zu bleiben. Rechtfertigen Sie sich!«

Wie es schien, hatte sie sich sehr gut darauf vorbereitet; sie blieb der Inbegriff der Gelassenheit. »Sir, ich werde hier gebraucht. Wenn es eine Möglichkeit gibt, in Verbindung mit diesen Wesen zu treten, bin ich die einzige, die Ihnen dazu verhelfen kann. Ich möchte mich freiwillig für die Kampfbrücke melden.«

»So«, krächzte Picard. »Es ist mir nicht entgangen, daß sie damit gewartet haben, bis die Lifte abgeschaltet wurden, anstatt sich freiwillig zu melden, solange wir noch oben waren.« Er deutete auf sie. »Darüber unterhalten wir uns später. Wenn es noch ein Später gibt.«

Troi ließ die Schultern sinken und atmete aus. »Jawohl, Sir.« Ihre Beine schmerzten vor Anspannung und der Erleichterung darüber, daß sie bleiben und die ganze Sache durchstehen durfte.

Vielleicht konnte sie dem Captain aus dem Weg gehen, nicht aber Riker. Ihr Blick erhaschte den seinen, und da war dieser Ausdruck in seinem Gesicht, ein Ausdruck, der durch alle Schichten seines Ichs aus seinem Innersten drang, und sie konnte alle diese Schichten klar erkennen. Es war, als ob sie in einen unendlichen Spiegel blickte.

»Mr. Riker, wir haben nicht den ganzen Tag Zeit.«

»Nein, Sir, ich weiß. Mr. LaForge, Mr. Data, Abtrennung des Rumpfes — jetzt.«

Jeder Atem kam ins Stocken, jede Wirbelsäule versteifte sich. Ein leises Summen drang von unten herauf, aus den Höhlen der gewaltigen *Enterprise*-Kraftwerke bis hinauf zu den Verzahnungen in ihrem Nacken. Mit mißtönendem Knirschen teilte sich das Schiff. Keine noch so vollkommene Mechanik würde je die Wucht dieser Trennung mindern, so sehr sie auch die tatsächlichen Geräusche abschirmen mochte. Sie hörten es alle, oder glaubten es zumindest: das heisere *Klunk-Klunk*, als sich die Kupplungen trennten und die Greifarme ihr Opfer freigaben wie riesige Klauen. Zäh befreiten sich die Wülste vom Sog des Schiffsjochs; Zapfen und Bolzen, Kabel und Haspen lösten sich aus ihren Harnischen, und all die vielen kleinen Steckverbindungen, die noch vor wenigen Augenblicken die komplizierten Steuerschaltkreise des Schiffes verbanden, zogen sich zurück. Wie von der Axt eines übergroßen Holzfällers gespalten, teilte sich das Schiff in zwei Hälften. Plötzlich war die Rumpfsektion mit all ihren Familien dem Schicksal preisgegeben.

Auf der Kampfbrücke sahen Picard und seine Leute zu, wie sich die Sektion langsam entfernte. Einen derartigen Blick auf ihr Schiff — oder zumindest einen Teil davon — bekamen sie nur selten zu sehen. Die Rumpfsektion war eine umfangreiche, sich zum Rand verjüngende Scheibe, in deren eisigem Weiß sich die Lichter aus den rechteckigen Luken und Energiefreigabepunkten widerspiegelten. Überall war Licht, ein glitzernder Weihnachtsbaum aus Blattmetall. Eine Art Schmerz durchfuhr Captain Picard. Er sah zu, wie die Impulstriebwerke der Rumpfsektion plötzlich zum Leben erwachten und in einem hellen, silbernen Blau aufleuchteten. Man erwartete Entschlossenheit von Raumschiffkapitänen. Und doch schnitten diese rohen Entscheidungen wie Messer in sein Fleisch. Warum mußte es solche Dinge in diesem Universum geben? Warum mußten Schlangen im Wasser sein?

Gebannt sah Riker die Rumpfsektion davontreiben. *Hmm. War gar nicht so übel. Hoffen wir, daß alles andere genauso klappt.* Als es ihm gelang, sich wieder von der Schönheit des Rumpfes loszureißen, sah er zu seinem Captain.

Wenn er Jean-Luc Picard je wankelmütig gesehen hatte, dann jetzt. Der Captain sah aus, als wolle er den Rumpf an seinen Platz zurückbeordern, alle seine Untergebenen unter seinem Mantel versammeln. Einige Sekunden lang erwartete Riker, daß er den Befehl tatsächlich geben würde, überlegte sich sogar, welche Worte er verwenden würde, um den Captain nicht zu albern aussehen zu lassen.

Doch Picard schwieg. Stumm trug er die Last seiner Überzeugungen.

»Sicherheitsabstand«, meldete LaForge. »Bereit für weitere Manöver, Sir.«

»Bestätigt«, murmelte Picard. Der Geschmack der Pflicht. »Lage beibehalten. Senden Sie ein Niederfrequenzsignal an Mr. Argyle. Befehlen Sie ihm, in den kleinen Asteroidengürtel auf der anderen Seite des Gasriesen zu fliegen. Vielleicht tarnt das ihre Flucht.«

»Aye, Sir«, bestätigte Worf. »Befehl erteilt.«

Schweigend sahen sie zu, wie der Impulsantrieb der Rumpfsektion einige Augenblicke lang aufleuchtete und dann wieder verblaßte; er hatte der riesigen Scheibe gerade genug Schub verliehen, damit sie auf die gefährlichen

Randbezirke des Käfigs zutrieb, den das Wesen errichtet hatte. Insbesondere für Riker besaß dieser schreckliche Moment durchaus seine tiefgründigen Seiten. Es gab so viele Zivilisationen, die ihm nicht einmal die Chance gewährt hätten, hier draußen den Tod zu finden, zumindest nicht an einem Ort nach seiner Wahl. Die Schönheit der Technologie flößte ihm Ehrfurcht ein. Es war die Freiheit, jenes Gebilde zu erbauen, das nun vor ihren Augen schwebte, die Freiheit, höhere, lohnendere Ziele anzustreben, die nötigen Hilfsmittel zu besitzen, um mit dem Reichtum ihrer gesunden Gesellschaft Wunder wie jene zu erschaffen, das er soeben mit eigenen Augen gesehen hatte. Und es war die Freiheit, im Weltraum zu sterben, wenn die Zeit gekommen war.

Er warf Captain Picard einen kurzen Blick zu und entdeckte bei ihm dieselben Gefühle. Ehrfurcht. Der Captain schien sich nicht zu fürchten. Mehr als alles andere wirkte er wütend auf das Wesen, das ihn gezwungen hatte, sein Schiff in zwei Hälften zu trennen.

Oder ist es etwas anderes? fragte sich Riker. *Ich kenne ihn so wenig.*

Der Bann brach, als sich Picard an Troi wandte. »Irgendeine Reaktion?« fragte er sie barsch.

Die schwarzen Locken ihres Haars ließen ihr Gesicht bleich aussehen, die tiefliegenden dunklen Augen wie Kugeln aus Onyx. »Noch nichts, Sir.«

»Worf, irgendwelche Änderungen in seinem Energiemuster?«

Worfs kehlige Antwort enthielt eine merkliche Spur Ungeduld. »Nur dieselben Fluktuationen, die es schon die ganze Zeit ausstrahlt, Sir.«

»Lieutenant Yar, behalten Sie den Rumpf und dieses Wesen im Auge. Ich will wissen, ob sie aufeinander treffen werden, und ich möchte es rechtzeitig erfahren.«

»Jawohl, Sir.« Sofort beugte sie sich über ihre Hochglanzkonsole.

»Wenn ich es mir recht überlege, verschwenden wir besser keine Zeit. Mr. Riker, machen wir ein kleines Geräusch in der Finsternis.«

Riker nickte, obgleich es eine dumme Geste war. Seine Kehle war ausgetrocknet, und er wollte nicht sprechen, bevor er nicht ein paarmal geschluckt hatte. Dann tippte er auf das Kommando-Interkom. »Riker an Maschinenraum. Haben wir Warp-Energie?«

Ingenieur MacDougal antwortete so schnell, daß sie ebensogut neben ihm auf der Brücke hätten stehen können. *»Warp-Antrieb immer noch ausgefallen, Sir, aber er sollte bald wieder einsatzbereit sein. Es war ein elektrischer Kurzschluß und keine Sache der Energieerzeugung.«*

»Ich verlange ja auch keinen Warp-Antrieb.« Er musterte Picard, ob es wirklich das war, was dem Captain vorschwebte. »Ich brauche lediglich einen kurzen Stromstoß durch die Röhren. Sagen wir, zehn Prozent. Genug, um seine Aufmerksamkeit von dem Rumpf abzulenken, bis er das Gebiet verlassen hat. Halten Sie sich bereit, sofort wieder abzuschalten, damit wir uns ebenfalls verstecken können.«

»Ich versteh' schon, was Sie wollen, Mr. Riker, aber Warp-Energie ist nicht so einfach zu beherrschen. Wir brauchen eine Ruheperiode vor und nach dem Stromstoß.«

Riker sah selbstbewußt zu Picard hinüber, der ihn beobachtete. »Was auch immer grade funktioniert. Und wann immer Sie bereit sind. Riker Ende.«

Nun würden sie ein Geräusch von sich geben. Sie würden in einer dunklen Lagerhalle eine Münze in die Luft schnippen und darauf hoffen, daß das leise Klingeln des Aufpralls zwar gehört, aber nicht aufgespürt werden konnte.

Aus den Eingeweiden des Maschinenraums, aus den Tiefen der Materie-Antimaterie-Reaktoren drang ein Stoß reiner Energie. Obwohl er lediglich winzige zehn Prozent betrug, konnten sie ihn dennoch spüren.

Dann gab es einen Wandel auf dem Schirm. Das knisternde Infrarot-Diffraktionsbild ihres Verfolgers hielt plötzlich in seiner Suche am unteren Rand des Bildschirms inne und vollzog eine recht zielsichere Wende in ihre Richtung.

»Es kommt«, meldete Yar. Sie packte die Kanten ihrer Konsole und weigerte sich, auf den Schirm zu sehen. Statt dessen sah sie zu, wie die beiden Zielpunkte — Raumschiff und Feind — aufeinander zukamen. Ihre Stimme schwankte. »Direkter Anflug.«

»Null-Komma-Drei-Null Unterlicht, Steuermann«, befahl Riker und packte die Kopfstütze von LaForges Sessel. »Kurs Zwei-Zwei-Vier-Komma-Eins-Fünf.«

»Aye, Sir.«

»Schneller, LaForge.«

»Aye, Sir. Ausführung.«

»Lieutenant, folgt es uns?« fragte der Captain, ohne sich umzudrehen.

Yar nickte, obwohl er nicht zu ihr hinsah. »Aye, Sir.«

»Geschwindigkeit?«

»Null-Komma-Vier Unterlicht.«

»Also gut...« Picard bewegte sich auf seinen Kommandosessel zu, setzte sich aber nicht. »Werfen wir die Perlen aus, und sehen zu, ob die Sau uns folgt. Lieutenant LaForge, erhöhen Sie auf fünfzig Prozent Unterlicht.«

»Null-Komma-Fünf, aye.«

Die geköpfte Antriebssektion, deren energiegeladene Gondeln nun zu ihrem auffälligsten Merkmal geworden waren, glitt auf einer unsichtbaren Schiene herum und schnitt diagonal durch das Suchmuster des Wesens, genau auf der dem Rumpf gegenüberliegenden Seite, weg von dem wirbelnden Gasriesen, weg von dem winzigen Asteroidengürtel, der sich eines Tages zu einem neuen Planeten zusammenballen und fortan die stolze kleine Sonne dieses Systems umkreisen würde.

»Captain«, sagte Worf und unterbrach die gespannte Aufmerksamkeit. »MacDougal meldet, daß wir genügend Energie für die Schilde, aber nicht genug für die Triebwerke und die Waffen haben. Sie schätzt, daß es noch ein paar Minuten dauern wird.«

Picard nickte, ohne aufzusehen.

»Ich glaube, es klappt, Sir.« Rikers Stimme war so tief, daß ihn seine Kehle schmerzte. Er berechnete im Geist den Abstand zwischen Antrieb und Rumpf, und die Zeit, die sie brauchten, bis die Rumpfsektion in Sicherheit war. »Guter Einfall, Captain.«

»Sir!« keuchte Tasha mit plötzlichem Entsetzen in der Stimme. »Es...«

»Ich sehe es. Volle Wende. Energie auf die Schilde! Erregen Sie seine Aufmerksamkeit!«

»Energieübertragung läuft«, gab Tasha sofort zurück. »Kampfdeflektoren auf Maximum.«

Egal, wie sorgfältig der Plan gewesen sein mochte und welches Ausmaß an Hardware, hochkomplexer Physik, Mathematik und detaillierter Analyse hinter ihm stand — es spielte keine Rolle. Es war schlicht und einfach Pech, jenes Pech, das die Menschheit in ihrer Geschichte noch nie hatte vermeiden, beiseite drängen oder überwinden können. Wer wußte schon, seit wann dieses Wesen durch die Galaxis streifte und die Dinge tat, die es heute tat? Es gab einfach keine Möglichkeit festzustellen, welche Gewohnheiten und Vorlieben es entwickelt und welchen Impulsen es zu folgen gelernt hatte. Und wer wußte schon, was es entdeckt hatte?

Ein Lichtreflex am Rumpf... ein winziges Leck im Fusionsreaktor der Impulsmotoren und der damit verbundene Austritt subatomarer Teilchen... ein hochfrequenter Energiestoß aus dem Wartungsbereich? Im täglichen Betrieb eines Raumschiffs ignorierte man solche Dinge völlig. Doch irgendwie hatte irgend etwas der Bedrohung weisgemacht, daß der Rumpf der aussichtsreichste Kandidat für ein üppiges Nachtmahl war. Sein Insektengehirn hatte sich in den Gedanken verbissen, *dieses* Ziel statt *jenes* anzugreifen, und so wandte es sich dem Rumpf zu.

Picard wirbelte zu Worf herum. »Irgend etwas?«

»Keine Veränderungen, Sir«, erwiderte der Klingone mit grimmiger Deutlichkeit. »Wir strahlen momentan die zwanzigfache Energie des Rumpfes aus, aber es scheint nicht sehr beeindruckt.«

»Fliegen Sie engen Annäherungskurs. Wir müssen es ablenken...«

Geordi LaForge bemühte sich, das Zittern seiner Hände zu unterdrücken. Der Gedanke, dicht an diesem Haufen Häßlichkeit vorbeizufliegen, behagte ihm ganz und gar nicht. Was er mit seinen verstärkten Sinnen wahrnahm, glich einer derart tückischen Ballung reiner Energie, daß er es vorzog, gar nicht auf den Schirm zu sehen. Er würde mit Hilfe der Instrumente fliegen, genau dem Befehl folgen, den man ihm gegeben hatte. Er würde das Schiff wie an einem unsichtbaren Seil um den Alptraum herumschwingen.

Zu schade, daß dieses Schiff keinen Hasenfußschalter besaß.

Das Schiff schwang sich durch den Weltraum, dem knisternden Energiefeld seines Feindes entgegen, Nun überragte der Rumpf alles andere auf dem Hauptschirm. Er lag zwischen ihnen und der Wand aus blendend hellen, nach ihm schnappenden elektrischen Zungen, ein Prisma, durch das hindurchzusehen schrecklich war.

LaForge erhöhte die Geschwindigkeit, ohne daß man ihn dazu auffordern mußte. Er wußte, was er zu tun hatte: Laß den Knallfrosch eine Portion reiner Antimaterie fressen.

Er gestattete sich einen kurzen Blick auf Data. Der Androide wirkte täuschend ruhig, eine menschliche Gestalt, eingehüllt in Infrarot, die glühende Form eines Mannes mit kalten und heißen Bereichen, die sich allesamt bewegten. Auf eine Weise, wie sie kein mechanisches Gerät zuwege brachte, spürte Data seinen Blick und gab ihn zurück. Er antwortete nur mit einem bedeutungsvollen Hochziehen seiner Brauen. Endlich vereint. Ein Tod, wie er Soldaten zustand, wenn sie denn schon sterben mußten.

Hinter ihnen umklammerte Riker den Sessel des Steuermanns härter, als er es eigentlich beabsichtigte. Der Schirm vor ihm schien zu lodern, so nahe waren sie dem Phänomen jetzt. Mit etwas Glück würden sie sehr bald in großen Schwierigkeiten stecken. Ärger überkam ihn, als er sah, wie die Impulstriebwerke der Rumpfsektion erneut anliefen. Argyle wußte, daß es hinter ihnen her war — und daß sie viel zu langsam waren, um ihm zu entwischen. Dennoch raste der Rumpf mit voller Impulskraft weiter, eine übergroße Schildkröte, die sich bemühte, vom Mittelstreifen einer stark befahrenen Straße zu entkommen. Über ihm hoben die Frustrationen ihr häßliches Gesicht. Riker wünschte sich, Picard hätte darauf bestanden, daß einer von ihnen zurückblieb. Auf einmal hätte die Rumpfsektion einen echten Offizier und nicht nur einen Ingenieur gebraucht.

Das Wesen beschleunigte und folgte, die Antriebssektion tat es ihm gleich, nur schneller. Das Schiff neigte sich, als es LaForge direkt vor dem elektrischen Körper des Gegners herumriß. Im Vorbeiflug sahen sie, daß dieser tatsächlich eher flach als rund war, ein gewaltiges Feld vorgetäuschter Computersignale, und dennoch zur Gänze von Leben erfüllt. Seine elektrokinetischen Bänder funkelten und sprühten, als die Antriebssektion an ihm vorbeischoß und in die entgegengesetzte Richtung davonraste.

Picard schob sich zwischen Data und LaForge. »Was passiert, zum Teufel? Nichts?«

»Keine Reaktion«, bestätigte LaForge irgendwie enttäuscht.

»Worf!«

»Ich habe keine Erklärung, Sir«, donnerte Worf. »Es läßt nicht vom Rumpf ab.«

Data sah auf. »Vielleicht ist es doch mehr als ein Insekt, Captain.«

Und als er es sagte, warf er einen Blick auf die andere Seite der Brücke zu Deanna Troi, die nun neben Tasha stand und unheilvolles Schweigen wahrte, ihren Waffen hilflos ausgeliefert.

»Ein Hai«, murmelte Riker.

»Nummer Eins?«

Riker wandte sich an den Captain. »Ein Hai, der sich auf einen einzigen Fisch in der gesamten Schule konzentriert hat. Er ignoriert alle schmackhafteren Leckerbissen und greift jenen an, auf den er sich konzentriert hat.«

»Sir«, ergriff unvermittelt Troi das Wort. Ihre Stimme wirkte wie ein Schock auf der kompakten Brücke. »Wir müssen es ablenken. Der Rumpf...«

»Wird einem Angriff nicht standhalten, ich weiß, Counselor, ich weiß. Schilde auf Maximum. Maschinenraum, hier ist der Captain. Haben wir Warp-Geschwindigkeit?«

»MacDougal, Sir, gerade eben. Warp Drei ist alles, was ich Ihnen geben kann.«

»Tun Sie's. Und auf mein Zeichen Notausstoß der Antimaterie...«

Riker wirbelte herum. »Sir?«

»Wir werden dafür sorgen, daß es uns nicht noch mal ignoriert. Wir werden mit der Tür ins Haus fallen, und zwar sofort. Dieses Ding wird *nicht*...«

»Sir!« keuchte Yar. »Es nähert sich dem Rumpf! Beschleunigung auf Null-Komma-Sieben-Fünf...«

»Kurs direkt ins Zentrum, Warp Drei und Start!«

Wie auf Kommando hoben LaForge und Data ihre Köpfe, als ob sie sichergehen wollten, daß sie beide dasselbe gehört hatten.

»Ich sagte: Start!« donnerte der Captain. Dann senkte sich seine Stimme zu einem Flüstern — ein Vulkan kurz vor dem Ausbruch. »Wir fliegen mitten durch den Bastard.«

KAPITEL 7

Picard stand auf der Kampfbrücke, als wäre sie ein Triumphwagen. In seinen Händen hielt er die Zügel der Rennpferde, die Augen auf das Bild des Feindes gerichtet.

Selbst für Riker, der selbst etwas von einem Baumstumpf hatte, schien Picard auf einmal größer als das Leben selbst. Jedes Schiff kam einmal in eine Lage, in der man nicht gewinnen konnte, und das war jetzt die ihre. Trotz der primitiven Programmierung dieses Dings da draußen war es doch sehr effizient und hatte sie kalt erwischt. Jetzt mußten sie sich mit ihm auseinandersetzen, Flucht war unmöglich geworden.

Inzwischen beherrschte es den Schirm so sehr, daß jener nicht einmal mehr schwarze Ränder zeigte: ein Wall aus Donner und Farben, genau jenes Etwas, das Mütter ihren Kindern stets verboten anzurühren. Oder auch nur daran zu denken, es berühren zu wollen. Die Antriebssektion richtete ihren großen Kobraschädel auf den Wall und raste mit aller Geschwindigkeit, die sie aufbringen konnte, hinein. Warp Drei – Warp Irgendwas – war beeindruckend und erschreckend genug, wenigstens für jemand, der noch bei Verstand war.

In den letzten paar Sekunden schloß Riker seine Augen. Er konnte nicht anders, wollte er die Tatsache akzeptieren, daß er jetzt gleich sterben würde, um die anderen zu retten. Das war seine unausgesprochene Pflicht, soviel wußte er; es war der Grund, weshalb er die Sektionen überhaupt getrennt hatte. Wenn es zum Schlimmsten kam, war die Antriebssektion entbehrlich. Man erwartete von ihnen, daß sie sich opferten, vor die heransausende Kugel traten. Das war der eigentliche Gedanke.

Sein massiger Körper verkrampfte sich. Er hatte den metallischen Geschmack des Angriffs dieses Wesens schon einmal gekostet und jetzt...

Die *Enterprise* krachte mitten in den elektrischen Wall und löste sofort ein ohrenbetäubendes Feuerwerk aus. Stromstöße zuckten durch das ganze Schiff, näherten sich allen Konsolen, jedem lebenden Körper, eine fürchterliche Erschütterung nach der anderen. Krämpfe rasten, begleitet von einem Gewitter sinnlosen Lichts. Riker hörte Deanna aufschreien, als es sich auf sie konzentrierte, doch er war nicht einmal imstande, sich umzudrehen, sie anzusehen.

Knack... KNAAACK...

Und das Schiff brach auf die andere Seite durch — ein mitgenommenes Gefährt, voll von mitgenommenen Menschen, einen Schwanz aus spektralem Feuer hinter sich herziehend. »LaForge, steuern Sie die Asteroiden an! Maschinenraum, hier Picard...«

Wie konnte er jetzt noch sprechen? Wie gelang es ihm bloß, Worte durch seine Kehle zu quetschen?

Riker versuchte einmal mehr, sich umzudrehen, dieses Mal zu seinem Captain, und dieses Mal gelang es ihm. Picard kauerte in seinem Kommandosessel, einen Ellenbogen um die Armlehne verschränkt, und brüllte in das Interkom. »Maschinenraum! Notausstoß der Antimaterie auf mein Zeichen... hören Sie mich?«

»Maschinenraum... äh, wir hören... bereit auf ihr...«

»LaForge, sind wir schon bei diesen Asteroiden?«

LaForge bemühte sich, mit seinen Fingern das elektrische Feld zu durchdringen, das immer noch um seine Konsole züngelte, und hieb den neuen Kurs ins Steuerpult. Mit jedem Tastendruck peitschten Stromstöße durch seine Finger, doch er gab nicht auf, bis das Schiff in Richtung auf den vorplanetaren Raummüll zwischen dem Gasriesen und dem Stern einschwenkte.

Riker mühte sich ab, durch die glitzernde Wolke, die die Brücke von Schott zu Schott, vom Boden bis zur Decke ausfüllte, einen Blick auf den Captain und die hinter ihm kauernde Deanna zu erhaschen.

Sie hielt sich mit beiden Händen am Brückengeländer fest, das Gesicht in einen Arm gepreßt, als ob sie ihre Augen und womöglich noch viel mehr von sich abschirmen wollte.

Doch schon im nächsten Augenblick nahm der Hauptschirm seine Aufmerksamkeit wieder voll in Anspruch, gerade rechtzeitig, daß er verfolgen konnte, wie das Wesen den Knochen, den es bereits sicher hatte, fahrenließ und sich dem anderen zuwandte, dessen Spiegelbild sich in seinem Strom abzeichnete. Seine Farben glühten auf, und es schoß auf sie zu, füllte den Schirm aus, raste mit unvorstellbarer Geschwindigkeit auf sie zu. Sie hatten es geschafft — sie hatten seine Aufmerksamkeit erregt. Nur zu gut. »Captain, es ist hinter uns her!« schrie er durch das elektrische Gewitter.

»Volle Geschwindigkeit!« donnerte Picard. Auch er drehte sich herum, schaute und sah.

»Erreichen Asteroiden, Sir«, rief Geordi, dessen spezielles Sehvermögen kaum imstande war, den Lichtertanz vor sich zu ertragen.

Picards Stimme drang durch das ganze Schiff. »MacDougal, leeren Sie den Antimaterietank — jetzt!«

Mit einem Geräusch, das sich verdächtig nach einer riesigen Toilette anhörte, nahmen die Exhaustoren ihre Arbeit auf. Erst kam ein lautes Gurgeln, dann raste eine Erschütterung durch die unteren Sektionen, und in einem radikalen Manöver, das normalerweise nur bei unerwarteten Lecks in der Abschirmung zum Einsatz kam, erbrach das Schiff den Inhalt seines Antimaterie-Tanks. Antimaterie spülte aus den Gondeln und ergoß sich in den Asteroidengürtel. Wo immer sie im Vakuum des Weltraums auf Materie traf, gab es eine Explosion — eine gewaltige Explosion, die ihre Feuersäulen über Tausende, mitunter sogar Hunderttausende von Meilen in alle denkbaren Richtungen schleuderte. Jede Detonation und der dazugehörige Halo kleinerer Detonationen sandte enorme Schockwellen in den Raum hinaus, die das Schiff bei seinen verzweifelten

Bemühungen, dem Inferno zu entrinnen, nach vorne warfen.

Die *Enterprise* pflügte durch die Asteroiden, erreichte die andere Seite, doch im selben Moment, da die Antimaterie erschöpft war, zerbrach das Warpfeld und das Schiff verlangsamte auf Impulsgeschwindigkeit. Jedermann auf der Brücke wurde nach vorne geschleudert, als sich das Schiff unter lautem Winseln abmühte, den unerhörten Geschwindigkeitsabfall auszugleichen. Riker hob einen Arm, um seine Augen vor dem Feuerwerk zu schützen, das noch immer auf der Brücke Amok lief, und fand den Hauptschirm gerade rechtzeitig, um Zeuge einer Kette gelber Explosionen zu werden, große, kleine, alle blendend hell.

»Absoluter Vorrang für die Schilde«, keuchte Picard. »Mit reiner Impulskraft sind sie reichlich schwach. Vielleicht müssen Sie die Phaser-Energie anzapfen, um sie stabil zu halten. Maschinenraum, hören Sie mich?« Irgendwie gelang es ihm, sich nach wie vor an seinen Sessel zu klammern und Befehle in alle Richtungen zu erteilen, während er zusah, wie sich das Ding im Asteroidengürtel niederließ und die Explosionen aufzufressen begann.

Dann erhellte ein letzter bunter Strom die Brücke und versetzte allen einen Schock, als hätten sie einen offenen Stromkreis berührt. Diesmal jedoch verschwendete er keine Zeit: Mit einer gewissen Endgültigkeit zischte er über die Brücke, ballte sich zu einem Knoten, heftete sich an Data, als ob ihn dieser angesaugt hätte, und schleuderte ihn aus dem Sessel. Der Androide hatte keine andere Wahl, als jedes einzelne Volt zu ertragen, das den anderen nun erspart blieb. Er wurde zur Seite gerissen und rückwärts gegen das Brückengeländer geschleudert, bis die fremde Macht ihn nicht mehr weiter zurücktreiben konnte. Um ihn herum bildete sich eine orangefarbene, von Funken durchsetzte Hülle und schüttelte ihn. Im Inneren bebte und keuchte er, als die Blasebälge, die ihm als Lungen dienten, ebenfalls zusammengepreßt wurden.

»Nein!« schrie Geordi. Dieses Mal kannten sie die Bedrohung, und weder sie noch Geordis Reaktion darauf kamen unerwartet für Riker und Data.

Als Geordi aus seinem Sessel aufsprang, hielt ihn Riker mit seinem bewährten Griff fest, die Hand wie ein Schraubstock um Geordis Arm geklammert. Im selben Augenblick nutzte Data eine jener schrecklichen Umarmungen, um hervorzupressen: »Bleib weg, Geordi...«

Statik knisterte um Geordis Hand, als er nach ihm greifen wollte, doch Datas Befehl ließ ihn seine Hand wieder zurückziehen. Durch sein Visor starrte er die teuflische Infrarothülle an, die ihm eine seltsam verständliche Warnung zufauchte.

»LaForge, zurück auf Ihren Posten!« Picard manövrierte sich zwischen sie und untersuchte das weiße Feld aus Statik um Data.

Wenn Data tatsächlich Schmerz empfinden konnte, so tat er es jetzt. Wenn sie je Zweifel daran gehabt hatten, waren diese nun wie weggewischt.

Riker kam vorne um Data herum, dicht an der statischen Hülle vorbei. Nur ein einziges Mal sah er von ihr weg, lange genug, um einen Blick auf Troi zu werfen. Sie stand auf dem Oberdeck, umklammerte das Geländer und starrte zu ihnen herunter, das Gesicht durchfurcht von Sorge und Erwartung. Sie schien jedoch in Ordnung, wenigstens angesichts der Umstände.

»Captain«, setzte Riker an und streckte eine Hand aus, als könne er allein damit die Situation beherrschen, »wenn wir mit ihm reden würden...«

LaForge drängte nach vorne, aufgehalten nur durch die Gegenwart Picards. »Nein! Wir müssen ihn da rausholen!«

»Das könnte unsere einzige Chance sein«, betonte Riker.

»Er hat es nicht verdient, auf Ihrer Idiotenliste ganz oben zu stehen, Riker«, beklagte sich LaForge bitter. Er knurrte es beinahe.

»Ich weiß«, sagte Riker, »ich weiß. Treten Sie zurück. Das ist ein Befehl. Captain...«

Picard beschrieb einen Halbkreis um den Androiden und die Kraft, die ihn an Ort und Stelle hielt. »Genau... genau... Ruhe, alle Mann.« Er trat so dicht heran, daß das statische Feld über seine Arme und Beine lief und kleine Wellen auf seiner Haut verursachte. »Data, können Sie mich hören?«

Plötzlich verstummte das Geknister. Es war, als ob ein Ballon geplatzt und auf seine Normalgröße zusammengeschrumpft sei: häßliche transparente Farben, die Data nach wie vor einhüllten und sich langsam an ihn zu gewöhnen schienen. Sein Atem glich nun weniger einem Keuchen, obwohl er immer noch nach Luft schnappte und sich gegen etwas zur Wehr setzte, bei dem es sich nach wie vor um einen Angriff handelte. Seine Augen hefteten sich auf die Decke der schwach beleuchteten Kampfbrücke, bewegten sich jedoch, als ob dort oben Worte stünden, die es zu lesen galt. Er blinzelte und kniff die Augen zusammen, ein Kampf, die Bedeutung dessen zu erfassen, was er sah. Seine Arme standen in einem seltsamen Winkel nach unten, die Hände gespreizt, die langen Finger zuckend.

Riker bewegte sich sehr langsam an die Seite des Captains und sprach in leisen Tönen, die beinahe ein Flüstern waren. »Harmonische Resonanz. Wie Radiowellen, die einen Kristall zum Vibrieren bringen. Irgendwas scheint er mit ihm gemein zu haben.«

Picard nickte einmal.

»Data?« begann er von neuem. »Können Sie mich hören? Verstehen Sie mich?«

Eine Zeitlang kam keine Reaktion.

Dann ein dünnes »Ja...«

Die Antwort durchfuhr sie alle wie ein Messer.

»Data, reden Sie mit mir«, forderte ihn der Captain auf. Seine volltönende Stimme geriet zu jenem effizienten Werkzeug, das sie nun mal war.

»Ich...«

»Weiter. Versuchen Sie's. Ich höre. Weiter.«

»Sub... raum... ver... ver...«

»Verbindung?«

»Ja...«

»Darauf habe ich gehofft. Können Sie sich mit ihm verständigen?«

Die Pinselstriche von Datas Gesichtszügen verzogen sich vor Frustration. »Ich kann nicht... kann nicht senden...«

»Versuchen Sie's weiter. Alle Mann, Ruhe bewahren. Niemand rührt sich vom Fleck. Worf, Lagebericht.«

Angesichts der Wirkung, den der Strudel auf Data ausübte, fühlte sich selbst der Klingone bemüßigt, seine Stimme zu senken. »Es zehrt noch immer an den Antimaterie-Reaktionen im Asteroidengürtel, Sir. Kein Anzeichen einer Kursänderung.«

»Es will mit Ihnen reden...«

Trois Stimme war leise, doch dieses Mal besaß sie eine Modulation, die sie nicht erkannten, eine Modulation, die alle sich zu ihr umwenden ließ, obwohl Data nach wie vor gefangen war. Steif schritt Deanna Troi auf das Hauptdeck hinab. Riker streckte seine Hand nach ihr aus, und sie ergriff die Hand, die er ihr anbot, doch ihre Miene war die eines Menschen, der in ein blendend helles Licht starrte. Sie glich derjenigen Datas — beide sahen etwas, das nicht wirklich da war. »Ihre Sprache«, murmelte sie. »Ich beherrsche sie.«

Zögernd setzte Riker, der noch immer ihre Hand hielt, zu einem Schritt an, der ihn näher zu ihr bringen würde.

»Nein!« befahl ihm Picard in diesem Moment in scharfem Ton und bedeutete ihm mit einer Geste, wieder einen Schritt zurückzutreten. Mit einem zusätzlichen Schubs drängte er Riker beiseite und trat zwischen sie, sich Trois nun plötzlich leerer Hand durchaus bewußt, die nach Riker greifen wollte. Also war wenigstens noch ein Teil von ihr zugegen.

»Wer sind Sie?« setzte Picard sorgfältig an.

Trois Augen weiteten sich vor Anstrengung.

»Alles... beenden Sie...«

»Wir verstehen Sie nicht. Wir wissen nicht, wer Sie sind«, erwiderte der Captain.

Troi fing an zu zittern, ein Zittern, das bis in die Tiefen ihrer Knochen reichte und ebenso von ihren eigenen Bemühungen wie von der Wirkung dessen herrührte, was gerade mit ihr geschah. Trotz Picards Abneigung gegenüber Folklore und Geistergeschichten nahm die Kampfbrücke die diesige Aura einer Séance an. Troi selbst war nun ebenfalls ein Geist, ein Wesen aus dunkler Vergangenheit, aus einer Zeit, als die Unwissenheit unauslöschliche Eindrücke in der Phantasie der Menschen hinterließ. Sie war der Hauch einer Legende, die man auf irgendeine Weise in die Gegenwart versetzt hatte. Ihr Haar leuchtete, Ebenholz hinter den Blitzen, und trotz all des Lichts, das von Datas Angreifer herrührte, glommen ihre Augen in gewohntem Schwarz. Und doch zeigte sich inmitten des Zauberbanns die bewußte Arbeit eines Wissenschaftlers. Und nicht für eine Sekunde vergaßen sie, daß Data ebenfalls davon betroffen war: Die knisternde Helligkeit des Strudels um ihn huschte über Trois Gesicht und diente als ständige Erinnerung.

Riker trat probeweise auf sie zu und war Picard dankbar, daß er ihn diesmal nicht zurückhielt. »Deanna...«, setzte er an. Doch dann fehlten ihm die Worte.

Troi zwang sich zum Sprechen. Irgendwie konnten sie spüren und verstehen, daß der Zwang von ihr und nicht von einem anderen ausging. »Sie... können es... beenden.«

Der Captain kniff die Augen zusammen, als ob er die Worte sehen konnte. Irgend etwas in der Art, wie sie es gesagt hatte, ließ ihn die Brücke mit einer Handbewegung zur Ruhe mahnen.

Ihre Stimme – immer noch sehr leise. Nur ein rauhes Wispern. Und doch enthielt sie eine Stärke, eine Entschlossenheit, die Picard in diesem Augenblick nicht erwartet hatte. Und nachdem sie den Satz erst einmal ausgesprochen hatte, war es unwiderruflich vorbei. Die Anstrengung fiel von ihr ab, das Phänomen gewährte ihr einen tiefen Atemzug, und die Lichtmuster auf ihrem Gesicht verblaßten langsam.

Riker und Picard wirbelten herum, und in der Tat glich Data nun wieder mehr sich selbst als einem Silvesterfeuerwerk.

»Keiner rührt sich!« warnte Picard. »Warten Sie, bis es völlig verschwunden ist.«

Trotz des Befehls stahl sich Riker langsam zu Troi hinüber und behielt sie im Auge, während Data am Rande seines Sichtfelds vor sich hin glitzerte. Als sie unverhofft zusammenbrach, stand er beinahe neben ihr.

Die Farbe wich aus ihrem Gesicht, und Troi stürzte so abrupt zu Boden, daß Riker es beinahe übersehen hätte. Es gelang ihm noch, ihren Oberarm zu packen und zu verhindern, daß ihr Kopf gegen das Brückengeländer prallte, doch sie wand sich in seinem Griff wie ein zappelnder Fisch, bis er wieder festen Stand gewann und sie auf das Deck niederlassen konnte. Er kniete sich neben sie, wischte ihr die schwarzen Locken aus der Stirn und sah gerade rechtzeitig auf, um mitzuerleben, wie Data dasselbe zustieß.

Der dichtere Körper des Androiden prallte mit einem dumpfen Schlag auf das Deck, doch Geordi und Worf waren zur Stelle und drehten ihn herum. In der Dunkelheit, die plötzlich wieder auf der Brücke herrschte, wirkte der Androide etwas verwirrt, doch im Gegensatz zu Troi war er noch bei Bewußtsein.

Picard warf einen raschen Rundblick über die Brücke, um sicherzugehen, daß das elektrische Phänomen wirklich verschwunden war. »Yar«, fragte er dann, »Zustand des Wesens?«

»Immer noch mit den Asteroiden beschäftigt, Sir«, meldete sie. »Obwohl es sich mit den Antimaterie-Explosionen sehr viel Zeit läßt. Es scheint nicht zu begreifen, worum es sich dabei handelt. Scheinbar ist es sich nicht im klaren, was es tun soll.«

Picard schnaubte. »Geht es uns nicht allen so? LaForge? Überlassen Sie Data Worf und holen Sie uns hier raus.«

»Jawohl, Sir. Welcher Kurs?«

»Zurück zum Rumpf, solange wir noch Gelegenheit dazu haben.«

Mit diesen Worten kniete er sich neben Riker, der recht hilflos über Troi gebeugt war. »Lebt sie noch?«

»Ihr Puls ist wie eine Baßtrommel«, erwiderte Riker. »Wer weiß schon, was das unter diesen Umständen zu sagen hat?«

»Etwas Gutes, möchte ich mal behaupten«, sagte Picard reumütig. »Was anderes bleibt uns nämlich nicht.«

»Werden wir uns wieder an den Rumpf ankoppeln, Captain?« fragte Riker, obwohl er die Antwort bereits kannte. Diesmal würde das Ankoppeln nicht bedeuten, daß die Probleme vorbei waren. Ganz im Gegenteil. Es würde bedeuten, daß sie vollends versagt hatten.

Picard musterte den Schirm. »Scheint, als ob wir uns zu früh gefreut haben. Tasha, nehmen Sie Verbindung mit Chefingenieur Argyle auf und setzen Sie ihn davon in Kenntnis, daß wir sie abholen.«

»Aye, Sir. Sofort.«

»Senden Sie auf Niederfrequenzband und halten Sie die Nachricht so knapp wie möglich.«

»Aye, Sir.«

Der Captain wandte sich erneut zu Riker um und griff nach Trois Handgelenk, um selber ihren Puls zu fühlen. »Was halten Sie von alledem?« fragte er dann mit leiser Stimme. »Ihre Worte... Steht sie mit demselben Wesen in Verbindung wie Data?«

Riker schüttelte den Kopf. »Es ist alles ziemlich undurchsichtig. Was immer es auch ist, es beeinflußt sie auf verschiedene Weise. Sie redet laufend von diesen... na ja, diesen *Personen*, als ob sie sie kennen würde, und außerdem wird sie im Gegensatz zu Data nicht von diesem Glitzern eingehüllt. Und es greift nicht nach ihr. Ist Ihnen aufgefallen, daß sie sich immer noch bewegen konnte? Es ist, als ob sich das elektrische Feld des Wesens auf ihn konzentriert, aber durch sie spricht.«

»Schon, aber diese Botschaften, die sie aufnimmt. Wie

präzise ist ihre Telepathie? Ich habe so etwas bei Troi noch nie erlebt. Sie wissen genausogut wie ich, daß die Telepathie der Betazoiden unterhalb aller gewöhnlichen Frequenzen liegt und nach außen hin als etwas Übernatürliches erscheinen mag, daß sie aber dennoch wissenschaftlich zu erklären ist. Aber diese Sache... daß sie sich wie ein spiritistisches Medium verhält... das kaufe ich ihr einfach nicht ab.«

»Ich bin der Ansicht«, gestand ihm Riker, »daß sie es ebenfalls nicht glaubt, wenn Sie das beruhigt, Sir.«

»Was hat sie gesagt? Wir können es beenden. Was beenden?« Er lehnte sich ein wenig dichter heran und senkte seine Stimme. »Haben Sie irgendeine Idee?«

Riker leckte sich die Lippen. Also dafür waren Erste Offiziere da: sich Hypothesen über Dinge auszudenken, von denen sie keine Ahnung hatten. Antworten aus der Luft zu zaubern. Andererseits war das manchmal die beste Art, überhaupt eine Antwort zu finden: solange unverdrossen weiterzumachen, bis man entweder eine Wand oder das Wasser erreicht hatte. »Es beenden. *Wir* sind dazu in der Lage. Ich frage mich, ob wir damit gemeint sind. Oder hat Troi zu den Lebensformen gesprochen, die sie gespürt hat?«

»Oder vielleicht haben sie zu ihr gesprochen? Ich sag' Ihnen was«, meinte Picard mit plötzlicher Überzeugung. »Sobald die beiden wieder aufrecht sitzen können, setzen wir sie nebeneinander und beschaffen uns die Antworten. Wir sind im Besitz der Botschaften. Wir deuten sie nur nicht richtig. Langsam ist es an der Zeit dazu.«

»Wie geht es ihr, Mr. Riker?« Tasha hielt ihre Stimme gesenkt. Scheinbar fürchtete sie, daß sie die Aufmerksamkeit der anderen erregen könnte, weil sie in diesem kritischen Moment ihren Posten verlassen hatte, neben Troi in die Knie gegangen war und sich nun über sie beugte.

»Ich bin kein Arzt«, entgegnete Riker schlicht und machte seiner Enttäuschung Luft. Wenn er die Zeit gehabt hätte, seinen Posten zu verlassen, wäre Troi bereits auf dem Weg zur Krankenstation, aber diese zusätzlichen Sekunden hatte er einfach nicht. Also blieb sie hier, in seinen Armen, in seinem Blickfeld, unter dem geringen Maß an Obhut, das er aufbringen konnte.

»Sir, werden wir uns wieder mit der Rumpfsektion zusammenschließen?« fragte Yar. Ihre Augen wünschten sich, daß alles in Ordnung kommen würde; auf einmal wirkte sie so unschuldig und hoffnungsvoll wie ein Disney-Gemälde.

»Ich glaube, uns bleibt gar keine andere Wahl«, meinte er. »Es hat einfach nicht geklappt. Wir haben uns daran gewöhnt, daß alles immer funktioniert, und es trifft einen ziemlich hart, wenn das einmal nicht der Fall ist. Die Mächte des Schicksals, Lieutenant.« Er entließ sie mit einer Kopfbewegung, eine stumme Aufforderung, wieder auf ihren Posten an der taktischen Station zurückzukehren, doch sie blieb.

»Mr. Riker?«

»Ja, was ist denn?«

»Sir... es war mein Vorschlag, die Sektionen zu trennen.« Tasha unterbrach sich und wartete ab, bis sie seiner Aufmerksamkeit sicher war. Als es soweit war, kniff sie ihre dünnen Lippen zusammen. »Soll ich mich beim Captain entschuldigen?«

Riker stürzte sich in den Wunschbrunnen ihrer Augen, wenn auch nur für einen kurzen Augenblick: Augen, die sie lediglich durch den sparsamen Gebrauch eines Eyeliners und einem Hauch von Mascara zur Geltung gebracht hatte, als ob sie etwas unsicher und sich ihrer Weiblichkeit zu sehr bewußt war. Riker ertappte sich dabei, wie ihn diese dünnen braunen, nun ein wenig verschmierten und ungleichen Striche faszinierten. Tasha Yar war ein Paket von guten Vorsätzen. Hätte Riker nicht die Personalakten der Brückenoffiziere durchgelesen, als man ihm diesen Posten übertragen hatte, er hätte einen Blick in diese Augen und den üppigen, schlanken Körper unter ihnen geworfen und sie sofort in den Kindergarten der *Enterprise* abgestellt, wo sich die Kinder jeden Tag an ihrem Gesicht erfreut hätten.

Auch jetzt kam es ihm so vor — als sei sie das Kind, und er der Lehrer. Da war nichts in ihrem Gesicht, in ihren Augen, das ihm ihre Kindheit auf jener Kolonie ins Gedächtnis zurückrief, und doch dachte er in diesem Augenblick daran. Eine Kolonie, die es tatsächlich gewagt hatte, sich von der Föderation loszusagen. Binnen drei Jahrzehnten nach der Trennung war die Wirtschaft zusammengebrochen. Jene entfernte Kolonie, wo Banden die Herrschaft übernommen hatten, ein Ort, der nichts so sehr glich wie der Zeit nach der Französischen Revolution, ein Ort, an dem ein schlechtes System im Namen des Volkes niedergerissen und durch ein noch schlechteres ersetzt worden war. Ein Ort, dessen Alltag die Schreckensherrschaft beinahe organisiert aussehen ließ. Mobs, Banden, Luxus für manche, der Hungertod für andere. Eltern, die ihren Kindern beibrachten, allein zu sein, weil nur Unabhängigkeit das Überleben garantierte. Kinder, die wie Ratten im Müll dahinvegetierten. Und unter ihnen Tasha. Ständig aufs Überleben bedacht. Ständig auf der Flucht. Bereit zum Kampf, wenn es nötig war. Alles verzehrend, was sich ihr anbot. Es war die Brutstätte jener Zielstrebigkeit, die es ihr später ermöglichen würde, in Rekordzeit zum Sicherheitschef eines Raumschiffs aufzusteigen. Auf so etwas traf man nicht alle Tage.

Eine schreckliche Jugend. Zu schnell, zu hart, zu erbarmungslos. Sie hatte all die Dinge versäumt, die Mädchen in diesem Alter nun einmal taten: Kichern, das Verstekken, das mondgesichtige Schwärmen und die wunderbare Unwissenheit, die ein Mädchen all das glauben ließ, was es auf den ersten Blick zu sehen meinte. Für Tasha hatte es keinen Spiegel und keine endlosen Kosmetik-Aktionen gegeben, und selbst wenn es diese Spiegel gegeben hätte, wäre sie doch zurückgeschreckt vom Anblick eines hageren jungen Mädchens, dessen Haar so geschnitten war, daß es wie ein Junge aussah – dies, um nicht die Aufmerksamkeit all jener zu erregen, deren Gewohnheiten sich in beiläufiger Vergewaltigung erschöpften. Von dem Tag an, als ihre Mutter zum ersten Mal das Messer geholt und den knielangen Zopf ihrer vierjährigen Tochter abgeschnitten hatte, hatte Tasha gelernt, mit den Dingen fertig zu werden.

Und trotzdem war sie nun imstande, in dieser absoluten Unschuld zu ihm aufzusehen, in diesem völligen Vertrauen in ihn und alles, was sie in einem vorgesetzten Offizier zu sehen glaubte und wofür der Name ›Starfleet‹ für jemanden stand, der unter der Herrschaft des Mobs aufgewachsen war. Wie sie ihn so ansah, fiel die tonnenschwere Last der Verantwortung auf ihn herab. Was konnte er ihr sagen, um diesen antiseptischen Glauben an ihn nicht zu zerstören? Sie war stärker mit ihm als ohne ihn, ein besserer Offizier in ihrer Reinheit als die Frau, die vielleicht aus ihr geworden wäre, wenn sie ihr gutes Recht in Anspruch genommen und ihrer Gefühllosigkeit nachgegeben hätte.

Über die unruhige Gestalt Trois hinweg faßte Riker nach Tashas Ellenbogen. »Was immer Sie auch tun«, sagte er, »entschuldigen Sie sich keinesfalls.«

KAPITEL 8

Hinter ihnen beleuchteten die Antimaterie-Explosionen das Sonnensystem nach wie vor in allen Richtungen. Erstaunlich, daß so wenig Antimaterie beim Aufeinandertreffen mit so wenig Materie zu derartigen Großbränden führen konnte.

Aus der unmittelbaren Umgebung zu entrinnen, war nicht schwer. Das Wesen war noch damit beschäftigt, die reine Energie der Materie-Antimaterie-Reaktionen aufzusaugen, und kümmerte sich momentan nicht um sie. So hatte die Antriebssektion einige zusätzliche Sekunden, um auf den Schockwellen der Detonationen davonzureiten und zurück zur Rumpfsektion zu gelangen. Es klang ganz einfach, zumindest verglichen mit dem, was an diesem Tag bereits geschehen war.

Die Schiffe dann wiederzuvereinen, war etwas ganz anderes.

Riker stand neben der wissenschaftlichen Station, wo sich Deanna Troi niedergelassen hatte. Sie wirkte verstört, erschöpft, schmerzgeplagt und trübsinnig, wie jemand, der gerade eine schlechte Neuigkeit gehört hatte. Dennoch schien sie sich der Umstände nur zu bewußt.

Der abgetrennte Rumpf auf dem Schirm erfüllte Riker mit einem Schauder der Vorahnung. Das war der heikle Teil; es war ein Unterschied, ob man einen Liniendampfer aus dem Dock heraus- oder ihn wieder hineinfuhr. Oder vielleicht auch einen dieser Flugzeugträger, die sie vor kurzem auf dem Bildschirm gesehen hatten. Der Winkel mußte stimmen. Jede Kopplung, jede Haspe, jeder Junktor mußte exakt auf einer Linie mit seinem Gegenstück sein. Glücklicherweise besaß die *Enterprise* Computer, die sich um diese Dinge kümmerten. So etwas wie Handsteuerung gab es in diesem Fall nicht, obwohl sie eine halbautomatische Ankopplung gewöhnlich mit dieser Bezeichnung belegten. Wirklich *manuell* anzukoppeln, würde einen Tag und eine halbe Nacht in Anspruch nehmen. Im Augenblick freute sich Riker jedoch, daß Picard aufmerksam zusah, als sich die beiden Schiffe einander näherten. Die Rumpfsektion stand still im Raum, während die Antriebssektion das Trägheitsmoment nützte, um das Wesen nicht auf sich aufmerksam zu machen. Zu keiner anderen Gelegenheit würden sie so hilflos sein wie bei den letzten Metern vor der Ankopplung.

Im letzten Moment spülte eine Schockwelle aus den Antimaterie-Explosionen im Asteroidengürtel über die beiden Schiffe hinweg und drängte sich wie ein Keil zwischen sie.

»Zurück!« befahl Picard scharf. Unter ihm mühte sich das Schiff, dem Befehl Folge zu leisten. »Stabilisieren. Vorsicht jetzt. Wir bekommen vielleicht keine zweite Chance. Annäherung mit enggebündeltem Traktorstrahl. Bringen Sie uns rein.«

»Aye, Sir«, murmelte der schwitzende LaForge.

»Worf, helfen Sie ihm.«

»Jawohl, Sir«, bestätigte der Klingone. Er ließ Data auf den Deckstufen sitzen und rutschte hinter die Operator-Station.

Data sah ihm blinzelnd zu, machte aber keine Anstalten, seinen Posten wieder einzunehmen. Riker bemerkte, daß sich der Androide voll und ganz auf etwas anderes zu konzentrieren schien.

Und nun? dachte er. *Schau ihn dir doch an. Er sieht aus, als würde ihm eine klare Antwort genauso guttun wie mir. Vielleicht hat er sich überanstrengt. Vielleicht hat er mich zu ernst genommen und zugelassen, daß das Ding in ihn eindringt und Einfluß auf ihn nimmt. Nächstes Mal halte ich meine Klappe.*

Vielleicht.

Unter ihm schüttelte sich das Deck. Er schnappte nach

dem Brückengeländer und sah gerade rechtzeitig auf den Hauptschirm, um die künstlich beleuchtete Ansicht der Dockmanschette wahrzunehmen. Dann wurde der Schirm schwarz und schaltete sich automatisch ab.

»Ankopplung abgeschlossen, Captain«, meldete LaForge. »Alle Verbindungsanzeigen auf Grün. Dockchef meldet: alles gesichert.«

»Bestätigen Sie. Alles Stop. Also schön«, meinte Picard seufzend, »das war ein verdammtes Fiasko, wenn ich je eines erlebt habe. Offenbar gibt es doch keinen einfachen Ausweg aus dieser Situation.«

»Befehle, Sir?« fragte Riker.

»Captain!« platzte Yar heraus. »Es ist weg!«

Sie wirbelten so schnell herum, daß man hätte meinen können, die Brücke sei ein drehbares Tablett.

»Weg?« wiederholte Picard. »Einfach so?«

»Noch schneller als vorher.« Yar warf ihren Geräten einen bösen Blick zu, als ärgere sie das Verschwinden des Phänomens mehr als seine bisherigen Angriffe. Es durfte sich ja aus dem Staub machen, aber nicht, ohne sich vorher beim Sicherheitschef abzumelden. »Keine Spur, keine Restenergie, nichts. Hat sich einfach verabschiedet.«

»Wie schön. Es treibt irgendein verdammtes Spiel mit uns. Na ja, ich würde sagen, das bestätigt Datas Hypothese der Interdimensionalität mit erschreckender Deutlichkcit.«

»Vielleicht sollten wir uns zurückziehen, solange wir noch können, Sir«, schlug Riker vor.

»Oh nein, unter gar keinen Umständen, Nummer Eins«, entgegnete der Captain.

»Aber wenn...«

»Verstehen Sie denn nicht? Es hat schon sehr deutlich bewiesen, daß es sich nicht um ein Insekt und nicht um einen Hai handelt. Es ist eine Spinne. Wenn wir uns bewegen, schlägt sie zu. Sie muß nur abwarten, bis wir uns rühren. Und genau das werden wir nicht.« Er wandte sich an die wartenden Gesichter der Brückenbesatzung. »Völliger

Stillstand«, befahl er dann in gebieterischem Tonfall. »Schalten Sie alle Systeme aus, auch die internen, mit Ausnahme der Lebenserhaltung. Schalten Sie alles ab, was Sie überhaupt nur abschalten können. Unterbrechen Sie alle Experimente und Testreihen, es sei denn, ich gebe den Gegenbefehl. Schalten Sie die Nahrungsprozessoren, alle überflüssigen Gebrauchsgegenstände, Terminals, Hologramme, Interkom-Verbindungen, Generatoren und sanitären Einrichtungen aus. Reduzieren Sie die Beleuchtung und die Heizung auf ein Minimum. Vermeiden Sie alle Geräusche. Sagen Sie den Leuten, sie sollen bleiben, wo sie sind, wenn sie ihr Ziel erreicht haben. Wir werden in zehn Minuten die Turbolifte abschalten und ausschließlich die Wartungsleitern verwenden. Haben Sie das verstanden?«

Unschlüssig neigte Riker den Kopf. »Ich weiß nicht, wie lange wir das durchhalten können.«

Picards dunkle Augen zogen sich zusammen. »Es haben schon ganze Städte solche Blackouts überstanden, Mr. Riker«, sagte er. »Da werden wir's wohl auch schaffen. Seit den U-Boot-Kriegen und den Luftangriffen auf London mußten die Menschen längere Perioden absoluter Stille ertragen.«

»Das war ausgebildetes Militärpersonal, Sir. Es wird ein wenig schwieriger für ...«

Der Captain brachte ihn mit einer Geste zum Schweigen und senkte seine Stimme unerwartet. »Werden Sie nicht beleidigend.«

»Natürlich. Tut mir leid, Sir.« Riker warf Worf eine entsprechende Geste zu. »Schiffssysteme bestätigen. Ich werde alles persönlich überprüfen.

Der Captain nickte. »Sobald wir wieder auf der Hauptbrücke sind, möchte ich einen kompletten System-Check, was die Einspeisung unserer Antimateriereserven in den Haupttank betrifft. Wir müssen unsere Verluste ergänzen. Ich wünsche, daß alles glatt geht, Riker. Das ist eine Menge Energie, die dabei übertragen wird, und wir wollen nicht, daß man uns dabei entdeckt. Verständigen Sie den

Maschinenraum. Mit der Übertragung und der Aufladung der Warp-Energie werden sie die Hände ganz schön voll haben.«

»Aye, Sir. Ich kümmere mich darum.«

»Alle Mann, vorbereiten für Transfer zur...«

»Captain...« Unvermittelt erwachte Troi zum Leben und schob sich unsicher aus dem Sessel. Hätte sie sich nicht am Kommandosessel abgestützt, wäre sie vielleicht gestürzt; dennoch war es mehr als nur rein körperliches Durchhaltevermögen, das sie auf den Beinen hielt.

Der Captain erwischte sie am Arm. »Counselor, Sie bleiben, wo Sie sind. Ich wünsche, daß Dr. Crusher Sie noch einmal ansieht.«

»Später, Sir, bitte. Captain, kann ich mich unter vier Augen mit Ihnen unterhalten?« Sie warf einen kurzen Blick auf Riker. »Es ist... etwas sehr Persönliches, Sir.«

Der Captain gestattete sich ein langes Studium ihrer Augen, ihrer Miene und der Kraft, mit der sie seinen Arm umklammert hielt — anscheinend war sie sich dessen gar nicht bewußt. Die Skala des Lügendetektors, mit der er ihre Aufrichtigkeit abschätzte, gründete sich auf seine Erfahrungen, auf die hartverdiente Fähigkeit, jemanden danach einzuschätzen, welche Miene er bei seinen Worten machte, nach dem Tonfall der Stimme und den kleinen Schwankungen, dem Blinzeln der Augen und dem leichten Zucken der Wimpern. Er glaubte ihr, ließ sich überzeugen, daß es mehr als nur eine Laune von ihr war, daß sie etwas Entscheidendes zu sagen hatte und noch immer rational genug war, um den Unterschied zu kennen.

Er fühlte Riker näherkommen, wußte, daß der Erste Offizier über seine Schulter sah, seine Körpergröße ausnützte, um einen Blick auf Deanna Troi zu werfen und stumm zu fragen, ob sie ihn vielleicht ebenfalls in ihr Geheimnis einweihen würde. Das machte die Entscheidung um so heikler.

»Also gut«, sagte Picard schließlich. Er nahm Trois Arm und führte sie zum Turbolift. »Alle Mann, sofortige Kommandoübergabe an die Hauptbrücke. Riker, Sie machen sich mit Data auf den Weg. Besorgen Sie mir eine Antwort. Wir werden dieses Problem von zwei Seiten angehen. Counselor, mein Bereitschaftsraum. Der Rest... auf die Stationen.«

Vielleicht sah Riker Troi zu sehnsüchtig nach, als der Captain sie von der düsteren Kampfbrücke geleitete. Er konnte ohne sie leben, vielleicht mußte er das sogar. Er hatte alle Beziehungen abgebrochen, als er diesen Posten angenommen hatte, sich auf zwanzig Jahre Zielstrebigkeit vorbereitet, und das Versprechen, das er sich gegeben hatte, größtenteils gehalten. Bis er das Schiff selbst betreten hatte. Bis *sie* aus dem Nichts auf ihn zukam. Plötzlich kamen ihm die Jahre vor ihm eher wie ein Test als wie ein Auftrag vor. War es unklug für einen Kommandooffizier, sich auf eine Beziehung einzulassen? Diese ganze Sache mit den Familien an Bord... es war so ungewohnt. Wußte irgend jemand, ob sich kommandierende Offiziere anders verhielten, wenn all jene, die ihm etwas bedeuteten, mit an Bord waren, anstatt sich von allem außer der unmittelbaren Gefahr lossagen zu können?

Deanna wüßte es. Und sie ist die einzige, die ich nicht fragen kann.

Er wurde aus seinen Gedanken gerissen, als zwei Gestalten an ihm vorbei auf den Turbolift zugingen. Yar und Worf standen bereits neben dem Captain und Troi im Lift, Geordi war gerade mit Data im Schlepptau an ihm vorbeigegangen und hatte dabei seinen linken Arm gestreift.

Riker bekam Datas Arm zu fassen und hielt ihn auf. »Data, Sie bleiben hier.«

LaForge wollte sich bereits umdrehen, Beschützertrieb auf seinem Gesicht, als ihn ein harter Befehl des Captains dazu brachte, Data den Händen eines nicht gerade mitfühlenden Vorgesetzten zu überlassen. »Komme schon, Sir«, meinte er mit tiefer Stimme, als ob er Riker warnen wollte.

Vielleicht war es doch keine Anmaßung, vielleicht war es keine Warnung. Andererseits hätte Riker es ihm nicht verübeln können.

Die Türen des Turbolifts glitten mit einem zischenden Geräusch zu.

Data blieb stehen und starrte noch einige Sekunden versonnen auf den Lift. Tatsächlich waren es sogar mehr als nur einige Sekunden; lange genug, um sein Zögern offensichtlich zu machen. Als er sich schließlich umdrehte, nahm er volle Habtachtstellung ein — obwohl er ebensogut wie Riker wußte, wie überflüssig diese Haltung war.

»Wie fühlen Sie sich?« fragte der Erste Offizier.

»Einsatzbereit«, erwiderte Data, »aber schwach.«

»Möchten Sie sich setzen?«

»Nein danke, Sir. Ich bleibe stehen.«

Damit ich schneller vor dir weglaufen kann, mein Lieber. Komm schon, Will. Sag schon, was du sagen willst. Bring es hinter dich. »Können Sie mir einen Bericht über das geben, was Ihnen zugestoßen ist?«

Es war nicht gerade der Satz, den auszusprechen er erwartet hatte, als er seinen Mund öffnete. So entschied sich Riker, Data einfach mit der Frage zu konfrontieren, und redete sich ein, daß er früher oder später einen Weg finden würde, auf das andere Thema zurückzukommen.

»Ich habe einige neue Informationen, Sir«, antwortete Data, »obwohl nicht alle davon klar sind.«

»Ich höre. Machen Sie's kurz.«

Data nickte einmal und dachte dann über die richtigen Worte nach.

»Das Phänomen«, begann er langsam, »ist wie ich.«

»Wie Sie? Eine Art...« Riker unterbrach sich und wurde verlegen, als Data den Satz für ihn vollendete.

»Ein Mechanismus«, sagte der Androide. »Geschaffen von einem anderen. Ein lebendes Werkzeug, auf einem derart hohen technologischen Niveau, daß sich nicht feststellen läßt, ob es sich um eine Lebensform handelt oder nicht.«

»Also haben Sie mit ihm gesprochen?«

»Ich stand in Verbindung, möchte es allerdings nicht als Unterhaltung bezeichnen. Es nahm sich, was es von mir brauchte, und gab nur, was es für nötig hielt. Ich konnte empfangen, aber nicht senden. Vielleicht war ich zu weit von der Quelle entfernt. Oder vielleicht bin ich einfach nicht dazu konstruiert, als Sender zu arbeiten... obwohl ich es eigentlich gehofft habe.«

»Data, wir erwarten doch nicht...«

»Vielleicht könnte ich eine engere Verbindung aufnehmen, wenn ich mich ihm allein in einem Shuttle nähere.«

»Seien Sie nicht verrückt!« platzte Riker heraus. »Niemand fliegt da raus, nicht einmal Sie.«

Bevor er den Satz ausgesprochen hatte, hatte Riker nicht über die gefühllosen Untertöne nachgedacht; doch nun hielt er die Luft an und hoffte, daß Data darüber hinweggehen würde.

»Der Mechanismus ist eine Gefahr für uns, Sir. Daran hege ich keinen Zweifel mehr«, fuhr der Androide fort. Das düstere Licht der Kampfbrücke fing die Starrheit seiner Farben ein, als er dort auf dem Oberdeck stand. »Es ist nur eine Frage der Zeit, bis es lernen wird, zwischen der Zusammensetzung der restlichen Materie in diesem Sonnensystem und der Konstruktion der *Enterprise* zu unterscheiden. Es wird das Schiff zerstören, genau wie die *Gorschkow* vor drei Jahrhunderten.«

»Moment mal.« Riker hob die Hand. »Wir sind uns nicht sicher, was der *Gorschkow* zugestoßen ist.«

»*Ich* bin mir sicher. Sobald es dazu in der Lage ist, wird es uns auf ausgesprochen gewalttätige Art zerstören. Es beabsichtigt, uns sobald zu zerstören, wie es uns ausfindig machen kann.«

Dessen war er sich absolut sicher, soviel konnte man aus seinem Gesicht erkennen. Er wirkte noch gleichmütiger als sonst, und Riker mußte sehr genau hinsehen, um überhaupt ein kleines Flackern von Gefühlen zu sehen. Data mochte vielleicht ein Androide sein, doch sein Gesicht war normalerweise stets in angenehmer Bewegung, und die Leere störte Riker. Datas gewohntes Verhalten hätte ihn ein wenig beruhigt.

Langsam fragte er: »Haben Sie irgendwelche Hinweise betreffs seiner Herkunft?«

»Es wurde vor Äonen gebaut, und es enthält das Vernichtungspotential mehrerer Raumschiffe«, entgegnete Data glatt. »Am beunruhigendsten ist jedoch die Tatsache, daß seine Programmierung ihm die Möglichkeit gibt, diese Macht nach eigenem Gutdünken einzusetzen.«

»Na toll«, stöhnte Riker. »Ich kenne einige Bulldozer, die besonnener zu Werke gehen als dieses Ding.«

Data zögerte, und wenn er überhaupt zu Launen imstande war, stand ihm der Sinn derzeit nicht nach einer kleinen Plauderei. Sein Zögern dauerte lange genug, daß sich Riker erneut unbehaglich fühlte und schließlich aufsah.

»Reden Sie weiter«, sagte er mit einem Unterton von Müdigkeit.

»Wie gesagt, es könnte so hoch auf der Leiter maschineller Evolution stehen, daß es so gut wie lebendig ist.«

Schöne Aussichten, dachte Riker, verkniff sich die Bemerkung zum Glück jedoch rechtzeitig. »Und?«

»Und... es zerstört mechanische Schiffe, die ihm vertraute Energien enthalten, während es gleichzeitig die Lebensenergien der betroffenen Wesen konserviert.«

»Aber weshalb? Warum zieht es durch die Galaxis und saugt Lebensessenzen auf? Wer würde eine Maschine konstruieren, die Schiffe zerstört und Bewußtseinsinhalte speichert? Das ergibt keinen Sinn.«

»Unbekannt, Sir. Aber von einem defensiven Standpunkt ergibt es durchaus einen Sinn. Wir wissen noch nicht, ob es gegenüber Planeten dieselbe Reaktion zeigt wie gegenüber Schiffen. Falls dem so ist, könnte es sich um eine Verteidigungswaffe handeln, die sich gegen ihre eigenen Schöpfer gewandt hat.«

»Ist das wirklich eine Möglichkeit?«

»Nein, Sir, nur eine Vermutung.«

»Aber es konserviert ausnahmslos alle... was? Die Lebensenergien jener Wesen, die es absorbiert?«

»Nicht nur das, Sir, sondern das gesamte Bewußtsein.

Erinnerungen, Wünsche, alles. Praktisch sind sie nach wie vor am Leben.«

Riker verschränkte die Arme, lehnte sich über das Brükkengeländer und dachte über diese Vorstellung nach. »Stellen Sie sich vor, kein Sklave der Zeit mehr zu sein. Nach einem solchen Utopia sucht die Menschheit seit Äonen. Keine Not, kein Hunger, keine Furcht, kein Schmerz, kein Tod... Ich frage mich, wie es von innen aussieht.« Mehrere Sekunden lang starrte er einfach vor sich hin. Er klang idyllisch, sogar biblisch. Wie viele Menschen sahen zu den Sternen auf, wenn sie an den Himmel dachten? Er stieß sich vom Geländer ab und hob einen Finger. »Also haben wir es mit zwei Dingen zu tun«, behauptete er. »Verbessern Sie mich, wenn ich mich irre...«

»Werde ich, Sir.«

»Äh... ja. Werden wir hier Zeuge zweier verschiedener Kontakte? Ihres Kontaktes mit dem Mechanismus, oder was immer es auch ist, und Trois Kontakt mit den darin gefangenen Lebensformen?«

Datas vogelgleiche Augen huschten einen Augenblick zur Seite und vermittelten den Eindruck eines Computers, der gerade etwas durchrechnete. Einige Sekunden stand er völlig reglos da, dann zog er seine Brauen hoch. »Das scheint die Fakten am besten zu beschreiben, Sir. Für die Lebensformen stellt Counselor Troi offenbar der Weg des geringsten Widerstands für eine Verbindungsaufnahme dar. Sie scheinen in der Tat von dem Wesen getrennt zu sein, das sie am Leben erhält. Daran hätte ich selber denken sollen.«

»Sie haben schon genug getan.« Riker bemühte sich, die Steifheit aufzulockern, die er selbst jetzt noch in Datas Ton wahrnahm.

»Nein, Sir«, verbesserte ihn der Androide. »Nein, Sir... nicht genug. Ich enthalte möglicherweise Technologien in meinem Körper, von denen ich nichts weiß und die einzusetzen ich nicht in der Lage bin. Irgendwie gibt es kongruente Reaktionen zwischen mir und dem Mechanismus. Ich glaube...« Und er zögerte erneut, diesmal noch ergreifender. Er wich Riker aus und heftete seinen Blick statt dessen auf den Hauptschirm, nun eine körnig graue Wand. »Im Impulsleerlauf, nur mit eingeschalteten Flugschirmen, konnte uns der Mechanismus nicht anpeilen. Ich vermute, er konzentrierte sich auf mich und war dadurch in der Lage, das Schiff anzupeilen...«

»Schlagen Sie sich nicht zu sehr an die Brust«, unterbrach ihn Riker. »Erst hat es Troi gefunden, dann mich. Sie waren erst der dritte in seinem Geschmackstest, also geben Sie nicht sich die Schuld. Das ist zu... menschlich.«

Der angebotene Humor verfehlte seine Wirkung. Datas plötzliches Schweigen wirkte gewichtig.

Riker rieb sich die Hände und bemühte sich ein zweites Mal. »Hören Sie, Data, wegen vorher...«

»Wenn ich mir die Bemerkung erlauben darf, Sir«, sagte Data rasch, »ist Ihre Ansicht betreffs meiner Natur durchaus korrekt. Es scheint, als ob... ich mir selbst etwas vorgemacht habe. Offenbar bin ich eher... mechanisch als lebendig.«

Riker verringerte den Abstand zwischen ihnen und gab sich alle Mühe, nicht wie ein vorgesetzter Offizier zu wirken, der gerade seinen Untergebenen umzingelte. Als seine Bemühungen schließlich scheiterten, blieb er stehen und sah Data einfach nur an. »Hören Sie mal zu! Ich möchte, daß wir beide uns verstehen.«

»Jawohl, Sir«, erwiderte der Androide. »Es ist nicht Ihre Schuld, daß... obwohl ich nicht lebendig sein kann, doch darauf programmiert bin, mir in diesem Punkt etwas vorzumachen.«

Die Behauptung klang über die leere Kampfbrücke. Mehrere Sekunden verstrichen und betonten die Tatsache, daß es darauf keine echte Antwort gab.

Dann richtete sich Data auf, als wollte er das Unbehagen dieser Sekunden abschütteln. »Wer auch immer dieses Wesen konstruierte, wußte, was es bedeutet, am Leben zu sein. Er kannte das Leben und wußte, wie man es konserviert, auch wenn der dazugehörige Körper zerstört worden war. Und er erkannte Maschinen als das, was sie sind.«

Riker schüttelte den Kopf und seufzte. »Sie machen es für uns beide nicht gerade einfach.«

Auf einmal wurde Data nervös, trat sogar von einem Fuß auf den anderen.

Riker streckte eine Handfläche aus. »Immer mit der Ruhe.«

Data warf ihm einen Blick zu. Einen Herzschlag später verschränkte er die Hände hinter seinem Rücken und sah auf den Fußboden. »Es scheint, als ob ich ebenfalls ein Mechanismus bin«, meinte er in sich gekehrt. »Ein Werkzeug. Kein Lebewesen. Nicht nur, daß ich kein Mensch bin, ich gelte wahrscheinlich nicht einmal als Lebensform. Ich bin weniger lebendig als der erste Einzeller, der sich aus dem Urschlamm der Erde erhob.«

Mit teilnahmsvollem Stirnrunzeln versuchte Riker, Datas Sicht der Dinge zu verdauen. Plötzlich erdrückte ihn die Last seiner eigenen Fehler, seines Unvermögens, die Distanz zu überbrücken.

»Ich bin ein vielseitiges Gerät«, fuhr Data fort und starrte dabei weiter auf den Boden. Das gefühlsbedingte Kratzen, das sich spätestens an dieser Stelle in einer menschlichen Stimme bemerkbar gemacht hätte, ging seiner Stimme völlig ab, und doch lag eine Schwermut in seinem Ton, die seinem Geständnis erst die nötige Bedeutung verlieh. Das harte, aber schwache Licht der Kampfbrücke huschte über die weichen, blassen Konturen seiner Brauen und des Kinns. »Ich bin ein Instrument. Kein echter Mensch ist zu den Dingen in der Lage, die ich tun kann. Das allein hätte mir schon lange vor diesen Ereignissen als Beweis genügen müssen.«

»Ein Teil des Menschseins«, klammerte sich Riker bemüht an eine kleine Hoffnung, »besteht darin, die eigenen Talente und die eigenen Fehler anzuerkennen. Das ist eine Gleichung, die keine Maschine berechnen kann.«

»Bitte, Sir.« Der Androide sah zu ihm auf, eine Bewegung, die Riker durchfuhr wie ein hölzerner Pflock. »Wenn ich tatsächlich nichts weiter bin als eine Maschine, kann ich kein Ego und kein Bewußtsein besitzen, nur eine Programmierung, die mir ein solches Ego vortäuscht. Das sind Tatsachen, mit denen ich mich abfinden muß. Der Kontakt mit dem fremden Mechanismus hat mir deutlich gezeigt, daß ich ... ein Hochstapler bin.«

Riker zuckte zusammen. Das war ein Beispiel dafür, was Captain Picard bereits wissen mußte. Riker war schon bei mehreren Gelegenheiten aufgefallen, daß sich der Captain anmaßender, grober oder tröstlicher Kommentare zumeist enthielt, und er hatte sich oft gefragt, weshalb der Captain in diesen Augenblicken Stillschweigen bewahrt hatte. Aber vielleicht hatte es Picard auf die harte Tour gelernt: Halte deine Gefühlsausbrüche stets im Zaum. Auf einen Vorgesetzten hörte man, und an alles, was er sagte, würde man sich später erinnern. Nichts durfte beiläufig oder von Gefühlen beeinflußt sein, es sei denn, man wollte das Risiko eingehen, den anderen zu verletzen. Es war der Preis des hohen Rangs. Und er würde nicht verschwinden. Wenn er es sich recht überlegte, wußte er einfach nicht, ob Data lebendig war oder nicht, und deshalb hätte er einfach seine große Klappe halten sollen. Er hatte es nie für möglich gehalten, daß sich Data seine Worte so zu Herzen nehmen würde; aber vielleicht steckte auch in ihm ein Androide.

In Datas Augen und in seiner Miene erkannte er ein intensives Bedürfnis, sich über sich selbst klar zu werden, sein wahres Wesen zu entdecken. *Und da stehe ich nun, im Herzen dieses Kampfes. Teil dieses Kampfes mag sein, eine Wahrheit einzugestehen, die nicht sehr angenehm war.*

»Ich weiß nicht, was Sie sind, das gebe ich zu«, gestand er Data mit einem Achselzucken. »Für eine solche Behauptung bin ich nicht qualifiziert. Aber Starfleet hat Sie überprüfen lassen und für lebendig erklärt ...«

»Von Maschinen«, erinnerte ihn Data schmerzhaft. »Maschinen werden melden, was man ihnen aufgetragen hat, zu melden. Kein Mensch, der einen Blick auf mich wirft, hält mich für einen Menschen. Und mehr als alle anderen behandeln Sie mich wie eine Maschine.«

Riker vergaß das Atmen, bis ihm die Brust schmerzte. Was hatte er sich dabei gedacht, die Wahrheit einzugestehen? *Was passiert, wenn dir die Wahrheit ins Gesicht schlägt und darauf besteht, daß du hinsiehst?*

»Sir«, begann Data feierlich von neuem, »wenn ich jetzt abtreten darf...«

Traurig lehnte sich Riker auf den Kommandosessel und nickte.

»Abtreten.«

Hinter sich — er sah nicht hin — hörte er das Zischen der Lifttür und das leise Saugen hinter der Wand, als der Lift durch das Schiff schoß. Riker ertappte sich dabei, wie er die Stelle anstarrte, wo Datas Stiefel einen schwachen Abdruck auf dem Teppich hinterlassen hatten. Dann holte er tief Luft und lauschte der Belegtheit seiner eigenen Stimme, obwohl sie ihm keinen sonderlichen Trost spendete.

»Der Zinnmann sucht ein Herz.«

»Sie wollten mich unter vier Augen sprechen. Also gut. Ich möchte Sie nur bitten, daß Sie das Beste daraus machen, Counselor.«

Ihre feingliedrigen weißen Hände zitterten, und nichts, aber auch gar nichts, konnte sie davon abhalten. Sie gab sich keine Schuld für ihren Mangel an Selbstbeherrschung — sie bemühte sich nicht einmal, das Zittern unter Kontrolle zu bringen. Ihre Gefühle und Erfahrungen zu begraben, würde ihr nur Schaden zufügen. Doch der Captain war zugegen, und er war bereit, sich ihr Geständnis anzuhören, ein Geständnis, das ein einzelnes Problem vervielfachen würde. Sie hatte geglaubt, die Antworten würden ihr helfen, die Last von ihren Schultern nehmen, doch dem war nicht so. Sie wußte nun sehr viel mehr als noch vor einer Stunde, und nichts war einfacher geworden. Klarheit war in diesem Fall schmerzhafter als Unklarheit.

Ihr Kopf und ihr Nacken schmerzten, als ob jemand auf ihrer Schulter gesessen und ihr den Schädel verdreht hatte.

»Ich habe noch nie so etwas erlebt, Captain.« Langsam gewöhnte sie sich daran. »Ich habe schon öfter fremde Gedanken abgeblockt, aber diese brechen einfach durch meine Barrieren. Diese Menschen sind derart verzweifelt, daß sie sich einen Weg in meinen Geist bahnen, egal, wie sehr ich mich bemühe, sie abzuschirmen. Ich verstehe die wissenschaftlichen Aspekte nicht, aber es existieren fraglos lebendige Bewußtseinsinhalte im Inneren des Phänomens. Keine bloßen Erinnerungen, keine bloßen Fragmente, sondern echte Bewußtseinsinhalte. Irgendwie konserviert das Ding das Bewußtsein und verwirft den dazugehörigen Körper. Und sie sind sich über ihr Schicksal völlig im klaren, Captain.«

»Sind es alles Menschen?«

»Ich bin mir nicht sicher, Sir. Ich empfange Eindrücke von anderen, aber es könnte sein, daß nur Menschen eine empathische Verbindung zu mir aufnehmen können. Aber... ich weiß jetzt, um wen es sich handelt.«

Picard saß hinter seinem schwarzen, auf Hochglanz polierten Schreibtisch und nickte. Er bemühte sich wirklich sehr, nicht ungeduldig zu werden, und obwohl er sie nicht bewußt täuschen konnte, würde sie vielleicht doch seine Bemühungen zu schätzen wissen. Dennoch lag ein unübersehbares ›Ich warte‹ in seiner Haltung. »Arkadij Reykow und die Mitglieder seiner Besatzung«, meinte er rundheraus und schmälerte ihren Höhepunkt damit ein wenig.

Troi blinzelte. »Woher wissen Sie das?«

Picard ließ die Hände auf die Tischplatte fallen. »Man muß nicht unbedingt ein Telepath sein«, meinte er dann beiläufig.

Sie kam ins Stocken und bedachte seinen schwarzglänzenden Tisch mit einem Stirnrunzeln. »Ja, es ist wohl offensichtlich. Aber da ist noch mehr, Sir. Oder sollte ich lieber sagen: Da *sind* noch mehr. Viel mehr. Millionen. Ihre Kommunikationsebene steht weit über dem Verbalen, als ob sie über die Jahre hinweg die Anwendung schlichter Worte und Bilder vergessen hätten. Wir sind vielleicht ihr erster Kontakt zur Außenwelt seit...«

»Seit 1995«, vollendete er ruhig.

»Richtig«, murmelte sie. »Eine Zeitlang verwirrte es mich, was sie eigentlich wollten. Es gab so viele Geister, die mich anschrien, manche vernünftig, andere nicht... Nur den stärksten unter ihnen gelingt es, ein Bild ihrer selbst zu bewahren, und auch das nur für eine begrenzte Zeitspanne.«

»Wie die Erscheinung, die Riker im Korridor erlebt hat.«

»Ich denke schon.« Sie war noch nicht bereit, sich dieser Theorie mit einem glatten Ja zu verschreiben.

»Und nun ist es klarer?« gab ihr Picard das Stichwort. »Was sie wollen? Haben Sie eine Vorstellung?«

Troi neigte den Kopf; ihre Wimpern sanken herab wie schwarze Kleiderbesen und verdüsterten ihren Blick. Dann sah sie wieder auf. »Captain, ich habe Ihnen nicht alles erzählt.«

Jean-Luc Picard lehnte sich vor, seine Ellenbogen glitten über die glatte Oberfläche des Tischs, und er sann darüber nach, daß sie von allen diejenige war, von der er noch am wenigsten vermutet hätte, daß sie ihm aus reiner Höflichkeit die Wahrheit verschweigen würde. Vielleicht höfliches Schweigen... aber eine bewußte Täuschung, nein. Seine erste Reaktion war Ärger, doch jener erlosch noch schneller als ein Streichholz im Wind. Andererseits konnten solche Geständnisse an Bord eines Raumschiffs einigen das Leben kosten, und dieser Gedanke provozierte ihn.

Doch irgend etwas hatte sie dazu getrieben, und Picards Neugier war zu diesem Zeitpunkt sehr viel größer als sein Ego.

»Dann erzählen Sie's mir jetzt.«

Troi hob ihr Kinn, als ob sie ihren Worten in den Weg fallen wollte. »Was die Verwirrung angeht. Es stimmt, daß mich Millionen von Geistern bedrängen, aber es herrscht... absolute Einigkeit unter ihnen, was ihren Wunsch betrifft...«

Die Tür summte.

»Ja, wer ist es?« bellte Picard ungeduldig.

»Riker zur Berichterstattung, Captain.«

Picard wollte ihn bereits hereinbitten, als Troi den Rand des Tisches packte und sich in ihrem Sessel nach vorne zog. »Nein, Sir, bitte nicht. Lassen Sie ihn nicht herein.«

Die Neugier brannte in ihm. »Nicht mal Riker?«

»Bitte, Sir...«

Er musterte sie einen Moment lang und sprach dann in das Interkom. »Nur ein paar Minuten noch, Mr. Riker.«

Ungeheure Stille. Picard konnte sich die Blicke vorstellen, die nun auf der Brücke hin und her gingen.

»Jawohl, Sir... Ich bin hier draußen.«

Picard erlaubte sich ein leises Grunzen. »Hört sich etwas verletzt an, nicht? Also, was soll das alles, Counselor? Diese Menschen wollen, daß wir etwas für sie tun?«

»Ihnen steht eine Entscheidung bevor, die kein einzelner je treffen sollte. Ich dachte mir aber, daß Sie zunächst auf die Ansichten der gesamten Besatzung verzichten wollen. Deshalb wollte ich mich unter vier Augen mit Ihnen unterhalten.«

»Ich weiß das zu schätzen, aber bitte...«

»Die meisten Religionen beschreiben eine Art von Hölle, Captain«, sagte sie vorsichtig. Ihre Schultern zitterten vor Anstrengung. »Jetzt weiß ich, was sie damit meinen.«

»Zweifellos, aber was hat das mit diesen Wesen zu tun?«

Bittere Wut umwölkte Trois hübsche Augen. »Ich kann es nicht klar genug ausdrücken, aber diese Menschen sind immer noch am Leben. Sie sind nichts Übersinnliches. Es sind lebendige Wesen, und viele davon sind — waren — ebenso menschlich wie Sie. Sie sind in der Tat unsterblich geworden. Sie sind noch immer bei Bewußtsein und sich ihrer selbst bewußt.«

»Also gut. Das verstehe ich. Was wollen sie?«

Sie verkrampfte ihre Hände zu zwei harten Ballen. Über

ihren Knöcheln spannte sich die Haut und wurde schneeweiß. »Sie wollen, daß wir ihnen Sterbehilfe leisten.«

»Hören Sie schon auf damit. Sie sind keine Maschine. Das sehe ich doch auf einen Blick.«

Geordi LaForge gab Data einen spielerischen Schubs, als sie in den dunklen Korridor zu den Warp-Reserven einbogen. Es bedurfte einer Sicherheitsüberprüfung an drei Türen, jede davon mit der Aufschrift ›KEIN UNBEFUGTES PERSONAL‹ versehen, bevor sie schließlich zu jenem besonders schweren Schott vorgelassen wurden, das verkündete:

SPERRGEBIET
LAGERUNG DER ANTIMATERIE-RESERVEN
KEIN ZUTRITT UNTER STUFE 5

Der Raum war sehr finster, beleuchtet nur von zwei kleinen rosafarbenen Notleuchten auf jeder Seite. Datas Taschenlampe wies einen deutlichen, weißen Weg, und obwohl die Dunkelheit sie nach wie vor einhüllte, konnte Geordi dank des kleinen Fleckens Helligkeit doch genug erkennen, um sich zwischen den aufgestapelten Lagercontainern und den mechanischen und elektronischen Hochsicherheitskonsolen zurechtzufinden.

»Ich hab' mir schon gedacht, daß in meinem Raumdienst eine Menge von Problemen auf mich zukommen«, sagte Geordi. »Damit, eine Definition des Lebens finden zu müssen, habe ich allerdings nicht gerechnet.«

»Das ist in der Tat das derzeitige Dilemma des Captains«, bestätigte Data. »Und alles wegen mir.«

»Es ist nicht wegen Ihnen. Hören Sie schon auf damit. Jetzt haben Sie endlich einen Weg gefunden, menschlicher zu werden, und natürlich ist es der lästigste von allen.«

Data sah in der Dunkelheit auf, rasch und voller Hoffnung. »Welchen denn?«

»Selbstmitleid. Schlagen Sie sich das endlich aus dem Kopf!«

Nachdem er sich nicht bewußt war, sich etwas *in* den Kopf geschlagen zu haben, wußte Data nicht so recht, was er damit meinte. Als er *Aus dem Kopf schlagen* endlich in seinen Speicherbänken gefunden hatte, war das Thema bereits gestorben, und außerdem hatten sie dank Geordis Führung inzwischen jenen Vorraum erreicht, der die Computerschirme des eigentlichen Antimaterielagers beherbergte.

Auf den düsteren Konsolen flackerten einige Lichter und Anzeigen in der glücklichen Unwissenheit jeglicher Mechanik, als ob sie sagen wollten, daß alles in Ordnung war, alles so war, wie es sein sollte.

»Es muß hier irgendwo sein«, brummte Geordi. »Probieren Sie es mit der Antimaterie-Einspritzung, und ich...«

Als sich das Schott hinter ihnen schloß, ertönte ein Klappern auf der Steuerbordseite des Raums. Beide sahen sich noch rechtzeitig um, um eine Gestalt zu bemerken, die sich hinter eine Konsole duckte.

»Wer da?« forderte Geordi.

Data trat vor ihn und befahl in aller Schärfe: »Hier ist Commander Data. Sie befinden sich in einem Sperrgebiet. Identifizieren Sie sich!«

Ein unschuldiges Gesicht schielte um die Ecke und sah auf einmal ausgesprochen schuldbewußt drein.

»Wesley!« rief Geordi. »Was machst du hier? Komm da raus.«

Langsam schob sich Wesleys hagere Gestalt – eine Gestalt, die immer noch versuchte, in ihre eigenen Knochen hineinzuwachsen – hinter der Konsole vor. Seine Hände griffen nach dem Saum seines Pullovers, eines dunklen und dichtgestrickten Pullovers, der unter diesen Umständen wie ein Tarnanzug aussah. Offenbar hatte er gewußt, daß er sich in einem kühlen Bereich des Schiffs aufhalten würde. »Was macht ihr beide hier?« gab er zurück. »Ich meine, wir stecken mitten in einer Krise, oder?«

»Mittendrin«, bestätigte Geordi. »Der Captain hat einen Energie-Blackout befohlen...«

»Ich weiß.«

»Und wir haben ein Energieleck im Reservetank aufgefangen. Wir müssen es aufspüren, bevor das Wesen aufmerksam wird.« Durch sein Visor sah Geordi, wie Wesleys Gesicht plötzlich ins Infrarot ausbrach.

»So ein großes Leck kann es doch gar nicht sein, oder?« fragte der Junge. »Wenn es euch bis jetzt noch nicht aufgefallen ist... Stimmt doch, oder?«

»Schon, aber das macht es auch nicht... Wesley, was weißt du davon?«

Data kam auf sie zu. »Wesley, wenn du etwas über das Energieleck weißt, teilst du es uns besser mit. Wir haben die Antimaterie in den Haupttanks abgeworfen und können sie erst dann aus den Reservetanks wieder auffüllen, wenn wir die Art des Lecks ermittelt und abgedichtet haben.«

Wesleys junge Augen blitzten in der Dunkelheit. »Na ja... ich habe... ich war nur...«

Wütend schwenkte Geordi seine Taschenlampe. »Um Himmels willen, Wes, das ist ein Sperrgebiet!«

»Ich weiß, aber das ist doch nur eine Formsache, und eine ordnungsgemäße Autorisierung hätte Wochen, wenn nicht Monate gedauert, wenn ich über die üblichen Kanäle...«

»Diese Kanäle haben durchaus ihren Grund. Genau wie Vorschriften über Sperrgebiete. Was hast du vor?«

»Eigentlich gar nichts.«

»Meldung, Fähnrich.« Datas Befehl fegte alle Vertraulichkeiten beiseite und holte den Jüngeren auf jenen Platz zurück, der ihm zustand.

»Es ist wirklich nichts Besonderes. Aber vielleicht wird es das mal werden.« In seinem Enthusiasmus vergaß Wesley den Einschüchterungsversuch. »Wartet's nur mal ab. Es ist nur eine Idee von mir: Ich versuche gerade, unsere Phaserleistung zu verstärken, ohne zusätzliche Energie von den Maschinen abzuziehen. Da drüben habe ich ein kleines Versuchsmodell...«

Er führte sie an einen Tisch, auf dem ein unförmiger Apparat aufgebaut war. Er glich einem Haufen Abfall, außer, daß ein Lichtstrahl mitten durch ihn hindurchging.

»Was zum Teufel...« Geordi trat an das Modell heran und deutete darauf. »Woran hängt das?«

Wesleys Schüchternheit kehrte zurück. »Ich habe... die Antimaterie-Reserven angezapft.«

»Verdammt, Wes! Du hast einen Dienstrang. Weißt du nicht, daß du dafür vors Kriegsgericht kommen kannst?«

»Aber man verwendet sie doch nie! In zwanzig Jahren hat man sie kein einziges Mal eingesetzt! Woher hätte ich wissen sollen, daß man sie ausgerechnet jetzt braucht?«

»Du weißt genau, daß dieser Sektor für unbefugte Personen gesperrt ist«, sagte Data.

Geordi ließ ihn den Satz kaum beenden. »Wenn du anfängst, an der Antimaterie-Reserve herumzuspielen und es zu einer Reaktion kommt, hast du auf einmal eine neue Sonne um dich herum! Es ist gefährlich, die Reserven direkt anzuzapfen. Weißt du das denn nicht?«

»Komm schon, Geordi, so schlimm ist es auch nicht«, beschwerte sich Wesley. »Unter normalen Bedingungen merkt es gar niemand. Es ist, als ob man im Hotel eine zusätzliche Lampe einschaltet. Aber jetzt, wo die Reaktoren ausgeschaltet sind...«

»Du solltest es wirklich besser wissen.« Geordi schüttelte den Kopf. »Andererseits, vielleicht doch nicht. Wie lange hängt das Ding schon an der AR?«

»Na ja, höchstens vier... oder fünf...«

»Tage?«

»Wochen.«

»Oh mein Gott! Willst du mich auf den Arm nehmen? Was hast du dir eigentlich dabei gedacht?«

»Ich wollte bestimmt keinen Ärger machen.«

»Den hast du dir aber eingehandelt, Mister.«

Wesley schnitt seine professionelle Verprügelter-Hund-Miene. »Werdet ihr mich verraten?«

Geordi betrachtete den kleinen Apparat aufs neue und tastete ihn nach unsichtbaren Lecks ab. »Das ist ein Raumschiff, kein Spielplatz, Wes.« Das Gerät arbeitete, tat irgend etwas, obwohl Geordi nicht erkennen konnte, was.

Und nun? Den Jungen melden? Wesley war der Stoff, aus dem Genies gemacht waren, sicher, aber ihm fehlte die Erfahrung. Würde er nicht auf einem größeren Raumschiff leben, mit all seinen Labors und seiner hochmodernen Technik, wo Experten in angewandter Wissenschaft, angewandtem Ingenieurswesen und angewandter Mechanik jederzeit verfügbar waren und die Kinder gelegentlich sogar unterrichteten, wäre er einfach nur ein intelligenter Sechzehnjähriger unter vielen. Wenn er auf der Erde oder einem ähnlichen Planeten leben würde, hätte man ihn mit Gelegenheiten überschüttet, aber nicht auf diese Art. Nicht bis zu einem Punkt, wo er ein Raumschiff in die Hände bekommen konnte, wann immer ihm danach war. Geordi wußte, daß Wes Crusher die angeborene Fähigkeit besaß, die Wege des Universums in verständliche Begriffe zu fassen, doch der einzige Weg, wie er lernen konnte, diese Fähigkeit auch anzuwenden, führte über die überflüssige Praxis, über die nachzudenken jeder Sechzehnjährige aus ganzem Herzen haßte. Weil der Junge die Theorien und Prinzipien der Navigation so rasch begriffen hatte, hatte ihn Geordi vor einer Woche auf der Brücke kurz die Steuerung übernehmen lassen. Nur, um herauszufinden, daß der Junge erhebliche Probleme mit der tatsächlichen Bedienung der Kontrollen hatte. Nur die Zeit und die Erfahrung würden ihn dies lehren.

Aber diese Art von Spiel war gefährlich, und Wesley erkannte die Gefahr einfach nicht. Noch hatte er sich nicht die Finger verbrannt.

»Schalt es ab«, befahl Geordi.

»Okay«, murrte Wesley. »Wollte ich sowieso.«

»Aha. Also hast du gewußt, daß wir es entdecken würden. Was ist los?«

»Na ja...« Wesley zögerte. »Ich bin nicht sicher, wie ich den Strom unterbrechen soll, ohne die Magnatomik zu zerreißen. Abgesehen davon, würde es nie soviel Energie abziehen, daß es ernste Schwierigkeiten gibt. Deshalb habe ich mich einfach drangemacht.«

»Wes, selbst Chefingenieure spielen nicht mit Antimaterie. Data, sieh dir das an. Wir müssen es abschalten.«

Der Androide kam näher, und Wesley trat beiseite. »Nach welchem Prinzip funktioniert dieses Gerät?«

Wesley machte sich an eine Erklärung und unterstrich auch noch die kleinsten Drehungen und Windungen seiner Gedankengänge mit den Händen. »Prinzipiell spaltet es den Phaserstrahl während seines ersten Zyklus auf, teilt ihn in seine diversen Frequenzen und Energiezustände, bis sie im letzten Zyklus simultan rekombiniert werden.«

»Und was ist das Problem?«

»Es... funktioniert nicht.«

»Verstehe.«

»Aber wenn es funktionieren würde, hätte dieses Modell beinahe die vierfache Energie eines Handphasers, würde aber nur eine Reaktionskammer von halber Normgröße benötigen.«

»Das kleine Spielzeug?« platzte Geordi heraus.

Data sah Wesley kurz an. »Hast du daran gedacht, daß du wegen der Aufteilung die Energie um eine Größenordnung erhöhen mußt, die der Steigerung der Aufteilung selbst entspricht?«

Wesley sah von ihm zu Geordi und wieder zurück. »Äh... nein.«

»Andernfalls wäre es nicht stark genug, um in Schwingung zu geraten«, behauptete Data. »Ich mache mir Sorgen, daß die Aufteilung zu einem Abfall der harmonischen Wellen im Bündelungssystem des Kristalls führen könnte. Der Kristall könnte zerbrechen, was zu...«

»...enormer Hitze führen würde. Weiß ich schon.«

»Hört mal zu, ihr zwei«, sagte Geordi und drängte Wesley noch ein Stück zurück. »Riker wird uns harmonische Leviten lesen, wenn wir das Leck nicht abdichten und uns wieder nach oben machen. Das Wesen könnte jeden Moment aus seiner Dimensionsfalte kommen, und ich möchte nicht hier unten sein, wenn das passiert. Wesley, verschwinde hier, aber dalli! Wenn dich der Chefingenieur findet, lernst du wirklich, was eine Rüge ist!«

»Aber was ist mit...«

»Data und ich können es abschalten. Ich lasse es unschädlich machen. Du bist noch in der Probezeit. Wenn mir noch einmal ein nicht genehmigtes Experiment zu Ohren kommt, melde ich dich beim Chefingenieur.«

Wesley senkte den Blick. »Jawohl, Sir«, murmelte er.

»Raus. Und ich meine: ganz raus aus diesem Sektor und zurück in den Rumpf, wo du hingehörst!«

Das infrarote Leuchten auf Wesleys Wangen verstärkte sich, doch er wirbelte ohne ein Wort auf dem Absatz herum und marschierte von dannen.

»Kinder«, sagte Geordi und sah erneut auf den glühenden Haufen von Ersatzteilen. »Können Sie es abbauen, ohne daß es zu einem Rückstoß kommt?«

»Ich denke schon.« Sorgfältig zupfte Data an dem Tintenfisch aus Kabeln, die an einem Ende an einer langen Stange befestigt waren. »Im Grunde ist es eine erstaunliche Idee. Wahrscheinlich hat man das noch nie zuvor versucht.«

»Mhm. Für Wesley sind Ideen das Einfachste auf der Welt. Er hat noch nicht begriffen, daß ihre Verwirklichung sehr kompliziert sein kann. Solange man ein Kind ist, besteht alles noch aus Abkürzungen.«

»Wirklich?«

Geordi hielt inne. »Oh... tut mir leid.«

»Kein Grund, sich zu entschuldigen, mein Freund. Möglicherweise bin ich gezwungen, mich mit mir selber abzufinden.«

»Was soll denn das heißen?«

Die hagere Gestalt des Androiden erglomm in ihrer trüben Hülle, und vielleicht nahm das Glühen um eine winzige Kleinigkeit zu. »Ich bin auf einer... Suche.«

»Ach du meine Güte. Was für eine Suche?«

»Ich muß meine wahre Natur ermitteln.«

»Das habe ich befürchtet. Warum machen Sie sich darüber solche Sorgen? Vielleicht sind Sie nur etwas Besonderes. Vielleicht haben Sie keine wahre Natur, die Sie mit irgend etwas anderem vergleichen können, weil es noch nie so etwas wie Sie gegeben hat? Haben Sie je daran gedacht?«

»Nein, habe ich nicht«, gab Data zu. Er zögerte kurz, zog dann ein kleines Bauteil aus Wesleys Ungeheuer heraus, und plötzlich schaltete sich das ganze Ding mit einem sauberen Klicken ab. Der Lichtstrahl erlosch im nächsten Augenblick. Geordi unterdrückte einen Schauer. »Das ist 'ne Erleichterung. Ich krieg' noch jetzt das große Zittern, wenn ich daran denke, daß das Ding die ganze Zeit an der Reserve gehangen ist.«

»Es hätte nicht unbedingt zu einem Riß kommen müssen«, sagte Data, »aber das ist recht zweifelhaft.«

»Darauf ankommen lassen will ich es jedenfalls nicht, danke. Ich möchte noch die Stabilisierung überprüfen... sieht sauber aus, stimmt's?«

»Stimmt.«

Geordi tippte auf seinen Insignienkommunikator. »La-Forge an Riker.«

»Riker. Was war es?«

»Nur eine Fehlfunktion in den Dichtungen.«

»Das hört sich gar nicht gut an. Können wir den Haupttank wieder auffüllen?«

»Ich denke schon, Sir. Vielleicht sollten Sie es von einem Lagerspezialisten noch mal überprüfen lassen.«

»Dazu haben wir jetzt keine Zeit. Counselor Troi besteht darauf, daß das Wesen immer noch in der Nähe ist, obwohl es auf keinem unserer Schirme auftaucht. Ich muß davon ausgehen, daß sie recht hat. Wie geht's Data?«

Geordi warf dem Androiden einen Blick zu. »Er ist... in Ordnung, Sir.«

»Gut... wir werden die Haupttanks sofort mit den Antimaterie-Reserven fluten, damit wir auf Warp-Geschwindigkeit gehen können, falls nötig. Bleiben Sie unten und überwachen Sie den Vorgang. Brüllen Sie, wenn Sie auch nur die kleinste Unregelmäßigkeit entdecken.«

»Jawohl, Sir. LaForge Ende.« Er zuckte die Achseln. »Ich glaube, er haßt Sie nicht so sehr, wie Sie meinen.«

Data sammelte den Rest von Wesleys Experiment zusammen und stopfte ihn Stück für Stück in die Wiederaufbereitungsanlage. »Mr. Riker hat vielleicht recht, was mich betrifft. Ich mußte mich damit abfinden.«

»Sie fangen schon wieder an.«

»Mag sein.« Der Androide richtete sich auf und sah ihm ins Gesicht. »Aber es ist wichtig für mich herauszufinden, wo genau im Spektrum der Menschlichkeit ich stehe. Die Frage, ob es sich bei mir um eine Lebensform handelt oder nicht, oder was es bedeutet, ein Mensch zu sein – der Körper, der Geist, der Puls, das Mitgefühl – all diese Dinge, die mir schließlich zeigen werden, wo mein eigentlicher Platz ist.« Er schritt an Geordi vorbei auf den großen Hauptschaltplan, der ein schwach beleuchtetes Diagramm des gesamten Warp-Systems des Schiffes zeigte, und legte in einer beinahe sanften Geste seine Hand auf die Lichter und Linien. »Vielleicht bin ich Bestandteil einer künftigen Evolution. Der Mensch lebt, entwickelt Maschinen, lernt sie zu benutzen, sie zu verbessern, Maschinen zu konstruieren, die klüger und schneller sind als er, effizienter auch... und er verwendet diese Maschine, um sich selbst weiterzuentwickeln, sie womöglich gar zu einem Teil seiner selbst zu machen.« Er hielt inne, drehte sich herum, betrachtete Geordis Visor und wußte, daß ihn Geordi selbst in diesem Halbdunkel mit erstaunlicher Schärfe wahrnehmen konnte. »Wie Sie, mein Freund. Auch Sie sind Teil des Plans. Letzten Endes wird der Mensch vielleicht eine Symbiose mit der Maschine eingehen, vielleicht sogar selbst Leben erschaffen.« Er starrte wieder auf die Konsole. »Ist das mein Platz? Eine lebende Maschine? – Und nun muß sich Captain Picard entscheiden, was er tun soll. Weil ich weiß ... ich *weiß*, daß dieses Ding das Schiff zerstören will, wenn es uns findet. Es glaubt, das sei sein Zweck. Und doch habe ich Informationen aufgefangen, die sich nicht mit diesem Ziel vereinbaren lassen.«

»Zum Beispiel.«

»Zum Beispiel Furcht. Habe ich recht? Das steht nicht im Einklang mit diesem Ziel.«

Geordi zuckte lahm die Achseln. »Keine Ahnung. Könnte sein. Meinen Sie, es fürchtet sich vor uns?«

»Nein. Es fürchtet *um* uns.«

»Tut mir leid, aber das müssen Sie mir erklären. Ich bin kein Psychologe.«

»Die Fremden, die es schufen, wußten, woraus das Leben besteht. Sie kannten den Augenblick, wenn sich eine Ansammlung von Zellen zum ersten Mal ihrer selbst bewußt wird. Irgendwie programmierten sie das Wesen mit dem Glauben, daß es uns absorbieren müsse, um uns vor unserem eigenen Schiff zu retten.«

»Na toll«, brummte Geordi. »Einfach toll. Hat es nicht genügend Grips, um zu begreifen, daß es das Schiff ist, das uns vor dem Weltraum schützt?«

»Es ist ein Werkzeug, Geordi. Ein Mechanismus, der sich nach bestem Wissen und Gewissen entscheidet.« Data sprach leise, als ob er LaForge inständig bitten wollte zu begreifen, was es hieß, sich lediglich auf Speicherbänke und nicht auf Intuition verlassen zu können, auf Programmierung statt auf Einsicht. Er zögerte und preßte seine Hand noch enger gegen die Anzeige. »Meine größte Furcht«, sagte er dann, »besteht darin herauszufinden, daß ich nichts weiter bin als ein Werkzeug.«

Geordi fühlte den Stachel seiner eigenen Hilflosigkeit. Er hätte nutzlose Beteuerungen murmeln können, doch er hatte keine wirklichen Antworten. Keine, die Data befriedigen oder auf eine Weise trösten konnten, wie sie einem menschlichen Wesen Trost spenden würden. Datas schonungslos analytischer Verstand würde einfache Antworten nicht dulden, und er war über eine Frage gestolpert, die sich allen Antworten widersetzte, sich ihnen solange widersetzen würde, bis die Zeit an sich zum Stillstand kam. Dann würde alles von neuem beginnen, und die Frage würde erneut auftauchen, so schlüpfrig wie zuvor.

»Data«, sagte er schließlich. »Wenn es Ihnen ein Trost ist: Ich glaube nicht, daß ich mich mit einer Maschine anfreunden könnte.«

Für einen Augenblick verloren die Augen des Androiden ihre Konzentration. Die freundlichen Worte liefen durch seinen Körper und erwärmten ihn. Geordi konnte den Wandel beobachten.

Dann sah ihn Data schief an, und sein Mund verbreiterte sich zu jenem krummen, kleinen Grinsen. »Danke, Geordi. Das werde ich nie vergessen. Egal, was geschieht.«

Noch immer sanft, noch immer sentimental. Kein Slang, keine Schnörkel. Das war der wahre Data. Mit Ausnahme einer gewissen Vorahnung in seiner Stimme, die Geordi erst nach einigen Sekunden wahrnahm.

Vielleicht lag es daran, daß Data nicht beiseite sah, ihn nach wie vor mit diesem eigentümlichen Blick anstarrte, ein Blick, der andeutete, daß noch etwas anderes in seiner Ideenküche brodelte. Nach einem Augenblick trat Geordi einen mißtrauischen Schritt auf ihn zu.

»Was soll das heißen? Egal, was geschieht? Hey!«

Das Deck fiel unter ihm weg. Seine Arme und Beine ruderten wie wild unter dem ersten Schock, angehoben zu werden, und ihm wurde klar, daß er – wie so viele andere – den Fehler gemacht hatte zu vergessen, wo die Fähigkeiten eines Menschen aufhörten und jene eines Androiden anfingen.

»Data, laß mich runter! Was machen Sie...«

Der Raum drehte sich, und er wurde fein säuberlich mit den Beinen nach unten auf der *Spitze* eines Stapels schwerer Lagercontainer abgestellt. Kaum hatte er sein Gleichgewicht wiedergefunden, als Data blitzschnell den Insignien-Kommunikator von Geordis Brust pflückte und wieder über die Container hinunterkletterte.

Geordi wedelte mit den Armen. »Was tun Sie denn?«

Er brauchte nur mehrere Sekunden, um selbst wieder nach unten zu klettern, doch das war genug für Data, um den Schalter der transparenten Kontaminationswand zu betätigen. Zwei durchsichtige Platten glitten aus ihrer Wandverkleidung und trafen sich im selben Augenblick in der Mitte, als Geordi sie erreichte. Hilflos mußte er zusehen, wie Data die Sperrvorrichtung kurzschloß und verschmolz. Ein Funkenregen, und Geordi war gefangen.

»Data! Was soll das? Warum tun Sie das?«

»Tut mir leid, Geordi.« Es klang tatsächlich so, als ob es dem Androiden leid tat. »Das ist wahrscheinlich die einzige Möglichkeit. Jetzt erwartet man nicht von mir, daß ich auf der Brücke bin.«

Nun, da er hinter der transparenten Wand stand, klang Geordis Stimme dumpf. »Ich versteh' das nicht. Lassen Sie mich raus.«

»Ich nehme ein Shuttle. Bitte setzen Sie den Captain und Mr. Riker davon in Kenntnis, daß ich versuchen werde, näher an das Wesen heranzukommen und eine klarere Verbindung herzustellen.«

Geordi preßte seine Hände gegen die transparente Wand.

»Data, tun Sie das nicht. Das ist verrückt! Setzen Sie Ihr Leben nicht aufs Spiel!«

»Manche würden behaupten, daß ich gar kein Leben besitze, das man aufs Spiel setzen kann.«

»Seien Sie kein Idiot! Machen Sie die Tür auf. Wie soll ich den Captain von etwas in Kenntnis setzen, wenn ich hier gefangen bin?«

»Das ist ein vorzüglicher Einwand. Aber ich muß die Gelegenheit nützen.« Er wollte sich schon abwenden, hielt dann aber inne und drehte sich noch einmal um. Er starrte einen Augenblick lang auf den Boden und sah dann erneut zu der einzigen Person auf, die ihn stets wie einen Menschen behandelt hatte.

»Danke für alles, mein Freund«, sagte er mit erstaunlich bewegtem Gesicht. Dann grinste er sentimental. »Sie waren ein echter Kumpel.«

KAPITEL 9

Nach einer knappen Dreiviertelstunde kehrte der Captain in seinen Bereitschaftsraum zurück. Deanna Troi saß noch immer da, wo er sie zuletzt gesehen hatte, die Hände nach wie vor in ihrem Schoß verschränkt. Sie blinzelte, als ob sie gerade aus einer Trance erwachen würde.

Picard trat um seinen Tisch herum in ihr Blickfeld, obwohl sie seine Anwesenheit bereits gespürt hatte, und wartete, bis sie zu ihm aufsah.

»Sie warten draußen. Ich habe sie über alles informiert. Sind Sie sicher, daß Sie das durchstehen werden?«

Troi nickte seufzend. »Glauben Sie mir, Sir«, sagte sie. »Ich mache mir um meinen eigenen Verstand genauso viele Sorgen wie um die Wesen dort draußen. Ich wünsche mir, daß das alles ein Ende nimmt. Und ich brauche Hilfe, um dieses Ende zu finden.«

»Dr. Crusher hat die neuesten medizinischen Verfahrensweisen und Debatten über die Rechte todkranker Patienten, den gegenwärtigen psychologischen Ansatz der Sterbekliniken und die Ansichten todkranker Patienten jeder vernunftbegabten Spezies studiert...«

»Das ist meine Aufgabe, Captain.« Ein Hauch von Verteidigung kroch in ihre Stimme.

»Ich hielt es nicht für ratsam, daß Sie sich zu diesem Zeitpunkt mit Recherchen befassen. Allerdings benötige ich Ihre Expertise bei der Auswertung der Informationen, die der Doktor zusammengetragen hat. Fair genug?«

Sie brachte ein dünnes Lächeln zustande, das nichtsdestotrotz echte Dankbarkeit ausdrückte. »Sehr freundlich von Ihnen, Sir. Daran habe ich nicht gedacht. Womöglich könnte ich derzeit in der Tat Fehler begehen.«

Picard ließ sich in den Sessel gleiten. »Darüber mache

ich mir keine Gedanken. Sie scheinen sich unter Kontrolle zu haben, wenigstens im Augenblick. Mir sind keine Veränderungen in Ihrer Persönlichkeit aufgefallen, Counselor.«

»Die kommen vielleicht noch, Sir«, gab sie leise zu. »Sogar jetzt in diesem Moment muß ich um mein Ich kämpfen. Ich weiß nicht, wie lange ich ihrem Druck noch standhalten kann. Langsam beeinflußt es mich auch körperlich. Ich fühle mich schwach und nervös, etwa so, wie Sie sich fühlen würden, wenn Sie zuviel Energie aufgebraucht haben.«

Angesichts ihres feierlichen Tonfalls mußte selbst Picard einen Anflug von Sorge unterdrücken. Seine Zweifel regten sich. Diese unkonkreten Dinge machten ihn unbehaglich, und er wappnete sich gegen das, was sie gesagt hatte und in den nächsten Minuten noch sagen würde. Dazu hatte man ihn schon des öfteren gezwungen — sich auf jene zu verlassen, deren Talent sich von dem seinen unterschied. Er würde an dem Band aus instinktiver Einsicht ziehen, wenn ihm nichts anderes übrigblieb; doch wie er sie so ansah und ihre Anstrengungen bemerkte, Herr der Lage zu bleiben, wußte er, daß er nur als letzten Ausweg auf Vermutungen zurückgreifen würde. Starfleet hatte Menschen verschiedenster Fähigkeiten um ihn geschart, und es war seine Pflicht, sich ihrer zu bedienen.

»Ja«, murmelte er. »Ich verlasse mich darauf, daß Sie ihnen standhalten können. Es liegt an Ihnen, mir zu sagen, was diese Wesen von uns wollen, jedenfalls, soweit sie selbst es wissen.«

»Das habe ich Ihnen schon gesagt.«

»Und wir werden es näher unter die Lupe nehmen.« Er drückte auf das Interkom. »Kommen Sie herein.«

Die Tür ging auf.

Picard lehnte sich in seinem Sessel zurück. »Nun, das war recht geschickt von Ihnen beiden«, sagte er, als Beverly Crusher und Will Riker den Raum betraten. »Setzen Sie sich. Ich habe Ihnen beiden die Situation erklärt.

Counselor Troi zufolge haben uns die Essenzen im Inneren des Phänomens unmißverständlich aufgefordert, sie zu zerstören. Sie wollen ihre Existenz beenden. Anscheinend haben sie sich für den Tod statt eines formlosen Lebens entschieden. Wenn ich diesen Raum verlasse, möchte ich ein so klares Bild der Lage besitzen, wie wir vier es uns überhaupt machen können. Ich will wissen, welchen Kurs dieses Schiff einschlagen soll. Ich sage Ihnen schon jetzt, daß es mir lieber wäre, mich einem Feind zu stellen, dem ich in die Augen sehen und dessen Absicht ich verstehen kann. Wenn ich mich mit solch bleichen ethischen Problemen hätte herumschlagen wollen, wäre ich Priester geworden. Es gefällt mir nicht. Sie wissen, worum uns diese Wesen — laut Counselor Trois Übersetzung ihrer Wünsche — gebeten haben. Jetzt liegt es an Ihnen zu entscheiden, ob es sich dabei um Sterbehilfe oder brutales Abschlachten handelt.«

Eine unerwünschte Stille verbreitete sich in dem Bereitschaftsraum und wurde erst von Will Riker durchbrochen, dem es schließlich zuviel wurde. Er ließ ein Bein auf den Tisch des Captains gleiten, pflanzte die Spitze seines anderen Stiefels auf den Boden und verschränkte die Arme. »Wir werden unser Bestes tun, Sir.«

»Ich weiß. Dr. Crusher, Sie haben das gesamte Material über die gegenwärtige medizinische Ethik überprüft.«

»Nun, *gesamt* scheint mir ein unangemessener Ausdruck für ein halbstündiges Studium, Sir«, entgegnete die Ärztin, »aber ich habe mein Bestes getan. Tatsache ist, daß ich mich mit dem Material bereits vertraut gemacht habe, als ich den Posten des Chefarzts angenommen habe.«

»Glücklicherweise«, bemerkte der Captain. »Reden Sie weiter.«

»Vergessen Sie nicht, daß *Sie* mich dazu aufgefordert haben«, warnte sie und drückte ihre schmalen Schultern gegen die Lehne ihres Sessels. Sie sah aus, als würde sie sich auf eine längere Diskussion einstellen, was sowohl Riker wie Picard zu der Frage verleitete, worauf sie sich da eingelassen hatten. »Das Wort *Euthanasie* hat eine andere Bedeutung, als viele Leute meinen. Zum einen ist es ein intransitives Konzept. Es beschreibt etwas, das ihnen zuteil wird, nicht etwas, das man ihnen bewußt zufügt. Ursprünglich bedeutete es einen sanften, ruhigen, guten Tod, normalerweise einfach nur einen Glücksfall. Im Lauf der Zeit hat es die Gesellschaft dann als Umschreibung dafür verstanden, dem Leben ein schmerzloses Ende zu setzen, um unnötiges Leid zu vermeiden. Womit wir es jedoch in Wahrheit zu tun haben, ist der Punkt, an dem die einzige Chance eines Menschen für eine Euthanasie darin besteht, von einem anderem getötet zu werden. Das kommt dem, mit dem wir uns hier auseinandersetzen müssen, noch am nächsten.«

Troi verschränkte ihre Hände ineinander. »Es geht hier nicht darum, daß wir entscheiden müssen, ob wir ihrem Leben ein Ende setzen. Das haben sie bereits selbst entschieden. Ich glaube nicht, daß man das vernachlässigen sollte.«

»Ich komme gleich darauf zurück.« Geduldig zählte Crusher einige Punkte an ihren langen Fingern auf. »Es gibt etliche Komplikationen, glauben Sie mir. Wir stoßen da auf eine Unzahl von Fragen: Leiden oder Nichtleiden, geistige Zurechnungsfähigkeit, direkter oder indirekter Mord, Tötung durch Erleichterung der Schmerzen, der Unterschied zwischen Persönlichkeit und potentieller Persönlichkeit, die Fähigkeit zur bewußten Äußerung eines Todeswunsches, der Tod von biologischen Organismen im Gegensatz zum Tod einer Person, der Unterschied zwischen normalen und außergewöhnlichen Lebenserhaltungsmaßnahmen, der ach so schwer faßbare Begriff der *Lebensqualität*, bloße Verweigerung von Hilfe im Gegensatz zu aktivem Eingriff in guter Absicht, Heiligkeit des Lebens, Pflicht zum Weiterleben, Freiheit der Wahl gegen göttliche Eigenschaft, Verantwortung für den Tod eines anderen, Euthanasie aus Selbstzweck — um sein Gewissen reinzuhalten, zum Beispiel...«

Picard rieb sich mit der Hand über die Augen und stöhnte müde. »Ich gebe auf, Doktor. Wenn Sie die ganzen Möglichkeiten, die nicht auf diesen Fall zutreffen, ohnehin schon abgehakt haben, könnten Sie mir dann nicht einfach Ihr Ergebnis mitteilen?«

Sie ließ ihre geschäftigen Hände sinken. »Es ist kein einfaches Thema, Jean-Luc.«

Er lehnte sich vor. »Niemand verlangt Vereinfachungen von Ihnen, Doktor, nur Kürze.«

»Gut, da gibt es noch die medizinische Definition des Todes. Hilft Ihnen das weiter?«

Der Captain setzte bereits zu einer Antwort an, doch bevor er etwas sagen konnte, sprang Riker in die Bresche. »*Mir* würde es jedenfalls weiterhelfen.«

»Also gut.« Crusher streifte ihr Haar zurück. »Wir wissen im Grunde alle, was der Tod ist, es sei denn, sie lieben Horrorromane. Beginnen wir mit dem Sterben an sich – ein erkennbarer physiologischer Vorgang, dessen Nachweis in medizinischer Hinsicht sehr einfach ist. Wir kennen den Unterschied zwischen einem lebenden Körper und einem, der lediglich am Leben erhalten wird. Jeder Internist, der sein Geld wert ist, kann zehn Minuten lang die Anzeigen ablesen und den Unterschied erkennen. Aber der springende Punkt ist die Gehirnaktivität – das flache Elektroenzephalogramm. Nach dem gegenwärtigen medizinischen Konsens besteht das einzig absolute Kriterium des Todes in seiner Unwiderruflichkeit. Das ist nicht das einzige Kriterium, das will ich damit nicht sagen. Der Tod ist ein vielschichtiges Konzept und umfaßt mehrere Kriterien, doch seine Unwiderruflichkeit ist das einzig absolute darunter.«

»Nach meiner Einschätzung ist das Sterben etwas Unwiderrufliches«, warf Picard ein. »Wenigstens war ich bis heute dieser Ansicht.«

»Sie sind nicht tot«, sagte Troi. Ihr Gleichmut ging langsam zur Neige. Sie spürte, wie er von der erdrückenden Last einer Million fremder Identitäten strapaziert wurde.

Sie hörte es in der plötzlichen Eintönigkeit ihrer Stimme, und sie wußte, daß es sich in der Unbeweglichkeit ihres Körpers zeigte. Sie versuchte, ihre Beine in eine geselligere Position zu zwingen, doch sie blieben Knie an Knie gepreßt, und bald gab sie den Versuch auf. Diese Diskussion war Zeitverschwendung, nagte an ihr, frustrierte sie. Sie wußte, wie die Entscheidung ausfallen mußte. Wieder und wieder hörte sie das Echo ihrer eigenen Worte in ihrem Geist: *Sie sind nicht tot. Sie sind nicht tot.*

»Ich akzeptiere das«, sagte der Captain. »Der Tod steht ihnen noch bevor. Vielleicht bin ich altmodisch, aber für mich hat der Tod etwas Endgültiges. Der Tod kennt keine Stufen. Leid ja, aber nicht der Tod. Es geht hier nicht darum, auf das eine oder andere zu setzen. Es geht darum, ob wir uns entschließen sollen einzugreifen.«

»Oder nicht«, warf Riker ein.

Alle starrten ihn an, und Unbehagen füllte den Raum.

»Allerdings...«, murmelte Dr. Crusher und faßte ihn ins Auge. Es dauerte einen Moment, bis sie ihre volle Aufmerksamkeit wieder dem Captain zuwandte. »Ferner ist da noch ein anderes Problem: In den letzten anderthalb Jahrhunderten sah sich die medizinische Doktrin gezwungen, einige sehr fremdartige Lebensformen und deren Gewohnheiten, Sitten, Psychologie und Fähigkeiten in Betracht zu ziehen.«

»Ich kann keine Entscheidung für die gesamte Galaxis treffen, Doktor«, erwiderte Picard. »Bleiben wir doch bei den Menschen.«

»Ich habe mir schon gedacht, daß Sie das sagen würden. Und ich stimme Ihnen in diesem Punkt bei.«

»Wie ermutigend. Könnten Sie mir trotzdem etwas mehr verraten?«

»Oh... eine ganze Menge.«

»Oh, mein Gott...«

»Sie haben mich drum gebeten, Sir.«

»Habe ich, ja. Machen Sie weiter.«

»Wo war ich? Ach ja. Es gibt die mythologischen und

religiösen Vorstellungen vom Tod, die das Entweichen einer Seele aus dem Körper beinhalten...«

Picards Finger schoß nach vorne. »Wir werden uns jetzt nicht auch noch auf eine Definition der Seele einlassen, nicht wahr? Da weigere ich mich.«

Crusher wirkte überrascht. »*Ich* ganz bestimmt nicht. Worauf Sie sich noch alles einlassen müssen, bevor das hier vorbei ist, kann ich allerdings nicht vorhersagen. Wie auch immer – es gibt dieses Konzept. Und es gibt auch noch das medizinische Konzept, das den Tod lediglich als einen Vorgang beschreibt. Der Unterschied zwischen den beiden Konzepten entspricht dem Unterschied zwischen dem Schließen einer Tür und dem Zerfall eines ganzen Gebäudes. Die Medizin ist der Ansicht, daß es keine Möglichkeit zur Rückkehr gibt. Und dann gibt es auch noch einen regelrechten Schwall von Platitüden aus dem religiösen Bereich, von dem ich sicher bin, daß Sie ihn nicht mal hören wollen.«

»Da wäre ich Ihnen wirklich dankbar«, bestätigte Picard mit erschöpftem Nicken. »Ich habe mich von Anfang an bemüht, die Geschehnisse zu entmythologisieren. Ich gedenke, mich auf die Grundsätze im Umgang mit Todkranken zu konzentrieren und jene dann als Ausgangspunkt zu verwenden.«

»Aber diese Menschen sind nicht todkrank«, unterbrach ihn Riker, der irgendwie das Gefühl hatte, die Unterhaltung würde aus dem Ruder laufen. »Nach allem, was wir wissen, könnten sie ewig so weiterleben.«

Troi nickte stumm, sah aber nicht auf. Als sie das Wort ergriff, geschah es mit absolutem Vertrauen in die Stimmen, die sie in ihrem Geist wahrnahm. »Genau das«, sagte sie, »ist ihre größte Furcht.«

»Counselor.« Nachdem sie die Aufmerksamkeit auf sich gelenkt hatte, wandte sich der Captain nun an sie. »Sie sagen, Sie spüren eine einhellige Meinung. Können Sie mir garantieren, daß Sie alle Gefühle aller Lebensessenzen erfassen?«

Kalter Schweiß bildete sich auf ihren Handflächen. Sie fühlte, wie sie die Herrschaft über sich verlor. »Nein, das kann ich nicht. Doch es ist die einhellige Meinung aller, die noch über ein starkes Bewußtsein verfügen.«

»Moment mal«, sagte Riker. »Diese Einschränkung stört mich etwas.«

Troi schoß ihm einen finsteren Blick zu. »Zugegeben, es stimmt. Ich spüre einen massiven Wahnsinn in all jenen Geistern, die die Herrschaft über ihre Persönlichkeit verloren haben. Genau das befürchten die anderen für sich selbst auch. Kannst du ihnen das verdenken? Sie haben eine Entscheidung für sich und die anderen getroffen, die dazu nicht mehr in der Lage sind.«

»Was meinen Sie mit ›nicht mehr in der Lage‹?«

Troi holte einen tiefen, kalten Atemzug durch zusammengebissene Zähne und zwang sich zur Nüchternheit, wie ramponiert ihre Gefühle auch sein mochten. »Ich würde es als Dementia praecox einstufen.«

»Als was?«

Sie warf ihm einen unduldsamen Blick zu. »Dementia ist ein irreversibler Zerfall der Geisteskraft verbunden mit entsprechender emotioneller Instabilität. Praecox bedeutet einfach ›vorzeitig‹.«

»Was uns zur Frage nach ihren Verwandten bringt.«

Troi packte die Lehne ihres Sessels und starrte Riker weiter finster an. »Glauben Sie nicht, daß sie die Wünsche ihrer Gefährten besser beurteilen können als wir?«

Riker mußte ihr widerwillig beipflichten. »Wenn Sie und ich die Ewigkeit miteinander teilen würden, könnte man uns vermutlich ebenfalls als Verwandte bezeichnen.«

Plötzlich sah er sich in Picards Blick gefangen. Er hatte nichts Tiefschürfendes sagen wollen, und dennoch teilten sie in der Tat die Ewigkeit. Es schien nur zu wahrscheinlich: Mehr als jedes andere Paar auf diesem Schiff würden sie am ehesten in eine Lage kommen, in der der eine die Entscheidung für den anderen treffen mußte, diese Entscheidung auf Leben oder Tod. Als Erster Offizier galt Rikers oberste Verantwortung dem Wohlergehen Jean-Luc Picards, und Picards wertvollster Besitz als Captain war seine rechte Hand. Beide mußten sie als Schutzengel für den jeweils anderen und das ganze Schiff fungieren. Sie waren die Familie des anderen — oder hätten es im Idealfall wenigstens sein sollen. Wie ironisch, daß auf einem Schiff voller Familien auch die Brücke voll von Leuten steckte, die nichts und niemanden hatten außer einander.

»Und die anderen sind wie Unfallopfer«, sagte Picard zu ihm, während sie den speziellen Augenblick noch miteinander teilten. »Völlig von einer Maschine abhängig, was ihre Lebenserhaltung angeht.«

»Genau«, stimmte Dr. Crusher zu. »Sie sind geistig zurechnungsfähig und nicht todkrank, wollen aber sterben. Damit hat sich die moderne Medizin seit dem 20. Jahrhundert schon des öfteren auseinandersetzen müssen, und es ist seither nicht einfacher geworden. Die Medizin hat in dieser Zeit einen gewaltigen Sprung nach vorne gemacht und sich seither exponentiell weiterentwickelt. Geblieben ist nur der Gedanke, daß jeder Euthanasiefall seine Eigenheiten hat und individuell betrachtet werden sollte. Dann gibt es noch das Problem von aktiver und passiver Euthanasie. Schaltet man die intravenöse Ernährung ab oder läßt man sie einfach auslaufen? Und worin liegt der Unterschied, und was sind die moralischen Folgen...«

»Sie häufen eine Menge Fragen an«, bemerkte der Captain. »Ich habe Sie um Antworten gebeten.«

»Es gibt keine«, meinte sie ganz allgemein. »Das ist das Problem. Wir sehen es als unmenschlich an, Tiere leiden zu lassen, aber wir hatten seit jeher Schwierigkeiten, das auf unsere eigene Spezies anzuwenden.«

»Aber historisch gesehen«, sagte Riker, »stimmt es doch, daß das ganze Problem in der Entscheidung besteht, ob ein organischer Körper ohne Geist nach wie vor am Leben ist. Hier haben wir es mit dem genauen Gegenteil zu tun. Geister... ohne Körper.«

Crusher warf ihm einen Blick zu. »Nein, da irren Sie

sich. Es ist überhaupt nichts Außergewöhnliches an einem Geist ohne Körper.«

Als Deanna Troi das Wort ergriff, wandten sich alle zu ihr um, obwohl ihre Stimme nur sehr leise war. Dieses Mal sprach sie jedoch nicht von den Wesen, die auf sie eindrängten, sondern wandte sich der Frage zu, mit der sie sich gerade auseinandersetzten. »Das ist das Bild, das körperlich Behinderte von sich selbst haben. Geist ohne Körper. Wenigstens eine Zeitlang. Häufig trifft es überhaupt nicht zu, und nach einiger Zeit und einer Therapie ändern viele ihre Ansicht wieder.«

Einige Sekunden lang schwiegen alle, weil sie dachten, sie hätte dem noch etwas hinzuzufügen. Als dem nicht so war, rutschte Dr. Crusher unbehaglich hin und her und wandte sich erneut an Riker. »Aber es gibt auch zahlreiche Fälle von selbstbewußten, rationalen Menschen, die diesen Entschluß getroffen haben und ihn *nicht* noch einmal überdenken, Mr. Riker. Manche Menschen wollen einfach nicht mehr weiterleben, wenn sie ihre Unabhängigkeit verloren haben. Manche begehen Selbstmord, was wiederum ein anderes Problem darstellt, doch für jene, die dazu nicht in der Lage sind, bringt das Problem die spezielle Komplikation mit sich, eine andere Person einschalten zu müssen.«

»Die ebenfalls gewisse Rechte besitzt«, argumentierte Riker. »Das Recht, keinen Mord zu begehen, zum Beispiel.«

Mit ungeduldigem Schnauben griff Picard nach der Kante seines Tischs. »Allerdings. Wir haben das Recht, nach unserem eigenen Gewissen zu handeln. Gibt es darauf eine klare Antwort, Doktor? Oder auch nur einen allgemeinen Grundsatz des medizinischen Föderationskonzils? Oder haben Sie eine Regel, wonach wir uns an schiffsinterne Grundsätze halten sollen?«

»Ich?« Sie schüttelte den Kopf und blinzelte. »Das ist ein Thema, bei dem ich im Medizinstudium beinahe durchgefallen wäre. Mir ist noch nie ein Fall begegnet, der sich in den Gleisen irgendeines anderen bewegt hätte. Es gibt einfach keine Grundlagen für einen Vergleich.«

»Und die Grundsätze der Föderation? Doktor, ich brauche einen Präzedenzfall, und ich brauche ihn sofort.«

Sie zögerte, dachte darüber nach, den Mund nachdenklich verzerrt, und zuckte dann die Achseln. »Klinisch gesehen, zog man schließlich eine Grenze zwischen Tieren mit Erinnerungsvermögen und Tieren, die über ihr bloßes Erinnerungsvermögen hinaus in der Lage sind, sich ein Bild ihrer persönlichen Zukunft zu machen und Wünsche betreffs dieser Zukunft zu artikulieren. Doch selbst das hatte seine Schwächen. Babys, zum Beispiel. Sie machen sich einfach keine Gedanken über ihre Zukunft.«

Nun kam die Reihe zu seufzen an Picard. Er preßte seine Lippen zu einem Strich zusammen und stöhnte: »Beverly, Sie ermüden mich langsam.«

Sie hatte Mitgefühl für ihn, gab dann aber zu: »Man kann dieses Thema einfach nicht zügiger abhandeln. Deshalb hat man auch nie ein betreffendes Gesetz verabschiedet. Manche Dinge kann man einfach nicht gesetzlich regeln.«

Riker streckte den Rücken und verschränkte seine Arme enger. »Womit wir auf uns selbst gestellt sind.«

»Sehen Sie's einfach als Privileg«, schoß sie zurück.

»Aber diese Menschen, diese ›Seelen‹, wenn wir diesen Ausdruck unbedingt verwenden wollen«, fuhr Riker fort, »liegen nicht im Sterben. Sie könnten ewig so weiterleben!«

»Allerdings.« Die Ärztin nickte, nicht sehr geduldig. »Es geht hier nicht um einen Sterbenden, der den Zeitpunkt seines Todes selbst bestimmen will und von uns als Gesellschaft gezwungen wird, solange weiterzuleben, wie es irgend geht. Eher geht es darum, was das Leben... lebenswert macht.« Sie richtete die schwierige, belastende Frage direkt an Picard und streckte eine leere Hand aus, als ob sie erwarte, daß er sie füllen würde.

Der Captain starrte sie nur an, überwältigt nicht so sehr

von der Schönheit dieser Frau oder seinen eigenen Gefühlen ihr gegenüber, als von der Frage, die sie ihm gestellt hatte, dieser Frage im Grenzbereich von Leben und Tod.

Was macht das Leben lebenswert?

Neben Crusher rührte sich Troi. »Ein Mensch, der im Sterben liegt, fragt sich tatsächlich, ob ihn seine Krankheit allem beraubt hat, was das Leben lebenswert macht, wie Sie schon sagten. Für ihn wird es keine Augenblicke mehr geben, die ihn an das Leben erinnern, das er einst kannte. Wenn der Schmerz einen Menschen aller Freude am Sehen, Riechen, Hören, Berühren beraubt...«

»Aber wir reden hier nicht über Schmerz, Counselor«, brauste der Captain mit rauher Stimme auf. »Diese Wesen haben keine wie auch immer gearteten körperlichen Schmerzen erwähnt — oder etwa doch? Falls dem so ist, sagen Sie's mir lieber gleich. Wir wandeln hier auf einem verdammt schmalen Grat.«

»Ich wünschte, dem wäre so«, meinte Crusher trocken. »Die Frage würde sehr viel einfacher werden. Mein Reich des Körperlichen ist sehr viel leichter instand zu halten als Deannas Reich der geistigen Ängste und Verwirrungen.« Sie wandte sich an die Counselor. »Ich beneide Sie nicht darum.«

Der Captain stand auf und ging um seinen Tisch herum. »Doktor, ich hatte gehofft, daß Sie mir eine größere Hilfe sein würden.«

Beverly Crusher sah einen Moment beiseite, rutschte im Sessel zurück, schlug die Beine übereinander und schaute dann wieder zu ihm auf. »Aber ich *kann* Ihnen eine größere Hilfe sein. Sie müssen mich nur nach meiner persönlichen Meinung fragen.«

»Oh verdammt! Natürlich. Entschuldigen Sie.« Fordernd hielt er ihr seine Handfläche entgegen. »Bitte.«

Sie seufzte und dachte darüber nach. »Sie haben den wohldurchdachten, durchaus vernünftigen Wunsch geäußert, sterben zu wollen.«

»Und?«

»Und ich denke, das sollten wir respektieren.«

»Heißt das, wir sollten ihm entsprechen? Kommen Sie schon, Doktor, lassen Sie sich nicht alles aus der Nase ziehen.«

»Sie meinen, ob ich es tun würde? Captain, lassen Sie es mich so ausdrücken: Ich habe herausgefunden, daß Schmerz durchaus etwas Geistiges sein kann und daß er niemandem nützt.«

»Würden Sie es tun?« wiederholte er.

Sie reckte ihre Schultern. »Ja.«

Dank des fehlerlosen Orientierungssinns eines Androiden fand sich Data in dem kaum beleuchteten Raumschiff mühelos zurecht. Normalerweise hätte er nie über diese Fähigkeit nachgedacht, aber heute blieb sie stur in seinem Geist haften. Heute war er sich seiner selbst bewußt, ganz im Gegensatz zu sonst, wenn er alleine war. Heute stellte jedes rosafarbene Notlicht, an dem er auf seinem Weg vorbeikam, eine kleine Mahnung dar, die ihn an seine Zweifel erinnerte. Jeder dieser Zweifel stach wie eine Nadel in seine Gedanken und machte sie irritierend ungenau. Er fragte sich, wie das Denken wohl für Menschen war. Einen Gedanken nach dem anderen zu fassen, manche sogar ohne Zahlen, ohne Zusammenhänge... es schien fast wie eine Fehlfunktion. Und doch erkannten Menschen oft Dinge, die ihm völlig entgingen, bis sie ihn darauf hinwiesen.

Anscheinend entferne ich mich immer mehr vom Menschsein, statt mich darauf zuzubewegen. Was ihnen einfach vorkommt, erscheint mir kompliziert und widersinnig. Was ich ohne die geringste Mühe berechnen und erfassen kann, scheint ihnen mühsam. Im Laufe der Zeit habe ich mehr und mehr Informationen gesammelt, und doch entferne ich mich aus diesem Grunde immer mehr von ihnen. Je mehr Zeit ich mit ihnen verbringe, um so komplizierter kommen sie mir vor. Vielleicht ändert sich das jetzt. Vielleicht ist es das, was sie unter Schicksal verstehen...

Als er fühlte, wie sein Körper anhielt, regelte er seinen Lotsen-Modus nach, ließ sich noch im selben Moment aus der Autolokalisation gleiten und fand sich in der Tat genau an seinem gewünschten Ziel wieder. Das Hangardeck. Er stand vor der Türe und starrte in der Dunkelheit auf die Buchstaben.

SHUTTLE-DECK
KEIN ZUTRITT FÜR UNBEFUGTE

A.C.E.-FREIGABE ERFORDERLICH
WENDEN SIE SICH AN DECK 14
ODER SETZEN SIE SICH MIT DEM
ZWEITEN OFFIZIER IN VERBINDUNG

Er verlor die wenigen Sekunden aus den Augen, in denen er die Buchstaben und ihre Bedeutung studierte. Alle seine internen Alarmsysteme heulten auf und wiesen ihn an, sich an den Assistenten des Chefingenieurs zu wenden, doch dazu hatte er jetzt keine Zeit. Außerdem würde es ihn verraten. Die Tatsache, daß er selbst der Zweite Offizier war, half ihm natürlich aus dem Schneider, obwohl er seine internen Alarmsysteme nicht auf dieses Wissen programmieren konnte. Informationen wie diese waren recht zweckmäßig, eine Sache des Nachdenkens. Die formale Unterteilung menschlicher Wesen oder sonstiger Lebensformen in Dienstränge war ein schwer verständliches Konzept für sein maschinelles Denken und mußte von jenem Teil seiner selbst aufgearbeitet werden, den Geordi gerne als seine subdominante Hemisphäre bezeichnete — jener Teil seines Gehirns, der aus organischer Materie bestand, der Teil seiner Persönlichkeit, der es ihm erlaubte, subjektiv zu sein. Der Teil von ihm, von dem Geordi immer wieder behauptete, daß er keine Maschine sei.

Data sah auf seine linke Hand hinab, öffnete seine Faust und bemerkte das Glitzern aus Gold und poliertem Platin. Auch er hatte sich das Privileg verdient, die stilisierte Form eines A tragen zu dürfen. Und doch war es nicht die seine. Seine eigene haftete noch immer fest an seiner Brust und kündete von seiner ruhmreichen Vergangenheit und dem Ausmaß, mit dem die Menschen ihn in ihre Arme geschlossen hatten. Er war einfach nicht in der Lage, sein Starfleet-Abzeichen anzusehen und die Menschheit für eine minderwertigere Rasse zu halten; nur wenige Spezies hätten jemanden wie ihn anerkannt. Er kannte die ausweichenden Blicke des Vorurteils. Geordi hätte ihn dafür getadelt, daß ihm die wahre Bedeutung erst jetzt klar geworden war: Vorurteile waren selbst eine Art Privileg, von allen Lebensformen gehütet.

Die Notbeleuchtung über dem Schott verwandelte das Gold zu einem rosafarbenen Pink. Er fühlte ein seltsames, ungewohntes Pochen in seiner Brust, als sein synthetisches Herz auf die rasenden Impulse seines Nervensystems reagierte.

Das Abzeichen, jenes in seiner Hand — es gehörte Geordi.

Vergib mir. Ich weiß, ich habe dir noch nie etwas angetan, was auch nur entfernt mit diesem zu vergleichen wäre. Ich hätte dich gewarnt, wenn ich erwartet hätte, so zu reagieren...

Unlogisch. Geordi war nicht hier. Geordi war im Antimaterie-Reservecenter eingesperrt.

Mit seiner linken Hand umklammerte Data das Abzeichen. Ebenfalls unlogisch. Er hätte es weglegen, es irgendwo zurücklassen sollen. Es mit sich herumzutragen, erfüllte keinen Zweck. Statt das Abzeichen zurückzulassen, gab er den Gedanken jedoch auf und hielt seine Faust geschlossen. Mit der anderen Hand tippte er rasch den Autorisierungscode ein, und das dicke, tunnelförmige Schott teilte sich für ihn.

Das Hangardeck enthielt einige normale Shuttles sowie mehrere kleinere und schnellere Schiffe verschiedener Bauart, alle säuberlich in ihren Boxen verstaut, bereit, nach oben in die eigentliche Hangarbucht gefahren zu werden, wenn man sie benötigte.

Sehr menschliche Ungeduld nagte an ihm. Er wußte sehr wohl, was Ungeduld war. Aber es gab keine Alternative: Er mußte einige Zeit hier unten warten, bevor er zu seiner Mission aufbrechen konnte.

Seine Hände zuckten. Die Sicherheitsprogrammierung sandte Schauer durch sein biomechanisches Nervensystem und versuchte ihm mitzuteilen, daß er keinesfalls tun sollte, was er nun vorhatte.

So einfach, wie man einen leichten Schmerz verdrängte, leitete er diese Einsicht an den internen Alarmsystemen vorbei und schaute sich nach den mechanischen Geräten um, die er brauchen würde. Ja, da waren sie. Er hatte sich Sorgen gemacht, daß es dem Versorgungsteam angesichts der Krise nicht gelingen könnte, die kleinen Geräte-Container rechtzeitig abzuliefern; doch da standen sie, sorgfältig aufeinandergestapelt. Er musterte sie auf eine ähnliche Art, wie er zuvor die Inschrift auf dem Schott betrachtet hatte. Auf dem Stapel lag ein Autorisierungschip, der nichts weiter besagte als: *Auf Anforderung von Lt. Commander Data. Fähnrich F. Palmer — Okay.*

Die Zeit war knapp. Und doch zögerte er. Niemals zuvor hatte er sich in einem derartigen Widerstreit mit sich selbst befunden, nie zuvor hatte er seinen eigenen Körper förmlich dazu zwingen müssen, etwas zu tun, was seine Programmierung — sein... Gewissen — stets als falsch erachtet hatte. Täuschung. Ungehorsam. Es lag nicht in seinem Progr... seiner Natur.

Seine linke Hand zuckte und öffnete sich. Geordis Abzeichen fiel mit einem metallischen Geräusch auf das Deck. Data sah hinab.

Teilnahmslos bückte er sich und hob es auf. Wenn er es mitnahm, würde die Computerpeilung des Schiffes das Signal auffangen, es als Funkfeuer benützen und der Brücke berichten, daß Geordi bei ihm war. Die Folgen wären... er würde das Abzeichen zurücklassen.

Er war fest entschlossen.

Er schritt auf den Ausgang zu und ging an die nächste

Computerkonsole, nach wie vor das Abzeichen in seiner Hand anstarrend.

»Ich *werde* es zurücklassen«, beteuerte er. Laut hallte seine Stimme über das leere Hangardeck. Warum flüsterte ihm dieses Abzeichen etwas zu?

Er legte es rasch beiseite, so rasch, daß es sich auf seiner Nadel herumdrehte und seitwärts liegenblieb. Er zögerte.

Fast genauso rasch entledigte er sich seines eigenen Abzeichens. Es bestand ebenfalls aus Gold und Platin, war identisch mit dem anderen. Ausgenommen, daß dieses Abzeichen ihm gehörte und daß *er* es sich verdient hatte. Jenes dagegen gehörte Geordi. Beide waren mit dem Biopuls ihres Besitzers kodiert, einschließlich seiner Identität, enthielten Mikrosensoren und einen winzigen Kommunikator. Im Starfleet-Jargon wurden die Insignienkommunikatoren als ›Miniwunder‹ neuester Wissenschaft bezeichnet.

Doch heute war es die Form und nicht die Wissenschaft, die Data faszinierte. Heute galt seine Aufmerksamkeit der modernen Heraldik von Starfleet und dem, was sie für jemanden wie ihn bedeutete.

Sein kraftvolles Herz schlug heftiger, ein starker Muskeleinsatz, der großartigen Maschine angemessen, die es nun mal war. Er hörte das deutliche Pochen in seinem Körper, fühlte die Belastung seiner Systeme, als sich jedes einzelne davon bemühte, dem biomechanischen Nervensystem seine Interessen aufzuzwingen, unsicher, welchen Impulsen es nun wirklich folgen sollte.

Mit einer Geste der Endgültigkeit legte er sein Abzeichen neben das von Geordi, wandte sich ab und ließ die beiden nebeneinander liegen.

Als er sich neben die Container kniete, die die Ingenieure auf seine Weisung hier zurückgelassen hatten, beruhigte sich sein Körper langsam wieder und widmete sich der bevorstehenden Aufgabe. Das Pochen seines Herzens wich dem gewohnten Rhythmus, und Data machte sich daran, die speziellen Bauteile und mnemonischen Kodierer auszupacken. Anschließend begann er mit der Konstruktion einer improvisierten Tarnvorrichtung, die klein genug war, um in ein Shuttle zu passen.

»Moment mal!« Riker rutschte vom Tisch und breitete seine Hände vor Troi aus. »Wir können uns nicht einfach einmischen.«

»Uns bleibt keine andere Wahl«, gab Troi lautstark zurück. Sie spürte, wie ihr das Blut in die Wangen schoß und Ärger ihr Herz übermannte. Wie konnte er es wagen, sich ihr in den Weg zu stellen!

»Nun hören Sie mal zu«, erinnerte sie Picard ärgerlich. »Ich habe diese Konferenz aus einem ganz klaren Grund einberufen, und jetzt verzetteln wir uns. Wenn ich schon gezwungen bin, eine Entscheidung zu treffen, möchte ich wenigstens die Präzedenzfälle hinter mir wissen. Bringen wir Ordnung in die Sache! Das ist ein Befehl.«

Bevor Riker antworten konnte, lehnte sich Troi zu Picard hinüber, das erste Mal, daß sie seit Beginn der Konferenz ihre Position verändert hatte. »Menschen sind von Natur aus Interventionisten, Captain. Seit der Antike, und sogar noch davor, haben wir in den Lauf der Evolution eingegriffen. Das reicht von selektiver Hochzeit bis zurück zu unseren Stammesanfängen, als der Häuptling seine Wahl unter den schönsten, jüngsten und stärksten Frauen des Stammes treffen konnte und seine Kinder anschließend zu Entscheidungsträgern des gesamten Stamms heranwuchsen. Es ist unser Erbe!«

»Unsinn«, bezichtigte Riker sie.

»Nicht unbedingt«, entgegnete Crusher in dringlichem, etwas defensiven Tonfall. Sie zeigte ihm die kalte Schulter und wandte sich statt dessen an den Captain. »Mit der Entwicklung eines Heilmittels für Lungenentzündung und TB haben wir die Evolution ein für allemal geändert. Unzählige Millionen, die schwach waren und eigentlich hätten sterben sollen, lebten einfach weiter. Die Erfindung der Brille machte Millionen von Kurzsichtigen, die bis dahin praktisch blind gewesen waren, über Nacht zu völlig normalen Menschen. Sie lebten nicht nur weiter, sondern gediehen, heirateten und zeugten noch mehr kurzsichtige Kinder. Die Menschheit überlistet die natürliche Auslese schon so lange, daß es inzwischen unmoralisch wäre, das Gegenteil zu tun. Da haben Sie Ihren Präzedenzfall, Captain. Die Frage lautet meiner Meinung nicht, ob wir eingreifen sollen oder nicht.«

»Was ist mit der Wissenschaft?« unterbrach Riker sie, ging um den Tisch herum und stellte sich an die Seite des Captains. »Könnte die Technologie nicht eines Tages dazu imstande sein, diese gefangenen Wesen wieder in ihre Körper zu versetzen? So ähnlich wie Data.«

Picard musterte ihn für einen Augenblick und drehte sich dann zu Crusher herum. »Doktor, wie sieht es damit aus?«

Sie lehnte sich von einem Ellenbogen auf den anderen. »Ich schwenke nur schnell meinen Zauberstab...«, meinte sie dann unsicher. »Nach meiner Meinung ist es dann zu spät für sie. Wenn sie schon seit 1995 — und manche vielleicht noch länger — in diesem Dämmerzustand leben, haben sie womöglich die Fähigkeit verloren, wieder menschliche Gestalt annehmen zu können.«

»Sie meinen, wie ein Blinder, der plötzlich sein Augenlicht zurückgewinnt?« schlug Picard vor. »Etwas in dieser Richtung?«

»Genau das. Es gibt viele Umstände, unter denen die moderne Medizin in der Lage ist, das Sehvermögen wiederherzustellen oder zu ersetzen, doch wenn der Patient nicht noch sehr jung ist, kommt es in der Regel zu schweren Komplikationen. Wenn ich Geordis Augenlicht durch irgendein Transplantat von heute auf morgen wiederherstellen würde, müßte er alle seine Sinnesorgane neu ausbilden. Seinen ganzen Körper, sein gesamtes Gehirn. Zum Beispiel sein Gefühl für Tiefenschärfe. Er würde nach Dingen greifen, die drei Meter von ihm entfernt sind, weil er den Unterschied nicht erkennen kann. Vermutlich könnte er nicht einmal mit offenen Augen gehen. Nicht ohne umfassende Therapie. Sein Gleichgewichtssinn würde völlig aus der Fassung geraten. Auf einmal würde sich etwas auf seine Balance auswirken, das bisher noch nie eine Rolle gespielt hat. Es gibt zu viele Fälle wiederhergestellten Sehvermögens, die in einer Katastrophe endeten. Manche Patienten haben sich sogar dazu entschlossen, ihre Blindheit künstlich wiederherstellen zu lassen, statt weiter sehend durchs Leben zu gehen.«

»Mein Gott... wirklich?«

»Zu viele, als daß ich den Versuch empfehlen könnte, diese — was immer sie auch sein mögen — in Androidenkörper zu verpflanzen.« Sie senkte ihre Stimme und ließ ein wenig Mitgefühl in ihr professionelles Urteil einfließen. »Es wäre eine schlimmere Hölle als jene, die sie nun durchmachen. Ich bin der Ansicht, Captain«, fügte sie hinzu, »daß die einzige vernünftige und moralische Entscheidung jene ist, die sie bereits getroffen haben.«

»Wir sind nicht sicher, was sie wirklich wollen«, beharrte Riker.

Troi wand sich in ihrem Sessel, ihr Gesicht eine Skulptur aus reiner Melancholie und Enttäuschung. Ihr Gesicht schmerzte von dem inneren Elend und der äußeren Beleidigung.

»Stimmt doch, oder?« sagte Riker zu ihr.

»Bill...«, keuchte sie erstickt.

Er umkreiste den Tisch und stellte sich ihr. »Sie haben selbst zugegeben, daß diese Menschen womöglich geistig unzurechnungsfähig und nicht in der Lage sind...«

»Manche, aber...«

Dr. Crusher legte ihre schmale Hand auf seinen Arm und drängte ihn etwas von jenem Ort weg, an dem sie Seite an Seite neben Troi saß. »Diese lebensfressende Maschine verletzt die Grundrechte seiner Gefangenen.«

Riker wirbelte herum und funkelte sie böse an. »Welche Grundrechte?«

»Das Recht auf freie Entfaltung der Persönlichkeit und

die Würde der Selbstbestimmung. Es beraubt sie ihrer Lebensqualität in einem derartigen Ausmaß, daß sie keinen anderen Ausweg sehen als den Tod.«

»Und zu dem verhelfen wir ihnen. Nur auf eine bloße Behauptung von Deanna.«

Troi senkte ihre Lider, und erste Tränen zeigten sich. »Oh, Bill«, flüsterte sie.

Doch er drängte weiter. »Woher wissen wir, daß ihre Entscheidung von Vernunft diktiert ist? Sie könnte aus reiner Verzweiflung oder einer zeitweiligen Depression heraus entstanden sein.«

Crusher wich seiner Herausforderung nicht aus und konterte mit einer eigenen. »Wollen Sie dreihundert Jahre als zeitweilig bezeichnen?«

»Auf der Zeitskala dieses Wesens? Vielleicht. Das wissen Sie genausowenig wie ich. Nach allem, was wir wissen, könnte das Ding ein galaktisches Utopia sein. Es könnte uns alle Zeit der Welt zur Verfügung stellen, Zeit zum Nachdenken, Zeit zum Austausch von Ideen und Erinnerungen — Gott weiß, was sonst noch? Vielleicht empfängt Deanna nur die Wünsche einer Handvoll Neuankömmlinge, die gar nicht wissen, was sie da in Händen halten.«

»Das glaube ich nicht«, entgegnete Troi mit zusammengepreßten Lippen.

»Schon gut. Schon gut — sagen wir, ich glaube es auch nicht. Sagen wir, Sie haben mich überzeugt. Was wird geschehen, wenn wir es erst einmal getan haben? Wenn wir Geschmack daran gefunden haben? Wenn wir diese Tür auch nur einen Spaltbreit aufstoßen, sind wir vielleicht nicht in der Lage, sie wieder zu schließen. Kerzen können durchaus einen Holocaust auslösen, Captain.«

Abrupt kam Crusher auf die Beine und trat auf ihn zu, als ob sie ihm mit ihrer Körpergröße und ihrer Anmut beweisen wollte, daß er nicht die einzig imposante Gestalt in diesem Raum war. »Wir sind sehr wohl in der Lage, uns zu beherrschen, Mr. Riker. Mit dieser Art von Selbstbeherrschung müssen Mediziner schon seit Jahrhunderten zu

Rande kommen. Captain, ich weiß, daß Sie auf den Einsatz der Waffen verzichten wollen, aber das Ding ist ein Tyrann!«

Riker beugte sich über den Tisch, die Hände flach auf dessen schwarzes Oberteil gepreßt. »Falls wir die Regeln jetzt zu unseren Gunsten beugen«, beharrte er, »oder auch nur ergänzen, selbst auf den Wunsch eines Todkranken hin, setzen wir jeden einzelnen von uns aufs Spiel. Falls wir uns andererseits dem Todeswunsch von einzelnen widersetzen, wahren wir auch unsere eigenen Interessen.« Er sah den Captain an. »Wir spielen hier ethisches Roulette, und das behagt mir nicht.«

Troi würdigte ihn keines Blickes, und doch lag ein vielsagender Mangel an Nachsicht in ihrem Ton. »Wir reden hier nicht über das, was Ihnen behagt und was nicht.«

Seine Augen blitzten. »Nein, tun wir nicht«, stieß er zurück. »Aber wir riskieren damit die ethische Sicherheit jeder intelligenten Lebensform, der wir von nun an begegnen. Wie lange wird es dauern, bis es uns aus der Hand gleitet? Dann setzen wir unsere ganze Gesellschaft aufs Spiel.«

Der Captain bedachte ihn mit einem Stirnrunzeln. »Ich bin nicht willens, die moralische Last der gesamten Menschheit auf meine Schulter zu laden, Nummer Eins. Aber ich gedenke, hier und jetzt meinen Standpunkt zu vertreten. Ich weiß es zu würdigen, daß Sie hier den Advocatus Diaboli spielen, aber...«

»Tue ich nicht«, entgegnete Riker. »Ich bin der Überzeugung, daß wir nicht in einer Position sind, so etwas zu tun. Und ich bin der Meinung, daß es nicht fair von diesen Wesen ist, uns um so etwas zu bitten. Wir haben das Recht, keine Mörder zu werden.«

»Captain«, warf Crusher ein. »Wir haben den Punkt bereits überschritten, an dem wir noch hätten umkehren können. Es mag uns schwerfallen, sie umzubringen, aber es dürfte ihnen zweifellos noch schwerer fallen, in dieser Form weiterzuleben.«

»Das ist *Ihre* Ansicht, Doktor«, stellte Riker klar.

»Stimmt«, sagte sie. »Der Captain hat mich um meine Ansicht gebeten. Und falls Sie eines Tages mal Captain sein sollten, brauchen Sie mich ja nicht zu fragen.«

Verbitterung drängte sich zwischen sie, und einige Sekunden lang ließ sie ihr freien Lauf. Als die Stille schließlich bedrückend wurde, holte sie tief Luft und teilte dem Captain ihr letztes Wort mit. »Sir, nach meinem Urteil als Chefärztin der *Enterprise* liegt uns etwas vor, was ich in meinem Bericht als annehmbare Einverständniserklärung bezeichnen werde.«

Der Captain hörte, wie der Ball vernehmlich in seinem Feld landete. Galt seine Verantwortung den Lebensformen im Inneren des Wesens, dem Wesen selbst, dem Schiff oder jenen Lebensformen, deren Bewußtseinsinhalte in der Zukunft von diesem Wesen aufgesaugt werden würden, wenn er jetzt nicht handelte?

»Es ist der erklärte Grundsatz der Föderation, keine Polizeigewalt über die Galaxis auszuüben, Captain.« Rikers Gesicht spiegelte sich deutlich in der Aussichtsluke.

Picard nickte verkniffen. »Ja, das dürfen wir nicht übersehen. In diesem Fall muß ich mich an die Richtlinien der Föderationspolitik halten. Die traurige Wahrheit ist, daß wir möglicherweise nicht mal unsere eigene Haut retten können. Der bessere Teil der Tapferkeit mag darin bestehen, das Weite zu suchen und es der Föderation zu überlassen, mit diesem Ding fertig zu werden.«

Troi schoß aus ihrem Sessel. »Sie verstehen nicht! Diese Menschen können nicht einmal untereinander Verbindung aufnehmen. Es sind Millionen, alle allein. Allein! Man kann sie nicht mit einem gelähmten Körper vergleichen. Selbst dann gäbe es Sehvermögen, Geruchssinn, zwischenmenschliche Beziehungen — diese Menschen haben gar nichts!«

Der Captain bewegte sich auf sie zu. »Counselor...«

Sie wich zurück. »Sie wissen nicht, wie es ist! Sie können es nicht wissen. Sie können darüber reden und diskutieren und argumentieren, aber Sie *wissen* nicht, wie es ist. Captain, wenn dieses Wesen uns verfolgt und wir es nicht daran hindern können, uns zu absorbieren, verspreche ich Ihnen, daß ich so nicht weiterleben will! Ich *will* einfach nicht! Eher bringe ich mich vorher um.«

»Deanna«, setzte Crusher an und wollte nach ihr greifen.

Doch jeder einzelne von ihnen war ergriffen von der Überzeugung in ihrer Stimme und in ihrem Gesicht, von dem irrationalen Versprechen einer Person, die sie alle als überaus rational angesehen hatten.

Riker, der sich besonders für diesen Ausbruch verantwortlich fühlte, stand einige Schritte entfernt, unfähig, sich dazu zu zwingen, zu ihr zu gehen.

Dr. Crusher legte einen Arm um Troi und geleitete sie auf die Tür zu. »Kommen Sie mit. Ich gebe Ihnen etwas zur Beruhigung.«

Troi wollte bereits gehen, wich dann aber ungestüm zurück. »Nein! Ich wage es nicht, mich von Ihnen sedieren zu lassen! Ich habe mich schon jetzt kaum mehr in der Hand! Versteht das denn keiner?«

»Jaja«, beruhigte Crusher sie. »Sie wissen, daß ich es verstehe. Gehen wir einfach hinaus auf die Brücke.« Sie lenkte die andere Frau zur Tür, und warf Riker und Picard im Gehen einen tadelnden Blick zu. »Es dauert nur ein paar Minuten.« So lauteten ihre Worte, doch ihr Blick sagte etwas völlig anderes.

Picard sah ihnen wortlos nach. Als er und Riker schließlich allein waren, drehte er sich zur Aussichtsluke um und starrte in den Weltraum hinaus.

Vor ihm lag das Panorama entfernter Sterne und Sonnensysteme, der Gasriese, der bis vor kurzem ihr größtes Problem gewesen war und nun plötzlich klein und unbedeutend wirkte, wie er dort in seiner hellen grünen Unschuld am Rande seines Blickfelds durch den Raum wirbelte. Zwei tiefe Linien umrahmten seinen Mund. Er war ein Mann mit zu vielen Alternativen.

»Das infernalische Ding versteckt sich irgendwo da draußen und wartet darauf, daß wir einen Fehler machen«, sagte er. Seine Stimme sank zu einem halben Flüstern. »Wie viele lauern noch da draußen, Riker? Wie viele weitere Entscheidungen wie diese? Was sollen wir tun, wenn eine Person — oder eine Gemeinde — den Wunsch äußert, sterben zu wollen, und es keinen Zweifel an seinen Gründen gibt?«

Der neben ihm stehende Riker hatte keine echte Antwort anzubieten, war jedoch zu einer persönlichen Entscheidung gekommen. Eine, die er als Erster Offizier — nicht als Captain — vertreten konnte.

»Gibt es wirklich keine Zweifel?« fragte er leise, ohne sich von der Stelle zu bewegen.

Picard starrte weiter durch die Aussichtsluke, doch auf seiner Stirn erschien eine tiefe Furche und seine Augen zogen sich zusammen. »Ich muß so genau wie möglich wissen, ob das Ding ein fliegendes Utopia oder eine interstellare Hölle ist.«

KAPITEL 10

»Das gefällt mir überhaupt nicht, Jean-Luc. Ich werde in meinem Bericht erwähnen, daß das alles gegen meinen Protest geschieht.«

»Das dürfte ein sehr aufregender Bericht werden, wenn er Starfleet je erreicht, Doktor.«

Die Isolationseinheit der Krankenstation bereitete sich auf völlige Schwerelosigkeit und die exakte Körpertemperatur des Captains vor. Mit verhaltener Miene sah Picard zu, wie Dr. Crusher eine Spritze vorbereitete, die etwas in ihm bewirken würde, was kein vernünftiger Mensch gutheißen konnte. Vielleicht bedurfte es einer Spur von Wahnsinn, um einen Mann zu solchen Maßnahmen zu treiben, vielleicht bedurfte es auch nur der Verzweiflung. Alle Gefahren, alle Risiken, jegliche Vernunft mußte vor der zielstrebigen Suche desjenigen zurücktreten, auf den die Entscheidung gefallen war. Und das war Picard.

Neben ihm zeigte Troi erste Anzeichen der Erschöpfung. Die dünnen schwarzen Haare auf ihrer Stirn waren feucht und wellten sich, ihre Augen wirkten angespannt, ihre Körperhaltung schlaff. Alles, was ihr bislang so einfach vorgekommen war, schien nun eine bewußte Anstrengung zu erfordern. Obwohl sie sich wünschte, daß er selbst herausfand, was sie bei ihren empathischen Kontakten empfand, besaß sie doch die Geistesgegenwart zu einer letzten Warnung. »Ich muß dem Doktor beipflichten, Captain. Ich habe Sinnesentzug noch nie für eine wirksame Technik gehalten.«

»Direkt aus der Folterkammer, wenn Sie mich fragen.« Entschieden schüttelte Crusher den Kopf.

»Also gut«, entgegnete der Captain. »Dann denken Sie beide sich doch einen besseren Weg aus, wie ich am eigenen Leib spüren kann, was die Menschen da draußen empfinden. Und tun Sie's bitte gleich, weil ich so viele Zweifel wie möglich ausschalten will, solange uns noch die Zeit dazu bleibt.«

Die beiden Frauen sahen sich lange an; jede hoffte, daß die andere eine Alternative heraufbeschwören würde.

Picard wartete höflich, was an sich bereits einen gewissen Druck ausübte. »Was kann ich erwarten?«

Crusher hielt ihre Spritze hoch. »Nun, der erste Effekt wird...«

»Sir«, unterbrach Troi. »Die anderen wußten auch nicht, was geschehen würde, als dasselbe mit ihnen passierte.«

Picard starrte sie einen Moment lang an. Zum ersten Mal erschreckte ihn der Gedanke an das, was er zu tun gedachte. Er war ihr dankbar, daß sie sich um die Exaktheit des Experiments Gedanken machte, ärgerte sich aber zugleich darüber, daß sie es derart genau nahm. »Hmmm«, brummte er stirnrunzelnd. »Vermutlich nicht. Also gut, fangen wir an.«

Steif sah er zu, wie die Ärztin den Injektor gegen seine Halsschlagader preßte.

»Ich beschränke die Dauer«, rief Crusher ihm nach, als der Captain in die Isolationszelle trat.

»Sagen Sie mir nicht, auf wie lange.«

»Fällt mir gar nicht ein. Ihnen ist klar, daß es nichts mit Schlaf zu tun hat, oder?«

»Eigentlich weiß ich nur sehr wenig über all das«, gab der Captain zu. Es hörte sich an, als sei er stolz darauf.

»Fertig, Captain.«

»Los.«

Die Isolationszelle verschloß sich mit einer dicken, massiven Wand aus mehreren Lagen schalldichten Materials, jener Art von Material, das alle Geräusche unterhalb eines größeren Erdbebens verschlucken würde.

Mit wachsender Sorge sah Troi zu, wie sich das Schott schloß. Während Crusher noch die Anweisungen für das

Isolationsprogramm erteilte, trat sie neben die Ärztin. »Was wird es mit ihm anrichten?«

Die Ärztin zuckte die Achseln. »Physisch wird die Droge seinen Körper lähmen und alle externen Sinnesimpulse zu seinem Gehirn abtöten. Mit seinem Bewußtsein wird gar nichts geschehen. Wenn ich das fertig eingetippt habe, wird die Kammer die Schwerkraft aufheben. Dünne Halteseile werden dafür sorgen, daß er nicht gegen die Wände treibt, und es wird völlig dunkel werden.«

Troi erschauerte. »Er wird genau wie sie sein.«

Die Ärztin nickte geheimnisvoll. »Und genauso hilflos.«

Captain Picard stand im Mittelpunkt der kleinen grauen Kammer und wartete darauf, daß die Isolation einsetzte. Seine Finger juckten, seit der Injektor sein Genick verlassen hatte, und er konnte seine Zehen nicht mehr spüren, doch darüber hinaus fühlte er noch keine Wirkung. Er sah sich in dem kleinen Raum um. Erst dreißig Sekunden, und schon jetzt kam es ihm wie eine Ewigkeit vor. Trois Beschreibungen machten ihn frösteln; er erinnerte sich an die letzten Stunden und daran, wie heftig sie von ihren Empfindungen in Mitleidenschaft gezogen worden war. Empfindungen, die ihr ein anderer aufdrängte.

»Nun macht schon«, murmelte er. Wie lange konnte es dauern, ein so einfaches Muster zu programmieren? Immerhin war dies hier nicht das Holo-Deck.

Er versuchte, mit den Fingern gegen seine Schenkel zu trommeln, um seiner Ungeduld Luft zu machen, und in seinem Geist tat er das auch, doch seine Hände wollten sich nicht zu jenen Formen zusammenziehen, die seinem Geist vorschwebten. Er wollte zu ihnen hinabsehen, sah sich jedoch außerstande, seinen Kopf zu neigen. In seinem Schädel drehte sich alles; er versuchte sich zu bewegen, fand jedoch heraus, daß er nur noch seine Augen in den Höhlen hin und her wandern lassen konnte. Seine Beine waren wie Gummi, sein Rücken krümmte sich und tat einen Moment lang weh, dann versickerten alle Empfindungen langsam.

Nach einigen Sekunden verschwand auch der Schmerz, und plötzlich vermißte er sein beruhigendes Pochen. Ein kleines Rinnsal Panik überkam ihn; er unterdrückte es und starrte weiter auf die graue Wand.

Vielleicht sollten wir das abbrechen.

Er konnte seine Stimme nicht mehr hören. Er hatte sie doch vorher noch gehört; wo war sie jetzt? Im hinteren Teil seiner Kehle bewegte sich seine Zunge ein wenig, aber das war auch schon alles.

Als sich die Antigravs zuschalteten und die Wand vor seinen Augen sich sehr leicht zu bewegen begann, sog sein vegetatives Nervensystem einen Atemzug in seine Lunge. Er hörte das Aufstöhnen; wenigstens ein paar Dinge waren noch mit seinem Hirn verbunden. Seltsames Gefühl...

Die flache graue Wand erzitterte. Oder? Auf einmal wirkte der Anstrich glänzender – beinahe reflektierend. Ja... da war ein Gesicht.

Ein Gesicht...

Ein Mann. Noch im selben Moment gab Picard den Gedanken an eine Spiegelung auf. Das Gesicht glich dem seinen nicht im mindesten.

Als erstes gewannen die Augen an Schärfe. Ohne Blinzeln starrten sie Picard direkt ins Gesicht, während unter ihnen ein vierschrötiges Kinn und zwei breite Schultern Gestalt annahmen. Dunkles Haar mit einem Streifen Weiß an den Schläfen, ein Ausdruck reiner Entschlossenheit. Ärger sogar.

Picard hörte sein Herz in den Ohren pochen, ein langgezogenes, verzerrtes Geräusch, und nicht für einen Augenblick kamen ihm Zweifel an der Wirklichkeit des Gesehenen oder an der Identität desjenigen, der nun die Kammer mit ihm teilte. Genau das hatte Riker beschrieben, daran hegte Picard keine Zweifel. Gelähmt starrte er zurück.

Von Captain zu Captain, über die Jahrhunderte hinweg. Die stumme Begegnung schien kein Ende nehmen zu wollen. Wütend bemühte sich Picards Geist, den Mund zu öffnen und mit Arkadij Reykow zu sprechen, ihm jene Fragen zu stellen, die alles soviel einfacher machen würden, doch sein Körper war taub, verschwunden. Und die Kammer wurde finster.

Verdammt! Warum gerade jetzt? Gebt mir noch zehn Sekunden.

Reykow hob die Hand, und die Hand ballte sich zur Faust. Er reckte sie Picard entgegen — keine Bedrohung, sondern eine Art Beispiel.

Picard wollte den Kopf schütteln, dem anderen zu verstehen geben, daß er nicht verstand. Auch das blieb ihm versagt.

Reykow öffnete seine Faust und spreizte seine Finger zu einer übertriebenen europäischen Geste, die Picard dank seiner französischen Ahnenreihe durchaus zu verstehen in der Lage war. *Also?*

Dunkelheit umzingelte sie. Immer dunkler... und dunkler. *Noch nicht, verdammt!*

Schwärze. Schwärzer als ein toter Computerbildschirm, schwärzer als der Weltraum. War Reykow noch da?

Panik überkam ihn. Es war, als ob sein Herz zerspringen wollte. Plötzlich rasten Picards Gedanken zurück in seine Kindheit, zu den schrecklichen Horrorgeschichten, von denen Kinder nie genug bekommen konnten, zu den unwirklichen Dingen, die ihre Anwesenheit lediglich vortäuschten — und zu jenen, die tatsächlich da waren. Er wartete darauf, daß etwas nach ihm schnappte.

Aber er würde es nicht einmal spüren, wenn es passierte. Vielleicht hatte es ihn schon geschnappt. Überwachte Beverly seinen Herzschlag? Seine Gehirnströme? Er hatte sich nicht mit ihr darüber unterhalten. Auf diesen Gedanken würde sie doch wohl allein kommen, oder?

Komm schon, reiß dich zusammen. Du hast gerade einen Geist gesehen und du kannst nichts dagegen machen. Sei pragmatisch. Konzentrier dich auf die Aufgabe. Dir geht's gut. Du bist in der Isolationskammer, es ist dunkel, und du kannst dich nicht bewegen. Es sind genau die richtigen Bedingungen, und du hast darum gebeten. Du brauchst sowieso ein wenig Ruhe. Wie schlimm können ein paar Stunden schon sein?

Geordi wanderte so lange in der kleinen Zelle, in der ihn Data eingesperrt hatte, auf und ab, bis er es nicht mehr aushielt und sich daran machte, die Verkleidung von der Wand zu reißen und nach einem Schaltkreis Ausschau zu halten, in den er sich einschalten konnte. Vielleicht ließ sich der Kontaminationsschild auf diese Weise wieder einfahren. Oder es gelang ihm, in das Kommunikationssystem zu gelangen und um Hilfe zu rufen. Jedenfalls besser, als hier herumzutapsen wie ein großes Huhn, das auf sein Futter wartete, während Data ins Nichts flog, um sich fritieren zu lassen. Was für ein Paar.

Data. Er nahm alles so persönlich. Wenn ihn das nicht zu einer Persönlichkeit machte, was dann? Nur Persönlichkeiten nahmen alles persönlich. Maschinen ganz bestimmt nicht. Wieso hörte Data eigentlich seit neuestem auf all die *anderen*?

»Warum hörst du zur Abwechslung nicht mal auf *mich*?« brüllte Geordi. Er sah von seinen komplizierten Ausgrabungsarbeiten in den freigelegten Wandschaltkreisen auf. »Was bin ich denn? Ich bin auch 'ne halbe Maschine, weißt du? Verdammt... wo ist der Hauptkreis?«

Ein Shuttle. Toll, wirklich toll. Data war wahrscheinlich schon verschwunden, und er konnte nichts an dem ändern, was da draußen vor sich ging.

Seine Hände fingen an zu schwitzen. Er kam nur langsam voran, immer öfter kamen seine Finger ins Zittern und rutschten ab. Nur die Mikrofilter in seinem Visor verhinderten, daß er doppelt so viele Fehler machte, als er ohnehin bereits beging. Und nur sein hartnäckiges Selbstvertrauen und eine gelegentliche hämische Bemerkung hielten ihn von dem Eingeständnis ab, daß er eigentlich eine Heidenangst hatte.

Das Ding, diese Lightshow da draußen... schrecklich. Geordi schauderte, als er sorgfältig die Chips herauszog, die er für die Umgehung der kurzgeschlossenen Verriegelung brauchte. Er hatte Alpträume gehabt, die diesem Ding verdächtig glichen. Die Zeiten, als sein Visor versagt und die Dinge falsch wiedergegeben hatte. Das visuelle Spektrum hatte sich verzerrt, das Infrarot hatte die Dinge in die Länge gezogen — als ob er unter einem Fieber leiden würde und keine Möglichkeit hatte, sich wieder abzukühlen.

Die anderen hatten keine Ahnung, was Data durchgemacht hatte, als das Ding ihn angriff; sie sahen ihn nicht so wie Geordi. Sie würden es nie verstehen, würden ihm nicht wirklich Glauben schenken, wenn sie es nicht mit eigenen Augen sehen konnten. *Eigentlich kann ich es ihnen nicht verübeln. Es ist nicht die Art von Ding, an das man so einfach glaubt, wenn man es nicht mit eigenen Augen sieht. Aber ich werde dafür sorgen, daß sie es einsehen, und wenn ich mich bis zu den Augenhöhlen in den Computerkern einschalten muß. Ich werde dafür sorgen, daß sie ihn zurückholen. Damit meine ich Sie, Mr. Riker. Jawohl, Sir. Genau Sie.*

Das ist wirklich seltsam. Angenehm. Ich habe schon seit Jahren nicht mehr an Laura gedacht. Wie lange? Seit einer Ewigkeit, vielleicht. Und die Erinnerungen sind zu schön, um sie einfach beiseite zu wischen. Da gab es ein Gedicht, das ihr gefiel. Welches war es doch gleich? Sie liebte lange Gedichte und Epen. Sie hatte soviel Geduld... wer liest schon Epen? Manchmal trug sie sie mit lauter Stimme vor. Und so geschickt für eine ungeschulte Stimme. Oder ließen sie nur die Jahre besser klingen?

Absenz, wie Wolken im Sonnenstrahl
Der Natur Sinne schützt vor Lichterqual
Absenz, die jene Schätze bewacht,
Welche Freude uns spenden in finstrer Nacht
Des Ruhmes entrückt
Absenz, die jenes Feuer hegt,
Welches Wünsche im Inneren verbrennet und pflegt
Durch Aufschub beglückt.

Er hatte schon einmal einen Vortrag des Gedichts gehört. Einmal. Und seitdem nie mehr daran gedacht. Angehört und vergessen. Sein Gehirn hatte das Mädchen und ihre Stimme, aber nicht das Gedicht eingeholt; und dennoch erinnerte er sich an jedes Wort, jede Silbe, jede Nuance, fühlte sie neu. Die Bedeutung der Worte, gemeinsam und getrennt, sogar die Musik der Buchstaben. Das ganze Gedicht. Fulke Greville, Lord Brooke – die *Caelica*, nicht? Wann hatte er soviel literarisches Bewußtsein entwickelt? Bestimmt war er in diesem Kurs nicht ganz bei der Sache gewesen, zumal er sich ohnehin nur für den Kurs eingeschrieben hatte, damit er jeden zweiten Tag mit Laura nach Hause gehen konnte. Ach, Jungen und Mädchen.

Das Gefühl schlug ihn in seinen Bann, diese völlige Ungebundenheit des Geistes, den Dingen nachzuforschen, die er in seinem Leben gesehen hatte, sich an sie zu erinnern, sie zu untersuchen. Alte Erfahrungen, die er längst vergessen geglaubt hatte, preschten zurück ins Licht. Einmal mehr machte er sich mit seinen Erinnerungen vertraut, mit all den Vergangenheiten, die ein Mann seines Alters hatte sammeln können, eine nach der anderen. Alles in allem sah seine Vergangenheit nicht schlecht aus, von einigen Tiefschlägen, Stolpersteinen und verbrannten Fingern einmal abgesehen.

Nachdem er sich an der Vergangenheit erfreut hatte, erinnerte ihn etwas in seinem Inneren an die Quantenphysik, und schon bestieg er das rasante Schiff, das ihn durch all die Wissenschaft und Mathematik geleitete, die er jemals gelernt oder ausgeknobelt oder bei der er auch nur zugesehen hatte, wie ein anderer sie ausknobelte. Auf einmal war alles so einfach! Gleichungen über Theorien über Hypothesen über Experimente – betäubend und verwirrend, all die Abteilungen, die sein Geist verschlossen und die ganzen Jahre hinweg in Ehren gehalten hatte. Tote Verwandte, vermißte Kameraden, abwesende Freunde, Freunde, die ebenfalls gestorben waren: Einer nach dem anderen besuchte ihn an diesem stillen Ort, und er lernte sie erneut schätzen, empfand Freude oder Schmerz, hörte sich weinen. Oder glaubte es zumindest... Wo waren seine Augen? Wo seine Tränen? Warum konnte er die Tränen nicht auf seinen Wangen spüren?

Wie lange bin ich schon hier? Wo bin ich überhaupt?

Ach ja. Das Schiff. Ich sollte Riker dazu bringen, das zu versuchen. Es ist erfrischend, verlockend... keine Ablenkungen, keiner, dem man Rede und Antwort stehen muß, nichts, das meinen Geist beschäftigt außer meinen eigenen Gedanken, nicht einmal ein Jucken, das meine Konzentration stören könnte. Obwohl es mich beruhigen würde, wenn ich mit den Zehen wackeln könnte...

Woher weiß ich, wann das Schiff mich braucht? Wir könnten aus dem Weltraum gefegt werden, und ich würde es nie erfahren. Nein... Riker hätte mich hier herausgeholt, wenn er mich brauchen würde. Was ist diese seltsame Unvernunft?

Waren das Vögel? Er hatte diese Art von Vogelgesang schon einmal gehört... auf Canis IV? Aber natürlich! Die aufgeplusterten Vögel mit ihren dummen Gesichtern. Sie sangen eine hübsche Melodie. Vielleicht sollte er einfach eine Weile in der Luft hängen und ihnen zuhören.

Irgend etwas wegen Canis IV – vor langer Zeit.

Nein. Nein, ich will mich nicht daran erinnern. Nein...

Riker ging auf der Brücke auf und ab und musterte den täuschend leeren Weltraum auf dem großen Hauptschirm. Man hatte die Beleuchtung auf der Brücke reduziert, so daß sie nun beinahe einem Nachtclub glich. Die Wände und Bodenbeläge, normalerweise von der Farbe des Sandes, waren dunkel, und Riker fühlte sich, als spaziere er in einer Tasse Espresso herum. Auch die leuchtend schwarzen Computerkonsolen und Flüssigkristallanzeigen des Schiffsbetriebssystems hatte man von ihrem gewohnten Grün und Blau auf düstere Farben heruntergedreht. Mit abgeschalteter Beleuchtung und gedämpften Anzeigen wirkte der breite Hauptschirm geradezu schockierend auffällig. Plötzlich waren sie Darsteller auf einer Bühne, und jede ihrer Taten war entscheidend. Die Lautstärke ihrer Stimmen, der Schweißfilm auf ihrer Haut, die Bewegungsabläufe. Alles wirkte wie vergrößert. Und der Weltraum vor ihnen war ihr Publikum.

So leer und kalt das All auch sein mochte, sah es dennoch nie so aus. Es gab immer einige Sterne, deren pastellfarbenes Licht den Betrachter anfunkelte, ausgedehnte Nebelwolken, die in der Entfernung schimmerten. Trotzdem tat sich der menschliche Geist schwer, diese Entfernung zu begreifen, und so sah alles sehr viel dichtgedrängter aus, als es eigentlich war. Er schaute gerne zu, wie der Weltraum draußen an ihm vorbeizog, doch heute schenkte er ihm keinen Trost. Heute lauerte eine Ratte hinter den Balken. Immer noch da draußen. Verborgen hinter all dem Nichts. Riker ballte seine Fäuste und forderte sie heraus, sich zu zeigen.

»Lieutenant Worf, irgendwas Neues aus der biowissenschaftlichen Abteilung oder dem Maschinenraum?«

An Wissenschaftsstation 2 richtete sich die breite Gestalt Worfs auf. »Wir versuchen gerade, die einzelnen Bestandteile seiner Exostruktur zu ermitteln, Sir, indem wir die Hypothese seiner Interdimensionalität als Richtlinie verwenden. Keine Sorge, Sir. Wir werden es herausfinden, und wenn ich ein Stück abschneiden und für die Autopsie totprügeln müßte.«

Riker nickte, scheiterte jedoch an jenem Lächeln, das seine wahre Dankbarkeit ausgedrückt hätte. Fast vierzehn Stunden hingen sie schon hier, inmitten dieser Stille und der Düsternis. Abzuwarten hatte ihm noch nie gelegen, und diese Art von Anspannung war nervenaufreibend. Wie oft hatte man ihm an der Akademie gesagt, daß eine Schlacht zu neunzig Prozent aus Abwarten bestand? Abwarten, planen, analysieren, warten. Tödlich. Manchmal tödlicher als die eigentliche Schlacht. Es machte rücksichtslos.

Er wünschte sich, der Captain wäre hier. Diese Sache

mit Isolation und Sinnesentzug klang riskant. Mal ganz davon abgesehen, daß sie viel Zeit kostete und Zeit genau das war, was sie nicht besaßen. *Andererseits bin ich derjenige, der hier auf und ab geht und nichts zu tun hat. Der Captain bringt wahrscheinlich etwas zustande, während ich hier eine Furche in den Teppich laufe.*

Er entdeckte, daß er zu Worfs Station hinaufgegangen war. Riker beugte sich über die gedämpfte Anzeige und hielt seine Stimme gesenkt. »Irgendwelche Hinweise, wie wir uns dieses Ding vom Hals halten können, Worf?«

»Um die Wahrheit zu sagen, Sir«, schallte Worfs tiefe Stimme laut und deutlich zurück, »dreht sich alles momentan um seine Toleranzschwelle.«

»Toleranzschwelle?«

»Jawohl, Sir. Wieviel Energie es in einem bestimmten Zeitraum aufnehmen kann. Wir glauben, das ist der Grund, weshalb es sich vorher zurückgezogen hat.« Worfs dicke braune Finger tippten einige Befehle ein, und das schwache Abbild der *Enterprise* blähte sich auf. Bestimmte Bereiche auf der Anzeige fingen an zu blinken. »Das sind die am meisten betroffenen Sektoren. Wir versuchen, seine genaue Energieaufnahme in jenem Moment zu ermitteln, als es von uns abließ. Wenn wir das Energieausmaß berechnen können, das das Wesen bis zu jenem Punkt aufgenommen hat, an dem es sich zurückgezogen hat, könnten wir möglicherweise seine Zerreißgrenze berechnen.«

Riker richtete sich auf. »Das klingt ziemlich unsicher. Ihr Vorschlag geht dahin, das Wesen solange zu überfüttern, bis es überbelastet wird.«

»Das ist unsere derzeitige Schlußfolgerung, Sir. Wir sind allen Alternativen gegenüber offen, aber es findet offenbar Geschmack an Energie, und unsere Phaser...«

»Ich weiß. Also gut, machen Sie weiter. Ich hätte gerne eine Reihe von Alternativen, die ich dem Captain vorlegen kann, wenn er sein Experiment abgeschlossen hat. Und die Energie des Schiffes zu verschwenden, um das Ding so lange vollzustopfen, bis es platzt, gehört nicht zu meinen Favoriten. In diesem Fall bleibt uns keine zweite Chance.«

»Verstanden, Sir.« Ohne große Umstände wandte Worf seine wilde Miene wieder der Konsole zu und ließ seiner verbissenen Beharrlichkeit freien Lauf. Riker sah ihm einen Augenblick lang zu und suchte dann Zuflucht in der Tatsache, daß Worf ihn ignorierte. Er wünschte sich, seine ganze Besatzung würde die Gegenwart eines Offiziers derart ungerührt zur Kenntnis nehmen. So unerschütterlich war nicht einmal Data. *Wenigstens nicht mit mir. Ich schätze, ich mache ihn nervös.*

Plötzlich drehte er sich um. »Wo steckt Data eigentlich? Immer noch in der AR?«

Worf schien verdutzt. »Nun, da Sie es erwähnen, Sir, haben wir weder etwas von ihm noch von LaForge gehört, seit sie uns die Genehmigung für das Auffüllen der Haupttanks erteilt haben. Sie wollten den Vorgang an der Quelle überwachen.«

»So lange dauert das nicht. Holen Sie sie wieder hier herauf.«

»Sofort, Sir.«

»Worf, was halten Sie von alledem? Was rät Ihnen Ihr Instinkt?«

»Mein Instinkt, Sir?« Der Riese richtete sich zu seiner vollen Körpergröße auf und runzelte nachdenklich die Stirn. »Der Captain hat mich noch nie um taktischen Rat gebeten, Sir.«

»Ich schon.«

»Klingonen sind Krieger, Sir. Unser Streben ist es, im Kampf zu sterben. Manche Klingonen haben solche Kriege und Fehden sogar bewußt ausgelöst, damit sie und ihr Stamm ausziehen und einen heldenhaften Tod finden konnten. Aber dieses Ding...« Er starrte verächtlich auf den breiten Hauptschirm und das Glitzern, das sich auf ihm zeigte. »Dieses Ding ist ein Feigling und ein Großmaul. Es liegt keine Ehre darin, es zu bekämpfen.«

»Sie würden sich nicht verpflichtet fühlen, es zu bekämpfen, wenn Sie eine Möglichkeit zur Flucht entdecken würden?«

»Ebensowenig wie ich mich verpflichtet fühlen würde, ein Gewitter zu bekämpfen, Sir.«

»Verstehe«, murmelte Riker. »Danke.«

»Gern geschehen, Sir.«

Es klang wie eine Drohung. *Was für eine Stimme. Gut, daß sie auf unserer Seite ist,* dachte Riker im Gehen. Er bemühte sich, wie ein Klingone zu denken. Ein Feigling und ein Großmaul. Ja, das stimmte. Ein großes, dummes Phänomen mit mehr Macht, als es beherrschen konnte, und einer Neigung dazu, sich noch mehr von dieser Macht anzueignen. Wahrscheinlich glaubte es, daß die Konservierung der Lebensessenzen seiner Opfer die einzig schickliche Handlungsweise war. Wenn es sich überhaupt über etwas Gedanken machte, was eher unwahrscheinlich war. Oder doch nicht? Mit *irgend etwas* hatte Data Verbindung aufgenommen, und offensichtlich war es nicht dasselbe Etwas gewesen, das Deanna auffing. Vielleicht war hier eine größere Intelligenz am Werk, als es zunächst den Anschein hatte...

Das spielte keine Rolle. Wichtig war, hier rauszukommen, nicht in die Falle zu gehen. Riker erinnerte sich nur zu gut an die Qual in Arkadij Reykows Augen, als sich die beiden im Korridor ›begegnet‹ waren. Einander begegnen — wenn das nur möglich gewesen wäre. Plötzlich packte ihn der Neid, und er wünschte sich, er könnte in Deannas Geist kriechen und sich mit Reykow und Vasska unterhalten. Wie es wohl wäre? Verbindung mit Menschen dieses Alters aufzunehmen? Ein derart faszinierender Teil der Geschichte, dicht vor dem großen Sprung ins Weltraumzeitalter — was für eine Zeit das gewesen sein mußte. Sie waren in der Lage gewesen, derartige Schiffe zu bauen, sie auf der Wasseroberfläche schwimmen zu lassen und *fünftausend* Mann Besatzung hineinzustecken. Wäre es nicht interessant, sich mit Timofei Vasska zu unterhalten und ihre Erfahrungen als Erste Offiziere auszutauschen? Worüber mußte Vasska seinerzeit wohl Bescheid wissen? Einzelheiten über das Meer und die Atmosphäre vermutlich. Dinge, die dieser Tage für einen Captain und seine Offiziere kaum von Belang waren. Und der ganze politische Aufruhr in einer Zivilisation wie der der Erde — was für ein Erlebnis es sein mußte, die Gedanken solcher Menschen, wie sie es einst gewesen sein mußten, zu begreifen. Sie mußten sehr entschlossen und aufgeweckt gewesen sein. Wahrscheinlich hielten sie mit ihren Ansichten nie hinter dem Berg, keine Masken, keine zweifelhafte Diplomatie. Da waren sie nun, fast in Reichweite. Und Deanna zufolge hatten sie um ihre Hilfe gebeten. Ein Teil der Bruderschaft der großen Schiffe.

Auf einmal kamen ihm Schuldgefühle. Wie sicher konnte er seiner Überzeugungen sein? Was hatte Reykow versucht, ihm klarzumachen, als er ihm im Korridor begegnet war? Was hatte seine ausgestreckte Hand zu bedeuten? Riker wußte, daß er Deanna mit seinen Argumenten verletzt hatte. Er erinnerte sich daran, wie blaß ihr Gesicht, wie traurig ihre Augen geworden waren, als sie ihn in diesem Moment angesehen hatte. Ein Streitgespräch mit Crusher war die Einfachheit selbst. Ärzte waren an solche Dinge gewöhnt, und Beverly war derart zurückhaltend, daß ihr Herz höchstens einmal am Tag schlug. Aber Deanna hatte nie gewußt, wie sie auf solche Konfrontationen reagieren sollte. Es lag einfach nicht in ihrer Natur. Er hatte sie getreten, als sie bereits am Boden lag.

Er ging auf den Kommandosessel zu und berührte das Interkom. »Derzeitiger Aufenthaltsort von Counselor Troi?« fragte er leise.

Unverzüglich tönte die Antwort des Computers über die stille Brücke, verdächtig laut. *»Counselor Troi befindet sich in der Isolationsabteilung der medizinischen Labors, Einheit Vier.«*

»Immer noch? Wie lange soll das eigentlich noch dauern?« Er verschränkte seine Arme hinter dem Rücken.

»Weitere Informationen zur Beantwortung dieser Frage nötig.«

»Ich habe nicht mit dir gesprochen. Widerruf.«

»Danke.«

»Nervensäge«, brummte er die zuckersüße Frauenstimme an und entfernte sich dann einige Schritte von ihr.

Irgendeinen Weg mußte es geben. Bis jetzt hatte gar nichts geklappt, aber irgend etwas mußte in absehbarer Zeit einfach funktionieren. Das Schiff zu trennen, hatte ihnen nur noch größere Schwierigkeiten eingebracht. Die Energie der Schilde zu erhöhen, hatte das Wesen lediglich angelockt und ihm zusätzliche Nahrung zugeführt. Auf die Phaser würde es wohl genauso reagieren, obwohl es sich dabei um eine andere Energieform handelte. Irgendeine Waffe mußte es doch geben, irgendeine Idee in Starfleets neuer Technologie, die sie hier herausbringen konnte. Die Idee war bereits da, redete sich Riker ein. Nur finden mußten sie sie noch. Außer... daß alle Karten bereits auf dem Tisch lagen. Sie besaßen nicht genügend Informationen über den Feind.

Erwartungsvoll drehte er sich um und beobachtete Worfs hochgezogene Schultern, während sich der Klingone entschlossen über die wissenschaftliche Station beugte.

Riker seufzte und ging dann wieder auf und ab.

In einem Schiff wie diesem durch den Raum zu fliegen... Wie leicht es einem da doch fiel, selbstgefällig zu werden, sich einzureden, daß das Deck stabil und das Schiff selbst unangreifbar war. Wie leicht man seine eigene Sterblichkeit vergessen konnte. Und wenn die Weisheit des Zeitalters auch noch Kinder an Bord holte — na ja... die Sicherheit in Person, oder?

»Sir!«

Er wirbelte herum, aufgeschreckt von der Bestürzung und dem Vorwurf in der Stimme, die da über die Brücke wütete. Auf dem Oberdeck stürmte LaForge aus dem Turbolift.

»Wo haben Sie denn gesteckt?« verlangte Riker. Dann fiel ihm LaForges Aussehen auf — kleine elektrische Brandstellen auf seinem Ärmel, die dunklen Gesichtszüge vor Schweiß glänzend, die Wut, die sich trotz des Visors in seinem Gesicht spiegelte. Riker zögerte und formulierte seine Frage neu. »Was ist denn mit Ihnen passiert?«

»Data hat mich in die AR-Dekontaminationsanlage gesperrt und den Schutzschild kurzgeschlossen. Es hat eine Weile gebraucht, bis ich die Wandverkleidung abgerissen hatte und da wieder rauskam«, keuchte LaForge. »Mr. Riker, er ist weg.«

»Weg?« platzte Riker heraus. »Wohin?«

»Er ist in einem Shuttle davongeflogen und will sich auf die Suche nach dem Wesen machen. Und das ist Ihre Schuld, Sir.«

»Er ist... Sind Sie sicher?«

»Ich war gerade unten auf dem Flugdeck. Das automatische Logbuch in der Dockkontrolle behauptet, daß er das Schiff vor mehr als einer halben Stunde verlassen hat.«

»Worf! Überprüfen Sie das!«

»Das hilft nichts. Er hat alle Relais umgangen, die die Brücke alarmiert hätten. Er kennt die Tricks, Sir. Das wissen Sie genau.«

»Worf, versuchen Sie, ihn aufzuspüren.« In drei ausholenden Schritten war Riker die Rampe emporgestiegen. »Haben Sic irgendeine Idee, was er sich dabei gedacht hat?«

»Er hofft, Verbindung mit dem Wesen aufnehmen zu können, wenn er näher herankommt.«

»Und?«

»Was sollte sonst noch sein, Mr. Riker?«

»Kommen Sie schon, LaForge. Ich seh's Ihnen doch an. Was noch?«

»Nur eine Kleinigkeit, Sir. Weil Sie so freundlich zu ihm gewesen waren, möchte er herausfinden, ob er lebendig genug ist, daß dieses Wesen sein Bewußtsein absorbieren kann.«

Die Brücke wich vor ihm zurück, und Rikers Augen kniffen sich so hart zusammen, daß es schmerzte. Er streckte eine Hand nach ihnen aus und stützte sich mit seiner anderen Handfläche am Brückengeländer ab. »Oh nein«, stöhnte er. »Verdammt... woher hätte ich wissen sollen, daß er so empfindlich ist?«

»Muß er das denn sein?« schoß LaForge zurück.

»Verdammt«, murmelte er erneut. Dieses Mal war es ein Flüstern. »Worf, irgend etwas von dem Shuttle?«

»Keine Reaktion auf den Passiv-Sensoren, Sir. Ich verstehe das nicht. Selbst die Passiv-Abtaster müßten ein Objekt von der Größe eines Shuttles anzeigen.«

Riker deutete auf Worf, sah aber weiterhin zu LaForge. »Haben Sie dafür eine Erklärung?«

»Data ist nicht dumm, Sir. Wahrscheinlich hat er eine Art Sensorabschirmung zusammengebaut, damit ihm genügend Zeit für eine Flucht blieb, bevor wir ihn wieder an Bord beamen oder ihn mit einem Traktorstrahl einfangen. Auf den Aktiv-Sensoren würden wir ihn sofort entdecken, aber die Passiven haben nicht genügend Leistung, und Data weiß, daß wir nicht riskieren können, die anderen einzusetzen.«

»Was hat er vor?«

»Hat er mir nicht verraten. Ich weiß nur, daß er Aufmerksamkeit erregen will.«

»Worf, kann er das mit einem Shuttle?«

Der Klingone zögerte. »Mühelos, Sir. Er braucht nur die Bordwaffen einzusetzen.«

Riker trat einige Schritte zurück, verschränkte die Arme vor der Brust und bemühte sich, mit einem Problem fertig zu werden, das er selbst verursacht hatte. »Das wäre nicht nötig gewesen...«

»Wegen Ihrer Behauptungen war er aber überzeugt davon«, hielt ihm LaForge entgegen.

Riker bedachte ihn mit einem wütenden Blick. »Das reicht«, bellte er dann. »Ich weiß, was ich getan habe. Haben Sie auch einen konstruktiven Vorschlag?«

LaForge richtete sich auf — es sah fast so aus wie eine Habtachtstellung, aber nicht ganz — und wurde unvermittelt förmlich. »Jawohl, Sir. Erbitte die Erlaubnis, ein anderes Shuttle nehmen und ihm nachfliegen zu dürfen. Ich bin der Ansicht, daß das lediglich uns beide in Gefahr bringen und nicht die Aufmerksamkeit des Wesens auf die *Enterprise* lenken würde.«

»Und was tun Sie, wenn Sie ihn gefunden haben? Andocken und ihm auf die Finger klopfen?«

»Ich könnte die Koordination übermitteln, und Sie könnten uns beide simultan zurückbeamen.«

Riker hielt inne, und auf einmal floß der Sarkasmus, der ihn bislang vor seinem eigenen Fehler beschützt hatte, von ihm ab. »Gute Idee«, hörte er sich sagen, obwohl er es nicht hatte laut aussprechen wollen. Er ging zurück zu LaForge. »Aber Sie sollten nicht derjenige sein, der sich auf den Weg macht. Die eigentliche Ursache bin ich. Ich bin der Grund, weshalb er sein Leben aufs Spiel setzt, also bin ich auch derjenige, der ihm nachfliegt.«

»Sie, Sir? Sie haben doch behauptet, daß er nur eine Maschine ist. Daß er gar kein Leben besitzt, das er aufs Spiel setzen könnte.«

Riker unterdrückte den Drang, die Worte aus der Luft greifen und zerquetschen zu wollen, und musterte LaForge so intensiv, daß er an den silbernen Rippen des Visors und den toten Augen vorbei zum Kern von LaForges Sorge um Data sehen konnte. Er ging einen Schritt auf den Navigator zu. »Geordi, niemand braucht denselben Fehler zweimal zu begehen.«

»Woher wissen Sie, daß es ein Fehler war?« beharrte LaForge steif.

Doch die Antwort auf seine Herausforderung stand Riker bereits ins Gesicht geschrieben, und er hatte sogar die passenden Worte dafür. »Maschinen gehen nicht über ihre Programmierung hinaus. Keine Maschine hat sich jemals für einen anderen geopfert. Data hat beides soeben getan.«

LaForges steife Haltung entspannte sich, als er Rikers aufrichtige Überzeugung hörte und die subtilen psychologischen Änderungen bemerkte, die andeuteten, daß es der Erste Offizier ernst meinte. So wütend er auch war, konnte er doch nicht an seinem eigenen Wahrnehmungsvermögen zweifeln. »Sir, ich weiß nicht, ob er auf Sie hören wird. Sie wissen, was ich meine.«

»Ich sorge dafür, daß er auf mich hört«, gab Riker leise zurück. Er ging auf den Turbolift zu, drehte sich dann noch einmal um und schnippte mit den Fingern. »Verständigen Sie Dr. Crusher. Holen Sie den Captain aus der Isolation, stabilisieren Sie ihn und klären Sie ihn auf. Aber lassen Sie mir etwas Zeit, damit ich vom Schiff wegkommen kann.«

LaForge trat zögernd auf ihn zu. »Sir, könnte ich...«

»Nein«, sagte Riker. »Sie bleiben hier. Und noch etwas!« fügte er mit einer ausladenden Geste hinzu, die die gesamte Brücke umfaßte. »Übernehmen Sie!«

Wie eine Lawine stürzten sich die schlechten Erinnerungen auf ihn, und es gab nichts, womit er sie aufhalten konnte. Nichts, das seinen Geist von ihnen ablenken oder ihm einen anderen Halt geben konnte. Kein Jucken, kein Blinzeln, nichts. Er konnte sich nicht länger mehr bewußt auf etwas konzentrieren, sein Geist bewegte sich aus eigenem Antrieb. Je mehr er sich bemühte, nicht an bestimmte Dinge zu denken, desto schneller raste sein Geist auf sie zu und verweilte dort. Er hatte keine Möglichkeit mehr, das Denken zu vermeiden oder den Vorgang auf angenehmere Dinge umzulenken. Nachdem die guten Erinnerungen noch einmal durchlebt waren, drang sein Geist tiefer und tiefer in jene Vergangenheit vor, die er schon vor langer Zeit zu beherrschen gelernt hatte. All die schrecklichen Ereignisse aus seiner Kindheit und selbst aus seiner Vergangenheit als Erwachsener drangen auf ihn ein, und es gab keinen Weg, sie aufzuhalten. Sein Geist war ein ausgedehntes Feld, auf dem all diese Dinge wie wilde Vögel herumpickten.

Warum beließ man ihn solange hier drinnen? Warum hatte man ihn hier vergessen?

Wenn er nur mit den Zehen wackeln könnte. Mit den Fingern. Irgend etwas. Sich seiner eigenen Gegenwart bewußt zu sein, wäre immerhin etwas. Sich atmen zu hören... alles weg. Sein Zeitgefühl war völlig ausgelöscht, so sehr er sich auch bemühte, es nicht aus den Augen zu verlieren. Der Geist arbeitete mit einer Geschwindigkeit von etwa vierundzwanzigtausend Worten pro Minute; von daher kam es ihm wahrscheinlich länger vor, als es tatsächlich gedauert hatte – aber wie lange? Wenn er blinzeln könnte, wäre er auch wieder in der Lage, die verstrichene Zeit abzuschätzen. Wenn er wenigstens Luft holen oder einen Finger bewegen könnte, hätte er einen festen Bezugspunkt. Wenn es nur irgendein Lebenszeichen geben würde... ein Zeitgefühl, ein Atmen, einen Herzschlag, irgendwas. Selbst die Feststellung, ob er wach war oder schlief und ob dazwischen überhaupt ein Unterschied bestand, fiel ihm schwer. Wie sehr er sich auch ständig ins Gedächtnis rief, wer er war und warum er hier war, entglitt ihm dieser Sinn doch beinahe noch im selben Augenblick. Seine Gedanken konnten nicht mehr länger Fuß in seinem Geist fassen. Dann setzten die Verzerrungen ein. Verdammt zur Redundanz seiner eigenen Gedanken, spürte er den Schrecken der Zukunft. Selbst Schmerz wäre ihm jetzt willkommen.

Sie haben mich vergessen. Sie haben vergessen, daß ich hier bin. Aber wo ist dieses Hier? Ich bin mir nicht mehr sicher. Wissen sie, daß sie mich zurückgelassen haben? Haben sie die Überwachung abgebrochen? Haben sie vergessen, daß sie einen Captain namens Picard hatten? War da nicht ein Wesen?

Riker wollte das Gebiet verlassen, das Wesen keinesfalls angreifen... Hat er die Gelegenheit genutzt?

Lächerlich.

Aber gab es überhaupt noch eine andere Erklärung?

Das Ding ist da draußen. Es muß erneut angegriffen

haben. Es hat uns alle geschnappt und nun ist dies die Ewigkeit für mich. Mein Gott, wir müssen alle im Inneren dieses Dings sein! Es gibt keine andere Erklärung. Warum sollte ich sonst schon so viele Tage hier sein? Wie kann es eine derartige Einsamkeit geben? Der Mensch ist für so etwas nicht geschaffen. Ich bin für so etwas nicht geschaffen. Ich will nicht.

Meine Arme. Sie fallen ab. Ich habe keine Schultern mehr, die sie festhalten könnten. Meine Ellenbogen wachsen... meine Knie... wie kann ich nach wie vor am Leben sein? Ich kann mich nicht mehr atmen hören. Ich kann nicht schlucken. Hör doch... nichts. Nichts. Wo ist der Rest? Wo stecken sie?

Der Tod fühlt sich nicht derart unnatürlich an. Aber ich bin nicht tot. Ich bin nicht tot. Aber Leben ist es auch nicht, und wie kann es außer Leben und Tod noch etwas anderes geben? Beverly? Überwachst du mich? Sie haben mich zurückgelassen. Sie glauben, ich wäre gestorben, und sie haben meine Leiche dem Weltraum übergeben und irgendwie ist mein Geist noch am Leben. Das ist ungeheuerlich... unverzeihlich. Ich kann mich nicht berühren. Ein menschliches Wesen sollte wenigstens sich selbst zur Gesellschaft haben. Wo bin ich? Laßt mich raus! Laßt mich nicht im Weltraum! Es ist so kalt...

KAPITEL 11

Troi ging vor der Isolationskammer auf und ab, die Arme verschränkt. Sie fröstelte, konnte aber nichts dagegen ausrichten. Frustration nagte an ihr, während sie nach den Worten suchte, um ihre Wahrnehmungen dem Captain zu erklären, Worte, die gut genug waren, damit sie hinübergehen und dieses Experiment abbrechen konnte. Der Geist war ihr Fachgebiet, und diese Art geistiger Verzerrung hatte sie immer irritiert. Man brauchte den Geist nicht aus seiner Form zu biegen, um ihn zu verstehen oder ihn zu diesem Verständnis zu zwingen. Und doch war Picard ein Mann, der dies tun würde – sich der geringen Chance auszuliefern, um seine Entscheidung sicherer zu machen.

»Trinken Sie einen Kaffee, Deanna«, sagte Dr. Crusher. Sie hatte es aufgegeben mitzuzählen, wie oft Troi zwischen der Kammer und den Anzeigen hin- und hergelaufen war.

Troi unterbrach ihren Marsch. »Wie geht es ihm? Haben Sie eine Ahnung?«

»Stabil, wenigstens körperlich. Das Enzephalogramm ist etwas unregelmäßig, aber das habe ich erwartet.«

Troi schüttelte den Kopf. »Es muß mich mehr getroffen haben, als ich dachte. Wie konnte ich zulassen, daß er sich das antut? Ich habe diese Prozeduren noch nie gutgeheißen.«

»Wenn es den Captain auch nur etwas sicherer werden läßt, war es die Sache wert.«

»Daran glaube ich nicht«, sagte Troi.

»Setzen Sie sich endlich hin!« Crusher bestellte eine dampfende Tasse Kaffee und reichte sie Troi. Tatsächlich mußte sie sogar die Hand der Counselor um die Tasse schließen. »Trinken Sie! Und vergessen Sie den Captain für einige Minuten! Ich kann Ihnen versichern, daß er Sie völlig vergessen hat.«

»Das bedrückt mich ja gerade.«

Crusher setzte sich und nickte, überprüfte erneut die Anzeigen, entdeckte keine Veränderungen, schlug dann die Beine übereinander und versuchte, ihrem eigenen Rat zu folgen. »Was ist mit Ihnen? Was tut es Ihnen an?«

Trois schwarze Augen starrten geistesabwesend in den Kaffee. »Sie belasten mich die ganze Zeit. Sie geben keine Ruhe... diese Fremden. Sie sind so verzweifelt, Beverly, und ihre Vertraulichkeiten spotten jeder Beschreibung. Ich glaube, nicht einmal ein Vollbetazoide könnte es begreifen. Ich habe mich so sehr bemüht, es dem Captain verständlich zu machen... und Bill...«

Crusher lehnte sich zurück und drückte tröstend Deannas Hand. »Nehmen Sie's nicht so schwer. Er hat getan, was er für richtig gehalten hat.«

»Wirklich?«

»Oh, ich denke schon.«

Troi spürte, wie sich ihre Lippen zusammenzogen, als sie den Ansturm der Gefühle niederkämpfte. »Ich wünschte, einer von uns beiden wäre... woanders.«

»Ich weiß«, sagte die Ärztin voller Mitgefühl. »Es ist schwer, sich mit jemandem auseinanderzusetzen, der in der Vergangenheit eine Rolle gespielt hat und nun plötzlich wieder auftaucht. Besonders, wenn er anderer Meinung ist.«

»Ich habe erwartet, daß er mich unterstützt.« Trois Stimme brach. »Wir kennen einander besser als jeden anderen auf dem Schiff. Von ihm hätte ich noch am ehesten erwartet, daß er meinem Urteil vertraut.«

»Es ist nicht seine Aufgabe, Ihrem Urteil zu vertrauen, Deanna, und das wissen Sie auch. Wenn überhaupt, dann ist es seine Pflicht, während einer Krise dafür zu sorgen, daß der Captain über jeden einzelnen Gesichtspunkt im Bilde ist.«

»Ach, Beverly, das ist aber nicht, was er getan hat. Ich habe es gespürt. Er glaubt wirklich daran.«

»Das ist sein gutes Recht«, besänftigte sie Crusher. »Etwas füreinander zu empfinden, bedeutet nicht, daß man auch geistig miteinander verbunden sein muß. Es ist in Ordnung, wenn man einmal anderer Meinung ist.«

»Das weiß ich, aber...«

»Wie lange kennen Sie einander schon?«

»Oh, beinahe fünf Jahre.« Ein warmer Hauch von Nostalgie besänftigte ihre besorgte Miene. »Wir verbrachten eine sehr lebhafte Zeit zusammen, bevor er sich entschloß, sein Leben einer langfristigen Mission zu widmen. Es hat eine Zeit gegeben, als wir gemeinsam unsere Zukunft planten... bevor uns klar wurde, daß wir verschiedene Dinge vom Leben erwarteten. Er war zuvorkommend und gentlemanlike, genau wie heute, vielleicht ein wenig brüsk und arrogant...«

»Genau wie heute«, fügte Crusher mit spielerischem Lächeln hinzu.

Troi nickte. »Das«, ihr Blick umfaßte die gesamte *Enterprise*, »war ein Zufall, den niemand vorhersehen konnte.«

»Warum nennen Sie ihn Bill, wenn ihn alle anderen Will nennen?«

Trois Wangen erröteten, und sie brachte ein Lächeln zustande. »Ich hätte nicht gedacht, daß es so offenkundig wäre.«

»Ist es auch nicht. Ich bin nur erstaunlich aufmerksam, wissen Sie.«

Trois zartes Lächeln verbreiterte sich. »›Bill‹ klingt wie ein Wort in der Sprache der Betazed. Ein Wort, das mir gefällt... es erinnert mich an meine Kindheit. Es gibt keine Übersetzung, aber es hat etwas zu tun mit... oh, das sollte ich Ihnen lieber nicht verraten. Ich möchte ihn nicht bloßstellen.«

»Machen Sie schon.« Ein boshaftes Funkeln erschien in den Augen der Ärztin. »Stellen Sie ihn bloß!«

»Na ja, es bedeutet...«

»Ja?«

»Rasierschaum.«

»›Bill‹ bedeutet ›Rasierschaum‹ in Betazoid?«

Troi spürte, wie ein leichtes Lachen aus ihr aufperlte. »Das Wort erinnert mich an eine bestimmte Sorte mazedonischen Rasierschaums, die mein Vater immer verwendet hat. Er war mit Immergrün-Geruch versetzt und...«

»Ah, das erklärt alles!« sagte Crusher. »Latente Kindheitseindrücke elterlichen Immergrüns. Da haben Sie's! Es ist nicht Riker, der Sie anzieht — es sind Tannenbäume! Und wenn man bedenkt, daß ich nur eine mittelmäßige Psychologin bin... Rutschen Sie rüber, Deanna, ich glaube, das gefällt mir. Warten Sie ab, bis Wesley davon erfährt. Rasierschaum Riker.«

»Beverly, Sie würden doch nicht...«

»Nein? Das wird sich wie ein Lauffeuer bei allen unter Zwanzig verbreiten...«

In ihrem Gesicht leuchteten bereits verschwörerische Gedanken, als die Tür zur Krankenstation aufglitt. Geordi stürmte herein und wies ohne Zögern mit einem Finger auf die Isolationskammer. »Holen Sie ihn da raus! Es gibt Ärger.«

»Captain? Captain? Jean-Luc, kannst du mich hören? Jean-Luc?«

Er hörte ihre Stimme. Tatsächlich kam es ihm so vor, als hörte er sie schon seit Jahren. Durch die entsetzliche Dunkelheit bewegte er sich auf sie zu, ein spiralenförmiger Tunnel mit glasierten Wänden, und nach einer halben Ewigkeit schlug er die Augen auf.

»Jean-Luc?« Beverly Crusher beugte sich über ihn, Unruhe auf ihrem Gesicht.

Er spürte, wie der Zorn in seinem Gesicht arbeitete, wieviel Mühe ihm das Sprechen bereitete, nun, da sein Körper das Wie beinahe vergessen hatte. Er fühlte sich verraten und aufgebracht, wollte sie fragen, weshalb man ihn so lange da drin gelassen hatte — warum sie ihn das hatten durchmachen lassen und weshalb sie zugelassen hatten, daß das Phänomen ihn und alles, was ihm lieb und teuer war, verschlang.

»Neurologische Funktionen erreichen Normalwert«, sagte irgend jemand hinter ihm. Noch ein Arzt. Wie hieß er doch gleich wieder? Mitchell? Genau, der Neurologe.

»Na endlich.« Sie seufzte. »Jean-Luc, verstehen Sie, was ich sage?«

Er brachte ein Nicken zuwege, und sein Kopf hämmerte protestierend. Er zwang ihn zu einer Bewegung, entdeckte dabei, daß sein Nacken in keiner besseren Verfassung war, konnte nun jedoch Counselor Troi neben seinem Bett stehen sehen. Ihre Miene glich jener Beverlys. Langsam legte sich sein Zorn, als er Realität und Traum wieder voneinander abgrenzen konnte. Als ob er aus einem lebhaften Alptraum aufwachen würde, mußte er sich sorgsam seinen Weg durch den Nebel bahnen, Punkt für Punkt entscheiden, was wirklich war und was nicht.

»Mein Gott...«, krächzte er. Seine Stimme klang nach Schotter. »Wie... wie lange...«

»Mehr als vierzehn Stunden in der Isolation«, antwortete Crusher. »Und wir haben noch zwei Stunden gebraucht, um Sie wieder wachzurütteln. Ich habe Ihnen ja gesagt, daß ich das an Ihrer Stelle nicht tun würde.«

»Vierzehn«, stammelte er. »Es hat sich eher angefühlt wie...«

»Scht! Wir stabilisieren Sie jetzt. Entspannen Sie sich einfach.«

Er ließ seinen Kopf zurück aufs Kissen sinken und starrte an die Decke. »Mein Gott...«

Er lag still, sich Trois unentwegtem Blick durchaus bewußt, aber unfähig, ihm zu begegnen. Die Verwirrung hemmte seinen Gedankengang. Es war, als ob er aus einem langen, verzerrten, unnachgiebigen Alptraum erwachte und nicht wußte, welche Teile davon nur ein Traum gewesen waren. Geblieben waren ihm die Schweißlachen zwischen seinen Fingern — seinen kostbaren Fingern, die er schon verloren geglaubt hatte — und die Kälte in seinen Füßen, die einfach nicht weichen wollte. Schließlich hörte er seinen eigenen Atem. Abgehackt und rauh zwar, aber dennoch freute er sich über das Geräusch. Er konzentrierte sich so sehr darauf, daß er sich fragte, weshalb sein Atem auf einmal so seltsam klang, als die Tür zur Krankenstation mit leisem Zischen aufglitt. Erst als Lieutenant Worfs massige Gestalt über der Counselor aufragte, trennte Picard die Wahrheit langsam von der Illusion.

»Sie haben gesagt, Sie würden uns verständigen, wenn er wieder bei Bewußtsein ist«, fauchte der Klingone Crusher an.

»Ich habe gesagt, ich würde Sie verständigen, wenn er sich wieder gefangen hat«, entgegnete Crusher unnachgiebig. »Hat er aber noch nicht. Aber ich verständige Sie schon, wenn es soweit ist, keine Sorge, Lieutenant.«

Doch Worf blieb, wo er war. »Schiffsangelegenheiten, Doktor.«

»Ich denke, das kann warten.«

Picard hob eine taube Hand. »Lieutenant«, mühte er sich ab, »Lagebericht.«

»Aye, Sir. Wir mußten Sie aus der Isolation holen, weil es einen neuen Notfall gibt. Commander Data hat sich eines Shuttles bemächtigt und ist in den besagten Sektor eingeflogen, um Verbindung mit dem Wesen aufzunehmen. Und Commander Riker fliegt ihm in einem Forschungsbeiboot nach.«

»Wa...« Picard hatte sich schon halb aus seinem Bett gewälzt, als es zu einem körperlichen Angriff der Ärztin, des Neurologen und zweier Internisten kam, denen es dabei tatsächlich gelang, Worf beiseite zu stoßen. »Was? Wann?«

»Zwei Stunden im Fall von Mr. Riker, Sir. Wir stehen mit ihm in Verbindung, aber er hat Data noch nicht gefunden. Wir beschränken den Funkverkehr natürlich auf ein Minimum.«

»Was für ein absurder... Helfen Sie mir auf.«

Crusher schüttelte den Kopf. »Stimulans.«

Ungläubig verfolgte Picard, wie sie den Injektor gegen seinen Arm preßte. Die Lage mußte noch komplizierter sein, als er sich das in seinem umnebelten Gehirn ausmalen konnte.

»Machen Sie keine raschen Bewegungen in der nächsten Stunde«, wies sie ihn an, während ihm die beiden Internisten auf die Beine halfen.

»Ich fürchte«, entgegnete er, »uns bleibt gar keine Wahl, als uns ein wenig rascher zu bewegen.« Während er mit seinen wiederentdeckten Füßen herumexperimentierte, fiel sein Blick auf Troi, die ihn aus einigen Schritten Entfernung erwartungsvoll ansah, die Miene gespannt und voller Hoffnung, begierig darauf, ihn zu fragen, was er erlebt und wie er sich entschieden hatte, und sich doch irgendwie vor dieser Frage fürchtend. Oder vielleicht besaß sie genügend Einfühlungsvermögen, um zu wissen, daß die Frage unnötig war: Er würde es ihr sagen, wenn er bereit war. Genau, das war es. Nun, da er in ihre großen exotischen Augen sah, fiel es ihm auf.

Er griff nach ihrer Hand. »Counselor«, sagte er mit fester Stimme, »würden Sie mich auf die Brücke begleiten? Wir sind jetzt weit genug gegangen.«

»Riker an Data. Riker an Data. Ich weiß, Sie sind da draußen. Reden Sie mit mir. Zwingen Sie mich nicht, meine Sendeleistung zu erhöhen. Auf den Nahabtastern erhalte ich nur ein schwaches Echo, und wenn Sie mich zwingen, den Sensorkegel zu erweitern, wird das Ding uns anpeilen und beide vernichten. Hören Sie mich?«

Es war das vierte Mal, daß er ihm damit gedroht hatte, und das vierte Mal, daß er damit scheiterte. Er bluffte; er hatte Datas Shuttle überhaupt nicht auf den Abtastern. Aber falls Data *annahm*, daß dem doch so war... na ja, das war eben das Spiel. Er flog mit halber Lichtgeschwindigkeit und hatte das Sonnensystem schon halb erreicht. Auf seinem Achterschirm hing die *Enterprise* im schwarzen All. Auf einmal wirkten ihr schillernder Rumpf und die Gondeln sehr verletzlich. Selbst aus dieser Entfernung konnte er erkennen, wie knapp ihre Energievorräte waren. Statt ihres gewohnten hellen Leuchtens wirkten die Impuls- und Warp-Sektionen nun blaß und farblos. Die Lichterkette der rechteckigen Luken hatte sich in eine Reihe dunkler Schlitze verwandelt, und es waren weniger, als er eigentlich zu sehen erwartet hatte. Das Bild beunruhigte

Riker, diese verstummte Version eines Schiffes, das sich ansonsten nicht fürchtete, seine Macht zur Schau zu stellen. Heute wagte sie es nicht, wenigstens noch nicht. Nicht, bevor sie das bekämpfen konnten, dem sie sich nun gegenübersahen.

»Komm schon, Data, komm schon. Erlöse mich von meinem Leiden«, brummte er und adjustierte den Sensor auf seinem Steuerpult. Das Forschungsbeiboot bestand von Bug bis Heck fast ausschließlich aus Sensoren, den größten Teil seines Rumpfes eingeschlossen. Es hatte die Form eines Boots; seine Unterseite war so konzipiert, daß es am Rand einer Atmosphäre entlanggleiten konnte, die beiden Sensorhüllen an der Seite wiederum lieferten detaillierte Anzeigen über Windveränderungen, Sturmzusammensetzungen und sogar Mikroorganismen. Normalerweise hätte man es nur für Forschungszwecke eingesetzt, doch heute war es seine beste Chance, Data ausfindig zu machen. Es war kleiner und ein wenig schneller als ein Shuttle, und seine pinzettenfeinen Sensoren waren dank eines engeren Strahls in der Lage, ihm mit weniger Energieverbrauch mehr Informationen zu liefern als jedes andere Schiff, das ihm zur Verfügung stand. Hinzu kam, daß die Sensoren Datas provisorische Tarnvorrichtung ohne Mühe durchdringen konnten.

Natürlich ignorierte er das Offensichtliche — daß er in die völlig falsche Richtung flog und Data bereits eine Million Meilen von ihm entfernt war. Doch falls irgendein Teil von Data menschlich genug war, um allein auf seinen Instinkt zu hören, hätte ihm dieser Instinkt geraten, auf die Sonne zuzuhalten, dorthin, wo das Leben seinen Ursprung genommen hatte, wo es hingehörte. Wo das Wesen sich versteckt haben mochte.

Und so war der wirbelnde Gasriese einmal mehr Rikers Gefährte im Raum, der Gasriese, der Asteroidengürtel mit seinem restlos ausgelöschten Teilstück, nach dem Antimaterieabwurf der *Enterprise* nichts weiter mehr als Staub und kleine Splitter. Komisch — in der *Enterprise* wirkten die Entfernungen gar nicht so gewaltig. Ohne das massive Raumschiff um ihn herum rückte das Ganze für Riker erst in die richtige Perspektive, und obwohl sich am Zeitfaktor selbst nichts änderte, betonte seine Suchaktion die Distanzen nur noch, die er überwinden mußte. Gegen das schwarze Panorama wirkte sein Beiboot klein und unbedeutend. Was hieß hier ›wirkte‹, verdammt, es *war* klein.

»Data, bitte kommen.« Er bündelte den Funkstrahl enger und verschaffte ihm damit einige zusätzliche Meilen Reichweite. Andererseits würde sich dadurch die Schwenkdauer verlängern — alles war ein Kompromiß. Er nahm eine derart feine Justierung der Kontrollen vor, daß er die Änderung kaum auf den Anzeigen wahrnehmen konnte, leckte sich die Lippen und flüsterte: »Komm schon, Data. Zwing mich nicht, damit zu leben.«

»Hier ist Commander Data. Mr. Riker, bitte kehren Sie um.«

Riker zuckte zusammen, glotzte die Konsole einen Augenblick lang an und stürzte sich dann auf sie. »Data? Hören Sie mich?«

»Jawohl, Sir. Ihre Verfolgungsaktion ist unklug.«

Riker öffnete bereits den Mund zu einer Beleidigung oder einem Befehl, hielt dann jedoch die Luft an und wechselte im Nu die Gangart. So schnell seine Finger es erlaubten, versuchte er, die Minimalsensoren dazu zu bringen, Datas Position festzustellen, ohne dabei genügend Energie auszustrahlen, um das Wesen auf sich aufmerksam zu machen. Er zögerte, holte tief Luft und zählte bis zehn. »Data, ich weiß, was Sie hier beweisen wollen. Geordi hat es mir erzählt. Ich weiß, daß Sie das alles wegen der Dinge tun, die ich Ihnen an den Kopf geworfen habe, ich möchte Ihnen sagen... daß ich mich geirrt habe. Ich hatte kein Recht, diese Dinge zu sagen.«

»Ich weiß es zu schätzen, Sir. Aber das ändert nichts an der Richtigkeit Ihrer Bemerkungen. Sie haben mir geholfen, mich selbst besser zu verstehen, und dafür bin ich Ihnen dankbar. Ich empfange unberechenbare Daten über

das Phänomen, Sir. Es scheint sich laufend auf- und abzublenden. Wenn es erneut mit mir Kontakt aufnimmt, bin ich vielleicht nahe genug, um selbst zu senden.«

»Das könnte Sie umbringen. Versuchen Sie's erst gar nicht. Wir haben andere Methoden, das Ding zu bekämpfen.«

»Den Kampf mit ihm aufzunehmen, erscheint mir zum gegebenen Zeitpunkt unpraktisch, Mr. Riker. Es verwendet unsere eigene Energie gegen uns.«

»Möglicherweise hat Worf einen Ausweg entdeckt.« Riker ging auf Nummer Sicher. »Aber wir brauchen Ihre Hilfe bei der Aufstellung der Theorie. Kehren wir um und fliegen zurück, solange wir noch können.«

Es gab eine Pause, lange genug, um Riker nervös zu machen. Schließlich machte er sich an den Geräten zu schaffen. »Data? Ich schalte auf Bildübertragung.«

Der Schirm zu seiner Rechten flackerte, stellte sich scharf und zeigte ihm ein beruhigendes, wegen der niedrigen Sendeleistung von statischen Störungen durchzogenes Bild von Datas Gesicht. »Data, hören Sie! Ich möchte, daß Sie mit mir zurückfliegen. Sie sind ein zu wertvolles Mitglied der Besatzung, als daß wir es uns leisten könnten, Sie bei diesem verrückten Plan, mit dem Wesen Kontakt aufzunehmen, zu verlieren. Seien Sie vernünftig.«

Bedauern zeigte sich in Datas Miene, aber auch Entschlossenheit. *»Selbst wenn ich keine Möglichkeit finde, Verbindung mit ihm aufzunehmen, muß ich meine Suche dennoch fortsetzen, Sir.«*

Obwohl er wußte, was nun kommen würde, und so sehr er sich auch dafür haßte, den Anstoß dazu gegeben zu haben, stellte Riker die Frage, in die man ihn hineinmanövriert hatte.

»Warum?«

»Ich muß herausfinden, ob da etwas in mir existiert, was das Phänomen als Lebensessenz anerkennt. Ich muß wissen, ob genügend Menschlichkeit in mir steckt, damit man mich zerstören kann.«

Riker blinzelte in die Helligkeit des Schirms. »Data, überlegen Sie sich das noch mal. Das ist nicht sehr logisch, oder?«

»Nein, Sir. Aber es ist vielleicht meine einzige Chance, um herauszufinden, ob ich überhaupt am Leben, geschweige denn ein Mensch bin. Und wenn das Wesen mich nicht absorbieren will«, fuhr er mit mehr als beunruhigendem Gleichmut fort, *»habe ich meine Antwort. Dann kenne ich meinen Platz.«*

»Ihr Platz ist bei uns«, entgegnete Riker. »Soviel weiß ich jetzt. Sie tun etwas, das keine Maschine tun würde. Das reicht mir.«

Dann geschah etwas Bemerkenswertes: Data lächelte ihn an. Es war ein einfaches, spontanes Lächeln, kindlich und herzerwärmend, und es sah so aus, als sei er sich dessen nicht einmal bewußt. Die schwefelfarbenen Augen des Androiden funkelten auf jene lebhafte Art, die Riker nie aufgefallen war, solange er sich im selben Raum wie Data aufgehalten hatte, und doch war es jene Art von Lächeln, die von gleichzeitigem Bedauern durchtränkt war. Riker wußte, was das zu bedeuten hatte – er hatte dieses Lächeln oft genug gesehen.

»Picard an Riker. Hören Sie mich?«

Aufgeschreckt von der völlig anderen Stimme, die so unvermittelt aus dem Kommunikationssystem drang, zuckte er neuerlich zusammen und tippte auf die entsprechenden Kontaktpunkte. »Data, bitte warten Sie!« Der Schirm erlosch, und er schaltete auf einen anderen Kanal. »*Enterprise*, hier ist Riker.«

»Was zum Teufel machen Sie da draußen, Nummer Eins?«

»Ich bin dicht hinter Data, Captain. Ich führe gerade eine Dreieckspeilung für den Transporter durch.«

»Haben Sie seine Koordinaten? Er ist außer Reichweite unseres Niederenergie-Funks.«

»Jawohl, Sir. Ich rede gerade mit ihm. Wenigstens gebe ich mir Mühe.«

»Hat er Erfolg mit seiner Hypothese? Er dürfte das einzige Geschöpf sein, dem das Wesen je begegnet ist, das selber auf dem schmalen Grat zwischen Lebensform und Maschine steht. Er ist womöglich unsere einzige Chance für eine Kontaktaufnahme.«

»Das stimmt, Sir, aber ich bin der Überzeugung, daß das Risiko einfach zu groß ist, besonders für Data.«

»Dann trödeln Sie nicht 'rum. Besorgen Sie uns seine Dreieckspeilung, und wir beamen Sie beide an Bord. Ich kann es mir nicht leisten, Sie beide zu verlieren. Über die beiden Schiffe, die Sie sich angeeignet haben, unterhalten wir uns hinterher. Darauf können Sie wetten.«

»Jawohl, Sir, ich verste... Data! Hören Sie auf damit!«

»Riker, was ist los? Lagebericht!«

»Er hat die Waffensysteme des Shuttles aktiviert, Captain. Er will ins Blaue schießen, um das Ding anzulocken. Data, schalten Sie die Waffen ab. Das ist ein Befehl.«

»Bedaure, Mr. Riker«, entgegnete Data ruhig. *»Aber ich muß seinen Angriff auf mich ziehen, bevor Sie nahe genug herankommen, daß es Sie ebenfalls erwischt. Meiner Ansicht nach strahlt das Beiboot nicht genügend Energie aus, um seine Aufmerksamkeit zu erregen, solange Sie sich noch...«*

»Riker!« Picards Stimme schoß durch das System. *»Wir empfangen massive Energiewerte. Es muß direkt über ihm sein! Können Sie es sehen?«*

»Schalte um«, bellte Riker. Schweiß floß über seine Stirn, als der Bildschirm hell wurde.

Im Raum vor ihm verblaßte die eckige Form des Shuttles neben dem nur zu vertrauten und allzu häßlichen Spektralbild, das mittlerweile zu einem Alptraum für ihn geworden war. Blitzschnell näherte es sich Datas Shuttle und verschluckte es. Hilflos mußte Riker zusehen, wie es fast die Hälfte seines Blickfelds ausfüllte. Und kaum hatte es Datas Schiff verschlungen, als es auch schon einen langen, elektrischen Arm nach Riker ausstreckte.

Eiseskälte raste seinen Arm hinab, und er hieb mit der

Faust auf das Interkom. »*Enterprise*! Beamen Sie uns an Bord! Sofort!«

Fast im selben Augenblick spürte er das übelerregende Gefühl des Beamens. Der Captain mußte sich bereitgehalten, etwas Ähnliches vorhergesehen haben. Riker gab sich ihm hin, als ob das etwas nützen würde, und starrte auf den Bildschirm. Trotz der beginnenden Dematerialisation erlebte er noch mit, wie das Shuttle in Stücke gerissen und die winzigen Impulsmotoren von einer gewaltigen Explosion in den Raum geschleudert wurden.

Einige qualvolle Sekunden später hatte sich das Innere des Forschungsbeiboots aufgelöst, und die dunkelgrauen Wände des Transporterraums nahmen um ihn herum Gestalt an. Die weiche Beleuchtung über ihm, die glühende Plattform unter ihm... und neben ihm eine zweite Gestalt, die sich langsam materialisierte.

Er griff nach ihr, so schnell er konnte, schreckte aber instinktiv vor der knisternden elektrischen Hülle zurück, die Data einmal mehr umgab. Diesmal schien sie eine ganz bestimmte Absicht zu verfolgen — oder bildete er sich das nur ein?

»Data!« rief er instinktiv.

Das elektrische Kraftfeld züngelte noch einige Male und baute sich dann ab. Noch im selben Augenblick lief Riker hinüber zu Data. Gerade rechtzeitig, um ihn aufzufangen.

Die Plattform erbebte, als Captain Picard und Geordi LaForge aus dem Nichts auftauchten und sich neben Riker und die zusammengebrochene Gestalt Datas knieten. Die Augen des Androiden starrten ins Nichts. Sein Herz schlug pflichtgemäß. Sein Puls pochte gleichmäßig durch die Handgelenke. Die Biomechanik erhielt die Hülle, die er seinen Körper nannte, nach wie vor am Leben. Die eigentliche Essenz des Lebens aber, die einen Mut bewiesen hatte, den keine Maschine nachzuahmen imstande war...

... war verschwunden.

KAPITEL 12

In dem abgedunkelten Hauptlabor der Krankenstation lag Data unter einem Keil heller, engfokussierter Operationsstrahlen. Physiker, Neurologen, Mikroingenieure und Roboter hatten sich um ihn geschart, doch keiner war in der Lage, den vergifteten Apfel aus seinem Hals zu schütteln. Da lag er auf dem Tisch, einen friedlicheren Ausdruck im Gesicht, als einer Leiche zustand, eingefroren in einem Moment der Überraschung, vielleicht sogar der Offenbarung.

Die unnachgiebige Düsternis, die sich im Raum verbreitet hatte, erinnerte Picard an ein Werk von Poe. Ziellos lief er um die kleine Gruppe herum, sah ein weiteres Mal in Datas schillernde Augen und wünschte sich erneut, verstehen zu können, was der Androide in seinem letzten Augenblick zu Gesicht bekommen hatte. Sein Erlebnis in der Kammer war immer noch in ihm präsent und isolierte ihn von all den Leuten, die es nicht am eigenen Leib gespürt hatten. Er glaubte nun zu wissen, wie er sich die Wiederauferstehung vorzustellen hatte, wie es sein würde, wenn ihn dieses Ding einfing — mit dem Unterschied, daß er mit neuem Wissen wieder aufgewacht war und nun in der Lage war, dieses Wissen anzuwenden. Nach seinem Erwachen hatte er einige gewaltige Veränderungen in seinen Sinneswahrnehmungen bemerkt. Farben schienen heller, Gerüche schöner, Formen klarer. In derart vollen Zügen leben zu können, erfüllte ihn nach wie vor mit Staunen.

In Datas Gesicht drüben auf dem Tisch zeigte sich ein ähnliches Staunen, doch ihm war die Rückkehr versagt geblieben.

Als Beverly Crusher schließlich vom Tisch zurücktrat, spiegelte sich Hilflosigkeit, womöglich sogar Schmerz auf ihrem Gesicht, und ihr gertenschlanker Körper hatte ein wenig von seiner Anmut eingebüßt. Langsam ging sie auf die Ecke zu, in der Riker und Geordi ungeduldig auf sie warteten und sorgsam darauf achteten, einander nicht zu nahe zu kommen. Auch Picard drehte sich um und schloß sich ihnen an.

»Keine Hoffnung?« fragte er mit leiser Stimme.

Die Ärztin seufzte. »Nicht von uns. Soweit wir feststellen können, hält sein Androidengehirn den komplexen Körper nach wie vor am Leben. Aber es gibt kein Bewußtsein mehr. Wir wissen einfach nicht, was wir sonst noch tun könnten.«

Nun drehte sich auch Geordi, der bislang die Wand angestarrt hatte, zu ihnen um. »Wie hat es ihn erwischt?« verlangte er mit rauher Kehle zu wissen. Zum ersten Mal erlaubte er sich die Erkenntnis, daß er Data eventuell tatsächlich verloren hatte, auch wenn sein Herz noch immer schlug. »Wie konnte es einen Teil von ihm aufnehmen und... das da zurücklassen?«

Riker verschränkte die Arme und preßte eine Schulter gegen das Schott. Wie er mit einem Ausdruck des Bedauerns auf den Boden starrte, gruben sich neue Falten in sein Gesicht. »Wahrscheinlich hat das Ding keinen Unterschied zwischen Datas Körper und dem Shuttle gemacht. Wenn er völlig aus organischer Materie bestanden hätte, wäre sein Körper vielleicht in Rauch aufgegangen oder was auch immer dieses Ding mit organischer Materie anrichtet. Ich vermute, es hat etwas in ihm entdeckt«, fügte er düster hinzu, »das es haben wollte.«

Picard musterte seinen Ersten Offizier. Er hatte Riker noch nie so deprimiert gesehen, noch nie diesen steinernen Tonfall gehört. Irritiert darüber, daß er nicht zur Gänze wußte, was sich da zwischen seinen kommandierenden Offizieren abspielte, starrte er zu den Ingenieuren und Ärzten hinüber, die von Minute zu Minute hilfloser wirkten. Einer nach dem anderen trat zurück und schüttelte den Kopf über Datas reglose Gestalt.

»Womöglich hat Data seine Antwort gefunden«, sagte der Captain nachdenklich, »was auch immer geschehen sein mag.«

Brennende Wut flackerte in seinem Geist auf, eine Hitzeschicht unterhalb allen Denkens, die ihn innerlich zum Kochen brachte. Eine derartige Herabsetzung der Person würde er auf diesem Schiff nicht dulden. Zorn überkam ihn, als er sich vorstellte, daß Data auf ewig in diesem Phänomen gefangen sein würde, wie er bis in alle Ewigkeit erdulden mußte, was Picard in vierzehn Stunden Hölle kaum berührt hatte.

Die Schultern steif vor Ärger, drehte er sich zum Ausgang um. »Ich bin im Maschinenraum«, verkündete er kategorisch.

Er ging, doch er ging allein. Als er im Maschinenraum war, wischte er jedes Angebot der Ingenieure, ihm zu helfen oder ihn zu begleiten, beiseite. Achselzuckend ging er über ihre neugierigen Blicke hinweg, als er die Hochsicherheitskammern betrat und sie mit einigen Computerchips wieder verließ, um deren Beschaffung er niemand gebeten hatte. Schnell verbreitete sich die Kunde, daß der Captain hier war, etwas Privates zu erledigen hatte und dabei keine Unterstützung wünschte, und schon bald warf man ihm aus einem guten Dutzend von Verstecken im gesamten Maschinenraum-Komplex neugierige Blicke zu. Selbst in der Dunkelheit ragte er heraus, einfach deshalb, weil er sich hier nur selten zeigte.

Schließlich fingen die neugierigen Junior-Ingenieure damit an, sein Tun klammheimlich zu verfolgen. Dabei fanden sie sehr schnell heraus, daß Captain Picard nicht nur genau wußte, was er an den Computerkonsolen tat, sondern daß er seine Absichten auch sehr gut vor ihnen zu verbergen wußte. Sie fanden heraus, daß sie seine Aktivitäten etwa bis zur Hälfte verfolgen konnten, bevor sie das Muster seiner Computernutzung verloren. Also sahen sie ihm einfach zu, unfähig, ein Wort darüber zu verlieren, weil er eben der Captain war. Und wenn die Geräte jemandem gehörten, dann wohl ihm. Sie wußten, daß oben irgend etwas vor sich ging; warum war er nicht ebenfalls auf der Brücke? Im Flüsterton überlegten sie sich, ob man dem Ersten Offizier nicht Meldung machen sollte, doch es fand sich niemand, der dazu bereit war.

Also zog der rätselhafte Captain der *Enterprise* über eine Stunde lang durch den Maschinenraum, sprach zu keinem, entbot denjenigen, die ihm zu nahe kamen, nur ein geisterhaftes Lächeln, ließ sich hier und da nieder, eine Motte, die sich kurz an den Geräten zu schaffen machte und dann plötzlich weiterflog, und keine lebende Seele wagte es, ihm eine direkte Frage zu stellen. Zu zielstrebig war jede Bewegung, jedes Zögern, jede Berührung.

Dann verschwand er wieder. Ohne ein Wort, ohne einen Befehl. Er klemmte sich einfach mehrere Geräte für ferngesteuerten Computerzugriff unter den Arm und ging.

Dem Maschinenraum entronnen, bahnte sich Picard seinen Weg durch das abgedunkelte Schiff, über Leitern und Korridore, bis er in einem der oberen Decks stehenblieb und das nächstgelegene Interkom berührte. »Picard an Krankenstation. Mr. Riker, sind Sie noch da?«

Fast im selben Moment antwortete ihm Rikers energische Stimme. *»Ja, Captain. Keine Veränderung.«*

Picard betrachtete das kleine Bündel von Fernsteuerungen, das er bei sich trug. Sie wirkten ausgesprochen harmlos, wie sie so in seiner Armbeuge lagen, kleine Schaltkreisbündel in einem Gehäuse. Doch sie waren tödlich.

»Ich wünsche, daß Sie und LaForge in zehn Minuten auf der Brücke sind. Das ist jetzt weit genug gegangen.«

Die Worte drangen durch das Schiff, durchstießen den Mantel des Schweigens und der Dunkelheit, machten unmißverständlich klar, daß das Phänomen sich nun mit dem Captain würde auseinandersetzen müssen.

Bevor er die Brücke betrat, brachte ein ruhiger und in sich gekehrter Picard die Fernbedienungen an den entsprechenden Stellen des tief im Inneren der Brückenwartungsschleife verborgenen Kontroll-Layouts an. Dabei handelte es sich um einen schmalen Korridor von Zugangsterminals hinter den eigentlichen Wänden der Brücke. Hier wurden neue Schaltkreise in die Brückensysteme eingebaut, jene gewaltigen Hände des Raumschiffs, die alle Informationen verarbeiteten, die vom gewaltigen Computerkern aus durch den Primärrumpf flossen.

Picard machte Gebrauch von den Zugangskonsolen, verband sie zu einem einzigen Knopf auf der Lehne seines Kommandosessels. Er hatte sich überlegt, einen Code zu verwenden, den er von jedem Ort im ganzen Schiff eingeben konnte, den Gedanken aber schließlich verworfen und einen tatsächlichen Knopf eingerichtet, den es zu drücken galt. Und nur an einem Ort – dem Kommandosessel. Wenn er schon den Finger auf das Schicksal legen wollte, wollte er sich an seinem rechtmäßigen Platz aufhalten, im Herzen dieses majestätischen Schiffes.

Er kehrte auf die merklich melancholische Brücke zurück und betrachtete die erwartungsvollen Gesichter seines Publikums. Riker. LaForge. Troi. Wesley Crusher. Worf. Und andere, die jene Positionen bemannten, an denen er normalerweise Data erwarten würde. Die Operator-Kontrollen und Wissenschaftsstation 2. Er vermißte das Gesicht aus Blattgold und den sanften, harmlosen Gesichtsausdruck. Er vermißte ihn sogar sehr. Sein Zorn wuchs.

»Ich freue mich über Ihre Anwesenheit«, meinte er feierlich und ging auf seinen Kommandosessel zu. Im Gegensatz zu sonst verzichtete er dieses Mal jedoch darauf, die Hand auszustrecken und ihn beiläufig zu berühren. Dieses Mal war der Sessel eine Quelle roher Macht, und er wollte sich nicht verraten. »Ich möchte wissen, zu welchen Schlußfolgerungen Sie gekommen sind, wie wir uns am besten gegen diese Invasion wehren können. Wir werden das tun, und wenn wir das letzte Volt und das letzte Molekül dieses Schiffes dazu aufbrauchen müssen. Das Ding da draußen hat einen von uns bereits das Leben gekostet; es wird uns keinesfalls ein weiteres abverlangen. Und es wird unter keinen Umständen tiefer in die Galaxis vordringen. Wir werden es aufhalten, hier und jetzt.«

Deanna Troi ließ ihre Augen zufallen, so tief war ihre Erleichterung und Dankbarkeit. Picard bemerkte ihre Reaktion und verstand sie so deutlich, als wäre er selbst ein Betazoid. Als sie ihren Kopf hob und die Augen wieder aufmachte, schimmerten Tränen in ihnen, und sie lächelte beinahe – doch dann fiel das Lächeln von ihr ab und ihre Augen füllten sich mit Bestürzung. Nun sah sie in sein Herz hinein, soviel wußte er, sah das Wissen und die Entschlossenheit, die seinen Geist mehr als alles andere beschäftigten, ungeschützt vor ihren forschenden Gedanken, sah die Fernbedienungen, die nun an gewisse Schaltkreise in den unteren Bereichen des Schiffs angeschlossen waren und jene Dinge vollbringen sollten, an die ein Captain nur in Augenblicken höchster Verzweiflung dachte. Sie starrte ihn an und sah dann auf die Lehne des Kommandosessels hinab, auf die kleinen Kontrollen, die die leiseste Berührung des Captains an das gesamte Schiff übertrugen. Und den einzelnen blauen Kontaktpunkt, wie ein Pokerchip. Sie wußte es. Picard beobachtete sie, machte aber keine Anstalten, sie beruhigen oder um ihr Stillschweigen bitten zu wollen. Sie würde schweigen, das wußte er. Sie verstanden einander jetzt.

Riker trat vor – nicht gerade überraschend.

»Wir jagen ihm nach?« fragte er.

»Wir werden es töten, Mr. Riker.«

Der Erste Offizier zögerte, die Lippen zusammengepreßt. »Das klingt nicht nach Ihnen, Sir.«

Picard wußte, was hinter Rikers Augen und dem seltsam geneigten Kopf stand, und sah ihm direkt ins Gesicht. »Nein? Klingt es eher nach mir, diesem Räuber zu erlauben, ungehindert die Galaxis zu durchstreifen und noch mehr Leben aufzusaugen?«

Der Augenblick brachte einen spürbaren Ansturm der Erregung mit sich. Selbst Riker wurde plötzlich klar, wie lange er auf etwas gewartet hatte, das ein derart hohes Maß an Empörung in Picards Gesicht schreiben würde. Die braunen Augen des Captains waren schmale Schlitze, das römische Profil direkt zum Hauptschirm gewandt, das Kinn ein Fels, den man auf einen anderen Felsen gepflanzt hatte.

Und dennoch, trotz des Klanges von Picards Stimme, sah sich Riker gezwungen, das zu tun, was seine Pflicht war. »Was ist mit der Obersten Direktive? Wir können nicht die ganze Galaxis bewachen.«

»Selbst die Oberste Direktive braucht eine gewisse Flexibilität«, entgegnete Picard entschlossen, und es gab keinen Zweifel mehr daran, daß er bereits darüber nachgedacht, sich der schwierigen Frage gestellt und sie für sich beantwortet hatte. Er zögerte, bewegte sich dann nach vorne, alle Augen auf sich. »Aus der Ferne mag es vielleicht wie ein Utopia aussehen, Will«, sagte er laut genug, daß alle ihn verstehen konnten. »Aber wenn Sie es sich genau betrachten, ist es etwas völlig anderes. Es ist ein Tyrann; und das verlangt von uns, daß wir uns mit ihm auseinandersetzen. Ich werde diese Tyrannei nicht dulden. Sich vor einer Entscheidung zu drücken, ist eine eigene Art von Feigheit.«

Riker stellte sich neben den Captain, und die beiden Männer betrachteten den Hauptschirm und alles, was auf ihm zu sehen war. »Sind Sie sich so sicher?« Er fragte sich, weshalb ein Knoten des Widerstands immer noch in seinem Magen spürbar war. Er wußte nur zu gut, daß es Captain Picard nicht um Effekthascherei ging, daß dieser Mann lieber umkehren und in die entgegengesetzte Richtung flüchten würde, wenn es irgendeinen Weg gab, den Waffeneinsatz zu vermeiden, und dennoch hatte er diese letzte Bitte. Picard sollte ihm einfach nur bestätigen, daß er wirklich sicher war.

Doch der Captain schwieg sich aus. Von der Seite warf er Riker einen Blick zu, der besagte, daß schlichtes Schweigen seine Art war, das Recht des kommandierenden Offiziers auszuüben.

Riker nickte, trat einige Schritte zurück und verlieh damit seiner eigenen Haltung Ausdruck.

Der Captain drehte sich um und wandte sich vom Podium herab an die schwach beleuchtete Brücke. »Also gut, wie sieht es aus?«

»Sir«, meldete sich Worf im selben Moment von der gegenüberliegenden Bühne. »Wir sind zu dem Schluß gekommen, daß es den ersten Angriff auf uns deshalb abgebrochen hat, weil es die Grenze seiner Aufnahmefähigkeit erreicht hat. Wir haben die Energiemenge berechnet, die es bis zu jenem Punkt, an dem es sich zurückgezogen hat, aufgenommen hat. Wir sind der Ansicht, daß es möglich ist, das Wesen zu überladen.«

»Risiken?«

»Beträchtlich, wenn wir überhaupt die Möglichkeit dazu hätten. Unsere Phaser bringen einfach nicht genügend Energie auf, um zu tun, was getan werden muß. Es leitet die Energie schneller ab, als wir es aufladen können.«

Picard kniff seine Lippen zusammen und versuchte, sich ein solches Wesen vorzustellen. Andererseits brauchte er nur auf die unbestreitbaren Anzeigen zu sehen, um sich davon zu überzeugen, daß es ein solches Wesen tatsächlich gab. Hinter ihm schwirrten Stimmen durch den Raum, so lästig wie Fliegen für ein Pferd. Geordi. Wesley. Geordi. Wieder Wesley, der einen Einwand geltend machte. Das ständige Flüstern fiel Picard, der sich gerade bemühte, eine Lösung zu finden, bald auf die Nerven. Schließlich wirbelte er herum: »Haben Sie beide nun etwas hinzuzufügen oder nicht?«

Sowohl Geordi als auch Wesley zuckten zusammen, und Wesleys Wangen erstrahlten im leuchtendem Rot. »Äh... nein, Sir.«

»Jawohl, Sir«, widersprach ihm Geordi.

»Aber es funktioniert doch nicht«, zischte Wesley und zupfte an Geordis Ärmel.

»Data hat dir doch gesagt, wie du es zum Laufen bringen kannst.«

»Aber was ist, wenn es nicht klappt?«

»Wenn du sowieso sterben mußt, ist eine Chance von eins zu einer Million besser als gar nichts, Wes!«

»Was zum Teufel!« brüllte Picard. »Wovon reden Sie eigentlich?«

Wesley versank in befangenes Schweigen. Geordi dagegen gewann den inneren Kampf gegen sich selbst und näherte sich dem Captain. »Wes hat eine Idee, wie man den Energieausstoß des Schiffes durch die Phasersysteme erhöhen kann, Sir.«

»Also gut, ich höre. Fassen Sie sich kurz.«

»Wesley, erklär es ihm.«

Wesley leckte sich die Lippen und pflanzte seine hagere Gestalt neben Geordi auf. »Na ja, es handelt sich um ein Phaserintensivierungssystem mit größerer Feuerkraft und geringerem Energiebedarf, Sir. Es spaltet den ersten Phaserzyklus in seine diversen Frequenzen und fügt die Phasen im letzten Zyklus simultan zusammen. Mr. Data hat mir einige Tips gegeben, wie man es zum Laufen bringen könnte, und Geordi glaubt, daß...«

»Der Punkt ist, Sir«, unterbrach ihn Geordi, um die Fakten so schnell vor Picard auszubreiten, wie dieser es verlangt hatte, »daß wir die Phaser des Schiffes nach dieser Theorie modifizieren und das Ding mit ungefähr der fünffachen Energiemenge vollpumpen könnten, die es aufgenommen hat, als...«

»Ja, ich verstehe den wissenschaftlichen Hintergrund, Lieutenant. Sehr radikal, was Sie da vorschlagen.« Picard trat von der Hauptschirmbank herab und stellte sich zwischen sie. »Aber dies sind radikale Zeiten.« Er berührte das Interkom, während alle anderen den Atem anhielten. »Picard an Maschinenraum. Argyle und MacDougal, versammeln Sie Ihre wichtigsten Leute und treffen Sie mich in drei Minuten im Konferenzsaal des Maschinenraums. Fähnrich Crusher, ich wünsche, daß Sie Ihre Theorie den Ingenieuren unterbreiten und die Entscheidung ihnen überlassen, ob wir sie verwirklichen können.«

»Sir«, platzte der Teenager heraus. »Ich könnte das Kristallfokussierungssystem genausogut selber konstruieren.«

Der Captain warf ihm einen bösen Blick zu. »Das werden wir den Profis überlassen, Mr. Crusher. Was Sie da beschreiben, bedarf der Zufuhr reiner Antimaterie, und damit spielt man nicht herum.«

Er entfernte sich, doch Wesley entwischte Geordis Griff in letzter Sekunde und folgte ihm. Wie Spuckebällchen schossen die Worte aus ihm hervor. »Sie behandeln mich noch immer wie ein Kind, obwohl ich auf der Brücke bin.«

Der Captain drehte sich um, und seine Stimme nahm eine eiserne Härte an.

»Sie sind deshalb auf der Brücke, weil ich es so entschieden habe, und nicht, weil Sie es verdient haben. Ihr Talent sprengt den Rahmen Ihrer Weisheit, junger Mann. Früher oder später werden Sie die unangenehme Tatsache akzeptieren müssen, daß die Erfahrung der Leute um Sie herum mehr wert ist als Ihre Begabung, und daß Sie, wie jedermann sonst auch, abwarten müssen, bis die Reihe an Sie kommt. Und nun denken Sie an Ihren Rang, halten Sie den Mund und folgen Sie mir in den Maschinenraum, wo Sie Ihre Gaben einsetzen und den anderen erlauben werden, dasselbe zu tun.«

Danach gab sich Wesley verständlicherweise etwas nüchterner, sah man einmal von den paar Minuten ab, während derer er seine Phasierungsidee im Detail erläuterte. Die Ingenieure starrten ihn mit offenem Mund an, runzelten die Stirn, rollten mit den Augen, blinzelten – die Reaktionen glichen einem Treffen der Vereinigten Hornhäute. Als sie schließlich in den Reaktorraum der Hauptphaser einmarschierten, hatten sie bereits die Hälfte der Mechanik und einen Großteil der Formeln in ihrem Kopf ausgearbeitet. Picard trat zurück und überließ die Intelligenzmaschine ihrer Arbeit. Er verfolgte auch, wie der mit einem hervorragenden Verstand und einem ordentlichen Maß jugendlicher Selbstgefälligkeit ausgestattete Wesley seinen ersten Eindruck von der Findigkeit und Abstraktionsfähigkeit erfahrener Ingenieure bekam. Jedes Mal, wenn die Ingenieure im Rahmen ihrer Diskussionen, die ihn schon lange hinter sich gelassen hatten, eine Frage stellten, leuchtete sein Gesicht vor Staunen und Ehrfurcht auf. Picard erkannte an Wesleys Miene, daß der junge Mann nicht einmal wußte, weshalb die Ingenieure einige der Dinge wissen mußten, die sie ihn fragten. Und für jede beantwortete Frage tauchten zwei neue Probleme auf, die gelöst werden wollten und an die er vorher nicht gedacht hatte. Nach einer gewissen Zeit begriff er langsam, weshalb sich seine Idee so sonderbar anhörte. Die Ingenieure betrachteten die Phasereinheit nicht als Einheit, sondern als Teil des ganzen Schiffes, als Teil der ausgeklügelten Systeme, Leitungen, Schaltkreise, Energien, Induktionsströme, Spulen und Kondensatoren, die sich allesamt gegenseitig beeinflußten. Es genügte nicht, daß nur die Phasereinheit funktionierte, sie mußte im Verein mit tausend anderen Einheiten funktionieren.

Sobald die Ingenieure seine Idee verstanden hatten, machten sie sich an die Fehlersuche. Nach mehreren Fehlstarts und einer vollständigen Neukonstruktion des seltsamen neuen Systems entwickelte sich die Theorie zur Praxis. Probleme, die Wesley nie vorhergesehen hatte, wurden entdeckt, umgangen oder an Ort und Stelle gelöst. Bald summten die harmonischen Wellen, die Sicherheitssysteme der Antimateriezufuhr schalteten sich zu, und all das hatte weniger Zeit in Anspruch genommen, als Wesley zum Bau des ursprünglichen Modells benötigt hatte. Er umkreiste das neue Gerät, eine sperrige, direkt an die Hauptphaserkoppler angeschlossene Einheit, und schüttelte seinen Kopf. Es sah ganz anders aus, als er es sich vorgestellt hatte. Er begriff zwar, welche Teile welchen Zweck erfüllten, aber es sah einfach ganz anders aus, als er sich das ausgemalt hatte.

Picard gefielen solche Blicke in einem jungen Gesicht. Er wertete sie als Zeichen des Erwachsenwerdens.

Schließlich kam der Chefingenieur der Phasersektion auf den Captain und Wesley zu, wischte sich die Hände an seinem Overall ab und zuckte die Achseln. »Besser wird's nicht, Captain.«

»Wird es funktionieren?«

»Kann ich nicht sagen, Captain. Eine Hälfte ist reine Theorie, die andere geraten. Der Systemzusammenschluß klappt problemlos, es hat Saft, die Antimateriezufuhr läuft und Sicherheitsvorkehrungen hat es auch. Ob es wirklich funktioniert, wird sich erst in einem Test zeigen.«

»Wir testen es im Gefecht«, sagte Picard wehmütig.

»Anscheinend bleibt uns keine andere Wahl. Wir können nicht...«

»Riker an Captain! Notfall!«

Picard bellte in das nächstgelegene Interkom. »Picard. Was ist?«

»Es ist da, Sir. Unsere Gnadenfrist ist gerade abgelaufen.«

Und das mit Zins und Zinseszins. Als Picard und Wesley aus dem Lift auf die Brücke stürmten, war es nicht mehr länger dunkel. Rote Alarmsignale bluteten an jeder Wand, auch wenn sich die Hauptbeleuchtung noch nicht zugeschaltet hatte. Schrecklicher als je zuvor flackerte das vergrößerte, blaurote Fehlfarbenbild des Wesens über den Hauptschirm. An Backbord, Steuerbord und achtern — jeder Schirm zeigte die pulsierende Bedrohung. Die Brücke war von einem breiten, lückenhaften Kreis elektrischen Lichts umzingelt.

Die Brückenbesatzung starrte auf die Schirme, als ob sie einen unbewachten Ausgang suchte, einen Weg, der ihr die Flucht aus diesem Gefängnis erlauben würde, und dennoch wußten alle, daß sie nun die Reservetaktik des Wesens zu Gesicht bekamen, jene, die dann zum Einsatz kam, wenn alles andere versagt hatte.

Picard blieb auf der oberen Rampe stehen. »Steckt es in den Maschinen?«

Riker stürmte an Troi vorbei und auf das Unterdeck. »Nein, Sir. Es hat uns umzingelt und ballt sich mit einem Faktor von zwanzigtausend Kilometer pro Minute zusammen.«

»Also hat es uns noch nicht gefunden?«

»Es verwendet eine neue Taktik, um uns aufzuspüren. Es weiß, daß wir uns in einem bestimmten Radius aufhalten. Es hat das ganze Gebiet eingehüllt, den Gasriesen, die Asteroiden, alles. Nun arbeitet es sich zu uns durch. Offenbar ist es viel größer, als wir zunächst angenommen haben.«

»Momentaner Umfang?«

Worf reckte sich zur rechten Picards. »Etwa drei-Komma-eins Astronomische Einheiten, Sir. Kontrahiert weiter.«

»Mein Gott«, stieß Picard hervor. Er verstand das Bild jetzt: Sie befanden sich im Inneren einer gigantischen Faust — und diese Faust schloß sich langsam. »Worf, Ihre Ansicht! Können wir darauf feuern?«

Ein schrecklich finsterer Blick huschte über Worfs ohnehin schon grimmige Züge. Er haßte die Antwort, die er ihm nun geben mußte. »Nicht, solange es in dieser Gestalt ist, Sir. Seine Energieabgabe steht in direktem Verhältnis zu seinem Flächeninhalt. Wir können die Energie nicht schnell genug hineinpumpen, um es zu überladen.«

Picard umrundete die taktische Station und stellte sich neben Tasha Yar. »Dann müssen wir es dazu zwingen, sich wieder zusammenzuballen. Wo ist der Gasriese?«

Yar schüttelte sich und beugte sich über ihre Konsole. »Koordinaten Null-Komma-Sieben-Neun-Strich-Drei-Vier, Sir.«

»Halten Sie drauf zu.«

Riker kam nach achtern auf das Unterdeck. »Was haben Sie vor, Sir?«

»Wir werden uns hinter einem Baum verstecken, Mr. Riker.« Der Captain kam die Rampe hinunter und fuhr mit seiner Hand über das hufeisenförmige Geländer. Das seltsame Licht auf den Bildschirmen tauchte sein Gesicht in ein blutrotes Glühen. »Es dürfte kaum in der Lage sein, die gesamte Energie eines Stufe-Zehn-Gasriesen mit einem Durchmesser von achthunderttausend Kilometern aufzusaugen. Es wird sich entscheiden müssen, ob es in der einen oder in der anderen Richtung um ihn herumfliegt. Und wenn es das tut, muß es auf Distanz zu uns gehen.«

Riker drehte sich sofort herum. »Geordi, Null-Komma-Fünf-Null Unterlicht zum Gasriesen, enger Orbit.«

»Null-Komma-Fünf-Null, aye«, wiederholte Geordi und vermied einen Blick zur Operator-Station, wo Wesley Datas Platz eingenommen hatte.

»Und bereiten Sie eine Notübertragung an Starfleet vor«, befahl Picard mit ruhiger Stimme. »Einzelpuls und hoher Warpfaktor. Wenn wir es nicht schaffen, möchte ich wenigstens sichergehen, daß die Föderation weiß, was auf sie zukommt. Schilde auf Maximum.« Er hob die Hand, um seine Augen vor den gleißenden Bildschirmen zu schützen.

»Schilde ausgefahren«, meldete Yar unsicher. »Maximalenergie für Defensiv ...« Sie unterbrach sich, starrte auf ihre Anzeigen und keuchte noch im selben Augenblick auf. »Sir, es bewegt sich auf uns zu!«

»Dichter an den Gasriesen. Dichter, LaForge!«

»Ich versuch's, Sir.«

Mit vernichtender Wucht krachte das Phänomen in die Schirme der *Enterprise*. Es wußte, wo das Raumschiff war, merkte jedoch sehr bald, daß es zwei Dinge aufgestöbert hatte — ein Schiff und einen Planeten, der beinahe zur Gänze aus einem Klumpen wirbelnder Energie bestand. Egal, wie sehr es sich zusammenzog, egal, wie sehr es seine Faust ballte, der Planet vereitelte alle seine Versuche, das Raumschiff zu verschlingen. Jedesmal, wenn sich das Ding um sein Opfer zusammenziehen wollte, wurde es vom Energieausstoß des Gasriesen zurückgetrieben. Krämpfe elektrischer Energie durchzuckten das Schiff und flossen in die aufgewühlte Atmosphäre des Gasriesen. Das Schiff widersetzte sich dem Angriff, schüttelte sich unter jedem neuen Energiepuls, der in die Schirme einschlug und sie von Sekunde zu Sekunde mehr belastete.

»Außenhülle heizt sich auf, Captain«, meldete Yar. »Wir kommen in die Atmosphäre.«

Picard ignorierte sie. »Näher ran, LaForge. Wenn es uns haben will, wird es sich uns stellen müssen.«

»Captain!« rief Troi. Als er weder die Geschütze abfeuerte noch auf den blauen Knopf drückte, verzerrte sie frustriert ihr Gesicht und blinzelte auf den hellen Schirm.

Als sich das Schiff erneut gegen die Mißhandlung wehrte, sprühte die Hälfte aller Konsolen auf der Brücke Funken. Überall stiegen bereits Rauchfäden auf, doch Picard erteilte keine weiteren Befehle. Er würde keinesfalls weichen und das Schiff auch nicht — obwohl er nun neben dem Kommandosessel stand und die Lehne mit dem blauen Knopf gepackt hatte.

»Captain!« brüllte Yar in diesem Moment und sah zum Hauptschirm auf. Während sie noch sprach, büßte jeder Bildschirm seine Farben ein, als ob das Bild vom hinteren Teil des Schirms abgesaugt werden würde. Auf dem Hauptschirm glühte das Wesen in seiner ursprünglichen, kompakten Gestalt.

»Halten Sie sich bereit!« mahnte Picard, doch es hatte den schützenden Baum bereits umflogen und sich auf das Schiff gestürzt, während der Gasriese neben ihnen weiterhin achtlos seine Kreise zog.

Eine gewaltige Faust aus Blitzen, viel mächtiger als noch vor wenigen Sekunden, drosch auf die *Enterprise* ein, und erneut suchte ein elektrisches Bombardement die Brücke heim.

»Phaser, Kernschuß!« befahl Picard über den kreischenden Lärm.

Das Schiff spie Energie. Jeder Schuß erschütterte die *Enterprise* bis ins Mark, und doch hielt sie den Strapazen stand, als das radikale neue Phasersystem Energien voneinander trennte, die lieber beisammen bleiben wollten, und sie erst im letzten Moment wieder zusammenpreßte. Das Wesen wand sich unter dem Angriff, schüttelte das Schiff durch. Um sich herum sah Picard, wie seine Besatzung von silbernen Lichtern und blauen Strömen angegriffen wurde.

»Schilde lassen nach...«, rief Yar von ihrem Posten über ihnen.

»Weiterschießen!« Picard klammerte sich an den Kommandosessel, als ein Strahl intensivierter Phaserenergie nach dem anderen durch das Schiff donnerte und ins Herz des Phänomens fuhr.

»Energieausstoß wird unregelmäßig, Sir!« meldete Worf über das elektrische Kreischen hinweg. »Es klappt.«

Plötzlich wurde das Schiff so heftig in seinen Grundfesten erschüttert, daß es jedermann in seinen Beinen spürte, und das Phaserfeuer hörte auf.

»Was...« Picard wollte sich umwenden, schaffte es aber lediglich, seinen Oberkörper nach Yar umzudrehen.

»Totale Phaser-Kernschmelze, Captain! Der Reaktorkern ist detoniert.«

Picards Herz sank in die Knie und erzitterte unter dem Mantel aus Elektrizität, der die Brücke nach wie vor einhüllte und langsam wieder stärker wurde.

»Captain!« Trois Gesicht tauchte neben seiner Schulter auf. Sie hielt sich mit beiden Händen an seinem Arm fest, Höllenqualen in den Augen. »Tun Sie's! Tun Sie's, Sir! Bitte!«

Er schaute auf den blauen Knopf, bewegte seine Hand darauf zu. Noch in der Bewegung, noch während er seine Muskeln dazu zwang, gegen den elektrischen Angriff anzukämpfen, fühlte er sein Ich schwinden. Die ersten Momente seines Erlebnisses in der Kammer... sein Bewußtsein trieb davon, verließ ihn...

Trois Stimme drang durch seinen Schmerz. »Captain!«

Der blaue Knopf lag nur wenige Zentimeter von seinem Daumen entfernt. Er konzentrierte sich darauf, klammerte sich an seine Identität und seine Erinnerungen, als wären sie Stricke, die in einem endlos tiefen Abgrund baumelten. Wenn er nur die Energie aufbringen könnte...

»Energie«, quetschte er durch seine zusammengebissenen Zähne hervor. »Der Gasriese! Yar!«

Doch sie war hilflos, wie festgenagelt an Worfs Rücken von den Blitzen, die mit jedem Pulsschlag stärker wurden, nun, da die Schilde bis aufs Äußerste belastet waren.

»Riker!« brüllte Picard.

Undeutlich sah er, wie sich Riker am Hufeisengeländer Schritt für Schritt zur taktischen Station hinaufzog.

Eine Gestalt preßte sich gegen Picards Schulter, und ein schmaler Umriß schob sich neben seinen Ellenbogen... eine Hand. Trois Hand. Sie griff nach dem blauen Knopf. Er hörte, wie sie sich abmühte, an ihm vorbeizukommen, den schrecklichen Angriff abzuwehren, wie sie es versprochen hatte.

Er holte mit der linken Hand aus und hielt sie zurück, doch ihre Entschlossenheit steigerte ihre Kraft ins Übermenschliche. Härter als zuvor preßte sie sich gegen seine Schulter, hieb mit ihrer Hand nach dem Knopf.

»Lassen Sie mich!« bellte sie durch die elektrischen Detonationen.

Mit letzter Kraft zerrte Picard sie vom Kommandosessel weg, und die beiden brachen in der Mitte des Kommandozentrums zusammen. »Riker«, keuchte Picard mit einem letzten Atemzug. »Beeilen Sie sich! Volle Wirkung!«

Während er noch sprach, rissen sich die leuchtenden Photonentorpedos von der Hülle los, rasten durch die Atmosphäre des Gasriesen in seinen aktiven Kern und zwangen ihn dazu, seine Energie freizugeben. Schuß um Schuß torkelte nach unten und bohrte sich in die ultraverdichtete Energie, um in gewaltigen Vulkaneruptionen wieder nach draußen gespuckt zu werden. Und das Schiff gab immer noch nicht auf, schickte weiterhin voll aufgeladene Photonentorpedos tief in den planetaren Reaktor, beschwor Explosion um Explosion herauf, bis es zur größten aller Explosionen kam. Die Hälfte des aktiven Planetenkerns detonierte und schoß in den Weltraum hinaus.

In einer gewaltigen Erschütterung brachen sich Megatonnen explodierender Materie gewaltsam Bahn und schleuderten das Schiff aus dem Orbit. Wild taumelte die *Enterprise* durch den Raum, warf ihre Besatzung wie Spielzeugpuppen hin und her und kam schließlich vierhunderttausend Kilometer vom Gasriesen entfernt zur Ruhe.

Picard rappelte sich wieder auf und stolperte nach vorne. Im nächsten Moment war Riker neben ihm. Um sie herum suchte die Besatzung Halt an ihren Kontrollkonsolen und versuchte, sich mit der Tatsache abzufinden, daß alle noch am Leben waren — *wirklich* am Leben.

Vor ihnen auf dem Schirm bäumte sich das Wesen gegen die leuchtenden Überreste des Gasriesen auf. Millionen kleiner Detonationen wüteten an jenen Stellen, wo es gezwungen war, die freigewordene Energie des Gasriesen aufzunehmen, bevor es schließlich in einer einzigen Explosion zerfetzt wurde.

Fehlfarbene Energieknoten breiteten sich durch das System aus, und auf einmal verschwand das Glitzern. Was blieb, waren Millionen formloser, sich rasch zerstreuender Kleckse, die in regelrechten Kaskaden am Schiff vorbei in den Weltraum trieben.

»Das hat es nicht verkraftet«, murmelte Riker heiser.

»Lagebericht«, keuchte Picard.

Yars Stimme zitterte. »Schilde ausgefallen... Hauptreaktor instabil. Der Phaserkern ist völlig ausgebrannt. Totalfusion. Da drinnen ist nur noch geschmolzenes Metall, Sir.«

»Ich wette, es stinkt ganz schön«, brummte Geordi, als er sich wieder in seinen Steuersessel zog und sachte seine Anlage berührte. Neben ihm hielt sich Wesley mit beiden Händen an der Operator-Konsole fest und zitterte. Sie wußten beide, was das zu bedeuten hatte. *Totalfusion.* Der ganze Kern. Irgendwie hatten all die Sicherheitssysteme verhindert, daß das Schiff Teil dieser Kernschmelze geworden war. Wesleys Modell hatte keine solchen Sicherheitssysteme besessen. Wenn er es eingeschaltet hätte, hätte es einen tödlichen Kurzschluß hervorgerufen, das Abschirmfeld um die Antimaterie wäre zusammengebrochen, und tausend Menschen hätten sich in nichts aufgelöst, ohne daß Starfleet je den Grund dafür erfahren hätte. Plötzlich war ihm schmerzhaft klar, weshalb es auf einem Raumschiff Vorschriften gab.

Wesley starrte weiter geradeaus und blinzelte gelegentlich. Es dauerte noch sehr, sehr lange, bis die Farbe in sein Gesicht zurückkehrte.

»Lagebericht über das Wesen«, bellte Picard, als er wieder auf die Beine kam.

Es war Worf, der schließlich auf der oberen Brücke vortrat und die sachliche Botschaft verkündete. »Aufgelöst, Sir. Keine Zentralmasse mehr.« Dann sah er Picard direkt in die Augen. »Sie haben es geschafft, Sir.«

Picard seufzte. Seine Schultern taten ihm weh. »Das war eine gemeinsame Leistung, Mr. Worf.« Er trat einen Schritt beiseite und griff hinunter nach Counselor Trois Hand.

Wie betäubt saß sie auf dem Boden, das Gesicht von tausenden Gefühlen gezeichnet, die sie nur langsam wieder unter Kontrolle brachte. Als sie ihre Hand um seine schloß, war ihr Griff schwach und zitterte.

Er hob sie auf die Beine. »Gut gemacht, Counselor«, meinte er dann vertraulich. »Ihre Prognose?«

Sie schluckte hart, sah dann zu ihm auf und zwang sich zu einer Antwort. »Ich kann sie nicht mehr wahrnehmen, Sir.«

Er lächelte. »Gratuliere.«

Troi nickte zitternd und bemühte sich einmal mehr um ihre Selbstbeherrschung. Einen Moment lang erfüllte Einsamkeit ihren Blick.

KAPITEL 13

Geordi LaForge saß am Steuerpult und hatte deprimierend wenig zu tun. Das Schiff mußte an Ort und Stelle bleiben, bis sich der Reaktorkern des Warp-Antriebs stabilisiert hatte. Außerdem konnte man die Gegend sowieso noch nicht verlassen. Kaum war die unmittelbare Gefahr in tausend Stücke zerfetzt, als sie sich ihrer Pflicht als Verlängerung der Föderation bewußt geworden waren. Erst mußte gewährleistet sein, daß die Gegend wieder sicher war, bevor sie überhaupt ans Weiterfliegen denken konnten.

Er war einer von lediglich fünf Mann auf der Brücke. Worf und Tasha besetzten das Oberdeck und speisten die komplexen Werte ein, die die ersten Reparaturen des Phasersystems organisieren sollten. Es würde Wochen dauern, bis die Folgen der Kernschmelze restlos beseitigt waren. Mr. Riker war auf dem Oberdeck und unterhielt sich leise mit Deanna Troi. Die beiden redeten schon geraume Zeit miteinander. Unter anderen Umständen wäre Geordi vielleicht neugierig gewesen, worüber sich die beiden unterhielten.

Eine ominöse Stille herrschte auf der Brücke. Die Grube im Zentrum seiner Seele wollte sich nicht füllen lassen: Egal, wie viele Lichter auf dem Steuerpult auch blinkten und summten und ihm von den eifrigen Reparaturen auf den unteren Decks berichten wollten, konnte er dennoch keinen Enthusiasmus aufbringen. Das Schiff war schon öfter angegriffen worden, und die Ingenieure lernten schnell. Die Reparaturen würden nur halb so lange dauern wie bisher. Dann würde sich das Schiff und seine Besatzung wieder an seinen Auftrag machen, etwas angeschlagen durch den Zwischenfall, womöglich sogar etwas stärker geworden, aber am Ende würden sie einfach weiterfliegen. Mitunter war das der Preis des Sieges. Keine wirklichen Veränderungen.

Mit Ausnahme des leeren Platzes neben ihm, der bald von jemand eingenommen werden würde. Jemand anderem.

Bitterkeit erfüllte seinen Geist. Welche Anerkennung würde man dem Opfer des Androiden zollen? Würde es eine Gedenkfeier für Data geben? Ein Weltraumbegräbnis, wie es einem Starfleet-Helden angemessen war? Noch befand sich die Leiche in der Krankenstation, leer und pulsierend, nicht wirklich tot, auch wenn sie nie wieder wirklich lebendig werden würde. Wie er so dasaß, fragte sich Geordi, ob er als einziger um ihn trauern würde. Wenn Picard und Riker nur den Tod genauso hitzig diskutieren würden wie das Leben. Oder ob es überhaupt eine Rolle spielte. Letztendlich hatten sie Data bereits im Stich gelassen, nichts würde das wiedergutmachen.

Nachdenklich starrte er durch sein Visor in den Weltraum, dessen Bild sich auf dem Hauptschirm zeigte. Die Überreste des Gasriesen brodelten noch immer, als seien sie Überbleibsel einer primordialen Explosion, sich weder ihrer Schönheit noch ihrer Bedeutung bewußt. Fast wie Data, der seinen Reiz und seinen Wert ebenfalls nicht erkannt hatte.

Geordi lümmelte sich in seinen Sessel, einen Ellenbogen auf das Steuerpult gestützt, und fühlte sich noch leerer. Es fiel ihm gar nicht auf, wie sehr er sich in seinen eigenen Gedanken verloren hatte, bis eine Hand auf seine Schulter fiel. Irgend jemand wollte was von ihm, und nur die Disziplin seiner Starfleet-Ausbildung bewegte ihn dazu, sich von seinen düsteren Gedanken loszureißen, sich aufzurichten und den anderen anzusehen.

Doch es war weder das vornehme Gesicht Picards noch die Große-Bruder-Miene Rikers, die da zu ihm herabsah. Was er statt dessen sah, war ein warmes infrarotes Leuchten, ein sanftes Gesicht und ein willkommenes Lächeln.

Er sprang aus seinem Sessel und stieß das Steuerpult beiseite.

»Data...«

Data bekam seinen Arm zu fassen, bewahrte ihn davor, über den Operator-Sessel zu stolpern, und lächelte weiter dieses warme kleine Lächeln.

Hinter ihm traten Captain Picard, Dr. Crusher und Wesley aus dem Turbolift und beobachteten das unerwartete Wiedersehen. Auch Commander Riker war sprachlos, als er sich von Troi losriß und die Rampe hinab auf sie zuging.

»Data!« keuchte Geordi ein weiteres Mal. Dann packte er Datas kühle Hand und sah dem Androiden tief in die Augen, als wollte er sich überzeugen, daß es wirklich Data war — und nicht irgendeine neue wissenschaftliche Errungenschaft, die lediglich den toten Körper zum Laufen bringen konnte und von der ihm niemand etwas gesagt hatte.

»Hallo, mein Freund.« Demut kroch in seinen Tonfall. »Es tut mir leid, daß ich dir das antun mußte.«

Geordi drückte ihm beide Hände, verzweifelt bemüht, jene Essenz des Lebens wahrzunehmen, die sich einfach nicht offen zur Schau stellen wollte, doch ihm fehlten die Worte.

»Captain«, platzte Riker schließlich heraus. »Doktor — was ist passiert?«

»Wir sind uns selbst nicht sicher«, meinte Beverly Crusher mit einem Achselzucken. »Er kam einfach wieder langsam zu sich und schaute sich um. Er war noch eine Weile desorientiert, aber wie Sie sehen...«

Riker packte Datas Arm und wirbelte ihn herum — nicht zu grob, aber auch nicht gerade sanft. »Data? Sind Sie in Ordnung?«

Der Androide nickte großzügig. »Ich fühle mich etwas durch die Mangel gedreht, Sir.«

»Wissen Sie, was Ihnen passiert ist?«

»Jawohl, Sir. Ich glaube, ich bin abgekratzt.«

Ein plötzlich atemloser Riker starrte ihn an und versuchte, seine Gegenwart zu verdauen. Es war einfach nicht normal, daß die Toten wiederauferstanden.

Data schien es ihnen nachfühlen zu können. Zumindest berührte ihn Geordis und Rikers Reaktion. »Ehrlich«, sagte er. »Ich weiß nicht, was mit mir passiert ist oder warum ich zurückgekehrt bin. Ich kann nur annehmen, daß das Wesen, als es in Schwierigkeiten kam, seine Fracht aufgeben und um seine eigene Existenz kämpfen mußte. Von all den Millionen Lebensessenzen war ich die einzige, die einen Platz hatte, an den sie zurückkehren konnte. Natürlich«, fügte er hinzu, »ist das nur eine Annahme.«

Nach einigen schnellen Atemzügen warf Geordi den anderen einen Blick zu, wandte sich dann wieder an Data und verscheuchte seine Erleichterung mit einem Lachen.

»Schon gut, schon gut«, sagte Picard geduldig. »Riker, Data und Wes Crusher, ich wünsche, daß Sie sich in fünf Minuten in meinem Bereitschaftsraum einfinden. Ist das klar?«

»Völlig klar, Sir«, murmelte Riker und ließ Data dabei keinen Moment lang aus den Augen. Diesmal hatte sein Blick etwas Fürsorgliches.

Data erwiderte seinen Blick und schenkte ihm ein dankbares Nicken.

Sichtlich nervös standen die drei im Bereitschaftsraum des Captains.

Einige Minuten lang wahrten sie freundschaftliches Schweigen. Schließlich ging Riker auf Data zu und reichte ihm die Hand. »Gratuliere. Sie haben die Antwort gefunden, die Sie suchten.«

Data nahm die angebotene Hand, obwohl er nun etwas befangen wirkte. »Nicht wirklich, Sir. Die Kriterien des Phänomens für das, was es als lebendig identifizierte, waren uns nie klar.«

»Hören Sie«, fiel ihm Riker ins Wort. »Was mich betrifft, war das die größte Autorität in Sachen Leben, die uns jemals begegnet ist. Sie mögen kein Mensch sein, aber das Phänomen erkannte irgendwas in Ihnen als lebendig. Und ... das genügt mir. Ich bin froh, daß Sie wieder da sind.«

Der Androide senkte den Kopf. »Danke, daß Sie mir nachgeflogen sind. Das – wie Sie es ausdrücken – genügt mir.«

Wesley verschränkte seine Arme. »Nun werdet mal nicht kitschig, Leute.«

Riker versetzte ihm einen Knuff. »Wenn du einmal gestorben und wiederauferstanden bist, kannst du meinetwegen von Kitsch reden.«

»Wie tief stecken wir nach Ihrer Ansicht eigentlich in der Patsche?«

Riker tat die Frage mit einem Achselzucken ab. »Keine Ahnung, was dich angeht. Aber ich hege meine Zweifel, ob der Captain Data oder mich für unsere genialen Taten beglückwünschen wird. Zwei Beiboote verloren, Befehlsmißachtung – nicht sehr erfreulich.«

»Wenigstens hat keiner von euch den Phaserkern zum Schmelzen gebracht«, bemerkte Wesley verdrossen.

»Stimmt, aber wir...«

Der Captain kam herein, und sie gingen alle drei vor seinem Tisch in Habtachtstellung, einfach deshalb, weil ihm keiner in die Augen sehen wollte. Der Captain lief um seinen Tisch herum, setzte sich aber nicht.

»Gratuliere, Mr. Crusher«, begann er ohne Umschweife. »Ihnen wird das einzigartige Privileg zuteil, bei der dreiwöchigen Reparatur des Phaserkerns mithelfen zu dürfen. Eine seltene Gelegenheit für jemanden in Ihrem Alter.«

Wesley wurde wieder munter. »Danke, Sir!«

Picard warf ihm einen finsteren Blick zu, verärgert darüber, daß sein Sarkasmus an Wesley offensichtlich verschwendet war. »Wir werden sehen, ob Sie in drei Wochen immer noch grinsen.«

Das Grinsen entgleiste dementsprechend.

Picard ignorierte ihn und richtete seinen finsteren Blick auf Riker und Data. »Und was Sie beide und Ihren Hang zum Diebstahl von Starfleet-Eigentum und Extratouren angeht«, seine Stimme gewann an Intensität und Wildheit,

»lassen Sie das nicht zu einer Gewohnheit werden. Weggetreten!«

Sowohl Data als auch Riker waren zu verblüfft, um sich aus dem Staub zu machen, solange das noch ging, wenigstens nicht in den ersten paar Sekunden. Schließlich scheuchte Riker die beiden anderen mit einer Handbewegung hinaus und folgte ihnen dann. Ein Gefühl der Erleichterung überkam ihn, als das Schott hinter ihnen zuglitt. Gemeinsam traten sie auf die eigentliche Brücke und hielten jäh inne.

Nur Riker war noch zu einer sinnvollen Bewegung fähig — er berührte die Tür des Bereitschaftsraums und ließ sie erneut aufgleiten. »Captain«, rief er, ohne die Augen von dem Anblick abzuwenden. »Es wäre besser, wenn Sie sich das ansehen.«

Im nächsten Moment stand Picard an seiner Seite.

Gemeinsam mit der restlichen Besatzung betrachteten sie die ausgedehnte Brücke — eine Brücke, die von menschlichen Gestalten übervölkert war. Hunderte von menschlichen Gestalten, alle in Uniform. Seeleute. Kommandierende Offiziere aus alten Zeiten. Manche Uniformen waren blau, andere grün.

Im Zentrum der halbmondförmig angeordneten Reihe von Marineoffizieren aus längst vergessenen Tagen standen die geisterhaften Umrisse von Arkadij Reykow und Timofei Vasska. Schweigend richteten sie ihren Blick auf Captain Picard.

Auf dem unteren Deck starrte Troi sie an, Tränen in den hübschen Augen. Endlich fand sie ihren Frieden.

Captain Reykow hob die Hand zu einer Ehrenbezeigung. Im nächsten Moment taten es ihm die anderen Seeleute von der Erde gleich.

Picard räusperte sich. »Achtung!«

Seine Besatzung nahm Haltung an.

Dann hob er seine eigene Hand und entbot denjenigen seinen Gruß, um derentwillen er sein Schiff beinahe der Zerstörung preisgegeben hätte.

Captain Reykows Augen funkelten, als sei er noch am Leben. Er nickte dankbar, und seine Hand fuhr nach unten. Seine Männer taten es ihm gleich.

Dann löste sich der Halbmond aus Seeleuten von seinen Enden her langsam auf, und einer nach dem anderen verschwand.

Die *Enterprise* gehörte wieder den Lebenden.

CARMEN CARTER
PETER DAVID
MICHAEL JAN FRIEDMAN
ROBERT GREENBERGER

PLANET DES UNTERGANGS

KAPITEL 1

Der Erste Offizier William Riker saß im Kommandosessel der *Enterprise* und träumte davon, Captain eines Raumschiffs der Galaxis-Klasse zu sein.

Als Kind hatte er viele Bücher über die Geschichte der Raumforschung gelesen und jene Männer und Frauen bestaunt, die ihre Schiffe vor Gefahren retteten, dabei manchmal sogar ihr Leben opferten. Admiräle planten Expeditionen in unbekannte Raumsektoren, aber ein Captain stellte den ersten Kontakt mit fremden Zivilisationen her und schuf neue Bündnisse für eine wachsende Föderation. Ein Captain war umgeben von einer abenteuerlichen Aura, und Riker hoffte noch immer, daß er eines Tages den Befehl über ein Raumschiff bekam, das bis in die fernsten Bereiche der Galaxis flog.

Er hatte sich nicht gewünscht, Erster Offizier zu werden und mit pedantischen Bürokraten zu verhandeln.

Das war der Nachteil von Tagträumen: Ihnen fehlten Einzelheiten. Der Captain genoß den ganzen Ruhm, weil er langweilige, banale Pflichten jemand anders überließ. Und dieser Jemand hieß Riker.

»Die K'Vin-Botschaft setzt sich mit uns in Verbindung, Commander.«

Riker setzte sich auf und straffte die Schultern. Das stundenlange Warten blieb nicht ohne Einfluß auf seine Haltung, doch Worfs Mitteilung weckte erneut einen Sinn für offizielle Würde in ihm.

»Wird auch Zeit. Bestätigen Sie den Kontakt auf mein Zeichen hin.«

Ungeduldig trommelte er mit den Fingern auf die Armlehne, während er beobachtete, wie einige Brükkenoffiziere zu ihren Posten zurückkehrten. Wesley Crusher wandte sich von der rückwärtigen Station ab, trat die Seitenrampe herunter und nahm am Navigationspult Platz. Lieutenant Solis blieb an der Operatorkonsole und krümmte so stark den Rücken, daß die Knochen knackten. Deanna Troi stand an einem Getränkespender und hatte es nicht ganz so eilig wie der Fähnrich, zu ihrem Platz in der Kommandosektion zu gehen, doch sie ließ ihren erfrischenden Drink ohne Klage zurück.

Riker ließ seinen Blick noch einmal durch den Kontrollraum schweifen, um festzustellen, ob alle Anwesenden aufmerksam genug wirkten. Dann sah er zum großen Projektionsfeld an der vorderen gewölbten Wand.

»In Ordnung, Lieutenant Worf.«

Die statische Darstellung eines Planeten wich dem Bild des Verwaltungsassistenten der Botschaft. Gezor gehörte zu einem ganz anderen Volk als die gedrungenen K'Vin, für die er arbeitete. Er war feingliedrig, hatte rosarote Haut und eine dichte Mähne aus lockigem schwarzem Haar, das ihm weit den Rücken hinabreichte.

»Ich wünsche Ihnen und Ihren Kollegen kühle Tage, Commander Riker.« Zwar sprach Gezor mit einem krächzenden Akzent, aber ansonsten beherrschte er die Föderationssprache tadellos. »Nach einer sorgfältigen Prüfung Ihres Antrags auf Aufenthaltserlaubnis erteilt die K'Vin-Botschaft provisorische Genehmigung für Lieutenant Worf und Lieutenant Geordi LaForge.«

»Provisorische Genehmigung?« Vage Besorgnis verlieh der Stimme des Ersten Offiziers einen unbeabsichtigt scharfen Klang.

»Ja«, sagte Gezor und blinzelte träge mit dicken Lidern. »Offenbar sind die Unterlagen für Lieutenant Commander Data nicht komplett. Ohne eine Vervollständigung der erforderlichen Informationen müssen wir ihm die Erlaubnis verweigern, K'Vin-Territorium zu betreten.«

Riker zwang sich zu einem freundlichen Gesichtsausdruck und begann mit der Erklärung. »Ich habe es in den Formularen vermerkt: Mehrere Fragen in Hinsicht auf Data können nicht beantwortet werden. Als Androide hat er weder biologische Eltern noch ...«

»Darüber hinaus warte ich nach wie vor auf Angaben bezüglich seiner Krankengeschichte«, meinte Gezor. Er sprach in einem gelassenen Tonfall, aber es gelang ihm trotzdem, den Ersten Offizier zu unterbrechen.

»Wie ich schon sagte ...« Rikers Stimme wurde lauter. »Data ist ein *Androide.* Er *hat* keine Krankengeschichte.«

»Dann sieht sich die K'Vin-Botschaft außerstande, Lieutenant Commander Data eine Aufenthaltserlaubnis zu gewähren. Da er kein Mitglied der Landegruppe sein kann, werden auch die anderen Anträge ungültig. Die provisorische Genehmigung für Lieutenant Worf und Lieutenant Commander LaForge wird hiermit für nichtig erklärt.«

Riker preßte die Lippen zusammen und bemühte sich, den Ärger zu unterdrücken. »Gezor, die Föderationsbotschaft auf Kirlos hat bereits ...«

»Die K'Vin tragen keine Verantwortung für die Unzulänglichkeiten der hiesigen Föderationsbotschaft. Woraus folgt: Wenn die Landegruppe der *Enterprise* versucht, K'Vin-Territorium zu durchqueren ...«

Riker sprang mit einem Satz aus dem Sessel und stand breitbeinig auf dem Kommandodeck. Er war groß und konnte kaum der Versuchung widerstehen, diesen Umstand zu nutzen, um andere Personen einzuschüchtern. Irgendwann fand er vielleicht heraus, wie es Captain Picard schaffte, ohne einen derartigen physischen Vorteil Autorität auszustrahlen. Bis dahin hielt Riker an der Entschlossenheit fest, alle seine Vorteile zu nutzen.

»Sie wissen ganz genau, daß unsere Leute das K'Vin-

Territorium durchqueren müssen, um die archäologische Fundstätte zu erreichen! Darum geht es ja gerade bei unserer Mission!«

Gezor runzelte unwillig die Stirn, als er diese Bemerkung hörte. »Nun, Commander Riker ... In dem Fall rate ich Ihnen, ausführlich Antwort auf alle Fragen in den betreffenden Formularen zu geben. Nur dann sind wir in der Lage, Ihnen eine Genehmigung zu erteilen.«

Riker strich sich mit dem Zeigefinger über die Kehle.

Lieutenant Worf unterbrach den Kom-Kontakt mit der Botschaft. Gezors Gesicht verschwand, und einen Sekundenbruchteil später zeigte der Wandschirm wieder die Tagseite von Kirlos. Diesen Anblick bot das Projektionsfeld schon seit zwei Tagen, seit die *Enterprise* in einen stationären Orbit geschwenkt war. Auf Kirlos gab es keine Seen oder Meere; die Oberfläche präsentierte ein gleichförmiges Muster aus beigefarbenen und braunen Tönen.

»Kom-Kanal vorübergehend geschlossen«, sagte Lieutenant Worf.

Riker holte tief Luft und lockerte die Schultern.

»Wir wollen eine Landegruppe nach Kirlos schicken, aber die K'Vin legen uns dauernd Hindernisse in den Weg.« Er drehte sich zu Troi um, die neben dem leeren Sessel des Captains saß. »Warum?«

»Ich bin mit dem Volk der Sullurh nicht sehr vertraut«, erwiderte die Counselor und dachte an die verschiedenen Gesprächsnuancen. »Wie dem auch sei: Ich spüre keine direkte Feindseligkeit von Gezor. Er scheint ein loyaler Bediensteter der K'Vin zu sein, der ihre Vorschriften sehr genau nimmt.« Riker sah überrascht, daß Deanna lächelte. »Ich glaube, er langweilt sich nur.«

»Und ich sorge für Unterhaltung«, brachte der Erste Offizier gepreßt hervor. »Nun, mir reicht's.«

Er verschränkte die Arme, warf Kirlos einen finsteren Blick zu und überlegte. Der Teil des Planeten, den sie vom hohen Orbit aus beobachten konnten, offenbarte einen runden, flachen Bereich, den die Forscher ›Tal‹ nannten — ein interessantes Gebiet, aber nicht interessant genug, um Riker von seinem Groll abzulenken. Eine plötzliche Idee glättete die Falten in seiner Stirn. Er lächelte und ließ die Arme wieder sinken.

»Mr. Worf!« rief er fröhlich. »Öffnen Sie den Kom-Kanal zur K'Vin-Botschaft.«

Gezor erschien erneut auf dem Wandschirm. Sein Gesicht war ausdruckslos-höflich und verriet keine Reaktion auf die lange Unterbrechung des Kontaktes. Trotzdem leitete Riker seinen Vortrag mit einer beschwichtigenden Verbeugung ein.

»Gezor, als wir Vorbereitungen trafen, um Aufenthaltserlaubnis für die Landegruppe zu beantragen, kam es zu einem bedauerlichen Versehen. Lieutenant Commander Data hätte in der Ausrüstungsrubrik erwähnt werden sollen, da er zum Forschungsinstrumentarium gehört. Die Landegruppe benötigt ihn als hochentwickeltes technisches Gerät bei den Untersuchungen.«

Der Verwalter dachte über diese Erläuterung lange genug nach, um dreimal zu blinzeln. »Ja«, erwiderte er schließlich. »Dann müßte es möglich sein, allen Informationserfordernissen gerecht zu werden. Ich gestatte Ihnen, noch einmal die Aufenthaltserlaubnis für Lieutenant Worf und Lieutenant LaForge zu beantragen und bitte Sie, eine detaillierte Ausrüstungsliste mit allen notwendigen Angaben beizufügen. Bereiteten Sie sich auf den Datentransfer mit Anweisungen für diese Prozedur vor.«

Der Planet Kirlos kehrte auf den Wandschirm zurück und signalisierte das Ende des Kom-Kontakts mit der K'Vin-Botschaft.

»Weitere Formulare«, stöhnte Riker.

Wesley Crusher drehte seinen Sessel und sah den Ersten Offizier an. »Ich schätze, das gehört zur Verantwortungsbürde des Kommandos, nicht wahr, Sir?« fragte er und schmunzelte.

Riker grinste.

»Fähnrich Crusher …« Er trat näher und legte dem jungen Mann die Hand auf die Schulter. »Ich vernachlässige Ihr Interesse an dem Kirlos-Projekt. Wie egoistisch von mir, Sie bei lehrreichen Erfahrungen zu behindern.«

»Sir?« Wesley verlagerte unruhig das Gewicht im Navigationssessel.

»Dies ist eine ausgezeichnete Gelegenheit für Sie, sich eingehend mit einer anderen Herausforderung der Kommandopflichten zu befassen.« Riker blickte über die Schulter hinweg zu Lieutenant Worf. »Der Fähnrich kümmert sich um die weitere Kommunikation mit der Botschaft.«

»Ja, Sir.« Der Klingone starrte auf die übers Kom-Pult huschenden Lichter. »Der Transfer dauert an. Es scheinen ziemlich viele Daten zu sein.«

»Nun, geben Sie dem Fähnrich Bescheid, wenn alle Spezifikationen gespeichert sind. Ich gehe jetzt zum Captain — die Brücke gehört Ihnen.« Riker gab Wesley einen herzhaften Klaps auf den Rücken und schritt zum Bereitschaftsraum. Vor der Tür blieb er noch einmal stehen. »Beantworten Sie alle Fragen in den elektronischen Formularen mit großer Sorgfalt, Mr. Crusher. Die K'Vin legen Wert auf Gründlichkeit.«

»Ja, Sir.«

Fähnrich Crusher lächelte nicht mehr.

Es befanden sich keine Objekte auf dem Schreibtisch des Captains — mit einer Ausnahme. Geordi LaForge griff nach einer kleinen Statue und setzte sie vorsichtig ab. Das Kunstwerk war so perfekt ausbalanciert, daß es ohne einen Sockel stand.

Angesichts der Schönheit des Bildnisses gab Jean-Luc Picard seine übliche Zurückhaltung auf. Fasziniert beugte er sich vor, um es aus der Nähe zu betrachten.

Die Figurine zeigte den Angehörigen einer unbekannten humanoiden Spezies. Der gedrungene, muskulöse Körper schien mitten in der Bewegung eingefangen zu sein — in einem Sprung aus der Hocke. Die Säume des Umhangs und der lange, buschige Schwanz schwebten in der Luft. Picard hielt die Gestalt zunächst für einen Tänzer — bis er die gefletschten Zähne sah. Die Augen waren zu schmalen Schlitzen zusammengekniffen, und der Blick ähnelte dem eines Raubtiers, das sich anschickte, ein Opfer zu töten.

Die vorherrschende Farbe bestand aus einem satten Orange, aber es gab auch dünne, grün und weiß glänzende Adern. Die polierte Oberfläche schimmerte sogar im matten Licht des Bereitschaftsraumes.

»Um was für ein Material handelt es sich?«

»Arizit, eine sehr seltene Marmorart«, sagte Geordi.

»Ja, ich habe davon gehört. Aber ich sehe ihn jetzt zum erstenmal.« Der Captain streckte die Hand nach der Statue aus und zögerte. »Darf ich?«

»Nur zu«, erwiderte LaForge und gestikulierte ausladend. »Als ich Professor Coleridge auf Ihr Interesse an Archäologie hinwies, schickte sie dieses Artefakt, damit Sie es bewundern können.«

Riker kam rechtzeitig genug herein, um die letzten Worte des Chefingenieures zu hören. »Ja, aber sie überließ es mir, die dafür notwendigen Formulare auszufüllen.«

Picard war viel zu sehr auf die Statue konzentriert, um dem Ersten Offizier Beachtung zu schenken. Der Marmor lastete schwer in seiner Hand und fühlte sich kühl an. Vergeblich suchte er nach einem Makel; nirgends zeigte sich auch nur ein Kratzer.

»Und die Ruinen sind voll von solchen Überbleibseln der Ariantu-Kultur?«

»Ja. Dies ist offenbar ein eher unwichtiges Stück.« Geordi wich beiseite, als Riker an den Tisch herantrat, um einen Blick auf das Objekt in den Händen des Captains zu werfen. »Nassa — Professor Coleridge — meinte, die Gamma-Ebene von Kirlos sei während eines sehr kurzen Zeitraums evakuiert worden, aus Gründen, die wir nicht kennen. Als Folge davon ließen die dortigen Ariantu einen großen Teil ihres Besitzes zurück. Es dauert sicher nicht mehr lange, bis die Ausgrabungsgruppen einen ziemlich genauen Eindruck von ihrem täglichen Leben gewinnen.«

»Ah!« seufzte Picard, und in seinen Augen blitzte es neidisch. »Ich würde gern die Gelegenheit nutzen, um ...«

»Denken Sie nicht einmal daran, Captain«, warf Riker ein. »Sie müssen unter allen Umständen an Bord der *Enterprise* bleiben.«

Picard hob ruckartig den Kopf und maß den Ersten Offizier mit einem durchdringenden Blick — deutlicher Hinweis auf unterdrückten Ärger. »Ich bitte Sie, Nummer Eins. Jetzt übertreiben Sie es mit der Sorge um meine Sicherheit. Sie können mich nicht davon überzeugen, daß mir auf Kirlos irgendeine Gefahr droht.«

»Wer hat etwas von Gefahr gesagt? Ich habe es satt, mich mit Formularen herumzuplagen!« Riker schwang das Bein über die Rückenlehne eines Stuhls und nahm vor dem Schreibtisch Platz. »Wenn wir auch die Teilnahme des Captains bei dieser Mission beantragen, wollen die K'Vin vermutlich wissen, wie viele Haare auf Ihrem Kopf wachsen und was Ihre Mutter zum Frühstück gegessen hat, als Sie geboren wurden.«

»Ich verstehe«, sagte Picard gutmütig und lächelte andeutungsweise. »Nun, es war nur so ein Gedanke.« Dennoch verharrte sein sehnsüchtiger Blick auf der Statue und dem, was sie symbolisierte. Wie aus weiter Ferne hörte er eine Stimme, die aus dem Interkom-Lautsprecher drang.

»Lieutenant LaForge und Lieutenant Worf, bitte kommen Sie für die Immunbehandlung zur Krankenstation.«

Geordi berührte seinen Insignienkommunikator. »Bin

schon unterwegs, Doktor.« Riker sah ihm voller Mitgefühl nach, und der Chefingenieur schritt bereits durch die Tür, als Picard begriff, daß er den Raum verließ.

»Oh, ich habe ganz vergessen, ihm hierfür zu danken.« Der Captain stellte das Ariantu-Artefakt auf den Tisch, doch es fesselte ihn noch immer. Riker lehnte sich auf dem Stuhl zurück und verschränkte die Arme. Er unternahm keinen Versuch, Picards Aufmerksamkeit auf sich zu lenken. Die beiden Männer teilten ein angenehmes Schweigen.

Nach einer Weile hob der Captain den Blick zu seinem Ersten Offizier. »Die Landegruppe wurde von Ihnen zusammengestellt, Nummer Eins, und natürlich habe ich volles Vertrauen zu Ihrer Entscheidung.«

»Ja, Captain.«

»Aber Sie müssen zugeben, daß Sie eine recht ... ungewöhnliche Wahl trafen«, fügte Picard mit geheuchelter Gleichgültigkeit hinzu.

Riker nickte ernst. »Mag sein. Für gewöhnlich bleibt der Chefingenieur an Bord des Schiffes.«

»In der Tat. Aber in diesem Fall hat Nassa Coleridge ausdrücklich Geordi angefordert. Seinen Schilderungen entnehme ich, daß sie eine Art Mentor für ihn war, bevor er sich für die Ausbildung in der Starfleet-Akademie entschied. Sein VISOR ist bei der Suche in den Ruinen bestimmt sehr nützlich, und an Datas Eignung für derartige Forschungen kann überhaupt kein Zweifel bestehen.« Es gelang Picard nicht ganz, den Schatten eines Lächelns von seinen Lippen zu verbannen. »Aber warum Worf? Ich dachte, Lieutenant Keenan sei für einen Sicherheitseinsatz auf dem nächsten Planeten vorgesehen.«

»Worf hat sich freiwillig gemeldet.« Als der Captain erstaunt eine Braue wölbte, fuhr Riker fort: »Weshalb sollte ein Klingone nicht den Wunsch empfinden, sich mitten in umstrittenes Territorium zu beamen?«

»Von ›umstritten‹ kann wohl kaum die Rede sein!« erwiderte Picard in einem tadelnden Tonfall. Er entspannte sich, erreichte jedoch nicht die gleiche Zwanglosigkeit wie Riker. »K'Vin und Föderation sind seit dreißig Jahren auf Kirlos präsent, ohne daß es zu einer direkten Konfrontation kam. Ich habe sogar gehört, daß die beiden Botschafter Stephaleh und Gregach jede Woche Dyson spielen.«

»Was für ein Zufall«, kommentierte Riker ohne nähere Ausführungen.

»Ich verstehe allmählich.« Picard schüttelte in gespielter Mißbilligung den Kopf. »Der Sünde Lohn. Vielleicht ist der Lieutenant von jetzt an vorsichtiger bei seinen ›Spielen‹ mit den Angehörigen der Sicherheitsabteilung. Und auch bei den Einsätzen.«

Riker verbarg sein Lächeln, indem er sich über den Bart strich. »Darauf können Sie wetten, Captain.«

Dr. Beverly Crusher hielt den Injektor an Worfs Hals, und das Gerät entlud sich mit einem leisen Zischen. Fast sofort wollte sich der Klingone aufrichten, aber die Ärztin drückte ihn zurück. Es fiel ihr schwerer, als sie erwartet hatte.

»Ich bin noch nicht fertig, Lieutenant Worf.« Sie justierte das Instrument und hörte dabei ein dumpfes Knurren in der Kehle des Sicherheitsoffiziers.

Geordi wartete geduldig. »Warum die vielen Impfungen?«

»Nur eine Vorsichtsmaßnahme«, erwiderte Crusher und begann mit einer zweiten Injektion. »In den Tunneln von Kirlos leben die Angehörigen vieler verschiedener Völker. Biofilter hindern Krankheitserreger vielleicht daran, die Siedlung zu erreichen, aber es besteht trotzdem die Gefahr eines Kontakts mit mutierten Viren. Ich sorge dafür, daß Sie eine breitere Immunbasis bekommen.«

Dann fügte sie unüberlegt hinzu: »Ich rate Ihnen in erster Linie, genug Flüssigkeit aufzunehmen und an einem kühlen Ort zu bleiben. Nach den medizinischen Aufzeichnungen der Föderationsbotschaft zu urteilen, ist Überhitzung der Grund für die meisten Todesfälle.«

»Auf diese Weise stirbt ein Lasttier!« entfuhr es Worf, der bisher geschwiegen hatte.

Das unheilverkündende Knurren wurde lauter und ließ seine breite Brust erzittern. Crusher spürte die Vibrationen in den Fingerkuppen, als sie den kleinen Metallzylinder zum drittenmal an den Hals hielt. Um Worf von der letzten Injektion abzulenken, fragte die Ärztin: »Ich dachte, Keenan sei für diesen Einsatz vorgesehen.«

Der Klingone grollte. Seine Lippen teilten sich, und lange weiße Schneidezähne kamen zum Vorschein.

Crusher trat rasch von ihrem Patienten zurück und hätte fast den leeren Injektor fallen lassen. »Sie können jetzt gehen, Lieutenant«, sagte sie mit einem Rest von Würde.

O'Briens Hände schlossen sich so fest ums Pult, daß die Knöchel weiß hervortraten, und er spürte dabei die Verzweiflung eines Ertrinkenden. Wie viele Transportertechniker, die sich an ihre Pflichten gewöhnt hatten, fand er Gefallen an regelmäßigen Verkehrszeiten in seiner Domäne. Er arbeitete in einem relativ kleinen Raum, in dem es zu häufigen Begegnungen mit Besatzungsmitgliedern kam, und derart direkte Interaktionen brachten Probleme mit sich. Bei dieser besonderen Gelegenheit war Lieutenant Commander Data vor den übrigen Angehörigen der Landegruppe gekommen, und er zeigte nicht die Bereitschaft, schweigend auf seine Gefährten zu warten.

»Und was noch viel interessanter ist ...«, fuhr der Androide fort und erwärmte sich für ein Thema, das er unmittelbar nach seinem Eintreffen im Transporterraum angeschnitten hatte. »Wenn man die magnetischen Eigenheiten und Rotationscharakteristika im Licht der jüngsten spektographischen Untersuchungen der geologischen Unterschichten betrachtet, so deuten die Kongruenzen darauf hin, daß wir es bei Kirlos mit einem künstlich konstruierten Planeten zu tun haben. Unglücklicherweise erklärt das nicht, warum ...«

Data unterbrach sich mitten im Satz. Der Glanz in den Augen des Transporterchefs O'Brien erinnerte ihn an etwas. Er hatte ihn oft in Picards Pupillen gesehen, kurz bevor ihn der Captain darum bat, still zu sein.

»Möchten Sie an dieser Stelle vielleicht etwas sagen?« erkundigte sich der Androide.

O'Brien zuckte zusammen und schien aus tiefer Benommenheit zu erwachen. »Nein, *Sir?*« erwiderte er, und Data fiel die seltsame Betonung des zweiten Worts auf; sie hob den Rangunterschied hervor. »Derzeit fällt mir keine passende Bemerkung ein.«

Der Androide dachte noch immer über die Mehrdeutigkeit dieser Antwort nach, als das Schott des Transporterraums mit einem leisen Zischen beiseite glitt.

»Ich beneide Sie, Data«, meinte Geordi, als er mit Worf hereinkam. »Sie brauchen der Krankenstation keinen Besuch abzustatten, bevor Sie sich auf einen Planeten beamen lassen.«

»Das stimmt«, bestätigte Data und wandte sich widerstrebend von O'Brien ab. »Allerdings habe ich eine geringfügige Rejustierung meiner thermostatischen Kontrollen vorgenommen. Nach den mir zur Verfügung stehenden Informationen herrschen selbst in den Tunneln von Kirlos Temperaturen bis zu ...«

Er klappte den Mund zu und neigte den Kopf von einer Seite zu anderen, als sein Blick Geordis hastig winkender Hand folgte. »Was hat es mit dieser Geste auf sich?«

»Sie bedeutet ›nicht jetzt‹, Data.« Der Chefingenieur lächelte. »Schon gut. Ich erkläre es Ihnen später.«

»Oh, danke.« Der Androide folgte Worf und gab sich mit dem Versprechen zukünftiger Aufklärung zufrieden.

»Transporterkoordinaten sind programmiert«, sagte O'Brien, als er auf die Anzeigen der Konsole sah. Er berührte einige Kontrollfelder und leitete damit die erste Stufe des Entmaterialisierungsvorgangs ein. »Übrigens: Ich dachte, Keenan sei für diesen Einsatz vorgesehen.«

Worfs Knurren hallte laut von den Wänden wider. Er starrte O'Brien finster an, als Geordi auf die Plattform trat.

Der Transporterchef gab Energie. »Auf Wiedersehen, meine Herren.«

Die Landegruppe verschwand in einer glitzernden Wolke aus gelbem Licht, und erst dann erlaubte sich O'Brien ein Lächeln.

KAPITEL 2

Sie sind dran, Gregach«, sagte Stephaleh leise. Sie sprach immer sanft; das war eins ihrer Merkmale, schon seit dreiundfünfzig Jahren. Eine leise, sanfte Stimme, die manchmal über einen eisernen Willen hinwegtäuschte.

Ein erfülltes Leben lag hinter Stephaleh, und nach ihrer Berufung zum Botschafter auf Kirlos wurde es auch ruhiger. Die Zeit auf dem künstlichen Planeten verstrich nun in angenehmer Ereignislosigkeit, und Abwechselung brachten Abende wie dieser, beim Geschicklichkeitsspiel mit ihrem K'Vin-Kollegen, dem mürrischen Botschafter Gregach.

Sie sah über den Tisch und musterte ihren Gegner. Gregach saß zusammengekauert im Sessel, seine Hände fest um die Armlehnen geschlossen.

Ein typischer K'Vin: groß und träge, mit dicker grauer Haut. Gregach war schwerer als ein durchschnittlicher K'Vin, vor allem deshalb, weil es ihm an Bewegung mangelte. Durch das zusätzliche Gewicht wirkten seine grünen Augen noch kleiner.

Fasziniert beobachtete Stephaleh die beiden rudimentären Hauer, die aus Gregachs Kiefern ragten — typisch für sein Volk, eine Erinnerung an die Raubtiervergangenheit der K'Vin. Und eine Warnung: Man durfte diese Geschöpfe nicht unterschätzen.

Vor fast hundert Jahren hatten sich die K'Vin der Vereinten Föderation der Planeten angeschlossen, aber schon nach kurzer Zeit kam es zu Spannungen. Die K'Vin waren zu wild, neigten zu sehr dazu, sich in die inneren Angelegenheiten anderer Welten einzumischen und die Erste Direktive zu mißachten.

Als sich die Kontroversen zuspitzten, unterbrachen die K'Vin alle offiziellen Verbindungen zum interstellaren Völkerbund und beschritten einen eigenen Pfad. Nur eine Brücke brachen sie nicht hinter sich ab: Auch weiterhin unterhielten sie eine Botschaft auf der gemeinsamen Welt Kirlos.

»Gregach?«

»Mhm?«

»Sie sind dran, Botschafter. Noch immer.«

»Ja, Sie haben recht.«

Er grübelte immer bei einer Partie Dyson, und Stephaleh hatte mehrmals vorgeschlagen, an ihren gemeinsamen Abenden darauf zu verzichten. Doch Gregach lehnte ab und bestand darauf, daß sie spielten.

Er schüttelte den Kopf. Das Spiel war nicht sehr schwer, aber es erforderte viel Gedankenarbeit. Er brauchte nur ein kleines Rohr, gerade oder gebogen, aus dem nahen Kasten zu nehmen und es der Konstruktion hinzuzufügen. Seine eigenen Elemente glänzten in einem dunklen Purpur — im Unterschied zu dem hellen Gelb der Gegenpartei. Wer als erster eine Kugel schuf, errang den Sieg. Allerdings: Jeder Spieler durfte sich das Werk des Gegners aneignen, das daraufhin die Farbe wechselte.

Gregach schnaufte triumphierend, als er eine fast fertige Kugel Stephalehs übernahm, doch sie reagierte mit einem Manöver, durch das er seine Sphäre verlor. Er beobachtete die komplexe Konstruktion im matten Licht und schnitt eine Grimasse, als ihm seine begrenzten Möglichkeiten klar wurden. Stephaleh gewann erneut — wie immer.

Er musterte sie und fragte sich, warum er die Gesellschaft der Andorianerin als so angenehm empfand — angenehm genug, um ständig Niederlagen im Spiel hinzunehmen und trotzdem gute Laune zu bewahren. Eins stand fest: Ihre Beziehung basierte nicht auf Ähnlichkeiten.

Die K'Vin waren klein und untersetzt, im Gegensatz zur hochgewachsenen und anmutigen Stephaleh, die von Andor stammte. Selbst im fortgeschrittenen Alter wirkte sie sehr elegant und schien nach wie vor zu den anstrengendsten gymnastischen Übungen in der Lage zu sein, während ihr hellblaues Gesicht kaum Falten zeigte.

Aber die Jahre waren nicht *völlig* spurlos an ihr vorbeigegangen. Die Kopffühler hingen ein wenig nach unten, und das weiße Haar auf dem Kopf lichtete sich allmählich. Doch man mußte sie gut kennen, um die subtilen Veränderungen zu bemerken.

Als sie vor rund drei Jahren auf Kirlos eintraf, bestand ihr erster Annäherungsversuch darin, Gregach zum Essen einzuladen. Zu seiner großen Überraschung hatte sie sich gründlich über sein Volk informiert und servierte eine exzellente Mahlzeit: gebratenen Inlati, einen leckeren Fisch aus den Meeren der K'Vin-Heimatwelt. An jenem Abend schlug sie ein Spiel vor, und eine Partie hatte die nächste zur Folge. Innerhalb von drei Jahren schenkten ihnen diese Spiele zahlreiche unterhaltsame Stunden.

Gregach machte sich nichts vor. Dies war der letzte diplomatische Auftrag vor Stephalehs Pensionierung — oder ihrem Tod —, und sie wollte keine Probleme. Es gelang ihr meisterhaft, seine Sympathie zu gewinnen, und der K'Vin leistete keinen Widerstand. Der Einsatz auf diesem Planeten brachte ihn nicht auf dem Karrierepfad weiter, doch er war entschlossen, ihn so weit wie möglich zu genießen.

Außerdem bot Stephaleh weitaus stimulierendere Gesellschaft als die Soldaten seiner Eskorte — größtenteils enttäuschte Männer, die ihren Kummer jeden Abend in Alkohol ertränkten. Wenn er sie benötigt hätte, um interessante Gespräche zu führen oder geistreiche Witze zu hören, wäre sein Aufenthalt auf Kirlos viel langweiliger gewesen.

An diesem Abend speiste Gregach in der Föderationsbotschaft. Es handelte sich um ein höheres Gebäude als die K'Vin-Niederlassung — seine andorianische Kollegin mochte sich hier wohl fühlen, aber er zog es vor, dem Boden näher zu sein. Wenigstens befand sich der Speisesaal im Erdgeschoß, und die Abendmahlzeit war immer heiß und fertig, wenn er eintraf.

Er brachte nie ein Gefolge mit, das ihn an einer direkten, offenen Konversation mit Stephaleh gehindert hätte. Sie war eine ausgezeichnete Gastgeberin und erriet die Wünsche ihrer Gäste. Die Andorianerin schien immer genau zu wissen, ob er an Erkältung oder Erschöpfung litt und traf entsprechende Vorbereitungen für den Abend.

»Gregach?«

Er unterbrach seine Überlegungen. »Ja, ja, ich weiß.«

Er wählte ein gewölbtes Stück, setzte es in seine dritte Konstruktion und vervollständigt damit eine Halbkugel. Sie ragte vom runden Tisch auf und sah seltsam aus: Am Rand glitzerte sie, und der Rest schien das Licht zu absorbieren.

»Jetzt sind Sie dran«, sagte er.

»Danke«, erwiderte Stephaleh und fügte scherzhaft hinzu: »Ich wäre fast eingeschlafen.« Sie betrachtete die verschiedenen Formen. Eine, die von Gregach gestohlene Kugel, erschien vielversprechend — es fehlte nur noch eine zentrale Achse.

Sie nahm ein gerades Stück aus ihrem Kasten und stellte fest, daß es bereits Abnutzungserscheinungen aufwies. Dann schob sie es in die Konstruktion; eine Achse entstand.

»Noch ein Zug, und ich habe gewonnen, Botschafter«, kündigte sie lächelnd an.

Gregach brummte kehlig und verärgert. Er schloß seinen eigenen Kasten und gab sich damit geschlagen.

»Es hat keinen Zweck, die Agonie zu verlängern«, sagte er.

Schweigend demontierten sie die Kugeln und beeilten sich nicht, den gemeinsamen Abend zu beenden. Gregach fragte sich müßig, wie seine Vorgänger Kirlos ohne solche Ablenkungen ertragen hatten.

Es war eine unfreundliche Welt, deren Bewohner unter der Oberfläche lebten, inmitten der Ruinen einer Zivilisation, die längst nicht mehr existierte und noch immer ein Rätsel darstellte. Ein extrem heißer Planet — besonders für K'Vin —, ohne kühlende Brisen.

Aber schon seit fünfunddreißig Jahren teilten ihn die K'Vin mit der Föderation. Es lag nicht etwa daran, daß Kirlos eine spezielle Bedeutung hatte; diese Welt diente vielmehr dazu, sich nicht aus den Augen zu verlieren und in einzelnen Individuen die Hoffnung zu erhalten, daß irgendwann beide Mächte wieder zueinanderfanden, erneut zu Verbündeten wurden.

Als Gregach eine der komplizierteren Strukturen auseinandernahm, verglich er sie mit seiner unterbrochenen Karriere. Kurz vor der Versetzung hierher beschrieb man ihm den Planeten als einen überaus wichtigen Ort, doch er zweifelte nicht daran, daß es seine Vorgesetzten schon damals besser gewußt hatten. Man hielt Kirlos für eine völlig unwichtige Welt, eine Art Abstellkammer für den militärischen Helden des vorherigen Regimes.

Doch selbst nach Jahren auf Kirlos träumte Gregach noch immer von der Grenze, von Planeten wie Slurin und Lethrak, wo die wirklich wichtigen Ereignisse stattfanden.

»Danke dafür, daß Sie den Antrag bezüglich der Föderationsoffiziere und ihrer Ausrüstung genehmigt haben«, sagte Stephaleh.

Gregach winkte ab. »Schon gut. Mein Assistent hat sich darum gekümmert.« Er legte die letzten Stücke in den Kasten. »Ich vermute, die Landegruppe trifft bald ein, oder?«

Stephaleh nickte und lehnte sich zurück. Ihr Rücken schmerzte, und die Kissen halfen nur wenig. Sie empfand eine Fortsetzung des Gesprächs mit dem K'Vin-Botschafter zunehmend als Belastung, sehnte sich statt dessen nach einem Bad in Duftwasser. »Ja, sehr bald. Offenbar kennt unsere Archäologin einen der Offiziere — den Chefingenieur.«

»Der mit den Augen?«

»Alle Mitglieder der Landegruppe haben Augen, Freund. Ich meine jenen Mann mit dem VISOR; er kann uns bestimmt bei der Arbeit helfen.« Stephaleh streckte die Finger, damit sie sich nicht erneut verkrampften, so wie beim Abendessen.

»Stellen Sie sich vor, Ihr ganzes Leben lang alles durch Filter zu sehen, ohne die Dinge so zu erkennen, wie sie wirklich sind«, fuhr Gregach fort.

Die Andorianerin rutschte auf ihrem Stuhl zur Seite und rückte ein Kissen zurecht. »Er sieht weitaus mehr als Sie oder ich. Sein Sehvermögen ist einzigartig in der ganzen Galaxis. Trotzdem gibt es Beschränkungen. Und ich habe gehört, daß ihm das Gerät Schmerzen bereitet.«

»Meinem Volk gefällt es nicht sonderlich, Starfleet-Personal in der Nähe von Kirlos zu wissen«, entgegnete Gregach. »Man befürchtet eine Eskalation der Feindseligkeiten zwischen uns.«

Sie lachten beide, als sie an Feindseligkeiten auf dieser trockenen, heißen Welt dachten, die keine wertvollen Ressourcen besaß.

»Die Offiziere kommen hierher, weil Professor Coleridge darum bat«, erinnerte Stephaleh den K'Vin. »Ich habe nichts damit zu tun. Darüber hinaus wurde der Besuch von Ihrem Volk genehmigt. Sie graben Löcher in den Boden, finden einige Artefakte, die uns etwas mehr über die Ariantu verraten — und dann verlassen sie den Planeten wieder. Welchen Schaden können sie anrichten?«

»Hmmph«, brummte Gregach. »Starfleet hat den Befehl erhalten, die K'Vin auszuspionieren — das behauptet jedenfalls mein Volk. *Ich* bin der gleichen Meinung wie *Sie*, aber die Präsenz eines Schiffes der Föderationsflotte hat dafür gesorgt, daß einige Leute in meiner Heimat zu den Waffen greifen. Konnten die Offiziere nicht mit einem Shuttle kommen?«

»Sie wissen doch, daß die Reichweite von Shuttles beschränkt ist, Gregach. Außerdem: Ich fände es interessant, mir einen Kreuzer der neuen Galaxis-Klasse anzusehen. Dies ist der erste in unserem Raumsektor. Es sollen recht beeindruckende Schiffe sein.«

»Und mit genug Feuerkraft, um Kirlos zu verheeren.«

»Vielleicht ist die *Enterprise* hier, um etwas gegen die Händler zu unternehmen, die Sie auf Ihrer Seite des Planeten zulassen«, scherzte Stephaleh. »Im Ernst, Gregach: Warum öffnen Sie Ihren Markt den Ferengi? Es ist kein Geheimnis, daß sie gestohlene Waren verkaufen — von romulanischem Bier bis zu Iridium.«

»Und weshalb erlaubt die Föderation rhadamanthanischen Schiffen, geraubte Unterhaltungspakete zu transportieren?« konterte der K'Vin und nahm damit die Herausforderung an. »Meine Regierung kann die Rechte kreativer Arbeit nicht schützen, wenn es die Föderation zuläßt, daß andere Völker das Material kopieren und Hunderte von Credits unter unserem Preis anbieten.«

»Der Handelsbeauftragte der Föderation hat bereits Ermittlungen in Hinsicht auf Rhadamanthaner, Ferengi und Ditelaner eingeleitet. Wir bemühen uns, aber wie ich hörte, hat die K'Vin-Regierung bisher auf keine einzige Anklage der Föderation reagiert.«

Gregach schnaubte, rieb mit einem Finger über den rechten Hauer und suchte dort nach Unebenheiten — eine Geste, der er sich nie ganz bewußt wurde. »Lassen Sie uns keine gegenseitigen Vorwürfe erheben, Stephaleh. Verzichten Sie bitte darauf, an diesem Abend einen zweiten Sieg anzustreben. Niemand von uns kann auf die Entscheidungen der jeweiligen Regierungen Einfluß nehmen.«

Die Andorianerin nickte und griff nach ihrem Glas. Es ähnelte ihrer Spezies, war groß, dünn und hellblau.

Stephalehs Assistent Zamorh eilte ins Zimmer. Hastig kam er näher, schnaufte und keuchte dabei. Gregach erinnerte sich daran, daß die Hitze dieser Welt manchmal sogar den Sullurh zusetzte, obwohl sie sich vor allen anderen Völkern auf Kirlos niedergelassen hatten.

»Botschafter…«, brachte Zamorh hervor. »Die *Enterprise* hat uns mitgeteilt, daß die Landegruppe nun hierhergebeamt wird.« Er schnappte immer wieder nach Luft.

»Danke. Wir begrüßen sie im Transporterraum.« Stephaleh stand auf. Es tat ihr bestimmt gut, sich zu bewegen, und sie begrüßte die Abwechslung.

»Erinnern Sie sich an unsere Übereinkunft, Botschafter«, sagte Gregach, als sie durchs Gebäude schritten.

Daraufhin ging die Andorianerin etwas langsamer und musterte ihren Kollegen. »Selbstverständlich. Aber ich teile Ihre Einstellung nicht, und deshalb sollten Sie Ihre Ansicht sowohl den Besuchern als auch der Professorin erläutern. Ich bin sicher, sie gefällt ihr genausowenig wie mir.«

»Sie muß sich damit abfinden, ebenso wie die Föderation. Mir persönlich ist es völlig gleichgültig, was geschieht. Aber ich spreche für die K'Vin-Regierung, und die kann nicht einfach ignoriert werden.«

»Das liegt auch gar nicht in meiner Absicht, wie Sie sehr wohl wissen.« Stephaleh nahm Anstoß daran, daß Gregach dauernd die Verantwortung auf seine Regierung abwälzte. Andererseits vermutete sie, daß die Entscheidungen an höheren Stellen in der K'Vin-Kommandohierarchie getroffen wurden und ihm gar keine andere Wahl blieb, als sie zu akzeptieren.

Die beiden Botschafter und Zamorh wanderten durch einen Korridor und begegneten dabei nur einigen wenigen Personen, deren Abendschicht noch nicht beendet war. Der Sullurh ging voraus, führte sie an Kunstwerken vorbei, die Stephaleh von Andor mitgebracht hatte. Die Bilder zeigten Schlachten und Belagerungen aus der Vergangenheit ihrer Heimat. Es erfüllte Gregach mit einer gewissen Zufriedenheit, daß die Andorianer eine kriegerische Geschichte hatten, wenn auch nicht in dem Ausmaß wie die K'Vin.

Er dachte an die Völker, deren Aufstieg mit Kampf begonnen hatte und die schließlich den Frieden wählten. Es fielen ihm nur wenige ein, deren Evolution nicht von Aggression begleitet wurde und die trotzdem einen hohen technischen Entwicklungsstand erreichten. *Der Tötungsinstinkt,* fuhr es ihm durch den Sinn. *Er spielt eine zentrale Rolle.* Er verdrängte diesen Gedanken und betrat den Transporterraum, wo glänzendes Metall und die Felswände der ursprünglichen Ariantu-Struktur eine seltsame Einheit bildeten.

Ein menschlicher Techniker stand hinter der Konsole und wartete auf den Transfer. Auch der Sicherheitschef der Botschaft war zugegen, ein Mensch namens Powell, kräftig gebaut und dunkelhaarig. Stephaleh hatte ihn aus einer Gruppe von Starfleet-Offizieren gewählt, die auf einen Planeten versetzt werden wollten. Er leistete ihr gute Dienste, obgleich es ihm an Erfahrung mangelte.

Die Andorianerin hob den Kopf, als sie mit ihren sensiblen Fühlern den sich ankündigenden Transfer vor allen anderen Personen im Raum wahrnahm. Funkelnde Säulen entstanden, und in ihnen formten sich die Konturen von drei Gestalten. Stephaleh sah überrascht, daß der Androide namens Data viel menschlicher wirkte, als sie es für möglich gehalten hatte. Sie wußte natürlich, daß diese erstaunliche Maschine vor etwa achtundzwanzig Jahren auf einer fernen Welt gefunden worden war, und es faszinierte sie, ihr nun direkt gegenüberzustehen.

Der dunkelhäutige Mann mit dem VISOR verließ die Transferplattform als erster und lächelte offen. »Hallo. Ich bin Geordi LaForge. Wenn ich vorstellen darf ... Sicherheitsoffizier Worf und Lieutenant Commander Data.« Er deutete auf seine beiden Begleiter. Data nickte mit ausdruckslosem Gesicht. Der gefährlich aussehende Klingone Worf starrte nur, als er zusammen mit dem Androiden von der Plattform trat.

»Ich bin Botschafterin Stephaleh n'Ehliarch. Dies ist Botschafter Gregach; er vertritt die K'Vin-Hegemonie.« Die Andorianerin verneigte sich aus den Hüften, während Gregach das menschliche Gebaren nachahmte und die Hand ausstreckte. Stephaleh wußte, daß es ihm nicht darum ging, die Bräuche eines anderen Volkes zu respektieren; er wollte vielmehr einen Eindruck von der Kraft dieser Männer gewinnen. Der K'Vin zuckte zusammen, als sich Worfs Finger um seine Hand schlossen, und ein Lächeln umspielte Stephalehs Lippen.

»Ich schlage vor, wir suchen jetzt ein Zimmer auf, wo wir es gemütlich haben und uns unterhalten können«, sagte sie. »Möchten Sie etwas zu trinken?«

Zamorh verharrte vor der verzierten Vitrine im großen Empfangsraum und öffnete sie; hinter der kunstvoll geschmückten Tür kam eine Kühleinheit zum Vorschein. Er füllte mehrere Gläser mit Fruchtsaft und Synthehol, stellte sie auf ein Tablett und wandte sich damit an die Gäste. Data und Worf lehnten ein Getränk ab, doch Geordi griff zu und entschied sich für einen Saft. Gregach wählte Synthehol und beklagte leise den Umstand, daß es auf der Föderationsseite von Kirlos kein anständiges Bier gab. Stephaleh griff ebenfalls nach einem Glas mit Fruchtsaft und blieb mitten im Zimmer stehen.

»Ich heiße Sie alle auf Kirlos willkommen und wünsche Ihnen einen angenehmen Aufenthalt.« Sie hob ihr

Glas. Die anderen erwiderten die Geste und tranken einen Schluck. Nach der offiziellen Begrüßung ließ sich die Andorianerin in einen großen, mit Kissen gepolsterten Sessel sinken. Zamorh hatte ihn so aufgestellt, daß er sich im Zentrum der allgemeinen Aufmerksamkeit befand.

»Ich hoffe, wir brauchen nicht zu förmlich zu sein, Lieutenant Commander LaForge«, begann sie und lächelte herzlich.

»Natürlich nicht, Botschafterin«, erwiderte er und schmunzelte. »Wir sind nur Leute, die benötigt werden, um irgendwo Löcher zu graben. Übrigens: Wo ist Professor Coleridge?«

»Zamorh hat sie bereits benachrichtigt. Um ehrlich zu sein ... Wir haben nicht damit gerechnet, daß Sie so schnell die Aufenthaltserlaubnis bekommen.«

»Nun, unser Erster Offizier, Commander Riker, fand eine Möglichkeit, die Vorbehalte des zuständigen Verwaltungsassistenten auszuräumen. Er heißt Gezor, nicht wahr? Sehr tüchtig.« Geordi richtete diese Worte an Gregach, der auf einem Stuhl mit hoher, gerader Rückenlehne saß. »Ihre Mitarbeiter sind ausgesprochen gründlich.«

Gregach nickte und hob sein Glas an die Lippen. Er wollte dem Gespräch stumm zuhören, um die Starfleet-Offiziere richtig einschätzen zu können. LaForge war der geborene Anführer, gab sich lässig und locker. Das VISOR weckte Abscheu in dem K'Vin, aber gleich darauf begriff er die Dummheit einer solchen Empfindung. Der bleiche Androide schien funktionell und nützlich zu sein, wirkte jedoch nicht wie ein Soldat. Der Klingone hingegen sah grimmig und bedrohlich aus, obwohl er entspannt saß. Gregach dachte voller Sehnsucht an die Zeit, die er als junger Mann an Bord eines Schiffes der Grenzpatrouille verbracht hatte: Damals war es gelegentlich zu Gefechten mit imperialen Kreuzern gekommen. Die Klingonen konnten harte und entschlossene

Gegner sein, stellten damit eine echte Herausforderung dar. Gregach erhoffte sich eine Möglichkeit, mit Worf zu sprechen, bevor er an Bord des Föderationsschiffes zurückkehrte.

Eine Zeitlang plauderte die Gruppe: Wo war die *Enterprise* gewesen? Welche Welten hatte sie besucht? Gregach bemerkte, daß Zamorh immer in der Nähe weilte, um weitere Getränke anzubieten oder mit einer Serviette Kondensat von den Gläsern zu wischen.

Stephaleh spürte, wie die Müdigkeit sie mit bleierner Schwere erfaßte. Sie war nicht daran gewöhnt, lange aufzubleiben. Abgesehen von den Abenden mit Gregach ging sie früh zu Bett — immer früher, wie es ihr erschien. Ihre Benommenheit wuchs, und mehrmals unterdrückte sie ein Gähnen. Vielleicht sollte sie eine stimulierende Flüssigkeit trinken, zum Beispiel eine Tasse Kaffee. Ihre Gedanken glitten fort, zu den unterirdischen Flüssen Andors ...

Irgendwann verließ Zamorh das Zimmer und kam einige Minuten später mit einer hochgewachsenen, dunkelhäutigen Frau zurück, einer Terranerin, die mit zielstrebigen, langen Schritten ging. Sie trug einen schlichten dunkelblauen Overall, der einige Flecken aufwies, und eine undefinierbare Mütze. Darunter säumte glattes schwarzes Haar ein vertrautes Gesicht mit mandelförmigen Augen, hohen Wangenknochen und einem breiten, ausdrucksstarken Mund.

Ein Sullurh folgte ihr, und es fiel ihm schwer, mit der Frau Schritt zu halten. Unter anderen Umständen wäre er Stephaleh vielleicht gar nicht aufgefallen, aber sie hatte ihn erwartet.

LaForge sprang auf, bevor die andorianische Botschafterin etwas sagen konnte. Ein breites Grinsen erhellte seine Miene. »Professor Coleridge!« rief er. Geordi schwieg überrascht, als die Frau das Zimmer durchquerte und ihn so fest umarmte, daß einem kleineren Mann die Luft weggeblieben wäre.

»Ich bin froh, Sie wiederzusehen Geordi. Sogar sehr froh. Oh, Sie sind jetzt Commander. Ausgezeichnet.«

Geordi tastete kurz zu den Schulterabzeichen und zuckte mit den Achseln. Er lächelte noch immer, und Dutzende von Fragen lagen ihm auf der Zunge. Aber er stellte sie nicht und beschloß statt dessen, zuerst die Vorstellung hinter sich zu bringen. Er nannte die Namen der anderen Offiziere, winkte dann und fügte hinzu: »Das ist Nassa Coleridge, die größte Archäologin aller Zeiten!«

»Freut mich, Sie kennenzulernen«, sagte die Professorin. »Mein Gehilfe Thul. Er wurde mir unmittelbar nach meiner Ankunft zugewiesen, und dafür danke ich dem Himmel.« Der kleine, unscheinbare Sullurh nickte kurz und trat beiseite.

»Und nun, Geordi LaForge ... Lassen Sie uns Platz nehmen und überlegen, wie wir Ihnen Arbeit beschaffen.« Coleridge setzte sich zwischen Gregach und Data. Es war schon recht spät, aber sie schien bereit zu sein, alle Einzelheiten der bevorstehenden Ausgrabungen zu erörtern.

Das fiel auch Stephaleh auf. »Wie ich schon sagte: Ich habe erst später mit dieser Zusammenkunft gerechnet«, begann sie, massierte sich das linke Bein und versuchte, den Krampf zu lindern, der erste stechende Pein verursachte. Sie räusperte sich. »Zuerst einige Hintergrundinformationen. Botschafter Gregach und ich kamen vor zwei Jahren überein, Kirlos für umfangreiche archäologische Untersuchungen zu öffnen — immerhin sind wir alle an der Ariantu-Kultur interessiert. Es ist von großer wissenschaftlicher Bedeutung, so viele Artefakte wie möglich zu finden, da wir vielleicht keine anderen Hinweise auf diese untergegangene Zivilisation erhalten. Aus diesem Grund haben wir beide beschlossen, eine von der Föderation durchgeführte Ausgrabung zu genehmigen, die auf der K'Vin-Seite des Planeten stattfinden soll. Botschafter?«

Gregach beugte sich vor und straffte den Rücken. »Professor Coleridge hat um Ihre Hilfe gebeten, Lieutenant Commander LaForge. Der Grund: Ihr VISOR. Allerdings muß ich betonen ...« — bei diesen Worten sah er Worf an —, »... daß die Bevölkerung beider Seiten nicht durch militärische Präsenz beunruhigt werden darf.«

Der Klingone knurrte. »Ich gehöre zu Starfleet, und die Flotte ist keine militärische Organisation. Wir vertreten nur die Ansicht, daß ... Umsicht angebracht ist, wenn man es mit dem Unbekannten zu tun hat.«

»In der Tat«, pflichtete ihm Gregach bei. Dann wandte sich der K'Vin an Stephaleh. »Was die Zeit betrifft ... Wir haben uns auf eine Woche geeinigt, eine Woche, mehr nicht ...«

Coleridge zögerte einige Sekunden lang, bevor sie erwiderte: »Als ich den Antrag stellte, hatte ich *zwei* Wochen gefordert. Es hat mich mehrere Stunden gekostet, Gezors dumme Formulare auszufüllen.« Sie gestikulierte verärgert. »Jetzt gewähren Sie mir nur die Hälfte der notwendigen Zeit.«

»Tut mir leid, Professor«, sagte Stephaleh. »Die Politik interessiert Sie vielleicht nicht, aber Botschafter Gregach und ich müssen uns an Anweisungen halten und gewisse Prioritäten achten. Ein Starfleet-Schiff, das zwei Wochen lang in der Umlaufbahn bleibt, könnte Unruhe bei den Bürgern verursachen und sogar Furcht wecken.«

Erneut dachte Coleridge nach, bevor sie Antwort gab. »Dieser Meinung kann ich mich nicht anschließen, Botschafterin. Ich brauche Geordi, und er meint, daß ich auch Data benötige. Außerdem habe ich Vorbereitungen für zwei Wochen getroffen.«

»Sie müssen sich mit einer Woche zufriedengeben, Professor.« Stephaleh versuchte, freundlich zu klingen. »Sehen Sie es aus diesem Blickwinkel: Sie können morgen beginnen, einen Tag früher.«

»Na schön. Was ist mit dem Transport der Dinge, die wir finden?«

»Ich habe entschieden, ein maximales Gewicht für die Artefakte festzulegen, die aus dem K'Vin-Territorium gebracht und von der Föderation untersucht werden dürfen«, sagte Gregach. »Wenn Sie über das Limit hinausgehen, verlangen wir Entschädigung, und dann sind neue Verhandlungen erforderlich. Um so etwas zu vermeiden, Professor Coleridge, bitte ich Sie, sich mit einer Tonne zu begnügen.«

»Das ist sehr großzügig, Botschafter«, entgegnete die Archäologin verblüfft. Sie hatte sich kaum mehr als zehn oder zwanzig Kilo erhofft. »Nun, wie Sarek einmal sagte: ›Es ist immer gut, das Unerwartete zu akzeptieren.‹«

»Surak, Professor«, ließ sich Data vernehmen.

»Wie bitte?« fragte der Androide.

»Ihr Zitat. Es stammt aus den frühen Schriften Suraks. Sarek ist ein Botschafter.«

»Natürlich.« Coleridge lächelte. »Entschuldigen Sie.«

Worf lauschte aufmerksam und gelangte zu dem Schluß, daß seine Einschätzung des politischen Klimas auf Kirlos den Tatsachen entsprach.

Die kriegerischen K'Vin hatten es zugelassen, von der Föderationsdiplomatie gezähmt zu werden. Offenbar gab es keinen Grund für den Klingonen, sich auf irgendwelche Auseinandersetzungen zu freuen.

Dann bemerkte er Zamorh und Thul, die in einer Ekke des Zimmers miteinander flüsterten. Beide wirkten angespannt und begnügten sich mit knappen, zischenden Kommentaren.

Die Sullurh sind ein seltsames Volk, dachte Worf.

Als Sicherheitsoffizier an Bord der *Enterprise* hatte er gelernt, allen Fremden mit Argwohn zu begegnen, bis sie sich als vertrauenswürdig herausstellten. Er zweifelte sogar an der Zuverlässigkeit einiger Besatzungsmitglieder, die er nicht gut kannte.

»Dann sind wir uns also einig«, sagte Coleridge. »Wir beginnen morgen. Zuerst transferiere ich einige der von mir gefunden Artefakte zur *Enterprise,* damit sie zum Institut weitergeleitet werden können.«

Stephaleh nahm ein erneutes Gähnen zum Anlaß, die Besprechung zu beenden. »Es stehen Zimmer für Sie bereit, meine Herren«, sagte sie zu den Starfleet-Offizieren. »*Ich* muß mich jetzt zurückziehen und wünsche Ihnen eine gute Nacht.« Sie stand auf.

Zamorh eilte zur Tür und hielt sie geöffnet, als die müde Andorianerin in den Korridor schritt.

Gregach erhob sich ebenfalls und sah das *Enterprise*-Trio an. »Während Ihres Aufenthalts möchte ich Sie und Professor Coleridge zu einem Dinner einladen. Dann zeige ich Ihnen, warum die Föderation bestrebt ist, uns als Verbündete zurückzugewinnen — wegen unserer kulinarischen Spezialitäten. Lieutenant Worf ... Ich bin sicher, für *uns* gibt es speziellen Gesprächsstoff. Gute Nacht.«

KAPITEL 3

CAPTAINS LOGBUCH:
STERNZEIT 43197.5

Eine Prioritätsnachricht von Starbase 105 teilt uns mit, daß ein Föderationsplanet im Nachbarsektor angegriffen wurde. Die Situation auf Tehuán ist kritisch: Es kam zu hohen Verlusten und starken Beschädigungen der Siedlung. Da keine anderen Schiffe in der Nähe sind, bekam die *Enterprise* den Auftrag, unverzüglich Hilfe zu leisten.

Picard beendete den Eintrag, indem er das elektronische Logbuch ausschaltete. Natürlich bedauerte er die Zerstörungen auf Tehuán, aber gleichzeitig freute er sich darüber, endlich wieder aktiv werden zu können. Kirlos bot nicht das wissenschaftliche Interesse einer unerforschten Welt, und die K'Vin-Restriktionen in bezug auf Starfleet-Personal ermöglichten keinen Landurlaub. Mit Ausnahme der drei Mitglieder der Landegruppe würde sich niemand darüber beklagen, dieses Sonnensystem zu verlassen. Picard dachte an Worf und reduzierte die Zahl auf zwei.

»Captain zur Brücke.«

Rikers Stimme brachte Jean-Luc ins Hier und Jetzt zurück. »Ich bin unterwegs, Nummer Eins«, antwortete er und stand auf. Als er zum Kontrollraum ging, unterbrach er seine philosophischen Überlegungen hinsichtlich der Tehuán-Tragödie und wandte seine Aufmerksamkeit praktischeren Dingen zu.

»Statusbericht.«

Riker stand auf. »Wir sind bereit, die Umlaufbahn zu verlassen, sobald die Landegruppe an Bord gebeamt worden ist.«

»Was?« Auf dem Weg zum Kommandosessel blieb Picard abrupt stehen. Er beobachtete, wie sich die Wangen des Ersten Offiziers verfärbten — deutlicher Hinweis darauf, daß er sich mühsam zu beherrschen versuchte. »Warum befindet sie sich noch nicht an Bord?«

»Gemäß der planetaren Vorschriften habe ich die Föderationsbotschaft über den Rückruf der Landegruppe informiert. Irgendwie erfuhr auch die diplomatische Niederlassung der K'Vin davon, woraufhin Gezor Einwände erhob.«

»Und?« Picard sah ungeduldig zum Wandschirm. Zeit war ein wesentlicher Faktor bei jeder Hilfsmission, und er wollte den interstellaren Raum im Projektionsfeld betrachten, nicht Kirlos.

»Die K'Vin drohen damit, daß diese ›ungerechtfertigte Maßnahme‹ eine Annullierung der Aufenthaltserlaubnis zur Folge haben könnte und wahrscheinlich dazu führt, daß den Besatzungsmitgliedern der *Enterprise* jeder Zugang zum K'Vin-Territorium untersagt wird.«

»Ist das alles?« brummte Picard. »Nun, ich kann mir ein schlimmeres Schicksal vorstellen. Setzen Sie sich mit dem Transporterraum in Verbindung und teilen Sie O'Brien mit, er soll die Landegruppe auf mein Zeichen hin an Bord beamen.«

»Ja, Sir!«

Riker hob die Hand zum Insignienkommunikator, ließ sie jedoch wieder sinken, als ein schrilles Pfeifen erklang. Die Brückenoffiziere zuckten zusammen. Statik knisterte aus den Kom-Lautsprechern, und ein unregelmäßiges Streifenmuster ersetzte die Darstellung des Planeten im großen Projektionsfeld.

»Captain.« Der taktische Offizier an der rückwärtigen Station hob besorgt den Kopf. »Ich empfange Prioritätssignale von ...«

Eine hellblaue Andorianerin erschien auf dem Wandschirm.

»Botschafterin Stephaleh«, sagte Picard und hob überrascht die Brauen. Seine bisherigen Kontakte mit der Föderationsdiplomatin waren kurz, aber zwanglos gewesen; jetzt stand ihm offenbar ein Gespräch anderer Art bevor. Er wußte genug über Andorianer, um die Haltung der Kopffühler zu deuten — Stephalehs Stimmung zeichnete sich durch einen auffallenden Mangel an guter Laune aus.

»Captain Picard, ich möchte Ihre dringende Mission nicht mit Höflichkeitsfloskeln aufhalten und komme sofort zur Sache. Es wäre mir lieber, wenn die Landegruppe der *Enterprise* auf Kirlos bliebe.«

Picard antwortete mit der gleichen Offenheit. »Es tut mir leid, Professor Coleridge Unannehmlichkeiten zu bereiten, aber leider muß sie andere Helfer ...«

»Es geht mir nicht um die Professorin«, sagte Stephaleh, und ihre Fühler erzitterten kurz. »Es handelt sich um eine diplomatische Angelegenheit. In der K'Vin-Botschaft hat man die Fortschritte bei den archäologischen Ausgrabungen mit großem Interesse verfolgt, und eine Unterbrechung des Projekts wird Botschafter Gregach sowie seine Mitarbeiter verärgern. Es entspricht nicht meinem Wunsch, den Unwillen der K'Vin zu erregen.«

Riker trat an die Seite des Captains. »Soweit ich das feststellen kann, besteht nur die Gefahr, den Verwaltungsassistenten Gezor zu verärgern.«

»Sie sind politisch naiver, als ich dachte, Commander Riker. Gezors Groll ist auch der des K'Vin-Botschafters.«

»Aber es sind keine gewöhnlichen Mitglieder der Crew«, wandte Picard ein. »Wir sprechen hier von Senior-Offizieren: der Chefingenieur, der Leiter unserer Sicherheitsabteilung und Data, der in unserer Kommandohierarchie an dritter Stelle kommt.«

»Haben Sie keinen Ersatz für diese Personen? Ich wußte nicht, daß die *Enterprise* so unterbesetzt ist, Captain. Ihre Lage ist alles andere als beneidenswert.«

Die sanfte Stimme der Botschafterin konnte erstaunlich sarkastisch klingen. Picard erinnerte sich: Stephaleh stand in dem Ruf, eine sehr zähe Verhandlungspartnerin zu sein.

»Nun, meine Besatzung ist natürlich vollständig, aber ich ...«

»Captain, ich kann Ihnen nicht befehlen, die Landegruppe auf Kirlos zu lassen. Ich möchte jedoch betonen, daß der bisherige De-facto-Frieden zwischen Föderation und K'Vin-Hegemonie auf einer sorgfältigen Vermeidung von Konflikten beruht. Es liegt mir nichts daran, die Stabilität dieses Friedens auf die Probe zu stellen. Ein Verbleiben der Landegruppe auf Kirlos wird den Interessen der galaktischen Diplomatie gerecht.«

»Bitte entschuldigen Sie, Botschafterin Stephaleh.« Picard kapitulierte mit einem Nicken. »Angesichts der besonderen Umstände erlaube ich meinen Offizieren, bis zu unserer Rückkehr auf dem Planeten zu bleiben.«

Sofort verblaßte Stephalehs Bild auf dem Wandschirm.

»Ich danke Ihnen für Ihre Kooperationsbereitschaft, Captain.«

Kirlos erschien wieder im Projektionsfeld.

Der freundliche Ausdruck verschwand aus Picards Gesicht. Er sah seinen Ersten Offizier an. »Nummer Eins, stellen Sie einen Kontakt mit der Landegruppe her und teilen Sie ihr mit, daß wir aufbrechen.«

Der Captain nahm im Kommandosessel Platz und gab einige Anweisungen für den bevorstehenden Flug.

Sobald die *Enterprise* den Orbit verlassen hatte, sollte ein Warpmanöver mit hoher Geschwindigkeit eingeleitet werden. Picard beendete seine Order mit einem knappen Befehl: »Ausführung.«

Das Raumschiff raste davon, und die Sterne im Projektionsfeld verwandelten sich in bunte Streifen.

»Galaktische Diplomatie«, wiederholte der Captain leise und richtete seinen Blick erneut auf den Ersten Offizier. »Vielleicht fürchtet Stephaleh nur um ihre wöchentliche Dyson-Partie mit Gregach. Andererseits müssen wir natürlich in Erwägung ziehen, daß sie die Wahrheit sagt.«

Riker setzte zu einer Erwiderung an, aber Picard kam ihm zuvor. »Niemand an Bord dieses Schiffes ist unersetzlich — nicht einmal der Captain. Wir kommen auch ohne die Landegruppe zurecht. Aber ich denke dabei ans Prinzip. Es gefällt mir nicht, Mitglieder meiner Crew auf einem abgelegenen Provinzplaneten zurückzulassen, ohne daß sie auf das Potential eines Raumschiffs zurückgreifen können.«

Diesmal reagierte Riker sofort, als Picard eine Pause einlegte, um Luft zu holen. In seinen Augen blitzte es verschmitzt, als er sagte: »Auch ich mache mir Sorgen um sie, Sir. Ich hoffe nur, daß sie noch leben, wenn wir zurückkehren.«

Längeres Schweigen folgte, und der Captain versuchte, an seinem Ärger festzuhalten. »Ich nehme Ihre Besorgnis zur Kenntnis, Nummer Eins.« Picard lächelte unwillkürlich. Er hatte Stephaleh gegenüber eine Niederlage erlitten, aber sie genügte nicht, um seine Vernunft zu betäuben.

Auf Kirlos drohte bestimmt keine Gefahr.

Nur sehr selten fragte sich Geordi LaForge, wie es sein mochte, mit Augen zu sehen. Die Blindheit war ein Teil von ihm, und deshalb fiel es ihm sehr schwer, sich vorzustellen, das Sehvermögen der meisten anderen Menschen zu teilen. Aus diesem Grund hatte er nicht die Gelegenheit genutzt, sein VISOR gegen eine ›normale‹ visuelle Wahrnehmung einzutauschen.

Doch wenn jemand bestimmte Strukturen und Farben beschrieb oder wenn er leises Pfeifen hörte, mit dem ein Besatzungsmitglied die gute Figur einer Frau bewunderte — eine Figur, die in infraroten Bildern viel von der erotischen Ausstrahlungskraft einbüßte —, so wünschte sich der Chefingenieur manchmal, normal zu sehen.

Es geschah nicht häufig, daß er sich über seine Blindheit freute.

Jetzt war das der Fall.

Verzweifelt klammerte er sich auf dem Rücksitz des Gleitschlittens fest, der mit geradezu entsetzlicher Geschwindigkeit durch die Straßen von Kirlosia raste. Die Luft zischte an ihm vorbei; ab und zu hörte er Flüche und Verwünschungen. Geordi fühlte sich völlig hilflos — Nassa Coleridge saß am Steuer.

Zum hundertstenmal überprüfte er den Sicherheitsgurt. »Professor!« rief er. »Wir brauchen uns nicht so sehr zu beeilen!«

»Was?«

»Ich sagte, wir brauchen uns nicht — schon gut.« Er gab auf, als der Fahrtwind seine Worte zurückschleuderte.

Auf dem Gepäcksegment des Antigravschlittens war ein Behälter festgeschnallt, der verschiedene archäologische Instrumente enthielt. Geordi drehte den Kopf, um sich zu vergewissern, daß sie die große Tasche nicht unterwegs verloren hatten; der zweite Schlitten befand sich direkt hinter ihnen.

Worf flog ihn. Zwar lächelte der Klingone nie, aber die von ihm ausgehenden infraroten Emissionen verrieten Geordi den enormen Spaß des Sicherheitsoffiziers.

Hinter Worf saß Data und hielt sich gut fest. Vermutlich wollte der Klingone Mut und Durchhaltevermögen des Androiden testen. Er hätte es sich sparen können: Data war nicht aus der Ruhe zu bringen.

»Möchten Sie die interessante Route nehmen, Geordi?« hatte Coleridge gefragt. Es klang so harmlos und völlig unschuldig, daß LaForge keinen Verdacht schöpfte. Selbst wenn er argwöhnisch gewesen wäre — mit einem solchen Wahnsinn hätte er nicht gerechnet.

Sie sausten jetzt über den sogenannten Strip, und Passanten sprangen hastig beiseite. Trotz der vorbeifauchenden Luft glaubte Geordi, ein amüsiertes Knurren des Klingonen zu hören. Der Chefingenieur hatte sich oft gefragt, was Worf amüsant fand. Jetzt wußte er es.

Plötzlich bog die Professorin von der breiten Straße ab und setzte die Fahrt durch schmale Gassen fort. Für jemanden, der sich in Kirlosia nicht auskannte, mochten sie wie ein verwirrendes Labyrinth wirken, aber Nassa Coleridge verringerte die Geschwindigkeit nicht und schien genau zu wissen, wohin sie den Gleitschlitten lenkte. Geordi dachte dankbar an seine Starfleet-Ausbildung, die es ihm ermöglichte, mit Banalitäten wie Schwindel fertig zu werden. Andernfalls wäre ihm bei den häufigen Zickzack-Manövern speiübel geworden.

Nach einer Weile bremste Coleridge, um es Worf und Data zu erlauben, wieder zu ihr aufzuschließen, doch die Entfernung schrumpfte kaum. Allerdings: Der Fahrtwind zischte jetzt weniger laut, und dadurch erschien ein Gespräch nicht mehr ausgeschlossen.

»Alles in Ordnung mit Ihnen, Geordi?« rief Coleridge über die Schulter hinweg.

LaForge atmete tief durch und erwiderte: »Ja, Professor!«

»Seit Ihrem Studium ist viel Zeit vergangen. Nennen Sie mich Nassa.«

Coleridge hatte ihr Haar zu einem Chignon zusammengebunden, bevor die Fahrt begann, doch jetzt hatten sich mehrere Strähnen daraus gelöst. Als Geordi den Mund öffnete, spürte er sie an den Lippen.

»Dort vorn!« Die Archäologin streckte den Arm aus.

Hinter ihnen auf dem zweiten Schlitten sah Worf Schilder in verschiedenen Sprachen, und sie alle vermittelten die gleiche Botschaft: Hier begann ein K'Vin-Forschungsbereich, in dem nur autorisierte Personen zugelassen waren.

Geordi rechnete mit einer weiteren Herabsetzung der Geschwindigkeit. Er vermutete, daß sie bald anhielten und den Weg zu Fuß fortsetzten.

Er irrte sich.

»Dort ist es!« rief Coleridge und nickte in die entsprechende Richtung. »Das große Loch.«

Der Schlitten neigte sich mit einem jähen Ruck nach unten, und LaForge schnappte nach Luft. »Steigen wir hier nicht aus?«

»Die Gamma-Ebene befindet sich acht Kilometer weiter unten«, lautete die Antwort. »Zuviel für einen gemütlichen Spaziergang, oder?«

Der Scooter fiel wie ein Stein, und Geordi sah eine etwa hundert Meter durchmessende Öffnung im Boden. Wenige Sekunden später verschlang sie den Schlitten.

An den Wänden glänzten Streben aus transparentem Aluminium. Lampen leuchteten in regelmäßigen Abständen, aber mit seinem VISOR benötigte der Chefingenieur überhaupt kein Licht, um sich zu orientieren. Der Pfad führte steil nach unten, und aus einem Reflex heraus schlossen sich Geordis Hände fester um den Rand des Antigravschlittens, obwohl der Sicherheitsgurt verhinderte, daß er von seinem Sitz rutschte. Einmal mehr kämpfte er gegen wachsendes Unbehagen an.

Schon nach kurzer Zeit fühlte er Druck in den Ohren und schluckte mehrmals.

»Hier sehen Sie das Ergebnis von vielen Monaten Arbeit!« rief Coleridge. »Beeindruckend, nicht wahr? Überall fanden wir Spuren der Ariantu-Kultur: hier eine Tasse, dort die Reste einer Statue. Wir fügen eine Art Puzzle zusammen, und wenn es fertig ist, zeigt es uns das Bild einer vor langer Zeit untergegangenen Zivilisation.«

»Was hat es mit dem ... Bild auf sich?« fragte Geordi und versuchte, nicht daran zu denken, daß sie jederzeit gegen die Wand des Tunnels prallen konnten.

»Wahrscheinlich wird es die Erinnerungen der K'Vin an die Ariantu bestätigen«, antwortete Coleridge. »Das heißt ... Festhalten!«

Sie steuerte den Schlitten durch eine scharfe Kurve, und Geordi keuchte.

Zwar waren sie nur knapp einer Kollision entgangen, aber die Archäologin fuhr ruhig und gelassen fort: »Die Ariantu stammten von Raubtieren ab und müssen sehr aggressiv gewesen sein. Nach der gegenwärtigen anthropologischen Theorie sind sie vielleicht mit den Om'raii verwandt gewesen.«

»Ach?«

»Ja, es gibt viele Parallelen. Allerdings war den Ariantu eine noch kriegerischere Natur zu eigen. In den K'Vin-Legenden gibt es Hinweise auf Ariantu-Gruppen namens Paacs.« Die Professorin buchstabierte das Wort.

»Also nicht P-a-x«, sagte Geordi, und seine Hände blieben um den Rand des Scooters geschlossen. Erlag er Wunschdenken, oder wurde der Schlitten tatsächlich langsamer?

»Der lateinische Begriff für ›Frieden‹? Nein, ganz sicher nicht. Die meisten gefundenen Scherben sind Überbleibsel von Kriegerstatuen oder Waffen. Festhalten!«

»Ich *halte* mich fest, schon seit einer ganzen Weile.«

»Gut. Wir setzen jetzt zur Landung an.«

Der Tunnel verbreiterte sich, und Coleridge lenkte den Schlitten nach rechts. Die plötzliche Veränderung verblüffte Geordi.

Überall sah er nun Stege und Korridore, die sich auf beiden Seiten erstreckten, so weit das Auge — beziehungsweise das VISOR — reichte. Darüber hinaus nahm LaForge jetzt ein langsames, beständiges Pochen wahr. An verschiedenen Stellen ragten kompliziert anmutende Aggregate auf. Er staunte wortlos: Der Komplex schien mehre Kilometer lang zu sein, und das technologische Niveau verschlug ihm die Sprache. Er konnte die grundlegenden Funktionen einiger Anlagen zumindest erraten und begriff gleichzeitig, daß er Jahre gebraucht hätte, um auch nur einen kleinen Teil dieser Maschinen zu verstehen.

»Jetzt sind Sie baff, was?« fragte Coleridge. Der Schlitten glitt langsam zu einer breiten Rampe.

»Das ist noch untertrieben«, brachte Geordi ehrfürchtig hervor. »Wo sind wir hier?«

»In der Gamma-Ebene.«

»Die Oberfläche ist Alpha, Kirlosia Beta und jetzt Gamma. Allmählich erkenne ich ein Muster.«

»Sie lernen noch immer schnell.«

Der Scooter erreichte die Rampe. Die Archäologin ließ das Triebwerk aufheulen — reine Effekthascherei, fand LaForge — und schaltete es aus. Als sie zum Gepäcksegment ging, um die Halteriemen des Ausrüstungsbehälters zu lösen, hörte Geordi das dumpfe Summen des anderen Schlittens. Worf manövrierte ihn geschickt über die Rampe und hielt ebenfalls.

»Irgendwelche Probleme, Lieutenant?« erkundigte sich Coleridge mit einem Hauch von Spott.

»Nein«, entgegnete Worf steif. »Allerdings muß ich feststellen, daß Sie uns mit einer gewissen ... Aggressivität hierhergeführt haben.«

»›Ein Führer muß führen‹«, erwiderte die Professorin und schlang sich die große, rucksackähnliche Tasche auf den Rücken. Sie bat nicht um Hilfe und schien auch keinen Wert darauf zu legen, welche zu bekommen; deshalb schwieg Geordi und blieb tatenlos stehen. »Das hat John F. Kennedy gesagt«, fügte sie hinzu.

»Harry S. Truman«, berichtigte Data und verließ seinen Platz auf Worfs Schlitten.

Coleridge musterte ihn verwundert. »Ich bin sicher, das Zitat stammt von Präsident Kennedy.«

»›Ein Führer muß führen; sonst eignet er sich nicht für die Politik.‹ Harry Truman, geboren 1884, gestorben 1972. Seine Wahl zum Präsidenten erfolgte im April ...«

»In Ordnung.« Coleridge lächelte und hob die Hände. »Sie haben gewonnen.« Sie drehte den Kopf zu Geordi und fragte aus dem Mundwinkel: »Ist er eigentlich immer so?«

»Ja.«

»Wie ertragen Sie ihn?«

»Mit Geduld. Mit viel Geduld.«

»Hm.« Die Professorin winkte. »Wir sind jetzt acht Kilometer unter Kirlosia. Dieser Bereich ist der Traum eines jeden Ingenieurs. Sie sehen hier die technischen Eingeweide von Kirlos — soweit wir bisher wissen.«

»Es handelt sich also um jene Anlagen, die Kirlos Stabilität geben?«

Coleridge nickte. »Wir haben sie gerade noch rechtzeitig gefunden. Viele Maschinen wiesen bereits Defekte auf. Luftfilterung, Gravitation, alle Dinge, die man auf einem natürlichen Planeten als selbstverständlich erachtet — sie haben hier ihren Ursprung. Niemand weiß, seit wann die Aggregate arbeiten ... Wir haben die notwendigen Reparaturen vorgenommen und Kirlos damit gerettet.«

»Und nun? Finden die Ausgrabungen hier statt?«

»Nein. Ich zeige Ihnen den Ort. Kommen Sie.«

Die Archäologin trat eine andere Rampe hinunter und ging so schnell, daß Geordi laufen mußte, um nicht den Anschluß zu verlieren. Erneut überraschte sie ihn — die Frau war mindestens zwanzig Jahre älter als er. »Sie halten sich in Form, Nassa«, schnaufte er.

»Zan meint, ich sei davon besessen«, sagte sie, ohne sich umzudrehen.

»Zan ...« LaForge zögerte. »Ihr Mann?«

»Ja.«

»Aber Sie sprechen im Präsens von ihm. Bitte verzeihen Sie mir diese Frage, aber ist er nicht ...?«

»Tot, ja. Das stimmt.«

Ihre Stiefel klackten über das Metall der Rampe. Die Umgebung gab Geordi ein immer deutlicher werdendes Gefühl von der Energie, die notwendig war, um den künstlichen Planeten Kirlos vor dem Zerfall zu bewahren. Überall schien Kraft zu pulsieren.

Hinter ihm kommentierte der Androide: »Ich verstehe nicht, warum Sie im Präsens von Ihrem verstorbenen Ehemann sprechen. Das deutet auf eine besorgniserregende Störung der Realitätswahrnehmung hin.«

»Data!« entfuhr es Geordi scharf.

Aber Nassa Coleridge stimmte nur ein angenehm klingendes Lachen an. »Ich habe keine Probleme dabei, die Realität wahrzunehmen, Mr. Data. Es gefällt mir nur, auf diese Weise von Zan zu reden. Dadurch fühle ich mich ihm näher. Aber glauben Sie mir: Ich weiß, daß er nicht mehr lebt. Ein dummer Unfall.« Sie schüttelte den Kopf. »Man ändert sein Leben für jemanden, und dann stirbt er einfach.«

»Auf welche Weise haben Sie Ihr Leben geändert?« erkundigte sich der Androide.

Geordi blieb stehen und drehte sich um. »Ich bezweifle, ob Sie das etwas angeht, Data«, sagte er leise. »Oder sind Sie anderer Ansicht?«

Data setzte zu einer Antwort an, aber Coleridge, die noch immer mit langen Schritten ging, rief ihnen zu: »Es ist nicht nötig, daß Sie versuchen, meine Gefühle zu schützen, Geordi. Es macht mir nichts aus, Datas Neugier zu befriedigen.

Ich habe als einfache archäologische Praktikantin angefangen, Data«, fuhr die Professorin fort, während ihr die anderen hastig folgten. Selbst Worf ließ sich vom Tempo der dunkelhäutigen Frau beeindrucken. »Ich war nur Nassa Gant, als ich Zan Coleridge kennenlernte, einen gelehrten und liebevollen Mann, der sich überhaupt nicht für Ausgrabungen interessierte. Er zog das Universitätsleben vor. Ich liebte ihn genug, um mir einzureden, als Dozentin zufrieden zu sein. Wir heirateten, und zehn Jahre verbrachte ich damit, Studenten für die Archäologie zu begeistern.«

Coleridge zögerte, und LaForge blieb verblüfft stehen, als sie ihm auf die Wange klopfte. »Dann begegnete ich diesem jungen Burschen. Sie haben doch nichts dagegen, wenn ich davon erzähle, oder?« Sie wartete keine Antwort ab. »Als Geordi zur Universität kam, wußte er nicht, was er mit seinem Leben anfangen sollte. Er nahm an meinem Kursus teil und stand so dicht davor, Archäologe zu werden.« Bei diesen Worten hielt sie Daumen und Zeigefinger aneinander.

»Kein Wunder«, erwiderte der Chefingenieur und lächelte. »Sie verstanden es gut, Faszination zu wecken.«

»Weil ich selbst fasziniert war«, sagte Coleridge. Sie ging weiter, und Geordi fragte sich, wann sie endlich ihr Ziel erreichten.

Nassa schien seine Gedanken zu erraten. »Der Höhenunterschied beträgt nur einige Dutzend Meter, aber die Rampe beschreibt einen weiten Bogen. Sehen Sie?« Die Professorin deutete nach oben, und LaForge blickte in die Richtung, aus der sie kamen: Die Rampe führte spiralförmig an den Wänden des Schachtes entlang, mit einem nur geringen Neigungswinkel.

»Wie dem auch sei ...«, erklang wieder Coleridges Stimme. »Das Problem ist: Oft kann die Archäologie ziemlich langweilig sein. Meiner Ansicht nach war Geordis Forschungsgeist zu ungeduldig, um die Freude zu genießen, nach dreißig Tagen umfangreicher Ausgrabungsarbeiten eine Tonscherbe zu finden. Starfleet schien für ihn besser geeignet zu sein, und ich wies ihn darauf hin.«

LaForge dachte daran, daß es noch einige andere Personen und Faktoren gab, die ihn dazu bewogen hatten, sich für eine berufliche Laufbahn bei Starfleet zu entscheiden. Aber Nassa Coleridge stellte zweifellos ein wichtiges Element in dieser Gleichung dar, und er sah keinen Grund, ihr zu widersprechen. Deshalb schmunzelte er und sagte: »Ich habe mich immer nach Aufregung gesehnt.«

»Und dann, vor einigen Jahren, fiel Zan einem Unfall zum Opfer.«

»Können Sie die Umstände näher beschreiben?« fragte Data.

Coleridge schwieg einige Sekunden lang und antwortete dann mit untypischer Melancholie: »Ein Verkehrsunfall. Entschuldigen Sie bitte, aber ich möchte keine Einzelheiten nennen.«

»Natürlich«, entgegnete Data sanft. Geordi runzelte überrascht die Stirn. Wußte der Androide, daß es manchmal sehr schwer fiel, Kummer zu überwinden? Es handelte sich um eine rein menschliche Eigenschaft. Offenbar erzielte Data große Fortschritte dabei, Gefühle zu deuten.

Nassa hob die Hände, löste den Chignon und schüttelte das schwarze Haar. Es fiel ihr über die Schultern. »Nach Zans Tod hielt mich kaum mehr etwas an der Universität, und ich kehrte zu den Ausgrabungen zurück. Ah, jetzt ist es nicht mehr weit.«

Sie mußte sich ducken, um eine Tür zu passieren. Geordi brauchte den Kopf nicht einzuziehen, was ihn an die Größe der Professorin erinnerte. Data schritt ebenfalls hoch aufgerichtet durch den Zugang, aber Worf beugte den Oberkörper ein ganzes Stück nach vorn.

Ein dunkler Tunnel schloß sich an die Pforte an, und nach einigen Metern endete er an einem weiteren offenen Portal. Geordi schritt noch immer durch die Finsternis, als Coleridge sagte: »Wir sind da.« Ihre Stimme hallte dumpf wider, als erklinge sie in einem großen Raum.

LaForge folgte der Archäologin und verharrte neben ihr. Die Bezeichnung ›großer Raum‹ erschien ihm völlig unangemessen. Er befand sich nun in einer riesigen, viele Kilometer weiten und hohen Höhle.

Und sie war leer.

Vollständig leer — abgesehen von den Stellen, wo Ausgrabungen stattfanden.

»Willkommen in Delta«, verkündete Coleridge.

Geordi blickte nach unten, und sein VISOR zeigte ihm den Boden der Kaverne. »Poröses Felsgestein«, meinte er.

»Es gibt ein altes terranisches Wort dafür: Makadam«, erwiderte die Professorin. »Allerdings enthält das Material Komponenten, die auf der Erde nicht existieren.«

Plötzlich ertönte eine andere Stimme dicht neben Geordi, so unerwartet, daß er zusammenzuckte. »Es freut mich, daß Sie endlich eingetroffen sind, Doktor.«

Er drehte sich um und erkannte Thul. Der Chefingenieur hatte Coleridges Sullurh-Assistenten völlig vergessen.

Worfs Tonfall verriet, daß es ihm ebenso ergangen war. »Woher kommen Sie?« fragte er scharf.

Thul deutete zu einer Transmitterzelle, identisch mit denen in den Straßen von Kirlosia. »Jenes Gerät brachte mich hierher«, antwortete er höflich. »Ich hoffe, ich habe Sie dadurch nicht verärgert.«

»Sie ...« Geordi wandte sich an Coleridge. »Man hat hier einen Transmitter installiert?« entfuhr es ihm ungläubig.

»Ja.« Nassa nickte ruhig.

»Warum haben *wir* ihn nicht benutzt?« erkundigte sich LaForge. »Warum statt dessen der halsbrecherische Flug mit den Antigravschlitten?«

»Weil Sie sich nach Aufregung sehnen«, sagte Coleridge mit der geduldigen Nachsicht, die man Kindern entgegenbringt. »Erinnern Sie sich? Und Sie müssen zugeben, daß es wirklich aufregend war.«

Geordi seufzte und wanderte langsam zu den Ausgrabungsstellen. »Wir arbeiten dort drüben«, sagte Coleridge. Thul ging nun rechts hinter ihr. Worf blieb ein wenig zurück und nutzte die Gelegenheit, um mit Data zu sprechen.

»Thul«, knurrte der Klingone leise. »Man kann ihn viel zu leicht aus den Augen verlieren.«

»Er drängt sich nicht in den Vordergrund«, kommentierte Data nachdenklich. »Manche Leute halten so etwas für eine positive Charaktereigenschaft.«

»Ich nicht«, grollte Worf.

»Was schlagen Sie vor?« fragte der Androide.

Worf überlegte kurz. »Vielleicht sollte ich ihn erschießen«, sagte er und bewies damit seinen eher sonderbaren klingonischen Humor.

Data hob die Brauen. »Das scheint mir eine sehr extreme Maßnahme zu sein.«

»Sie irren sich. Unter extremen Maßnahmen verstehe ich etwas ganz anderes.«

»Ja, das stimmt vermutlich«, sagte Data. »Nun, ich muß Sie bitten, nichts gegen Thul zu unternehmen, auch wenn seine Unauffälligkeit Sie mit Zorn erfüllt.«

»Ist das ein Befehl?« fragte Worf kühl.

Data blinzelte. »Das halte ich für den richtigen Ausdruck. Allerdings wäre es mir lieber, wenn Sie einen guten Rat darin sehen. Darüber hinaus hoffe ich, daß Sie ihn beherzigen, denn die Alternative besteht aus einem Verfahren vor dem Kriegsgericht.«

Unterdessen unterhielt sich Geordi mit Nassa. »Wozu diente dieser Ort?«

»Was glauben Sie?«

»Der Lehrer befragt den Schüler?«

»Eine Archäologin holt die Meinung eines gebildeten Mannes ein.«

LaForge dachte nach. »Raumhafen. Nur das ergibt einen Sinn.«

»Wir teilen diese Ansicht. Es gibt nur ein Problem.«

»Welches?«

»Es fehlen Hangarschotten.«

Geordi blieb stehen und sah Coleridge an. »Keine Öffnungen?«

»Nicht einmal verborgene. Wir sind hier von massivem Fels umgeben, ohne einen Weg herein oder hinaus. Wenn hier einst Raumschiffe untergebracht wurden — wie gelangten sie ins All?«

»Nun, da fallen mir gleich mehrere Möglichkeiten ein«, sagte Geordi langsam. »Lokale Raum-Zeit-Verzerrungen oder Wurmlöcher.«

»Wurmlöcher?«

»Ja. Gewissermaßen Abkürzungen durch den gekrümmten Raum. Gravitationstunnel mit Löchern an beiden Enden. Man passiert das eine und kommt am anderen heraus. Aber natürliche Wurmlöcher sind instabil, und es wären sehr komplizierte technische Anlagen notwendig, um die betreffenden energetischen Strukturen zu kontrollieren. Selbst wir sind noch nicht dazu imstande.«

»Mit ›wir‹ meinen Sie sicher den Gipfel der Zivilisation.« Coleridge lächelte, trat an den Rand der Ausgrabungsstelle heran und streifte die Ausrüstungstasche vom Rücken. »Hier beginnen wir mit den Untersuchungen. Wir haben diesen Ort mit sorgfältigen wissenschaftlichen Methoden gewählt.«

»Zum Beispiel?«

»Ich wies mit dem Zeigefinger auf eine Karte und sagte: ›Genau hier.‹ Nun, ich hoffe, Sie nutzen Ihr VISOR, um die Höhle zu sondieren und eventuell einen besseren Platz zu finden.«

Geordi sah sich um und beobachtete die anderen Ausgrabungen, wo ausschließlich Angehörige der K'Vin-Hegemonie tätig waren. Sie starrten mißmutig zu den Repräsentanten der VFP, bevor sie sich wieder auf ihre Arbeit konzentrierten.

»Ich bin gern bereit, Ihnen jede mögliche Hilfe zu gewähren, Nassa«, sagte LaForge. »Das gilt sicher auch für Worf und Data. Aber eins möchte ich schon jetzt betonen: Wir müssen weiterhin mit den bitterbösen Blikken der anderen Archäologen rechnen.«

»Sie können Blicke wahrnehmen?«

»Ich spüre Feindseligkeit«, erklärte Geordi. »Ihre Entschlossenheit, hier zu graben, verdient Bewunderung, aber es deutet alles darauf hin, daß wir mitten in einem politischen Durcheinander stecken.«

Nassa schnaubte verächtlich. »Ich überlasse die Politik den Politikern. Sie ist nur eine Geräuschkulisse für die eigentliche Arbeit, die wir hier leisten. Sollen sich Typen wie Gezor darüber aufregen. Ich muß mich um wichtigere Dinge kümmern.«

KAPITEL 4

Gregach hatte angenommen, daß dieses Gespräch nur einige Minuten dauern würde. Jetzt mußte er noch etwas länger auf das Abendessen warten.

Er glaubte bereits, den Spilat zu schmecken — keine Synthomasse, sondern einen echten, erst vor kurzer Zeit und auf die traditionelle Weise getöten Spilat, so daß sein Gift noch nicht in das weiche, süße Fleisch geraten war … In Scheiben geschnitten, gewürzt und nur leicht angebraten, damit der grüne Saft reichlich floß …

»Es überrascht mich, daß Sie dagegen sind, Gezor«, sagte Gregach und drängte die verlockende Vorstellung beiseite. »Eine große Ausgrabung bietet mehr Arbeit für Ihr Volk.«

Der Sullurh hob die Schultern bis zu den Ohren, eine Geste, die alles bedeuten konnte: Faszination, Verwirrung, auch Gleichgültigkeit — es kam auf den jeweiligen Kontext an. In diesem Fall tippte Gregach auf Indifferenz.

»Ich bin nicht direkt ›dagegen‹, Botschafter. ›Besorgt‹ wäre ein angemesseneres Wort.«

Der Sullurh war nicht einmal halb so schwer wie Gregach und rund anderthalb Köpfe kleiner. Hinzu kam seine geduckte Haltung. Manchmal schien Gezor in den Mauern der Botschaft zu verschwinden, aber wenn er etwas zu sagen hatte, so hielt es Gregach für besser, ihm gut zuzuhören.

Man konnte Gezor nicht als übermäßig intelligent bezeichnen — immerhin *war* er ein Sullurh —, aber oft zeigte er ein faszinierendes intuitives Verständnis für gewisse Dinge. Außerdem informierte er sich ständig darüber, was andere Leute beschäftigte. Dafür fehlte dem Botschafter die Zeit; er dachte in erster Linie an seine politischen Schachzüge, mit denen er mehr Prestige in der Hegemonie zu erringen hoffte.

»Ihre Ausführungen überraschen mich ein wenig«, sagte Gregach. »Mit ihrem kleinen Projekt hat Coleridge viele Arbeitspläze für Ihr Volk geschaffen.«

»Es geht mir nicht um mein Volk«, erwiderte Gezor. »Ich bin zuerst ein Bediensteter dieser Botschaft und erst an zweiter Stelle Sullurh.«

Der K'Vin-Diplomat nickte. »Natürlich. Etwas anderes wollte ich nicht andeuten.« Gezor hatte sich sehr um einen guten Ruf in der Botschaft bemüht. Es war nicht fair, seinen Charakter zu kritisieren, indem man ihn mit den gewöhnlichen Sullurh verglich. »Aber *welche* Einwände erheben Sie gegen die Föderationsarchäologin?«

Gezor verzog das Gesicht, und dadurch wirkten seine rosaroten Augen noch größer. »Irgend etwas an ihr erscheint mir... unangebracht«, erwiderte der Sullurh und suchte nach den richtigen Worten. »Sie ist zu ... extrovertiert. Zu humorvoll. Normalerweise zeichnen sich Archäologen nicht durch solche Eigenschaften aus, ganz gleich, aus welchem Volk sie stammen.«

Mag sein, gab Gregach zu. *Aber solche Abweichungen von der Norm sollten eigentlich nicht besorgniserregend sein.* »Worauf wollen Sie hinaus? Halten Sie Coleridge für eine Spionin?«

Ein oder zwei Sekunden lang starrte ihn Gezor stumm an. »Vielleicht.« Eine kurze Pause. »Und dann die Starfleet-Offiziere ...«

Nicht ohne Genugtuung stellte Gregach fest, daß er in dieser Hinsicht ebenfalls Verdacht geschöpft hatte — bis Stephaleh seinen Argwohn mit aufrichtiger Offenheit ausräumte.

Für jeden der Offiziere gab es einen praktischen

Grund, der den Besuch auf Kirlos erklärte. Aber vielleicht sollten diese Gründe darüber hinwegtäuschen, daß es sich bei dem angeblichen archäologischen Projekt um einen Trick handelte. Wenn das stimmte ... Bestand Stephalehs Pflicht als Föderationsbotschafterin nicht darin, das Ablenkungsmanöver zu unterstützen, trotz ihrer guten, freundschaftlichen Beziehungen zu Gregach?

Der K'Vin rief sich innerlich zur Ordnung. Warum gingen ihm solche Gedanken durch den Kopf? Durch ein doppeltes Spiel ergaben sich überhaupt keine Vorteile für die Föderation. Wenn sie militärische Informationen gewinnen wollte, so erwartete sie eine Enttäuschung. Und mögliche Hoffnungen, ihre Position gegenüber den K'Vin zu verbessern, mußten ebenfalls unerfüllt bleiben.

Es gab keine Geheimnisse auf Kirlos. Und daher hatte Heimlichtuerei überhaupt keinen Sinn.

Gregach sah sich außerstande, das Mißtrauen des Sullurh zu teilen. Wie die meisten Dinge im Leben stellte die hiesige Föderationsmission wahrscheinlich genau das dar, was sie zu sein schien. Täuschung war die Ausnahme, nicht die Regel — eine Erkenntnis, zu der sich Gregach während seiner Zeit als Soldat durchgerungen hatte.

»Ich bin Ihnen dankbar für die Warnung«, sagte er schließlich. »Und ich versichere Ihnen, daß ich die Ausgrabungen überwachen lassen werde. Aber ich verbiete weder Coleridge noch den Starfleet-Offizieren, dort Untersuchungen anzustellen.«

Wenn sein Assistent diese Entscheidung für falsch hielt, so ließ er sich nichts anmerken. Andererseits: Gezor war sehr aufmerksam. Er wußte bestimmt, daß eine Fortsetzung der Diskussion nichts nützte.

Der Sullurh hob erneut die Schultern. »Wie Sie wünschen, Botschafter.«

Gezor ist der perfekte Gehilfe, dachte Gregach. Loyal,

verständnisvoll ... Außerdem begriff er sofort, wann es besser war, ein Thema fallenzulassen.

Der K'Vin drehte den Sessel, sah zum Bildschirm an der Nordwand und setzte sich mit Stephaleh in Verbindung. Wie immer dauerte es eine Weile, bis seine Kom-Signale die verschiedenen Kontrollen in der Föderationsbotschaft passierten.

Er nahm kaum zur Kenntnis, daß Gezor den Raum verließ. Während er auf den Kom-Kontakt mit Stephaleh wartete, dachte Gregach wieder an die bevorstehende Mahlzeit und das saftige Fleisch eines frisch geschlachteten Spilat.

Worf beobachtete das Gebäude: funkelnde konkave Wände, die wie planlose Anordnung seltsam geformter Fenster. Es ragte vier Stockwerke weit empor, dominierte in diesem Teil der Stadt und stand in einem auffallenden Kontrast zu dem eintönigen Grau des ›Himmels‹ über der Beta-Ebene.

Der Klingone brummte.

»Das ist es also«, sagte Geordi.

»Ja«, bestätigte Coleridge. »Unser neues Handelszentrum.« Sie lachte heiser und kehlig — ein Geräusch, das Worf nicht unangenehm fand. »Das leerste Gebäude in der Stadt, meine Herren. Wenn sich dort irgendwann mehr als zwanzig Personen aufhalten, esse ich auf der Stelle meinen Tricorder.«

Data musterte die Archäologin, und LaForge bemerkte seinen Blick. »Nur eine Redewendung. Sie beabsichtigt nicht, das Gerät wirklich zu verspeisen.«

Der Androide nickte. »Ich bin mit dem Ausdruck vertraut, Geordi. Commander Riker hat einige Variationen davon verwendet.« Er wandte sich wieder an die Professorin. »Meine Frage betrifft Ihre Schätzung bezüglich der Personen im Handelszentrum. Da Platz in Kirlosia so hoch im Kurs steht, sollte man meinen, daß kein Gebäude über längere Zeit hinweg leer bleibt.«

»In der Tat«, erwiderte Coleridge. »Das sollte man eigentlich meinen.« Sie wählte ihre Worte mit großer Sorgfalt — *wie eine Klingonin,* dachte Worf. »Wenn man dieses Bauwerk für einen anderen Zweck errichtet hätte, wäre es sicher bis zu den Dachsparren voll. Aber die Kirlosianer ziehen es vor, ihre Geschäfte an weniger öffentlichen Orten abzuwickeln.«

Datas Miene deutete darauf hin, daß es ihm nicht gelang, die volle Bedeutung dieses Hinweises zu erfassen. Worf versuchte, sie klarer zum Ausdruck zu bringen, obgleich sich Klingonen nicht ihrer Handelserfahrungen rühmten.

»Keine Zeugen, keine Steuern«, sagte er.

»Genau«, pflichtete ihm die Archäologin bei und warf dem Sicherheitsoffizier einen dankbaren Blick zu. Sie sprach zum erstenmal mit einem Androiden und wußte daher nicht, wie komplex sie ihre Erklärungen gestalten durfte. »Die Händler sind verpflichtet, für ihre Gewinne Steuern zu zahlen, Data — nicht nur an die Föderation, sondern auch an die Regierungen ihrer Heimatwelten. Darüber hinaus bieten sie manchmal Waren an, die bei uns als legal gelten, woanders jedoch verboten sind. Aus diesem Grund finden viele geschäftliche Transaktionen abseits der Öffentlichkeit statt.«

»Ich verstehe«, entgegnete Data. »Aber wenn es einen Gegensatz zwischen den Bedürfnissen der Händler und dem Zweck eines derartigen Gebäudes gibt, wieso wurde es dann errichtet?«

Geordi lachte leise. »Das ist eins der großen Geheimnisse des Lebens. Man nennt es Bürokratie.«

Der Klingone hatte einen anderen Namen dafür. *»Crakh-makh borguh«,* brummte er. Die wörtliche Übersetzung lautete: »Plage von Aasfressern.«

Coleridge drehte sich zu ihm um und schmunzelte. *»Crakh-makh togh-uruk selah«,* intonierte sie. »Mögen die Aasfresser an deinem Fleisch ersticken.«

Worf sah die menschliche Frau nun mit anderen Augen. Sie hatte Schwierigkeiten mit der Aussprache, aber sie gab sich wenigstens Mühe. Die meisten Nichtklingonen hätten sich bei diesen Worten die Zunge zerbrochen.

Die Professorin wurde ihm immer sympathischer, und er würdigte ihre Bemühungen mit einem knappen Nicken. *»Mugh-dar kocghlat«*, knurrte er.

»Und in unserem Blut ertrinken.«

Das Schmunzeln der Archäologin verwandelte sich in ein breites Grinsen.

»Worüber reden Sie da?« fragte Geordi.

Coleridge hob die breiten Schultern. »Über Bürokratie. Das aktuelle Thema, nicht wahr, Mr. LaForge?«

Geordi runzelte die Stirn. Worf wußte, daß es ihm nicht gefiel, ausgeschlossen zu werden, insbesondere dann, wenn es um Scherze ging. Andererseits: Er hatte einmal behauptet, die klingonische Sprache klinge so, als gurgele jemand mit Metallspänen. Worf brachte diesmal kein Mitleid für ihn auf.

»Großartig«, kommentierte der Chefingenieur. »Ich hoffe, Sie vergnügen sich. Warten Sie nur, bis ich Data Quantenmechanik-Witze erzähle. Ich bezweifle, ob Sie ...«

Er bekam keine Gelegenheit, seine Spöttelei zu beenden. Plötzlich krachte es ohrenbetäubend laut, und Flammen leckten aus dem Handelszentrum. Rote Glut folgte ihnen, kroch aus allen Fenstern des großen Bauwerks.

»Mein Gott!« hauchte Coleridge.

Aber es war noch nicht vorbei. Es hatte gerade erst begonnen.

Eine zweite Explosion zerstörte das obere Stockwerk, und die Flammen breiteten sich aus, gierten auch nach den Dächern kleinerer Gebäude in der Nähe.

Hunderte von Personen stürmten schreiend durch die Straßen, stießen sich in ihrer Hast gegenseitig zu Boden.

Für Worf kam dieser Anblick einem wuchtigen Fausthieb zwischen die Augen gleich, denn er weckte vergessen geglaubte Erinnerungen an die Verheerungen auf Khitomer: Er sah romulanisches Phaserfeuer, das vom Himmel herabloderte, schließlich einen klingonischen Knaben, der durch qualmende Ruinen kroch.

Jetzt spürte er die gleiche Hilflosigkeit — eine Konfrontation mit dem Chaos, ohne den Gegner identifizieren und ihn bekämpfen zu können.

Jemand berührte ihn am Arm. Worf wirbelte herum und riß seinen Strahler hervor.

Doch er starrte keinen Feind an, sondern Geordi.

»Worf!« rief er, um den Lärm zu übertönen. »Wir müssen diesen Leuten helfen, sie in Sicherheit bringen!«

Allmählich faßte sich der Klingone wieder, holte tief Luft und ließ den Atem zischend entweichen. Dichte Rauchschwaden wogten umher.

»Stimmt was nicht mit Ihnen, Worf?«

Er war nun ruhiger und begriff, daß die eigentliche Gefahr von dem Durcheinander in den Straßen ausging. Wenn es ihnen gelang, dort Ordnung zu schaffen, konnten die Verluste auf ein Minimum beschränkt werden.

Data und Coleridge eilten bereits zum zerstörten Handelszentrum und bahnten sich dabei einen Weg durch die Menge der Fliehenden. Falls es in dem Gebäude Überlebende gab ... Data war sicher imstande, sie zu finden und zu retten.

»Worf?«

Mit einem kurzen Blick teilte er Geordi mit, daß nie irgendein Anlaß bestanden hatte, sich Sorgen um ihn zu machen.

»Ihre Befehle, Sir?«

»Was? *Ich* soll *Ihnen* Befehle erteilen, während es hier *drunter und drüber* geht? *Sie* sind der Sicherheitsoffizier. Sorgen Sie für Sicherheit!«

Das genügte dem Klingonen. Mit langen Schritten

marschierte er los, richtete den Phaser nach oben und feuerte. Die Entladung sorgte für den gewünschten Effekt.

»*Dort* entlang!« donnerte er und deutete nach Westen, in den Teil der Stadt, wo die Gebäude unbeschädigt geblieben waren. Dutzende von Kirlosianern wandten sich in die entsprechende Richtung.

Stephaleh sah aus dem Fenster ihres Büros und beobachtete die Flammenkrone über dem Handelszentrum. Rauchwolken wuchsen und erfaßten auch den Rest des Föderationssektors.

»Ist alles unter Kontrolle?« fragte sie.

»Ja, Botschafterin«, erklang hinter ihr Zamorhs atemlose Stimme. »Man hat den betroffenen Bereich evakuiert, und für die nahen Gebäude besteht keine Brandgefahr mehr. Doch das Handelszentrum ist vollständig zerstört.«

»Und die Personen darin?«

»Es waren insgesamt drei«, sagte der Sullurh. »Zwei von ihnen wurden nur leicht verletzt. Die dritte, ein Maratekkaner namens Rammis, kam ums Leben.«

Stephaleh nahm diese Auskunft mit einem leisen Zischen entgegen. »Ohne den Androiden von der *Enterprise* wären alle drei gestorben.« Sie zögerte, als sich ihre Wadenmuskeln kurz verkrampften — eine schmerzhafte Erinnerung an die eigene Sterblichkeit. »Und die Ursache der Explosionen? Sind bei den Ermittlungen bereits konkrete Resultate erzielt worden?«

»Noch nicht«, antwortete Zamorh. »Allerdings dürfte klar sein, daß Absicht dahintersteckt. Ich halte einen Unfall für ausgeschlossen. In dem Gebäude gab es nichts, das explodieren konnte.«

Stephalehs Kopffühler zuckten ungeduldig, doch sie unterdrückte ihren Ärger. Niemand hatte härter gearbeitet als Zamorh, um die Rettungsgruppen der Botschaft zu mobilisieren und sie zum Handelszentrum zu schicken. Ohne ihn wäre sie gezwungen gewesen, sich selbst darum zu kümmern. Normalerweise lehnte sie es ab, Aufgaben zu delegieren, doch körperliche Anstrengungen über längere Zeit hinweg fielen ihr immer schwerer. Lautlos verfluchte sie das Altern ...

»Botschafterin?«

»Ich bin mir darüber klar, daß es sich nicht um einen Unfall handelt«, sagte Stephaleh. »Meine Frage galt Bombenresten, möglichen Hinweisen auf die Verantwortlichen und dergleichen.«

»Bitte entschuldigen Sie, daß ich Sie nicht sofort verstanden habe, Botschafterin.« Die Schuhe des Sullurh kratzten über den glatten Boden. »Leider lautet die Antwort nein. Bisher hat man noch keine wichtigen Indizien gefunden.« Das Kratzen wiederholte sich. Für die meisten intelligenten Spezies wäre es unhörbar gewesen, aber als Andorianerin nahm Stephaleh es ganz deutlich wahr. »Allerdings kann man trotzdem gewisse Schlüsse ziehen.«

Die Diplomatin wandte sich von Rauch und Flammen jenseits des Fensters ab. »Schlüsse?« wiederholte sie.

Zamorh war klein, selbst für einen Sullurh, und in dem geräumigen Büro wirkte er noch kleiner, sogar zierlich. Vor vielen tausend Jahren hatte die Hauptnahrung der Andorianer aus Tieren dieser Größe bestanden — doch derartige Instinkte lagen nun tief begraben unter den kulturellen Errungenschaften der Zivilisation.

»Ja, Botschafterin. Vielleicht gefallen sie Ihnen nicht.«

Diese Bemerkung stimulierte Stephalehs Interesse. »Bei den Gottheiten — was veranlaßt Sie zu dieser Vermutung?«

»Ich glaube, daß die K'Vin verantwortlich sind«, sagte der Sullurh langsam.

Stephaleh maß ihn mit einem durchdringenden Blick. Diese Möglichkeit war ihr noch nicht in den Sinn gekommen. »Und das Motiv?«

»Ganz einfach, Botschafterin: Neid.«

Sie lächelte schief. »Auf was, Zamorh? Auf ein leeres Gebäude, durch dessen Bau Föderationsgelder verschwendet wurden? Das Handelszentrum ist zweifellos die schlechteste Idee, mit der ich mich in den fünfunddreißig Jahren meines diplomatischen Dienstes abfinden mußte. Warum sollten die K'Vin ausgerechnet *darauf* neidisch sein?«

Der Sullurh blieb ungerührt — er scheute nur selten verbale Auseinandersetzungen mit der Botschafterin. »Sie sehen keine Vergeudung darin, sondern eine Erinnerung an unsere Absicht, für immer auf Kirlos zu verweilen. Es paßt den K'Vin nicht, daß wir Anspruch auf diesen Planeten erheben — den sie seit den Anfängen ihrer interstellaren Raumfahrt begehren.«

Stephaleh verschränkte die Arme vor der schmalen Brust und musterte Zamorh. »Sie sprechen von ferner Vergangenheit«, sagte sie nach einer Weile. »Seit den letzten Feindseligkeiten zwischen Hegemonie und Föderation ist viel Zeit verstrichen. Und das gilt in erster Linie für Kirlos. Um der Gottheiten willen, Zamorh: Würde Gregach Dyson mit mir spielen, wenn er mich für einen Feind hielte?«

Der Sullurh zog die Schultern zu seinem dreieckigen Ohren empor. »Warum nicht? Es erscheint mir klug, die Schwächen eines Gegners zu testen, bevor man ein wichtigeres Spiel beginnt.«

Stephaleh wanderte nachdenklich durchs Büro. »Warum erwähnen Sie das erst jetzt?«

Zamorh begegnete ihrem Blick, und seine großen rosaroten Augen blinzelten nicht. »Es wurde noch nie zuvor ein Gebäude zerstört.« Diese Erklärung genügte kaum, und deshalb fügte er hinzu: »Ich weiß, daß Ihnen die Dyson-Partien mit Botschafter Gregach gefallen, und ich wollte keine grundlosen Unstimmigkeiten schaffen.« Der Sullurh sah zum Fenster. »Doch jetzt bedauere ich, nicht schon eher darauf hingewiesen zu haben.«

Falten bildeten sich in Stephalehs Stirn. »Warum hat Gregach dem archäologischen Projekt zugestimmt? Warum sollte er mit der einen Hand Zusammenarbeit anbieten und mit der anderen Feindschaft säen?«

Zamorh überlegte einige Sekunden lang. »Vielleicht um Verwirrung zu stiften«, erwiderte er. »Außerdem: Die Ausgrabungen haben noch nicht begonnen, Botschafterin. Die K'Vin gaben uns nur ihr Wort.«

Stephaleh setzte ihre unruhige Wanderung fort und dachte dabei an die Theorie des Sullurh. Die K'Vin waren natürlich nur eine von mehreren Möglichkeiten. Viele Gruppen und Individuen auf Kirlos mochten mit Zufriedenheit auf die Zerstörung des Handelszentrums reagieren: Händler, die nicht zur Föderation gehörten und die vom Gebäude symbolisierte Kontrolle ablehnten; kirlosianische Institutionen, in denen bisher geschäftliche Konferenzen stattgefunden hatten und die um ihren Einfluß fürchteten, wenn das Handelszentrum eines Tages zum bevorzugten Tagungsort wurde. Oder Rowdys, die Spaß an sinnlosen Zerstörungen fanden.

Aber die K'Vin ... Je gründlicher sich Stephaleh mit dieser Vorstellung befaßte, desto plausibler erschien sie ihr. Schmerz ging damit einher, wie jene Steifheit im Rücken, die sie nun jeden Morgen plagte. *Wenn mich Gregach wirklich getäuscht hat, wenn er immer nur eine Maske trug, hinter der sich Verschlagenheit verbirgt ...*

Nein.

Sie durfte sich nicht von Zamorhs Argwohn anstekken lassen. Es war zu früh, um jemandem die Schuld zu geben; noch fehlten Beweise.

Etwas anderes kam hinzu: In ihrer langen diplomatischen Karriere hatte Stephaleh gelernt, den Charakter anderer Personen zu beurteilen. Sie irrte sich nie. Dieser Instinkt behauptete nach wie vor, daß Gregach kein falsches Spiel trieb. *Zweifellos ist er zur Täuschung fähig,* dachte sie. *Aber* mich *kann er nicht täuschen.*

Sie verharrte und sah Zamorh an. Er stand noch immer wie angewurzelt und wartete auf ihre Entscheidung — die ihm bestimmt mißfiel.

»Ich respektiere Ihre Meinung«, sagte Stephaleh. »Aber in diesem Fall stimme ich Ihnen nicht zu. Wie dem auch sei: Mir sind die Hände gebunden, bis Untersuchungsergebnisse vorliegen.« Sie musterte den Sullurh. »Ich möchte, daß Sie die weiteren Ermittlungen leiten.«

Zamorh neigte kurz den Kopf. »Wie Sie wünschen, Botschafterin.«

Sein Gebaren wirkte kühl; Zamorh mochte es nicht, wenn man ihm widersprach. Er nahm so etwas persönlich.

Aber Stephaleh schätzte auch diese Eigenschaft ihres Assistenten: Er verteidigte seine Überzeugungen, und zu ihnen gehörte der unerschütterlich feste Glauben an das Recht der Föderation, auf Kirlos präsent zu sein.

»Danke«, sagte die Botschafterin. »Sie können jetzt gehen.«

Der Sullurh verließ das Büro.

KAPITEL 5

PERSÖNLICHES LOGBUCH
DES CAPTAINS

Die von Starfleet übermittelten Beschreibungen des Angriffs auf Tehuán gaben uns nur einen groben Eindruck — die Verwüstungen sind weitaus schlimmer, als wir zunächst dachten. Kein Wunder: Worte werden der Wirklichkeit nur selten gerecht.

Eine dicke Schicht aus schwarzem Staub erstreckte sich in dem tehuánischen Tal. Sie bedeckte Gebäudetrümmer, Narben aus geborstenem Gestein und verbranntes Gras, verlieh den entwurzelten Bäumen einen aschgrauen Ton. Leichter Wind wirbelte die feine Patina auf; sie schluckte das Licht der Sonne, verwandelte den Tag in Dämmerung.

»Verdammt, das Zeug ist überall«, sagte Beverly Crusher.

Sie spürte bereits erste Staubkörner unter dem Uniformkragen und am Rücken, ignorierte sie ebenso wie die Hitze und den beißenden Rauch. Mit den Augen einer Ärztin beobachtete sie die Kolonisten in der Nähe und beurteilte ihre Verletzungen. Schließlich glitt ihr Blick zu einer reglosen Gestalt, die auf einer Decke kauerte. Bei einer raschen Untersuchung stellte sich heraus, daß Staub unter den blutigen Verband und in die noch immer offene Beinwunde der Frau geraten war.

»Wir haben es aufgegeben, die Verbände zu wechseln«, brummte ein Mann und kniete neben der Ärztin. »Dadurch wird nur alles schlimmer.« Das dunkle Pulver klebte ebenso an ihm fest wie an den anderen Siedlern, doch Schweiß rann ihm über die Wange, offenbarte blasse Haut und Bartstoppeln.

Das improvisierte Krankenhaus bestand nur aus hohen Wänden, die den Verwundeten kühlenden Schatten spendeten. Trotzdem fühlte sich die Haut der Frau heiß und trocken an. Crushers Medo-Scanner bestätigte eine gefährliche Infektion im Blutkreislauf.

»Sie hätte längst transferiert werden sollen, Dr. Stoller.« Beverly berührte ihren Insignienkommunikator. »*Enterprise,* beamen Sie diese Frau direkt in die Krankenstation.«

Fasziniert sah der Mann, wie eine glitzernde Wolke die Verletzte umhüllte und entmaterialisierte. »Es tut mir leid ... Ich wußte nicht, daß es ihr so schlecht geht.« Er stand ruckartig auf und schwankte. »Für diese Arbeit bin ich der falsche Doktor. Mit Pflanzen kenne ich mich besser aus als mit Menschen ...«

Crusher erhob sich und streckte den Arm aus, um Stoller zu stützen. Sie widerstand der Versuchung, ihn ebenfalls zur *Enterprise* zu schicken: Seine Verletzungen waren nicht so schlimm, und in der Krankenstation wimmelte es bereits von Kolonisten — einige von ihnen rangen mit dem Tod. Sie überhörte die Proteste des Botanikers und führte ihn zu einer niedrigen Mauer, wo er Platz nehmen konnte.

»Warten Sie hier. Man wird Sie gleich behandeln.«

Beverly blickte über die Ruinen und sah zu dem Personal aus ihrer Abteilung. Pfleger und Krankenschwestern folgten ihr wie eine blaue Welle, die über eine staubige Ebene spülte. Sie gingen mit langen, eiligen Schritten und kümmerten sich um jene Siedler, bei denen Crusher kleine Signalgeber zurückgelassen hatte.

Eine Person löste sich aus der Hauptgruppe und trat

auf sie zu. Als Edwards näher kam, bemerkte Crusher die Verwirrung in ihren Zügen.

»Ich habe etwas Seltsames gefunden, Doktor.«

Bevor Beverly Gelegenheit bekam, sich eine Erklärung anzuhören, zirpte es im Lautsprecher ihres Kommunikators, und Rikers Stimme erklang. »Die Rettungsmannschaften haben einen weiteren Überlebenden unter einem eingestürzten Gebäude lokalisiert. Es wurden ernste innere Verletzungen festgestellt, die eine unverzügliche Operation erfordern.«

»Verstanden.« Crusher gab der *Enterprise* Anweisung, sie an Bord zu beamen, während die Krankenschwester noch immer ruhig neben ihr wartete. Sie erinnerte sich an Edwards' Auftrag und ihren Hinweis auf eine Entdeckung, aber Beverlys Neugier wich Gedanken an den bevorstehenden chirurgischen Eingriff.

»Was auch immer Sie gefunden haben, Edwards — es muß bis später warten.«

Dann fühlte Crusher das Prickeln des Transporterstrahls. Die Ruinen von Tehuán lösten sich auf.

Riker stolperte über einen umgestürzten Balken und verfluchte die hinter dem Horizont versinkende Sonne. Als er beschlossen hatte, zum Hauptlager zurückzukehren, genügte das Licht noch, um die Umgebung deutlich zu erkennen, doch nun verbargen sich viele Trümmer in Schatten und Schemen.

»Will?« Deanna Trois Stimme erklang in der Dunkelheit vor ihm.

Er ging in die entsprechende Richtung und wich einer Mauer aus lockeren Steinen aus. Die Counselor stand dahinter. Etwas weiter entfernt hockten sechs Personen vor einer matt glühenden Chemolampe. Der Abstand war zu groß für Riker, um die Wärme zu spüren, doch der Lichtschein entfaltete eine beruhigende Wirkung.

»Das sind die Leute?« fragte er. Über fünfzig Kolonisten hatten den Transfer zur *Enterprise* abgelehnt, um den Rettungsgruppen auf Tehuán zu helfen, doch nur wenige von ihnen besaßen wichtige Informationen.

»Ja, die Augenzeugen.»

Riker setzte sich wieder in Bewegung, doch Troi hielt ihn am Arm fest.

»Solche Siedler sind von Natur aus stark und sehr widerstandsfähig. Aber der rätselhafte Angriff hat sie zutiefst erschüttert, selbst jene, die keine Verletzungen erlitten. Du solltest sie besser nicht nach Einzelheiten fragen, Will.»

Der Erste Offizier schüttelte den Kopf. »Gerade die *Details* muß ich in Erfahrung bringen, Deanna. Wir wissen noch immer nicht, wer für den Überfall die Verantwortung trägt.»

Troi runzelte die Stirn, ließ jedoch die Hand sinken und schritt mit Riker zu dem freien Platz inmitten der Trümmer. Die Kolonisten rückten etwas zusammen, damit sie sich setzen konnten. Picards Stellvertreter musterte die hohlwangigen Gesichter, als Deanna ihm die Siedler nacheinander vorstellte.

»Bitte schildern Sie mir, was hier geschehen ist», sagte er.

Ein junger Mann namens Shaun schauderte und sah nervös zum Himmel, während sich die anderen noch näher an die Lampe heranschoben. Er griff nach dem schwarzen Staub und ließ ihn durch die Finger rieseln.

»Dies war der beste Boden auf dem ganzen Planeten«, brachte er heiser hervor und stockte mehrmals. »Jetzt ist er zu Staub verbrannt, zusammen mit den Feldfrüchten. Wir bauen hier … Wir *haben* hier eine besondere Art von Pilzen angebaut. Sie zeichnen sich durch einen hohen Nährwert aus und dienen auch zur Herstellung von Medikamenten …«

»Shaun«, unterbrach Riker den Kolonisten. Trotz Deannas Warnung vertraute er auf den Mut dieser Leute. Jeder von ihnen hätte an Bord der *Enterprise* in Sicherheit sein können. Statt dessen entschieden sie, auf Tehuán zu bleiben. »Bitte beschreiben Sie mir den *Angriff.*«

Der junge Mann schwieg, und schließlich antwortete die Frau an seiner Seite. Clark holte tief Luft; die Erinnerungen konfrontierten sie mit neuem Entsetzen.

»Sie kamen abends, als ich auf dem Feld war und einige Pilze für die Analyse sammelte. Zuerst hielt ich sie für Meteore, aber sie glänzten immer heller und flogen wie ein Kometenschwarm. Plötzlich änderten sie die Richtung, und da wußte ich, daß es sich nicht um ein natürliches Phänomen handelte. Trotzdem empfand ich keine Furcht.«

»Wie viele Schiffe haben Sie beobachtet?« fragte Riker.

»Mindestens acht«, erwiderte eine Botanikerin namens Delia. »Vielleicht auch zehn.« Die anderen nickten zustimmend.

»Und wie sahen sie aus?« Wieder schloß sich Stille an.

»Ich konnte sie nicht klar erkennen«, sagte Delia nach einer Weile und zuckte mit den Schultern. »Es blitzte und gleißte, als sie das Feuer eröffneten. Und sie schossen auf ... alles: Häuser, Lagerhallen, Felder, Straßen.« Sie deutete zu dem hohen, zerklüfteten Gipfel des Berges, der am Talrand aufragte. »Sie feuerten sogar auf Cahuapetl und lösten einen Felssturz aus, der den östlichen Teil der Siedlung beschädigte. Ich hörte das Zischen von aufsteigendem Dampf, als die Strahlen den Río Pequeño trafen.«

Falten entstanden in Rikers Stirn, als Delia ihren Bericht beendete. »Und das eigentliche Ziel des Angriffs?«

»Es gab keines!« entfuhr es einer Biochemikerin namens Delaplace. »Die Fremden schossen einfach, ohne erkennbare Ziele. Ohne einen Sinn. Sie verwüsteten das Tal, und anschließend verschwanden sie wieder.« Ihre Hände zitterten.

»Wir waren völlig wehrlos«, murmelte ein Mann.

Blanc verzog das Gesicht. »Wir haben kein Verteidigungssystem, keine Waffen. Beim nächstenmal finden wir vielleicht alle den Tod ...«

»Ich hoffe, daß es kein nächstes Mal gibt«, sagte Riker fest. Auch ohne die empathischen Fähigkeiten der Counselor spürte er, wie sich Angst ausbreitete. »Die *Enterprise* bleibt hier, um die Kolonie zu schützen, bis keine Gefahr mehr droht. Das verspreche ich Ihnen.«

Die Erleichterung in Trois Zügen wies darauf hin, daß er mit diesen Worten der Panik vorbeugte. Trotzdem blickte Shaun noch einmal zum dunklen Nachthimmel empor. Eine automatische Reaktion — die Furcht war bereits zu tief in ihm verwurzelt, um ihn innerhalb weniger Minuten davon zu befreien.

Rikers Entschlossenheit, die tehuánischen Siedler zu schützen, wurde zu einem persönlichen Schwur.

Wesley Crusher hörte das laute »Herein!« des Captains, atmete tief durch und betrat den Bereitschaftsraum. Nicht zum erstenmal besuchte er Picard ohne eine Einladung in seiner privaten Domäne, aber eine derartige Entscheidung erforderte noch immer Mut und auch Verzweiflung.

In dem Zimmer bekam es der junge Fähnrich mit weiteren Problemen zu tun. Picard wandte ihm den Rücken zu und blickte aus dem Panoramafenster. Er schien Wesley überhaupt nicht zu bemerken.

»Captain?« Wes zuckte unwillkürlich zusammen, als er das viel zu deutliche Vibrieren in seiner Stimme hörte.

Nach einer langen Stille drehte der Captain den Sessel herum und musterte den Jungen ernst. »Die Borg hätten das Tal auf Tehuán nicht einfach verwüstet, sondern alles Technische gestohlen.«

»Sir?«

»Und die Ferengi hätten keine Energie verschwendet, indem sie auf Felder und Flüsse feuerten. Entspricht das auch Ihrer Ansicht?« Picard benutzte wieder das förmliche Sie.

»Ja, Sir.« Wesley nickte. »Ich glaube ...«

»Zehn Raumschiffe, die gewöhnliche Phaser verwendeten.« Bei diesen Worten runzelte der Captain die Stirn. »So heißt es jedenfalls im vorläufigen Bericht der Landegruppe.«

»Was die Landegruppe angeht, Sir ...« Wesley sah nun die Chance, sein Anliegen vorzutragen. Rasch nutzte er die gute Gelegenheit. »Ich bitte um Erlaubnis, mich freiwillig melden zu dür ...«

»Erlaubnis verweigert, Fähnrich.«

»Aber ...«

Die Falten fraßen sich tiefer in Picards Stirn. »Man hat Sie nicht der Landegruppe zugeteilt, Fähnrich Crusher. Ihr plötzliches Eintreffen auf Tehúan würde Commander Riker nur von seinen Pflichten ablenken. Wenn er mehr Hilfe braucht und weitere Besatzungsmitglieder anfordert, können Sie sich für den planetaren Dienst melden.«

»Ja, Sir«, sagte Wesley und versuchte, die Enttäuschung aus seiner Stimme fernzuhalten. Er trat einen kleinen Schritt in Richtung Tür und wünschte sich zur Brücke zurück.

»Ich verstehe Ihr Interesse an den Aktivitäten auf dem Planeten.« Picards Stirn glättete sich, aber der Fähnrich blieb im Fokus seiner Aufmerksamkeit. »Vermutlich ist eine gewisse Reife notwendig, um zu erkennen, daß man im Kontrollraum ebenso vielen Herausforderungen begegnet wie als Mitglied einer Landegruppe.«

»Ja, Sir.«

»Wie ich sehe, sind Sie nicht überzeugt.« Der Captain winkte und bedeutete dem Jungen, am Schreibtisch Platz zu nehmen. »Bitte nennen Sie mir den wichtigsten ökonomischen Faktor der tehuánischen Kolonie.«

»Es gibt nur einen«, erwiderte Wesley, als er sich

setzte. Inzwischen bereute er, seinen Platz auf der Brükke verlassen zu haben. »Landwirtschaft.«

»Und welches Jahreseinkommen beziehen die Siedler aus dem Export ihrer Produkte?«

Wes hatte sich nur kurz mit den allgemeinen Informationen über Tehuán befaßt und war froh, auch die zweite Antwort zu kennen. »Sie arbeiten mit Verlust. Die Kolonie wurde erst vor kurzer Zeit gegründet, und daher wird es noch eine Weile dauern, bis man dort einen Überschuß erwirtschaftet.«

Picard nickte. »Anders ausgedrückt: Die Kolonisten sind alles andere als reich, und das kommerzielle Potential der Siedlung spielt kaum eine Rolle.« Er zögerte und schien einige Sekunden lang auf einen Kommentar zu warten. Dann stellte er eine weitere Frage. »Was ist mit der strategischen Bedeutung des Planeten?«

»Er hat keine. Tehuán befindet sich abseits der wichtigsten Handelsrouten.« Der Junge setzte sich auf. »Sir!« entfuhr es ihm. »Der Angriff ergibt überhaupt keinen Sinn!«

»Genau«, bestätigte Picard. »Warum sollte jemand die Kolonie überfallen?«

Er blickte wieder zum Panoramafenster und beobachtete die wolkenverschleierte Planetenkugel. »Meine Aufgabe besteht darin, dieses Rätsel zu lösen.«

Der Captain war so sehr in Gedanken versunken, daß er gar nicht hörte, wie sich die Tür des Bereitschaftsraumes hinter Wesley schloß.

Der zweite Tag auf Tehuán war noch schlimmer für Riker.

Als der Morgen dämmerte, brach er mit den Suchgruppen auf, um die Toten zu bergen. Zwar benutzten sie Antigravheber und schweres Gerät für Erdbewegungen, aber schon nach kurzer Zeit bildete Schmutz dicke Krusten auf Haut und Uniform. Das Klettern in den Trümmern und Ruinen verursachte stechende Muskelschmerzen. Außerdem durften sie diesmal nicht mit einer Belohnung für ihre Bemühungen rechnen — es drangen keine Stimmen mehr unter dem Schutt hervor.

Am Nachmittag ließ die leichte, kühlende Brise nach. Riker schwitzte in der schwülen Luft und beobachtete, wie man eine Leiche aus den Resten eines zerstörten Gebäudes zog. Der zuständige Krankenpfleger sah auf die Anzeigen seines Medo-Scanners und schüttelte den Kopf. Die Untersuchung war eine reine Formsache: Bereits am vergangenen Tag hatten die Sensoren festgestellt, daß keine Überlebenden mehr in den Ruinen waren.

»Das erinnert mich an etwas«, sagte Ravitch und bedeckte den Leichnam mit einem Tuch. »Lieutenant Edwards möchte Sie sprechen.«

Der Erste Offizier seufzte resigniert, stieg über Trümmer hinweg und näherte sich einem Bereich, den er normalerweise mied. Mehr als zehn lange Bündel lagen dort vor einer Mauer, und nur die Größe gab einen Hinweis darauf, was sie enthielten.

Edwards leitete das hiesige Äquivalent eines Leichenschauhauses.

»Sind Sie empfindlich?« fragte sie und sah zu Riker auf.

»Nicht besonders«, entgegnete er.

»Gut. Dann sehen Sie sich das hier an.«

Edwards kniete neben der Leiche eines Kolonisten, doch ihr Körper schirmte den Torso ab. Der Erste Offizier schnitt eine Grimasse, trat näher heran und starrte nach unten. Der Anblick des entstellten Gesichts ließ Übelkeit in ihm entstehen. Als er den Schock überwunden hatte, versuchte er, sich auf Edwards' Worte zu konzentrieren.

»... in der Nähe eines Felssturzes gefunden. Eine Autopsie wird uns Aufschluß über die Todesursache geben.«

»Ist sie nicht offensichtlich?« Riker zögerte kurz, ging

dann in die Hocke und betrachtete die schwarzen Flekken an Hals und Kopf. »Das sind Phaserverbrennungen. Allem Anschein nach hat ihn der Strahl eines angreifenden Schiffes getroffen.«

»Die Verbrennungen stammen *nicht* von einem Phaser«, widersprach Edwards. »Sie sehen ähnlich aus, aber die Gewebeveränderungen unter den verkohlten Stellen erscheinen mir sehr seltsam. Und dies ist schon die dritte Leiche mit solchen Merkmalen.«

Zu Rikers Erleichterung zog sie eine Decke über den verbrannten Kopf. Nachdenklich wippte er auf den Zehen. »Vielleicht haben die Angreifer eine neuartige Waffe eingesetzt.«

»Gerichtsmedizin ist nicht mein Fachgebiet. Ich bin außerstande, diese besonderen Verletzungen zu erklären.«

»Lassen Sie die Leiche zur *Enterprise* beamen und sofort untersuchen.«

»Commander Riker...«, sagte Edwards. »Aufgrund meiner persönlichen Erfahrungen mit Dr. Crusher vermute ich, daß sie derzeit keine Zeit mit Autopsien verschwenden möchte.«

»Sie wird sich Zeit dafür nehmen müssen, wenn es der Captain verlangt«, erwiderte Riker ernst.

KAPITEL 6

Geordi zog den rechten Stiefel an und lächelte, als er aus dem Fenster des Quartiers sah, das ihnen die Botschaft der Vereinten Föderation der Planeten zur Verfügung gestellt hatte. »Sind Sie bereit, das Nachtleben von Kirlosia kennenzulernen, Data?«

Der Androide saß geduldig auf einem nahen Stuhl und neigte den Kopf zur Seite. »Es würde mich überraschen, wenn sich die nächtlichen Aktivitäten in der Stadt beträchtlich von denen am Tag unterscheiden«, entgegnete er nachdenklich. »Immerhin ist die Tag-Nacht-Einteilung auf Kirlos willkürlicher Natur.«

LaForge seufzte. Er wußte, daß über Kirlosia große Lampen strahlten — wenn sich ihr Licht trübte, begann die Nacht —, aber Datas Hinweis darauf nahm ihm einen Teil der Vorfreude. Natürlich hatte es keinen Sinn, deshalb Vorwürfe gegen den Androiden zu erheben. »Ja, stimmt«, sagte er. »Aber wir versuchen trotzdem, uns zu vergnügen. Einverstanden?«

»In Ordnung«, erwiderte Data, um den schwindenden Enthusiasmus des Chefingenieurs nicht weiter zu untergraben.

Einige Minuten später trafen sie Worf und Coleridge im Foyer. Data bemerkte, daß Thul nicht zugegen war. Um so besser. Klingonen standen in dem berechtigten Ruf, bei manchen Dingen irrational zu sein, und Worfs Antipathie dem harmlosen Sullurh-Assistenten gegenüber gehörte zweifellos dazu.

Das Erscheinungsbild der Archäologin erstaunte Geordi. Vorher hatte sie einen schlichten Overall getragen, doch jetzt präsentierte sie sich in einer purpurnen, bis zum Boden reichenden Kombination aus Kleid und Umhang. An der einen Seite wies das Gewand einen breiten, bis zum Oberschenkel reichenden Schlitz auf. Coleridge drehte sich einmal um die eigene Achse. »Gefällt es Ihnen?«

Es bereitete Geordi ein wenig Unbehagen, seinen früheren Mentor in dieser Aufmachung zu sehen. Dennoch lächelte er. »Sehr.«

Sie verließen das Gebäude und wandten sich nach rechts. Coleridge begann sofort damit, ihre Verantwortung als Fremdenführerin wahrzunehmen.

»Dies ist die Botschaftsallee«, sagte die Professorin. »Sie führt von der VFP-Botschaft dort ...« — sie deutete in die Richtung, aus der sie kamen — »... zur diplomatischen Niederlassung der K'Vin.« Jetzt zeigte ihr ausgestreckter Arm ins Halbdunkel. Die K'Vin-Botschaft war so weit entfernt, daß selbst der VISOR-Träger Geordi sie nicht sehen konnte, aber er nickte freundlich, als sei sie ganz deutlich zu erkennen. »Die Allee ist eine der beiden geraden, normalen Straßen in der ganzen verdammten Stadt. Die andere heißt Strip — wir sind mit den Antigravschlitten über sie hinweggeflogen — und führt diagonal durch Kirlosia, von Südwesten nach Nordosten. Die Kreuzung mit der Botschaftsallee ist hier weit und breit der heißeste Fleck.«

»Genau der richtige Ort für uns, nicht wahr, Jungs?« fragte Geordi fröhlich.

Data nickte höflich, und Worf brummte — mehr Begeisterung war nicht von ihm zu erwarten.

»Bleiben Sie bei mir«, sagte Coleridge. »Und unternehmen Sie keine Ausflüge durch die Nebenstraßen, wenn Sie sich nicht verirren wollen. Wenn es dort brenzlig wird, können Sie nicht hoffen, mit Hilfe einer Transmitterzelle Schwierigkeiten aus dem Weg zu gehen. In dem Gassenlabyrinth gibt es nur wenige, und die Abstände zwischen ihnen sind recht groß.«

»Alles mitgekriegt, Data?« erkundigte sich Geordi.

Der Androide blinzelte überrascht. »Natürlich. Möchten Sie eine wörtliche Wiederholung, oder genügt Ihnen eine Zusammenfassung?«

LaForge winkte ab. »Ich rate Ihnen nur, diese Informationen bei Ihrem Verhalten zu berücksichtigen.«

»Wie Sie meinen.«

Sie blieben an der Kreuzung der beiden breiten Straßen stehen und sahen sich um.

Geordi nahm überall blitzende Lichter wahr. Zahllose Leuchtschriften säumten Botschaftsallee und Strip; in einigen fehlten Buchstaben, doch die anderen strahlten mit bunter Pracht.

Data beobachtete die Passanten aus vielen verschiedenen Völkern: Randrisianer, Andorianer, Tellariten ...

Eine Hand berührte ihn sanft am Arm. Er drehte sich um, und sein Blick fiel auf eine exotisch gekleidete Thialtanerin.

»Suchen Sie Spaß?« fragte sie leise.

»Ich glaube, mit dieser Absicht kamen wir hierher«, erwiderte der Androide umgänglich.

»Dann sind Sie bei mir genau an der richtigen Adresse«, behauptete die Frau. »Wenn Sie einmal eine Thialtanerin hatten, gibt es kein Zurück mehr.«

Bevor Data antworten konnte, trat Worf vor. Der Klingone starrte auf die Fremde hinab und grollte: »Er ist mit mir zusammen.«

Die Thialtanerin musterte ihn kühl. »Abartig«, kommentierte sie.

Data runzelte die Stirn.

»Stellen Sie jetzt keine Fragen«, warnte ihn Worf und wandte sich dann wieder an die Thialtanerin. »Es dient zu seiner Sicherheit. Die sexuelle Energie der Thialtaner genießt einen legendären Ruf. Er ist Androide — wenn er sich mit Ihnen einläßt, könnten ihm einige Schaltkreise durchbrennen.«

Die Frau lächelte. »Und das wäre nur der Anfang«,

sagte sie, zuckte mit den Schultern, drehte sich abrupt um und ging mit schwingenden Hüften fort.

Data sah ihr nach und gewann den Eindruck, daß sich die eigentliche Bedeutung des Gesprächs seinem Verständnis entzog. »Sie erwähnte, es gäbe kein Zurück mehr. Wohin hätte ich zurückkehren sollen?«

»Sie bleiben bei mir«, knurrte Worf streng. »Es würde meiner Reputation als Sicherheitsoffizier schaden, wenn man den ranghöchsten Offizier dieser Landegruppe am nächsten Morgen demontiert auffände.«

Es war eine seltsame Situation für Data. Für gewöhnlich nahm er in Begleitung von Riker oder dem Captain an planetaren Missionen teil, doch das Kommando zu führen ... Eine sonderbare Vorstellung.

»He!« rief Geordi und verharrte einige Meter entfernt. »Kommt her!«

Geordi stand vor dem größten Etablissement in diesem Bereich. Auf einer breiten Leuchttafel über dem Eingang pulsierte der Schriftzug ›Busiek‹, und aus dem Gebäude drang eine Mischung aus lauter Musik, heiserem Lachen und gelegentlichem Grölen. Außerdem wehte ein seltsamer Geruch auf die Straße. Nach einigen Sekunden identifizierte Data ihn als das charakteristische Aroma von Alkohol. Das Analyseergebnis wurde bestätigt, als mehrere Personen mit eingeschränkten motorischen Fähigkeiten durch die Tür taumelten.

»Dies scheint ein Äquivalent der *Enterprise*-Bar im zehnten Vorderdeck zu sein«, sagte der Androide, als Worf und er dem Chefingenieur folgten. Geordi und Coleridge waren bereits in der Taverne verschwunden.

»Aber ich glaube, hier geht es rauher zu«, entgegnete der Klingone. »Treten Sie niemandem auf die Füße.«

Data betrachtete seine Stiefel, als er vorsichtig den Eingang passierte.

Im Innern der großen Kneipe wogte ihm eine Flut aus Sinneseindrücken entgegen. Seine Rezeptoren für visuelle, akustische und andere Reize erfuhren völlig neuartige Stimulationen. Aus großen gelben Augen blickte er sich um.

Dunst hing in der Luft und umhüllte die vielen unterschiedliche Kirlosianer in der Schenke. Einige saßen an kleinen Tischen weiter hinten; andere drängten sich an der Theke, wo es kaum mehr Platz zu geben schien. Geordi und Coleridge war es gelungen, sich zu dem langen Tresen vorzuarbeiten, und sie nahmen bereits den ersten Drink.

Die Wände in den Zimmern und Räumen an Bord der *Enterprise* hatten einen metallenen Glanz, doch in der Taverne schienen sie aus alten, synthetischen Materialien zu bestehen, die wie natürlich gewachsener Fels wirkten. Der Dunst trübte das Licht der Lampen, aber Datas Augen paßten sich sofort dem Halbdunkel an. Als Worf und er den Weg fortsetzten, bemerkte er, daß eine sägemehlartige Substanz den Boden bedeckte.

»Sollen wir irgendwo Platz nehmen?« fragte er.

Der Klingone ließ seinen Blick über die Menge schweifen, nickte kurz und zog den Androiden durchs Gedränge. Kurz darauf erreichte er einen leeren Tisch — und gleichzeitig näherten sich von der anderen Seite zwei Inanh-Händler. Sie starrten sich finster an, und zu Datas Erleichterung wichen die Inanh zurück. Worf und der Androide ließen sich auf Stühle sinken.

Eine Zoloch schlurfte zu ihnen und nahm die Bestellungen entgegen. Aufgrund ihrer drei flexiblen Arme und der dreibeinigen Standfestigkeit galten Zoloch unter anderem als die besten Kellner in der Galaxis.

»Ich habe von erheblichen Feindseligkeiten zwischen Verbündeten der Föderation und K'Vin-Alliierten gehört«, sagte Data und sah sich einmal mehr um. »Aber hier haben sich zahlreiche Angehörige der betreffenden Völker eingefunden, ohne daß es zu Auseinandersetzungen kommt. Vielleicht sind die entsprechenden Kontroversen übertrieben.«

»Das bezweifle ich«, erwiderte Worf. »Sehen Sie genauer hin. Alle bleiben bei ihresgleichen. Selbst an der Theke ... Die Repräsentanten der Hegemonie meiden jeden physischen Kontakt mit Leuten von der Föderation.«

Data begriff sofort, daß der Klingone recht hatte. Er stellte auch fest, daß Geordi und Coleridge erneut gefüllte Gläser entgegennahmen. Beide lächelten sehr freundlich.

»Ich wußte gar nicht, daß Sie auch so sein können«, sagte Geordi.

»Wie bin ich denn?« Die Professorin schmunzelte.

»Nun ... locker und aufgeräumt. Ich meine, an der Universität hatte ich ungeheuren Respekt vor Ihnen ...«

»Und jetzt nicht mehr?« Coleridge grinste nun und in ihren mandelförmigen Augen funkelte es amüsiert.

»Das wollte ich keineswegs andeuten«, antwortete LaForge hastig und verlegen. »Ich ...«

Nassa klopfte ihm auf die Hand. »Ich weiß, was Sie meinen, Geordi. Sie begegnen mir nicht mehr mit Ehrfurcht, und das ist auch ganz richtig so. Der Altersunterschied spielt nur dann eine Rolle, wenn es dabei um Teenager und Erwachsene geht. Aber inzwischen sind wir beide erwachsen.«

Der Chefingenieur lächelte schief. »Das stimmt. Wissen Sie ... Heute abend sehen Sie wirklich gut aus.«

Coleridge strich sich kokett mit den Fingern durchs Haar. »Ja, ich weiß«, sagte sie. Daraufhin lachten sie beide.

Hinter der Theke stand ein gehörntes Wesen mit dichtem, verfilztem Haar; es war eifrig damit beschäftigt, neue Drinks vorzubereiten. Nassa deutete auf das Geschöpf. »Das ist Busiek. Ihm gehört die Kneipe, und er weiß einfach alles. Wenn Sie irgendwelche Fragen haben ... Er kann sie Ihnen beantworten.«

»Er weiß *alles?*« Der angeheiterte Geordi beschloß, den Wirt auf die Probe zu stellen. »He, Busiek!« rief er.

Das Wesen drehte sich um und sah ihn an.

»Wie groß ist der Durchmesser dieses Planeten?«

»Siebentausendzweihundert Kilometer«, erwiderte Busiek sofort.

»Und die durchschnittliche Oberflächentemperatur?«

»Minus zweiundsechzig Grad Celsius.«

Geordi zögerte. »Nennen Sie mir die Flügelspannweite einer normalen Schwalbe.«

»Meinen Sie die europäische oder afrikanische Art?«

Geordi nickte Nassa beeindruckt zu. »Himmel, er hat echt was auf dem Kasten.«

Data beobachtete seine Umgebung noch immer mit großem Interesse und erkannte Gregachs Assistenten Gezor in einer Ecke.

Sonderbar: Gezor schien großen Wert darauf zu legen, nicht bemerkt zu werden. Er trug einen Umhang mit weit in die Stirn gezogener Kapuze, doch sie rutschte kurz zurück, als er ein Glas an die Lippen setzte und trank — nur dadurch fiel er dem Androiden auf. Gezor senkte den Kopf und wich in den Schatten zurück, bevor er verstohlene Blicke nach rechts und links warf. Er schien keinesfalls Aufmerksamkeit erregen zu wollen.

Zwei andere Sullurh saßen an seinem Tisch, und Data sah sie nun zum erstenmal. Sie hockten dicht beieinander und besprachen etwas, wirkten dabei aufgeregt und nervös.

»Entschuldigen Sie.«

Die tiefe, volltönende Stimme einer Frau. Data drehte sich um und vermutete zunächst, daß die seltsame Thialtanerin zurückgekehrt war.

Aber es handelte sich nicht um eine Thialtanerin, und sie schenkte dem Androiden keine Beachtung.

Eine grünhäutige Orionerin — sie trug ein tigerartiges Lächeln und kaum etwas anderes — hatte neben Worf Platz genommen. Der Klingone musterte sie anerkennend.

Data ahnte zumindest, was dem Sicherheitsoffizier nun durch den Kopf ging. Die sexuelle Energie der Thialtaner mochte einen legendären Ruf genießen, aber in dieser Hinsicht kamen orionische Frauen einem Mythos gleich. Außerdem waren sie ebenso ausdauernd wie klingonische Männer.

Worf ließ die Orionerin nicht aus den Augen, und dafür gab es zwei Gründe: Bewunderung und Vorsicht. Er wagte sich auf metaphorisches Glatteis, indem er keinen sicheren Abstand wahrte. Andererseits: Was nützte das Leben eines Kriegers ohne die gelegentliche Würze einer Gefahr?

»Ich habe hier nicht viele Klingonen gesehen«, sagte die Frau, und in jeder Silbe vibrierte geballte Erotik.

»Kirlosia eignet sich nur für Wissenschaftler, Kaufleute und Touristen«, entgegnete Worf langsam.

»Und was machen Sie hier?« fragte die Orionerin. Ihr Gesicht war dem des Klingonen sehr nahe, und Data hielt das nicht für sehr hygienisch.

»Ich spreche mit Ihnen«, grollte Worf.

»Das ist alles? Sie *sprechen* nur?« Ihre Zungenspitze glitt über die oberen Zähne. »Sind Sie ein Mann der Tat?«

»Das hängt von den jeweiligen Provokationen ab.«

»Ich kann sehr provozierend sein.«

»Zweifellos«, brummte der Klingone.

Die Orionerin holte zischend Luft, und in ihren Augen glühte es. »Laß uns gehen.«

Worf sah sie noch immer an. Eine sehr verlockende Frau ...

Einen Sekundenbruchteil später bohrte sich ein mehr als dreißig Zentimeter langer Dolch in den Tisch.

Worf hob den Blick, hob ihn noch etwas mehr ...

Ein muskulöser orionischer Pirat stand in unmittelbarer Nähe, starrte finster auf den Klingonen und die Frau hinab. »Ich habe dir verboten, einfach wegzulaufen, Drusanne«, fauchte er zornig.

»Ich bin nicht deine Sklavin«, erwiderte die Orionerin und schloß ihre Finger um Worfs Arm. »Ich entscheide ganz allein, wohin ich gehe. Und mit wem. Diesmal begleite ich ... Wie lautet dein Name?«

»Sein Name lautet Mistkerl«, sagte der Pirat.

»Nein, er heißt Worf«, korrigierte Data.

Der Klingone drehte nicht den Kopf, als er brummte: »Ich werde allein damit fertig, Lieutenant Commander.«

»Womit wollen Sie fertig werden? Gibt es ein Problem?«

»Probleme entstehen nur dann, wenn der Klingone meine Frau nicht in Ruhe läßt.«

Data blinzelte kurz. »Wenn ich mich nicht sehr irre, hat *sie* ihn angesprochen, und derzeit wird er von ihr festgehalten ...«

»Commander«, warnte Worf.

»Ich treffe meine eigenen Entscheidungen«, zischte Drusanne. »Du kannst mir keine Befehle erteilen, Grax. Ich gehe mit diesem Mann.«

»Du gehst mit niemandem«, widersprach der Pirat. »Es sei denn mit mir. Muß ich ein Exempel an diesen beiden Typen statuieren, um dir das zu beweisen?«

Er unterstrich seine Worte, indem er Data an die Brust stieß.

»Das würde ich an Ihrer Stelle lassen«, sagte Worf.

»Und warum?« Grax lachte.

»Weil es mir einen Grund gibt, die Wände mit Ihnen zu beschmieren. Oder vielleicht sollte ich Sie erschießen, um alles zu vereinfachen.«

»Das halte ich für unnötig, Lieutenant«, warf der Androide ein.

»Nicht jetzt, Data ...«

»Ich habe den Eindruck, daß Sie beide rohe Gewalt anwenden wollen, um festzustellen, wer von Ihnen über mehr physische Kraft verfügt. Eine Art Test.«

»Von einem ›Test‹ kann überhaupt nicht die Rede

sein«, meinte Grax selbstsicher. »Der Sieger steht schon jetzt fest.«

»Vielleicht«, erwiderte Data höflich. »Allerdings ist zu befürchten, daß eine derartige Konfrontation umfangreiche Sachbeschädigung und Körperverletzung zur Folge hat. Hinzu kämen andere Konsequenzen, die als Verletzung der Föderationsvorschriften interpretiert werden müssen. In dem Fall wäre ich gezwungen, Lieutenant Worf aufgrund ungebührlichen Verhaltens zu verhaften und Sie als Anstifter unter Arrest zu stellen.«

Grax lachte erneut und holte zu einem wuchtigen Schlag aus. Worf beugte sich vor, um den Androiden zu schützen, aber Data reagierte noch schneller und griff nach der heranrasenden Faust. Der Pirat schnappte nach Luft, als Data seine Hand mühelos festhielt.

Die übrigen Gäste in der Taverne wurden aufmerksam, unter ihnen auch Geordi und Nassa an der Theke. »O mein Gott!« hauchte die Professorin. »Der Orioner wird Data umbringen.«

»Da bin ich mir nicht so sicher«, entgegnete LaForge.

Inzwischen drückte der Androide so fest zu, daß Grax' Arm zu zittern begann. »Das ist alles andere als fair, Sir«, sagte Data freundlich. »Ich bin ein Androide. Wenn Sie Ihre Kräfte mit mir messen, haben Sie noch weitaus weniger Chancen als im Kampf gegen Worf.«

»Ich kann ihn besiegen, verdammt!« donnerte der Orioner und versuchte, sich aus Datas stählernem Griff zu befreien. »Ich bin in der Lage, den Sieg über einen lebenden Gegner zu erringen, und das erklärt die Sache mit dir!«

»Eigentlich nicht, aber ich schlage vor, wir verzichten auf eine irrelevante Abschweifung vom Thema«, sagte Data. »Offenbar geht es hier um die Frage, wer von Ihnen stärker ist, Lieutenant Worf oder Sie. Bitte erlauben Sie mir, einen Kompromiß anzuregen.«

Grax und Worf wechselten einen Blick und sahen dann den Androiden an.

Einige Sekunden später standen keine Gläser mehr auf dem Tisch. Klingone und Orioner saßen sich gegenüber, und jeder von ihnen versuchte, den Arm des Kontrahenten zur Seite zu pressen. Diverse Zuschauer feuerten Worf oder Grax an; andere nahmen Wetten entgegen.

Data stand in der Nähe, und Geordi flüsterte ihm zu: »Ich bin wirklich beeindruckt. Sie haben die Angelegenheit gut geregelt.«

»Ich hielt es für angebracht, die Situation unter Kontrolle zu bringen«, erwiderte der Androide zurückhaltend. »Um ehrlich zu sein: Die Kommandobürde ist eigentlich gar nicht so schwer. Die Pflichten des vorgesetzten Offiziers sind leichter wahrzunehmen, als ich zunächst dachte.«

Andere Gäste drängten näher, und Data war zu höflich, um mit den Ellenbogen seinen Platz zu behaupten — deshalb fand er sich bald am Rand der Menge wieder. Es spielte keine Rolle für ihn. Er hatte Grax' Kraft eingeschätzt, während er die Faust des Orioners umklammerte. Da er auch um Worfs physisches Potential wußte, konnte er bis auf die dritte Stelle nach dem Komma berechnen, wieviel Zeit der Klingone brauchen würde, um den Piraten zu besiegen.

Dennoch wollte er hören, was geschah: Der Sicherheitsoffizier brummte einige interessante Kommentare, die sich in Zukunft als nützlich erweisen mochten. Data erhöhte die Sensibilität der akustischen Rezeptoren — und lauschte dem falschen Gespräch.

»Und das wird der Anfang vom Ende für die K'Vin-Botschaft sein.«

Diese Worte wurden in einem verschwörerischen Tonfall formuliert.

Und sie erklangen hinter dem Androiden.

Er drehte sich um und sah Gezor, der noch immer mit den beiden anderen Sullurh am Tisch saß. Sie nickten, schwiegen abrupt und stießen mit ihren Gläsern an, als wollten sie auf diese Weise eine Übereinkunft besiegeln.

Data war absolut sicher, daß die Bemerkung von Gezor stammte. Aber welche Gründe steckten dahinter? Was meinte der Sullurh damit?

Vielleicht bestand gar kein Anlaß zu Besorgnis. Vielleicht plante man eine Renovierung, die das Ende der bisherigen Botschaft bedeutete.

Nein, das ergab keinen Sinn. Etwas in Gezors Stimme — in der besonderen Situationsstruktur — weckte Datas Argwohn.

Er wartete auf einen weiteren Hinweis, aber die Sullurh blieben still und schienen eine stumme Zwiesprache zu halten. Der Androide bedauerte, daß Counselor Troi nicht zugegen war.

Kurze Zeit später winkte Gezor der Kellnerin zu und bat um die Rechnung. Die Zoloch ignorierte ihn — keine ungewöhnliche Reaktion, soweit sie Sullurh betraf. Aber alles deutete darauf hin, daß Gezor und seine Gefährten die Taverne verlassen wollten. Data entschied, sie auch weiterhin zu beobachten.

Rasch bahnte er sich einen Weg durch die Menge. Angesichts seiner überlegenen Androidenkraft fiel es ihm leicht, mehrere Gäste beiseite zu schieben, und er schenkte den ihm geltenden Flüchen keine Beachtung. Er erreichte Geordi, der Worf verbal unterstützte, beugte sich zu dem Chefingenieur vor und raunte ihm etwas ins Ohr. LaForge neigte den Kopf und musterte Data erstaunt.

»Sind Sie sicher?« fragte er.

»Ja«, bestätigte der Androide. »Wir müssen ziemlich schnell handeln. Und Worf sollte uns begleiten. Immerhin trägt er die volle Verantwortung für unsere Sicherheit.«

»Worf ist mitten in einem Wettkampf!«

»Nein. Er hat dieses besondere Duell fast beendet. Drei ... zwei ... eins ...«

Genau in diesem Augenblick schmetterte der Klingone den Arm des Orioners auf den Tisch, und das Publikum jubelte. Der Pirat zischte, stand auf, trat den Stuhl um und marschierte fort.

Geordis verwirrter Blick glitt zwischen Worf und Data hin und her. Schließlich zuckte er mit den Achseln. »Ich gebe es auf. Sie haben immer recht.«

Geld wechselte den Besitzer, und die Zuschauer wandten sich vom Tisch ab, kehrten zu ihren vorübergehend vernachlässigten Drinks zurück. Data und Geordi gingen zu Worf und erklärten ihm alles. Er wirkte nicht gerade begeistert.

»Nein«, sagte der Klingone.

Data blinzelte überrascht. »Nein?«

»Nein«, wiederholte Worf fest. »Erstens: Wir können den Sullurh nicht einfach so folgen. Diese Stadt ist in viele einzelne Sektionen unterteilt. Wenn wir ins falsche Viertel geraten, fordern wir unangenehme Konsequenzen heraus. Ich bin bereit, Gezor zu verhören, wenn Sie Wert darauf legen. Aber eine Verfolgung halte ich nicht nur für sinnlos, sondern auch für einen Fehler. Zweitens ...«

Er unterbrach sich und knurrte verärgert: Die Orionerin verließ die Schenke gerade mit einem gutgekleideten Pandriliten.

Data überhörte den zweiten Teil der Antwort. »Wenn Gezor eine List plant, so ist er vermutlich nicht bereit, sie bei einem Verhör preiszugeben. Die Beschattung eines Verdächtigen hingegen wird in der Kriminalliteratur als eine geeignete Methode zur Wahrheitsfindung angeboten.«

»Lieber Himmel«, seufzte Geordi. »Wollen Sie erneut in die Rolle von Sherlock Holmes schlüpfen?«

»Warum nicht?« entgegnete Data. Worf sah ihn finster an.

In diesem Augenblick klopfte Nassa dem Chefingenieur auf die Schulter. »Entschuldigen Sie, aber um einen Ausdruck Emersons zu benutzen: Die Natur ist am Werk, und ich muß ihrem Ruf folgen.«

»Diese Worte gehen nicht etwa auf Emerson zurück, sondern auf einen Mann namens Coleridge«, sagte Data. »Samuel Taylor Coleridge.«

Die Archäologin verzog das Gesicht. »Coleridge. Auch das noch.« Sie ging fort.

»Na schön, Sherlock«, sagte Geordi rasch, als sie außer Hörweite war. »Wo sind die Sullurh?«

Der Androide drehte sich um, streckte die Hand aus — und deutete zu einem leeren Tisch.

Er eilte durch die Taverne, und seine Stiefel rutschten dabei durchs Sägemehl. Worf und Geordi ließen bei Busiek eine Nachricht für Nassa zurück und liefen ebenfalls durch die Tür.

Draußen sahen sie nach rechts und links.

Data erkannte Gezor aus den Augenwinkeln. Die beiden anderen Sullurh waren in irgendeiner Nebenstraße verschwunden, aber Gezor wanderte durch die Botschaftsallee zur diplomatischen Niederlassung der K'Vin.

»Dort«, sagte der Androide leise. Die drei Starfleet-Offiziere begannen mit der Verfolgung.

Sie hatten Glück. In jeder anderen Stadt wären ein Klingone, ein Androide mit goldfarbener Haut und ein dunkelhäutiger Mensch mit einem VISOR vor den Augen sofort aufgefallen — immerhin trugen sie alle Starfleet-Uniformen und offenbarten ein Verhalten, das unter anderen Umständen Argwohn erregt hätte. Aber die Bewohner von Kirlosia kamen aus vielen verschiedenen Welten, und sie *alle* verhielten sich so, als seien sie bestrebt, irgend etwas zu verbergen. Aus diesem Grund warfen die übrigen Passanten den drei Offizieren nur beiläufige Blicke zu, bevor sie sich wieder um ihre eigenen Angelegenheiten kümmerten.

Doch je weiter sich Data und seine Begleiter ins K'Vin-Territorium wagten, desto länger verharrten die Blicke auf ihnen. Worf starrte einige besonders neugierige Bürger an und knurrte drohend, woraufhin die Betreffenden davonhasteten. Trotzdem: Man bemerkte sie und fragte sich ganz offensichtlich, was sie in diesen Teil der Stadt führte.

Gezor hingegen schien keinen Verdacht zu schöpfen. Er ging mit ruhigen, gleichmäßigen Schritten, wirkte dabei völlig unbesorgt.

Einmal blieb er stehen und schien sich zu orientieren. Die Verfolger verharrten ebenfalls, etwa zwei Blocks entfernt. Sie wichen in den Schatten eines nahen Gebäudes zurück und versuchten, unauffällig zu sein. »Sind Sie sicher, daß dies sinnvoll ist?« flüsterte Geordi dem Androiden zu.

»Nein«, antwortete Data ehrlich. »Deshalb verfolgen wir den Sullurh — um herauszufinden, ob es einen Grund dafür gibt.«

Dieser Art von Logik konnte LaForge nicht widersprechen. Als sie weitergingen, spürte er wachsendes Unbehagen.

Gezor hatte bereits eine Transmitterzelle passiert und kam nun an der zweiten vorbei, ohne ihr Beachtung zu schenken. In der Ferne ragte die K'Vin-Botschaft auf, die das Ziel des Sullurh zu sein schien. Aber wenn das tatsächlich der Fall war: Warum legte er den weiten Weg zu Fuß zurück? Geordi fragte Data danach.

Der Androide überlegte kurz. »Ich bin mir nicht ganz sicher. Es gibt mehrere mögliche Erklärungen.«

»Zum Beispiel?«

Die Entfernung zur K'Vin-Botschaft schrumpfte, und es zeigten sich immer weniger Passanten auf den breiten Gehsteigen.

»Vielleicht will sich Gezor nur ein wenig Bewegung verschaffen«, meinte Data. »Oder er beabsichtigt, unterwegs etwas abzuholen. Oder er möchte sich mit jemandem treffen. Oder ...«

Die Botschaft erhob sich vor ihnen, und ihre Türme projizierten ein komplexes Schattenmuster.

Etwa zwanzig Meter vor dem Eingang wandte sich Gezor plötzlich nach rechts. Die Starfleet-Offiziere gingen schneller, als der Sullurh in einer Nebenstraße verschwand. Kurze Zeit später erreichten sie die Abzweigung, aber von Gezor war weit und breit nichts mehr zu sehen — das Gassenlabyrinth hatte ihn verschluckt.

»Oder?« hauchte ein völlig verwirrter Geordi.

»Oder er hat uns gesehen und wollte, daß wir ihm zur Botschaft folgten«, sagte Data nachdenklich.

Einen Sekundenbruchteil später krachte eine Explosion und zerfetzte einen der hohen Türme.

Die Offiziere stürmten davon, und Worf schirmte seine beiden Kollegen mit dem Körper ab. Um sie herum regnete es Trümmerstücke; Staub erfüllte die Luft, und Schreie erklangen.

Eben waren die Straßen noch völlig leer gewesen, doch jetzt wimmelte es in ihnen von aufgeregten Bürgern.

»Wir müssen helfen!« entfuhr es Geordi. »Möglicherweise gibt es Verletzte in dem Gebäude!«

»Nein«, widersprach Worf und erinnerte sich an Khitomer. »Vielleicht stehen weitere Explosionen bevor. Es nützt niemandem etwas, jetzt die Botschaft zu betreten. Warten wir ab, bis feststeht, daß keine Gefahr mehr droht.«

Aber Data stürmte bereits davon und rannte zum breiten Eingang.

»Data!« rief LaForge. Der Androide hörte ihn bestimmt, aber er zeigte keine Reaktion. »Wir können ihn nicht allein lassen, Worf!« Er folgte seinem Freund. Der Klingone schnitt eine Grimasse und schloß sich dem Chefingenieur an.

Als sie sich der Botschaft näherten, ertönten Dutzende von Stimmen. »Seht nur! Föderationsleute! Was machen sie hier?«

»Vielleicht sind sie für die Explosion verantwortlich.«

»Ja, bestimmt!«

Geordi fühlte sich von neuerlicher Besorgnis erfaßt.

Data achtete überhaupt nicht auf die vorwurfsvollen Bemerkungen und kletterte zwischen den Trümmern umher. »Spuren«, sagte er. »Es gilt, Spuren zu finden.«

»Data!« ächzte Geordi. »Hören Sie auf, Sherlock Holmes zu spielen! Verstehen Sie denn nicht? Wir sind dieser Menge weit unterlegen, und ich halte es für besser, so schnell wie möglich den Rückzug anzutreten!«

Der Androide musterte ihn verwundert. »Unterlegen? Zweifellos ist niemand so unvernünftig, uns die Schuld zu geben.«

Geordi seufzte verzweifelt und nahm eine Sondierung mit seinem VISOR vor. Nirgends entdeckte er infrarote Emissionen, die von Körpern stammten — es lagen keine Verletzten in den Resten des geborstenen Turms. Offenbar hatte sich niemand in den entsprechenden Büros aufgehalten.

Gregach taumelte nach draußen, keuchte und hustete. In der einen Hand hielt er etwas — allem Anschein nach einen Knochen, an dem Fleischfetzen hingen. Worf näherte sich dem K'Vin-Botschafter, hielt ihn fest und klopfte ihm auf den Rücken. Vier Wächter — Staub bildete eine dicke Schicht auf ihren Uniformen — eilten herbei und stützten ihn ebenfalls. Gregach sah niedergeschlagen auf das Fleisch und brummte: »Ein K'Vin kann nicht einmal mehr einen anständigen Spilat-Braten genießen.«

Dann sah er sich um, straffte die Gestalt und versuchte, die jüngsten Ereignisse zu verstehen. Er blickte Worf in die Augen. »Was führt Sie hierher?« fragte Gregach, und ein drohender Unterton erklang in seiner Stimme. Sofort fügte er hinzu: »Nein, antworten Sie nicht. Einige falsche Worte, und der Tod wäre Ihnen sicher.«

Er nickte in Richtung der zornigen Menge, die sich vor der Botschaft gebildet hatte, die Föderation im allgemeinen und Klingonen im besonderen verfluchte.

Eine Woge der Feindseligkeit schlug den Starfleet-Offizieren entgegen.

Gregach legte Worf die Hand auf die Schulter und sagte laut: »Sie bleiben hier, damit Sie verhört werden können!«

»*Was?*« fragte Geordi.

Die aufgebrachten Bürger — es waren schon über sechzig, und ständig kamen weitere hinzu — schrien und hoben geballte Fäuste. Mehrere Wächter umringten die Landegruppe.

Data sah von den Trümmern auf und wandte sich an den Botschafter. »Sir«, sagte er höflich, »Sie scheinen den Eindruck zu haben, daß wir ...«

»Ich habe den Eindruck, daß Sie sich in einem Bereich aufhalten, wo Sie nichts zu suchen haben«, unterbrach Gregach den Androiden. »Darüber hinaus gibt es eine verdächtige zeitliche Übereinstimmung zwischen Ihrer Präsenz und der Explosion. Entweder begleiten Sie mich zu einem Verhör in die Botschaft, oder ich überlasse Sie der Menge. Es ist *Ihre* Entscheidung.«

»Ja«, knurrte Worf gereizt. »*Ihre* Entscheidung, *Lieutenant Commander.*«

Datas Lippen bewegten sich, aber diesmal brachte er keinen Ton hervor.

Ihm war alles wie ein Spiel erschienen, wie ein Holodeck-Szenario, das plötzlich Realität wurde. Er hatte Worfs Warnungen in bezug auf feindliches Territorium ignoriert und nicht gründlich genug über die möglichen Motive Gezors nachgedacht. Seine falsche Einschätzung des Gefahrenpotentials dieser Situation hatte nicht nur die Landegruppe in Gefahr gebracht, sondern belastete auch die diplomatischen Beziehungen zwischen K'Vin und Föderation.

Das auf Datas Schultern lastende Gewicht der Kommandobürde nahm jäh zu.

KAPITEL 7

Während ihrer drei Jahre auf Kirlos war Stephaleh nie des Nachts geweckt worden — sie sah darin ein Zeichen für die Problemlosigkeit ihrer Pflichten. Doch in dieser Nacht zerriß das Gespinst ihrer Träume, als Zamorh sie an der Schulter berührte.

»Botschafterin«, sagte er aufgeregt und hoffte, daß sie die Benommenheit des Schlafs rasch abstreifte. »Die K'Vin-Botschaft — dort kam es zu einer Explosion!«

Erschrocken setzte sich Stephaleh auf und ignorierte dabei die Krämpfe in ihren Gliedern. »Gregach ... Ist ihm etwas zugestoßen?«

»Nein, Botschafterin. Er wurde nicht verletzt und hat einen Kom-Kontakt hergestellt, um mit Ihnen zu sprechen.«

Die Andorianerin stand mühsam auf und hüllte sich in einen mit Flaumfedern gefüllten Umhang — eins der wenigen andorianischen Artefakte in ihrem Zimmer. Die bunten Farben des Kleidungsstücks formten das Muster eines uralten Clans, dem sich Stephaleh zugehörig fühlte. Sie schob die Füße in bequeme Schuhe, blinzelte mehrmals und sammelte Willenskraft — sie wollte sich bewegen, ohne ihr hohes Alter zu verraten.

Sie brauchte einige Minuten für den Weg vom Schlafzimmer zum Büro; Stephaleh hatte es sich zur Angewohnheit gemacht, ihre Kom-Gespräche dort zu führen. Während sie durch den Korridor schritten, beschrieb ihr Zamorh die Lage. »Offenbar befanden sich die Starfleet-Offiziere im K'Vin-Territorium, als es zu der Explosion kam. Lieutenant Worf hat sich sofort bei Sicherheitschef Powell gemeldet. Sie sind mit einigen Informationen unterwegs.«

»Warum haben sie sich nicht hierhergebeamt?«

»Botschafter Gregach scheint Anweisung gegeben zu haben, die Transmitterverbindungen zu unterbrechen.«

Seltsam, dachte Stephaleh. Es geschah zum erstenmal, daß Gregach die Transmitter des K'Vin-Sektors von denen der Föderationsseite isolierte. Es handelte sich um eine sehr ernste Maßnahme, die man nicht ohne weiteres traf. Die Spannungen zwischen K'Vin und interstellarem Völkerbund hatten nie Stephalehs Freundschaft mit Gregach beeinflußt, doch das änderte nichts daran, daß sie ihren jeweiligen Regierungen verpflichtet waren.

Schließlich erreichte die Andorianerin ihr Büro. Zamorh schaltete das Licht ein, wich in eine Ecke des großen Raums zurück und bereitete den üblichen Morgentee vor. Wie sollte Stephaleh ohne ihn zurechtkommen, wenn sie nach dem Dienst auf Kirlos in ihre Heimat zurückkehrte?

»Bitte bestätigen Sie Gregachs Signal«, sagte sie und ließ sich in einen Sessel sinken. Die weichen Polster verschafften ihr Erleichterung, und sie lächelte. Doch dann verbannte sie das Schmunzeln von ihren Lippen und tauschte es gegen diplomatische Würde ein.

Der Bildschirm flackerte kurz, und dann erschien das rußgeschwärzte, hohlwangige Gesicht des K'Vin. »Irgendwelche Zwischenfälle auf der Föderationsseite, Stephaleh?«

»Nein, nichts. Ist alles in Ordnung mit Ihnen? Was geschah in Ihrer Botschaft?«

»Eine Explosion. Niemand kennt die Ursachen.« Gregach schüttelte den Kopf. »Das Feuer konnte inzwischen gelöscht werden, und Ärzte kümmern sich um die Verletzten. *Noch* ist niemand gestorben, aber irgend etwas bahnt sich auf Kirlos an, und es gefällt mir nicht.«

Stephaleh musterte ihn. »Sie glauben also, daß die beiden Ereignisse in Zusammenhang stehen?«

»Zwei Explosionen, die erste im Handelszentrum der Föderation, die zweite in meiner Botschaft. Das kann wohl kaum ein Zufall sein. Nein, irgend etwas Heimtückisches geht vor.«

Ein Sullurh brachte ihm einen Bericht, und Gregach neigte den Kopf, um ihn zu lesen. Stephaleh richtete ihre Aufmerksamkeit einige Sekunden lang auf die kleinere Gestalt. Es war nicht Gezor, und sie fragte sich, wo der Assistent des K'Vin-Diplomaten sein mochte. Wahrscheinlich beaufsichtigte er die Instandsetzungsarbeiten in der Botschaft oder leitete irgendwelche Ermittlungen.

»Es gibt *doch* Opfer«, sagte Gregach. »Einige Wartungstechniker, die im Qualm erstickten, als sie das Feuer zu löschen versuchten.« Er sah von dem Bericht auf. »Jetzt haben wir es mit Mord zu tun. Es muß etwas *unternommen* werden.«

Stephaleh überlegte. Wem sollte an Zerstörungen auf beiden Seiten gelegen sein? Wer trug die Verantwortung dafür? Hatte Zamorh recht? Lehnten einige Leute die Präsenz der Starfleet-Offiziere ab? Wollten sie, daß Data, LaForge und Worf den Planeten verließen? Waren sie bereit, die Landegruppe mit Tod und Vernichtung von Kirlos zu vertreiben? Zamorh hatte diese Vermutungen gestern in Worte gefaßt, doch Stephaleh hielt sie zunächst für sinnlose Spekulationen. Jetzt erinnerte sie sich an das Gespräch.

»Wenn es sich wirklich um einen Anschlag handelt, Gregach ... Wer käme dafür in Frage?«

»Oh, es *war* ein Anschlag, Stephaleh. Daran besteht überhaupt kein Zweifel. Aber leider weiß ich nicht, wer dahintersteckt. Andernfalls würde ich den oder die Verantwortlichen sofort verhaften und hinrichten lassen. Vielleicht finden wir Anhaltspunkte, wenn wir morgen früh eine genaue Untersuchung vornehmen.«

»Ich hoffe es. Da fällt mir ein: Warum haben Sie die Transmitterverbindungen unterbrochen?«

»Nun, äh, um einer leichten Flucht der Schuldigen vorzubeugen. Unsere Sicherheitsbeamten haben mit Nachforschungen begonnen. Wußten Sie, daß sich die Starfleet-Offiziere in diesem Bereich aufhielten?« Gregach beugte sich vor, um die Reaktion der Andorianerin zu beobachten.

»Ja«, erwiderte Stephaleh. Sie hatte erst vor einigen Minuten davon erfahren, aber es überraschte sie kaum. Ihr Gesichtsausdruck blieb neutral, und wie immer sprach sie sanft. Als sie eine Tasse Tee von Zamorh entgegennahm, erschien Gezor am Rand des Bildschirms und flüsterte dem K'Vin etwas ins Ohr. Die Andorianerin sah interessiert, wie Gregach nickte.

»Die *Enterprise*-Offiziere sind hier, Botschafterin«, sagte Zamorh.

Sie nickte und bedeutete ihrem Assistenten mit einem Wink, die drei Männer hereinzuführen. Da Gregach abgelenkt war, senkte sie die für gewöhnlich recht hohe Lautstärke der Kom-Übertragung — der K'Vin klagte häufig über Stephalehs Flüstern. Wenige Sekunden später schwang die Tür auf, und Data betrat das Büro, gefolgt von Worf und Geordi. Zum erstenmal ging der Androide seinen Gefährten voraus, und die Andorianerin beobachtete ihn. Die Offiziere wirkten müde und schmutzig, zweifellos ein Resultat der Explosion. Wenigstens lebten sie und waren unverletzt.

»Wir kommen gerade aus dem K'Vin-Territorium«, begann Data. »In der dortigen Botschaft explodierte etwas.«

Stephaleh hob den Finger zum Mund und zeigte auf den Monitor. Gregach sprach noch immer mit Gezor, der nun aufgeregt gestikulierte.

»Botschafter Gregach«, sagte sie.

Der untersetzte K'Vin hob den Kopf und stellte fest, daß der Kom-Kanal noch immer geöffnet war. Außerdem nahm er überrascht zur Kenntnis daß Data hinter Stephaleh stand.

»Die *Enterprise*-Offiziere sind gerade eingetroffen«, sagte die Andorianerin. »Nachdem sie mir Bericht erstattet haben, sind sie sicher bereit, Ihnen alle Einzelheiten zu schildern. Sollen Sie sich an Ilugh wenden?« So hieß der Leiter von Gregachs Leibgarde, ein Soldat, der bei mehreren militärischen Aktionen unter dem jetzigen Botschafter gedient hatte.

»Das ist nicht nötig«, erwiderte Gregach. »Ich habe sie bereits vernommen — und Ihnen die Rückkehr erlaubt.« Er zögerte, sammelte seine Gedanken und blickte erneut zu Gezor, der diesmal im visuellen Erfassungsbereich des K'Vin-Kommunikators blieb. Stephaleh versuchte, ihre Überraschung zu verbergen; sie hatte nicht an die Möglichkeit gedacht, daß Gregach den Offizieren Fragen stellte, ohne sich vorher mit ihr in Verbindung zu setzen. Der Botschafter schien sich irgendwie verändert zu haben, als sei er aus einem langen Schlaf erwacht.

»Zerstörung und Tod...«, sagte Gregach. »Angesichts der gegenwärtigen tragischen Umstände sehe ich mich gezwungen, die archäologischen Ausgrabungen zu verbieten und zu befehlen... ich meine, zu *bitten*, daß alle Repräsentanten der Vereinten Föderation der Planeten in ihrem Teil von Kirlosia bleiben.«

»Sie isolieren uns, einfach so? Möchten Sie vielleicht, daß wir aufhören, die von Ihren Zirkulatoren in die Stadt gepumpte Luft zu atmen?« Stephalehs Zorn fand Ausdruck in ätzendem Sarkasmus. Geordi musterte die Botschafterin erstaunt und kam zu dem Schluß, daß es besser war, diese Frau nicht zu verärgern.

»Leider habe ich keine andere Wahl. Solange ich nicht weiß, wer oder was die Explosion verursacht hat, muß ich die Anzahl der Personen mit Zugang zu offiziellen K'Vin-Gebäuden auf ein Mindestmaß beschränken.«

»Und was ist mit der Zerstörung unseres Handelszentrums? Jener Zwischenfall fand zuerst statt, ohne daß wir Sie oder Ihr Volk verdächtigten. Warum klagen Sie uns so rasch an? Sind konkrete Beweise der Grund dafür — oder Furcht?«

Stephalehs Groll verblüffte Gregach. Er schien sehr verlegen zu sein, aber er hielt an den einmal getroffenen Entscheidungen fest. Ein Kampf ganz besonderer Art stand bevor, und er wollte wachsam sein. »Ich bedauere, daß Sie die Sache so sehen. Wir setzen dieses Gespräch fort, wenn sich Neuigkeiten ergeben.« Der Bildschirm wurde dunkel.

Stephaleh lehnte sich zurück und blickte zu den drei *Enterprise*-Offizieren auf der anderen Seite ihres Schreibtischs.

»Sie glauben also, daß Gregachs Assistent vorher von der Explosion wußte?« fragte die Andorianerin.

Data nickte. »Ja, Botschafterin. Selbst wenn ich seine Unterhaltung mit den beiden anderen Sullurh nicht gehört hätte: Er wählte einen Weg, der auf vorherige Kenntnis hindeutete.«

»Und wenn er Bescheid wußte ...«, warf LaForge ein. »Dann liegt die Vermutung nahe, daß er irgendwie daran beteiligt war.«

»Vielleicht sind er und seine Komplizen auch für die Zerstörung des Handelszentrums verantwortlich«, fügte Worf hinzu.

Stephaleh knetete ihre rechte Hand, um die Steifheit daraus zu vertreiben. »Das würde Verrat bedeuten«, sagte sie. »Verrat, der bis in die K'Vin-Botschaft reicht.« Sie sah den neben ihr sitzenden Zamorh an. »Haben Sie zusätzliche Informationen?« erkundigte sie sich.

Der Sullurh sah auf und dachte kurz nach. »Kaum«, antwortete er nach einer Weile. »Ich kenne Gezor nicht sehr gut, und das gilt auch für seine Familie. Daher sind mir seine Absichten unbekannt. Aber ich weiß folgendes: Er arbeitet schon seit einigen Jahren für Botschafter

Gregach, und stand auch in den Diensten seines Vorgängers. Es ist mir ein Rätsel, warum er zum Verräter werden sollte. Was verspricht er sich davon? Welche Vorteile ergeben sich für ihn?«

»Eine gute Frage«, kommentierte Stephaleh. Sie wandte sich wieder an die Offiziere. »Schießen Sie los.«

Der Androide blinzelte verwirrt.

»Die Botschafterin möchte, daß wir eine Antwort geben — wenn wir können«, erklärte LaForge.

»Oh«, sagte Data. »Natürlich.«

»Unglücklicherweise sind wir dazu nicht in der Lage.« Worf schnitt eine finstere Miene — ein typischer Klingone, fand Stephaleh — und starrte zu Zamorh. »Zuerst benötigen wir weitere Hinweise auf die möglichen Motive des Sullurh.«

Die Botschafterin glaubte fast zu sehen, wie sich Zamorhs Nackenhaare aufrichteten. Aber er blieb still sitzen, und seine Miene verriet keine Reaktion.

Stephaleh richtete ihre nächsten Worte an alle drei Offiziere und den Klingonen im besonderen. »Ich möchte Ihnen versichern, daß die Sullurh schlichte, ehrliche Leute sind. Normalerweise ist auf sie und ihre Treue Verlaß. Deshalb arbeiten sie sowohl in unserer Botschaft als auch in der diplomatischen Niederlassung der K'Vin. Selbst wenn man ihnen viel Geld oder Macht in Aussicht stellte — sie ließen sich davon nicht in Versuchung führen.« Die Andorianerin seufzte. »Nun, vielleicht hat Gezor Gregachs Vertrauen verletzt. Aber wenn das tatsächlich der Fall ist, so handelt es sich dabei um ein für Sullurh sehr ungewöhnliches Verhalten.«

»Na schön«, sagte LaForge. »Offenbar hat es keinen Sinn, Gezors Motive zu deuten. Wir sollten uns statt dessen bemühen, die Absichten seiner Komplizen zu verstehen.«

Erneut knetete Stephaleh ihre Hände. »Komplizen«, wiederholte sie.

»Bestimmt hat ihm jemand geholfen«, brummte

Worf. »Er ist ein wichtiger Mitarbeiter der K'Vin-Botschaft. Es wäre sicher aufgefallen, wenn er den Sprengstoff besorgt hätte.«

Die Andorianerin nickte. »Ja, da haben Sie recht.«

»Gibt es eine Gruppe, die den K'Vin mit Ablehnung begegnet?« fragte Data. »Deren Antipathie sich vielleicht auch auf die Botschaft bezieht?«

Stephaleh zuckte mit den Achseln. »Wenn es solche Einstellungen gibt, so bleiben sie unterschwellig und werden nicht offen gezeigt.« Sie sah Zamorh an. »Was meinen Sie?«

Der Sullurh zögerte. »Ich stimme Ihnen im großen und ganzen zu. Offene Ressentiments lassen sich nicht feststellen. Aber es gibt einige xanthricitische Kaufleute, die Probleme mit der K'Vin-Botschaft beklagten. Die Kontroversen betreffen Handelsvereinbarungen.«

»Und die Randrisianer?« knurrte Worf. »Sie sind doch auf der anderen Seite präsent, oder? Zwischen ihnen und den K'Vin kam es häufig zu Konfrontationen.«

»Ja.« Stephaleh nickte. »Aber die von Ihnen erwähnten Auseinandersetzungen sind historischer Natur und liegen Jahrhunderte zurück.«

»Unterschätzen Sie niemals die Schatten der Vergangenheit«, warnte der Klingone.

»Wie dem auch sei...«, murmelte Geordi. »Sicher steckt mehr dahinter. Immerhin wurde auch das Handelszentrum zerstört. Was könnten Randrisianer und Xanthriciten gegen die Föderation haben?«

Die Botschafterin musterte ihn. »Eine Verschwörung, die einen Keil zwischen K'Vin und Föderation treiben will?«

»Ja«, bestätigte LaForge. »Eine Gruppe, die Gründe hat, etwas gegen *beide* Botschaften zu unternehmen.«

»Dann hätten wir es mit einem ziemlich ernsten Problem zu tun«, sagte Stephaleh.

»Es sei denn, der Anschlag aufs Handelszentrum war nur ein Trick«, gab Worf zu bedenken. »Als später die

Bombe in der K'Vin-Botschaft hochging ... Vielleicht diente die erste Explosion dazu, den Verdacht auf die Föderation zu lenken.«

»Faszinierend«, ließ sich Data vernehmen. »Es sollte der Anschein erweckt werden, als strebe die Föderation nach Rache, obgleich sie in Wirklichkeit ebenso ein Opfer ist wie die K'Vin.«

»Ja«, sagte Stephaleh. »Faszinierend. Aber uns fehlen Beweise. Nichts deutet auf die Existenz einer Verschwörung hin.«

»Trotzdem müssen wir diese Möglichkeit berücksichtigen«, entgegnete Worf.

»Es liegt in der Natur einer Verschwörung, geheim zu sein«, erklärte Data ruhig. »Daß wir außerstande sind, ihre Mitglieder sofort zu identifizieren, ist wohl kaum ein Anzeichen dafür, daß es keine Verschwörer gibt. Ich halte es ebenfalls für angebracht, die Existenz einer entsprechenden Gruppe zu postulieren.«

»Womit wir wieder bei Gezor wären«, sagte Geordi. »Er ist unsere einzige Spur.«

»Mit der wir jedoch nicht viel anfangen können«, meinte Stephaleh.

»Wir sollten so schnell wie möglich etwas *unternehmen*«, brummte Worf. »Wer auch immer hinter den beiden Anschlägen steckt: Er wird noch mehr Unruhe schaffen, bis wir ihm — oder *ihnen* — das Handwerk legen.«

»Lieutenant Worf hat recht«, sagte Data.

Stephaleh breitete die Arme aus. »«Und *welche* Maßnahmen schlagen Sie vor?«

»Wie wäre es, wenn wir Gregach mitteilen, was wir über Gezor wissen?« fragte LaForge.

Die Botschafterin dachte darüber nach und schüttelte den Kopf. »Er würde nicht auf uns hören. Gregach hat uns gegenüber bereits die Ohren verschlossen. Und bestimmt ist er nicht bereit, einen Verrat seines Assistenten in Betracht zu ziehen.« Sie runzelte die Stirn. »Ich kann ihm deshalb keine Vorwürfe machen. Warum den Rat einer Person beherzigen, der man nicht mehr vertraut, erst recht dann, wenn er die Aufrichtigkeit eines Mitarbeiters in Zweifel zieht, von dessen Loyalität man überzeugt ist? Wenn ich Beweise hätte ...«

Stephaleh unterbrach sich, als ein Sullurh namens Ekrut ins Büro eilte. »Ich bitte um Entschuldigung«, sagte er. »Unten ist jemand, der Sie sprechen möchte, Botschafterin. Er heißt Thul und scheint wichtige Nachrichten zu bringen.«

»Thul«, murmelte Data. »Doktor Coleridges Assistent?«

Eine Sekunde später waren die drei Starfleet-Offiziere auf den Beinen. Stephaleh trat um den Schreibtisch herum.

Worf erreichte Ekrut als erster. »Mit *welchen* Nachrichten ist er gekommen?« donnerte der Klingone.

Ekrut wich erschrocken einen Schritt zurück. »Das ... das Museum ...«, stotterte er.

»Was ist damit?« drängte die Andorianerin.

»Er ... Thul teilte mir mit, dort sei es zu einer Explosion gekommen.«

»Verdammt!« platzte es aus Geordi heraus. »Die *Professorin* wollte dem Museum heute einen Besuch abstatten.« Er berührte Ekrut an der Schulter, um ihn zu beruhigen. »Hat Thul Professor Coleridge erwähnt?«

Der Sullurh zuckte mit den Schultern und bedachte die Botschafterin mit einem nervösen Blick. »Ich bin mir nicht sicher«, gestand er ein. »Er sprach von *vielen* Dingen und so hastig, daß man kaum schlau aus ihm werden konnte.«

»Kommen Sie«, sagte Worf. Er lief in den Korridor, erreichte mit einigen langen Schritten den Turbolift und berührte eine glühende Sensorfläche. Sofort öffnete sich die Tür.

Sie betraten die Transportkapsel, zuerst die drei Offiziere, dann Stephaleh und Zamorh. Ekrut bildete den

Abschluß. »Erdgeschoß«, sagte die Andorianerin. Die Luft in der Kabine schien so dick zu sein, daß man sie schneiden konnte.

Kurze Zeit später glitt die Tür erneut auf, und sie sahen Thul, der mit gesenktem Kopf auf einem Stuhl in der Empfangshalle saß.

Wieder stürmte der Klingone als erster los, gefolgt von LaForge und Data. Stephaleh konnte nicht mit ihnen Schritt halten — sie litt an Krämpfen in den Beinen.

Thul hob den Kopf, als er sie kommen sah. Doch er schreckte nicht zurück wie Ekrut, starrte nur. Seine Augen glänzten feucht.

Worf blieb dicht vor dem Sullurh stehen, und seine Fragen waren bereits beantwortet. Er ballte die Fäuste und fauchte wie ein wildes Tier.

»O mein Gott«, hauchte Geordi. Offenbar gelang es auch ihm, die Situation einzuschätzen — er brauchte die Tränen gar nicht zu sehen.

»Ist Professor Coleridge etwas zugestoßen?« fragte Data. Für Stephalehs Ohren klang es fast unschuldig.

Thul blickte zu dem Androiden auf, holte tief Luft und nickte.

Das Museum war eine der wichtigsten Touristenattraktionen gewesen — die Betonung lag auf *gewesen.*

Jetzt stellte das kleine Gebäude, gefüllt mit ausgewählten Schätzen der Ariantu-Kultur, kaum mehr als eine archäologische Erinnerung dar.

Geordi verließ die Transmitterzelle als erster; hinter ihm materialisierten Stephaleh, Worf, Data und Thul. Sie prallten fast gegen Worf, weil der Klingone einige Meter vor der Zelle abrupt stehenblieb.

In der einen Seite des zweistöckigen Museums zeigte sich ein großes Loch, und das Dach war eingestürzt. Die Druckwelle der Explosion hatte im Umkreis von zwei Blocks alle Fensterscheiben splittern lassen. Der Anschlag lag inzwischen einige Minuten zurück, aber es hing noch immer eine ziemlich dichte Staubwolke in der Luft.

Dutzende von Personen wankten orientierungslos umher, und eine Rettungsgruppe suchte in den Trümmern.

Auf der einen Seite lag eine zugedeckte Leiche.

Geordi taumelte näher, als Thul hinter ihm murmelte: »Das Museum war noch nicht geöffnet. Außer der Professorin befand sich niemand im Gebäude! Ich bin nur deshalb noch am Leben, weil ich mich verspätet habe ...«

LaForge verharrte, sank neben der Decke auf die Knie und brachte es zunächst nicht fertig, sie beiseite zu ziehen. Er ahnte, was er darunter finden würde ...

Später konnte er sich nicht mehr an Einzelheiten erinnern. Er wußte nur, daß er sich abwandte, ohne die Decke zu berühren. Stumm saß er auf dem Boden, die Knie bis ans Kinn gezogen, und schüttelte mehrmals den Kopf. Data stand vor ihm, Worf auf der einen Seite. Thul wirkte noch immer bestürzt.

»Sie war sehr freundlich zu mir«, sagte er. »Sie hat mich nie herablassend behandelt, immer wie einen Gleichgestellten, so wie auch alle anderen.«

»*Sie* liegt dort«, raunte Geordi. »Nicht wahr, Data?« Eine rhetorische Frage.

Der Androide nickte.

Langsam drehte sich LaForge um und hob die Decke. Er ›sah‹ das Objekt darunter, aber mehr war es nicht — nur ein Objekt. Kein menschliches Wesen, keine lebendige Person voller Hoffnung und Enthusiasmus. Nur ein toter Leib.

Mit den Fingerkuppen strich er über das Gesicht.

Früher hatte ein Blinder nur auf diese Weise ›sehen‹ können. Das VISOR gewährte Geordi eine umfassende visuelle Wahrnehmung, doch es vermittelte ihm ein elektronisches Bild von der Umgebung, distanziert und kalt.

So kalt wie Nassas Haut. Er spürte die klar ausgeprägten Gesichtszüge und schnappte unwillkürlich nach Luft, als er eine Vertiefung an der Schläfe bemerkte. Offenbar war die Professorin dort von einem Trümmerstück getroffen worden. Die eine Wange fühlte sich klebrig an — geronnenes Blut.

Er zog die Hand zurück und streckte sie dann weit von sich, als sei sie ein separates *Etwas,* das er von seinem Körper trennen konnte. »Thul ...«, sagte er leise. »Ist es schnell gegangen? Hat Nassa ... gelitten?«

Der Sullurh näherte sich sehr langsam. »Sie lebte noch, als ich sie fand«, erwiderte er. »Ich habe sie aus den Trümmern gezogen, aber kurze Zeit darauf starb sie.«

»Hat sie das Bewußtsein nicht wiedererlangt?«

»Nur für einige Sekunden«, entgegnete Thul und zögerte. »Kurz vor ihrem Tod formulierte sie zwei Worte: ›Maud Muller.‹«

»Wie?« fragte Geordi verwirrt. »Was meinte sie damit?«

»Ich weiß es nicht.«

»Vielleicht lautet so der Name des Attentäters«, sagte LaForge. »Vielleicht ...«

»Nein, Geordi.« Data schüttelte den Kopf.

»Was? Aber ...«

»›Maud Muller‹ — ein Gedicht von John Greenleaf Whittier«, erläuterte der Androide. »Ein Verspaar daraus ist gut bekannt. ›Denn von den traurigen Worten der Zunge und Feder lauten die traurigsten: Es könnte gewesen sein.‹ Ich nehme an, das meinte die Professorin.« Er dachte kurz nach. »Allerdings hat sie des öfteren Zitate verwechselt. Es ist also möglich ...«

»Seien Sie still!« entfuhr es Geordi schmerzerfüllt. »Seien Sie endlich still, Data! Sie glauben, alles zu wissen, aber Sie irren sich! Nassa sprach von den Dingen, die sie hätte leisten können. Vielleicht sprach sie auch über sich selbst und mich und ... Und Sie reden von verwechselten Zitaten! Wer schert sich darum? Sie ist tot! Können Sie das nicht verstehen?«

Data schwieg einige Sekunden lang und stand völlig reglos. Dann bückte er sich und legte seinem Freund die Hand auf die Schulter.

»Nein«, sagte er.

LaForge sah zu ihm auf.

»Ich weiß, was geschehen ist«, fügte der Androide langsam hinzu. »Ich spüre sogar ein Äquivalent von Kummer. Aber ich *verstehe* nicht.«

In gewisser Weise beneidete Data den Chefingenieur um seine Trauer. Nach Tasha Yars Tod hatte er Leere empfunden, als sei ihm etwas genommen worden, aber diese Emotion konnte nicht mit Gram gleichgesetzt werden. Jenes Gefühl schien bei seiner Programmierung ganz bewußt ausgeklammert worden zu sein, um ihm Schwierigkeiten zu ersparen.

Warum hatte man ihm etwas vorenthalten, das zum emotionalen Kosmos aller organischen intelligenten Wesen gehörte? Data brauchte nicht lange zu überlegen, um eine Antwort auf diese Frage zu finden: Weil er andernfalls mit weitaus mehr Kummer konfrontiert worden wäre, und über einen wesentlich längeren Zeitraum hinweg. Das Ausmaß seiner eigenen Lebenserwartung blieb ihm unbekannt, aber vielleicht war er nach menschlichen Maßstäben unsterblich.

Geordi, Worf und alle anderen ... Im Lauf der Jahre würden sie den Tod von Freunden und Kameraden beklagen, um dann selbst zu sterben und betrauert zu werden. Aber früher oder später verlor Data *alle* seine Gefährten, ungerührt von ihrem Verlust.

Viele Jahrzehnte in der Zukunft wartete Wesley Crushers Tod, und vielleicht starb er in den Armen des Androiden. Und es waren die gleichen Arme, der gleiche Data, der nun auf Kirlos in den Ruinen des Museums stand.

Andere würden kommen, Personen, die noch gar

nicht geboren waren — um später ebenfalls zu sterben. Data stellte sich vor, wie er durch die Jahrhunderte schritt, ausgestattet mit dem Geschenk der Unsterblichkeit, das sich so viele Leute gewünscht hatten — und das ihn immer mehr belastete. Er konnte nicht hoffen, im Tod Erlösung zu finden. Er hatte nicht einmal die Möglichkeit, sich einfach abzuschalten: Unstillbare Neugier prägte sein Wesen und zwang ihn, immer mehr Daten zu sammeln.

Freunde und die Enkel von Freunden werden sterben, dachte er. *Und ich will versuchen, um sie zu trauern. Aber niemand wird Gelegenheit bekommen, meinen Tod zu beklagen.*

Geordi schwieg eine Zeitlang. »Es tut mir leid, daß ich Sie angeschnauzt habe, Data«, sagte er schließlich.

»Es war eine sehr menschliche Reaktion von Ihnen«, erwiderte der Androide.

LaForge griff unter die Decke, berührte eine kalte, schlaffe Hand. »Nassa hat mir sehr viel bedeutet, noch viel mehr, als Sie ahnen. Ein Blinder braucht jemanden, der ihm die Welt aus dem richtigen ... Blickwinkel zeigt. Sie hat mir geholfen. Damals war ich ganz anders als heute, Data, verschlossen und in mich gekehrt. Durch Nassa habe ich mich geöffnet und gelernt, die Welt — und mich selbst — zu lieben. Ich dachte immer, sie gut zu kennen, aber als wir hierherkamen ... Da begriff ich plötzlich, daß sich noch viel mehr in ihr verbarg. Man stellt sich Lehrer nicht als Personen vor, sondern als ... Lehrer. Der Unterricht in Klassenzimmern und Vorlesungssälen zeichnet sich häufig durch kühle Unnahbarkeit aus. Der Professorin hier zu begegnen und sie als Frau kennenzulernen — eine einzigartige, aufregende Erfahrung. Dadurch habe ich mich wieder jung gefühlt, so wie damals, als mir absolut alles geheimnisvoll erschien.«

Geordi schüttelte den Kopf und runzelte die Stirn.

»Wir müssen den oder die Schuldigen finden, Data. Wir müssen sie zur Rechenschaft ziehen. Sie dürfen auf keinen Fall ungestraft davonkommen.«

»Das werden sie auch nicht«, sagte der Androide.

Worf hatte die ganze Zeit über keinen Ton von sich gegeben und überlegt. Jetzt neigte er plötzlich den Kopf nach hinten und stimmte ein ohrenbetäubendes Gebrüll an, das immer lauter wurde. LaForge verzog das Gesicht, und Data hielt sich die Ohren zu. Thul lief zehn Schritte weit zurück, und Stephaleh drehte schockiert die Kopffühler.

Nach etwa zehn Sekunden verstummte Worf und sah auf Nassa hinab. »Sie kannte die Sprache der Klingonen«, brummte er. »Und sie hatte das Herz eines Kriegers. Deshalb erschien es mir angemessen, sie mit dem klingonischen Todesschrei zu ehren.«

»Das hätte sie sicher zu schätzen gewußt«, sagte Geordi schlicht.

Er stand auf. Stephaleh näherte sich ihm. »Ich sorge dafür, daß man die Leiche zur Erde bringt, damit Professor Coleridge in ihrer Heimat beigesetzt werden kann. Sie sollten jetzt zur Botschaft zurückkehren. Dieser neue Anschlag wird die diplomatischen Beziehungen zwischen uns und den K'Vin weiter verschlechtern, und ich möchte Sie in Sicherheit wissen.«

»In Ordnung.« Geordi warf einen letzten Blick auf Nassa, drehte sich dann wortlos um und ging zur Transmitterzelle. Data und Worf folgten ihm.

Die Fühler der Botschafterin zitterten voller Mitgefühl. Stephaleh hatte Coleridge erst vor kurzer Zeit kennengelernt, und Andorianer lehnten es ab, allzu emotional auf den Tod zu reagieren. Trotzdem verstand sie die Empfindungen des Chefingenieurs.

Sie beugte sich über die Leiche und fühlte ein kurzes Stechen im verlängerten Rücken. Zuerst verfluchte sie die erbarmungslosen Schmerzen des Alters, doch dann fiel ihr etwas ein: Die Alternative zu Alter und Schmerz bestand im Tod. Nassa Coleridge würde nie wieder leiden, aber war das begrüßenswert?

Das Stechen und die häufigen Krämpfe erinnerten Stephaleh wenigstens daran, daß sie noch lebte. Vielleicht sollte sie dankbar dafür sein.

Sie stand auf, und Feuer schien ihr den rechten Oberschenkel zu verbrennen. Stephaleh massierte die verkrampften Muskeln und dachte: *Ja, vielleicht.*

KAPITEL 8

Bilder von der Oberfläche Tehuáns flackerten rasch hintereinander über den großen Wandschirm — zu schnell. Captain Picard schloß die Augen und rieb sich den Nasenrücken. Die immer wieder wechselnden Sensoraufnahmen führten dazu, daß ihm die Augen brannten, und außerdem wuchs die Unruhe in ihm: Er suchte noch immer nach einem Grund für den Angriff. Vielleicht konzentrierte er sich so sehr, daß er einen wichtigen Aspekt übersah, den er in einem entspannten Zustand sofort bemerkt hätte.

Nach einigen Sekunden spürte er, wie das dumpfe Pochen in den Schläfen nachließ, und daraufhin hob er die Lider. Sofort kehrte der Schmerz zurück, und das Geheimnis von Tehuán blieb ebenso rätselhaft wie zuvor.

Verdammt! fluchte Picard in Gedanken.

Er brauchte Data und vermißte ihn. Der Androide konnte besser als sonst jemand mit dem Bordcomputer umgehen — was Analysen erleichterte und beschleunigte —, und der Captain benutzte ihn häufig, um seine Ideen zu testen. Data bot nicht immer die Lösung für ein bestimmtes Problem an, aber seine Kommentare zeigten häufig neue Perspektiven und führten zu Inspirationen, an denen es Picard derzeit mangelte.

Er drehte sich um, als er Schritte auf dem rückwärtigen Oberdeck hörte. Erleichtert sah er Lieutenant Dean, der sich nun dem Kommandobereich näherte. Der wissenschaftliche Offizier war ein hagerer, drahtiger Mann, der ruhig und gründlich arbeitete — aber im Gegensatz zu Data mit der Geschwindigkeit eines Menschen. Picard tadelte sich für den unfairen Vergleich. Wichtig war nur, daß er jetzt mit einem Bericht rechnen durfte; endlich erzielten sie Fortschritte.

Dean schüttelte verwirrt den Kopf. »Bei der Computeranalyse haben sich keine besonderen Merkmale der Siedlung ergeben. Die fünf anderen Kolonien in diesem Sektor zeichnen sich ebenfalls durch eine landwirtschaftliche Struktur aus und sind nicht besser geschützt. Keine von ihnen ist reich, aber Devlin Vier hat einen umfangreichen Vorrat an Handelswaren. Dort findet wahrscheinlich der nächste Angriff statt.«

»Dem muß ich widersprechen«, sagte Fähnrich Burke und beugte sich übers Geländer des Oberdecks. Ihm fehlte die beeindruckende Gestalt des Klingonen Worf, doch er sprach mit der typischen Schärfe eines Sicherheitsoffiziers. »Die Sensorsondierungen der benachrichtigten Planeten sind negativ. Nichts deutet auf eine fremde Flotte in diesem Sektor hin. Zehn oder mehr Raumschiffe können wohl kaum von Tehuán nach Devlin fliegen, ohne entdeckt zu werden.«

Picard seufzte. »Also sind sie ›verschluckt worden und im tiefen Schoß der ewigen Nacht verschwunden‹.«

»Ist das Shakespeare, Sir?« fragte Wesley Crusher und sah von der Navigationskonsole auf.

»Milton. Ich nehme an, Sie haben noch nicht das *Verlorene Paradies* gelesen.«

»Äh, nein, Sir.« Der Fähnrich wandte sich rasch wieder den Anzeigen seiner Konsole zu. Als er eine Kontrollfläche berührte, erstarrte das Bild auf dem Wandschirm — das Projektionsfeld präsentierte nun hügeliges Land, gesäumt von zwei Gebirgen. »Oberflächenscan beendet, Captain. Keine Hinweise auf Verwüstungen in anderen Bereichen. Offenbar galt der Angriff nur dem Tal mit der Siedlung.«

Picard hatte nichts anderes erwartet, und deshalb enthielt diese Auskunft keine zusätzlichen Daten. Wenigstens war jetzt die endlose Folge von Bildern vorbei. Seltsam: Aus dieser Entfernung betrachtet wirkten die Verheerungen in der Kolonie nur wie einige schwarze Flekken vor einem grünen Hintergrund. In wenigen Jahren, wenn Regen den Staub fortgewaschen hatte und Pflanzen den verbrannten Boden zurückeroberten, würden diese dunklen Male verschwinden.

Aber unter der Vegetation verbargen sich noch andere, ältere Narben.

»Vergrößerungsfaktor zehn, Fähnrich.« Die Oberfläche des Planeten sprang näher, aber die Umrisse blieben undeutlich. »Irgend etwas erscheint mir vertraut ...«

Eine Stimme aus dem Interkom unterbrach Picard. »Crusher an Captain. Inzwischen ist der von Ihnen befohlene Bericht vollständig.«

»Ich bin gleich bei Ihnen, Doktor.« Er stand auf, noch während er diese Antwort gab. Er hatte die betreffenden Informationen trotz der hartnäckigen Einwände seines Ersten Medo-Offiziers verlangt, und deshalb gab es keinen Grund, Zeit zu vergeuden. Doch als sich die Tür des vorderen Turbolifts öffnete, zögerte der Captain kurz, bevor er die Transportkapsel betrat. Er warf noch einen letzten Blick auf den Wandschirm.

»Fähnrich Crusher, rufen Sie einen Geologen zur Brücke und lassen Sie diese Darstellung von ihm überprüfen. Ich habe einige Fragen in Hinsicht auf das Land.«

Beverly Crusher wartete in ihrem Büro, und seit der letzten Begegnung mit dem Captain hatte sich ihre Stimmung nicht verbessert. Als er hereinkam, warf sie eine Datentafel auf ihren Schreibtisch.

»Wir behandeln noch immer Verletzte, und ich mußte die Lebenden vernachlässigen, weil Sie mir die Anweisung gaben, mich mit den Toten zu befassen.«

Picard gab keine Antwort. Er hatte diese Bemerkung schon einmal gehört und sich nicht davon beeindrucken lassen. Crusher schob die Fäuste in die Taschen ihres Laborkittels und starrte ihn finster an, doch Jean-Luc spürte, daß nur noch ein kleiner Rest von Zorn in ihr brodelte.

»Außerdem verabscheue ich Autopsien.«

»Was haben Sie herausgefunden?« fragte Picard. Er war plötzlich sicher, daß die Ärztin etwas Wichtiges entdeckt hatte.

Sie kam sofort zur Sache. »Drei Leichen mit den gleichen Merkmalen: ausgeprägte subkutane Blutungen. Man fand sie in der Nähe eines Felssturzes. Aber sie wurden nicht etwa durch herabfallende Steine getötet, sondern von Energiestrahlen.«

»Die Angreifer verwendeten also eine neue Waffe.«

Crusher schüttelte den Kopf. »Ganz im Gegenteil. Lassen wir die gerichtsmedizinischen Details beiseite: Alles deutet darauf hin, daß die Kolonisten aus unmittelbarer Nähe mit einem Intervaller erschossen wurden.«

»Mit einem Intervaller?« Picard hob überrascht die Brauen. »Und aus unmittelbarer Nähe? Es bedeutet, daß sich einige Angreifer auf den Planeten beamten.«

»Ja, aber sie waren vorsichtig genug, keine Zeugen zurückzulassen.«

Allmählich glaubte Picard, einen gewissen Sinn in dem Rätsel zu erkennen. Er sah noch immer keine klare Bedeutung, aber diese neuen Anhaltspunkte brachten sie sicher einen Schritt weiter.

»Also geht der Angriff nicht auf Wandalen oder Terroristen zurück. Wer auch immer sie sind — sie wollten etwas auf der Oberfläche. Aber was? Bestimmt keine Pilze: Zu dem Felssturz kam es am Fuß des Berges, weit von den Feldern entfernt. Also etwas anderes. Die Antwort befindet sich auf Tehuán ...« Die Stimme des Captains verklang, als er sich an das letzte Bild vom Tal erinnerte. Existierte eine Verbindung?

»Spielen Sie mit dem Gedanken, sich selbst auf dem Planeten umzusehen?« erkundigte sich Beverly Crusher und unterbrach Picards Überlegungen.

»Es würde mir sehr schwerfallen, eine solche Entscheidung zu rechtfertigen«, erwiderte Jean-Luc ein wenig verlegen. »Vor kurzer Zeit habe ich Ihren Sohn darauf hingewiesen, daß mein Platz an Bord dieses Schiffes ist.«

»Kommandanten haben das Vorrecht, Ihre Meinung zu ändern.«

»Ich bin sehr versucht, aber ... Nein, ich kann die *Enterprise* nicht verlassen. Einige meiner wichtigsten Offiziere sind auf Kirlos, und eine feindliche Flotte versteckt sich irgendwo in diesem Sektor. Commander Riker kommt auch ohne mich zurecht. Meine Pflichten warten im Kontrollraum auf mich.«

Beverly versuchte vergeblich, ein Lächeln zu unterdrücken. »Aber es braucht Ihnen nicht zu gefallen?«

»Nein«, gab Picard zu und schmunzelte ebenfalls. »Es braucht mir nicht zu gefallen. Aber verzichten Sie bitte darauf, das Fähnrich Crusher zu sagen.«

Riker schob sich über loses Gestein und versuchte, am Berghang emporzuklettern. Doch immer wieder gab der Boden unter ihm nach, und mit jeder Bewegung wirbelte er Staubwolken auf. Er hustete und schwenkte den Tricorder in einem weiten Bogen herum. Die negativen Anzeigen veränderten sich nicht.

Er schob das Gerät in die Tasche zurück, hob den Kopf und hielt nach einem anderen Weg Ausschau.

»Wenn du nicht aufpaßt, endest du in der Krankenstation, Will!« rief Deanna von unten.

»Keine Sorge«, erwiderte der Erste Offizier durch zusammengebissene Zähne, obwohl die Counselor zu weit entfernt war, um ihn zu hören.

Als Empathin spürte sie vielleicht seinen Ärger und überließ ihn seiner Arbeit. Riker verlagerte das Gewicht vom einen Fuß auf den anderen und streckte die Hand nach einem kleinen Felsvorsprung aus. Ein Stein unter ihm löste sich, und dadurch verlor er den Halt. Von einem Augenblick zum anderen fiel er und rutschte den Hang hinab.

Als er die Augen aufschlug, stand Troi vor ihm. Ihre Gestalt schützte ihn vor dem grellen Glanz der Mittagssonne.

»Was wolltest du beweisen?« fragte sie.

Er setzte sich auf, und einige Sekunden lang drehte sich alles vor seinen Augen. Doch er schien unverletzt zu sein — wahrscheinlich die Erklärung für das mangelnde Mitgefühl Deannas. »Der Captain hat eine sorgfältige Untersuchung des Felssturzes und der angrenzenden Bereiche angeordnet.«

»Und was hast du gefunden?«

»Felsen«, sagte Riker und erhob sich mühsam. Erleichtert stellte er fest, daß der Tricorder unbeschädigt geblieben war. »Nach den Instrumentenanzeigen zu urteilen, befindet sich nichts unter, in oder auf der Geröllmasse.«

Aber Picard schien davon überzeugt zu sein, daß sie hier Antwort auf die Frage finden konnten, warum Tehuán angegriffen worden war. Und wenn Riker nichts entdeckte ... Dann bestand der Captain vielleicht darauf, den Bereich des Felssturzes selbst zu überprüfen. Es spielte überhaupt keine Rolle, daß niemand von ihnen wußte, *wonach* es Ausschau zu halten galt.

»Drei Menschen starben hier.« Der Erste Offizier strich mit der Stiefelspitze über rötlichen und orangefarbenen Kies. »Warum?«

Die Steine knirschten, ohne ihr Geheimnis preiszugeben.

»Nicht alle Rätsel können gelöst werden, Will.«

»Sag das dem Captain.«

Trois Schweigen verriet mehr als viele Worte. Sie wußten beide, wie stur Picard sein konnte. Zweifellos war er nicht mit den bisher übermittelten Tricorderdaten zufrieden, aber Riker hatte noch sechs Stunden Tageslicht, um die Suche fortzusetzen.

Er schirmt die Augen mit der Hand ab und beobachtete den halb geborstenen Grat, der ihn bisher daran gehindert hatte, diese Seite des Mount Cahuapetl zu erklettern. Tiefe Kratzer durchzogen die Hände des Ersten Offiziers, und Blasen bildeten sich an seinen Füßen. Die Hitze trieb ihm den Schweiß aus den Poren. Er war müde und durstig — und er wußte nicht, was er jetzt unternehmen sollte.

Bei solchen Gelegenheiten beneidete er Captain Picard um den Komfort der Brücke.

KAPITEL 9

Zamorh betrat Stephalehs Büro und brachte ihr einige Datentafeln, die sie kaum beachtete. Sie kritzelte mehrere Unterschriften und hörte, wie sich die Tür wieder hinter ihrem Assistenten schloß. Eine Zeitlang starrte sie auf den Computerschirm und las in einem Bericht, doch dann schaltete sie den Monitor abrupt aus. Nichts befriedigte die Andorianerin, und sie kannte auch den Grund dafür. Innerhalb kurzer Zeit hatte sie all das verloren, was sie an ihrer Arbeit liebte. Tod und Zerstörung breiteten sich auf Kirlos aus, auf einem Planeten, den sie als ihre zweite Heimat erachtete. Jetzt zeigten sich auch hier die Auswirkungen des kalten Krieges zwischen Föderation und K'Vin-Hegemonie. Außerdem litt Stephaleh noch immer an Schmerzen in den Beinen.

Sie hatte Zamorh beauftragt, Gregach den Tod der Archäologin Coleridge zu melden. Sie brauchte Zeit, um sich wieder zu fassen und ihre Gedanken zu sammeln. Die gestörte Nachtruhe weckte zunächst Gereiztheit in ihr, und durch Coleridge bekam das Problem eine persönliche Note. Als Botschafterin war sie eigentlich verpflichtet, an dem Tod eines jeden Föderationsbürgers Anteil zu nehmen, aber darüber hinaus hatte sie die Archäologin gekannt und respektiert.

Außerdem trafen die ersten Beschwerden von Zivilisten und Geschäftsleuten ein, denen der Zugang zum K'Vin-Markt verwehrt blieb. Es fand praktisch kein Handel mehr statt, und damit war der Lebensnerv dieser Welt betäubt. Stephaleh hatte keine Staatssekretäre, an die sie Verantwortung delegieren konnte — man hielt Kirlos nicht für wichtig genug, um ihr solche Mitarbeiter zuzuweisen. Um offizielle Klagen kümmerte sie sich selbst, und den Rest überließ sie Zamorh.

Stephaleh wünschte sich nichts sehnlicher, als Gregach zum Essen zu empfangen und anschließend mit ihm Dyson zu spielen. Sie wollte ein vernünftiges Gespräch mit dem K'Vin führen, frei von Argwohn, Mißtrauen und Verdacht. Aber die jüngsten Ereignisse schienen ihn verändert zu haben — der alte Krieger in ihm war erwacht. Seinen Nationalismus konnte sie ihm nicht vorwerfen, doch tief in ihrem Innern hoffte sie, daß er es für absurd hielt, Repräsentanten der Föderation die Schuld an den Explosionen zu geben. Wenn sie allein mit ihm reden konnte, ohne daß Zamorh oder Gezor in der Nähe waren ... Neuerdings schienen die Sullurh immer zugegen zu sein.

Stephalehs Assistent kehrte zurück, verharrte schweigend und wartete darauf, daß ihn die Andorianerin ansprach.

»Wir stehen vor einem sehr schwierigen Problem, Zamorh. Und gewisse Leute verlangen von mir, es zu lösen. Irgendeine Nachricht vom VFP-Rat?«

»Nein, Botschafterin. Auch nicht von der *Enterprise.*«

Stephaleh bedauerte es, sich nicht mit Captain Picard beraten zu können — als erfahrener Offizier mußte er manchmal auch Diplomat sein. Vielleicht wäre er in der Lage gewesen, ihr zu helfen. Aber er hatte eigene Probleme an Bord seines Schiffes. Die Andorianerin erinnerte sich an den Grund für den neuen Einsatzbefehl der *Enterprise.* Eine Kolonie, die von unbekannten Feinden verwüstet worden war? Drohte auch Kirlos die Gefahr eines Angriffs? Stephaleh betete zu den Gottheiten, daß ihr weitere Komplikationen erspart blieben.

Sie betätigte einen Schalter der Schreibtischkonsole, und ihre Stimme klang völlig ruhig, als sie sagte: »Kommunikation, stellen Sie eine Verbindung zu Botschafter

Gregach her. Lassen Sie sich von den K'Vin nicht hinhalten und betonen Sie, es sei sehr wichtig.«

Einige Sekunden später erschien Gregach auf dem Bildschirm. Er schien gerade eine Mahlzeit eingenommen zu haben; ein Rest von Bratensaft klebte an seinem Kinn. *Typisch für ihn,* dachte Stephaleh liebevoll. Sofort verdrängte sie diesen Gedanken. »Die Geschehnisse der letzten Stunden erfüllen mich mit Kummer, Botschafter«, begann sie. »Frieden herrschte auf Kirlos, und unsere Beziehungen waren frei von Belastungen.« Gregach hörte stumm zu. »Nach der Schließung Ihrer Grenzen kam es bei uns zu einem Zwischenfall, der einer Föderationsbürgerin das Leben kostete. Bis die Hintergründe geklärt sind und der Schuldige gefunden ist, sehe ich mich leider gezwungen, unsere Grenze ebenfalls zu schließen und alle K'Vin auszuweisen. Ich berufe mich dabei auf die Bestimmungen des Vertrages zwischen unseren Völkern.«

Gregach nickte langsam und nachdenklich. »Ich habe das Kriegsrecht erwartet, Botschafterin. Wie dem auch sei ... Ich drücke Ihnen hiermit mein herzliches Beileid für Professor Coleridges Tod aus. Unsere Polizei führt Ermittlungen durch, und wir glauben, daß innerhalb eines Tages Verdächtige identifiziert werden können.«

»*Wahre* Verdächtige?« fragte Stephaleh. »Oder wollen Sie nur den Anschein erwecken, an einer Aufklärung interessiert zu sein?« Es klang sehr kühl, und die Andorianerin sprach noch leiser als sonst.

»Ihre Anspielungen gefallen mir ebensowenig wie der Umstand, daß Sie uns den Zugang zu freien Handelsmärkten verweigern. Ich muß mich jetzt um andere Dinge kümmern — um *K'Vin*-Angelegenheiten.«

Der Bildschirm wurde dunkel, und Stephaleh seufzte. Es war ein *langes* Seufzen. Sie spürte, wie die Freundschaft mit Gregach zerfaserte, während die Förmlichkeiten zwischen ihnen zunahmen. Noch vor wenigen Tagen hätte der K'Vin-Botschafter die Regeln ignoriert und sich zur Andorianerin gebeamt, um direkt mit ihr zu sprechen. Aber jetzt war alles anders; jetzt mußten sie beide eine von der Politik und den Ereignissen diktierte Rolle spielen.

»Zamorh«, sagte sie. »Informieren Sie die Bürger unseres Sektors darüber, daß ihnen der Aufenthalt im K'Vin-Territorium bis auf weiteres verboten ist. Ich möchte, daß die Meldung zuerst in den Datennetzen gebracht und später auch auf allen öffentlichen Plätzen bekanntgegeben wird. Setzen Sie anschließend Ihre Nachforschungen fort. Bei den Gottheiten: Wenn ich nicht bald Antworten bekomme, schnappe ich über.« Nach kurzem Zögern fügte Stephaleh hinzu: »Auf dem Weg nach draußen ... Bitten Sie die *Enterprise*-Offiziere hierher.«

Der Sullurh nickte, eilte aus dem Zimmer und ließ die Andorianerin mit ihren Gedanken allein. Sie drehte sich zum Fenster um und beobachtete die Menge in den Straßen. Gerüchte aktivierten jene Leute, die der Politik normalerweise keine Beachtung schenkten.

Inzwischen wußten alle von den Anschlägen und Todesfällen. Viele hielten noch immer die Starfleet-Repräsentanten für verantwortlich, und andere glaubten, sie seien gekommen, um eine geheime Untergrundbewegung zu entlarven. Wie seltsam, daß sich eine rein wissenschaftliche Mission in so etwas verwandeln konnte ...

Die Menge wogte wie Ebbe und Flut, reichte bis zu den Stufen vor der Föderationsbotschaft. Stimmen erklangen im gleichen Rhythmus, mal leiser mal lauter — wütende Stimmen aus zornigen Kehlen.

Hunderte von aufgebrachten Bürgern drängten nach vorn, um gleich darauf wieder vor den bewaffneten Wächtern auf der Treppe zurückzuweichen. Die Phaser der Gardisten steckten noch immer in den Halftern, aber ihre Präsenz genügte — noch.

Lars Trimble war nie zuvor Teil einer so großen Menge gewesen; er fühlte nun eine Mischung aus Furcht und zunehmendem Unbehagen.

Er hatte auch gar nicht *beabsichtigt*, sich dem empörten Mob hinzuzugesellen. Er wollte nur gegen die neuesten Entwicklungen protestieren, gegen die Gefährdung des langen Friedens auf Kirlos, durch die er auch das Wohlergehen seiner Familie bedroht glaubte.

Andere dachten in erster Linie an ihr Einkommen — und daran gab es nichts auszusetzen. Die Bombenanschläge hatten viele gute Geschäfte ruiniert.

Für Lars gab es keinen Grund, verlorenen Geschäften nachzutrauern — seine Ehrlichkeit hatte ihn davor bewahrt, jetzt ebenfalls enttäuscht zu sein.

Nur an einem Ort in der Galaxis konnte man sich die mysteriösen *Shrol'dinaggi* beschaffen, die legendären torquanischen Erinnerungssteine: auf Torqua, dem siebten Planeten im Zentralsystem der K'Vin.

Bis vor einigen Monaten waren Erinnerungssteine für Föderationsbürger völlig unzugänglich gewesen. Doch eines Abends bei Busiek hatte Trimble einen Kaufmann mit einer Quelle für *Shrol'dinaggi* kennengelernt. Sein Problem bestand darin, daß er sie nicht im K'Vin-Territorium feilbieten konnte. Es galt als illegal, sie zu besitzen oder zu verkaufen — angeblich gefährdeten sie die geistige Gesundheit —, und er wollte sie so schnell wie möglich loswerden.

Und außerdem: Auf bestimmten Föderationswelten herrschte hinsichtlich der Steine eine weitaus größere Nachfrage. Dort waren sie ebenfalls verboten, aber es drohten nicht ganz so strenge Strafen. Reiche zahlten viel Geld für die von den *Shrol'dinaggi* gebotenen, einzigartigen Erfahrungen. Sie sehnten sich danach, längst vergangene Jahrhunderte zu erleben, gefüllt mit geballter Vitalität, und es spielte keine Rolle, daß es sich um K'Vin-Geschichte handelte …

Man traf Vereinbarungen für Transport, Übergabe

und Bezahlung — Vorbereitungen, bei denen Trimble nur als Vermittler agierte, ohne die Handelsware jemals zu sehen. Auf diese Weise war es sicherer.

Plötzlich hatte der einfache Kaufmann Lars Trimble die Chance, zu einem *Shrol'dinaggi*-König zu werden und seine finanziellen Probleme für immer zu lösen.

Doch letzten Endes konnte er sich nicht dazu durchringen, das Geschäft zum Abschluß zu bringen. Er sah zuviel Illegalität auf beiden Seiten des Zauns, zu viele Risiken. Des Nachts fand er keine Ruhe mehr.

Vielleicht war er einfach nicht habgierig genug. Vielleicht wollte er seinen Kindern nicht erklären müssen, woher der plötzliche Reichtum stammte.

Dann kam es zu den Bombenanschlägen in Kirlosia. Die Zerstörung des Handelszentrums, zwei weitere Explosionen, eine auf der K'Vin-Seite, die andere am Föderationssektor — beide erweckten den Anschein von Vergeltung.

Eine Ironie des Schicksals: Trimble hätte seine Seele verkauft, um die Erinnerungssteine zu bekommen, aber es wäre gar nicht möglich gewesen, das Geschäft abzuwickeln. Angesichts der geteilten Stadt hätte er den K'Vin-Partner nicht bezahlen können. Und niemand schmuggelte *Shrol'dinaggi* allein auf der Grundlage von Vertrauen und gutem Glauben über die Grenze.

Aber für Lars Trimble stellten die Zwischenfälle keine Art von poetischer Gerechtigkeit dar: Aufgrund der Anschläge gingen auch seine ehrlichen Getreide-Geschäfte immer schlechter.

Standen diese Schwierigkeiten in irgendeinem Zusammenhang mit dem Föderationsschiff und den Starfleet-Offizieren in der Stadt? Trimble hatte entsprechende Gerüchte gehört, noch vor der Explosion im Museum.

Er drehte den Kopf von einer Seite zur anderen, und überall sah er zornige Gesichter. Wütende Schreie erklangen. Die anderen Leute glaubten offenbar, daß die

Enterprise-Offiziere Verantwortung trugen. Über das Wie und Warum wußten sie nicht Bescheid, aber sie waren sicher, daß eine Verbindung existierte.

Eine derartige Überzeugung wuchs auch in Trimble, als ihn das Wogen der Menge zur Botschaft schob. Er begann ebenfalls damit, die drei Starfleet-Repräsentanten zu verfluchen. Und je lauter er fluchte, desto geringer wurde seine Besorgnis; sie verflüchtigte sich im Zorn des Mobs. Die Drohung von Gewalt lag in der Luft und gewann eine fast greifbare Qualität.

Trimble fürchtete sich nun nicht mehr. Statt dessen spürte er prickelnde Erregung.

Die Botschaftsgardisten auf der Treppe zogen nun ihre Phaser.

Data blickte aus dem konvexen Fenster des Büros und schätzte die Stimmung der Menge ein. Stephaleh war nach unten gegangen, um die aufgebrachten Bürger zu beruhigen, aber der Androide bezweifelte, ob sie mit ihren Bemühungen einen Erfolg erzielen konnte.

Neben ihm brummte Worf. »Ich halte es noch immer nicht für klug, daß die Botschafterin zu den Leuten sprechen will.« Seine Augen bildeten schmale Schlitze unter den Brauenhöckern. »Wir hätten sie begleiten und schützen sollen.«

Data drehte sich zu dem Klingonen um. »Vielleicht. Aber sie ist nicht völlig allein. Die Gardisten halten Gefahr von ihr fern.«

Worf schüttelte den großen Kopf. »Sie bieten keinen Schutz. Ich vermute, daß sie noch nie einen Phaser abgefeuert haben.«

Der Androide begriff, daß es keinen Sinn hatte, diese Diskussion fortzusetzen. Er wechselte das Thema. »Wie dem auch sei: Es war Stephalehs Wunsch, daß wir in ihrem Büro bleiben. Unsere Präsenz auf Kirlos ist zumindest einer der Gründe für die Unzufriedenheit dieser Leute.«

»Ja«, sagte Geordi und unterbrach die unruhige Wanderung durchs Zimmer. Seit dem Tod seines früheren Mentors schien er recht nervös zu sein. »Die jüngsten Ereignisse gefallen ihnen nicht, und deshalb suchen sie nach geeigneten Sündenböcken.« Er starrte kurz zum Fenster. »Kommt es den Bürgern überhaupt nicht in den Sinn, daß wir die neuesten Entwicklungen ebensowenig begrüßen wie sie?« Er zögerte kurz und hatte offenbar Mühe, die nächsten Worte auszusprechen. »Denken Sie nicht an die Möglichkeit, daß auch wir bestürzt sind?«

Damals, als Data mit seiner Arbeit an Bord der *Enterprise* begann, wäre er vielleicht bereit gewesen, Antwort zu geben. Aber mit Geordis Hilfe hatte er gelernt, die rhetorische Natur bestimmter Fragen zu erkennen, und deshalb schwieg er nun.

»Sie fürchten sich«, erwiderte Zamorh. Der Androide blickte über die Schulter — er hatte fast vergessen, daß ihnen der Sullurh noch immer Gesellschaft leistete.

Zamorh schien nicht in der Lage zu sein, zwischen normalen und rhetorischen Fragen zu unterscheiden.

»Wer sich fürchtet, kann nicht mehr klar denken«, fügte er hinzu.

Worf knurrte leise. »Ein Grund mehr, um die Botschafterin zu schützen. Um nicht zu zögern, von den Waffen Gebrauch zu machen.«

Data gewann den Eindruck, daß sie sich mit solchen Erörterungen im Kreis bewegten. Er verzichtete darauf, einen eigenen Beitrag zu dem sinnlosen Gespräch zu leisten, beobachtete statt dessen den Platz und sah, wie die Botschafterin nach draußen trat.

Stephaleh nahm seit vielen Jahren die Pflichten einer Diplomatin wahr. Sie hatte bei Friedensverhandlungen zwischen Sonnensystemen und ganzen Sternenreichen geholfen.

Aber nun bekam sie es zum erstenmal in ihrem Leben mit einem Mob zu tun.

Warum bist du so versessen darauf, diese Erfahrung jetzt nachzuholen? dachte sie, als sie die Sicherheit der Föderationsbotschaft verließ. *Du bist alt und schwach, klagst ständig über Schmerzen und Muskelkrämpfe. Weshalb hast du es niemand anders überlassen, mit dieser Situation fertig zu werden?*

Aber wie sollte sie die Aufgabe delegieren, wenn es außer ihr niemanden gab, der sie wahrnehmen konnte? Es blieb ihr gar keine andere Wahl, als dem Mob gegenüberzutreten.

Der Mensch namens Powell — er leitete die Garde — wandte sich halb zu Stephaleh um, als sie sich den Wächtern näherte. Ihre Gegenwart schien ihn zu überraschen.

»Stecken Sie Ihren Phaser ins Halfter zurück«, sagte die Botschafterin. »Und das gilt auch für die anderen.«

Powell gehorchte widerstrebend, und nach einigen Sekunden folgten die übrigen Wächter seinem Beispiel.

Stephaleh hatte gehofft, die Menge mit dieser Geste zu beruhigen und die allgemeine Anspannung zu lindern.

Das Gegenteil war der Fall. Die zornigen Bürger schöpften neuen Mut und schrien noch lauter. Zwei Kaufleute kamen die Treppe hoch und blieben dicht vor der Andorianerin stehen.

Ausgezeichnet, fuhr es ihr durch den Sinn. Zwei Personen, mit denen sie verhandeln konnte ... *Das ist wesentlich leichter als der Umgang mit einer anonymen Menge.*

Stephaleh begrüßte die beiden Händler mit einem kurzen Blick. Ihre Kopffühler neigten sich nach vorn — ein Reflex aus jener Zeit, als Andorianer damit kommuniziert hatten.

»Was hat dies zu bedeuten?« fragte sie und versuchte dabei, die richtige Mischung aus Empörung und Neugier zu finden.

»Irgend etwas geht vor«, entgegnete einer der beiden Bürger, ein großer und dürrer Rhadamanthaner. »Etwas, das unsere Geschäfte und vielleicht auch unser Leben bedroht.«

»Das stimmt«, bestätigte der andere, ein erstaunlich dicker Tellarit. »Wenn Föderation und K'Vin hier einen Krieg ausbrüten, so wollen wir wenigstens den Grund dafür wissen. Darüber hinaus verlangen wir, rechtzeitig gewarnt zu werden, damit wir uns schützen können.«

Die Menge brüllte zustimmend. Stephaleh wartete ruhig, bis die Flut der Emotionen verebbte.

Schließlich hob sie die Hände. »Hören Sie mir zu«, sagte sie und richtete ihre Worte nicht nur an die beiden Kaufleute. »Auf Kirlos findet nichts Geheimes statt — zumindest nicht im Föderationssektor.«

»Meinen Sie?« zischte der Tellarit. »Dann ist es nur ein Zufall, daß alles mit dem Eintreffen der *Enterprise* begann? Halten Sie es auch für einen Zufall, daß die Starfleet-Offiziere zugegen waren, als das Handelszentrum zerstört wurde, als die Bombe in der K'Vin-Botschaft explodierte?«

»Wir sind nicht dumm«, sagte der Rhadamanthaner. »Es ist offensichtlich, daß die Föderation Kirlos als Figur auf einem interstellaren Schachbrett benutzt — ob Ihre Vorgesetzten Sie darüber informiert haben oder nicht.«

Dieser Hinweis erstaunte die Botschafterin. War es möglich? Traf die Föderation hinter ihrem Rücken Kriegsvorbereitungen?

Nein. Stephaleh lehnte diese Vorstellung ab — sie stand im krassen Gegensatz zur bisherigen Föderationspolitik. *Ich gehöre zu den erfahrensten Diplomaten des Völkerbunds,* dachte die Andorianerin. *Und ich genieße das besondere Vertrauen des Föderationsrates. Wenn sich tatsächlich etwas anbahnt, hätte man mich bestimmt darauf hingewiesen.*

»Sie ziehen voreilige Schlüsse«, antwortete Stephaleh und gab sich gelassen, obwohl Unruhe in ihr zitterte. »Wir haben nichts mit dem Anschlag auf die K'Vin-Botschaft zu tun. Und es fehlen Beweise dafür, daß K'Vin hinter den beiden Explosionen in unserem Sektor stekken.«

»Oh, natürlich«, sagte der Tellarit. »Weil die Starfleet-Spione für *alle drei* Zwischenfälle verantwortlich sind. Sie wollen die K'Vin zu einem Krieg provozieren.«

Erneut grölte die Menge, noch lauter und länger als zuvor. Stephaleh spürte, wie die Situation ihrer Kontrolle entglitt. Sie mußte etwas unternehmen, und zwar schnell.

»Die Föderation provoziert keine Kriege«, erwiderte sie, und ihr Ärger war nicht gespielt. »Welche Vorteile hätte sie dadurch?«

»Das weiß allein die Föderation«, höhnte der Rhadamanthaner.

Einschüchterung funktionierte offenbar nicht — das Feuer der Wut brannte zu heiß. Irgendwie mußte Stephaleh die Initiative ergreifen.

Plötzlich wußte sie, worauf es ankam. Sie setzte sich in Bewegung, ging die Treppe hinunter und an den beiden Kaufleuten vorbei, die ihr verblüfft nachstarrten. Die Andorianerin zögerte nicht und näherte sich der Menge. Powell raunte der Botschafterin eine Warnung zu, die sie ignorierte.

Zuerst glaubte Stephaleh, daß die Bürger auch weiterhin eine undurchdringliche Barriere vor ihr schufen. Doch in der letzten Sekunde teilte sich der Mob, und sie schritt zielstrebig durch die Gasse — bis sie ihr Ziel erreichte.

Der Mensch vor ihr war groß und schlank, hatte einen rötlichen Bart und kleine blaue Augen. Als er sah, wie die alte Andorianerin direkt auf ihn zuhielt, wich er unwillkürlich zurück — und wäre wahrscheinlich noch weiter zurückgewichen, wenn ihm nicht andere Leute den Weg versperrt hätten.

Stephaleh verharrte vor ihm und musterte das rötliche, offene Gesicht. Die Augen des Mannes wurden noch kleiner, als er überlegte, warum sie zu ihm gekommen war, anstatt auf der Treppe zu bleiben und zu versuchen, die Menge zu beruhigen.

Diesmal wußte die Botschafterin, daß sie eine gute Wahl getroffen hatte.

»Ich kenne Sie«, sagte Stephaleh so sanft, daß nur die Personen in unmittelbarer Nähe ihre Worte verstanden. »Sie sind ein ehrlicher Mann, der sich bemüht, seinen Lebensunterhalt auf eine ehrliche Weise zu verdienen. Deshalb wünschen Sie sich Frieden.«

Überall ertönten laute Klagen; sie stiegen wie Blasen in den schäumenden Wassern der Großen Quelle von Andor auf. Dann ertönten andere Stimmen und forderten Ruhe, so daß alle zuhören konnten.

Die Botschafterin sprach ebenso leise wie vorher, als sie fragte: »Wie lautet Ihr Name?«

»Trimble«, erwiderte der Mensch, von dem ruhigen Tonfall ebenso hypnotisiert wie von den durchdringend blickenden Augen. »Lars Trimble.«

Die Andorianerin nickte. »Ich versprechen Ihnen etwas, Lars Trimble, nicht als Botschafterin der Föderation auf dieser Welt, sondern als Stephaleh n'Ehliarch, Tochter von Andor. Ich verspreche Ihnen, daß ich meine ganze Macht nutzen werde, um Unheil von Ihnen und Ihrer Familie fernzuhalten. Glauben Sie mir, Lars Trimble?«

Der Mensch starrte sie an und nickte langsam.

Später erinnerte er sich vielleicht an den Profit, den er aufgrund der Spannungen in Kirlosia verloren hatte. Möglicherweise verfluchte er sich dann dafür, die Botschafterin nicht einfach erdrosselt zu haben.

Aber die Tatsache, daß er plötzlich im Rampenlicht stand, lähmte Lars Trimble ebenso wie das vertrauenerweckende Gebaren Stephalehs, das sie im Lauf der Jahre perfektioniert hatte. Es schadete ihrer Glaubwürdigkeit gewiß nicht, daß sie jedes Wort ernst meinte.

»Gut«, sagte die Botschafterin. »Mit Ihrer Hilfe werde ich eine Möglichkeit finden, die gegenwärtigen Probleme zu lösen.« Sie berührte Trimble am Oberarm und drückte kurz zu, bevor sie in die Richtung zurückkehrte, aus der sie gekommen war.

Erneut teilte sich die Menge vor ihr, jetzt etwas bereitwilliger. Unterwegs hörte sie neuerliche Stimmen, doch diesmal brachten sie keinen Zorn zum Ausdruck, sondern erkundigten sich nach ihren Worten. Dutzende von Bürgern wollten wissen, mit wem sie gesprochen hatte und worüber.

Stephaleh begriff nun, daß es ein Fehler gewesen war, mit den Anführern geredet zu haben: Die beiden Kaufleute symbolisierten den Kopf, aber ein Appell ans Herz entfaltete weitaus mehr Wirkung.

Eine Zeitlang würden die Leute über ihre an Lars Trimble gerichteten Bemerkungen nachdenken — das hielt die Bürger beschäftigt und lenkte sie von ihrer Furcht ab. Zumindest vorübergehend hatte Stephaleh eine explosive Situation entschärft.

Aber es war keine permanente Lösung. Sie mußte den Zwischenfällen auf den Grund gehen, bevor Lars Trimble und alle anderen beschlossen, die Sache selbst in die Hand zu nehmen.

KAPITEL 10

Ilugh wälzte sich auf der harten Matratze immer wieder von einer Seite auf die andere und konnte nicht schlafen. Kein Wunder: Sorgen plagten ihn.

Er dachte an den Angriff auf die Botschaft und zweifelte nicht daran, daß es sich tatsächlich um einen Anschlag handelte. Jemand hatte eine Bombe gezündet, dadurch das Leben Botschafter Gregachs und seiner Mitarbeiter in Gefahr gebracht.

Vielleicht gelang es den anderen Wächtern, solche Gedanken zu verdrängen. Sie sahen in ihren hiesigen Pflichten nur einen bequemen Weg, um ihren Militärdienst zu verlängern, ohne dabei die Haut zu riskieren.

Aber sie kannten Gregach nicht so gut wie Ilugh. Für sie war der Botschafter nur ein verweichlichter, schwafelnder Bürokrat, dessen geistiger Horizont gerade bis zur nächsten Spilat-Mahlzeit reichte.

Nun, mit dieser Einschätzung lagen sie nicht völlig falsch; das mußte selbst Ilugh zugeben. Gregach liebte die Delikatessen seiner Heimat.

Doch die Erinnerungen zeigten Ilugh einen anderen Gregach. Früher war er *General* gewesen, Kommandeur der K'Vin-Streitkräfte auf Titrikus IV und Sieger über die Invasionsflotte der Eluud. Damals errang er den Ruhm eines Helden, und ihn erwartete eine steile Karriere in der militärischen Hierarchie.

Ilugh wußte darüber Bescheid, weil er unter Gregach gedient hatte, wenn auch nur als gewöhnlicher Soldat. In jener Zeit lernte er den General gut genug kennen, um ihn zu respektieren und zu bewundern. Gregach war nicht nur ein Sieger: Er errang seine Siege, ohne K'Vin-Blut zu verschwenden. Viele andere Kommandeure setzten die Triumph-um-jeden-Preis-Tradition fort, doch Gregach sorgte dafür, daß die Verluste auf ein Minimum beschränkt blieben.

Einmal mehr fragte sich Ilugh, was die Karriere des einstigen Generals so plötzlich beendet und ihm diesen wenig beneidenswerten Posten im diplomatischen Dienst eingebracht hatte. Bestimmt keine Klagen seiner Soldaten. Vielleicht war es einem Rivalen Gregachs gelungen, erfolgreich gegen ihn zu intrigieren ...

Als man Gregach nach Kirlos schickte, bat auch Ilugh um eine Versetzung und stellte den Antrag, der persönlichen Garde des Generals — des *Botschafters* — zugewiesen zu werden. Die Gründe dafür hießen Loyalität, Respekt und auch Zuneigung, obwohl Ilugh das nie zugegeben hätte. Jene Art von Zuneigung, die nur einem großen Feldherrn gebührte.

Als sich Ilugh erneut herumwälzte, hörte er, wie der Große Stragahn am anderen Ende der Kaserne schnarchte. Es begann als ein leises, kaum merkliches Brummen, doch jetzt war das Geräusch zu laut, um auch weiterhin ignoriert zu werden.

Und es konnte nur schlimmer werden. Typisch Stragahn: An manchen Abenden erinnerte er sich zu gut und trank, um zu vergessen. Sicher dauerte es nicht mehr lange, bis alle anderen erwachten und ihn verfluchten — ganz leise, um ihn nicht zu stören. Jeder fürchtete, vom jähzornigen Großen Stragahn an die Wand geschmettert zu werden.

Ilugh gab sich nun keinen Hoffnungen mehr hin, in dieser Nacht Ruhe zu finden. Nur Stragahn würde schlafen.

»*Verdammt!*« erklang der erste Fluch von der Koje unter Ilugh. »Es geht schon wieder los. Die fünfte Nacht in diesem Monat!«

Ilugh knurrte leise, beugte sich vor und stützte die Hauer auf den Unterarm. »Erinnerst du dich nicht mehr daran, wie es früher war? Als Stragahn hierherkam, schnarchte er fast in jeder Nacht. Erst in den letzten Jahren ist er ruhiger geworden.«

Dieser Hinweis schien Onahts Zorn kaum zu mildern.

»Ich habe mich nicht für diesen Dienst gemeldet, um dauernd wach zu liegen«, schimpfte er. »Wenn *das* meinem Wunsch entspräche, hätte ich um einen Platz an der Grenze gebeten.«

Das Schnarchen wurde noch lauter, und überall in der Kaserne regten sich Gardisten.

Onaht murmelte einen zweiten Fluch, der ziemlich eindrucksvoll klang und den Ilugh jetzt zum erstenmal hörte. Er kicherte leise.

»Lach nur«, sagte Onaht. »Du kannst vielleicht auf Schlaf verzichten, aber ich nicht.« Er schwang die Beine über den Rand des schmalen Bettes, stand auf, warf einen finsteren Blick in Stragahns Richtung und ging los.

»He, warte«, flüsterte Ilugh. Er sprang von seiner Koje und folgte Onaht barfuß. »Wohin willst du?«

Der andere Gardist sah nicht zurück. »Ich wecke den seelenlosen Mistkerl.«

Ilugh hielt ihn an der Schulter fest. »Bist du übergeschnappt?« fragte er. »Er wird dir Arme und Beine ausreißen.«

Onaht schnaubte. »Na und? Kann das schlimmer sein, als sich jede Nacht sein Schnarchen anzuhören?« Mit diesen Worten schüttelte er die Hand seines Kameraden ab.

Ilugh schob verärgert die Hauer vor. »Na schön, geh nur. Sei ein junger Hitzkopf — es ist *dein* Tod.«

Er zweifelte nicht daran, daß Onaht rechtzeitig zur Vernunft kam. *Niemand* wagte es, Stragahn zu wekken.

Aber er stellte verblüfft fest, daß der Soldat den Weg fortsetzte. Er trat an die große, massige Gestalt heran und rüttelte sie.

»Sei endlich still, du Trottel«, sagte Onaht und ließ sich sogar zu einer Beleidigung hinreißen. »Wenn du nicht die Klappe hältst, kann niemand von uns schlafen.«

Ilugh hielt den Atem an, ebenso wie Hulg und Tazradh, die auf ihren Kojen erstarrten. Dutzende von gespannten Blicken glitten durch die Kaserne.

Aber Stragahn rührte sich nicht, zeigte überhaupt keine Reaktion auf Onaht.

Ganz offensichtlich war Onaht der glücklichste Soldat in der Hegemonie.

Ein Wunder geschah: Stragahn schnarchte nicht mehr. Eine gespenstische Stille herrschte.

Ilugh spürte, wie es ihm kalt über den Rücken lief. Er schritt an dem zufriedenen Onaht vorbei und sah auf Stragahn hinab.

Einige Sekunden später rollte er ihn vorsichtig auf die Seite und starrte in ein verzerrtes Gesicht. Die dicke, angeschwollene Zunge ragte zwischen verfärbten Lippen hervor, und die Augen traten aus den Höhlen.

»Bei den Göttern«, hauchte Onaht.

»Jemand soll einen Arzt holen!« rief Ilugh und beobachtete aus den Augenwinkeln, wie ein Gardist forteilte. Er preßte das Ohr an Stragahns Brust und schnitt eine Grimasse, als er keinen Herzschlag hörte. Er klopfte aufs Sternum, aber es hatte keinen Zweck. Stragahn war auf halbem Wege zu seinen Ahnen.

»Ilugh!«

Er drehte sich um — und begriff sofort den Grund für die Besorgnis in Hulgs Stimme.

Hulg beugte sich über Dronaghs Bett, und auch Dronagh bewegte sich nicht. Seine Augen wölbten sich ebenfalls aus den Höhlen, wie die Stragahns.

Organische Ursachen kamen sicher nicht in Frage.

Zwei Fälle zur gleichen Zeit ... Das konnte kein Zufall sein.

Aber was dann?

Gift? Stragahn und Dronagh hatten an diesem Abend nicht am gleichen Ort gegessen.

Plötzlich verstand Ilugh.

»*Gas!*« stieß er hervor.

Unmittelbar darauf huschte Entsetzen über Onahts Züge, ein Grauen, das noch weitaus schlimmer war als die Entdeckung von Stragahns Tod. Der Soldat schnaufte, schnappte nach Luft und sank zu Boden.

Die anderen Gardisten standen wie versteinert und waren viel zu erschrocken, um die Kaserne zu verlassen. Ilugh riß sie mit einem lauten Schrei aus ihrer Starre. »Nach draußen — *sofort!*«

Als seine Gefährten zur Tür hasteten, zog er den immer noch keuchenden Onaht hoch. Er sammelte seine ganze Kraft und zerrte ihn zum Ausgang.

Sie hatten ihn fast erreicht, als Ilugh erste Benommenheit fühlte. Etwas schnürte ihm die Kehle zu — jemand schien ihn zu erdrosseln.

Er wußte, daß er jetzt nicht innehalten durfte, taumelte weiter, wankte durch die Tür und versuchte, seine Lungen mit frischer Luft zu füllen.

Aber das Atmen fiel ihm nicht leichter, sondern immer schwerer. Als ihn die übrigen Gardisten umringten, um ihm zu helfen, gab Ilugh der heranwogenden Dunkelheit nach.

»Was?« donnerte Gregach.

Gezor starrte den K'Vin groß an. Der Wutausbruch des Botschafters schien ihn zu überraschen.

Aber hatte er etwas anderes erwarten dürfen? Gab es jemanden, der einen *solchen* Bericht ruhig und gelassen entgegennahm?

Gregach ließ sich langsam in seinen Sessel sinken. »Einzelheiten«, sagte er. Die Wangenmuskeln mahlten, wodurch sich die Hauer von einer Seite zur anderen neigten. »Nennen Sie mir Einzelheiten.«

Der Assistent nickte. »Vier Tote, acht Überlebende — aber zwei von den acht liegen im Koma. Die Ärzte haben ihre Untersuchungen noch nicht beendet, aber sie vermuten alle, daß Gas die Ursache ist. Wahrscheinlich Plethan.«

Gregach dachte eine Zeitlang darüber nach. *»Plethan?«* fauchte er. »In genügend großer Konzentration, um meine Gardisten umzubringen — in ihrer Kaserne?« Er wußte, daß dieses Gas aus dem Boden diffundierte, allerdings nur in kleinen Mengen. Bisher hatte es nie eine Gefahr für die Bevölkerung dargestellt. Der Botschafter stellte fest, daß er die Hände zu Fäusten geballt hatte, und er versuchte, sich zu entspannen. »Woher kam es?«

Der Sullurh zuckte umständlich mit den Schultern. Vielleicht hielt er nach einer Möglichkeit Ausschau, dem Zorn des K'Vin zu entgehen.

»Nach den ersten Ermittlungen zu urteilen, stammte das Gas nicht aus dem Boden«, sagte er. »Deshalb müssen wir von der Annahme ausgehen, daß jemand einen entsprechenden Behälter in der Kaserne versteckte, ausgestattet mit einem Ventil, das sich zu einer bestimmten Zeit öffnete. Anders ausgedrückt: ein Anschlag.«

Gezor schien noch etwas hinzufügen zu wollen, zögerte jedoch.

Der Botschafter fand sich nicht mit dem Schweigen ab. »Gibt es sonst noch etwas?«

»Ich bitte um Entschuldigung ...« Der Sullurh gestikulierte vage. »Ich wollte eine Meinung anbieten, aber Sie verlangten Fakten.«

Gregach brummte. »Na schön. Nennen Sie mir die Meinung.«

Gezor erweckte den Eindruck, mit sich selbst zu ringen. »Vielleicht gefällt sie Ihnen nicht«, erwiderte er schließlich.

»Wollen Sie andeuten, daß die Föderation hinter den Zwischenfällen steckt?« fragte der K'Vin.

»Ja«, bestätigte der Sullurh. »Eine weit verbreitete Ansicht.«

»Sie ergibt keinen Sinn — *noch* nicht. Warum sollte Stephaleh uns angreifen und es leugnen?«

»Vielleicht will sie feststellen, wie weit sie gehen kann«, murmelte Gezor.

Neuerliches Unbehagen erfaßte den Botschafter. »Erklären Sie das.«

»Vielleicht handelt es sich um einen Test, der unserer Verteidigungsbereitschaft gilt«, begann Gezor. »Immerhin sind seit dem letzten echten Kontakt zwischen Föderation und Hegemonie mehr als dreißig Jahre vergangen. Möglicherweise will man auf der anderen Seite herausfinden, ob Sie noch immer ein Kämpfer sind.«

Gregach beugte sich vor, und es gelang ihm nicht, den Ärger aus seiner Stimme zu verbannen, als er fragte: »Aber *warum*, Gezor? Zu welchem *Zweck?*«

Diesmal ließ sich der Assistent nicht einschüchtern. Er sprach ruhig und mit einer gewissen Entschlossenheit. »Um eine Eroberung vorzubereiten, Botschafter.«

Der K'Vin musterte den kleinen Sullurh. Gezors Worte klangen schlicht und einfach — eine Beschreibung, die der komplexen Situation sicher nicht gerecht wurde. Eroberung ... Ein Konzept von so enormer Tragweite, daß es Gregach nie von selbst in Erwägung gezogen hätte.

Und doch ... Konnte er es sich leisten, diese Möglichkeit außer acht zu lassen, wenn auch nur eine geringe Wahrscheinlichkeit dafür bestand?

»Soll das heißen, Kirlos sei ein ... Versuchsgebiet, Gezor? Eine Art Laboratorium?«

»Ja, Botschafter. Wenn wir nicht sofort angemessen reagieren, fordern wir solche Ereignisse in einem größeren Maßstab heraus. Letztendlich führen sie vielleicht zum Ende der ganzen Hegemonie.«

Gregach räusperte sich. »Und die Explosionen im Föderationssektor? Die offiziellen Beschwerden von jener Seite?«

»Ablenkungsmanöver«, sagte Gezor. »Versuche, unsere Fähigkeit zum logischen Denken auf die Probe zu stellen. Oder das Bestreben der Föderation, ihre heimtückischen Anschläge Dritten gegenüber zu rechtfertigen.«

Der K'Vin seufzte. Er bedauerte es fast, die Schleusentore für diese Flut aus Mutmaßungen geöffnet zu haben.

Im Grunde hielt er sie für absurd. Er glaubte nicht, daß seine Entscheidungen hier und jetzt das Schicksal der Hegemonie bestimmten.

Doch es ging nicht nur um Gregachs Überzeugungen. Er mußte auch die Meinungen seiner Vorgesetzten berücksichtigen und *ihre* Reaktionen auf den zweiten Zwischenfall im K'Vin-Territorium voraussehen.

Es war durchaus möglich, daß der eine oder andere von ihnen zum gleichen Schluß wie Gezor gelangte und den Gasangriff als ein Zeichen für Eroberungsabsichten interpretierte. In dem Fall sollte er sich besser den Anschein geben, alle notwendigen Schritte einzuleiten, um der hypothetischen Invasion vorzubeugen.

Aber *welche* Maßnahmen galt es zu ergreifen? Dem Botschafter fielen keine ein, und deshalb fragte er Gezor.

Der Sullurh schien bereits darüber nachgedacht zu haben und antwortete sofort. »Ich sehe nur einen Weg, um weitere Zwischenfälle zu verhindern. Wir müssen die Föderationsbotschaft unter Kontrolle bringen.«

In Gregachs Magengrube verkrampfte sich etwas. »Ist Ihnen eigentlich klar, was Sie da vorschlagen?«

Gezor nickte unbeeindruckt. »Ja. Aber um es noch einmal zu wiederholen: Nur auf diese Weise können wir die Serie von Anschlägen beenden.«

Der Botschafter schnaubte. »Ausgeschlossen. Es muß

andere Mittel geben, um uns vor Angriffen zu schützen — bis wir sicher sind, wer dafür die Verantwortung trägt.«

Gezor überlegte kurz. »Zunächst einmal eine bessere Absicherung der Grenze in Kirlosia: Jeder Föderationsbürger, der auch nur in der *Nähe* des K'Vin-Territoriums überrascht wird, sollte sofort verhaftet werden. Zweitens: eine *passive* Demonstration militärischer Macht, vielleicht die Stationierung von Gardisten am Strip — um der Föderation zu zeigen, daß wir keine weiteren Aggressionen hinnehmen ...«

Gregach knurrte.

Der Sullurh straffte die Gestalt. »Nur für den *Fall*, daß die Föderation verantwortlich ist. Drittens: eine strengere Überwachung der Botschaft und anderer möglicher Ziele. Viertens ...«

»Bei den Göttern des Blutes und der Zerstörung, Gezor! Es gibt auch noch ein *Viertens?*«

Der Sullurh trug eine unschuldige Miene. »Sie haben um Empfehlungen gebeten, Botschafter.«

Gregach holte tief Luft und ließ den Atem langsam entweichen. »Ja, natürlich. Fahren Sie fort.«

»Viertens ...«, sagte Gezor. »Die Proklamation des Kriegsrechts. Um das Verhalten der Bevölkerung zu kontrollieren, wenn sie von dem Gasangriff auf Ihre Soldaten erfährt.«

Gregach erinnerte sich daran, daß tatsächlich Unruhe bei den K'Vin-Bürgern herrschte, obgleich Demonstrationen und lautstarke Proteste wie im Föderationssektor ausblieben — die K'Vin waren disziplinierter. Aber derartige Anzeichen mußten trotzdem beachtet werden.

Manchmal erschien es Gregach geradezu unheimlich, daß Gezor sein Volk besser kannte als er. Seltsam ...

»In Ordnung«, wandte er sich an den Sullurh. »Geben Sie die entsprechenden Anweisungen.«

Gezor verneigte sich. »Ja, Botschafter.«

Nach den ersten Zwischenfällen gingen Busieks Geschäfte nicht mehr so gut wie früher. Es kam zu Prügeleien zwischen Leuten, die sich früher einfach nur aus dem Weg gingen. Finstere Blicke und beleidigende Gesten genügten, um ausgeprägte Feindseligkeiten zu schaffen. Eine der Folgen bestand darin, daß viele Stammgäste die Taverne mieden.

Dafür kamen mehr Sullurh. Busiek freute sich nicht besonders darüber, denn Sullurh neigten dazu, nur einen Drink zu bestellen und damit stundenlang am Tisch zu sitzen. Die Kellnerinnen ignorierten sie, doch sie besuchten die Schenke trotzdem. Andere Personen lachten über die Sullurh und machten ihnen das Leben schwer, aber sie fanden sich dennoch in der Kneipe ein.

Sie kamen, obgleich die Angehörigen der übrigen Völker zu Hause blieben — oder Bomben bastelten. Und ihre Zahl wuchs, weil niemand mehr zugegen war, der sie verspottete.

Jetzt klingelte Sullurh-Geld in Busieks Kasse. Seltsam, wie schnell sich die Lage ändern konnte.

Für den Wirt sahen alle Sullurh gleich aus. Deshalb fiel ihm weder Gezor auf, der an einem halb im Schatten verborgenen Ecktisch saß, noch der andere Sullurh, mit dem er sprach.

Aber wenn der K'Vin-Botschafter seinen Assistenten in der Gesellschaft von Stephalehs Mitarbeiter Zamorh gesehen hätte, so wären sowohl Gregach als auch Stephaleh sehr neugierig auf ihr Gespräch gewesen. Doch die beiden Diplomaten wußten nichts von diesem Treffen — und dabei sollte es nach Gezors und Zamorhs Meinung auch bleiben.

Die Eiswürfel in ihren Gläsern waren längst geschmolzen, als die Sullurh ihre Diskussion schließlich beendeten, nach Stunden, wie Busiek meinte. Als sie sich erhoben und Geld für die Kellnerin auf dem Tisch zurückließen, erklang ein rhythmisches Summen aus Gezors Tasche.

Die Sullurh wechselten einen bedeutungsvollen Blick, und Gregachs Assistent holte ein kleines Gerät hervor.

»Nun, damit mußten wir rechnen«, sagte Zamorh langsam. »Wir sollten sofort mit Vorbereitungen beginnen, nicht wahr?«

»Ich kümmere mich darum«, erwiderte Gezor. »Geben Sie mir fünf Minuten, um die Nachricht weiterzugeben. Dann brechen wir auf.«

Zamorh nickte zustimmend und setzte sich wieder.

Busiek stand hinter der Theke und seufzte. Er hatte zunächst angenommen, daß die Sullurh gingen. Man konnte sie einfach nicht loswerden. Andererseits: Er brauchte Gäste, die zumindest ein wenig Geld brachten.

»Können wir sicher sein, daß sie dort drin sind?« fragte Worf.

Die Starfleet-Offiziere und Thul — er hatte darauf bestanden, sie zu begleiten — warteten im Schatten einer Nebenstraße und beobachteten den Eingang von Busieks Taverne.

»Es ist elementar«, entgegnete Data.

Der Klingone klopfte ihm mit dem Zeigefinger auf die Brust. »Mir ist noch immer nicht ganz klar, warum Sie auf diese Weise und mit einem solchen Akzent reden«, brummte er. »›Das ist elemantar‹ und ›Kommen Sie, Watson‹ und dergleichen. Es geht mir langsam auf die Nerven.«

»Immer mit der Ruhe, Worf«, sagte Geordi. »Wollen Sie damit drohen, Data zu erschießen?«

»Führen Sie mich nicht in Versuchung«, erwiderte der Sicherheitsoffizier.

»Ich werde versuchen, auf Sherlock Holmes-Ausdrücke zu verzichten«, meinte der Androide. »Allerdings vermute ich auch weiterhin, daß Gezor bei dieser Angelegenheit eine entscheidende Rolle spielt, wahrscheinlich zusammen mit Zamorh. Gezors Erscheinen bei der K'Vin-Botschaft könnte für jemanden das Zeichen gewesen sein, die Explosion auszulösen. Oder er führte einen Zünder mit begrenzter Reichweite bei sich. Darüber hinaus sorgen er und Zamorh für eine Verschlechterung der Beziehungen zwischen Gregach und Stephaleh, mit dem offensichtlichen Ziel, einen Krieg zu provozieren.«

»Aber warum?« erkundigte sich Geordi.

»Ich bin mir nicht sicher«, gestand Data ein. »Die beiden Sullurh vertreten die Botschafter. Vielleicht wollen sie ihre Vorgesetzten eliminieren, um einen höheren Posten zu bekleiden.«

»Das ist nicht ausgeschlossen«, murmelte Geordi, obwohl er an einem so ausgeprägten Ehrgeiz der Sullurh zweifelte.

»Das Streben nach Macht gilt im klingonischen Imperium als legitim«, pflichtete Worf dem Androiden bei. »Doch die Sullurh erscheinen mir nicht aggressiv genug ...«

»Sehen Sie!« sagte Data plötzlich. Sie wichen etwas weiter in die Schatten zurück.

Gezor kam aus der Schenke.

»Ich wußte es«, hauchte der Androide. »Die erste Zusammenkunft bei Busiek war kein Zufall. Es handelt sich um einen häufiger benutzten Treffpunkt, wo Gezor mit ... ah!«

Zamorh trat ebenfalls nach draußen.

»Interessant«, kommentierte Worf. »Die Assistenten der beiden Botschafter. Offenbar hat Lieutenant Commander Data mit seinen Vermutungen in Hinsicht auf eine geheime Absprache recht«, fügte er trotz seiner früheren Einschätzung hinzu.

»Elemen ... Äh, danke.«

Dem Chefingenieur fiel etwas ein. »Thul ... Sie sind ebenfalls ein Sullurh. Haben Sie zufälligerweise etwas gehört ...?«

»Von einer Verschwörung?« entfuhr es Thul schokkiert. »Ich versichere Ihnen, Mr. LaForge: Ich habe

Dr. Coleridges Vertrauen nie mißbraucht. Einige der jungen Leute ...« — er deutete in Richtung Gezor und Zamorh — »... neigen zu verrückten Vorstellungen und Ideen. Ich weiß nicht, was ihnen durch den Kopf geht. Wenn mir etwas zu Ohren gekommen wäre, hätte ich nicht gezögert, mich an die zuständigen Behörden zu wenden. Aber ... Wer hört denn schon auf einen Sulurh?«

»Zum Beispiel die Botschafter«, sagte Geordi. »Kommen Sie, Data. Wenn wir uns nicht beeilen, entwischen uns Gezor und Zamorh.«

»Das ist diesmal ausgeschlossen«, erwiderte der Androide ruhig und hob ein Instrument. »Ich habe den Tricorder auf ihre Biosignale justiert, so daß wir ihnen auch aus großer Entfernung folgen können. Ich nehme an, beim erstenmal hat uns Gezor in der Taverne bemerkt und wußte daher, daß wir ihn beschatteten. Bei dieser Gelegenheit bekommt er keine Chance, uns zu sehen.«

Gezor schritt nicht über die Botschaftsallee, sondern verschwand zusammen mit Zamorh in den dunklen Gassen hinter Busieks Kneipe. Die drei Offiziere und Thul wandten sich ebenfalls von der breiten Straße ab.

Sie wanderten durch die Schatten, und Worf übernahm die Spitze — er verstand es am besten, durchs Halbdunkel zu schleichen. Datas Tricorder wies ihnen die Richtung.

»In die Häuser! Ausgangssperre! Zurück in die Häuser!«

Die Stimme drang aus den Lautsprechern des öffentlichen Informationssystems. Worf, Geordi, Data und Thul versteckten sich in einer finsteren Nische, als mehrere K'Vin durch die Gasse marschierten. Die Waffen steckten in den Halftern, aber sie schienen bereit zu sein, nötigenfalls Gebrauch davon zu machen. Ihre Hemden wiesen die Abzeichen des diplomatischen Korps auf, und Worf erkannte sie sofort als Gardisten aus der Botschaft. *Es ist leicht, diplomatisch zu sein, wenn man überlegene Feuerkraft hat,* dachte der Klingone.

Er hielt den Phaser in der Hand und zielte auf die Patrouille, aber Data schüttelte stumm den Kopf.

Langsam gingen die Soldaten an der Nische vorbei. Worf und seine Begleiter warteten, bis sie außer Sicht gerieten, setzten dann den Weg fort.

Geordi war sehr dankbar dafür, daß sie über den Tricorder verfügten. Sie befanden sich tief im Gassenlabyrinth, als er sich an einige Worte erinnerte, die Nassa an sie gerichtet hatte. In dem komplexen Irrgarten aus Nebenstraßen konnte man sich tatsächlich leicht verirren. Es gab keine Schilder, und die Gassen bildeten ein völlig unübersichtliches Durcheinander. Sollten dadurch Fremde abgeschreckt werden?

Data blickte immer wieder auf die Anzeigen des Ortungsgeräts, das ihm eine problemlose Orientierung ermöglichte.

»Jetzt sind sie stehengeblieben«, sagte der Androide plötzlich. »Vielleicht haben sie ihr Ziel erreicht. Die Entfernung ist nicht mehr sehr ...«

Er unterbrach sich.

»Nun?« drängte Worf.

»Man verfolgt uns«, fügte Data hinzu. »Ich höre Schritte.«

Der Klingone vernahm nur Stille, was ihn jedoch nicht überraschte. Das Gehör des Androiden war weitaus besser. »Wie viele?«

»Vier oder fünf.« Data drehte sich abrupt um. »Vor uns befinden sich weitere Personen.«

»Warum hat uns der Tricorder nicht gewarnt?« fragte Worf verärgert.

»Weil er nach wie vor auf die Biosignale der beiden Sullurh programmiert ist«, erklärte Data. »Andernfalls würde er auf alle Lebensformen in der Stadt reagieren.«

»Hier entlang.« Der Klingone deutete in eine dunkle Gasse und lief los. Die anderen schlossen sich ihm an.

Sie preßten sich an die Mauern und horchten. Wenige Sekunden später hörten auch Worf und Geordi etwas; von einem Augenblick zum anderen standen mehr als zehn Sullurh in dem schmalen Durchgang und flüsterten miteinander. Sie kamen aus zwei verschiedenen Richtungen und schienen verblüfft zu sein, daß sich die *Enterprise*-Offiziere nicht zwischen ihnen befanden.

Kurz darauf verschwanden sie wieder in der Finsternis.

»Haben Sie etwas verstanden?« fragte Worf den Androiden.

»Sie sprachen sehr schnell«, erwiderte Data. »Trotzdem konnte ich feststellen, daß ein Wort mehrmals wiederholt wurde: oben.«

»Oben?« Geordi runzelte verwirrt die Stirn. »Was soll das bedeuten?«

Und dann, in gespenstischer Stille, sprangen Sullurh von oben herab.

Plötzlich begann ein Kampf in der Gasse.

Drei Gegner versuchten, Data zu überwältigen, doch die erste Priorität des Androiden bestand darin, ihre Füße zu betrachten. Die Sullurh waren barfuß, und an ihren Sohlen klebten seltsame Polster — damit hatten sie sich völlig geräuschlos nähern können. Data dachte darüber nach, als er aufstand, zwei Angreifer hob und fortschleuderte.

Rasch wandte er sich dem dritten zu, einem Sullurh, der ein seltsames Gerät auf ihn richtete. Der Androide sprang nach vorn, konnte die kleine Gestalt jedoch nicht daran hindern, eine Taste zu drücken.

Im Kopf des Androiden schien etwas zu explodieren. Er taumelte und hatte dabei den Eindruck, daß Funken aus seinen Augenhöhlen stoben. Als er um Hilfe zu rufen versuchte, vernahm er ein sonderbares, fast schrilles Zirpen.

Vor ihm drehte sich alles, und steif wie ein Brett sank er zu Boden.

Geordi sah, wie der Androide stürzte, und mehr konnte er nicht erkennen: Eine Faust traf ihn im Gesicht und schleuderte das VISOR fort. Entsetzen erfaßte La-Forge: Jetzt war er *blind*, von undurchdringlicher Finsternis umgeben. »Verdammt!« rief er. Seine Stimme hallte noch von den Wänden wider, als ihm jemand etwas an den Hinterkopf schmetterte und ihn ins Reich der Träume schickte.

Worf hielt sich nicht damit auf, das Schicksal seiner Gefährten zur Kenntnis zu nehmen — die Sullurh griffen ihn an. Er hatte seinen Phaser verloren, aber zum Glück schienen die Gegner unbewaffnet zu sein.

Zwei klammerten sich an seinem Rücken fest und trachteten danach, ihre Arme unter die des Klingonen zu schieben. Einige andere hämmerten ihm auf die Brust und rammten ihm Fäuste in die Magengrube. Worf brüllte, stieß mit den Ellenbogen nach hinten und befreite sich aus dem Griff der beiden Sullurh. Dann bückte er sich ruckartig und warf sie nach vorn gegen die anderen, die wie Kegel fielen.

Jemand hinter Worf packte ihn an der schweren Metallschärpe und riß den Klingonen herum. Er konnte nicht rechtzeitig reagieren und prallte an die Mauer.

Der Gegner hielt die Schärpe auch weiterhin fest. Worf ließ sich fallen, streifte sie blitzschnell ab, wirbelte herum und schlug zu. Sein Hieb traf einen Sullurh im Schritt. Der Angreifer schrie, fiel aufs harte Pflaster und stöhnte. Worf hob seine Schärpe, als die anderen Sullurh heranstürmten.

Er holte aus, und das eine Ende des breiten Metallbandes erfaßte zwei Sullurh. Beim ersten zersplitterte es den Unterkiefer, und der zweite ging, wenn auch unverletzt, zu Boden.

Worf schwang die Schärpe erneut herum und vernahm ein zufriedenstellendes Ächzen. Jetzt brauchte er nur noch seinen Phaser zu finden, um die Situation unter Kontrolle zu bringen.

Einer der Sullurh fand die Waffe vor ihm.

Es gleißte in der Dunkelheit, und ein Energiestrahl erfaßte den Klingonen. Er taumelte, und die Knie knickten unter ihm ein, als Finsternis heranwogte und ihm das Bewußtsein raubte.

Thul ließ den Phaser sinken, sah die anderen an und schüttelte den Kopf. »Eine weitere Minute, und er hätte euch alle erledigt.«

»Es wäre uns sicher gelungen, ihn zu überwältigen«, murmelte einer der Sullurh.

»Er hatte nur seinen *Spaß* mit euch«, meinte Thul.

Schritte näherten sich vom Ende der Gasse; Gezor und Zamorh traten auf die Gruppe zu. Gezor nickte anerkennend.

Thul erwiderte das Nicken.

»Danke, daß Sie uns auf die Verfolger hingewiesen haben«, sagte Gregachs Assistent und beobachtete die drei reglosen Starfleet-Offiziere. Er hob das kleine Gerät, das in Busieks Taverne gesummt hatte. »Wie ich sehe, hat der Impulsgeber die erwartete Wirkung auf den Androiden entfaltet.«

»Ja«, bestätigte Thul. »Mit Phasern wäre natürlich alles einfacher gewesen. Andererseits: Uns fehlt Übung im Umgang mit solchen Waffen.«

»Was soll mit den Offizieren geschehen?« fragte Zamorh.

Thul brummte leise. »Ist das nicht offensichtlich? Sie sind Saboteure, die sich in den Gassen des K'Vin-Territoriums herumgetrieben haben, um weitere Anschläge vorzubereiten. Gesetzestreue Bürger sind verpflichtet, die Verbrecher und ihren Komplizen — damit meine ich mich — sofort den zuständigen Behörden auszuliefern.«

KAPITEL 11

Esquar Hudak zog Busieks Taverne diesem Ort vor. Er fand keinen Gefallen an makellosen neuen Plastiktischen, modernen Kunstgegenständen und Wänden aus glatten Fertigteilen. Der Schmutz und die abgenutzten Einrichtungsgegenstände bei Busiek waren ihm wesentlich lieber als eine derart sterile Atmosphäre. Wie hieß diese Schenke überhaupt? Er konnte sich ja nicht einmal an den Namen erinnern.

Doch Anonymität und mangel an Beliebtheit bei den Kaufleuten des Föderationssektors machten das Pub zu einem idealen Treffpunkt. Zwar fand hier keine *geheime* Besprechung statt, aber die Teilnehmer wollten eine gewisse Diskretion gewährleistet wissen.

Eins mußte man dem Wirt dieser Gaststätte lassen: Er gab sich große Mühe, um den Händlern einen angenehmen Aufenthalt zu ermöglichen. Vor ihnen allen standen Getränke — doch das zeigte nur guten Geschäftssinn, oder? Je schneller man die Drinks brachte, desto eher wurde die zweite Runde bestellt.

Aus den Augenwinkeln musterte Hudak Stephalehs Assistenten, der in einer Ecke des Raums saß. Seit wann hockte er dort? Der Pandrilit lachte innerlich. Typisch für den Sullurh, selbst dann unauffällig zu bleiben, wenn er die Botschaft repräsentieren sollte.

Hudak räusperte sich und erregte damit sofort die Aufmerksamkeit der Anwesenden. Ihre Reaktion überraschte ihn nicht. Wenn man wesentlich größer war als alle anderen, so genoß man Respekt.

»Sie alle wissen, warum wir hier sind«, begann er und ließ seinen Blick über die verschiedenen Gesichter schweifen. Die meisten Kaufleute waren Menschen, aber zu den Versammelten gehörten auch Angehörige von fünf oder sechs anderen Völkern. »Die neue Atmosphäre in Kirlosia schadet dem Geschäft, und durch dumme Demonstrationen vor der Botschaft wird alles nur schlimmer.« Hudak legte eine kurze Pause ein und hörte ersten Applaus, der sofort wieder verklang. »Wir haben nur dann eine Chance, unser Einkommen — und unsere Zukunft — zu sichern, indem wir Botschafterin Stephaleh ebenso unterstützen wie in der Vergangenheit.«

»Aber die Vergangenheit unterscheidet sich ein wenig von der Gegenwart, oder?« warf ein Tetracit namens Keeglo ein. »Um keine Mißverständnisse aufkommen zu lassen: Ich glaube nicht an den Crahglat-Mist bezüglich einer Föderation, die einen Krieg beginnen will. Aber *etwas* bahnt sich an, und *jemand* ist dafür verantwortlich. Bisher hat Stephaleh nichts dagegen unternommen; zumindest sehe ich keine konkreten Resultate ihrer Maßnahmen.«

Hudak nutzte den Kommentar des Tetraciten, um einen Schluck zu trinken. Ein alter pandrilitischer Trick: Man verringere die Bedeutung eines Diskussionsbeitrags, indem man sich mit anderen Dingen beschäftigt, während der Redner spricht.

Überrascht stellte er fest, daß der Drink ziemlich gut schmeckte — der Inhalt des Glases rann ihm feurig durch die Kehle. Bezog der Wirt seinen Nachschub aus einer besonderen Quelle?

»Mit allem Respekt ...«, sagte der Pandrilit. »Derzeit können wir die Wirksamkeit von Stephalehs Bemühungen noch nicht beurteilen.« Er nickte dem Sullurh zu. »Stimmt das, Zamorh?«

Der Assistent stand auf und fing die Blicke der Kaufleute ein. »Esquar Hudak hat recht. Die Botschafterin versucht alles, um Sie und Ihre Geschäftsinteressen zu schützen.«

Der Pandrilit fragte sich, ob es ein strategischer Fehler war, Zamorh an der Diskussion zu beteiligen. Der Sullurh klang nicht sehr überzeugend und schien an seinen eigenen Worten zu zweifeln — so hörte es sich jedenfalls für Hudak an.

»Allerdings wissen wir nicht, ob ihre Bemühungen die erhofften Ergebnisse erzielen«, fuhr Zamorh fort. »Als Maßstab kann nur die Zeit dienen, die ohne weitere Zwischenfälle verstreicht.«

Ein Vulkanier namens Stokk stand auf und wandte sich an den Sullurh. Hudak seufzte lautlos. Es war *tatsächlich* ein Fehler gewesen, um Zamorhs Meinung zu bitten.

»Warum ist Stephaleh nicht zugegen?« fragte Stokk. »Hält sie dieses Treffen für unwichtig?«

»Ich kenne den Grund«, sagte Hudak. Erneut rückte er in den Mittelpunkt der Aufmerksamkeit. Alle vergaßen den Sullurh, vielleicht abgesehen von dem Vulkanier. »Denken Sie daran, daß wir nur ein kleiner Teil der Bürgerschaft im Föderationssektor sind. Stephaleh ist die offizielle Repräsentantin der Föderation auf Kirlos, und sie darf keine einzelnen Gruppen bevorzugen. Mit einem solchen Verhalten würde sie darauf hinweisen, daß sie sich nicht für die Anliegen der anderen Händler interessiert, daß sie und ihre wenigen Auserwählten alle Entscheidungen treffen. Die Botschafterin gäbe dadurch zu verstehen, daß sie die Meinungen unserer Kollegen für bedeutungslos erachtet, auch wenn sie — bitte gestatten Sie mir die Offenheit — bedeutungslos *sind.*«

»Ich verstehe«, erwiderte Stokk. »Dieses Prinzip bleibt gültig, obwohl *wir* Stephaleh Unterstützung anbieten, während alle anderen sie in Stücke reißen wollen?«

Hudak beschloß, eine direkte Antwort darauf zu geben. Er konnte es sich nicht leisten, bei diesem Punkt zu verweilen. Es war weitaus wichtiger, die Ordnung wiederherzustellen und neuerlichen Zugang zum K'Vin-Markt zu erhalten.

Für ihn spielte das vielleicht eine größere Rolle als bei den anderen — Hudak hoffte noch immer, das *Shrol'dinaggi*-Geschäft abzuschließen —, aber die übrigen Händler fürchteten ebenfalls, viel Geld zu verlieren. Das galt auch für Stokk.

»Ja«, sagte der Pandrilit und sah den Vulkanier an. »Das Prinzip *bleibt* gültig — es gibt keine andere Möglichkeit. Nun, wenn wir jetzt einig sind, daß wir auch weiterhin hinter der Botschafterin stehen ...«

Zuerst dachte er, daß weitere Einwände bevorstanden, diesmal von einem anderen Pandriliten namens Yudal Malat: Der Kaufmann hatte sich erhoben und den Mund geöffnet.

Aber es erklangen keine Worte, sondern seltsame Geräusche: ein Schrei, gefolgt von unartikuliertem Gurgeln. Irgend etwas schien Malat innerlich zu zerfressen, und zwar auf eine sehr schmerzhafte Weise.

Ein oder zwei Sekunden lang starrten die Versammelten nur und waren viel zu verblüfft, um dem Pandriliten zu helfen. Schaum bildete sich auf Malats Lippen, und blaues Blut verfärbte ihn.

»Bei den Ahnen«, keuchte Hudak, stürmte an den übrigen Kaufleuten vorbei und lief zu seinem Artgenossen. Doch bevor er ihn erreichte, taumelte Malat und sank zu Boden.

»Ein Arzt!« donnerte Hudak. Er deutete auf den Mann neben der Tür. »Holen Sie einen ...« Er bekam keine Gelegenheit, den Satz zu beenden.

Jähe Pein entflammte in ihm und loderte heiß in seinem Inneren. Zuerst kämpfte er dagegen an und versuchte, den Schmerz zu ignorieren, aber er wurde immer intensiver, breitete sich in Magen und Darm aus, tastete nach dem Herzen.

Innere Flammen, die durch den ganzen Körper leckten. Säure, die jedes Organ verätzte, über die Nervenstränge rann …

»Aaarrgh!« Der Schrei stammte aus der qualmenden Asche seiner Eingeweide.

Er starb — Hudak zweifelte nicht daran. Und eine jähe Erkenntnis zeigte dem Pandriliten die Ursache: Die Getränke waren vergiftet.

Auch die anderen Kaufleute sprangen auf, schrien, keuchten und spuckten Blut. Chaos herrschte im Pub, ein Entsetzen, das selbst den tapfersten Krieger erschüttert hätte.

Durch einen roten Schleier der Agonie beobachtete Hudak den Sullurh. Zamorh saß völlig ruhig und gelassen, wirkte irgendwie zufrieden.

Jeder mühsame Atemzug verstärkte die Qual des Pandriliten, und als er starb, begriff er nicht nur, was ihn umgebracht hatte, sondern auch *wer* …

Diesmal lastete die Bürde zu schwer auf ihr. Stephaleh konnte nicht einfach Befehle erteilen, obwohl Zamorh so diensteifrig wie sonst darauf wartete. Mit gesenktem Kopf saß sie am Schreibtisch und dachte an die Ereignisse, die sie in eine noch schwierigere Lage brachten.

Hudak war kein Freund in dem Sinne gewesen, nur ein politischer Verbündeter. Er hatte es für vorteilhaft gehalten, die Botschafterin zu unterstützen, und mit ihrem Einfluß sorgte Stephaleh dafür, daß seine Geschäfte florierten, ebenso wie die der anderen Kaufleute. Dennoch basierte die Beziehung auf mehr als nur gegenseitigem Nutzen.

Die Andorianerin trauerte jetzt nicht nur um das Individuum, das sie sicher vermissen würde. Ihr Kummer galt auch dem, was Hudak repräsentiert hatte: Vernunft in den Reihen der Händler. Ihr fehlte nun eine Partnerschaft, die maßgeblich zur Stabilität im Föderationssektor beigetragen hatte.

Die Situation wurde ständig problematischer, und

viele ihrer wichtigsten Verbündeten waren gestorben. Nur einige wenige Händler kamen mit dem Leben davon, um Bericht zu erstatten, aber sie standen unter der Wirkung eines starken Schocks. Allein Zamorhs Schilderungen ergaben einen gewissen Sinn.

Stephaleh fühlte sich so, als stehe sie nackt in einem andorianischen Sandsturm, der ihr langsam die Haut von den lebenden Knochen schabte. Neuer Schmerz stach in ihr, als sie glaubte, versagt zu haben. Ihr Leben lang war sie stolz auf ihr diplomatisches Geschick gewesen, aber die aktuelle Situation schien ihren Fähigkeiten zu trotzen.

»Botschafterin?«

Sie sah auf und stellte fest, daß Zamorh noch immer in der Mitte des Zimmers wartete.

»Bitte treffen Sie eine Entscheidung. Ich habe unserem Sicherheitschef Powell versprochen, ihm so schnell wie möglich Anweisungen zu übermitteln.«

Stephaleh holte tief Luft und ließ den Atem zischend entweichen. Sie straffte die Schultern. »Ja. Natürlich. Wir müssen das Kriegsrecht proklamieren. Etwas anderes bleibt uns jetzt gar nicht mehr übrig — Sie haben deutlich genug darauf hingewiesen. Aber weiter gehe ich nicht.«

Der Sullurh musterte sie. »Die Evakuierung nimmt viel Zeit in Anspruch. Wir sollten uns sofort mit Starfleet in Verbindung setzen. Sonst ist es vielleicht zu spät.«

Die Andorianerin lächelte innerlich, als sie das Drängen in der Stimme ihres Assistenten hörte. Manchmal gewann sie den Eindruck, daß Zamorh ihre Pflichten ernster nahm als sie selbst.

»Nein«, erwiderte sie. »Ich gebe keinen Evakuierungsbefehl. Die Föderationsniederlassung auf Kirlos hat große Bedeutung: Dieser Planet stellt unsere einzige Brücke zu den K'Vin und ihrer Hegemonie dar. Wenn die K'Vin hinter den Anschlägen stecken und wir uns zurückziehen, so sähen sie darin ein Zeichen der Schwäche. Die Regierung der Hegemonie könnte die Gelegenheit nutzen, um zu versuchen, uns andere Welten zu entreißen. Wenn die K'Vin *nicht* verantwortlich sind — und davon gehe ich nach wie vor aus —, so ruiniert die Evakuierung unsere einzige Chance einer Wiederannäherung, und das Ergebnis wäre ebenfalls fatal. Wir bekämen es in beiden Fällen mit einer Katastrophe zu tun, neben der die Geschehnisse auf Kirlos harmlos erschienen.«

»Botschafterin, Föderationsbürger sind *ermordet* worden. Und sicher stehen weitere Anschläge bevor.«

Es war nicht typisch für Zamorh, mit einem derartigen Nachdruck zu sprechen. Lag es daran, daß auch seine Familie zur gefährdeten Bevölkerung gehörte?

Vor dem inneren Auge Stephalehs bildeten sich die Konturen eines Gesichts: Lars Trimble, der bärtige Mann in der Menge. Sie hatte ihm etwas versprochen, nicht wahr?

Die Erinnerung zwang sie, ihren Standpunkt noch einmal zu überdenken. Ignorierte sie das Wohlergehen der Bürger von Kirlos, indem sie in erster Linie die Ziele und Interessen der Föderation berücksichtigte? Neigte sie nach all den Jahren anstrengender Diplomatie dazu, ihre Arbeit als ein Dyson-Spiel zu sehen, als eine Abstraktion, in der die individuellen Teile nur als Mittel zum Zweck dienten?

Andererseits ... Machte es einen Unterschied, ob sie die Entscheidung mit kühler Distanziertheit oder voller innerer Anteilnahme traf? Am Ergebnis änderte sich dadurch nichts.

Das Potential für weitere Anschläge war auf beiden Seiten ungeheuer groß, sowohl im Föderationssektor als auch im K'Vin-Territorium. Ein denkendes, fühlendes Wesen mußte alle Maßnahmen mit großer Sorgfalt gegeneinander abwägen und dann jene wählen, durch die die Opfer auf ein Minimum beschränkt blieben. Kühle, rationale Überlegungen — Stephaleh sah keine andere Möglichkeit.

Verzeihen Sie mir, Lars Trimble.

»Nein«, sagte sie schließlich. »Eine Evakuierung findet nicht statt. Wir bleiben hier und laufen nicht fort. Wir finden die Verantwortlichen und ziehen sie zur Rechenschaft. Verstanden?«

Der Sullurh zögerte nur kurz. »Es ist Ihre Entscheidung«, erwiderte er. »Ich kann Sie nur beraten, Botschafterin.« Er verbeugte sich und verließ das Zimmer, um Stephalehs Anweisungen an Powell weiterzugeben.

KAPITEL 12

Die beiden Offiziere standen Seite an Seite im Kontrollraum der *Enterprise* und blickten aufmerksam zum großen Wandschirm.

»Nun, Fähnrich Davies?«

»Sie haben recht, Captain«, sagte der Geologe. Er trat näher ans Projektionsfeld heran, deutete auf das fleckige Grün und zog imaginäre Linien mit dem Zeigefinger. »Das sind eindeutig die Umrisse eines alten Steinbruchs.«

Wesley Crusher seufzte. Er hatte das gleiche Bild wie der Captain gesehen, ohne daß ihm diese Einzelheiten auffielen. Selbst Davies' Hinweise erleichterten es ihm nicht, sie zu erkennen. »Woher wußten sie das?«

»Aus persönlicher Erfahrung.« Alte Reminiszenzen erwachten in Picard, noch bevor er sich bewußt an damals erinnerte. »Als Kind habe ich oft in den Resten eines römischen Steinbruchs gespielt. Ein Teil davon war überflutet, der Rest mit Geröll gefüllt. Überall wuchsen Gras, Bäume und Sträucher. Ich war sehr erstaunt, als ich zum erstenmal mit einem Gleiter über den entsprechenden Bereich flog. Die Narben in der Landschaft waren selbst nach Jahrtausenden sichtbar. Auf Tehuán gibt es ebenso vertraute, wenn auch weniger stark ausgeprägte Anzeichen.«

»Diese Steinbrüche sind weitaus älter als die auf der Erde«, sagte Lieutenant Dean, trat die Rampe herunter und näherte sich der Kommandosektion. Verlegenheit formte rote Flecken auf seinen Wangen. »Bei einer genauen Überprüfung der geologischen Daten über den

Planeten habe ich Anhaltspunkte gefunden — eine Fußnote im Text des ersten Forschungsberichts. Die Scout-Gruppe bestätigte, daß auf Tehuán nie eine einheimische intelligente Lebensform entstand, aber sie konnte nicht die Identität des raumfahrenden Volkes feststellen, von dem die Steinbrüche stammen. Da sie bereits vor fünftausend Jahren aufgegeben wurden, hielt es das Sondierungsteam offenbar nicht für erforderlich, näher darauf einzugehen.«

Der wissenschaftliche Offizier versteifte sich und befürchtete offenbar, vom Captain getadelt zu werden, weil er diese Informationen erst jetzt nannte. Picard verbannte die Falten aus seiner Stirn. Er konnte Dean kaum vorwerfen, kein Androide zu sein; vielleicht hätte selbst Data die Bedeutung der Fußnote übersehen — aber wahrscheinlich nicht.

»Wozu dienten die Steinbrüche?« fragte Jean-Luc.

Davies beugte sich über Wesleys Schulter und betrachtete die Anzeigen der Navigationskonsole. »Der Sensorscan deutet auf rekristallisiertes Dolomit mit kleinen Anteilen von Eisenoxid und Diopsid hin. Man bezeichnet diese besondere Substanz auch als Arizit.«

»Arizit?«

»Ein nicht sehr bekannter dekorativer Marmor, der ...«

»Ich kenne ihn«, sagte Picard. »Auf meinem Schreibtisch im Bereitschaftsraum steht eine Statue aus Arizit.« Seine Gedanken kehrten zu Kirlos und dem archäologischen Projekt von Professor Coleridge zurück. »War dieser Raumsektor vielleicht einmal Teil des Ariantu-Reiches? Hat Tehuán die Bildhauer der Ariantu mit Arizit versorgt?«

Dean überlegte einige Sekunden lang. »Es scheint keine direkte Verbindung zu geben. Aber das Alter der Steinbrüche läßt vermuten, daß der Arizitabbau stattfand, als noch Ariantu auf Kirlos lebten.«

»Für Professor Coleridge könnte das alles von großem Interesse sein«, meinte Picard. »Aber ich sehe keine unmittelbare Bedeutung für …«

»Captain!« Wesleys Finger huschten über die Konsole. »Ich habe noch einmal die von Commander Riker ermittelten Tricorderdaten analysiert. Sie betreffen die Stelle, an der drei Kolonisten durch Intervaller-Entladungen starben.«

Der Fähnrich zögerte, und seine nächsten Worte klangen fast triumphierend. »Ein großer Prozentsatz des Felssturz-Gesteins besteht aus Arizit.«

Wesley wirkte enttäuscht, als der Captain diese Nachricht gelassen entgegennahm. Seine Niedergeschlagenheit wuchs, als die anderen Offiziere darauf bestanden, die gerade durchgeführte Analyse zu kontrollieren.

»Geduld, Mr. Crusher.« Picard ließ sich entspannt und trotzdem wachsam in den Kommandosessel sinken, während Davies und Dean die Daten prüften.

»Es stimmt«, sagte der Geologe nach einer Weile. »Ein Phaserstrahl hat den Berggipfel getroffen und eine Marmorader freigelegt. Andere Entladungen hätten wahrscheinlich zum gleichen Ergebnis geführt: Das ganze Gebirge besteht aus metamorphem Fels.« Er richtete einen mitfühlenden und gleichzeitig herablassenden Blick auf den jungen Fähnrich. »Vielleicht nur ein Zufall.«

Wesley senkte den Kopf.

»Und wenn es *kein* Zufall ist?« fragte Picard. Äußerlich blieb er ruhig, aber tief in seinem Innern spürte er die gleiche Aufregung wie Beverly Crushers Sohn. »Möglicherweise haben sich die Angreifer *deshalb* auf den Planeten gebeamt.«

»Das bezweifle ich«, entgegnete Davies. »Es handelt sich nur um eine kleine Ader, und so wertvoll ist der Marmor nicht. Eine Tonne davon genügt kaum, um den Treibstoff für ein Raumschiff zu bezahlen, ganz zu schweigen von dem für eine ganze *Flotte*.«

Dieses Argument des Geologen hatte durchaus etwas für sich. Doch das einzige spezielle Merkmal Tehuáns bestand nach wie vor aus den uralten Steinbrüchen, und es schien einen Zusammenhang zu geben mit dem Tod von drei Kolonisten, die den Angreifern begegnet waren. *Wenn die Fremden nicht kamen, um Arizit zu holen ...*, dachte Picard. *Was führte sie dann auf den Planeten?*

Burkes Stimme beendete die Stille. »Ich empfange eine Dringlichkeitsnachricht von Kirlos.« Einige Sekunden lang lauschte er der Stimme aus dem Kommunikator und runzelte besorgt die Stirn. »Captain! Botschafterin Ṣtephaleh hat auf Kirlos das Kriegsrecht proklamiert.«

»Lautsprecher ein«, sagte Picard.

Er hörte konzentriert zu, als Zamorh, Sullurh-Assistent in der Föderationsbotschaft, ruhig die jüngsten Anschläge auf Kirlos schilderte — und auch Professor Coleridges Tod erwähnte.

»Arizit«, murmelte der Captain leise. »Ich verstehe nicht den Grund, aber es ist der einzige gemeinsame Faktor hinsichtlich der Ereignisse auf Tehuán und Kirlos.«

Picard stand auf.

»Besprechung in fünf Minuten. Fähnrich Crusher, rufen Sie alle Senior-Offiziere von Tehuán zurück.«

Der Captain dachte kurz nach und ging dann zum Bereitschaftsraum. Die Zeit reichte noch aus, um einen wichtigen Gegenstand vom Schreibtisch zu holen.

Der Ariantu-Krieger duckte sich auf der Mitte des Tisches im Konferenzzimmer, hielt das Messer und wartete. Picard glaubte zu erkennen, wie die kleine Gestalt nervös zuckte, als Männer und Frauen hereinkamen. Die zusammengekniffenen Augen schienen alle Bewegungen zu beobachten und die anwesenden Offiziere als Opfer zu klassifizieren. Der Captain beobachtete die Statue noch immer, als er seinen Vorschlag nannte.

»Tehuán verlassen? Jetzt?« Dr. Crusher starrte Picard groß an und schüttelte den Kopf. »Nein, ausgeschlossen! Es dauert noch mindestens eine Woche, bis ich die Patienten aus der Intensivstation entlassen kann.«

»Wir nehmen sie mit«, sagte der Captain ruhig.

»Das würde bedeuten, sie von ihren Familienangehörigen auf dem Planeten zu trennen. Außerdem finden auch weiterhin ambulante Behandlungen statt. Die Siedler haben inzwischen mit dem Wiederaufbau begonnen, und auch dabei muß mit Verletzungen gerechnet werden.«

Die Ärztin unterbrach sich, um nach Luft zu schnappen, und daraufhin ergriff Riker das Wort.

»Auch ich mache mir Sorgen um die Landegruppe auf Kirlos, aber wir dürfen die tehuánischen Kolonisten nicht einfach sich selbst überlassen. Ein zweiter Angriff könnte die ganze Siedlung auslöschen.«

»Die Sensorsondierungen deuten darauf hin, daß die feindliche Flotte diesen Raumsektor verlassen hat.« Picard sah Burke an, und der Sicherheitsoffizier nickte. Aber Riker gab sich nicht damit zufrieden.

»Wir haben keine Ahnung, ob die Fremden wirklich fort sind. Vielleicht benutzen sie Tarnvorrichtungen.«

»Das halte ich für unwahrscheinlich«, erwiderte Burke verächtlich. »Wenn sie noch immer Intervaller verwenden, stehen ihnen sicher keine Tarnvorrichtungen zur Verfügung. Es überrascht mich, daß sie überhaupt Transporter haben. Meiner Ansicht nach wurde Tehuán von Raumvagabunden angegriffen, die sich leichten Profit erhofften. Vielleicht von den ›Sammlern‹. Da sie hier nichts Stehlenswertes fanden, sind sie wahrscheinlich zum nächsten Handelszentrum unterwegs, um dort etwas abzustauben.«

»Das sind Spekulationen!« warf Riker ein. »Auf dieser Grundlage können wir nicht das Leben von mehreren hundert Siedlern riskieren.«

Burke kommentierte den Hinweis mit einem Achselzucken, ohne Antwort zu geben. Der Erste Offizier wandte sich an Picard. »Captain, ich habe versprochen, daß die *Enterprise* hierbleibt, um die Kolonie zu schützen.«

»Es steht Ihnen gar nicht zu, ein solches Versprechen zu geben, Commander.« Picard hob die Hand, als wollte er seinen Worten auf diese Weise die Schärfe nehmen. »Es liegt mir fern, irgend jemanden im Stich zu lassen. Die Kolonisten werden schlicht und einfach evakuiert. Sie bleiben an Bord der *Enterprise,* bis wir von Kirlos zurückkehren.«

»Das rettet vielleicht die Bewohner von Tehuán, aber was ist mit den Kolonisten auf Devlin Vier und Maynard Zwei? Unsere Präsenz sorgt dafür, daß sich die Flotte der Fremden verborgen hält. Wenn wir in den Warptransit gehen, greift sie vielleicht andere Kolonialwelten an.«

Picards Aufmerksamkeit glitt wieder zu der Ariantu-Statue, und er fragte sich, welchen Preis sie auf dem schwarzen Markt erzielte. Hatte jemand gehofft, auf Tehuán ähnliche Artefakte zu finden?

»Ich halte Kirlos für das nächste Ziel«, sagte er, ohne in der Lage zu sein, einen rationalen Grund für diese Überzeugung anzuführen. Er hob rechtzeitig genug den Kopf, um zu sehen, daß Riker und die Bordärztin einen skeptischen Blick wechselten. »Aber ich gebe zu, daß es ein kalkuliertes Risiko ist, den Sektor zu verlassen.«

»Ein Risiko für wen?« fragte Dr. Crusher. »Nicht für *uns.* An Bord dieses Schiffes sind wir sicher. Sie setzen das Leben von vielen tausend Siedlern aufs Spiel.«

»Es geht um weitaus mehr, Doktor. Ein Angriff auf Kirlos hätte nicht nur hohe Verluste zur Folge, sondern auch eine Unterbrechung der diplomatischen Beziehungen zwischen Föderation und Hegemonie. Daraus ergäben sich gefährliche Konsequenzen für Millionen.«

Crusher lehnte sich zurück und verschränkte trotzig die Arme. Die Antwort des Captains brachte sie zum

Schweigen, aber sie war noch immer nicht überzeugt, ebensowenig wie Riker. Picard musterte jene Offiziere, die bisher nicht gesprochen hatten.

»Weitere Einwände?«

Fähnrich Crusher und Lieutenant Dean sahen zur Seite und blieben auch weiterhin still. Nur Deanna Troi hielt dem Blick des Captains stand; sie wirkte überrascht und verwirrt.

»Ihre Entscheidung stand schon vor dem Beginn dieser Besprechung fest, nicht wahr?« fragte sie. »Unsere Kommentare haben überhaupt keine Bedeutung.«

»Ganz im Gegenteil, Counselor«, erwiderte Picard. »Die Meinungen der Senior-Offiziere sind immer sehr interessant für mich.«

Er stand auf.

»Mr. Riker, leiten Sie die Evakuierung der tehuánischen Siedler ein. In vier Stunden schwenkt die *Enterprise* aus dem Orbit.«

KAPITEL 13

Als Geordi das Bewußtsein wiedererlangte, merkte er zuerst, daß er sich nicht an der Nase kratzen konnte.

Dann stellte er fest, daß er weder sie noch etwas anderes sah.

Er stemmte sich hoch und starrte in schwarzes Nichts. »Data! Worf!«

»Sie befinden sich direkt neben Ihnen«, erklang eine rauhe Stimme.

LaForge erkannte sie sofort und begriff, daß sie in ernsten Schwierigkeiten waren.

Einige Minuten vorher ... Als Gezor zusammen mit den drei Starfleet-Offizieren und ihrem Sullurh-Helfer eingetroffen war, brachte seine Miene großes Bedauern zum Ausdruck. »Ich weiß, daß Sie sich alle Mühe gegeben haben, Botschafter. Ihre Genehmigung in bezug auf Professor Coleridges Ausgrabungen, die Zusammenarbeit mit der Föderation im allgemeinen. Deshalb betrübt es mich sehr, Ihnen diese Gefangenen zu bringen.«

Gregach beobachtete die drei Bewußtlosen auf dem Boden. Der Sullurh Thul stand neben ihnen. Gezor meinte, es habe ihm widerstrebt, einem Angehörigen seines eigenen Volkes gegenüber Gewalt anzuwenden und ihn ebenfalls mit einem Phaser zu betäuben. Der K'Vin hätte diese Skrupel vielleicht bewundert, wenn sie ihm nicht ungelegen gekommen wären.

»Betrübt es Sie *wirklich?*« fragte Gregach. »Sind Sie

sicher, daß Sie keine Zufriedenheit empfinden, zumindest ein vages Gefühl von Ich-hab's-Ihnen-ja-gesagt?«

Gezor starrte ihn verdutzt an. »Nein, Botschafter«, brachte er hervor.

Gregach nickte, von der Aufrichtigkeit des Sullurh überzeugt. Sein Blick wanderte zum Dyson-Brett in der einen Ecke des Büros, und er erinnerte sich an viele unterhaltsame Partien mit Stephaleh. *Wie sind wir nur in diese Lage geraten?* dachte er.

Der K'Vin verdrängte den Kummer aus sich. Er hatte bereits eine konkrete Maßnahme ergriffen, indem er das Kriegsrecht erklärte. Der erste Schritt — aber nicht der einzige.

Die *Enterprise*-Offiziere kamen langsam zu sich. Der Terraner erlangte das Bewußtsein als erster wieder, doch der Klingone rührte sich ebenfalls. In der rechten Hand hielt Gregach das seltsame, gewölbte Instrument, mit dem der Blinde sah, und er überlegte, wie es funktionierte.

Der Mensch hob die Lider, und darunter zeigten sich trübe weiße Augen — ganz offensichtlich wußte LaForge nicht, wo er sich befand und was passiert war. Furcht verzerrte ihm die Züge, und er rief nach seinen beiden Gefährten.

»Sie befinden sich direkt neben Ihnen«, sagte Gregach und versuchte dabei, nicht mitfühlend zu klingen. Gutherzigkeit und Wohlwollen waren hier fehl am Platz. Aus diesem Grund beschloß der K'Vin, das Sichtinstrument zu behalten, wenigstens für eine Weile.

Geordi trachtete vergeblich danach, die Hände zu bewegen. »Wir sind gefesselt«, sagte er.

»Ja«, bestätigte Gregach.

Worf lag jetzt völlig still, aber sein Knurren hallte laut durchs Büro. »Fürchtet sich der tapfere K'Vin-Botschafter so sehr, daß er uns wie Hunde ankettet?«

Gregach musterte den Klingonen mit unverhohlener

Neugier. »Ist die Föderation so feige, daß ihre Repräsentanten heimtückische Anschläge durchführen?«

»Nein«, entgegnete Worf sofort. »Aber können Sie die gleiche Antwort auf *meine* Frage geben?«

Ein dünnes Lächeln umspielte Gregachs Lippen. »Na schön.« Er nickte Gezor zu, der sich daraufhin verneigte und ging.

Kurze Zeit später kehrte der Assistent mit den Schlüsseln für die Handschellen zurück — und mit sechs schwer bewaffneten Wächtern, die ihre Strahler auf die Gefangenen richteten.

Data lag noch immer reglos, und Geordis Sorge wuchs, als er den Androiden anstieß. »Kommen Sie schon«, sagte er und tastete nach dem Aktivierungsschalter. Er betätigte ihn mehrmals, ohne daß etwas geschah. »Na los!« Keine Reaktion.

»Ich bin neugierig«, sagte Gregach. »Wer von Ihnen führt das Kommando?«

Geordi bemühte sich, nicht darauf zu achten, daß die Stimme aus dem Nichts kam. Natürlich existierte die physische Welt nach wie vor, auch wenn sie in Schwärze verborgen blieb. Er schätzte die Entfernung zu dem K'Vin ab — knapp zwei Meter? »Er«, sagte LaForge und hob Datas Kopf.

Gregach lachte und wandte sich an Worf. »Im Ernst?«

»Sein Leistungspotential in funktionsfähigem Zustand ist ausreichend«, brummte Worf verdrießlich.

»Nun ...«, erwiderte Gregach. »Das trifft auf uns *alle* zu, nicht wahr?« Er ging um den Schreibtisch herum. »Also hat *er* Ihnen den Befehl gegeben, die Anschläge zu verüben.«

»Nein«, sagte der Klingone.

»Bedeutet das, die Anweisungen stammen von jemand anders?«

Unmutsfalten bildeten sich in Worfs Stirn, als er die Taubheit aus den Händen schüttelte. »Wortspielereien gebühren keinem Krieger«, grollte er.

Gregach nickte langsam. »In der Tat.«

»Wir haben nichts mit den Zwischenfällen zu tun«, warf Geordi ein und sprach um einen halben Meter an dem K'Vin vorbei. »Wenn Sie wissen möchten, wie der Schuldige heißt, so bin ich gern bereit, Ihnen Auskunft zu geben. Sein Name lautet Gezor.«

Die Stimme des Sullurh ertönte nun zum erstenmal. »Ach, tatsächlich?«

LaForge verfluchte sich. *Natürlich* war auch Gezor zugegen. Allem Anschein nach befanden sie sich im Büro des Botschafters, und wo sollte der Sullurh sonst sein? Aber da er bisher geschwiegen hatte, war Geordi sicher gewesen, daß er sich an einem anderen Ort aufhielt. *Was bin ich doch für ein Narr!* dachte er.

»Ja, tatsächlich«, sagte er gepreßt und hoffte entgegen aller Logik, daß Data recht hatte. »Der Androide hat es herausgefunden. Gezor und Zamorh arbeiten zusammen. Ihr Ziel besteht darin, Sie und Stephaleh ins Abseits zu manövrieren und selbst die Macht zu ergreifen.«

»Die Macht zu ergreifen?« wiederholte Gregach ungläubig. »Über *was* denn? Einen künstlich geschaffenen Felsball mitten im Nichts? Gefüllt mit Archäologen und dem Abschaum der Galaxis? Für was halten Sie Kirlos? Für ein Zentrum geheimer Macht? Vielleicht für ein Sprungbrett zu den Sternen? Lieber Himmel! Die *Macht ergreifen!* Wenn er meinen Posten will, kann er ihn gern haben! Möchten Sie ihn, Gezor? Ich brauche nur zwei Stunden, um meine Sachen zu packen und von hier zu verschwinden.«

»Nein, danke, Botschafter«, erwiderte der Sullurh höflich. »Ihr Vorgänger mußte Kirlos wegen hoher Spielschulden recht überstürzt verlassen, und daraufhin mußte ich die Botschaft eine Zeitlang leiten. Ich habe es keineswegs bedauert, die entsprechende Verantwortung in Ihre Hände zu legen.«

»Und Sie möchten wirklich keinen Anspruch darauf erheben?«

»Nein, Botschafter.«

Gregach seufzte. »Nun, es war einen Versuch wert.« Er wandte sich wieder an Geordi. »Der Androide hat es also herausgefunden, wie? Kann er vielleicht ein plausibleres Motiv für Gezors angebliche Teilnahme an der Verschwörung nennen?«

Ich habe es gleich für eine dumme Idee gehalten, dachte LaForge. Laut sagte er: »Data braucht nur noch etwas mehr Zeit für eine genaue Analyse.«

»Na schön. Er wird Zeit genug haben, während Sie unter Arrest stehen. Gezor, bringen Sie die Gefangenen ins unterste Kellergeschoß. Zelle D.«

»Zelle D?« Der Sullurh blinzelte. »Wir benutzen sie nur sehr selten, Sir. Sie ist seit Jahren nicht mehr gereinigt worden.«

»Ja, ich weiß«, entgegnete Gregach. »Ich kann Verrat nicht ausstehen, aber von doppeltem Spiel und Verschwörung halte ich noch weitaus weniger. Deshalb sehe ich keinen Grund, großzügig zu sein.«

»Es gibt viele Dinge, die Sie nicht sehen«, sagte Worf. »Sie sind noch blinder als Lieutenant Commander LaForge. Wenn Sie auch nur eine Spur von Anstand hätten, würden Sie ihm das VISOR zurückgeben. Und wenn Sie vernünftig wären, würden Sie ihm oder mir zuhören.«

Gregach musterte ihn eingehend. »Sie sprechen sehr offen, selbst dann, wenn Sie es sich nicht leisten können.«

»Ich halte an Kompromißlosigkeit fest und überlasse die Konsequenzen sich selbst.«

Der K'Vin nickte langsam und unterdrückte ein Lächeln. »Mr. LaForge ...«, sagte er nach einer Weile. »Bitte strecken Sie die Hände aus.«

Geordi kam der Aufforderung nach, und einige Sekunden später schlossen sich seine Finger um das VISOR. Rasch setzte er es auf — aber trotzdem blieb alles finster.

Bestürzt schnappte er nach Luft. »Es ... es funktioniert nicht. Vielleicht sind die elektronischen Komponenten beschädigt worden, als das Gerät auf den Boden prallte ...«

»Ich nehme viele Pflichten wahr, Mr. LaForge«, sagte Gregach. »Ich bin Krieger, Botschafter, Spieler ... aber kein Techniker. Wenn Sie möchten, stelle ich Ihnen Werkzeug zur Verfügung, damit Sie in der Zelle versuchen können, das VISOR zu reparieren. Und auch Ihren kühnen Commander. Vielleicht gelingt es Ihnen, seine Logik-Schaltkreise in Ordnung zu bringen. Ganz offensichtlich liegt ein Defekt vor, der ihn veranlaßte, in bezug auf meinen treuen und bewährten Assistenten völlig falsche Schlüsse zu ziehen.«

Die Wächter führten Geordi und seine Begleiter zur Tür. LaForge taumelte unter dem Gewicht von Data, und Worf wollte ihm helfen.

»Der Klingone bleibt hier«, meinte Gregach.

Worf drehte sich um und starrte den K'Vin an. Er war bestimmt überrascht, doch er ließ sich nichts davon anmerken. Thul trat zu Geordi und stützte den Androiden. Hinter ihnen schloß sich die Tür des Büros.

»Sie erhalten ein besseres Quartier als Ihre Gefährten«, fuhr Gregach fort. »Ich möchte einen ehrenvollen Krieger nicht damit beleidigen, ihn im alten Verlies dieses Gebäudes unterzubringen — die dortigen Kammern zeichnen sich durch einen eklatanten Mangel an Komfort aus.«

»Ich begleite meine Kameraden«, brummte Worf.

»Oh, ich wußte, daß Sie eine derartige Entscheidung treffen würden«, erwiderte Gregach. »Ihr Instinkt. Aber denken Sie einmal nach, Lieutenant. Unten im Kerker nützen Sie den anderen nichts. Doch hier oben bei mir ... Wer weiß? Vielleicht können Sie mich überreden, den beiden anderen Offizieren gegenüber — und auch bei Ihnen — ein gewisses Maß an Gnade walten zu lassen.«

Worf schwieg, und in seinen Augen blitzte es.

Gregach nickte erneut und blickte zur einen Ecke des Büros. »Sagen Sie, Lieutenant ... Spielen Sie Dyson?«

Stephaleh erinnerte sich nicht mehr daran, wann sie zum letztenmal geschlafen oder sich auch nur entspannt hatte. Während ihrer langen Laufbahn war sie mehrmals an schwierigen Verhandlungen beteiligt gewesen, deren Scheitern zu einem Krieg führen konnte. Jedesmal gelang es ihr, einen Konflikt zu vermeiden und den Frieden zu sichern.

Diese Erinnerungen erfüllten sie mit Stolz; damals zahlte sie den Preis der Erschöpfung gern. Doch jetzt ... Sie sah sich nun mit einer einzigartigen Situation konfrontiert und hätte nie geglaubt, daß eine derartige Lage auf Kirlos entstehen konnte. Tod und Zerstörung breiteten sich aus. Hinzu kam ein Freundschaftsband, das Kirlosia einst ebensogut zusammengehalten hatte wie ein offizieller Vertrag — und nun immer mehr zerfaserte.

Inzwischen erkannte sie Gregach kaum wieder: Er verwandelte sich vom Diplomaten in einen Soldaten. Stephaleh lernte den kriegerischen Aspekt seines Wesens erst jetzt kennen, und er gefiel ihr nicht. Sie fürchtete immer mehr, daß sie nie zu ihrer alten Harmonie zurückfanden, wenn auf diesem Planeten wieder normale Verhältnisse herrschten.

Als besonders besorgniserregend empfand sie die Abwesenheit der *Enterprise*-Offiziere. Am vergangenen Abend waren sie aufgebrochen, um nach Antworten zu suchen. Ihre Präsenz erleichterte Stephaleh: Die Starfleet-Ausbildung hatte Worf, Data und LaForge besser als sie oder Powell darauf vorbereitet, mit derartigen Problemen fertig zu werden.

Die Andorianerin mußte dem Klingonen recht geben: Powell hatte nie einen Phaser abgefeuert und zögerte auch jetzt, von der Waffe Gebrauch zu machen. In dieser Hinsicht ähnelte er der Diplomatin: Er verabscheute Unruhe, zog Übersichtlichkeit und Ordnung vor.

Zamorh, der nun kaum von Stephalehs Seite wich, räusperte sich. »Die Bürger fürchten sich, Botschafterin. Unsere Mitteilungen scheinen sie nicht zu beruhigen. Vielleicht sollten Sie einen direkten Appell an die Bevölkerung richten ...«

Die Andorianerin schüttelte den Kopf. Sie wußte, daß sich nur wenige Leute im Föderationssektor von Kirlos um die Botschaft scherten. Dabei handelte es sich um Unannehmlichkeiten, die Stephaleh bisher ignoriert hatte. Zwar befolgte man ihre Anweisungen, aber eher unwillig und widerstrebend. Manchmal ging sie zu den Bürgern, um mit ihnen zu sprechen, doch oft gewann sie dabei den Eindruck, ihre Zeit zu verschwenden. Sie wußte um die Unbeständigkeit der öffentlichen Meinung: Gelegentlich genügten selbst kleine Veränderungen, um friedliche Personen in einen Mob zu verwandeln.

»Nein, Zamorh. Mir ist klar, daß ich etwas unternehmen muß, aber leider bin ich nicht imstande, die richtigen Maßnahmen zu finden.«

Stephaleh gestand ihre Schwächen und Unsicherheiten nur selten ein, und deshalb war der Sullurh ziemlich erstaunt. Er dachte nach. »Vielleicht sollten Sie nicht länger abwarten, was Gregach unternimmt, sondern die Initiative ergreifen«, sagte er schließlich. »Agieren Sie, anstatt zu reagieren.«

Das klang sinnvoll. Stephaleh klopfte nervös auf den Schreibtisch und merkte dabei, daß ihre Finger nicht annähernd so steif waren wie sonst. Die Bewegung fühlte sich gut an. Seltsam: Ihre Schmerzen und Muskelkrämpfe ließen immer mehr nach, während die Krise auf Kirlos größere Aufmerksamkeit erforderte.

Sie verglich sich mit ihren Vorfahren, die während einer großen Schlacht Verwundungen ignorierten. Normalerweise neigte sie dazu, die Kriegerinstinkte zu verdrängen — alle Andorianer verhielten sich so. Aber vielleicht unterschieden sich diese Emotionen kaum von denen der K'Vin. Was mochte geschehen, wenn sie ihre Strategie ein wenig modifizierte? Wenn sie Gregach als Kriegerin begegnete?

Inspiriert betätigte sie einen Schalter der Tischkonsole und bat um eine direkte Kom-Verbindung mit dem K'Vin-Botschafter. Stephalehs Mitarbeiter hatten offenbar mit einer solchen Entscheidung gerechnet; es war bereits ein Kommunikationskanal geöffnet.

»Hoffentlich störe ich Sie nicht, Botschafter Gregach.«

Der K'Vin schien geschlafen zu haben, und vielleicht genügte eine subtile Provokation, um sein inneres Gleichgewicht zu erschüttern. Natürlich war auch Gezor zugegen, am Rand des Erfassungsbereichs. »Zufälligerweise habe ich gerade an einer Konferenz teilgenommen«, erwiderte Gregach schroff.

»Dann möchte ich Sie nicht lange aufhalten. Ich habe angerufen, um zu fragen, ob Sie etwas über den Verbleib der Starfleet-Offiziere wissen.« Stephaleh brauchte *irgendeinen* Grund, um den Dialog zu beginnen, und dieser war so gut wie jeder andere.

Gregach schnaufte. »Meinen Sie jene Leute, die vielleicht für das Chaos verantwortlich sind?«

»Sie sollten es eigentlich besser wissen«, entgegnete die Andorianerin ruhig. »Die Offiziere kamen auf Ihr Ersuchen hin. *Und* mit Ihrer Erlaubnis. Einreiseanträge werden von Ihnen sehr sorgfältig geprüft. Daher dürfte Ihnen klar sein, daß die Landegruppe der *Enterprise* auf Kirlos nur wissenschaftlichen Interessen nachgeht.«

»Nun, so heißt es jedenfalls. Wie dem auch sei: Die Offiziere sind tatsächlich hier. Ich habe Sie unter Arrest stellen lassen, damit sie vernommen werden können.«

Diese Auskunft bereitete Stephaleh einen Schock. Sie sammelte Mut und sprach mit einer Strenge, die Gregach verblüffte. »Sie haben unsere Repräsentanten verhaftet, ohne die Botschaft zu informieren? Wie können Sie es *wagen,* die Vereinbarungen so offen zu verletzen! Zwischen uns gab es immer ein gutes Einverständnis, aber jetzt frage ich mich, ob wir die ganze Zeit über aneinander vorbeigeredet haben. Warum halten Sie die Offiziere fest? Was werfen Sie ihnen vor?«

»Was ich ihnen vorwerfe? Nun, man überraschte sie dabei, als sie sich in unserem Territorium umsahen. Der Bericht erwähnte ›verdächtiges Verhalten‹, und ich beschloß, selbst mit ihnen zu sprechen.«

»Gut. Sprechen Sie mit ihnen — und sorgen Sie dann für die *Freilassung.* Sie wissen, daß die Starfleet-Offiziere keine Schuld trifft. Und Sie wissen auch, daß Ihre Gefangenen als Föderationsbürger Rechtsbeistand in Anspruch nehmen können.«

Der K'Vin knurrte kehlig und schnaubte abfällig. »Sie haben keine juristische Niederlassung in diesem Sektor«, sagte er. »Sie greifen auf die Hilfe eines einfachen Anwalts zurück, der zur Zeit in einem Krankenhaus behandelt wird, wenn meine Informationen stimmen. Außerdem: Ich habe die drei Offiziere darum gebeten, in diesem besonderen Fall auf Rechtsbeistand zu verzichten.«

»Und sie erklärten sich dazu bereit?« fragte Stephaleh skeptisch.

»In gewisser Weise. Zweifeln Sie an der Auskunft eines *alten Freundes?* Nun, es spielt keine Rolle. Wichtig ist nur, daß jemand Anschläge auf dieser Welt verübt, und ich will endlich Antworten bekommen.«

»Vielleicht befinden sie sich direkt vor Ihrer Nase, ohne daß Sie die Wahrheit akzeptieren. Die K'Vin sind nicht gerade für ihr rationales, vernünftiges Verhalten bekannt. Sie nehmen sich einfach, was sie wollen.«

Gregach zuckte mit den Schultern. »Wir hätten uns Kirlos schon vor langer Zeit nehmen sollen. Inzwischen haben wir die Präsenz der Föderation lange genug toleriert. Vielleicht führen die jüngsten Zwischenfälle zu neuen Erkenntnissen auf unserer Zentralwelt. Vielleicht entscheiden meine Vorgesetzten, die Verhandlungsfarce zu beenden.«

Stephaleh mochte weder den Ton des Gesprächs noch die dabei gezeigten Gefühle. Es war ein Fehler, Differenzen hervorzuheben, aber sie konnte einfach nicht anders und gab ihrem Ärger nach.

Reiß dich zusammen, Stephaleh. Hast du in all den Jahren als Diplomatin nicht mehr gelernt?

»Diese Welt gehört den Ariantu«, erinnerte sie Gregach. »Nicht denjenigen, die derzeit auf ihr leben. Nun, wann lassen Sie die Starfleet-Offiziere frei?«

»Nachdem sie alle meine Fragen ausführlich beantwortet haben.«

Neuerlicher Groll zitterte in Stephaleh, und sie trachtete danach, ihn unter Kontrolle zu halten. »Na schön. Innerhalb einer Stunde werde ich Ihrer Regierung einen förmlichen Protest übermitteln. Ich möchte nicht, daß den Gefangenen irgend etwas zustößt. Diese Angelegenheit muß zu einem *zufriedenstellenden* Ende gebracht werden. Zu einem *schnellen* und zufriedenstellenden Ende.«

Jetzt nahm sich Gregach einige Sekunden Zeit, um nachzudenken. Eigentlich überlegte er immer recht gründlich, und Stephaleh bedauerte nun ihren vorwurfsvollen Kommentar. Vielleicht beschloß der K'Vin, ihn einfach zu überhören und ihrer Erregung zuzuschreiben. Oder auch nicht. Möglicherweise war ihre Freundschaft unrettbar verloren.

»Dann erlauben Sie mir bitte, ein schnelles und *zufriedenstellendes* Gespräch mit meinen Gästen zu führen. Gregach Ende.«

Der K'Vin drehte sich um und sah Gezor an, der stumm neben der Tür des Büros wartete. »Nun, was halten Sie davon? Meine gute Freundin Stephaleh wirft mir vor, Vereinbarungen zu verletzen!«

»Im Prinzip hat sie recht, Botschafter. Wir sollten darauf hinweisen, daß die Starfleet-Offiziere im K'Vin-Territorium gefunden wurden. *Sie* haben die Vorschriften zuerst mißachtet.«

»In der Tat, Gezor. Trotzdem beruft sich Stephaleh aufs Protokoll. Wir stehen dicht vor einem Krieg, der ganz Kirlos verheeren könnte, aber sie regt sich über Formulierungen auf!«

»Was wollen Sie jetzt unternehmen, Botschafter? Welche Maßnahmen halten Sie für angebracht?«

Gregach schwieg und spielte zunächst mit dem Gedanken, seine alten Freunde zu einem traditionellen Kriegsrat zu versammeln. Er hatte jedoch erfahren, daß es einige von ihnen ganz bewußt ablehnten, sich bezüglich der rasch verändernden Situation auf dem laufenden zu halten, und er wollte keine Zeit mit wiederholten Einsatzbesprechungen verlieren. Gregach sehnte sich danach zu handeln — aber *welche* Anweisungen sollte er geben?

Zamorh wartete, bis er glaubte, daß die Botschafterin ihre Fassung wiedergewonnen hatte. »Die Verhaftung Lieutenant Worfs und der anderen beunruhigt mich sehr«, sagte er. »Verfügen sie vielleicht über wichtige Informationen?«

»Sie wissen bestimmt etwas, ja, aber vermutlich will Gregach etwas ganz anderes hören. Die Auskünfte der Offiziere verärgern ihn vielleicht, und angesichts der von zunehmender Feindseligkeit geprägten Situation könnte das gefährlich sein.«

»Sie wissen sicher, daß die K'Vin bei Verhören manchmal das Mittel der Folter verwenden ...«

»Ausgeschlossen!« entfuhr es Stephaleh. »Gregach würde sich niemals dazu hinreißen lassen, Föderationsrepräsentanten zu foltern. Die diplomatischen Konsequenzen wären ...«

»Was, Botschafterin? Ist eine weitere Verschlechterung der Beziehungen möglich — abgesehen von einem Krieg?«

»Vielleicht haben Sie recht, Zamorh. Doch ich werde nichts unversucht lassen, um eine bewaffnete Auseinandersetzung zu verhindern. Es ist schon schlimm genug, daß Powell und seine Leute in den Straßen patrouillieren müssen.«

»Wenn ich die Lage richtig einschätze, dürfen wir nicht einfach die Hände in den Schoß legen.«

»Das stimmt, Zamorh. Aber bei den Gottheiten: Ich weiß nicht, was es nun zu unternehmen gilt. Ich habe keine Ahnung, wer hinter den Anschlägen steckt und warum sich Starfleet-Offiziere im K'Vin-Territorium aufhielten — was im klaren Widerspruch zu der Vereinbarung steht.«

»Vielleicht gibt es eine Möglichkeit, die Freilassung der Gefangenen zu beschleunigen«, sagte der Sullurh und neigte dabei den Kopf zur Seite. Er zögerte ganz offensichtlich, und Stephaleh begriff, daß sie ihn aus der Reserve locken mußte.

»Wir können offizielle Proteste erheben und Petitionen einreichen«, erwiderte Stephaleh. »Doch ich kenne niemanden auf diesem Planeten, der in der Lage ist, durch diplomatische Kanäle eine Freilassung zu erwirken. Vielleicht sind jene Kanäle jetzt für immer geschlossen.«

»Mein Volk war lange vor den K'Vin und der Föderation hier, Botschafterin.«

»Ja, ich weiß, Zamorh. Worauf wollen Sie hinaus?«

»Wir haben die alten Ruinen untersucht, bevor sich hier andere Leute niederließen. Wir kennen Tunnel und Stollen, die viele Gebäude miteinander verbinden. Offenbar gehören sie zu einem früheren Transportsystem.«

»Und?« Stephaleh wurde ungeduldig. Sie wollte *aktiv* werden, doch Zamorh ließ sich Zeit.

»Einer dieser Tunnel führt von Busieks Schenke an

der Grenze zur K'Vin-Botschaft. Vielleicht ist er durch die Explosion nicht beschädigt worden.«

»Schlagen Sie vor, jemanden zu schicken, um die Offiziere zu befreien? Das gäbe Gregach einen Vorwand, seine Gefangenen einem noch schärferen Verhör zu unterziehen und vielleicht sogar einen von ihnen zu töten. Die bis vor kurzer Zeit freundlichen Beziehungen zwischen uns wären endgültig zerstört, und es käme zu erheblichen Spannungen zwischen Hegemonie und Föderation.«

»Es tut mir leid, Botschafterin. Ich versuche nur, Ihnen mit Ratschlägen zu helfen.«

Stephaleh musterte ihren Assistenten und überlegte. Gab es keine andere Alternative? Und wen sollte sie schicken? Powell? Oder Ekrut, der zweifellos klein und agil genug war? Sie schüttelte den Kopf und legte beide Hände flach auf den Tisch. »Nein, Zamorh. Ein Rettungsversuch kommt nicht in Frage. Solchen Maßnahmen fehlt die Feinheit der Diplomatie. Statt dessen werde ich mit großer Sorgfalt Worte wählen, um Worf, Data und LaForge zurückzubringen — oder um Botschafter Gregach zu beschwichtigen.«

Gezor schwieg einige Sekunden lang, bevor er erneut seine Stimme erklingen ließ. »Sir, ist nicht eine Reaktion angebracht? Wenn ich die K'Vin-Traditionen richtig verstehe ...«

»Ja, aber es muß die *richtige* Reaktion sein«, erwiderte Gregach. »K'Vin handeln besonnen. Vorsicht ist angebracht.«

»Vielleicht lassen sich die Geiseln für Ihre Zwecke verwenden.«

»Die Starfleet-Offiziere sind keine Geiseln, Gezor. Eine solche Bezeichnung halte ich für völlig unangemessen. Ich sehe sie mehr als Gäste, worauf ich auch Stephaleh hingewiesen habe. Ist Worf in einem komfortableren Quartier untergebracht worden?«

»Selbstverständlich, Botschafter.«

»Gut. Ein Taktiker wie er kann mir vielleicht helfen.« Gregach drehte sich um und verließ das Büro.

Zamorh befand sich allein in seinem Zimmer und dachte nach. Die Chronometer — sie wurden jetzt an jedem Abend synchronisiert — teilten ihm mit, daß der entscheidende Zeitpunkt näher rückte. Er hatte sorgfältige Vorbereitungen getroffen, um den Plan in die Tat umzusetzen, und er wußte, daß sich Gezor ebenfalls Mühe gab. Zwar spitzte sich die Lage rasch zu, aber keine der beiden Seiten unternahm den nächsten Schritt. Zamorh kannte die Bedeutung jenes Schritts und fragte sich, wie die Botschafter dazu veranlaßt werden konnten, ihn einzuleiten. Vielleicht war jetzt die Zeit für eine militärische Aktion der Föderation gekommen — um die K'Vin ein wenig aufzuscheuchen und zu zwingen, Stephalehs Standpunkt ernster zu nehmen. Der Sullurh stand auf, blickte in den Spiegel und stellte zufrieden fest, daß es an seinem Erscheinungsbild nichts auszusetzen gab. Mit zielstrebigen Schritten ging er durch den Flur und näherte sich dem Büro der Botschafterin.

Stephaleh saß wie erwartet an ihrem Schreibtisch, blätterte in Unterlagen und merkte nicht, daß ihr Assistent eintrat — die typische Unauffälligkeit der Sullurh.

»Wenn Sie gestatten, Botschafterin ... Mir ist gerade etwas eingefallen.«

Die Andorianerin sah auf, und in ihrem Nacken begann ein unangenehmes Stechen. Am Morgen hatte sie es nicht gespürt, doch jetzt fühlte es sich an, als würde es ihr keine Ruhe mehr gönnen. »Ja, natürlich, Zamorh. Ich höre.«

»Was den Rettungsversuch angeht, habe ich mich vielleicht geirrt, und dafür möchte ich mich entschuldigen.«

»Schon gut. Uns allen fällt es schwer, klar zu denken.«

»Wie dem auch sei ...«, fuhr Zamorh fort. »Da es Ihnen ganz offensichtlich widerstrebt, die weiteren Entwicklungen einfach abzuwarten, wäre es vielleicht angebracht, unsere Sicherheit zu überprüfen, Vorräte anzulegen und so weiter — für den Fall, daß wir angegriffen werden. Eine erhöhte Verteidigungsbereitschaft erscheint mir angemessen.«

Ein sehr konstruktiver Vorschlag, dachte Stephaleh. Es erstaunte sie, daß sie erst jetzt auf den Gedanken kam, das defensive Potential des Föderationssektors zu verstärken. Selbst Powell hatte nichts davon erwähnt. Im Vergleich mit Worf ließ Powell sehr zu wünschen übrig. Die Botschafterin beschloß, nach der Überwindung der gegenwärtigen Krise einen neuen Sicherheitschef zu bestimmen. »Einverstanden, Zamorh. Bitten Sie Powell, sich darum zu kümmern. Und vielen Dank für Ihre Anregung.«

Worf saß auf einem harten Bett und überlegte, warum ihm eine besondere Behandlung zuteil wurde. Er hätte sich voll und ganz damit zufrieden gegeben, in der wesentlich kleineren Zelle bei Geordi und Data zu bleiben. Die dortigen spartanischen Verhältnisse entsprachen seinen Wünschen, und die Gesellschaft der beiden anderen Offiziere wäre ihm lieber gewesen, als allein zu sein — immerhin gab es viel zu klären. Der Androide ging ihm zwar manchmal auf die Nerven, aber Worf gestand sich ein, daß Data als vorgesetzter Offizier recht gute Leistungen vollbracht hatte.

Er hob den Kopf, als sich ein Schlüssel im Schloß drehte. Einige Sekunden später schwang die Tür auf, und Botschafter Gregach kam herein. Worf erhob sich sofort, aber Gregach bedeutete dem Klingonen mit einer knappen Geste, wieder Platz zu nehmen. Auf einem kleinen Tisch neben dem Bett stand ein begonnenes Dyson-Spiel. Bei der ersten Partie hatte der K'Vin Worf besiegt.

Doch wenigstens lernte Worf rasch: Die zweite Partie war noch nicht entschieden.

»Ich bin hier, um mit Ihnen über einige Dinge zu sprechen«, verkündete Gregach.

»Dinge?«

»Ja, Worf. Uns steht eine Zeit des Handelns bevor, und vielleicht verlangt sie verzweifelte Maßnahmen von uns. Meine ehemaligen Gefährten nützen mir nichts mehr: Sie sind alt und haben ihren Kampfgeist verloren. Die Sullurh leisten mir gute Dienste, aber soweit ich weiß, ist niemand von ihnen in die Schlacht gezogen. Doch was Sie betrifft ... Sicher liegen viele Kämpfe hinter ihnen.«

»Ja«, bestätigte Worf und fragte sich, was Gregach bezweckte.

»Die Klingonen faszinieren mich schon seit langer Zeit. Ich bedauere, daß sich unsere Völker nie in einem großen Gefecht begegnet sind — ich hätte dabei gern Erfahrungen gesammelt. Nun, lassen wir das. Ich möchte die aktuelle Situation mit Ihnen erörtern. Überall erklingen Vorwürfe und Anklagen, aber niemand weiß etwas Genaues.«

»Einige Dinge erscheinen mir völlig klar, Botschafter«, erwiderte Worf. »Erstens: Die zeitliche Abstimmung der Anschläge auf beiden Seiten legt einen Plan nahe. Zweitens: Nicht nur Sie wurden angegriffen, sondern auch wir; es starben sowohl Bürger des Föderationssektors als auch Bewohner des K'Vin-Territoriums, woraus sich der Schluß ziehen läßt, daß es die Attentäter nicht auf eine der beiden Regierungen abgesehen haben. Drittens: Den Unbekannten geht es um irgend etwas, daß sich hier auf Kirlos befindet. Vielleicht gibt es einen Aspekt dieser Welt, dem bisher niemand Beachtung geschenkt hat.«

Gregach unterbrach den Vortrag des Klingonen, indem er näher trat und auf ihn hinabsah. »Etwas auf Kirlos? Zum Beispiel?«

»Das wissen wir nicht. Aber die Anschläge beziehen sich auf *etwas*, nicht auf *jemanden*.«

»Können Sie mir weitere Schlußfolgerungen anbieten?« Gregach bewunderte Worfs Logik.

»Ja. Wir haben Grund zu der Annahme, daß Ihr Assistent Gezor an der Verschwörung beteiligt ist. Aber Sie ziehen es offenbar vor, diese Möglichkeit zu ignorieren.«

Der K'Vin wanderte durch den kleinen Raum und stellte fest, daß er sich zum erstenmal in diesem Zimmer aufhielt. Früher war es fremden Würdenträgern als Unterkunft zur Verfügung gestellt worden, doch in seinen Jahren auf Kirlos hatte Gregach nie Besucher empfangen. Das bedauerte er nun. Stimmten die Vermutungen des Klingonen? Konnte Gezor tatsächlich in eine Verschwörung verwickelt sein? Worfs Ausführungen klangen überzeugend. Die ersten drei Hinweise ergaben durchaus einen Sinn, aber der vierte ... Warum sollte Gezor seinen Vorgesetzten verraten?

»Weshalb glauben Sie, daß Gezor hinter den Anschlägen steckt?« fragte er.

»Vielleicht trifft ihn nicht die volle Verantwortung. Vielleicht ist er Teil einer größeren Verschwörung.«

»Sie sind ganz sicher, nicht wahr, Lieutenant?« Gregach drehte sich um, musterte Worf und suchte nach Aufrichtigkeit hinter den Worten. Der Klingone nickte nur und blickte starr geradeaus. »Was schlagen Sie vor?«

»Reden Sie mit Gezor und stellen Sie ihm alle Fragen, die Sie an mich und meine Kollegen richten wollten.«

»Und dann?«

»Bestehen Sie auf Antworten. Packen Sie das Problem an und lösen Sie es. Entweder beenden wir die Feindseligkeiten, oder wir finden einen Grund, zu den Waffen zu greifen — um dann in den Kampf zu ziehen.«

»Das würde Ihnen *gefallen*, oder?«

»Ich kämpfe gern, ja — aber nur dann, wenn es sich

lohnt. Verletzte Gefühle reichen als Anlaß nicht aus. Vergeudete Mühen können einen Herrscher um die Macht bringen. Klingonen fochten die besten Schlachten, wenn es dabei um Welten ging.«

»Ich nehme an, Sie haben viele Herrscher kennengelernt.«

Worf brummte. Dieser Aspekt seines Volkes — kaltblütiges Morden, um politische Vorteile zu erringen — stieß ihn ab. Er war Purist und wünschte sich einen Sinn für den Kampf.

»Sie haben mich zum Nachdenken angeregt. Vielen Dank dafür. Ruhen Sie sich nun aus. Bestimmt erwarten uns anstrengende Tage.«

Gregach wandte sich ab und klopfte an die Tür. Ein Wächter öffnete sie, und der Botschafter kehrte in den Korridor zurück. Worf saß geduldig auf seinem Bett und wußte, daß für ihn bald die Zeit des Handelns kam.

KAPITEL 14

Ilugh wäre lieber in der Nähe des K'Vin-Botschafters geblieben, wo er hingehörte. Aber Gregach hatte es für wichtiger gehalten, ihn den Patrouillen auf dem Strip zuzuweisen.

Diese Entscheidung erwies sich nun als richtig. Als Ilugh von dem Aufruhr erfuhr, kletterte er sofort in einen Bodenwagen. Die Entfernung war nicht groß genug, um eine Transmitterzelle zu benutzen. Außerdem funktionierten viele von ihnen nicht mehr — manche Leute machten ihrem Zorn durch mutwillige Zerstörungen Luft.

Als der Fahrer den Wagen über kurvenreiche Straßen lenkte, fühlte Ilugh zunehmende Benommenheit, als befände sich noch immer ein Rest von Plethan in seinen Lungen. Das war natürlich unmöglich. *Sicher ist es eine der psychosomatischen Folgen, vor denen mich die Ärzte warnten,* dachte er. Eine sogenannte Wiederkehr von Symptomen. Aber angeblich sollten sie nur gering ausgeprägt und von kurzer Dauer sein.

Ein weiterer Beweis dafür, daß die Quacksalber keine Ahnung haben, fügte Ilugh in Gedanken hinzu, kämpfte gegen übelkeiterweckenden Schwindel an und beobachtete, wie Straßenecken vorbeihuschten.

Ilugh beabsichtigte natürlich nicht, sich zu beklagen. Es war ihm schwer genug gefallen, für den aktiven Dienst tauglich geschrieben zu werden. Er wollte auf keinen Fall ins Lazarett zurück.

Kurz Zeit später erreichte er den Rand der Menge. Der Fahrer hielt sich an seine Anweisungen und verringerte die Geschwindigkeit nicht. Ungerührt fuhr er weiter, und die Randalierer sprangen beiseite. Er bremste erst, als die Menge so dicht wurde, daß niemand mehr rechtzeitig ausweichen konnte.

Nach einigen Sekunden sah sich Ilugh erstaunt um. Der Tumult war weitaus größer, als er zuerst angenommen hatte. Soviel zur vielgerühmten K'Vin-Disziplin: Sie wurde einfach fallengelassen, wenn die Anspannung ein kritisches Ausmaß erreicht.

Ilugh und der Fahrer entdeckten die in Bedrängnis geratenen Grenzwächter gleichzeitig. Einige von ihnen lagen bewußtlos auf dem Boden — die anderen hatten bestimmt das Feuer eröffnet und etliche Zivilisten betäubt.

Der für die Wachgruppe verantwortliche Gardist wirkte erleichtert, als er den Wagen sah. Sein Gesicht erschien Ilugh vertraut, doch er erinnerte sich nicht an den Namen.

»Was ist los?« rief er, als das Fahrzeug hielt. Sofort stieg er aus.

Der Gardist nickte in Richtung der Menge. Ilugh konnte ihn kaum verstehen — hinter ihm ertönten Schreie aus Hunderten von Kehlen.

»Die Sache auf der Föderationsseite. Viele Leute fordern Vergeltung dafür.« Der Wächter runzelte die Stirn und schob seine Hauer vor. »Die hier versammelten Bürger meinen, wir sollten zuerst zuschlagen. Wenn Stephaleh sie dazu provozieren will, ihren Sektor zu stürmen, so sind sie gern bereit, den Erwartungen der Botschafterin zu genügen.«

Ilugh brummte und beobachtete, wie die Menge wieder eine kompakte Masse bildete. Er hob den Blaster und ließ keinen Zweifel daran, daß er schießen würde. Doch die erhoffte Wirkung blieb aus — der Mob kam langsam näher.

»Es sollte eigentlich Verstärkung für uns eintreffen, oder?« fragte der Gardist.

»Rechnen Sie nicht mit vielen Soldaten«, erwiderte Ilugh. Auch in ihm regte sich nun Unbehagen. »Es gibt noch andere Unruheherde, obgleich hier ...«

Er fand keine Gelegenheit, den Satz zu beenden. Irgend etwas — oder *irgend jemand* in ihrer Mitte — stachelte die Menge an. Plötzlich drängte sie nach vorn.

Ilugh feuerte, betätigte immer wieder den Auslöser.

Mehrere Aufrührer stürzten zu Boden, und andere stiegen über sie hinweg. Der Blaster trieb die aufgebrachten Leute nicht zurück. Es waren zu viele, und sie ließen sich jetzt nur noch von einer fatalen Mischung aus Furcht und Haß leiten.

Erst langsam und dann immer schneller wichen die Gardisten zurück. Plötzlich standen sie mitten auf dem Strip und schließlich an der anderen Straßenseite, die zum Föderationssektor gehörte.

Ilugh versuchte, einen kühlen Kopf zu bewahren. Er rief den Wächtern Befehle zu, doch es hatte keinen Sinn: Aus dem Rückzug wurde Flucht.

Ein weiterer Strahl fauchte aus dem Lauf seiner Waffe, und dann entriß ihm jemand den Blaster. Etwas prallte an Ilughs Kopf, und er spürte, wie die Knie unter ihm nachgaben ...

Später lehnte er an dem Bodenwagen, hatte einen metallischen Geschmack im Mund und fragte sich, wie lange er bewußtlos gewesen war. Zwei Gardisten knieten neben ihm, und in einem von ihnen erkannte er den Fahrer. Sie hielten ihre Blaster bereit, obwohl das kaum etwas nützte. Der unaufhaltsame Mob strömte rechts und links vorbei, wie das Wasser eines Flusses, aus dem ein Felsen aufragte.

Ilugh stemmte sich hoch und beobachtete, wie die Menge über den Strip flutete und die Föderationsseite erreichte.

Voller Mitgefühl dachte er an die armen Föderationsbürger, die nicht rechtzeitig vor der zornigen Menge fliehen konnten.

»Sie sind ein Narr, Trimble, fast noch dümmer als die Andorianerin in der Botschaft!«

Lars Trimble musterte die Kaufleute vor der halb geöffneten Tür seiner Wohnung. Ärger verzerrte ihre Mienen, und die frühere Freundlichkeit im Gebaren der Händler hatte sich verflüchtigt. Sie dachten nur noch an Flucht.

»Wir müssen sie unter Druck setzen und *zwingen*, den Evakuierungsbefehl zu geben.«

Trimble versuchte, möglichst ruhig zu sprechen. »Soweit ich weiß, hat sie diese Anweisungen inzwischen erteilt. Es sind bereits Raumschiffe unterwegs, um uns alle in Sicherheit zu bringen.«

Mand'liiki schüttelte seine kleine rhadamanthanische Faust. *»Lügen!«* zischte er. »Alles Lügen. Stephaleh steckte von Anfang an dahinter. Sie wird diese Sache nicht einfach so beenden — zumindest nicht aus eigenem Antrieb.« Er wandte sich an die anderen. »Ich glaube erst daran, daß sie die Order gegeben hat, wenn ich es selbst sehe.«

Die übrigen Geschäftsleute brummten zustimmend, und einige von ihnen gestikulierten aufgeregt.

»Lars«, erklang eine Stimme hinter ihm. Er warf einen Blick über die Schulter und sah das von Furcht gezeichnete Gesicht seiner Frau. Sanft schob er sie in die Wohnung zurück.

»Stephaleh hat Ihnen den Verstand geraubt, Trimble! Durch das Gespräch mit der Botschafterin haben Sie Ihren Willen verloren — sonst wären Sie mit *uns* hier draußen!«

Er drehte sich wieder zu den Händlern um. »Nein«, erwiderte er. »Sie hat keinen Einfluß auf mich.«

»Dann schließen Sie sich uns an!« rief der Rhadamanthaner. »Beweisen Sie ihr, daß Sie noch immer eigene Entscheidungen treffen können!«

Der Mensch schüttelte den Kopf. »Sie irren sich und machen einen großen Fehler. Die Föderation beginnt keine Kriege — das wissen Sie ebensogut wie ich. Und auch Stephaleh will keinen Konflikt herbeiführen. Zuerst habe ich daran gezweifelt, aber ich hatte Zeit genug, gründlich darüber nachzudenken und *vernünftig* zu sein.« Lars befeuchtete sich die Lippen. Für gewöhnlich fiel es ihm schwer, die richtigen Worte zu finden; er mußte nach ihnen suchen. »Bestimmt sind die K'Vin für das Chaos verantwortlich. Sie versuchen, uns gegeneinander aufzubringen. Und es gelingt ihnen. Wir erledigen die schmutzige Arbeit für sie, so daß sie anschließend den Föderationssektor stürmen und übernehmen können, was uns gehört. Sie wollen Kirlos und das wirtschaftliche Potential dieses Planeten ganz für sich allein, ohne einen Tropfen K'Vin-Blut zu vergießen.«

»Auch die K'Vin haben Opfer zu beklagen!« ereiferte sich einer der Händler. In der Wohnung schluchzte eins von Trimbles Kindern, und er versteifte sich unwillkürlich.

»Das stimmt«, fügte ein anderer Kaufmann hinzu. »Auf der anderen Seite wurde *viel* Blut vergossen. Dort starben mehr Leute als hier!«

»Und Sie glauben den Berichten der K'Vin eher als den Meldungen der Föderationsbotschaft?« fragte Trimble. Erneut schüttelte er den Kopf. »Woher wollen Sie wissen, daß Bürger der Hegemonie ums Leben kamen? Waren Sie *dabei?* Und selbst wenn es stimmt... Vielleicht sind die entsprechenden Personen ganz bewußt geopfert worden. Immerhin behaupten Sie, die Föderation opfere *uns.*«

Dieser Hinweis überraschte die Kaufleute fast ebensosehr wie ihn selbst. Trimble hatte den Pfad der Logik bisher nicht so weit beschritten und nie einen Gedanken daran verschwendet, wie er seinen Standpunkt den anderen Händlern erklären sollte. Doch er begriff nun, daß die eigenen Argumente *wahr* klangen.

Einige Sekunden lang herrschte Stille. Dann räusperte sich Mand'liiki.

»Hübsche Worte«, fauchte er. »So wie die Stephalehs. Aber wir kennen die Wahrheit. Wir haben gesehen, wie die Starfleet-Offiziere eintrafen, und kurz darauf kam es zu den ersten Problemen. Wollen Sie wie die Botschafterin behaupten, es sei alles nur Zufall?«

Trimble seufzte. »Ich weiß es nicht«, sagte er. »Vielleicht gab es einen uns unbekannten Grund für ihre Ankunft. Aber sie sind ganz sicher nicht gekommen, um Katastrophen zu säen und einen Krieg mit den K'Vin zu provozieren.«

»Oh, natürlich nicht«, entgegnete der Rhadamanthaner spöttisch. »Genausowenig umkreist Kirlos eine Sonne.«

Die Händler lachten und nickten, streiften die von Trimble geweckte Skepsis einfach ab.

Es geht ihnen gar nicht um die Wahrheit, fuhr es Lars durch den Sinn. Sie wollten das glauben, was für sie leichter war. Und es war leichter, in die Botschaft vorzudringen und gegen Stephaleh zu protestieren, als sich einer Konfrontation mit den K'Vin zu stellen.

»Wir geben Ihnen eine letzte Chance«, brummte der Rhadamanthaner und richtete einen langen, dünnen Zeigefinger auf Trimble. »Begleiten Sie uns?«

Der Mensch zögerte nicht. »Nein.«

Mand'liiki brachte seine Verachtung zum Ausdruck, indem er mit den Armen ruderte. »Kommt!« forderte er die übrigen Kaufleute auf. »Wir brauchen ihn nicht. Es gibt andere, die sofort bereit sind, sich uns anzuschließen.«

Sie gingen durch die schmale, kurvenreiche Straße fort. Trimble sah ihnen nach.

»Sind sie fort, Lars?«

Er richtete den Blick auf Frau und Söhne. »Ja«, antwortete er. »Sie sind fort, aber ...«

Ein seltsames Geräusch unterbrach ihn, ein dumpfes Stampfen, das allmählich anschwoll und gleichzeitig weit entfernt blieb.

Doch dann wurde es lauter und kam näher. Trimble hörte auch etwas anderes: Schreie, die von unerbittlichem Zorn kündeten.

Hatte Mand'liiki so schnell einen Mob versammelt? Oder war einer während ihres Gesprächs entstanden? Trimble lauschte, und seine Besorgnis nahm immer mehr zu — die Geräusche schienen nicht von Föderationsbürgern zu stammen.

Er trat durch die Tür nach draußen, und schon nach wenigen Metern bekam er eine Antwort auf seine stumme Frage.

Auf der nächsten breiten Straße wimmelte es von K'Vin. Sie brüllten und zerschmetterten Schaufenster. Entsetzt beobachtete Lars, wie sie das Portal einer Taverne zerstörten und die Markise davor zerfetzten.

Mand'liiki und seine Gruppe flohen. Dutzende von K'Vin verfolgten sie und ließen keinen Zweifel an ihren Absichten. Trimble erstarrte. Eine bizarre Szene bot sich ihm dar, ein Anblick, der nicht real sein konnte. Fast sein ganzes Leben hatte er auf dieser Straße verbracht, ohne hier jemals einen K'Vin gesehen zu haben. Doch jetzt ...

»Lars!«

Die Stimme seiner Frau brachte ihn in die Wirklichkeit zurück. Er befreite sich von der sonderbaren Lähmung und kehrte zur Wohnung zurück.

Ein Gedanke: Vielleicht konnte er Mand'liiki und den anderen helfen. Und dann: Dafür reichte die Zeit nicht mehr aus. Erschrocken sah er, wie zwei Händler von K'Vin zu Boden gerissen wurden.

Er eilte die Stufen hoch und spürte die Hand seiner Frau am Arm. Sie zerrte ihn über die Schwelle, warf hinter ihm die Tür zu.

Die Kinder weinten, aber Trimble achtete nicht darauf, preßte das Gesicht ans Fenster und starrte entsetzt nach draußen. Plötzlich entdeckte er den Rhadamanthaner. Seine Züge offenbarten Grauen und Todesangst.

Trimble empfand das Geschehen als erschütternd und auch fesselnd. Natürlich wußte er, daß ihn die K'Vin gesehen hatten. Jeden Augenblick konnten einige von ihnen die Treppe hochstürmen und versuchen, die Tür aufzubrechen ...

Aber derzeit drohte ihm und seiner Familie keine Gefahr. Die Eindringlinge gaben sich damit zufrieden, die Geschäfte zu verwüsten.

Sie liefen ... wohin? *Zur Botschaft?*

Ja. In jene Richtung waren sie unterwegs. Offenbar glaubten sie wie Mand'liiki, daß Stephaleh und die Starfleet-Offiziere hinter den Anschlägen steckten.

Lars dachte daran, was der Botschafterin bevorstehen mochte, und er schauderte heftig.

»Mein Gott«, hauchte seine Frau, als draußen die K'Vin vorbeistapften. »Mein Gott!«

KAPITEL 15

Dr. Crusher ließ sich auf die weichen Kissen des Sofas sinken, zog das eine Bein an und wartete darauf, daß Troi Erfrischungen besorgte. Sie befanden sich im Quartier der Ärztin, aber Beverly fühlte sich zu erschöpft, um die Pflichten der Gastgeberin wahrzunehmen. Angesichts ihrer Müdigkeit bedauerte sie es fast, nicht allein zu sein, doch in der letzten Zeit hatte sie kaum Gelegenheit gefunden, mit Freunden zu plaudern. Deshalb sehnte sie sich nicht nur nach Schlaf, sondern auch nach angenehmer Gesellschaft.

Deanna entnahm dem Ausgabefach des Synthetisierers zwei hohe Gläser — goldfarbene Flüssigkeit schwappte in ihnen — und kam damit zurück. Sie reichte der Ärztin ein Glas und setzte dann das begonnene Gespräch fort.

»Die meisten Kolonisten freuen sich sogar darüber, Tehuán verlassen zu haben. Durch die Evakuierung sind sie in der Lage, bei den Verletzten zu bleiben, und ihre Unterkünfte an Bord sind geradezu luxuriös, wenn man sie mit den Wohnungen der Siedlung vergleicht. Da sie sich nur für kurze Zeit bei uns aufhalten, gewinnen sie nicht den Eindruck, irgend etwas zu vernachlässigen.«

Beverly trank einen Schluck und genoß den Geschmack des kühlen, süßen Fruchtsaftes. Troi blieb stehen, und daher fiel es ihr leicht, einen Blickkontakt zu vermeiden.

Nach einer kurzen Stille fügte Deanna hinzu: »Allerdings empfindet die Besatzung nicht auf diese Weise.«

»Ist das so offensichtlich?« fragte Beverly und dachte an die empathischen Fähigkeiten der Counselor.

»Ich meine nicht Sie im besonderen. Einige Offiziere scheinen ... Bedenken in Hinsicht auf die jüngsten Anweisungen zu haben.«

Also hatte Deanna auch mit Will Riker darüber geredet. Beverly fragte sich, ob Troi nun als Bordcounselor oder als Privatperson sprach. »Halten Sie es für richtig, nach Kirlos zurückzukehren?«

Diesmal sah Deanna zur Seite. »Die Order des Captains erfüllt mich mit Unbehagen. Glücklicherweise gehören Kommandoentscheidungen nicht zu meinem Zuständigkeitsbereich.«

Bevor Beverly Antwort geben konnte, wandte sich die Counselor zur Tür um. Es summte leise, und einige Sekunden später kam Wesley Crusher herein.

Das Programm des Quartiercomputers sah uneingeschränkten Zugang für Wesley vor, aber da er nicht mehr bei seiner Mutter wohnte, war eine gewisse Distanz zwischen ihnen entstanden. Er betätigte immer erst den Türmelder, bevor er eintrat — ein stillschweigender Kompromiß zwischen familiärer Intimität und gegenseitiger Respektierung der Privatsphäre.

»Störe ich?« fragte Wesley. Zwar mochte er Troi, doch dünne Falten bildeten sich in seiner Stirn, als er jemand anders bei seiner Mutter antraf. Rasch tarnte er diese Reaktion, doch Beverly kannte ihn zu gut, um die Zeichen der Anspannung zu übersehen. Außerdem war er nicht imstande, seine Gefühle Deanna gegenüber zu verbergen.

Die Counselor stellte ihr Glas ab. »Ich habe die Arbeit unterbrochen und sollte nun in mein Büro zurückkehren.«

Taktvoll schritt sie in den Korridor, ließ Mutter und Sohn allein. Wesley war ganz offensichtlich beunruhigt, aber Beverly mußte kummervoll feststellen, daß sie sich ein wenig ärgerte — warum wählte der Junge ausgerechnet diesen Zeitpunkt, um sie zu besuchen? Dann erinnerte sie sich daran, wie lange es her war, seit sie zum letztenmal ganz offen miteinander gesprochen hatten, und ihr Verdruß wich Besorgnis.

»Was ist los?« Sie konnte weitaus subtiler sein, aber diesmal erzielte ihre direkte Frage die erhoffte Wirkung.

»Es geht um Captain Picard.«

Die Finger der Ärztin schlossen sich fester ums Glas.

»Ihm ist ein Fehler unterlaufen«, entfuhr es Wesley. »Alle wissen es: du, Commander Riker, auch Counselor Troi. Warum hat er die Anweisung gegeben, nach Kirlos zurückzukehren?«

Ja, warum? »Weil er der Captain ist. Selbst wenn uns seine Gründe unverständlich bleiben: Wir müssen darauf vertrauen, daß er es am besten weiß.«

Beverly beobachtete, wie ihr Sohn versuchte, sich zu einem Vertrauen durchzuringen, an dem es ihr selbst mangelte.

»Das habe ich immer geglaubt«, sagte er schließlich. »Ich meine, Captain Picard weiß soviel mehr als alle anderen. Ich hielt es immer für unmöglich, daß er einmal eine falsche Entscheidung trifft.«

»Bis jetzt?«

Wesley nickte.

»Niemand ist perfekt«, erwiderte Beverly und faßte die Überlegungen der vergangenen Tage in Worte. »Nicht einmal Captain Picard. Aber er gilt als einer der besten Raumschiffkommandanten bei Starfleet. Und weil seine Situationsbeurteilungen viel häufiger richtig sind als falsch, besteht unsere Pflicht darin, alle Befehle des Captains auszuführen.«

»Auch wenn sie den Tod der Bewohner von Devlin Vier bedeuten?«

»Ja.« So mußte die Antwort lauten — ungeachtet aller Zweifel. Andernfalls hätte Beverly den Sinn ihrer Starfleet-Karriere in Frage stellen müssen, und dazu war sie derzeit zu müde.

Wesley nahm neben ihr auf dem Sofa Platz, und sie widerstand der Versuchung, ihn zu umarmen. Er hätte eine mütterliche Geste darin gesehen, ohne zu erkennen, daß sie ebenfalls Trost brauchte.

»Zum Glück habe ich dienstfrei«, sagte er nach einer Weile. »Ich möchte jetzt nicht auf der Brücke sein.«

Picard hatte sich die Nachricht zweimal angehört: Sie war knapp und präzise. Es gab keinen Grund, länger im Bereitschaftsraum zu bleiben. Trotzdem verharrte er an seinem Schreibtisch und spürte nicht den Wunsch, aufzustehen und zur Brücke zu gehen. Er versuchte, seine Trägheit auf Erschöpfung zurückzuführen, mußte sie sich jedoch als maßloses Grübeln eingestehen. Diese Erkenntnis verschlechterte seine Stimmung. Er hatte eine Entscheidung getroffen und konsequent danach gehandelt; daher war es sinnlos, sich jetzt auf diese Weise zu quälen. *Gib dir endlich einen Ruck,* dachte er.

Aber er blieb auch weiterhin sitzen.

Die Ruhe zerfaserte seine inneren Barrieren und weckte unwillkommene Erinnerungen. In Gedanken kehrte er zur Besprechung mit seinen Senior-Offizieren zurück, hörte ihre Stimmen und Argumente, trachtete erneut danach, alle Einwände zurückzuweisen.

Der Instinkt hatte ihm zugeflüstert, daß sich der Grund für die jüngsten Ereignisse auf Kirlos befand und eine Rückkehr erforderte. Er war bereit gewesen, dieser mentalen Stimme zu vertrauen und die Warnungen der Offiziere zu ignorieren. Aber wenn er sich irrte ... Ein Captain brauchte Selbstbewußtsein, um seine Pflichten wahrzunehmen, doch verwandelte es sich bei ihm in Arroganz? *Ich wäre nicht der erste Kommandant, der auf die andere Seite dieser feinen Grenzlinie gerät, ohne die Veränderung in sich zu bemerken.*

Picard stellte sich den Zweifeln und drängte sie beiseite. Sie genügten nicht, um seine Entscheidung zu revidieren, und eine weitere Beschäftigung mit ihnen war nicht nur sinnlos, sondern auch gefährlich. Er *mußte* an der Überzeugung festhalten, daß ihm die Geschehnisse schließlich recht gaben.

Aber das Warten fiel ihm schwer.

Der Türmelder summte. »Herein«, sagte der Captain.

Das Schott glitt mit einem leisen Zischen beiseite. Picard hob den Kopf und sah Riker, der den Bereitschaftsraum betrat. Hinter ihm schloß sich die Tür, und der Erste Offizier blieb abrupt stehen.

»Captain?«

Erst jetzt bemerkte Jean-Luc, daß er die ganze Zeit über im Dunkeln gesessen hatte. Er berührte eine Kontrollfläche und blinzelte, als helles Licht strahlte. Riker ging zum Schreibtisch und nahm Haltung an.

»Wir nähern uns dem Sydon-System, Captain.«

»Danke, Nummer Eins.«

Riker hätte ihm diese Meldung auch per Interkom geben können und benutzte sie als Vorwand, um persönlich zu erscheinen. Unter gewöhnlichen Umständen hätte der Erste Offizier die Neugier in bezug auf eine Starfleet-Nachricht ganz offen gezeigt. Sein Takt war ein Symptom für die Anspannung, die seit der Besprechung zwischen ihm und dem Captain herrschte. Picard bot ihm die Informationen an, bevor Riker ihn danach fragte — oder bevor er den Raum verließ, ohne sich danach zu erkundigen.

»Die Mitteilung betrifft Starfleets offizielle Reaktion auf meine eigenmächtige Entscheidung, nach Kirlos zurückzukehren.« Die kühlen Worte des Admirals hatten ihn auch deutlich auf den inoffiziellen Standpunkt hingewiesen. »Angesichts der jüngsten Unruhen und Stephalehs Beschluß, im Föderationssektor von Kirlosia das Kriegsrecht zu proklamieren, gibt man mir das Recht, mich auf den Ermessensspielraum des Captains zu berufen.«

»Also billigt Starfleet Command Ihre Anweisungen«, sagte Riker in einem neutralen Tonfall.

»Man billigt sie, wenn sie sich als gerechtfertigt herausstellen«, erwiderte Picard. »Andernfalls wird man sie verurteilen.«

Dann verlor er wahrscheinlich das Kommando über die *Enterprise.* Er stellte sich vor, in den Verwaltungstrakt einer Starbase versetzt zu werden, wo sich der Ermessensspielraum des Captains auf die Frage beschränkte, welche Computerausdrucke er lesen sollte. Man würde ihm nie wieder die Verantwortung für ein Raumschiff geben.

Plötzlich glänzten die pulsierenden Lichter der Alarmstufe Gelb und bewahrten ihn davor, sich ein derartiges Schicksal in allen Einzelheiten auszumalen.

»Captain und Erster Offizier zur Brücke.«

Picard sprang auf, aber Riker war etwas schneller und erreichte den Kontrollraum vor ihm. Er bat um einen Statusbericht, als der Captain im Kommandosessel Platz nahm; wenn sich die Flotte der Angreifer in der Nähe befand, hatte Picard die richtige Entscheidung getroffen.

Doch als der Captain den Erklärungen des Sicherheitsoffiziers lauschte, verschwand die Erleichterung aus ihm und wich Betroffenheit.

»Die Fernbereichssensoren haben ein Kriegsschiff der K'Vin geortet, einen Schlachtkreuzer der Klasse D. Die Kursdaten deuten darauf hin, daß er Kirlos anfliegt.« Burke legte eine kurze Pause ein und betrachtete die Anzeigen seines Pults. »Berichtigung. Das Schiff hat den Kurs geändert und nähert sich der *Enterprise.*«

»Schilde hoch«, sagte Picard sofort. Bei manchen Völkern galt die Aktivierung der Deflektoren als Provokation, als ein Anzeichen für bevorstehende Aggressionen. Aber nach den Auskünften der Botschafterin Stephaleh zu urteilen sahen sich die K'Vin durch mangelnde Verteidigungsbereitschaft zum Angriff herausgefordert.

»Der Kreuzer ist nun in Kom-Reichweite.« Ein heller Fleck erschien in der Mitte des Wandschirms.

»Kontakt herstellen.« Picard holte tief Luft und bereitete sich auf jenes laute Geschrei vor, daß bei den K'Vin als Gruß üblich war.

»Kommunikationskanal geöffnet, Sir. Aber es erfolgt keine Reaktion.«

Der Captain ließ den Atem entweichen. Riker und er wandten sich einander zu und wechselten einen fragenden Blick. Handelte es sich um typisches K'Vin-Verhalten, oder mußten sie damit rechnen, daß der Schlachtkreuzer das Feuer eröffnete?

»Zehn Minuten bis zur kritischen Distanz... Die Sensoren registrieren energetische Aktivität in den Waffensystemen.«

»Also wollen sie angreifen«, sagte Riker. Picard hörte eine Mischung aus Ärger und Überraschung in der Stimme des jüngeren Mannes.

»Ja, so sieht es aus.« Der Captain dachte an die wenigen ihm offenstehenden Möglichkeiten. Wenn er einen Kurswechsel anordnete, begannen die K'Vin mit der Verfolgung. Ein Kriegsschiff der Klasse D war mindestens so schnell wie die *Enterprise* und verfügte dabei über genug Energiereserven, um Photonentorpedos abzufeuern. Es hatte jetzt keinen Zweck, Stephaleh für die Abwesenheit seines Chefingenieurs und des besten Waffenoffiziers zu verfluchen.

Selbst wenn eine Flucht möglich gewesen wäre... Anschließend konnten die K'Vin ihre Reise nach Kirlos fortsetzen. Sie würden den Planeten mit unbefriedigter Blutgier und zusätzlichem Argwohn der Föderation gegenüber erreichen.

Es gab nur eine sinnvolle Alternative. Picard mußte es darauf ankommen lassen und konnte nur hoffen, daß der Kommandant des Schlachtkreuzers bluffte.

»Alarmstufe Rot. Gefechtsstationen besetzen.«

Rote Lichter und hektische Aktivität wiesen auf den

veränderten Status hin. Kurze Zeit später herrschte eine von Wachsamkeit geprägte Stille. Die übrigen Brückenoffiziere blickten auf die Anzeigen ihrer Konsolen, während Picard und Riker die Darstellungen des Wandschirms betrachteten. Der konturlose Fleck verwandelte sich in ein immer größer werdendes Kriegsschiff.

»Acht Minuten bis zur kritischen Distanz.«

»Ich muß mich bei Ihnen entschuldigen«, sagte Riker so leise, daß ihn nur der Captain hörte. »Die Probleme auf Kirlos sind weitaus ernster, als ich angenommen habe. Wenn Sie keine Rückkehr befohlen hätten, wäre der Föderationssektor völlig wehrlos.«

»Ich sehe die Sache anders, Nummer Eins.« Es gelang Picard nicht, die Verbitterung aus seiner Stimme zu verbannen. »Ohne einen ebenbürtigen Gegner hätten die K'Vin vermutlich nur mit ihrer überlegenen militärischen Macht geprahlt, aber durch diese Konfrontation könnten die diplomatischen Beziehungen zwischen Föderation und Hegemonie irreparabel gestört werden. Meine Entscheidung, Tehuán zu verlassen, hat das Schiff und die Kolonisten an Bord in Gefahr gebracht. Außerdem führt sie vielleicht zu einem interstellaren Krieg.«

Picard begriff nun, daß er einen Fehler gemacht hatte.

KAPITEL 16

Geordi legte das kleine Werkzeug beiseite, hob langsam, fast ängstlich das VISOR und setzte es auf.

Lieber Himmel, es funktioniert noch immer nicht! dachte er zuerst. Doch dann erblickte er etwas — die Zellenwand. Es gab einfach nur wenig zu sehen.

Er drehte den Kopf zu Thul und gab einen Freudenschrei von sich. Das Gerät vor seinen Augen zeigte ihm ein vertrautes Farbenmuster, wenn auch nicht die typischen infraroten Emissionen eines Menschen. Kein Wunder: Immerhin war Thul ein Sullurh. Erleichterung durchströmte LaForge; endlich bestand die Welt um ihn herum nicht mehr nur aus Finsternis.

»Ich wußte es!« jubelte er. »Eine Neujustierung der elektronischen Komponenten an den neuralen Verbindungsstellen genügte, um ...«

Er war so sehr auf sein VISOR konzentriert gewesen, daß er den Androiden vergessen hatte. Geordi wandte sich ruckartig um. »Data!« stieß er hervor und starrte auf die reglose Gestalt hinab.

Der Chefingenieur öffnete den vorderen Teil von Datas Uniform und begann sofort mit der Arbeit. Thul beobachtete ihn erstaunt — er hatte noch nie zuvor einen Androiden gesehen, und die Einzigartigkeit dieses Wesens faszinierte ihn.

Geordis Hände bewegten sich mit sicherem Geschick; das wiederhergestellte Sehvermögen stärkte auch seine Selbstsicherheit. Er versuchte, die Niedergeschlagenheit der vergangenen Stunden zu vergessen. Nur das Hier und Jetzt spielten eine Rolle, und natürlich die Zukunft ...

Worauf lag Data eigentlich?

LaForge hielt inne. »Stimmt was nicht?« fragte Thul verwirrt. »Was ist passiert? Können Sie keine Reparatur durchführen?«

»Wie?« erwiderte Geordi. »Nun, ich bin fast fertig, aber ... Sehen Sie sich das an.« Er deutete zu Boden.

»Was soll ich mir ansehen?« erkundigte sich Thul.

»Oh, natürlich. Entschuldigen Sie.« Erneut tasteten Geordis Finger über Datas Schaltkreise. »Sie erkennen es nicht. Ich stelle seltsame infrarote Emissionen des Bodens fest. Der entsprechende Bereich ist etwa ... vier Quadratmeter groß.«

»Und was bedeutet das?« kam es von Thuls Lippen.

»Etwas darunter bewirkt einen Temperaturunterschied — vielleicht ein verborgener Zugang oder dergleichen. Sobald ich Data in Ordnung gebracht habe ... na bitte!«

Bei den letzten Worten hob der Androide die Lider.

Seine Augen paßten sich sofort der Dunkelheit an. »Sind wir in Gefahr?« fragte Data.

»Natürlich«, entgegnete LaForge fröhlich. »Aber wir können diesen unfreundlichen Ort verlassen.«

»Das freut mich.«

Geordi brauchte nur wenige Sekunden, um die Brustplatte des Androiden zu schließen, und dann wies er ihn auf seine Entdeckung hin. Die Fläche mit den unterschiedlichen infraroten Ausstrahlungen erstreckte sich in der Mitte des Zellenbodens. »Was könnte sich darunter verbergen?« murmelte der Chefingenieur. »Und warum ist diese Anomalie nicht längst entdeckt worden?«

»Auf die erste Frage kann ich Ihnen leider keine Antwort geben«, sagte Data. »Was die zweite betrifft ... Denken Sie daran, daß die K'Vin-Botschaft auf Ariantu-Ruinen erbaut wurde. Als man diese Stelle wählte, ließ man hier natürlich keine archäologischen Ausgrabungen zu.«

»Nun, wir fangen jetzt mit dem Graben an«, meinte Geordi. »Wie lange dauert es wohl, um ein genügend großes Loch zu schaffen?«

Data kniete und dachte kurz nach. Dann holte er plötzlich aus und schlug mit der Faust zu. Die Steine splitterten, und der Arm des Androiden verschwand bis zur Schulter im Boden.

»Nicht lange«, sagte er.

Innerhalb einer halben Stunde räumten sie die Steine über dem Tunnelzugang beiseite. Es war sehr anstrengende Arbeit, und Geordi spürte die Dehydration, vor der Dr. Crusher gewarnt hatte.

Er blickte ins Loch, und sein VISOR teilte ihm mit, daß die Entfernung zum Boden knapp zwei Meter betrug. Er hoffte inständig, daß sein Sehinstrument richtig funktionierte. Wenn der Schacht nicht zwei, sondern zwanzig Meter tief war …

»Vielleicht sollte ich als erster gehen«, bot sich Thul an.

»Diese Ehre gebührt mir«, sagte Geordi.

Der Androide ergriff LaForge an den Armen und ließ ihn vorsichtig ins Loch hinab. Als Geordis Füße festes Gestein berührten, lösten sich Datas Finger von seinen Armen.

Die Luft war stickig und muffig, kaum atembar. Eine mehrere Zentimeter dicke Staubschicht bedeckte den Boden. Doch der Chefingenieur schenkte diesen Dingen keine Beachtung.

Seine Aufmerksamkeit galt einer glänzenden Metalltür.

Sofort schrillte ein mentaler Alarm in ihm. Als er zum letztenmal in fremder Umgebung vor einer glänzenden Metalltür stehengeblieben war, hätte er sich fast in eine Schleimpfütze verwandelt. Ganz langsam und vorsichtig trat er näher, dazu bereit, beim geringsten Anzeichen von Gefahr zurückzuspringen.

Die Tür glitt lautlos beiseite und gab den Blick in eine Kammer frei.

»Data!« rief LaForge.

»Was haben Sie gefunden, Geordi?«

Er schüttelte den Kopf. »Das sollten Sie sich selbst ansehen.«

Der Androide sprang in den Tunnel, und Thul folgte ihm. Das einzige Licht stammte von den Chemofackeln in der feuchten Zelle, aber es genügte.

Data neigte fasziniert den Kopf zur Seite. »Ein Turbolift.«

»So hat es den Anschein. Benutzen wir ihn? Sie haben den Befehl, Data.«

»Ja, das stimmt. Allerdings ist in diesem Fall kaum eine Entscheidung nötig. Uns bleibt gar keine andere Wahl, oder?«

»Also gut. Probieren wir ihn aus.«

Sie betraten den Turbolift. Er unterschied sich von denen an Bord der *Enterprise*, war wesentlich größer; an den Wänden zeigten sich seltsame dekorative Symbole und unverständliche Hieroglyphen — unverständlich zumindest für Geordi. Data betrachtete sie und hatte bereits mit einer Signifikanzanalyse begonnen.

Die Tür schloß sich, und die Transportkapsel setzte sich in Bewegung. Sie entwickelte eine erstaunliche Geschwindigkeit und raste seitwärts.

LaForge hielt sich am Geländer fest und dachte an den Computervirus, der einen elektronischen Amoklauf des *Enterprise*-Turbolifts verursacht hatte. Data und Thul griffen ebenfalls nach den Haltestangen.

Die Kapsel sauste eine Zeitlang weiter und hielt dann an.

»Das war leicht«, kommentierte Geordi.

Plötzlich fiel die Kabine.

LaForge und Thul schnappten erschrocken nach Luft.

Data hob nur die Brauen, als der Lift wie ein Stein in die Tiefe stürzte. Geordi wußte instinktiv, daß die Kapsel auf energetischen Kissen ruhte, daß es sich um einen kontrollierten Fall handelte und sie nicht Gefahr liefen, durch einen jähen Aufprall zerquetscht zu werden.

Er *hoffte* es wenigstens.

Eine entsetzliche Ewigkeit lang stürzte der Lift, und die Passagiere hörten das Fauchen verdrängter Luft. Schließlich wurde die Kapsel langsamer und verharrte erneut. Geordi versteifte sich unwillkürlich, davon überzeugt, daß ihnen ein diagonaler oder gar spiralförmiger Transfer bevorstand.

Statt dessen öffnete sich die Tür — allem Anschein nach hatten sie das Ziel erreicht.

Staunend schritten LaForge und seine beiden Begleiter durch einen Saal, den man später — wenn es überhaupt ein Später gab — als Omega-Ebene bezeichnen würde.

Überall standen schimmernde Konsolen mit runden Bildschirmen und matt glühenden Kontrollflächen. Hier sahen sie noch viel mehr der komplexen Hieroglyphen, die sie bereits aus dem Innern des Turbolifts kannten. Die Decke wölbte sich endlos nach oben, wie die einer Kathedrale.

Geordi merkte, daß er voller Ehrfurcht den Atem anhielt. »Wo sind wir hier?«

Etwas stieß gegen seine Schulter. Er zuckte heftig zusammen und sprang dann mehrere Schritte weit zur Seite.

Data stand neben ihm und trug eine Waffe, die fast ebenso groß war wie er.

»Ich nehme an, dies ist ein Arsenal«, erwiderte er.

Thul eilte wie in Ekstase umher, strich mit den Fingerkuppen über die eigentümlichen Symbole und murmelte wie im Gebet. Geordi sah sich um. »Wissen Sie, was es mit dieser Anlage auf sich hat, Thul?«

»Das Nervenzentrum von Kirlos«, hauchte der Sullurh. »Danach habe ich ... danach haben Dr. Coleridge und ich gesucht. Das Zentrum der Ariantu-Technologie.«

Thuls Stimme klang immer lauter und aufgeregter. »Die Ariantu waren stolze Krieger«, fuhr er fort. »Sie verehrten Waffen und Macht, liebten sie mehr als alles andere.«

Geordi hörte nur mit halbem Ohr zu und berührte eine der Kontaktflächen. Der Bildschirm darüber erhellte sich, und Diagramme leuchteten auf, wechselten jeweils nach einigen Sekunden. *Unglaublich.* Technische Übersichten ... *Von Triebwerken,* dachte der Chefingenieur. Aber sie bezogen sich nicht auf die Warptechnik. »Sehen Sie sich das an, Data.«

Der Androide schnallte sich die riesige Waffe auf den Rücken und trat zu Geordi. Die Geschwindigkeit, mit der die verschiedenen Diagramme über den Bildschirm huschten, schien ihn nicht zu beeindrucken — er konnte Information zehnmal so schnell aufnehmen. »Interessant«, sagte er. »Ein Sprungtriebwerk.«

»Wie bitte?« fragte der hinter ihnen stehende Thul.

»Ein Antrieb, der nicht auf kontinuierlichem Schub basiert, sondern auf jähen Verschiebungen der Raum-Zeit-Koordinaten. Man erreicht das Ziel mit einer Folge von einzelnen Sprüngen.«

»Natürlich!« entfuhr es Geordi. »*Das* ist die Erklärung. Verstehen Sie nicht, Data? Auf diese Weise hatten die Ariantu Zugang zum Delta-Niveau, der Raumhafen-Ebene! Sie benötigten keine Hangarschotten, weil sie sich einfach teleportierten. Herein und hinaus, innerhalb eines Sekundenbruchteils.«

»Schade«, sagte Data. »Ich fand Ihre Wurmloch-Theorie sehr faszinierend.«

»Vielleicht haben die Ariantu auch eine solche Technik entwickelt. Aber wie dem auch sei: Wir müssen jetzt nach oben zurück.«

»Der Lift bringt uns nur bis zum Verlies unter der

K'Vin-Botschaft«, erwiderte der Androide ruhig. »Ich sehe keine Verbesserung unserer Situation.«

»Ich schon.« Geordi lächelte.

Data griff nach seiner Waffe. »Oh, Sie haben recht. Wir sind jetzt nicht mehr hilflos.«

»Ganz im Gegenteil. Ich besorge mir ebenfalls eine Kanone. Versuchen Sie inzwischen, Ihren Strahler auf Betäubung zu justieren. Ich möchte vermeiden, eine ganze Kompanie von Wächtern ins Jenseits zu schikken.«

Der Turbolift brachte sie zu dem Loch zurück, und von dort aus kletterten Geordi, Data und Thul in die Zelle. LaForge bemerkte, daß sich der Sullurh verändert hatte: Neue Kraft schien ihn zu erfüllen, und Zielstrebigkeit haftete allen seinen Bewegungen an. Hatte er Nassa Coleridges Träume wirklich so sehr geteilt? *Seit wann kannte er sie überhaupt?* überlegte der Chefingenieur. Irgend etwas erschien ihm seltsam, aber er wollte jetzt keine Zeit vergeuden, indem er gründlich darüber nachdachte.

Als Thul und der Androide hinter ihm standen, sagte er laut: »Alles klar? Gut. Die Freiheit winkt.«

Er schwang die Waffe herum, zielte auf die Tür und betätigte den Auslöser.

Grelles Gleißen zuckte aus dem Lauf, und das stählerne Portal zerplatzte mit einem donnernden Krachen.

Rasch senkte Geordi das energetische Niveau des Strahlers — die gegenwärtige Energiestärke konnte zu leicht jemanden töten, und LaForge wollte nicht zu einem Mörder werden. Er spannte die Muskeln, wußte Data hinter sich und wartete auf das Geräusch eiliger Schritte. Bestimmt dauerte es nur wenige Sekunden, bis die ersten Gardisten eintrafen.

Nichts geschah.

Ein Trick? Warteten die Wächter im Korridor?

»Data«, hauchte Geordi. »Hören Sie jemanden atmen?«

Der Androide zögerte. »Abgesehen von den Personen in dieser Zelle?«

»Ja.«

»Nein, niemanden.«

Der Chefingenieur runzelte die Stirn, und unmittelbar darauf summte sein Insignienkommunikator. Er klopfte kurz an das kleine Gerät. »Hier LaForge.«

»Wo sind Sie gewesen?« fragte Worfs Baß. »Ich habe mehrmals versucht, Kontakt mit Ihnen aufzunehmen.«

Ein interessanter Hinweis: Irgend etwas im Saal mit den Konsolen schirmte Kom-Signale ab. »Wir brechen gerade aus«, antwortete Geordi. »Seltsam ist nur, daß uns niemand daran zu hindern versucht.«

»Natürlich nicht«, brummte Worf. »Die Wächter laufen draußen umher und gackern wie kopflose Hühner.«

»Das halte ich für unmöglich«, wandte der Androide ein. »Ohne den Kopf dürfte es Hühnern sehr schwer fallen, zu gackern oder ...«

»Nicht jetzt, Data.« Geordi seufzte. »Was ist los, Worf?«

»Überall auf dem Planeten wurde Alarm gegeben«, erklärte der Klingone. »Die Sensoren liefen praktisch Amok. Etwas Großes nähert sich Kirlos, eine bisher noch nicht identifizierte Raumflotte. Den Spekulationen sind derzeit keine Grenzen gesetzt. Ihr Spektrum reicht von einem romulanischen Angriff bis hin zu den Borg.«

Data blieb völlig gelassen und aktivierte seinen eigenen Kommunikator. »Befinden Sie sich bei dem K'Vin-Botschafter, Lieutenant Worf?«

»Ich kann jederzeit zu ihm.«

»Bleiben Sie bei Gregach. Wenn alle so abgelenkt sind, wie Sie behaupten, so ergeben sich bei unserer Flucht aus der Gefangenschaft sicher keine nennenswerten Probleme. Wir kehren zur Föderationsbotschaft zurück und setzen uns von dort aus mit Ihnen in Verbindung.«

Der Klingone zögerte kurz. »Ein guter Plan«, entgegnete er widerstrebend.

»Ich weiß«, sagte der Androide ruhig. »Data Ende.«

Sie verließen die Zelle, eilten durch den Korridor und brannten mit ihren Waffen ein großes Loch in die Außenwand der K'Vin-Botschaft. Niemand versuchte, sie aufzuhalten. Unterwegs begegneten sie nicht einem einzigen Gardisten, und auch draußen waren keine Wächter zu sehen. Nur Zivilisten hielten sich in der Nähe des Botschaftsgebäudes auf: Sie wirkten so verzweifelt, als sei das Ende der Welt gekommen; viele von ihnen schrien.

Eine typisch *menschliche* Reaktion, fand Data.

»Wir müssen so schnell wie möglich zu Botschafterin Stephaleh und mehr über die mysteriöse Flotte in Erfahrung bringen«, sagte er. Geordi nickte rasch. »Thul«, fügte der Androide hinzu, »ich möchte, daß Sie ...«

Er unterbrach sich und drehte den Kopf von einer Seite zur anderen. Die Situation entsprach Worfs Beschreibungen: Überall liefen Leute umher. Aber von Thul fehlte jede Spur.

Auch LaForge sah sich um. »Ich weiß, daß er uns nach draußen begleitet hat.«

»Vielleicht ist er auf dem Weg zu seiner Familie«, vermutete Data.

»Ja, wahrscheinlich haben Sie recht. Wer kann es ihm verdenken? Wenn das Ende der Welt bevorstünde, hätte ich ebenfalls den Wunsch, bei meiner Familie zu sein.«

»Tatsächlich? *Mein* Wunsch wäre es, das Ende der Welt zu verhindern.«

»Guter Hinweis.« Der Chefingenieur klopfte Data auf die Schulter. »Gehen wir.«

Thul eilte atemlos durch die schmalen Gassen; seine Beine schmerzten. Nie zuvor war er so aufgeregt gewesen.

Nein, das stimmte nicht ganz. Eine ähnliche Aufregung hatte ihn erfaßt, als er zum erstenmal die Ariantu sah.

Ein unvergeßliches Erlebnis ... Seine Erinnerung zeigte ihm vier von ihnen — groß und stolz, mit dem Gebaren von Jägern. Sie trugen weite Umhänge, aber Thul durchschaute die Tarnung. Kein Wunder: Sein Leben lang hatte er auf sie gewartet, hielt dabei wie die Ahnen an der Hoffnung fest, daß Geduld und unerschütterlicher Glaube eines Tages belohnt wurden.

Und dann geschah das Wunder. Die Ariantu kamen tatsächlich. Er empfing sie unter *seinem* Dach, in *seinem* Haus, und sie wollten mit *ihm* sprechen.

Es war wie ein Traum, wie eine Vision, zu schön, um wahr zu sein. Die Präsenz der Ariantu, ihre Realität, hatte ihn so sehr verblüfft, daß er keine Worte fand, um sie zu begrüßen. Erst als sie selbst einen Gruß formulierten — in einer Sprache, die Thul fremd und gleichzeitig herrlich vertraut erschien —, erinnerte er sich an seine guten Manieren und bat die Besucher, Platz zu nehmen.

Seine Stühle und Sessel erwiesen sich als zu klein für sie, was ihm erhebliche Verlegenheit bereitete. Es handelte sich um *wahre* Ariantu, und im Lauf der Jahrtausende waren die Sullurh — auf Kirlos, während ihre Artgenossen ins All zogen — degeneriert. Sie brauchten keinen Vergleich mit ihren Vorfahren, um sich dieser Tatsache bewußt zu sein. Die Unterschiede wurden schon von einer Generation zur nächsten deutlich, ein Ergebnis der Inzucht, die auch ihre Schwänze zu Stummeln schrumpfen ließ. Während der *Enio'lo*-Zeremonie entfernte man selbst diese Stummel, so daß die Sullurh nicht mit den Ariantu in Zusammenhang gebracht werden konnten, die hier einst geherrscht hatten.

Vor langer Zeit hatten die Anführer der Sullurh das *Enio'lo* als notwendige Voraussetzung für ihr Verwalteramt eingeführt; in der Alten Sprache bedeutete der

Ausdruck *jene, die blieben.* Jahrhunderte nach dem Aufbruch der Ariantu kamen Fremde und ließen sich auf Kirlos nieder, zuerst nur wenige, doch dann immer mehr. Viele von ihnen, insbesondere die K'Vin, waren den Ariantu feindlich gesinnt. Um zu überleben, mußten die Sullurh unauffällig sein und sich anpassen. Sie unternahmen nichts gegen die Reduzierung der genetischen Vielfalt, die zu physischen Veränderungen führte, und sie verzichteten auf ihre Schwänze.

Doch der Wandel beschränkte sich nur auf das Äußere; tief in ihrem Herzen blieben die Sullurh stolze Ariantu, die über den größten Schatz ihres Volkes wachten — eine künstliche Welt, die zur Blütezeit des interstellaren Reiches entstanden war. Sie schützten den Planeten vor den schädlichen Folgen der ökonomischen Invasion auf die einzige ihnen mögliche Weise — indem sie die auf Kirlos entstandenen Machtstrukturen der fremden Kulturen unterwanderten.

Integration bedeutete Mühe und Opferbereitschaft. Als es Lekhor und seinen Begleitern schwerfiel, auf Thuls Stühlen zu sitzen, dachte der Sullurh daran, wie groß das Opfer seines Volkes gewesen war.

Doch die Besucher sahen mit würdevoller Güte sowohl über die Größe der Möbel als auch alle Unterschiede zwischen Thul und ihnen hinweg. Lekhor meinte, es spiele keine Rolle, wer geblieben sei und wer Kirlos verlassen habe. Die Aufgabe der Ariantu bestand nun darin, ihren früheren Ruhm zurückzugewinnen, und die Sullurh verdienten ihren Anteil daran.

Lekhor fügte hinzu, den Ariantu sei es bereits gelungen, einen großen Teil ihrer Kultur wiederherzustellen. Aber sie sehnten sich nach Kirlos, der Seele und dem Symbol dessen, was sie einst gewesen waren. Die Erinnerung daran schwamm in ihrem Blut, stellte einen notwendigen Faktor beim Wiederaufbau des Imperiums dar.

Thul nickte, als er diese Worte vernahm. Ja. Natürlich. Damit hatten die Sullurh gerechnet. Dafür hatten sie gearbeitet, Jahrzehnt um Jahrzehnt, Jahrhundert um Jahrhundert.

Doch die Zurückgewinnung von Kirlos, so warnte Lekhor, sei keineswegs einfach. Militärische Macht reichte dafür nicht aus, denn zusammen waren Föderation und K'Vin zu stark. Nein, das Mittel der List mußte verwendet werden — um zu teilen und zu herrschen.

Aus diesem Grund kamen die vier Ariantu. Um die Saat der Zwietracht und des Argwohns auszubringen. Um die Föderation zu vertreiben, so daß nur die K'Vin blieben und es mit ihrem alten Feind zu tun bekamen — einem Feind, der erneut so stark war wie die Hegemonie, vielleicht sogar stärker.

Aber dazu brauchten sie die Hilfe der Sullurh. Den Ariantu fehlte jede Möglichkeit, die Botschafter der Föderation und der K'Vin zu beeinflussen, doch Jene-die-blieben hatten über Jahre hinweg das Vertrauen der Diplomaten gewonnen. Jetzt bekam ihre geduldige Arbeit einen neuen Sinn.

So wurde es beschlossen. Die Ariantu — Lekhor und seine Gefährten — entwickelten Sabotage- und Mordpläne. Als Oberhaupt der Sullurh-Gemeinschaft sollte Thul zusammen mit Gezor und Zamorh für Chaos sorgen, um schließlich einen Konflikt zwischen den beiden Sektoren auf Kirlos auszulösen.

Zu welchem Zweck? Um den Weg für die Ariantu-Flotte zu ebnen, die bald zurückkehren würde, um erneut Anspruch auf die wichtigste ihrer Welten zu erheben. Sobald alles begann, gab es weder Kontakte noch Koordination mit der Flotte, denn beide Botschaften überwachten die planetare Kommunikation. Die Ariantu verließen sich blindlings auf den Erfolg der Sullurh.

Doch es ergaben sich Schwierigkeiten. Beide Botschafter widerstanden hartnäckig allen Bemühungen, sie in Feinde zu verwandeln. Stephaleh lehnte es zu lange ab, eine Evakuierung ihres Sektors zu veranlassen.

Woraus folgte: Die Ariantu-Flotte näherte sich einem Planeten, den sie nicht so einfach ihrem Willen unterwerfen konnte. Die Sullurh hatten versagt, und ihre Bemühungen blieben umsonst — Bemühungen, die vor Jahrhunderten begonnen hatten, als noch niemand wußte, wozu sie letztendlich dienten.

Das war eine sehr bittere Pille.

Dann fand Thul eine Lösung für ihr Problem — das notwendige Wissen, um Kirlos den Ariantu zurückzugeben, trotz des Fehlschlags der ursprünglichen Pläne.

Seltsamerweise verdankte er es den Offizieren der *Enterprise.* Er hatte es zugelassen, mit ihnen eingesperrt zu werden, um keinen Hinweis auf Lekhors Gruppe zu geben.

Zu jenem Zeitpunkt wußte er bereits, daß der Plan zum Scheitern verurteilt war, daß die Flotte eintraf, bevor seine Anstrengungen die erwarteten Früchte tragen würden. Trotzdem gelangte Thul zu dem Schluß, daß die Sullurh helfen konnten, indem sie das Bündnis mit den Ariantu geheimhielten.

Damit hatte er genau die richtige Entscheidung getroffen, wie sich nun herausstellte.

Wenn er nicht mit Data und Geordi im Verlies untergebracht worden wäre, hätte er nichts von der legendären Omega-Ebene erfahren.

Lekhors Unterkunft befand sich direkt voraus, auf der anderen Straßenseite. Thul ging noch schneller und war kaum mehr imstande, sich zu beherrschen. Diese Nachricht glich alle Fehler aus. Sie tilgte die Schuld der Sullurh und gab ihnen das Recht, am neuen Imperium der Ariantu teilzuhaben.

Die Frau stand ganz plötzlich vor ihm. Thul stieß fast gegen sie, bevor er die Gestalt bemerkte — und feststellte, daß sie schwanger war.

Er erkannte sie. Erst vor einem Jahr hatte er die *Enio'lo*-Zeremonie an ihrer Tochter durchgeführt.

»Meister Thul«, sagte sie und griff respektvoll nach

seiner Hand. Die sich ausbreitende Panik hatte ganz offensichtlich Furcht in ihr geweckt.

»Nicht jetzt!« brachte er schnaufend hervor. »Ich habe keine Zeit. Tut mir leid.«

Mit diesen Worten trat er an ihr vorbei und eilte weiter. *Wenn sich unsere Hoffnungen erfüllen,* dachte er, *wird das* Enio'lo-*Ritual bei ihrem Kind vielleicht gar nicht nötig. Mit ein wenig Glück kann es seinen Schwanz behalten.*

Diese Überlegungen ließen eine sonderbare Trauer in ihm entstehen. Die Zeremonie galt als ein Zeichen der Schande bei den Sullurh, als Leugnung ihrer Abstammung, zumindest gegenüber den anderen Bewohnern von Kirlos. Andererseits: Sie gehörte zur Sullurh-Tradition und hatte dadurch einen eigenen kulturellen Wert.

Thul verdrängte diese Gedanken, als er die Stufen zu Lekhors Wohnung hinunterging. Er klopfte an die Tür — viermal, das vereinbarte Zeichen.

Zuerst reagierte niemand. Dann zeigte sich ein Streifen Licht unter der Tür, und sie schwang auf.

Es stand nicht Lekhor vor ihm, sondern Eronn. Der Ariantu blickte auf Thul hinab und forderte ihn mit einer stummen Geste auf, die Unterkunft zu betreten.

Eine recht kühle Begrüßung, fand der Sullurh. *Aber das wird sich ändern, wenn ich von meiner Entdeckung berichte.*

Sie schritten durch einen schmalen Flur und erreichten ein kleines Zimmer. Lekhor und Naalat saßen dort. Pirrus war nicht zugegen.

»Thul«, sagte Lekhor und stand auf. Nur hier, wo ihn keine Fremden beobachten konnten, zeigte er sein unverhülltes Gesicht. Der Sullurh sah dunkelrote, fast kastanienbraune Augen, darunter eine kurze Schnauze mit spitzen, raubtierartigen Zähnen.

Die Ariantu unterschieden sich sehr von den durchschnittlichen Sullurh, bei denen diese Merkmale nur noch rudimentärer Natur waren. *Und doch sind wir Brü-*

der, stammen von den gleichen Vorfahren ab, haben die gleichen Instinkte, fuhr es Thul durch den Sinn.

»Wir sind geflohen«, sagte er und betonte damit das Offensichtliche. »Das heißt: Die *Enterprise*-Offiziere sind entkommen, und ich habe sie begleitet.«

Lekhor nickte und kniff die Augen zusammen. »Ich verstehe. Vermutlich befinden sie sich jetzt wieder in der Botschaft — mit dem bestätigten Wissen, daß Gezor unser Werkzeug ist.«

Es klang so, als hätte Thul so etwas verhindern sollen. Oder bildete sich der Sullurh das nur ein?

»Zwei von ihnen sind zur Botschaft zurückgekehrt«, antwortete er. »Der dritte — der Klingone — hält sich nach wie vor bei Gregach auf.«

Lekhor sah die anderen Ariantu an. Keine Worte, nur Blicke. Thul bedauerte, daß er nicht ebenfalls auf diese Weise kommunizieren konnte; seine Vorfahren waren bestimmt dazu in der Lage gewesen.

»Aber ich bringe weitere Neuigkeiten«, platzte es aus ihm heraus. »Eine gute … nein, eine *großartige* Nachricht.«

Das rückte ihn wieder ins Zentrum der allgemeinen Aufmerksamkeit. Thul holte tief Luft, bevor er mit den Schilderungen begann.

»Um zu fliehen, mußten wir tief ins Gamma-Niveau vorstoßen«, erläuterte er. »So tief, daß wir eine Ebene darunter fanden.«

»Darunter«, wiederholte Lekhor.

»Ja«, sagte Thul.

Die Ariantu offenbarten kaum eine Reaktion. Sie musterten ihn, sahen sich an, doch ihre Züge verrieten ebensowenig Aufregung wie die Gesichter von Data und Geordi bei der Entdeckung des Tunnels.

Dann fiel ihm der Grund ein. Vielleicht gab es bei den raumfahrenden Ariantu nicht die gleichen Legenden wie bei den Sullurh. Vielleicht hatten sie während der vergangenen Jahrtausende einige vergessen.

»Haben Sie nie von der Omega-Ebene gehört?« fragte er. »Von den dort verborgenen Geheimnissen?«

»Wir wissen davon«, erwiderte Lekhor, und Thul glaubte, einen ironischen Unterton zu hören. »Wir wissen auch, daß manche Sterne ungehorsame Kinder entführen und Krieger im Jenseits einen endlosen Festschmaus genießen. Es sind Legenden, ohne eine Faktenbasis.«

Thul schüttelte den Kopf. »Nein. Sie sind zu lange fort gewesen — daher Ihr Zweifel. Die Omega-Ebene existiert *tatsächlich*. Und sie enthält Dinge, die uns den Sieg ermöglichen!«

Doch die Ariantu blieben ungerührt und glaubten ihm kein Wort. Schlimmer noch: Sie starrten ihn an, als hielten sie ihn für übergeschnappt.

»Ich habe den Saal mit eigenen Augen gesehen«, beharrte der Sullurh. »Ebenso die Waffen — große Blaster. Brauchen Sie weitere Beweise?«

Lekhor zuckte mit den Achseln. »Es gibt also eine Ebene unter dem Gamma-Niveau, und dort befinden sich einige Waffen. Aber es bedeutet nicht, daß jener Saal *die* Waffe enthält, von der die Legenden faseln.«

Thul war verblüfft. Wieso lehnten es die Ariantu ab, auch nur Nachforschungen anzustellen? Er stellte eine entsprechende Frage.

»Ganz einfach«, entgegnete Lekhor. »Sobald die Flotte eintrifft, wird sich die hiesige Lage rasch ändern. Wir müssen jederzeit für unsere Gefährten in den Schiffen erreichbar sein, und deshalb haben wir keine Zeit, uns mit den Hirngespinsten eines Sullurh zu beschäftigen.«

Mit den Hirngespinsten eines Sullurh. Dieser Ausdruck unterstrich den Unterschied zwischen raumfahrenden Ariantu und ihren Vettern von Kirlos. Nicht einfach nur Hirngespinste, sondern die eines Sullurh — als seien Thuls Überzeugungen wesentlich weniger wert als die Lekhors und seiner Artgenossen.

Diesmal bildete es sich Thul nicht ein. Die Beleidigung mochte unbeabsichtigt sein, aber sie war real.

Gleichzeitig merkte Thul, wie er das angebliche Omega-Niveau fast gegen seinen Willen aus einer anderen Perspektive betrachtete. Die Ariantu waren so kenntnisreich, so erfahren ... Bei den Göttern, sie reisten zwischen den Sternen! Und er — wie alle Sullurh — hatte sein ganzes Leben auf Kirlos verbracht.

Hatten sie vielleicht recht? Existierte das Omega-Niveau nur in den Überlieferungen von Jenen-die-blieben? Handelte es sich bei dem Saal vielleicht um eine schlichte Lebenserhaltungsanlage oder etwas noch Banaleres?

Aber die Waffen ...

Nein. *Lekhor hat recht — sie stellen keinen Beweis dar.* Die Ariantu waren ein kriegerisches Volk, und deshalb lagen in ihren Stationen immer Waffen bereit.

Nach all der Aufregung fiel es Thul schwer, sich einzugestehen, daß die Entdeckung des Saals möglicherweise gar keine Rolle spielte. Wenn er allein logische Maßstäbe anlegte, mußte er zugeben, daß Lekhors Bemerkungen vernünftig klangen.

Trotzdem ...

In diesem Augenblick kehrte Pirrus zurück. Er nahm Thuls Anwesenheit kaum zur Kenntnis und erstattete sofort Bericht.

»Überall herrscht Chaos«, sagte Pirrus ruhig, obgleich er erregt wirkte. Thul hatte beobachtet, daß die Ariantu praktisch nie außer Atem gerieten. »Die Bürger auf beiden Seiten fordern ihre Botschaften zur Kapitulation auf — ihnen ist klar, daß sie nicht die geringste Chance gegen unsere Flotte haben. Aber Gregach und Stephaleh ignorieren die Demonstrationen.«

»Was ist mit den Raumschiffen? Irgendeine Mitteilung von unseren Brüdern?«

Pirrus hob die Schultern, und dadurch geriet seine dichte Mähne über den Ohren in Bewegung. »Nein.

Vermutlich sind sie noch immer dabei, die Situation einzuschätzen.«

Lekhor knurrte kehlig. Thul hatte noch nie ein solches Geräusch von ihm gehört, und deshalb — wenn auch nicht nur aus diesem Grund — überraschte es ihn.

»Wir warten«, sagte der Ariantu. »Man gibt uns Bescheid, wenn wir gebraucht werden.« Er sah Thul an. »Warten Sie ebenfalls, bis sich die Flotte mit uns in Verbindung setzt.« In seinen Augen blitzte es kalt. »Aber nicht hier. Kehren Sie zu Ihrem Heim zurück. Wir benachrichtigen Sie.«

Thul hätte fast gefragt, *warum* er nicht bei den Ariantu bleiben durfte. Aber für Lekhor gab es sicher genug zu tun, ohne daß er *ihm* alle Einzelheiten erklären mußte.

»Na schön«, erwiderte der Sullurh. »Ich bin bereit, wenn Sie mich benötigen.«

Lekhor nickte knapp, wandte sich ab und murmelte etwas zu Naalat. Der andere Ariantu antwortete, und daraufhin erörterten sie einen Plan, der allein sie betraf.

Thul verließ die Wohnung, trat in die kirlosianische Nacht und spürte eine seltsame Unwirklichkeit. Verwirrung kam hinzu. Seine Hoffnungen in Hinsicht auf die Omega-Ebene waren enttäuscht worden — Lekhor hatte sie mit einigen wenigen Worten zerstört, und Thul litt noch immer an den Nachwirkungen des Schocks.

Die Umstände zwangen ihn zu der Erkenntnis, daß die Unterschiede zwischen Ariantu und Sullurh größer waren als die Gemeinsamkeiten.

Diese Tatsache beunruhigte ihn sehr.

KAPITEL 17

Ein Raumschiff erschien dort im All, wo einen Sekundenbruchteil vorher nur Leere gewesen war.

Die Korona eines nahen weißen Zwergsterns loderte. Ranken aus weißem Plasmafeuer wuchsen aus der Sonne, zitterten und zerfaserten in der lokalen Verzerrung des Raum-Zeit-Kontinuums.

Der Späher näherte sich dem Stern, sandte ein Signal und wartete.

Andere Schiffe materialisierten im Normalraum und bildeten eine dichte Verteidigungsformation. Der größte Kreuzer befand sich in der Mitte; acht Kampfeinheiten umringten ihn, schirmten das Herz der Flotte ab. Doch eine davon nahm seine periphere Position zu schnell und ohne die angebrachte Vorsicht ein. Das Schiff flog durch eine leuchtende Protuberanz und verglühte.

Arikka kräuselte verärgert die Lippen, als sie den Verlustbericht entgegennahm, doch der Scoutmeister legte nur kurz die Ohren an. Wenigstens hielt er den Kopf respektvoll gesenkt. Baruk mochte kaum einzuschüchtern sein, aber selbst bei einem Kom-Kontakt war er nicht mutig genug, ihrem Blick zu begegnen.

»Die Navigationskarten sind schon alt«, sagte er. »Für manche Sterne werden falsche Koordinaten angegeben.«

»Was nützt eine Nase, wenn sie keine Gefahren wittern kann?« Arikkas bauschiger Schwanz zuckte verächtlich, aber das konnte Baruk leider nicht sehen.

»Rorrul hatte es zu eilig. Sie wartete nicht auf mein Warnsignal, bevor sie das Manöver durchführte.«

»Dann hast du das Signal zu spät gesendet«, erwiderte Arikka. »Es ist deine Aufgabe, das Paac rechtzeitig auf Gefahren hinzuweisen.«

Baruk hob das Kinn und entblößte damit den Hals. Er beendete das Gespräch, indem er den Tadel akzeptierte, und die Ariantu zog praktische Konsequenzen aus der veränderten Situation. »Da du so schwerfällig bist, steht dir ein Platz am Flottenschwanz zu.«

Arikka spürte eine gewisse Zufriedenheit, als sie sah, daß ihr Enkel gedemütigt schauderte, doch die Degradierung brachte weder das verbrannte Schiff noch seine tote Besatzung zurück. Rorruls Verwandte waren eifrige Jäger gewesen, gut geeignet für die Flankenposition des großen Paac. Arikka überlegte eine Zeitlang, beförderte Howul vom ›Bauch‹ zum Späher und wies die übrigen Raumer an, die dadurch entstehende Lücke zu füllen. Niemand würde Rorrul oder das andere Schiff ersetzen, das vor einigen Tagen zerstört worden war.

Ihr Herzmeister Teroon übermittelte den Befehl ohne Widerspruch, doch nach der Kommunikation mit den Schiffsmeistern drehte er sich zu Arikka um. »Eine sehr strenge Bestrafung, Mutter. In dieser Hinsicht haben wir kaum Erfahrung, und daher sind Fehler zu erwarten.«

Der Kontrollraum bot nur wenig Platz, aber Astrogator und Pilot waren so sehr auf ihre Arbeit konzentriert, daß sie nicht lauschten. Arikka beschloß, ganz offen zu sein. »Baruk hat keinen Fehler gemacht, sondern gemordet.«

»Ich dachte, wir hätten unsere Fehden auf Ariant zurückgelassen.«

»Das habe ich ebenfalls geglaubt«, sagte Arikka und bedauerte den Verlust der Schiffe fast ebensosehr wie den Tod der Gefährten an Bord. »Doch meine Familie stirbt, nicht der Feind.«

Das Paac hatte alle seine Besitztümer verkauft oder beliehen, um eine Flotte aus zwölf Kampfschiffen zu bezahlen. Arikkas Familie konnte sich nicht einmal das Wrack eines Frachters leisten, aber diese uralten Reste der imperialen Ariantu waren zu klein, um einen kommerziellen Nutzen zu haben, und deshalb bot man sie als Schrott feil. Arikka sorgte dafür, daß der ›Schrott‹ in Ordnung gebracht wurde, um seinen ursprünglichen Zweck zu erfüllen.

»Na schön«, seufzte sie. »Wenigstens zeigt sein Verrat Schneid.«

Sie tastete nach dem Talisman, der an ihrer Halskette baumelte. Der kleine Stein war ungeschliffen, wie ihr Paac. Sie hatte keinen Künstler zur Welt gebracht, der Arizit so bearbeiten konnte, daß er sich für die Marmorsäle der Hohen Paac von Ariant eignete. Doch jene vornehmen Familien befanden sich noch immer auf der Heimatwelt und wühlten in den Feldern, während Arikka zwischen den Sternen flog. Sie und ihre Verwandten waren die wahren Nachkommen der imperialen Ariantu. Sie wollte ein neues würdiges Paac aus ihrer Familie bilden, indem sie ihren Kindern und Enkeln Gelegenheit gab, die Zähne tief in K'Vin-Fleisch zu bohren.

K'Vin. Dieser Name kam einem Schlachtruf gleich. Die K'Vin hatten es gewagt, sich auf ehemaligen Ariantu-Welten niederzulassen — und die Ariantu hielten an der Entschlossenheit fest, diese unverzeihliche Verhöhnung einstigen Ruhms gnadenlos zu rächen.

Die Adligen der Hohen Paac würden es nie wieder wagen, ihr mit Verachtung zu begegnen. Arikka stellte sich vor, wie sich die Ehrenwerten vor ihr duckten, wie ihre Schwänze durch Staub und Dreck strichen.

»Informiere das Paac. Wir springen nach Kirlos.«

Teroon brummte überrascht. »So schnell, Mutter?«

»Ja. Bevor sich meine streitsüchtigen Kinder gegenseitig umbringen.«

Es wäre ihr lieber gewesen, noch einige zusätzliche

Manöver durchzuführen, um der Familie mehr Übung zu gewähren. Der Angriff auf den Steinbruchplaneten hatte ihr nicht nur einen Arizit-Anhänger eingebracht, wie er dem Oberhaupt eines Hohen Paac gebührte; jene Ariantu, die den alten Ruhm nur aus Legenden kannten, sollten dadurch echten Kampf kosten. Niemand von ihnen hatte wissen können, daß es in der Siedlung überhaupt keine Waffen gab. Die Flotte verlor nur deshalb ein Schiff, weil sich die Flugbahnen von zwei Schiffen kreuzten, als beide die Bordkanonen abfeuerten — vielleicht mehr als nur ein unglücklicher Zufall. Durch den leichten Sieg wurden Arikkas Kinder noch arroganter und hochmütiger. Ein stärkerer Gegner war nötig, um sie Demut zu lehren — und um ihnen Gelegenheit zu geben, sich die eine oder andere Wunde zu lecken.

Teroon hatte lange die Sternkarten betrachtet und in dem Netz aus Sprung-Koordinaten nach einem Planeten mit ausreichendem Verteidigungspotential gesucht. Aber es gab keine geeigneten Ziele, die sich innerhalb von einer Woche erreichen ließen. Mit jedem verstreichenden Tag erinnerten sich Arikkas Kinder genauer an ihre planetaren Rivalitäten, und der Groll zwischen ihnen wuchs. Aus diesem Grund mußte sich die Mutter dem Ziel früher als beabsichtigt zuwenden.

Lekhor hatte genug Zeit, um unseren Plan zu verwirklichen, dachte sie. *Es sollte uns nicht sehr schwer fallen, Kirlos zu übernehmen.*

Der zweite Ariantu-Späher war behutsamer — oder vielleicht weniger rachsüchtig — als sein Vorgänger. Das Paac folgte Scoutmeister Howul und sprang in sicherem Abstand von Sydon in den Normalraum zurück. Während des Transfers durch den Sprungtunnel hatte Arikka die dichte Formation beibehalten, und nun näherte sich die Flotte der sonnenfernsten Welt.

Den Fernbereichssensoren von Kirlos — sie überwachten die an Sydon grenzenden Raumsektoren — entging das plötzliche Erscheinen von zehn Schiffen am Rand des Sonnensystems. Als sich die Flotte der Nachtseite des künstlichen Planeten näherte, wurde sie nur von einigen Nahbereichssensoren erfaßt, doch Sullurh saßen an den entsprechenden Kontrollen. Sullurhhände betätigten Tasten und desaktivierten den Alarm, bevor ihn die Angehörigen der Föderation und Hegemonie hörten. Alle Ariantu-Schiffe passierten ungehindert die orbitalen Abwehrstationen beider Seiten.

Schließlich glitt die Flotte aus der Dunkelheit ins Licht und schwebte über dem felsigen Boden, unter dem sich Kirlosia erstreckte. Niemand lebte auf der Oberfläche des Planeten; niemand blickte zum Himmel und sah die Invasoren. Nur die Sullurh wußten, daß Kirlos neue Herren hatte.

Die übrigen Bewohner werden es bald erfahren, dachte Arikka und berührte den Arizit-Stein an ihrem Hals. Sie bildete den Anfang einer Dynastie aus Ariantu-Herrschern auf Kirlos. Wie viele Paac-Mütter mochten diesen Talisman tragen, bevor sich seine Kanten glätteten? Wie viele Generationen ihrer Verwandten würden durch die unterirdischen Tunnel jener Welt wandern, die von den imperialen Ariantu konstruiert worden war?

Herzmeister Teroon gab ihr ein Zeichen, indem er kurz mit dem Schwanz winkte. Er hatte einen Kontakt zu den Einsatzagenten auf dem Planeten hergestellt, zum Leiter der Gruppe, die alles für die Ankunft des Paac vorbereiten sollte.

Arikka beugte sich zum Bildschirm und fletschte die Zähne, als sie Lekhor erkannte. »Die Jagd kann beginnen!«

Doch der Ariantu wirkte nicht erfreut. Die geschürzten Lippen und ein leichtes Zittern der Ohren deuteten auf Betroffenheit hin.

»Du bist zu früh gekommen, Mutter. Unsere Vorbereitungen sind noch nicht abgeschlossen.«

Diese Auskunft überraschte Arikka. »Dann beende sie *jetzt*. Selbst deine Sullurh-Narren brauchen sicher nicht viel Zeit, um den K'Vin-Pöbel zu veranlassen, über den Föderationsabschaum herzufallen.«

Arikka beobachtete, wie es in Lekhors Augen gleißte — die Zurechtweisung weckte Zorn in ihm. Wenigstens hatte der Aufenthalt bei den degenerierten Sullurh nicht seinen Blutinstinkt beeinträchtigt.

»Wir *alle* sind Narren«, sagte er.

Kopf- und Schwanzhaare Arikkas sträubten sich, aber sie brachte genug Selbstbeherrschung auf, um ihren Gesichtsausdruck unter Kontrolle zu halten. Lekhors Antwort klang gefährlich beleidigend; es war alles andere als typisch für ihn, so achtlos zu sein.

»Ein Kriegsschiff der Föderation ist auf dem Rückweg nach Kirlos«, fuhr er fort. »Und die K'Vin-Botschaft hat einen Schlachtkreuzer aus der Hegemonie angefordert. Wenn sich die beiden Raumer begegnen, beginnen sie vermutlich mit einem Kampf — es sei denn, sie hören von einem Angriff auf den Planeten. Eine von dritter Seite drohende Gefahr könnte sie veranlassen, ihre Feindseligkeiten zu vergessen; vielleicht verbünden sie sich gegen uns.«

»Und wenn schon! Meine Kinder können es gar nicht abwarten, in die Schlacht zu ziehen.« Arikka wollte auf keinen Fall Sorge oder gar Furcht zeigen. Ihre Abkömmlinge waren jung und unerfahren, aber das Blut von Ariantu-Jägern floß in ihren Adern. Wenn der richtige Zeitpunkt kam, würden sie den Feind allein mit Hilfe ihres Instinktes töten.

»Deine Einheiten können es unmöglich mit zwei Kriegsschiffen aufnehmen«, sagte Lekhor. »Aber eine Konfrontation ist gar nicht notwendig. Zieh dich mit der Flotte zurück und warte hinter dem Mond Demodron ...«

»Genug! Kirlos gehört mir. Ich verstecke mich nicht.«

Lekhor verzichtete darauf, Arikka zu widersprechen.

Er entblößte den Hals und bestätigte damit ihr Recht auf die endgültige Entscheidung. »Wie du wünschst, Mutter. Welche Anweisungen hast du für mich?«

Thul hatte die Ariantu erst vor einigen Stunden verlassen, aber Tage schienen vergangen zu sein. Unruhig wanderte er in seinem Quartier umher, das nicht größer oder komfortabler war als die Unterkünfte anderer Sullurh — obgleich er einen hohen Rang bekleidete. Doch bei den Sullurh gab es keine verschiedenen Klassen. Der einzige Unterschied zwischen Thuls Heim und den Wohnungen seiner Artgenossen bestand in Einsamkeit.

Die Sullurh legten großen Wert auf das Familienleben. Bei ihnen galt es als Freude, das Verwalteramt einer neuen und arbeitseifrigen Generation zu übergeben; erhebliches Vertrauen kam darin zum Ausdruck.

Doch Thuls andere Pflichten hinderten ihn ständig daran, zu heiraten und Kinder zu haben. Die Angelegenheiten der Gemeinschaft verlangten viel Zeit, und das *Enio'lo*-Ritual stellte dabei nur einen kleinen Teil seiner Bürde dar. Die Sullurh hatten sich eigene Gesetze gegeben, um Streit zu schlichten; als ihr gewähltes Oberhaupt mußte Thul jene Vorschriften interpretieren und gerechte Entscheidungen fällen, die alle zufriedenstellten.

Darüber hinaus nahm er auch außerhalb der Gemeinschaft Verantwortung wahr. Zum Beispiel seine Tätigkeit für Nassa Coleridge, die es ihm ermöglicht hatte, Informationen über die Föderation jenseits von Kirlos zu sammeln — Daten, die er nicht auf eine andere Art und Weise gewinnen konnte.

Natürlich war es keineswegs unangenehm gewesen, für die Terranerin zu arbeiten. Manchmal hatte Thul sogar Gefallen daran gefunden, auch an ihrer Gesellschaft. Nach ihrem Tod empfand er aufrichtige Trauer, einen Kummer, der nicht auf List und Tücke basierte.

Dennoch verlor er nie das Ziel aus den Augen. Er vergaß nicht, daß er in Wirklichkeit für *sein Volk* arbeitete, daß die Anstrengungen jenem Tag galten, an dem die Ariantu zurückkehrten.

Aber warum fühlte er sich nun diesem Zweck entfremdet, als sei er ihm plötzlich genommen worden? Schlimmer noch — als sei er von Anfang an *sinnlos* gewesen.

Dieses Gefühl vergrößerte die Last der Einsamkeit, und es erschien ihm plötzlich unerträglich, keine Familie zu haben.

Seltsam: Ständig versuchte ein ganz bestimmtes Gesicht, die Leere in ihm zu füllen — die Miene von Nassa Coleridge. Aber war das so sonderbar?

Andere Sullurh konnten bei ihren Verwandten Trost suchen, doch in Thuls Erinnerungen nahm die menschliche Archäologin einen zentralen Platz ein.

Sie hatte ihn gut behandelt. Viele der Fremden ignorierten die Sullurh oder beschränkten sich darauf, ihnen Anweisungen zu geben. Sie beachteten Thuls Volk nicht — was seinen Wünschen entgegenkam. Aber Coleridge bildete eine Ausnahme. Sie hatte Thul respektiert, ihn sogar gemocht oder zumindest diesen Anschein erweckt.

Und er hatte ihre Gefühle erwidert. Warum es nicht zugeben? Wenn ihm bekannt gewesen wäre, daß der nächste Anschlag dem Museum galt, hätte er alles versucht, um sie vor dem Tod zu bewahren.

Leider behielt Lekhor derartige Informationen für sich und vertraute sie nicht einmal Thul an. Für ihn spielte Professor Coleridges Tod überhaupt keine Rolle; er sah nur eine unerwünschte Fremde in ihr, einen von vielen Eindringlingen, die getötet oder von Kirlos vertrieben werden mußten.

Thul stellte fest, daß er Vorwürfe gegen die Ariantu zu erheben begann. Coleridge war für ihn das Äquivalent einer Familie gewesen, und Lekhor hatte sie ihm genommen. Derartige Überlegungen erschienen dem Sullurh zunächst absurd, doch als er sich darauf konzentrierte, präsentierten sie sich ihm als unleugbare Wahrheit.

Nein, widersprach er sich selbst. *Das ist doch verrückt. Coleridge* war *eine Fremde, und die Ariantu sind unser Volk.* Verwandtschaft ging nicht auf Wahl zurück. Sie betraf das Blut, den Kern des Wesens.

Er fühlte sich nicht sehr zu den Ariantu hingezogen; sie hatten ihn sogar enttäuscht. Aber an ihrer gemeinsamen Abstammung bestand kein Zweifel. Außerdem mußte er sich davor hüten, seinen Ärger auf Lekhor und die anderen mit derartigen Empfindungen zu rechtfertigen.

Die Ariantu hatten ihre Pflicht erfüllt, nicht mehr und nicht weniger. Sie hielten sich an ihren Teil der Übereinkunft, und es war nur angemessen, daß Thul ihrem Beispiel folgte.

Die Wände der Wohnung schienen sich näher zu schieben, um ihn langsam zu zerquetschen. Plötzlich konnte Thul nicht mehr geduldig warten, während Lekhor die nächsten Ereignisse einleitete.

Er wollte helfen, Pläne zu entwickeln und sie in die Tat umzusetzen. Wenn anschließend etwas schiefging … Dann traf die Schuld allein ihn.

Diesmal brauchte Thul nicht anzuklopfen. Als er den Arm ausstreckte, öffnete sich die Tür.

Lekhor schien ebenso verblüfft zu sein. Er holte zum Schlag aus, bevor er Thul erkannte. Dann ließ er die Hand wieder sinken und trat die Stufen zur Straße hoch. Pirrus, Eronn und Naalat folgten ihm, schenkten dem Sullurh überhaupt keine Beachtung.

»Wohin gehen Sie?« fragte Thul und versuchte, nicht den Anschein zu erwecken, um eine Auskunft zu *betteln.* »Ist etwas geschehen?«

Naalat sah ihn an und zögerte gerade lange genug,

um zu knurren: »*Etwas*, ja. Wir verlassen Kirlos. Man hat uns zurückbeordert.«

Die Bedeutung dieser Worte wurde Thul nicht sofort klar. Als er sie zu verstehen begann, blieben die Ariantu mitten auf der Straße stehen. Einer von ihnen — Pirrus — blickte zum dunklen Felshimmel empor.

»Was soll das heißen?« fragte der Sullurh. »*Warum* verlassen Sie uns?«

Lekhor musterte ihn kühl. Seine roten Augen glühten unheilvoll unter der Kapuze.

»Weil es hier gefährlich geworden ist. Bestimmt kommt es zu mehr Gewalt, zu weiteren Zerstörungen. Da wir hier alles erledigt haben, wäre es falsch, ein Risiko einzugehen.« Die Lippen teilten sich und offenbarten spitze Zähne. »Hast du mich verstanden, Sullurh?«

Eine niederschmetternde Erkenntnis reifte in Thul heran. »Was ist mit *uns*? Mit Jenen-die-blieben? Wir werden ebenfalls in Sicherheit gebracht, nicht wahr?«

Naalat lachte — ein abscheuliches Geräusch. »Nur Ariantu sind an Bord von Ariantu-Schiffen willkommen.« In seinen scharlachroten Augen loderte Verderbensfeuer. »Und du bist kein Ariantu. Habe ich mich deutlich genug ausgedrückt?«

Lekhor warf seinem Artgenossen einen kurzen Blick zu, der den arroganten Naalat zum Schweigen aufforderte. Aber er verstummte nicht. »Der Winzling soll ruhig Bescheid wissen. Es macht jetzt ohnehin keinen Unterschied mehr.«

Thul wandte sich an Lekhor, und ein Kloß entstand in seinem Hals. »Was meint er damit?«

Der Ariantu knurrte heiser, doch irgend etwas in ihm schien nachzugeben.

»Naalat meint, daß wir euch benutzt haben«, erklärte er und sprach fast sanft. »Die Sullurh sind nie gleichrangige Partner gewesen, nur Werkzeuge.«

»Werkzeuge?« wiederholte Thul. Hitze entstand in ihm, breitete sich im Bauch aus und erfaßte auch das

Gesicht. »Aber wir sind Jene-die-blieben! Wir haben uns geopfert!« Er fauchte. »Niemand ist mehr Ariantu als wir!«

Lekhor schnaubte abfällig. »Glaubst du? Sieh dich an.« Er zog die Kapuze zurück. »Und dann betrachte uns. Willst du auch weiterhin behaupten, daß *du* ein Ariantu bist?«

Thul schüttelte den Kopf. »Sie hatten also nie die Absicht, uns an Ihren Eroberungen zu beteiligen? Uns als Brüder in Ihrem Reich aufzunehmen?«

Lekhor richtete einen durchdringenden Blick auf ihn. Zeigte sich so etwas wie Scham in seinen Augen? »Nein«, antwortete er. »Und als wahrer Ariantu hättest du das von Anfang an gewußt.«

Dann begann Lekhors Gestalt von innen heraus zu funkeln. Die vier Ariantu verwandelten sich in Säulen aus rubinroter Energie.

Sie kehrten zu den Raumschiffen zurück, überließen die Sullurh der Gefahr, die von der Flotte drohte, zusammen mit den Fremden, den Eindringlingen. In den Augen der Ariantu waren auch die Sullurh eine fremde Spezies ohne irgendwelche Rechte.

Lekhor und seine Artgenossen hielten alle Nicht-Ariantu für Ungeziefer, das man achtlos tötete — so wie Nassa Coleridge im Museum.

Die Hitze in Thul nahm weiter zu. Er gab ihr nach, sprang vor und streckte die Hände nach Lekhor aus, um ihn an seinem Umhang festzuhalten, um ... was? Wollte er ihn daran hindern, zu seinem Schiff zurückzukehren? Oder wünschte er sich, mitgenommen zu werden?

Zu spät. Der Ariantu hatte sich bereits in eine energetische Matrix verwandelt — ein Phantom, das wie die Glut eines erloschenen Kaminfeuers leuchtete. Eine Sekunde später war er verschwunden, ebenso wie seine drei Gefährten.

Thul kniete mitten auf der Straße. Er spürte eine brodelnde Mischung aus Zorn und Furcht, und hinzu kam das schreckliche Gefühl, verraten und mißbraucht worden zu sein.

Er dachte an die anderen Sullurh. Was sollte er ihnen sagen? Daß die Brüder von den Sternen sie hintergangen hatten? Daß es ein Fehler gewesen war, den Ariantu zu vertrauen? *Es ist deine Schuld,* flüsterte es in Thul. *Durch die Zusammenarbeit mit ihnen hast du Schande auf dich geladen.*

Konnte er sich den Konsequenzen stellen? Nein, dafür fehlte ihm die Kraft. Er hatte nur die Gemeinschaft. Ohne sie war er nichts.

Es gab nur eine Möglichkeit — Rache an jenen, die sein Volk gedemütigt hatten. Thul mußte eine gewisse Selbstachtung für die Sullurh zurückgewinnen.

Aber auf welche Weise?

Plötzlich fiel ihm die Antwort ein, wie ein Geschenk der Götter. Er erhob sich, und von einem Augenblick zum anderen stand seine Entscheidung fest.

KAPITEL 18

Stephaleh musterte den Androiden. Inzwischen mochte sie den neugierigen und redseligen Data. Die allgemeine Hektik ließ sie manchmal vergessen, daß er eine Maschine war.

Doch mit einer solchen Frage hatte sie nicht gerechnet. Wenn eine erfahrene Diplomatin wie sie, die alle rhetorischen Tricks kannte, die Ariantu nicht dazu überreden konnte, auf Waffengewalt zu verzichten — wie sollte dann ein künstliches Wesen dazu in der Lage sein?

Was soll's? dachte die Botschafterin. *Seine Bemühungen können auch nur scheitern, so wie meine.*

»Einverstanden«, sagte sie schließlich. »Sie haben meine Erlaubnis, Commander Data.«

Der Androide nickte. »Danke, Botschafterin.« Er nahm am Schreibtisch Platz, drückte eine Taste und öffnete damit den Kom-Kanal.

LaForge stand auf der einen Seite und beobachtete das Geschehen mit stummer Aufmerksamkeit. Er schien sich zurückzuhalten, bemerkte Stephaleh. Der Chefingenieur erweckte den Eindruck, als hätte er gern Rat angeboten, doch er beherrschte sich. Die Andorianerin dachte darüber nach. Warum schwieg er? Aus Respekt vor Datas Rang? Oder gab es einen persönlichen Grund? Wollte er dem Androiden neue Erfahrungen ermöglichen?

»Ariantu«, sagte der Maschinenmann. »Hier spricht Commander Data. Bitte antworten Sie.«

Der Bildschirm zeigte plötzlich den Kontrollraum des

Ariantu-Herzschiffes. Eine einzelne Gestalt dominierte die Darstellung, obgleich andere im Hintergrund standen oder arbeiteten.

»Hier ist Arikka, Paac-Mutter«, sagte die Frau. Sie ähnelte der kleinen Statue, die Coleridge als Geschenk für Captain Picard zur *Enterprise* gebeamt hatte. Stephaleh erinnerte sich deutlich daran. *Ich habe das Kunstwerk bewundert, aber offiziell ignoriert.* Arikka war hochgewachsen und anmutig; über der wolfsartigen Schnauze glühten feurige Augen. Sie trug ein Gewand, das sowohl schlicht als auch protzig wirkte — die Kleidung eines Kriegers, in jeder Kultur erkennbar.

»Es wurde auch Zeit, daß sich jemand mit militärischer Autorität meldet«, sagte die Ariantu. »Es liegt mir nichts daran, mit einer unwichtigen Zivilistin zu sprechen, die überhaupt keine Macht hat, um ihren Worten Nachdruck zu verleihen.«

Stephaleh verzog andeutungsweise das Gesicht, als sie diese Beleidigung hörte, doch ansonsten reagierte sie nicht darauf. Derzeit hatten andere Dinge weitaus mehr Bedeutung.

Offenbar respektiert man Data wegen seines Rangs und der Uniform, dachte die Botschafterin. *Interessant.*

»Paac-Mutter ...«, erwiderte der Androide, und dünne Falten formten sich in seiner Stirn. »Ich gehöre nicht zum ...«

Geordi hob die Hände und unterbrach ihn. Seine Lippen bewegten sich lautlos: *Verzichten Sie darauf, der Ariantu zu widersprechen. Sie sind jetzt ein militärischer Repräsentant.*

Data wählte sofort eine andere Formulierung, um den Dialog zu beginnen.

»Paac-Mutter, es ist unsere Hoffnung, daß wir diesen Konflikt ohne Blutvergießen lösen können.«

Arikka kniff die Augen zusammen. »Das klingt seltsam aus dem Mund eines Kriegers«, entgegnete sie.

»Trotzdem betone ich diesen Wunsch.«

Die Ariantu sah ihn an. »Nun gut, Commander. Sie möchten Blutvergießen vermeiden? Dann verlassen Sie Kirlos. *Sofort.*«

Davon ließ sich Data nicht beeindrucken. »Zuerst einmal: Das ist unmöglich. Es sind nicht genug Transportschiffe in der Nähe, um alle Bewohner zu evakuieren. Zweitens: Wir *möchten* den Planeten gar nicht verlassen. Wir bleiben mindestens so lange hier, bis sich herausgestellt hat, ob Sie rechtmäßigen Anspruch auf Kirlos erheben können.« Eine kurze Pause. »Um diese Frage zu klären, schlage ich eine direkte Begegnung zwischen uns vor, zum Beispiel hier in der Botschaft.«

Stephaleh war beeindruckt. Sie hätte sich kaum besser ausdrücken können.

Die Ariantu auf dem Bildschirm schien über Datas Ausführungen nachzudenken. Erwog sie wirklich die Möglichkeit, sich auf beziehungsweise *in* den Planeten zu beamen? Hatte der Androide einen Erfolg erzielt?

»Sie sind kein Krieger«, sagte die Paac-Mutter schließlich.

Enttäuschung erfaßte Stephaleh, und Geordi schien es ebenso zu ergehen, wenn sie seine Miene richtig deutete.

»Sie faseln den gleichen Unsinn wie die Frau«, fügte Arikka hinzu. »Wie jene Person, die Sie ›Botschafterin‹ nennen.« Sie drehte den Kopf und spuckte. »Es gibt nichts mehr zu besprechen. Entweder verschwinden Sie von Kirlos — oder Sie sterben. Uns ist es gleich.«

»Sie lassen keinen Spielraum für einen Kompromiß«, kommentierte Data. »Wenn es eine Chance gibt, um unnützes Leid zu verhindern ...«

Der Schirm wurde dunkel.

»Nun«, murmelte Geordi, »wenigstens nehmen die Ariantu kein Blatt vor den Mund.«

Data wandte sich an die Botschafterin. »Ich habe nicht viel erreicht«, sagte er in entschuldigendem Tonfall.

»Schon gut«, erwiderte Stephaleh. »Sie sind weiter

gekommen als ich. Es gibt also keinen Grund für Sie, sich irgend etwas vorzuwerfen.«

Aber auch Datas Versuch endete in einem Mißerfolg. Das Gespräch hatte vielversprechend begonnen, doch das Ergebnis war ebenfalls negativ.

Stephaleh blickte aus dem Fenster. Die Panik in den Straßen wurde immer schlimmer, und sie konnte nichts daran ändern.

Etwas piepte, und LaForge berührte seinen Insignienkommunikator. »Hier Geordi.«

»Ist es Ihnen gelungen, die Ariantu zur Vernunft zu bringen?« Die Frage stammte von Worf — Stephaleh erkannte seine Stimme sofort.

»Leider nein. Sie sind sehr ... stur. Aber wir versuchen es auch weiterhin, bis sich eine bessere Alternative ergibt.« Geordi runzelte die Stirn. »Oder bis die Flotte angreift.«

Worf befand sich in der K'Vin-Botschaft, und auch er sah aus dem Fenster. Die Straßen erschienen greifbar nahe, und dadurch wirkte das draußen herrschende Chaos bedrohlicher. Der Klingone knurrte leise.

»Was ist mit der Bevölkerung?« fragte er Geordi.

»Was soll mit ihr sein? Die Bürger sind außer sich vor Angst. Sie zertrümmern alles, was ihnen in die Hände fällt. Dauernd finden irgendwo wilde Prügeleien statt.«

»Die Ordnung muß wiederhergestellt werden«, grollte Worf.

»Ja. Und wie?«

Der Klingone dachte einige Sekunden lang nach. »Wir könnten unsere Waffen einsetzen und die Randalierer damit betäuben.«

Geordi schwieg kurz. »Worf«, sagte er nach einer Weile, »Starfleet Command wäre sicher nicht begeistert, wenn wir alle Bewohner des Föderationssektors von Kirlosia ins Reich der Träume schicken. Haben Sie andere Vorschläge?«

Der Sicherheitsoffizier überlegte erneut. »Ja. Powell und seine Leute sollen den Katastrophenplan Beta ausführen. Sagen Sie ihm, Einzelheiten findet er im Handbuch.«

»Verstanden. Danke, Worf. Wir halten Sie auf dem laufenden.«

Dann war der Klingone wieder allein. Nur Ärger leistete ihm Gesellschaft.

Das Loch in der Außenmauer des Botschaftsgebäudes existierte noch immer. Durch die Ankunft der Ariantu-Schiffe hatte Gregach keine Zeit gefunden, eine Reparatur zu veranlassen.

Es patrouillierten auch keine Gardisten in der Nähe — zumindest hielt Thul vergeblich nach ihnen Ausschau. Waren sie alle zum Strip beordert worden?

Der Sullurh schob sich durch die Öffnung und kletterte über geborstenes Gestein hinweg. Niemand versperrte ihm den Weg. Es dauerte nicht lange, bis er die Zelle fand, in der man ihn zusammen mit den *Enterprise*-Offizieren eingesperrt hatte.

Auch hier schien sich nichts verändert zu haben. Nach wie vor gähnte ein großes Loch im Boden, geschaffen von den Fäusten des Androiden. Allerdings verwehrte Staub den Blick in die Tiefe.

Eigentlich ein Witz: Die K'Vin hockten auf einer alten Anlage, deren waffentechnisches Potential sicher ausreichte, um die Ariantu-Flotte zu vertreiben. Doch die Rückkehr ihrer alten Feinde beunruhigte sie so sehr, daß sie keine Ermittlungen in bezug auf die Flucht der Gefangenen anstellten. Andernfalls hätten sie bestimmt den Turbolift und anschließend auch den Saal gefunden.

In dem Fall wären sicher Gardisten beauftragt worden, den Tunnelzugang zu bewachen.

Dann hätte Thul keine Möglichkeit gehabt, noch einmal die Omega-Ebene aufzusuchen. Er schwang die

Beine über den Rand des Lochs, ließ sich fallen — und stöhnte schmerzerfüllt. Er war nicht an körperliche Anstrengungen gewöhnt, und durch den Aufprall verstauchte er sich fast den Fuß. Staub wallte, geriet ihm in die Lungen, und er erlitt einen Hustenanfall.

Kurze Zeit später gelang es ihm, wieder ruhiger zu atmen. Thul beobachtete den Turbolift und erinnerte sich an seine Bedeutung. Als er vorsichtig näher trat, glitt die Tür beiseite, und er trat ohne zu zögern ein.

Der Sullurh wußte, was ihm nun bevorstand, und deshalb hätte er sich eigentlich nicht fürchten sollen. Trotzdem fühlte er sich von Angst gepackt. Als die Transportkapsel ihren horizontalen Transfer beendete und fiel, zitterten Thuls Knie so heftig, daß er auf dem Boden Platz nahm. Nach einigen Sekunden kroch er in eine Ecke und kauerte sich dort zusammen, froh darüber, daß ihn niemand in diesem Zustand sah.

Thul versuchte, das Rauschen verdrängter Luft und die enorme Geschwindigkeit der Kapsel zu ignorieren. Er lenkte sich ab, indem er die Hieroglyphen an den Wänden las — sie ähnelten der sullurhschen Schriftsprache.

Lekhor und seine Gefährten hatten kaum mehr eine Beziehung zu ihrer Geschichte. Wären sie imstande gewesen, die Symbole ebenso mühelos zu lesen?

Das Gefühl drohenden Unheils wurde plötzlich so intensiv, daß Thul seinen Tod für unausweichlich hielt. Er stellte sich vor, wie der Bremsmechanismus des Lifts versagte, wie die Transportkapsel am Boden des Schachts auseinanderplatzte und ihn zerfetzte ...

Statt dessen hielt die Kabine sanft an. Die Tür öffnete sich, und dahinter erstreckte sich die Waffenebene.

Thuls Blick schweifte über glänzenden Konsolen und große gewölbte Bildschirme. Einmal mehr bewunderte er die Ausmaße des Saals und seine technische Pracht.

Wie hatte er daran zweifeln können, daß es sich um die Omega-Ebene handelte? Wieso hatte er zugelassen, daß Lekhor seinen Glauben an die Verheißung dieser Vision erschütterte?

Wenn die Ariantu bereit gewesen wären, ihn hierher zu begleiten … *Aber dazu ist es zu spät,* dachte Thul. *Viel zu spät.*

In der Mitte des Saals blieb er stehen, zutiefst beeindruckt von dem Potential dieses Ortes — einem Potential, das er irgendwie freisetzen mußte. Die Hieroglyphen um ihn herum boten viele Daten und Hinweise, doch sie besaßen keinen unmittelbaren Nutzen. Die Worte waren vertraut, aber sie bezogen sich auf unbekannte Anwendungsbereiche.

Aufgrund der Zusammenarbeit mit Professor Coleridge konnte Thul wesentlich besser mit Computern umgehen als durchschnittliche Sullurh. Mit ein wenig Glück beruhten die Funktionen dieser Maschinen auf der gleichen Logik wie die der Föderation.

Wo sollte er beginnen? Er folgte seinem Instinkt und näherte sich einer besonders großen Konsole.

Kurz darauf sah er die Symbole des Pultes. Das Herz klopfte ihm bis zum Hals empor, als er ihre Bedeutung zu erfassen begann.

Dies war die größte aller Waffen — der ›Heulende Gott‹, wie es in den Legenden hieß. Auch in diesem Punkt entsprachen die Überlieferungen der Wahrheit!

Ehrfürchtig blieb Thul davor stehen und genoß den Anblick. Ein Schrein schien sich vor ihm zu erheben.

In gewisser Weise stimmte das auch — ein Schrein der Macht und destruktiven Fähigkeit der Ahnen.

An der Konsole wartete ein Sessel, für ihn etwas zu groß. Er nahm darin Platz und sah auf den Monitor, der nur ein leeres Gitter zeigte.

Thul fand ein mit der Bezeichnung ›Initialsequenz‹ gekennzeichnetes Kontrollsegment und berührte den runden, gewölbten Sensor darunter. Er fühlte sich warm an, als sei die Maschine eine lebende Entität.

Dann wartete der Sullurh. Er brauchte sich nicht lange zu gedulden: Das Bild auf dem Monitor blieb unverändert, doch andere Projektionsfelder in der Nähe erhellten sich. Ähnliche Gittermuster entstanden, und etwas leuchtete darin auf: ein großer weißer Fleck im Zentrum, umgeben von kleineren, bunten Punkten. Thul entdeckte keine Übereinstimmungen in den einzelnen Konfigurationen.

Verwirrt runzelte er die Stirn. Und dann verstand er.

Die alten Ariantu waren ein raumfahrendes Volk gewesen. Vermutlich symbolisierten die Darstellungen Sektoren im All — nein, Sonnensysteme! Die größeren, zentralen Flecken verkörperten Sonnen, die kleineren Punkte Planeten.

Dadurch ergaben sich ganz neue Möglichkeiten. Thul zitterte aufgeregt.

Er war mit der Absicht hierhergekommen, sich an Lekhor und seinen Gefährten zu rächen, Vergeltung für die erlittene Demütigung zu üben.

Er hielt nach wie vor an der Überzeugung fest, daß er die Ariantu mit den Anlagen des Omega-Niveaus aus dem Orbit vertreiben konnte — um ihnen mitzuteilen, daß Kirlos nicht ihnen gehörte, sondern den Sullurh, den einzigen *wahren* Ariantu.

Doch jetzt formte sich eine andere Idee in ihm. Wenn es sich *tatsächlich* um Sonnensysteme handelte, so mußte sich auch ein ganz besonderes unter ihnen befinden — das Nachbarsystem der Sonne, um die Kirlos kreiste.

Das Herz der K'Vin-Hegemonie.

Thul suchte nach der Kontrolleinheit für ›Selektion‹ und strich mit der Fingerkuppe über den betreffenden Sensor.

Fast sofort entstanden auf dem großen Bildschirm Strukturen, die denen der kleineren Monitore ähnelten. Der Sullurh wußte nichts von Astronavigation, aber er sah auf den ersten Blick, daß ihm die Punkte nicht das Zentralsystem der K'Vin präsentierten. Die am unteren

Rand des Projektionsfelds eingeblendeten Zeichen identifizierten es als Heimat eines Volkes namens Eluud.

Erneut betätigte er den Selektor, und das Bild auf dem großen Schirm wechselte. Wieder eine Enttäuschung: Diesmal erschien ein System, in dem die Pandriliten zu Hause waren, eine Spezies, die sich der Föderation angeschlossen hatte.

Zum drittenmal berührte er den Sensor, und wieder entstand eine neue Darstellung. Thul las die Daten, dazu bereit, eine weitere Selektion vorzunehmen.

Doch dafür bestand keine Notwendigkeit. *Er hatte die Ursprungswelt der K'Vin gefunden,* jenen Planeten, der das Zentrum ihrer Hegemonie bildete!

Das Herz des Sullurh pochte so heftig, daß er den Eindruck gewann, es könne ihm den Brustkasten zerreißen. Sein Gaumen wurde trocken, als er auf den Bildschirm starrte.

Das Heimatsystem der K'Vin ... *Und ich habe die Macht, es zu zerstören!*

Fragen flüsterten und raunten in ihm, manche vage, andere klar und deutlich. Wenn diese Waffe imstande war, die Zivilisation der verhaßten K'Vin zu zerstören — warum hatten die Ariantu sie nie eingesetzt? Konnte der Heulende Gott wirklich ein lichtjahrweit entferntes Ziel vernichten?

Schon nach kurzer Zeit gab es Thul auf, nach Antworten zu suchen. Von solchen Dingen wußte er nichts oder nur sehr wenig.

Spielte es überhaupt eine Rolle, wie die Maschine funktionierte? Es kam nur darauf an, daß sie die gewünschte Wirkung erzielte.

Der Sullurh befeuchtete sich die Lippen, betrachtete die Konsole und suchte nach der nächsten Sequenz. Er fand einen Sensor mit der Markierung ›Energie‹ und legte die Hand darauf.

Das hatte dramatische Konsequenzen zur Folge. Plötzlich erwachten die übrigen Aggregate aus ihrem

Schlaf, als seien sie alle diesem Pult untergeordnet, als hätten sie nur darauf gewartet, Befehle von ihm entgegenzunehmen und sie auszuführen.

Dutzende von Monitoren schimmerten, und schnell wechselnde Bilder huschten durch die Projektionsfelder. Etwas summte leise — ein uralter Mechanismus, in den nun elektronisches Leben zurückkehrte.

Thul nickte zufrieden, hielt nach der nächsten Kontrollfläche Ausschau und fand sie: ›Aktivieren‹. Er zögerte lange genug, um sich daran zu erinnern, auf welche Weise die Ariantu ihn und sein Volk mißbraucht hatten. Grimmige Genugtuung erfüllte ihn, als er daran dachte, daß Lekhor und seinen Gefährten eine große Überraschung bevorstand.

Er tastete nach dem silbrig glänzenden Segment.

Und dann erlebte *er* eine Überraschung. Die ganze Omega-Ebene begann zu vibrieren — nicht nur die Konsolen und Maschinen, sondern auch Boden und Wände.

Keine Sorge, beruhigte er sich. *Diese Anlagen sind alt. Bestimmt lassen die Vibrationen bald nach.*

Doch das war nicht der Fall. Ganz im Gegenteil: Während der nächsten Sekunden wurden sie immer heftiger.

Thuls Sessel *bebte.* Der Sullurh stand auf, um nicht zu Boden geschleudert zu werden.

Aber es fiel ihm schwer, das Gleichgewicht zu wahren. Er fühlte die Vibrationen in den Knochen, mit einer fast schmerzhaften Intensität. Mehr noch: Ein dumpfes Grollen erklang. Das Grundgestein des Planeten schien sich zu verschieben, als bräche Kirlos langsam auseinander.

Mit einer Sicherheit, die über nackte Fakten hinausging, die aus seiner Magengrube stammte und nicht vom Gehirn, begriff Thul, daß er einen schrecklichen, *entsetzlichen* Fehler gemacht hatte.

KAPITEL 19

Gregach taumelte, und nur Worfs starke Arme verhinderten, daß er auf den Boden stürzte.

Sie wankten zum Fenster und blickten über Kirlosia hinweg. Das gleichmäßige Vibrieren dauerte an, als pulsiere enorme, kaum kontrollierte Energie durch den Planeten. Gebäude erzitterten. Gregach und Worf beobachteten, wie Bürger fielen oder nach einer Sicherheit suchten, die nicht mehr existierte.

»Was ist los?« fragte der K'Vin-Botschafter.

»Bei den Gottheiten: Was passiert jetzt?« Stephaleh sprach sanft, aber ihre Stimme klang trotzdem drängend.

Sie sah auf die Stadt, und ihr bot sich der gleiche Anblick dar wie Gregach. Die Kopffühler der Andorianerin neigten sich hin und her, als die Vibrationen stärker wurden. Hinter ihr starrten sich Geordi und Data verwirrt an.

»Irgendwo entsteht Energie«, sagte der Androide.

»Und woher kommt sie?« fragte der Chefingenieur.

Datas Gedanken rasten, als er auf und ab marschierte. »Energie … immer mehr Energie. Von einer externen Waffe? Möglicherweise haben die Ariantu damit begonnen, Kirlos zu vernichten. Aber warum? Es ergibt keinen Sinn. Sie erheben Anspruch auf diese Welt; ihnen liegt nichts daran, sie zu zerstören.«

»Vielleicht doch«, erwiderte Geordi. »Wer weiß?«

»Nein, das glaube ich nicht«, widersprach Data. »Wir

können davon ausgehen, daß sie die Integrität von Kirlos bewahren wollen, um sich selbst hier niederzulassen. Das würde bedeuten, daß die Energie aus dem Innern des Planeten stammt und nicht von außerhalb.«

»Aber das ergibt noch weniger Sinn«, meinte LaForge. »Wo sollte eine derart intensive energetische Aktivität stattfinden, und ...«

Er unterbrach sich und begriff eine Sekunde nach Data, was geschah.

»Die von uns entdeckte Ebene«, sagte der Androide. »Der Saal mit den Konsolen und Blastern ...«

»Glauben Sie, dort gibt es eine Waffe, die dazu bestimmt ist, den Planeten zu vernichten? Weshalb? Eine Selbstzerstörungsvorrichtung?«

»Ich weiß es nicht«, antwortete Data. Trotz der bedrohlichen Situation wirkte er wieder völlig gelassen. »Allerdings bezweifle ich, ob es nur um eine schlichte Selbstzerstörung geht. Wir wissen inzwischen, daß die Ariantu ein sehr aggressives und kriegerisches Volk sind. Wenn sie Kirlos vernichten wollen, so nicht ohne einen triftigen Grund. Und jener Grund verbirgt sich in dem Saal. Wir müssen uns beeilen.«

»Noch einmal nach unten?«

»Noch einmal nach unten.« Der Androide klopfte auf seinen Insignienkommunikator. »Data an Worf.«

»Hier Worf«, erklang die Stimme des Klingonen.

Die Lage spitzte sich immer mehr zu, und Data sah sich mit der Notwendigkeit konfrontiert, sofort zu handeln, die Pflichten des Anführers und Commanders wahrzunehmen. »Wir kehren zur K'Vin-Botschaft zurück.«

»Das halte ich nicht für besonders klug.«

»Aber es ist erforderlich. Erwarten Sie uns in der untersten Ebene, bei der Zelle D. Data Ende.«

Er unterbrach die Kom-Verbindung, bevor Worf Fragen stellen konnte.

»Was haben Sie vor?« erkundigte sich Stephaleh.

Data sah sie ernst an. »Wir versuchen, diese Welt zu retten«, erwiderte er.

Es ging alles so schnell, daß die Kommandanten der Ariantu-Schiffe weder reagieren noch die Ereignisse rechtzeitig verstehen konnten.

Das als ›Tal‹ bekannte runde und flache Gebiet auf der Nachtseite von Kirlos begann plötzlich zu glühen. Am Rand waberten energetische Entladungen, und ihre Aktivität nahm rasch zu. In den Raumschiffen der Föderation, K'Vin und Ariantu wuchs die Besorgnis.

Von einem Augenblick zum anderen erzitterte der ganze Planet, als würge er etwas Massives aus sich heraus. Ein gewaltiger Kegel aus purer Energie zuckte empor und verharrte im All, Hunderte von Kilometern über Kirlos.

Das energetische Gebilde schimmerte bunt, und seine Emissionen waren so stark, daß die Ortungssensibilität der Sensoren rasch verringert werden mußte. Picard und der Captain des K'Vin-Kreuzers gelangten zu dem Schluß, daß sie der Spitze des Kegels *viel* zu nahe waren — ihre Schiffe wichen zurück.

Wenige Sekunden später verzerrte sich das Raum-Zeit-Gefüge über dem Kegel; er schien ein Loch in das Gewebe der Realität zu bohren.

Für das bloße Auge blieb der Riß im Raum unsichtbar, aber die Scanner erfaßten ihn sofort und projizierten schematische Darstellungen auf Bildschirme. Graphische Strudel und Wirbel entstanden, zeigten ein Loch in ihrer Mitte. Zuerst war es klein und durchmaß nur einige Dutzend Kilometer, doch es dehnte sich schnell aus.

Die Deflektoren des K'Vin-Schiffes glühten in einem matten Rot. Hinter diesem flirrenden Nebel zeichneten sich die torpedoförmigen Konturen des Kreuzers ab.

Runde Metallzylinder ragten aus seiner Außenhülle, und einer davon spie eine Feuerkugel.

»Hart Backbord!«

Picards Stimme übertönte das Heulen der Triebwerke. Er hielt sich an den Armlehnen des Kommandosessels fest, um auf eine jähe Veränderung des künstlichen Schwerkraftfelds vorbereitet zu sein, doch nichts dergleichen geschah.

»Steuermann!«

Das Deck hob sich und schleuderte den Captain zu Boden. Die *Enterprise* hatte sich zur Seite geneigt, aber wesentlich langsamer als erwartet. Picard wußte mit lähmender Gewißheit, daß die Photonenentladung sein Schiff treffen würde. Ein einfaches Ausweichmanöver, das normalerweise genügt hätte, um die *Enterprise* in Sicherheit zu bringen, war fehlgeschlagen. Der Captain hoffte inständig, daß die Schilde hielten, nutzte die wenigen noch verbleibenden Sekunden, um über die unvermeidlich gewordenen offensiven Gegenmaßnahmen zu entscheiden.

Ein unheilverkündendes Gleißen füllte den Wandschirm.

»Navigation, alle Energie auf ...«

Picard unterbrach sich.

Der Energieblitz erreichte das Ziel überhaupt nicht.

Seltsamerweise verfehlte er die *Enterprise,* raste in einem Bogen an ihr vorbei und verschwand ...

Im Nichts.

»Wieso ...«, begann Riker. Er beugte sich vor und deutete zum großen, gewölbten Bildschirm an der vorderen Brückenwand.

Das Kriegsschiff der K'Vin trudelte durchs All, drehte sich um die eigene Achse und glitt fort. Es schien zu schrumpfen, als die Entfernung zwischen den beiden Schiffen größer wurde.

»Was hat das zu bedeuten?« Picard starrte ins Projektionsfeld und versuchte zu verstehen, warum die *Enter-*

prise noch immer unbeschädigt war und der Gegner ganz offensichtlich manövrierunfähig. Er hätte erleichtert sein sollen, doch diese Anomalie beunruhigte ihn.

»Etwas zieht uns an!« rief Fähnrich Nagel von der Operatorstation. Ihre Finger huschten über die Kontrollen. »Turbulenz voraus.«

»Kurs halten«, sagte Picard.

Das Licht der Brückenlampen flackerte, und auf dem rückwärtigen Oberdeck erklang eine warnende Stimme. »Reserveenergie wird in die Triebwerke geleitet.«

»Warum?« fragte Picard. »Was geht hier vor?«

»Captain!« Ein bleicher Lieutenant Dean sah von den Anzeigen der Scanner auf. »Sir ... Dort draußen hat sich ein Wurmloch gebildet.«

»Merde.« Der Captain sehnte sich plötzlich nach der sofort einschätzbaren Gefahr, die von einem Photonentorpedo ausging. Ein Wurmloch war weitaus heimtückischer.

»Schilde senken!« befahl er. »Notenergie-Restriktionen erster Priorität. Alle zur Verfügung stehende Energie in die Triebwerke.«

Es wurde dunkler auf der Brücke. Das elektronische Zirpen der Konsolen verwandelte sich in ein kaum mehr hörbares Flüstern.

»Wir halten die Position«, sagte Fähnrich Nagel und führte mehrere Schaltungen durch. »Gerade so.«

Picard stand auf und trat zum wissenschaftlichen Offizier. »Lieutenant?«

Dean schüttelte den Kopf und beantwortete die unausgesprochene Frage so leise, daß nur der Captain seine Stimme vernahm. »Wir sind zu nahe. Selbst mit der Energie von zehn Raumschiffen wären wir nicht imstande, aus dem Gravitationssog des Wurmlochs zu entkommen. Der Wirbel durchmißt inzwischen viele tausend Kilometer, dehnt sich rasch weiter aus und setzt dabei unglaubliche Energiemengen frei. Es dauert nicht mehr lange, bis ...« Er zögerte kurz und fügte dann hinzu: »Es dauert nicht mehr lange, bis der Strudel Kirlos aus dem sydonischen Orbit zieht.«

Picard versuchte, die Katastrophe zu verstehen, doch die ungeheuren Kräfte, die sich nun entfalteten, schienen einen Teil seines Selbst zu lähmen. Er merkte kaum, daß der Erste Offizier neben ihm stehenblieb.

»Die K'Vin sind sture Narren«, sagte Riker. »Sie schützen sich noch immer mit Deflektoren, anstatt das energetische Potential ihres Triebwerks zu verstärken.«

Eine diffuse schwarze Wolke umhüllte einen Teil des Kriegsschiffes. Von einem Augenblick zum anderen verschwand das Glühen der Schilde, und der Kreuzer sauste durchs All — aber nicht weit genug, um der hungrigen Leere zu entgehen, die noch immer an ihm nagte.

»Zu spät.« Picard wußte, daß nur wenige Minuten die *Enterprise* und ihre Besatzung von dem gleichen Schicksal trennten. Die K'Vin hatten sein Schiff angegriffen, und deshalb fühlte er sich ihnen gegenüber nicht verpflichtet. Andererseits ... »Navigation! Richten Sie einen Traktorstrahl auf das Kriegsschiff.«

»Das hat wohl kaum einen Sinn, Sir«, meinte Riker leise. »Wir schieben das Unvermeidliche nur hinaus — für uns alle.«

»Wenn wir sterben müssen, so gehen wir als zivilisierte Wesen in den Tod«, erwiderte Picard halblaut.

Der Captain und sein Erster Offizier beobachteten stumm, wie der Traktorstrahl nach dem K'Vin-Schiff tastete und es aus der finsteren Wolke zerrte. Der Kreuzer schwebte am Rand des Strudels, glitt jedoch nicht in ihn zurück.

Statt dessen näherte sich die *Enterprise* dem Schlund.

»Wo ist der verdammte Turbolift, von dem Sie mir erzählt haben?« donnerte Worf. Er freute sich nicht gerade darüber, daß der Boden immer heftiger zitterte.

Worf, Geordi und Data befanden sich nun unter der Zelle. Weit über ihnen, in den Straßen der Stadt, erklangen die Geräusche einer sich rasch ausbreitenden Panik. Die Männer achteten nicht darauf und dachten nur an ihr Ziel.

Data stand verwirrt vor der Lifttür, die sich hartnäkkig weigerte, beiseite zu gleiten. »Ich weiß es nicht«, antwortete er.

»Zur Seite«, knurrte Worf und zog den Phaser, um die Tür zu zerstrahlen. Aber Data ignorierte die Aufforderung des Klingonen, betrachtete einen schmalen Spalt zwischen den beiden Schotthälften und bohrte die Finger hinein. Mit seiner Androidenkraft gelang es ihm, die Tür zu öffnen.

Dahinter erstreckte sich gähnende Leere, ein tiefer, dunkler Schacht. Von der Transportkapsel war weit und breit nichts zu sehen.

»Wir haben ein Problem«, sagte Geordi.

»Um die Katastrophe zu verhindern, müssen wir unverzüglich zum Arsenal«, stellte der Androide fest. »Ich kenne nur eine Möglichkeit, die es uns erlaubt, das Omega-Niveau innerhalb kurzer Zeit zu erreichen.«

Er sah Geordi an, und der Chefingenieur begann zu ahnen, worauf Data hinauswollte. »O nein, bitte nicht«, ächzte er.

»Vor dem Botschaftsgebäude habe ich einige gesehen.«

»Gnade«, stöhnte LaForge.

»Einige was?« fragte Worf.

Fünf Minuten später hockte Geordi erneut auf einem Antigravschlitten und fürchtete um sein Leben.

Data flog das Ding mit maschinenartiger Präzision, und Worf saß am Steuer des zweiten Schlittens dicht hinter ihnen. Die Wände des Schachtes rasten atemberaubend schnell vorbei.

Der horizontale Tunnel fand ein jähes Ende und ging in einen vertikalen über. Geordi fühlte sich wie von einer unsichtbaren Faust gepackt, die ihn in den Sitz preßte. Verzweifelt klammerte er sich fest — wenn er in der Lage gewesen wäre, die Hand zu heben, hätte er sich das VISOR von den Augen gerissen.

Er preßte die Lippen zusammen und stellte sich eine schadenfroh lächelnde Nassa Coleridge vor.

Der halsbrecherische Sturzflug ging weiter, und schließlich übermittelte das VISOR eine Warnung. »Der Boden des Schachtes!« rief LaForge und hoffte, daß ihn seine Gefährten trotz des Fauchens der verdrängten Luft hörten. »Direkt unter uns!«

Seine Besorgnis erwies sich als ungerechtfertigt. Datas akustische Rezeptoren registrierten die Worte, und Worf vernahm sie ebenfalls. In perfekter Synchronisation wurden die beiden Schlitten langsamer, neigten den Bug nach oben und landeten sanft auf dem glänzenden Metall der Transportkapsel.

Unter Datas Füßen befand sich die Luke eines Notausstiegs. Der Androide griff danach und riß sie auf — der Stahl löste sich mit lautem Knacken und Knirschen. Die drei Starfleet-Offiziere verloren keine Zeit und kletterten in die Kabine des Turbolifts hinab.

Die Tür stand offen und gewährte Zugang zum Saal mit den Konsolen. Dort blieben Geordi und seine beiden Begleiter verblüfft stehen.

Alle Bildschirme glühten. Einer von ihnen zeigte das Tal mit dem wabernden Energiekegel, und in einem anderen Projektionsfeld leuchtete die graphische Darstellung eines wachsenden Wurmlochs. Ein dritter Monitor präsentierte die *Enterprise* und ein K'Vin-Schiff — beide Raumer liefen Gefahr, von dem weit aufgerissenen Rachen der Raum-Zeit-Verzerrung verschlungen zu werden. Geordi bemerkte auch die Darstellung eines Sonnensystems, das er zunächst nicht identifizieren konnte. Überall blinkten Kontrollampen. Die Vibrationen waren hier nicht ganz so stark, aber LaForge spürte, wie sie zunahmen, während sich im All über Kirlos der Gravitationsstrudel ausdehnte und die *Enterprise* bedrohte.

Thul stand in der Mitte des Saals, beugt sich über ein Pult und schüttelte wie benommen den Kopf. Nach einigen Sekunden drehte er sich zu den Starfleet-Offizieren um, und seine Augen lagen tief in den Höhlen.

»Ich wollte sie vernichten«, murmelte er. Seine monotone Stimme hallte gespenstisch dumpf von den Wänden wider. »Ich wollte sie auslöschen, aber statt dessen habe ich den Tod meines Volkes heraufbeschworen und Kirlos in den Untergang geführt!«

»Daaata ...«, sagte Geordi langsam und gedehnt. »Was ist hier los?«

Der Androide nutzte seine ganze Elaborationskapazität, nahm Daten auf und verarbeitete sie. Er betrachtete die Hieroglyphen und entdeckte Symbole verschiedener Sprachen in ihnen. Er beobachtete die Bildschirme, deutete die graphischen Schemata, empfing Informationen über eingesetzte Energie, Astronavigation und Gravitationsfelder ...

»Natürlich!« platzte es aus ihm heraus. »Es ist elementar!«

Worf trat mit einem kehligen Knurren näher, und Geordi hielt ihn am Arm fest. Data schien die Reaktion des Klingonen überhaupt nicht zu bemerken.

Der Androide vollführte eine umfassende Geste. »Der ganze Planet ist eine Waffe. Sehen Sie ...« Er deutete auf die Sternenkarte, in der bunte Linien schimmerten. »Das Zentralsystem der Hegemonie. Jener Planet ist die Heimatwelt der K'Vin. Er wird angepeilt.«

»Angepeilt?« wiederholte Geordi. »Aber *warum?*« Dann verstand er. »O mein Gott.«

»Genau«, sagte Data. »Diese Maschinen erzeugen das Wurmloch.«

»Und es zieht uns an«, hauchte LaForge.

»Ja«, bestätigte der Androide. »Das andere Ende des Raum-Zeit-Tunnels entsteht *dort.*« Er streckte die Hand aus. »In unmittelbarer Nähe der K'Vin-Heimatwelt. Eine recht erstaunliche Technologie. Wenn das Wurmloch groß genug ist, nimmt es Kirlos auf und schleudert den Planeten über mehrere Lichtjahre hinweg. Im Zentralsystem der K'Vin entsteht fast gleichzeitig eine zweite Anomalie, die den Retransfer ermöglicht. Das Ergebnis: Kirlos kollidiert mit der Zielwelt.«

»Wir können hier nicht einfach herumstehen und diesen Vorgang bewundern!« entfuhr es Geordi. »Wir müssen etwas dagegen unternehmen.«

»Selbstverständlich«, erwiderte Data. »Und wir sollten schnell handeln.« Er berührte mehrere Kontrollsegmente und fuhr fort: »Die *Enterprise* benutzt ganz offensichtlich einen Traktorstrahl, um zu verhindern, daß der K'Vin-Kreuzer dem Gravitationssog erliegt. Aber dadurch verliert sie Energie und kann sich nicht mehr lange schützen. Wenn die beiden Schiffe in das Wurmloch geraten, bevor es sich stabilisiert hat, droht ihnen vollständige Zerstörung in dem Schwerkraftwirbel. Doch selbst wenn es ihnen gelingt, die gegenwärtige Distanz beizubehalten — sie befinden sich zwischen Kirlos und der Anomalie. Woraus folgt: Der Transfer erfaßt sie ebenfalls, und anschließend werden sie zwischen uns und dem Heimatplaneten der K'Vin zermalmt. In beiden Fällen wäre Tod die Folge.« Er nickte in Richtung einer anderen Konsole. »Gehen Sie zu den Kontrollen dort, Geordi. Und halten Sie sich genau an meine Anweisungen.«

KAPITEL 20

Staubpartikel, die seit Äonen träge im All schwebten, stießen nun aneinander, als sie dem Riß im Raum-Zeit-Kontinuum entgegenstürzten. Asteroiden und Meteoriten folgten ihnen, eine dichter werdende Wolke aus Materie, die das Wurmloch dem Sydon-System entriß. Hier und dort am Rand des Gravitationsstrudels gerieten die Raumschiffe verschiedener Welten — Xanthricit, Randrisian, Andor — in die kosmische Flut und versuchten, dem Verderben zu entrinnen.

Manche von ihnen schafften es nicht.

Auch die Ariantu-Schiffe fielen den Maschinen ihrer Vorfahren zum Opfer. Das ganze Paac wurde angesaugt, und die Entfernung zum Schlund des Wurmlochs schrumpfte immer mehr. Baruks Raumer verschwand als erster darin.

Arikka saß auf der Brücke des Herzschiffes und beobachtete den wogenden Strudel. Ariantu-Technologie hatte den Mechanismus geschaffen, der das Wurmloch entstehen ließ. Ariantu-Geräte registrierten seine Präsenz.

»Der Heulende Gott lebt!«

»Natürlich, Mutter«, erwiderte Teroon. »Wir alle kennen ihn aus den Legenden.«

»Ja, aber ich hielt sie für Lügen, mit denen die Hohen Paacs leichtgläubige Bauern erschrecken und ihren Gehorsam erzwingen.«

Entsetzen erfaßte Arikkas Familie. Die Ariantu im Kontrollraum rührten sich nicht, starrten gebannt auf den Wirbel aus brodelnder Energie. Nur Teroon blieb ruhig, sein Schwanzfell glatt. »Die Ahnen konnten das Universum nach ihrem Willen formen«, sagte er sanft. »Sie drohten mit ihrer Macht, um das Reich zu verteidigen. Um ihre Sicherheit zu gewährleisten, waren sie bereit, Kirlos zu zerstören — diesem Zweck diente der Planet.«

Worte einer halb vergessenen Geschichte flüsterten in Arikkas Gedächtnis. Zunge und Lippen bewegten sich von ganz allein. »Aber die Ariantu-Konstrukteure empfanden zu großen Stolz auf die von ihnen geschaffene Welt. Als sich die K'Vin gegen sie erhoben, brachten sie es nicht fertig, Kirlos der Vernichtung preiszugeben.«

Die Anspannung an Bord nahm zu, als der Mahlstrom nach einem zweiten Schiff der Flotte tastete. Es trachtete danach, ihm zu entfliehen, erbebte wie gequält und verschwand in der finsteren Wolke.

»Wir sind erledigt«, raunte Arikka. Ihr fehlte nicht der Mut, gegen die K'Vin zu kämpfen, aber es gab keine Möglichkeit, dem Fluch der Vorfahren zu widerstehen.

»Es ist nur ein Tunnel, Mutter«, sagte Teroon. »Ein Tunnel durchs All. Bis Kirlos davon erfaßt wird, können wir ihn passieren und sicher das andere Ende erreichen.«

Arikka glaubte zunächst, Wahnsinn in diesen Worten zu hören, doch dann entsann sie sich an Teroons Verwandtschaft mit einem der weniger wichtigen Hohen Paacs. Zum erstenmal in ihrem langen Leben erkannte sie die Natur wahren Adels: Teroon hatte die alten Legenden nicht nur gehört, sondern sie auch verstanden.

»Wohin führt der Tunnel?«

Der Schiffmeister fletschte die Zähne. »Zur Heimatwelt der K'Vin.«

»Ahh!«

Die Mutter fragte sich, ob er die Wahrheit sagte, ob nach fünftausend Jahren irgendein lebender Ariantu über den Heulenden Gott Bescheid wissen konnte. Vielleicht spielte die Antwort gar keine Rolle. Arikka wollte nicht auf den Tod warten. Sie zog es vor, ihm mit gezücktem Dolch zu begegnen.

»Herzmeister, leite das Sprungmanöver ein.«

Geordi nahm Datas Anweisungen entgegen und bediente die Kontrollen, so schnell er konnte. Der Androide bemühte sich unterdessen, Computercodes zu entschlüsseln, die Waffensysteme zu blockieren und das energetische Niveau zu senken.

Thul hatte in zwei Fällen ebenso erstaunliches wie fragwürdiges Glück gehabt. Erstens: Es war ihm gelungen, die Wurmloch-Maschinerie zu aktivieren. Geordi vermutete in diesem Zusammenhang, daß man schon beim Bau der apokalyptischen Waffe ständige Einsatzbereitschaft geplant hatte.

Zweitens: Der Sullurh lebte noch. Dieser Umstand überraschte LaForge. Worf hatte bereits gebrummt, daß Thul als erster sterben sollte, wenn ihnen allen der Tod bevorstand — zweifellos ein weiteres Beispiel für klingonischen Humor.

Data hielt inne.

»Was ist los?« rief Geordi. Die unheilverkündenden Geräusche wurden mit jeder verstreichenden Sekunde lauter.

»Der Computer weist meinen Desaktivierungscode zurück«, erwiderte Data. »Es bleibt mir nichts anderes übrig, als nach Alternativen zu suchen. Außerdem können wir uns nicht mit einer Rejustierung des Zielanpeilungssystems begnügen — wir müssen es vollständig neutralisieren. Sonst schleudert uns das Wurmloch nur woanders hin.«

»Wie lange brauchen Sie dafür?« fragte LaForge.

Der Androide arbeitete noch schneller, und auf einem der Bildschirme verlor die *Enterprise* vielleicht ihr letztes Gefecht. Sowohl das Föderationsschiff als auch der

K'Vin-Kreuzer wurden vom Wurmloch immer stärker angezogen.

»Wie lange?« drängte Geordi.

»Ich weiß es nicht genau«, antwortete Data.

LaForge hatte das Gefühl, plötzlich den Boden unter den Füßen zu verlieren. »Sie *wissen* es nicht genau! Wieviel Zeit hat die *Enterprise?*«

Der Androide blickte auf ein Instrument, das Auskunft über die Wachstumsrate des Wurmlochs gab. »Zwei Minuten und vierunddreißig Sekunden.«

Geordis Lippen formulierten stumme Worte; er brachte es nicht fertig, sie laut auszusprechen.

Datas Hände sausten über die Kontrollen, während er verzweifelt nach einer Lösung suchte. Er betrachtete die Hieroglyphen und berechnete eine Million Kombinationen pro Sekunde.

»Schaffen Sie es?« erkundigte sich Worf.

»Ich bin mir nicht sicher«, sagte Data. »Vielleicht dauert es drei oder vier Minuten, bis ich den Apokalypsenmechanismus stillegen kann.«

»Zu lange!« stöhnte Geordi.

Data legte keine Pause ein. »Möglicherweise nimmt es nicht ganz soviel Zeit in Anspruch. Es kommt darauf an.«

»Beeilen Sie sich. Sonst sterben die Besatzungsmitglieder der *Enterprise* — und wir ebenfalls.«

»Ich gebe mir alle Mühe.«

»Data!«

Sekunden verstrichen.

Geordi stand neben dem Androiden, nahm knappe Anweisungen von ihm entgegen und führte sie sofort aus. Aber die erhoffte Wirkung stellte sich nicht ein — das energetische Niveau stieg auch weiterhin.

»Der Computer lehnt nach wie vor den Code ab«, sagte Data, und seine Stimme klang unmenschlich ruhig. »Inzwischen ist mir bekannt, daß die Sequenz aus achtzehn verschiedenen Symbolen besteht und ...«

»Data!«

Irgend etwas schien die *Enterprise* auf dem Bildschirm zu verzerren. Ihre Warpgondeln dehnten sich, ebenso das Diskussegment. Langsam glitt das Schiff dem hungrigen Gravitationsschlund entgegen. Geordi glaubte, die Schreie seiner Freunde zu hören. *»Data! Schalten Sie die Anlage endlich ab!«*

Der Androide hob den Kopf, sah die *Enterprise* in Gefahr, fühlte die Vibrationen und stellte fest, daß noch mehr Energie freigesetzt wurde. Er brauchte nur den richtigen Code zu finden, um das Entsetzen zu beenden. Vielleicht gelang es ihm.

Vielleicht auch nicht.

Die *Enterprise* erzitterte und neigte sich dem Wurmloch entgegen. Der K'Vin-Kreuzer folgte dicht hinter ihr. Es blieben nur noch wenige Sekunden.

»Bitte um Erlaubnis, etwas unternehmen zu dürfen, Sir«, knurrte der Klingone.

Vielleicht reicht die Zeit noch, dachte Data. *Und wenn nicht?*

Was hatte Worf vor? An der Antwort auf diese Frage konnte kein Zweifel bestehen. Aber wenn er ebensowenig Erfolg hatte wie Data, würden sie alle sterben. Andererseits: Wenn Data wartete und das Rätsel löste, schafften sie es vielleicht, die Katastrophe zu verhindern.

Oder auch nicht.

Zeit.

Keine Zeit mehr.

Jetzt, dachte der Androide. *Entscheide dich* jetzt.

Er brauchte weniger als eine Sekunde, um die Lage zu beurteilen. Scheinbar ohne zu zögern wandte er sich an Worf.

»Einverstanden«, sagte er.

Der Klingone hob den Phaser und feuerte.

Ein Energiestrahl zuckte zu den Konsolen auf der anderen Seite des Saals. Worf nahm den Finger nicht vom

Auslöser, und weitere Entladungen kochten durch Instrumentenbänke. Geordi und Data ließen sich fallen, während ihr klingonischer Gefährte das Zerstörungswerk fortsetzte. Funken stoben, als Schaltkreise zischten. Metall schmolz. Explosionen krachten tief im Innern der Maschinerie.

Nach einer Weile drehte Worf sich um und schoß auf die übrigen Installationen. Bildschirme platzten; schwarze Kontrollpulte barsten. Hieroglyphen verschwanden in der Glut, ohne jemals übersetzt zu werden. Computerterminals brachen auseinander, während weitere Detonationen donnerten und Geordis Trommelfelle zu zerreißen drohten.

Thul schrie, aber die Explosionen und Phaserstrahlen übertönten seine Schreie. Schließlich sank auch Worf zu Boden, als enorme Druckwellen Verkleidungsplatten durch den Saal schleuderten. Flammen leckten aus den Konsolen, und beißender Qualm wogte. Absolutes Chaos herrschte. Das Ende der Welt stand unmittelbar bevor.

Es schien eine Ewigkeit lang zu krachen, obwohl in Wirklichkeit nur wenige Sekunden vergingen, erfüllt von Furcht, Hoffnung, stummen Gebeten und der Gewißheit, daß niemand mit dem Leben davonkommen würde. *Ein vollkommen sinnloser Tod,* dachte LaForge. *Wir sterben, weil vor vielen Jahrtausenden jemand einen Planeten als Waffe schuf ...*

Dann wuchsen die Abstände zwischen den Explosionen, und schließlich kehrte Stille zurück.

Noch immer zogen dichte Rauchschwaden durch den Saal, doch der Boden vibrierte nicht mehr.

Geordi hustete und stemmte sich langsam hoch. Neben ihm richtete sich Data auf. Thul bebte am ganzen Leib, doch sie schenkten ihm keine Beachtung. Ruß und Asche klebten in ihren Gesichtern.

»Worf?« flüsterte LaForge. »Alles in Ordnung mit Ihnen?«

Jemand keuchte und knurrte: »Ja.«

Sie saßen schweigend, als sich die Qualmwolken auflösten. Worf hockte in der Nähe, und auch sein Gesicht war schmutzig.

Er richtete einen finsteren Blick auf Data.

»Gute Arbeit, Lieutenant«, sagte der Androide hoffnungsvoll.

Worf gab keine Antwort, erhob sich und klopfte Staub von seiner Uniform.

»Sie hatten nun Ihr erstes eigenes Kommando, Data«, meinte der Chefingenieur. »Haben Sie etwas daraus gelernt?«

Der Androide überlegte kurz. »Ich glaube schon. Ich mußte die Erfahrung machen, daß Kommandopflichten wesentlich schwieriger sind, als ich zunächst annahm. Und Sie, Geordi?«

LaForge zuckte mit den Schultern. »Ich werde in Zukunft versuchen, bei kritischen Situationen einen kühleren Kopf zu bewahren — und eine Möglichkeit zu finden, das VISOR besser vor den Augen zu befestigen.«

»Auch ich habe etwas gelernt«, brummte Worf.

Die beiden anderen Starfleet-Offiziere musterten ihn erstaunt.

»Meine Erkenntnis lautet: Wenn man mir gleich erlaubt hätte, mit meinem Phaser zu schießen, wären viel weniger Probleme für uns entstanden.« Der Klingone drehte sich um und schritt in Richtung Turbolift.

KAPITEL 21

Der Sprung des Herzschiffs in den Rachen des Heulenden Gottes verblüffte die übrigen Ariantu. Schwänze zuckten und Herzen klopften schneller, als die Besatzungen der anderen Schiffe schrien und beobachteten, wie der Raumer im Gravitationswirbel verschwand. Mit ihrem kühnen Handeln schuf die Paac-Mutter eine neue Heldensaga, die man sich noch viele Generationen später erzählen würde.

Doch Tote konnten nicht von dieser einzigartigen Tapferkeit berichten. Vielleicht verzichteten Arikkas Kinder deshalb darauf, ihrem Beispiel zu folgen. Ihr Mut erfüllte die Schiffsmeister mit Stolz, doch sie leiteten nach wie vor alle Energie in die Triebwerke, um nicht in den Strudel gezogen zu werden.

Dann kollabierte das Wurmloch.

Licht blitzte aus den Tiefen des Schlundes. Eingefangene Objekte gerieten in die Wellenfronten sich überlappender Schwerkraftfelder und zerfielen zu Staub. Von einer Sekunde zur anderen existierte die Verzerrungszone nicht mehr, doch die plötzlich zurückgekehrte Ruhe war nur von kurzer Dauer.

Zwölf Schiffe hatten Ariant vor einigen Monaten verlassen, und nur sieben blieben übrig. Trotz ihrer stark geschrumpften Flotte erinnerten sich die überlebenden Ariantu daran, Jäger zu sein. Sie verschwendeten keine Zeit damit, sich Erleichterung darüber hinzugeben, daß der Zorn des Heulenden Gottes sie verschont hatte. Statt dessen hielten sie sofort nach Beute Ausschau.

Diesmal brauchten sie nicht weit zu reisen. Die Waffe ihrer Vorfahren hatte ihnen Mühe erspart — ein Föderationsschiff befand sich in der Nähe. Um vom Feind nicht für feige gehalten zu werden, begannen die Ariantu sofort mit einem offensiven Manöver, das der *Enterprise* galt.

Irgendwann verlangte das Triebwerk auch die Energie des Lebenserhaltungssystems. Die Wärme blieb im Schiff — mehrere Isolierschichten hinderten sie daran, ins All zu entweichen —, aber schon nach wenigen Minuten erschien die Luft zum Schneiden dick. Picard kämpfte gegen die Benommenheit aufgrund des Sauerstoffmangels an, als er hörte, wie das laute Summen des Antriebs verklang. Eine jähe Beschleunigung preßte ihn in den Sessel.

Jetzt ist es soweit. Er stellte sich vor, wie die *Enterprise* in den Gravitationsschacht fiel und dort zerrissen wurde.

Das Schiff glitt jedoch weiterhin durchs All.

Nach einer Weile fiel dem Captain das Atmen leichter, und der mentale Nebel lichtete sich. Um ihn herum glühte wieder helles Licht, und das elektronische Raunen der Computer gewann vertraute Intensität.

»Statusbericht«, brachte Picard heiser hervor. Mehrere Stimmen erklangen, und er konzentrierte sich auf eine davon.

»Es ist verschwunden«, sagte Dean ungläubig. »Das Wurmloch hat sich geschlossen.«

»Wir treiben mit Subwarp!« rief Riker vom rückwärtigen Oberdeck. »Kein Triebwerksschub. Unsere Energiereserven sind fast erschöpft, aber die Akkumulatoren werden bereits geladen. Sensorkapazität in drei Minuten.« Er atmete tief durch und füllte die Lungen mit frischer Luft. »Verdammt, das war knapp.«

»In der Tat, Nummer Eins.« Picard sah zum Wandschirm, der nun wieder den Weltraum zeigte — und das

Schiff der K'Vin. Auch der Schlachtkreuzer driftete antriebslos, aber am Rumpf blinkten erste Lichter. *Sie haben es ebenfalls überstanden,* dachte der Captain erleichtert.

Ein Schatten raste durchs Projektionsfeld.

»Schilde hoch!« befahl Picard instinktiv, aber es war bereits zu spät. Ein Phaserstrahl traf die *Enterprise* und ließ das Brückendeck erbeben.

Unmittelbar darauf heulten die Sirenen der Alarmstufe Rot, und das Licht flackerte, als die Verteidigungssysteme Energie aufnahmen. Eine zweite Phaserentladung zerstob an den Deflektoren, doch das Schiff erzitterte. Kleine Kampfeinheiten huschten über den Wandschirm. Unter normalen Umständen hätten sie keine Gefahr dargestellt. Aber derzeit konnte sich die *Enterprise* kaum zur Wehr setzen.

»Was ist mit unseren Waffen?« fragte Picard.

»Das energetische Niveau reicht nicht aus«, antwortete Riker. »Wenn wir das Feuer erwidern, verlieren wir die Schilde. Und jeder Treffer schwächt unser defensives Potential.«

Erneut schüttelte sich das Schiff.

»Strukturlücken in den Heckdeflektoren, Captain«, meldete Burke. Er starrte auf seine Konsole und runzelte die Stirn. »Wir können sie nicht mit der Notenergie schließen, ohne das Lebenserhaltungssystem zu beeinträchtigen.«

Aus den Augenwinkeln sah Picard neue Bewegungen auf dem Wandschirm: Der K'Vin-Kreuzer näherte sich. Das rote Schimmern seiner Schilde trübte sich, doch der abgefeuerte Photonentorpedo glänzte hell.

»Himmel, wir haben sie gerettet!« entfuhr es Riker. »Das ist der Dank dafür ...«

Die Explosion des Torpedos tauchte den Kontrollraum der *Enterprise* in weißes Gleißen — und vernichtete einen Angreifer. Die anderen zogen sich rasch zurück.

»Offenbar haben Sie die K'Vin falsch eingeschätzt«, kommentierte Picard mit einem Lächeln. Aber auch er hatte zuerst vermutet, daß der Kreuzer das Föderationsschiff unter Beschuß nahm.

»Sir«, sagte Burke. »Wir empfangen eine Nachricht von Captain Shagrat, dem K'Vin-Kommandanten der *Kehlenzerfetzer.*«

»Mut, Captain Picard! Gemeinsam schicken wir die Ariantu in den Tod!«

»Die Ariantu?« wiederholte Picard, verwirrt von dem Hinweis auf jenes legendäre Volk. Dann fiel es ihm plötzlich wie Schuppen von den Augen. »Natürlich.«

»Ich erkenne die Schiffe jenes aasfressenden Ungeziefers! Seit fünftausend Jahren sind die Konfigurationen unverändert geblieben. Bestimmt stecken die Ariantu hinter den Unruhen auf Kirlos.«

Shagrats Kreuzer feuerte einen zweiten Photonentorpedo ab und pulverisierte eins der kleinen Kampfschiffe, das sich zu nahe herangewagt hatte. Der Wandschirm zeigte die übrigen Raumer, die nun wieder zur *Enterprise* flogen. Picard fragte sich, ob die Ariantu dumm oder selbstmörderisch genug waren, um den Angriff fortzusetzen.

»Captain, die Ariantu setzen sich mit uns in Verbindung.«

»Ich verstehe«, murmelte Picard. »Der Gegner sieht ein, daß er keine Chance hat. Deshalb gelangt er zu dem Schluß, daß Kapitulation fataler Tapferkeit vorzuziehen ist.«

»Hier spricht Lekhor, Paac-Oberhaupt der Ariantu.«

Die Stimme klang arrogant, aber der Captain versuchte, diesen Eindruck zu ignorieren und unvoreingenommen zuzuhören.

»Kirlos gehört den Ariantu«, fuhr Lekhor fort. »Wir berufen uns hiermit auf das Recht der Einheimischen, eine Kolonisierung abzulehnen. Wir fordern, daß uns die Föderation den Status eines Protektorats verleiht. Darüber hinaus erwarten wir, daß Sie uns vor dem Imperialismus der K'Vin-Hegemonie schützen.«

»Was? Sie haben mein Schiff angegriffen, und jetzt ...«

»Das spielt keine Rolle«, sagte Lekhor. Diesmal zweifelte Picard nicht mehr an der Arroganz, die in den Worten des Ariantu zum Ausdruck kam. »Sie müssen uns Hilfe gewähren — die Föderationspolitik verpflichtet Sie dazu.«

Die *Kehlenzerfetzer* feuerte einen dritten Photonentorpedo ab, der die Schilde der *Enterprise* streifte und das Ziel verfehlte. Einige Sekunden später öffnete der K'Vin-Kommandant einen Kom-Kanal.

»Ich bitte um Entschuldigung, Captain Picard. Mein Waffenoffizier hatte es zu eilig, ein weiteres feindliches Schiff zu vernichten. Ich habe ihm einen strengen Verweis erteilt.«

»Danke, Captain Shagrat«, erwiderte Picard und verbannte den Ärger aus seiner Stimme. »Bitte halten Sie sich *auch weiterhin* zurück.«

»Sir, ein neuerlicher Kommunikationskontakt ...«

»Hier spricht Matat, Paac-Mutter der Ariantu! Ich habe gehört, welche Ansprüche der Hochstapler namens Lekhor erhebt. Er ist ein Mann und hat keine Autorität in unserer Familie. Ich habe den Befehl über das Herzschiff und bin für alle Verhandlungen in Hinsicht auf den Protektoratsstatus zuständig ...«

Die Verbindung wurde kurz unterbrochen, als Phaserstrahlen zwischen den beiden Ariantu-Schiffen hin und her rasten. Dann ertönte erneut Matats Stimme, untermalt von statischem Knistern.

»Ich verlange, daß der Verräter Lekhor unverzüglich von Repräsentanten der Föderation verhaftet wird!«

»Eintreffende Kom-Signale, Captain.«

»Lassen Sie mich raten.« Picard seufzte. »Lekhor will, daß wir Matat unter Arrest stellen.«

»Hier spricht Keriat, wahres Paac-Oberhaupt der Ariantu! Ich fordere ...«

Picard winkte und befahl damit ein Ende der Kom-Kontakte. Stille senkte sich auf die Brücke hinab, als er im Kommandosessel Platz nahm und einige Falten in seiner Uniform glättete.

»Erstatten Sie der Föderationsbotschaft auf Kirlos Bericht. Ich glaube, wir sollten diese Angelegenheit Stephaleh überlassen.«

Die Welt existierte noch. Stephaleh blickte aus dem Fenster und sah Bürger, die in den Straßen umhereilten — nicht in Panik, sondern voller Freude darüber, am Leben zu sein.

Offenbar hatten die Starfleet-Offiziere einen ganzen Planeten gerettet, obgleich das Wie ein Rätsel für Stephaleh blieb. Von Sicherheit konnte natürlich keine Rede sein. Nach wie vor befanden sich Ariantu-Schiffe über Kirlos, vermutlich dazu bereit, eine neue Katastrophe auszulösen.

Sie lehnten es noch immer ab, mit der Botschafterin zu sprechen. Es fand überhaupt keine Kommunikation statt.

Stephaleh beschloß, die Gelegenheit zu nutzen, um im Föderationssektor von Kirlosia die Ordnung wiederherzustellen. Mit dieser Absicht wandte sie sich vom Fenster ab, um Zamorh Anweisungen zu erteilen — und stellte einmal mehr fest, daß er nicht zugegen war.

Seit wann fehlte er? Die Andorianerin wußte es nicht genau. Er mußte verschwunden sein, bevor ihr das *Enterprise*-Trio mitteilte, daß sich Zamorh mit Gregachs Assistenten verschworen hatte und an dem Anschlag beteiligt gewesen war, der zur Verhaftung von Data, Worf und LaForge führte. Und die folgenden Ereignisse rückten jene Vorwürfe in den Hintergrund: das Eintreffen der Ariantu, der Beginn des Bebens, das Kirlos zu zerreißen drohte.

Stephaleh berührte eine Taste der Schreibtischkonsole. »Sicherheitschef Powell, hier spricht die Botschafterin. Wie ist die Lage bei Ihnen?«

Es verstrichen einige Sekunden, bevor Powells tiefe Stimme aus dem Lautsprecher drang. Im Hintergrund hörte Stephaleh laute Geräusche. »Derzeit scheint überall Erleichterung zu herrschen — *große* Erleichterung. Die Tavernen und Kneipen haben gerade geöffnet, und das lenkt die meisten Bürger ab. Aber es ist nur eine Frage der Zeit, bis sie sich an die Raumschiffe über uns erinnern, und dann müssen wir mit einer neuen Panik rechnen.«

Die Andorianerin seufzte leise. »Haben Sie Zamorh gesehen?«

»Nein, Botschafterin. Da fällt mir ein: Ich habe schon seit einer ganzen Weile keine Sullurh mehr bemerkt. Weder in der Botschaft noch in den Straßen ...«

Seltsam, dachte Stephaleh. Weit und breit keine Sullurh mehr. Dann entsann sie sich daran, daß die Starfleet-Offiziere von Sullurh überwältigt worden waren. Sie hatte zunächst an die Aktion einer radikalen Gruppe geglaubt, aber wenn *alle* Sullurh den Anschein erweckten, verschwunden zu sein ...

Die Erkenntnis wirkte wie ein Schlag mitten ins Gesicht.

»Treffen Sie alle notwendigen Vorbereitungen dafür, daß ich in dreißig Minuten zur Bevölkerung sprechen kann. Halten Sie gleichzeitig nach den Sullurh Ausschau. Wenn Sie welche finden, so bringen Sie die Betreffenden unverzüglich hierher.« Stephaleh zögerte. Die Worte klangen selbst jetzt noch falsch. »Ich habe Grund zu der Annahme, daß sie zumindest einen Teil der Verantwortung für die jüngsten Ereignisse tragen. Fragen Sie mich bitte nicht nach Einzelheiten und beginnen Sie sofort mit der Suche.«

Powells Schweigen deutete darauf hin, daß es auch dem Sicherheitschef schwerfiel, eine Verschwörung der

Sullurh in Erwägung zu ziehen. »Na schön«, sagte er schließlich. »Wie Sie meinen, Botschafterin.«

»Dreißig Minuten«, betonte die Andorianerin noch einmal.

»Dreißig Minuten«, bestätigte der Mensch.

Stephaleh lehnte sich zurück. Und nun? Wenn ihr Verdacht gerechtfertigt war...

Sie überraschte sich selbst, als sie plötzlich einen Kontakt zur K'Vin-Botschaft herstellte. Diesmal wurde sie sofort mit Gregach verbunden, der gerade einige Datenscheiben ins Regal legte und das Bereitschaftszeichen am Kom-Schirm übersah.

»Botschafter Gregach«, sagte Stephaleh.

Er drehte sich um, als er die Stimme der Andorianerin hörte, schluckte mehrmals und unterdrückte den Ärger über die Verletzung seiner Privatsphäre. »Offenbar geht es Ihnen gut. Das freut mich.«

»Ja«, erwiderte Stephaleh. »Es geht mir gut. Und Ihnen?«

Er hob die Schultern. »Wie Sie sehen, geriet mein Arbeitszimmer durch das Beben in Unordnung. Aber sonst ist nichts passiert.« Er schob die letzten Datenscheiben an ihren Platz im Regal. »Ich nehme an, wir haben es Worf und den anderen zu verdanken, daß Kirlos nicht zerstört wurde.«

»So sieht es aus.« *Wenn du deinen Willen durchgesetzt hättest,* dachte die Botschafterin, *säßen die drei Offiziere noch immer in einer Zelle — und dann wäre Kirlosia jetzt ein Trümmerhaufen.* Sie widerstand der Versuchung, einen solchen Vorwurf an Gregach zu richten. »Ich möchte Sie aus einem bestimmten Grund sprechen.«

Der K'Vin schnitt eine Grimasse und nickte. »Ich weiß. Die Sullurh.«

Diese Bemerkung verwirrte Stephaleh. »Sie sind zu dem gleichen Schluß gelangt?«

»Ja. Seit dem Beginn der Vibrationen ist Gezor verschwunden, und das gilt auch für alle anderen Sullurh, die hier in der Botschaft gearbeitet haben. Darüber hinaus hat mir Ilugh mitgeteilt, daß nirgends in der Stadt Sullurh zu sehen sind. Diese beiden Fakten und Worfs Schilderungen …« Gregach schüttelte den Kopf. »Ganz offensichtlich gibt es eine direkte Verbindung zwischen den Sullurh und … was? Dem Beben und der Ankunft der Ariantu? Oder stehen sie mit beiden Ereignissen in Zusammenhang?«

»Gute Fragen«, lobte Stephaleh. Es erfüllte sie mit Zufriedenheit, wieder ein sinnvolles, vernünftiges Gespräch mit ihrem alten Freund zu führen. Noch immer war eine gewisse kühle Distanz zu spüren, aber sie erzielte mehr Fortschritte, als sie zu hoffen gewagt hatte.

Ich habe Ilugh angewiesen, alle Sullurh hierherzubringen, die er finden kann«, sagte Gregach. »Vielleicht sollten Sie die gleiche Anordnung geben.«

»Das ist bereits geschehen.«

Sie musterten sich gegenseitig, voller Respekt. *Unsere Intellekte ähneln sich,* dachte Stephaleh. *Wir denken in den gleichen Bahnen.* Auch diesen Gedanken behielt sie für sich.

»Bitte rufen Sie mich an, wenn Sie glauben, wichtige Informationen zu haben«, sagte der K'Vin. »In einem solchen Fall melde ich mich ebenfalls bei Ihnen.«

»Einverstanden«, sagte die Andorianerin und beendete den Kom-Kontakt.

Sie bedauerte sehr, daß ihre Beziehungen zu Gregach gelitten hatten, aber sie durfte sich jetzt nicht davon belasten lassen. Stephaleh begann damit, jene Worte zu formulieren, mit denen sie sich an die Bürger des Föderationssektors von Kirlosia wenden wollte — um sie zu beruhigen und gleichzeitig ihre Autorität wiederherzustellen.

Sie nahm sich vor zu betonen, daß die Rettung des Planeten in erster Linie den Starfleet-Offizieren zu verdanken war. Man hatte sie zu Unrecht verdächtigt.

Nach den ersten Sätzen piepte der Kommunikator, und eine rote Kontrollampe leuchtete. Stephaleh begriff sofort die Bedeutung dieses visuellen Hinweises, strich eine Strähne zurück und bereitete sich innerlich vor.

Picards Gesicht erschien auf dem Schirm. »Ich grüße Sie, Botschafterin.«

»Ich erwidere ihren Gruß«, sagte die Andorianerin. »Schon seit einer ganzen Weile versuche ich, Sie zu erreichen.«

»Was ist mit meinen Offizieren — mit der Landegruppe, die sich nach wie vor auf Kirlos befindet?«

»Ich hoffte, in Kürze Nachricht von Data, Worf und LaForge zu bekommen«, entgegnete Stephaleh. »Es freut Sie bestimmt zu hören, daß Ihre Leute Kirlos vor dem Wurmloch gerettet haben.« Sie erklärte die Details. »Sie sollten stolz auf sie sein, Captain.«

Picard nickte. »Ja. Hoffentlich finde ich bald Gelegenheit, ihnen meine Anerkennung auszusprechen.«

»In der Zwischenzeit ...«, sagte Stephaleh. »Wie ist die Situation bei Ihnen?«

»Außerordentlich ... interessant. Wissen Sie, mit wem wir es zu tun haben?«

»Ja«, antwortete die Andorianerin. »Mit den Ariantu.«

Das nahm Picard den Wind aus den Segeln. »Natürlich. Ich hätte damit rechnen sollen, daß Sie Bescheid wissen. Sicher standen Sie mit ihnen in Verbindung.«

»Nicht mehr«, widersprach Stephaleh. »Sie ignorieren die Kom-Signale.«

Picard brummte leise. »Was mich betrifft ... Die Ariantu sind regelrecht *versessen* darauf, mit mir zu sprechen. Drei ihrer Schiffe — unter ihnen auch der Raumer des Paac-Oberhaupts — sind dem Wurmloch zum Opfer gefallen. Die übrigen Kommandanten erheben nun Anspruch auf den Befehl über den Rest der Flotte.« Der Captain verzog andeutungsweise das Gesicht. »Außerdem behaupten sie, daß Kirlos nach wie vor den Ariantu gehört. Sie verlangen eine Evakuierung aller Bewohner.«

»Die Evakuierung wurde sofort nach dem Eintreffen der Ariantu gefordert«, sagte Stephaleh. »Aber der Rest ist tatsächlich interessant. Offenbar haben wir nicht nur bessere Überlebensaussichten, sondern auch eine gute Verhandlungsposition.«

Picard zuckte mit den Achseln. »Nun, es gibt jetzt weniger Ariantu — wenn Sie das meinen. Aber wir sollten die von ihnen ausgehende Gefahr nicht unterschätzen. Hinzu kommt die Präsenz des K'Vin-Kriegsschiffes; dadurch wird alles noch komplizierter. K'Vin und Ariantu fochten damals eine Blutfehde aus; selbst nach Jahrtausenden sind sie nicht bereit, Frieden zu schließen.«

»Das könnte zu erheblichen Problemen führen.« Stephaleh ahnte, worauf der Captain hinauswollte.

»Probleme, für deren Lösung Ihre diplomatischen Erfahrungen erforderlich sind, Botschafterin.«

Das dachte ich mir.

»Bisher waren die Ariantu nicht bereit, auf mich zu hören«, sagte die Andorianerin. »Warum sollten sie ihre Meinung ändern?«

»Vielleicht gelingt es mir, die Kommandanten davon zu überzeugen, daß Sie die zuständige Autorität sind«, meinte Picard.

Stephaleh nickte. »Na schön. Ich akzeptiere die Verantwortung.«

»Danke. Ich gebe die Nachricht weiter. Picard Ende.«

Die Botschafterin holte tief Luft und ließ den Atem mit einem leisen Zischen entweichen. Sie legte die Hände flach auf den Tisch und bemerkte einige zusätzliche Falten, die sich während der vergangenen Monate — oder Tage? — darin gebildet hatten.

Die Ariantu. Ja, die Ariantu.

Stephaleh beschloß, sich besondere Mühe zu geben. Dies war das Ende ihrer beruflichen Laufbahn, und man würde sie nicht nach den ersten Leistungen beurteilen, sondern nach den letzten.

Sie hätte sich viel besser gefühlt, wenn ihr bekannt gewesen wäre, welche Rolle die Sullurh bei den zurückliegenden Ereignissen spielten. Immer deutlicher gewann sie den Eindruck, daß eine Verbindung existierte. Das Beben begann kurz nach dem Erscheinen der Ariantu, und im Anschluß daran verschwanden die Sullurh. Es *mußte* einen Zusammenhang geben.

Stephaleh hielt es für notwendiger denn je, einen Sullurh zu finden, um sich die Hintergründe erklären zu lassen.

Thul betrat das Haus, in dem seine Schwester wohnte, und die drei Starfleet-Offiziere folgten ihm. Es brannte kein Licht in der Wohnung, doch die Unordnung war auf den ersten Blick erkennbar.

»Ein ziemliches Durcheinander«, kommentierte Geordi und meinte damit die umgestürzten Möbel. Data und Worf sahen sich schweigend um.

Thul gestand sich ein, daß er durch sein Verhalten großen Schaden angerichtet und den Bürgern der Stadt Leid beschert hatte. Kummer bedrückte ihn, und er begriff, daß er vor dem Leben im Jenseits seine Seele läutern mußte. Er hatte dem *Enterprise*-Trio versprochen, alles zu versuchen, um wieder Ordnung in Kirlosia zu schaffen — mit Hilfe der anderen Sullurh.

Auf dem Weg nach oben zur Stadt hatte Thul dem VISOR-Träger Geordi erklärt, daß dieses Haus als Treffpunkt während einer Krise diente. Er hielt es für wahrscheinlich, daß sich auch Gezor und Zamorh hier aufhielten.

Worf ließ den Sullurh nicht aus den Augen und war ständig bereit, von seinem Phaser Gebrauch zu machen. Während des Wurmloch-Zwischenfalls ging sein Vorrat an Geduld zur Neige; nur der Umstand, daß ihm die Ereignisse recht gaben, hielt den Zorn in ihm unter Kontrolle. Er mochte Thul nicht. Er wollte die Mission beenden und zur *Enterprise* zurückkehren.

»Freunde, ich bin's, Thul. Seid ihr hier?« Seine Stimme klang leise und unsicher. Data erhöhte die Sensibilität der akustischen Sensoren und lauschte. Nach wenigen Sekunden hörte er, wie einige Personen das Hinterzimmer verließen. Zehn Sullurh näherten sich: ein kleines Mädchen, mehrere Frauen — eine von ihnen schwanger — und Männer, unter ihnen Gezor und Zamorh.

»Warum hast du die Fremden mitgebracht, Meister Thul?« fragte Gezor. Die anderen Sullurh hielten sich hinter ihm. Gregachs Assistent neigte zu einer gewissen Aggressivität, und deshalb überließ man ihm gern die Führung.

»Weil es keinen Sinn mehr hat, das Geheimnis zu wahren. Die Ariantu-Brüder haben uns im Stich gelassen, uns für untauglich erklärt. Jetzt müssen wir für das eintreten, was wir sind und wollen. Es geht nun darum, einen eigenen Weg zu beschreiten. Diese Repräsentanten der Föderation haben Kirlos gerettet, und wir... nein, *ich* bin dazu verpflichtet, unsere Fehler wiedergutzumachen.«

Thul musterte seine Artgenossen und spürte ihre gemischten Gefühle.

»Hast du wirklich die Omega-Ebene entdeckt, Meister Thul?« fragte das Mädchen.

»Ja, Glora. Und dort habe ich eine fürchterliche Waffe aktiviert, die Kirlos fast vernichtet hätte — den Heulenden Gott.«

»Dann stimmen die Legenden also«, sagte Thuls Schwester langsam. Die anderen Sullurh verstanden die Bedeutung ihrer Worte und sprachen aufgeregt miteinander.

»Ruhe!« donnerte Worf. Von einem Augenblick zum anderen herrschte wieder Stille.

Data trat vor. »Wir möchten wissen, wer die Sullurh

wirklich sind und in welcher Beziehung Sie zu den Ari antu stehen. Nur mit solchen Informationen sind wir imstande, die notwendigen Entscheidungen zu treffen.«

Zamorh sah Gezor an, dessen Gesicht ernst blieb und keine Emotionen verriet. Offenbar wollte Gregachs Assistent weder etwas mit Außenweltlern zu tun haben noch Thul dabei helfen, sich von der Bürde seiner Schuld zu befreien.

Doch Zamorh teilte Gezors Einstellung nicht. »Du solltest mit dir selbst zu Rate gehen«, sagte er zu ihm. »Ich glaube, daß wir uns und dem Planeten genug geschadet haben. Wenn die Föderationsoffiziere Hilfe gewähren können, so besteht unsere Pflicht darin, ihnen eine Möglichkeit dazu zu geben. Bitte sprich, Meister Thul.«

Der Sullurh nickte dankbar und wandte sich wieder dem *Enterprise*-Trio zu. »Es ist zweifellos am besten, mit dem Anfang zu beginnen — mit dem Aufbruch der Ariantu.«

Thul erläuterte den Untergang des alten Ariantu-Reiches, das seiner eigenen Macht zum Opfer fiel: Es war zu schnell zu groß geworden. Nur eine kleine Gruppe, die Ahnen der Sullurh, blieben auf Kirlos zurück, um die Aufgaben von Hütern wahrzunehmen — bis das Reich eine neue Blüte erlebte und wieder Anspruch auf den Planeten erhob.

»Eigentlich sollte unser Verwalteramt nur kurze Zeit dauern«, sagte Thul. »Aber aus Jahren wurden Jahrzehnte, aus Jahrzehnten Jahrhunderte, aus Jahrhunderten Jahrtausende. Wir veränderten uns, teils durch Degeneration, teils durch gezielte Maßnahmen. Uns war klar, daß die K'Vin irgendwann nach Kirlos kommen würden, und wenn das geschah, wollten wir nicht als Nachkommen ihrer alten Feinde erkannt werden.«

Schließlich trafen die K'Vin *tatsächlich* ein. »Auch die Angehörigen anderer Völker ließen sich auf diesem Planeten nieder. Sie alle hielten uns für Sullurh und ahnten nichts von unserer ruhmreichen Vergangenheit. Schon lange vor der Teilung Kirlosias galten wir als vertrauenswürdig, fleißig und bescheiden, bestens geeignet für die Arbeit in den Botschaften. Es fiel uns nicht schwer, einflußreiche Posten zu bekleiden und als Assistenten der Botschafter tätig zu werden.

Doch bei unseren Anstrengungen und Bemühungen dachten wir in erster Linie an die Rückkehr. Wir waren sicher, daß die Ariantu als Volk überlebt hatten und Kirlos als ihre Welt beanspruchen würden.« Thul schüttelte den Kopf. »Schließlich ging unser Wunsch in Erfüllung. Vier von ihnen kamen und erneuerten unsere Hoffnung. Sie waren Ariantu — *wahre* Ariantu, wie Götter! Sie gaben uns die Chance, unser Erbe zurückzuverlangen, und wir ergriffen sie, so wie ein Verhungernder nach einer Brotkruste greift.«

Thul beobachtete die Sullurh und ihre Reaktionen. Die kleine Glora hörte aufmerksam zu, und ein Lächeln umspielte ihre Lippen. Thuls Schwester nickte nur; sie hatte diese Geschichte bereits gehört, bevor alles begann.

»Als Lekhor uns mitteilte, der Zeitpunkt sei gekommen, alle Fremden von Kirlos zu vertreiben, entwickelten wir einen Plan, um die Feindseligkeiten zwischen Föderation und Hegemonie zu vergrößern.« Einmal mehr sah er die *Enterprise*-Offiziere an. »Zusammen mit Ihnen fand ich das legendäre Omega-Niveau. Ich erkannte es sofort als Kern unseres Glaubens, als den Grund dafür, warum dieser Planet für die alten Ariantu so wichtig gewesen war. Ich wußte nicht, daß ich etwas Schreckliches entdeckt hatte, etwas, daß die Vernichtung unserer Welt heraufbeschwören würde.«

Thul unterbrach sich und senkte den Kopf. Zu viele Emotionen erschütterten ihn, zuviel Reue. Die Empfindungen drohten ihn zu überwältigen, und er versuchte, sich wieder zu fassen.

Er berichtete vom Erscheinen der Flotte, davon, daß

Lekhor und seine Gefährten die Sullurh nur als Werkzeuge benutzt hatten, sie nicht für echte Ariantu hielten. Er schildete seine Empörung, den Wunsch, sich für die erlittene Schmach zu retten, beschrieb schließlich die Aktivierung der apokalyptischen Waffe.

»Inzwischen geht keine Gefahr mehr von ihr aus«, warf Data ein. »Sie können also mit einem neuen Leben beginnen. Der erste Schritt besteht darin, diese Informationen den Botschaftern Stephaleh und Gregach zu bringen, ihnen alles zu erklären.«

»Nein!« entfuhr es Gezor. Wut — und vielleicht auch Furcht — ließ ihn erzittern. »Ich will von der Föderation nicht wegen Verschwörung vor Gericht gestellt und verurteilt werden! Dadurch würde ich von meiner Familie getrennt und alles verlieren, was mir lieb und teuer ist!«

Thul trat langsam zu dem bestürzten Sullurh und umarmte ihn. »Sieh mich an, Gezor«, sagte er. »Ich habe als Gewissen für unser Volk agiert, auf eine Weise, von der ich glaubte, sie entspräche den Traditionen wahrer Ariantu. Aber ich mußte lernen, daß viel Zeit verstrichen ist und sich die Dinge verändert haben. Die Schuld gräßlicher Verbrechen lastet auf uns. Wir müssen uns den Konsequenzen ehrenvoll stellen, mit jener Würde, die den raumfahrenden Ariantu fehlt. Wir müssen zu den Botschaften zurückkehren und diese Angelegenheit in Ordnung bringen.«

Thul sprach in einem sanften, tröstenden Tonfall und erzielte damit die beabsichtigte Wirkung. Er stimulierte Mut und Verantwortungsgefühl.

»Und nun ...«, fügte er hinzu. »Wir gehen jetzt. Gezor, Zamorh und ich.« Stolz verließ er das Zimmer und erwartete, daß ihm die anderen folgten.

Data hielt Worf und Geordi zurück, bis sich Gezor und Zamorh in Bewegung setzten. Dann schlossen sich die Starfleet-Offiziere den Sullurh an.

Thul führte die Gruppe aus dem Haus und über die

Straße zur nächsten Transmitterzelle. Unterwegs fragte LaForge den Androiden, was er nun von Thul hielt.

»Allem Anschein nach ist er das geistige Oberhaupt seines Volkes«, antwortete Data. »Damit habe ich nicht gerechnet. Was meinen Sie?«

»Die Sache wird immer seltsamer«, murmelte Geordi. Sie erreichten die Transmitterzelle, und Thul programmierte das Ziel.

»Seltsamer? Warum verwenden Sie einen derartigen Ausdruck in diesem Kontext?«

»Nun, zuerst erwecken die Dinge einen ganz bestimmten Eindruck, und dann — *zack!* Plötzlich verändert sich alles. So ist es seit unserer Ankunft auf Kirlos.«

»Oh, für mich stellt das keineswegs etwas Ungewöhnliches dar. Wenn ich die Menschen an Bord der *Enterprise* beobachte, muß ich meine Erwartungen ständig revidieren.«

»Hat Sie nichts auf diesem Planeten überrascht?« erkundigte sich LaForge.

»Doch«, erwiderte Data. »Ich habe insgesamt drei Überraschungen erlebt. Die erste kennen Sie bereits — Thul. Zweitens: das Wurmloch.«

»Und drittens?« fragte Geordi, als sie auf die Plattform der Transmitterzelle traten.

»Lieutenant Worf. Seine Instinkte in bezug auf die Lösung der hiesigen Probleme waren weitaus besser, als ich zunächst annahm. Ich werde daran denken, wenn ich das nächstemal eine Landegruppe leite.«

Als das Transporterfeld summte, hörten sie die Stimme des Klingonen. »Beim nächstenmal schicke ich Keenan.«

KAPITEL 22

»Das stimmt, Captain«, sagte der Androide. »Die Besprechung beginnt nun. Ich erstatte Ihnen später Bericht.«

»In Ordnung, Data.« Die aus dem Kom-Lautsprecher dringende Stimme des Captains klang ruhig, trotz der noch immer recht angespannten Lage. »Bitte halten Sie mich auf dem laufenden.«

»Aye, Sir.«

Dann kamen die Botschafter herein.

Als Stephaleh und Gregach eintraten, gerieten sie sofort ins Zentrum der Aufmerksamkeit. Sechs Personen saßen am Tisch: die drei Offiziere von der *Enterprise* sowie Thul, Zamorh und Gezor.

Die Andorianerin mied Zamorhs Blick. Als Privatperson konnte sie dem Sullurh nicht verzeihen, daß er sie hintergangen und durch die Mitwirkung an den Anschlägen den Tod mehrerer unschuldiger Personen verursacht hatte.

Doch als Diplomatin durfte sie sich davon nicht beeinflussen lassen. Die Gesetze der Föderation konnten weder auf Zamorh noch auf sein Volk angewandt werden — die Aktionen der Sullurh ähnelten mehr einer Guerilla-Kriegsführung als strafbaren Verbrechen. Inzwischen beanspruchten sie das Recht der Selbstbestimmung, und Stephaleh mußte unter allen Umständen vermeiden, daß ihre Gefühle eine gerechte Lösung des Problems erschwerten.

Auch Gregach achtete dieses Prinzip, obwohl es ihm

sichtlich schwerfiel, nicht aus der Rolle zu fallen. Er starrte Gezor an, als hätte er ihn am liebsten an den Daumen aufgehängt.

Sie setzten sich ans Ende des Tisches und musterten Thul. »Wir haben eine Entscheidung getroffen«, sagte Stephaleh. »Mehr als nur eine, um ganz genau zu sein. Und wir möchten auch einige Empfehlungen aussprechen.«

»Zuerst einmal ...«, begann Gregach. »Der Sullurh-Anspruch auf Kirlos scheint gerechtfertigt zu sein. Zumindest haben wir nichts gefunden, was dagegen spricht.«

»Also können sich die Sullurh nach den Föderationsgesetzen auf das Recht zur Selbstbestimmung berufen«, fügte Stephaleh hinzu. »Dies ist ihr Planet, und sie dürfen damit nach Belieben verfahren. Wenn sie verlangen, daß alle anderen Bewohner Kirlos verlassen, so führt die Föderation eine Evakuierung durch.«

Gregach brummte. »In der K'Vin-Hegemonie gibt es keine Gesetze, die auf eine solche Situation anwendbar sind. Wir erkennen das Recht auf Selbstbestimmung nicht an. Andernfalls wären wir kaum zu Eroberungen imstande — und darauf basiert unsere Kultur.« Er hob die breiten, grauen Hände. »Aber nichts *zwingt* uns, zu erobern und andere Welten zu beherrschen. Bisher hatte Kirlos große Bedeutung für uns: Der Handel ermöglichte hohe Profite. Doch jetzt wissen die K'Vin-Händler, was Kirlos darstellt, und sie kennen auch die von den Ariantu ausgehenden Gefahren. Woraus folgt: In ganzen Scharen fliehen sie von unseren Märkten, und dadurch haben wir keinen Grund mehr, auf dem Planeten zu bleiben.«

»Die Ariantu befinden sich noch immer in der Umlaufbahn und erheben ebenfalls Anspruch auf Kirlos«, sagte Stephaleh. »Nicht ohne eine gewisse Legitimität. Aber aus zwei Gründen halte ich es für unangebracht, ihnen diese Welt zu überlassen. Erstens, und dieser

Punkt ist der wichtigste: Ihre Vorfahren verließen Kirlos, während Sie blieben. Jemand — ein Mensch, glaube ich — hat einmal gesagt, Besitz sei neun Zehntel des Rechts. Zweitens: Die Ariantu sind unfähig, hier eine stabile Regierung zu bilden. Angesichts ihrer Uneinigkeit würden sie Kirlos vermutlich zerstören, und sich selbst ebenfalls. Die Einheimischen hingegen wären imstande, das Fundament für eine friedliche Gesellschaft zu legen.«

Gregach nickte »Mit anderen Worten: Kirlos gehört Ihnen — wenn Sie den Planeten wollen. Wir schlagen jedoch vor, daß Sie der Hegemonie und Föderation erlauben, Ihnen zu helfen und den Übergang zur Sullurh-Verwaltung zu erleichtern.

Dieses Anliegen ist nicht ganz uneigennützig. Wir K'Vin finden keinen Gefallen daran, von einer Waffe bedroht zu werden, und Kirlos bleibt eine Waffe, bis der Wurmloch-Generator vollständig demontiert ist. Was die Föderation betrifft... Nun, vielleicht hat sie den Wunsch, die K'Vin noch etwas länger im Auge zu behalten.«

»Doch der größte Vorteil durch einen friedlichen Übergang ergibt sich für die Sullurh«, warf Stephaleh ein. »Wenn die Ariantu von unserer Entscheidung erfahren, sind sie sicher verärgert. Und vielleicht brauchen die Sullurh Hilfe, um ihre Welt zu verteidigen — zumindest einige Jahre lang.«

»Deshalb haben wir folgenden Plan entwickelt«, fuhr Gregach fort. »Fünf Jahre lang bleibt Kirlos unter dem Schutz von Hegemonie und Föderation. Danach können uns die Sullurh fortschicken.«

»Das ist noch nicht alles«, meinte die Andorianerin. »Im Föderationssektor und auch auf der K'Vin-Seite wohnen viele Leute, die den größten Teil ihres Lebens auf Kirlos verbracht haben. Sie sind hier zu Hause; ihre Kinder wuchsen hier auf. Sie sollten in Erwägung ziehen, ihnen eine permanente Aufenthaltserlaubnis zu geben — obwohl Sie natürlich nicht dazu verpflichtet sind.« Sie zögerte kurz, dachte an Lars Trimble und ihr Versprechen. »An Ihrer Stelle würde ich den entsprechenden Personen die Möglichkeit geben, auf diesem Planeten zu bleiben.«

Stille folgte, und Thul wechselte Blicke mit Gezor und Zamorh. Offenbar fand er Zustimmung bei ihnen, denn einige Sekunden später nickte er den Botschaftern zu. »Wie können wir irgend etwas ablehnen? Ihre Entscheidungen sind fair und gerecht. Und weitaus großzügiger, als wir es verdienen.«

»Wir haben auch Vorschläge in Hinsicht auf Ihre Regierung«, sagte Gregach. »Nur einige Anregungen, die Sie selbstverständlich nicht zu beachten brauchen. Mir erscheint es logisch, Thul zum Gouverneur zu ernennen, mit Zamorh als Innen- und Gezor als Außenminister. Botschafterin Stephaleh und ich hatten viel Zeit und Gelegenheit, unsere früheren Assistenten zu beobachten, und daher sind wir der Ansicht, daß solche Aufgaben ihren jeweiligen Fähigkeiten am besten gerecht werden.«

Thul und Zamorh schienen die Empfehlungen zu akzeptieren, während Gezor ein wenig skeptisch wirkte — womit Gregach gerechnet hatte. Aber er lehnte nicht ab, und daraufhin beendete Stephaleh die Versammlung.

Jetzt geht es nur noch darum, die Ariantu zu informieren, dachte sie.

Ihre Assistenten — natürlich jene, die nicht zu den Sullurh gehörten — hatten alles vorbereitet. Acht Bildschirme glühten, zeigten sowohl die einzelnen Ariantu-Anwärter auf die Paac-Führung als auch Captain Picard von der *Enterprise.*

Gregach hatte verstanden, als Stephaleh ihn darum bat, diesmal nicht zugegen zu sein. Durch seine Präsenz wäre eine kritische Situation noch schlimmer geworden.

Thul stand rechts von ihr und repräsentierte die Sullurh. Wenn sein Volk die Verantwortung für Kirlos übernehmen wollte, so mußte es gleich damit beginnen.

Im Hintergrund warteten die drei Starfleet-Offiziere. Um »moralische Unterstützung« zu gewähren, wie sich LaForge ausgedrückt hatte.

»Ariantu«, sagte Stephaleh. »Wir haben sowohl Ihre Ansprüche als auch die der Sullurh geprüft. Unserer Meinung nach gebührt es den hiesigen Nachkommen der alten Ariantu, auf Kirlos zu regieren.«

»Nein«, widersprach Matat und schnitt eine wütende Grimasse. »Sie sind *nichts*, gewiß keine *Ariantu*.«

»Aber sie sind *hier*«, stellte Stephaleh fest. »Und zwar schon seit Jahrtausenden. Sie können nicht einfach hierherkommen und Ihre Brüder beiseite schieben.«

»Damit sind wir nicht einverstanden«, zischte ein anderer Ariantu — Keriat, glaubte die Andorianerin. »Wir lehnen Ihre Entscheidung ab.«

»Wir?« wiederholte Stephaleh. »Wer von Ihnen soll über den Planeten herrschen?«

Mehrere Antworten erklangen, und jede kam von einem anderen Ariantu-Schirm. Die Botschafterin wartete, bis es wieder still wurde.

»Sehen Sie?« sagte Stephaleh. »Wenn es kein *wir* gibt — wie wollen Sie dann Ihren Forderungen Nachdruck verleihen, ob sie gerechtfertigt sind oder nicht? Ich schlage vor, Sie kehren heim und überwinden Ihre Differenzen. Später beschließen Sie vielleicht, noch einmal nach Kirlos zu kommen und einen friedlichen Antrag zu stellen — bei der Sullurh-Regierung.

Die Betonung liegt auf *friedlich*. Föderation und K'Vin-Hegemonie werden diese Welt schützen, und uns stehen viel mehr Raumschiffe zur Verfügung als die beiden, die sich derzeit in Ihrer Nähe befinden.«

Die Ariantu beantworteten diese Warnung mit weiteren Flüchen und — leeren — Drohungen. Offenbar wußten die einzelnen Kommandanten um ihre Schwächen. Ohne ein Paac-Oberhaupt konnten sie überhaupt nichts ausrichten.

Die einzige Gefahr für Kirlos bestand aus irrationalem Verhalten. Wenn sich einer der Ariantu aus Zorn zu einem selbstmörderischen Angriff hinreißen ließ ...

Nacheinander unterbrachen sie die Kom-Verbindungen, und schließlich blieb nur einer der betreffenden Monitoren hell. Das kleine Projektionsfeld präsentierte Lekhors Züge.

»Ich komme zurück«, sagte er zu Thul. Es klang nicht drohend, eher wie ein Versprechen.

Dann verschwand auch sein Gesicht.

»Gute Arbeit, Botschafterin«, lobte Picard. Er drehte sich kurz um und sprach mit jemandem, der nicht auf dem Bildschirm zu sehen war. Der Captain lächelte, als er sich wieder an die Andorianerin wandte. »Die Ariantu-Schiffe schwenken aus der Umlaufbahn. Ich glaube, wir brauchen uns keine Sorgen mehr zu machen.«

Stephaleh zuckte kurz mit den Schultern. »Wahrscheinlich kehren sie nie zurück, weder in Frieden noch mit feindlichen Absichten. Der Planet Kirlos war wichtig für die Ariantu, solange er sie mit dem Reiz des Geheimnisvollen lockte. Aber diese Eigenschaft hat er inzwischen verloren.«

»Ja«, pflichtete ihr Picard bei. »Zum Glück.«

Endlich waren sie allein. Die Sullurh hatten das Botschaftsgebäude verlassen, und die drei *Enterprise*-Offiziere erstatteten dem Captain Bericht.

Gregach saß am Tisch und starrte in sein Glas. Irgendwie erschien er Stephaleh jünger und vitaler als vorher.

Hat sich aus all dem Durcheinander auch etwas Positives ergeben? Überlegte die Andorianerin.

»Meine Regierung wird mir nicht erlauben, auf Kirlos zu bleiben«, sagte der K'Vin.

Stephaleh nickte. »Ich weiß. Für einen Botschafter

gibt es hier kaum mehr etwas zu tun — die Sullurh nehmen jetzt alle Verwaltungspflichten wahr. Wo setzen Sie Ihre Arbeit fort?«

Gregach hob die Schultern. »Keine Ahnung. Vielleicht habe ich genug Verdienste erworben, um selbst über die Versetzung zu einer anderen Welt zu bestimmen. In dem Fall wähle ich die Grenze.« Er zögerte. »Und Sie?«

Stephaleh lächelte. »Andor. Oh, wahrscheinlich bleibe ich noch eine Zeitlang, um sicherzustellen, daß alles seine Ordnung hat. Dann lasse ich mich pensionieren, kehre in die Heimat und zu meiner Familie zurück. Um festzustellen, ob meine Kinder mit ihrer Mutter sprechen, die sie für eine Karriere zwischen den Sternen aufgab.«

»Es war eine *gute* Karriere«, sagte Gregach. »Und sie endete mit einem großen Erfolg.«

Das Lächeln der Botschafterin wuchs in die Breite. »Danke. Ich hoffe, meine Vorgesetzten teilen Ihre Ansicht.«

»Eins steht fest: Andorianer sind seltsame Leute.« Gregach schnaubte leise, trank einen Schluck und leckte mit der Zunge nach einem Tropfen am Hauer.

»Nicht seltsamer als die K'Vin.« Stephaleh rieb sich die Hände, um vage Taubheit aus ihnen zu vertreiben. »Glauben Sie, daß es jemals zu einem Bündnis zwischen unseren Völkern kommt?«

»Ich bezweifle es. Und ich möchte Ihnen auch den Grund dafür nennen. Wir K'Vin ziehen das Handeln vor; Föderationsmitglieder denken zuviel. Wir müssen uns mit einer friedlichen Koexistenz zufriedengeben und können nur hoffen, daß es niemals zu Kontroversen kommt, die eine direkte Konfrontation zur Folge haben.«

»Ich verstehe.« Stephaleh musterte Gregach. »Ich werde Sie vermissen, Botschafter.«

Er beugte sich etwas vor. »Und ich *Sie,* Botschafterin.«

Entspanntes Schweigen folgte.

»Ich habe noch eine letzte Bitte«, sagte der K'Vin nach einer Weile.

»Und die wäre?«

»Uns bleibt nicht mehr viel Zeit. Erlauben Sie mir, wenigstens *eine* Dyson-Partie zu gewinnen.«

Stephaleh lachte. »Versuchen Sie es, Gregach. Versuchen Sie es nur.«

KAPITEL 23

Burke sah von der taktischen Konsole auf. »Commander, die K'Vin-Botschaft setzt sich mit uns in Verbindung.«

»Schon? Das ist eine angenehme Überraschung.« Will Riker stand auf, wandte sich vom Kommandosessel ab und ging einige Schritte. Er war bereit gewesen, stundenlang auf eine Antwort von Kirlos zu warten, aber Burke hatte die Nachricht erst vor rund sechzig Minuten der Sullurh-Botschaft übermittelt.

Gezors vertraute Züge erschienen auf dem Wandschirm, und der Erste Offizier verneigte sich höflich. »Minister, es ehrt mich, daß Sie ...«

»Nennen Sie mich nicht so!« erwiderte Gezor scharf und hob die verdrießlich klingende Stimme, um das beständige Piepen der Kom-Konsole auf seinem Schreibtisch zu übertönen.

Das dicke, lockige Haar des Sullurh wirkte feucht und zerzaust, erinnerte Riker an Datas Bericht in bezug auf Fehlfunktionen in den Klimatisierungssystemen. Die Erzeugung des Wurmlochs blieb für die Infrastruktur von Kirlosia nicht ohne Folgen. Starke Stoßwellen entfalteten die gleiche destruktive Energie wie ein Erdbeben und führten überall in der subplanetaren Stadt zu umfassenden Schäden.

Gezor winkte mit einigen Computerausdrucken. »Was soll das alles?«

»Ich habe mich nur an die üblichen Vorschriften gehalten, die den Retransfer unserer Landegruppe betreffen«, antwortete Riker. »Ausreiseanträge für Personen, Listen des zu transferierenden Materials ...«

»Ja, ja, ich weiß, worum es sich handelt. Ich selbst habe die verdammten Formulare entworfen.« Gezor warf die Unterlagen beiseite und wischte sich Schweiß von der Stirn. »Aber ich will sie nicht. Regeln Sie diese Angelegenheiten direkt mit der K'Vin-Botschaft.«

Riker schüttelte den Kopf. »Das diplomatische Personal von Föderation und Hegemonie besteht darauf, daß die Sullurh-Botschaft für Ein- und Ausreisen zuständig ist ...«

»Himmel, laß mich in Ruhe!« Gezor winkte einen Assistenten fort, der dicht neben ihm stand und an seinem Ärmel zupfte. Dann sah er wieder den Ersten Offizier an. »Halten Sie mich nicht mit derartigen Anträgen auf, Commander. Ich bin viel zu beschäftigt, um mit derartigem Unsinn Zeit zu verlieren. Beamen Sie die Landegruppe zurück, wann immer es Ihnen gefällt.«

»Danke«, sagte Riker und verbeugte sich erneut. »Ich wünsche Ihnen und Ihren Verwandten viele kühle Tage, Minister Gezor.«

Der Sullurh verschwand vom Schirm.

»Bitte entschuldigen Sie, Sir.« Burke blickte auf die Anzeigen der Kommunikationskonsole, und eine gewisse Zufriedenheit erklang in seiner Stimme, als er hinzufügte: »Offenbar haben wir den Kontakt mit der Botschaft verloren. Ich versuche, ihn wiederherzustellen.«

»Das ist nicht nötig«, entgegnete Riker. »Ich möchte darauf verzichten, den Minister bei der Wahrnehmung seiner neuen Pflichten zu stören. Er hat viel zu tun.« Aus seinem Lächeln wurde ein breites Grinsen, als er zum leeren Wandschirm sah. »O ja, er hat *viel* zu tun.«

»Und noch etwas«, sagte Beverly Crusher. Sie strich mit dem Finger über die Liste auf ihrer Datentafel und hob den Blick nicht vom medizinischen Bericht. »Der letzte

Patient, ein gewisser Lars Trimble, ist heute morgen aus der Intensivstation entlassen worden. Die Medo-Einrichtungen Kirlosias bekamen erste Rekonstruktionspriorität, und inzwischen können dort mehr Verletzte behandelt werden. Mr. Riker hat bereits dafür gesorgt, daß alle Kirlosianer auf den Planeten zurückkehren.«

»Ausgezeichnet«, erwiderte Picard.

Crusher sah auf, als sie seine Stimme hörte. Doch eine Bewegung des Fisches im Aquarium des Bereitschaftsraums lenkte sie vom Gesicht des Captains ab.

»Unmittelbar nach dem Retransfer unserer Landegruppe verläßt die *Enterprise* den Orbit. Wir sollten Tehuán in einigen Tagen erreichen.«

»Das wird Counselor Troi freuen«, sagte die Ärztin und stand rasch auf. »Die Kolonisten können es gar nicht abwarten, in ihre Heimat zurückzukehren — sie wissen jetzt, daß von den Ariantu keine Gefahr mehr droht.«

Crusher war bereits auf halbem Wege zur Tür, als sie sich noch einmal umdrehte und hinzufügte: »Oh, ich habe eine Nachricht für Sie, von Wesley.«

»Ja?«

Beverly runzelte nachdenklich die Stirn, und nach einigen Sekunden schüttelte sie den Kopf. »Es ging dabei um ernste Erhabenheit und würdevolle Säulen.«

Picard überlegte kurz, nickte dann und berührte mehrere Kontrollflächen des Computers. Ein elektronisches Buch erschien auf dem Schirm, und der Captain blätterte darin, bis er die richtige Stelle fand. Er las den Abschnitt laut vor.

»›Mit ernster Erhabenheit stand er auf,
erhob sich
Als würdevolle Säule. Tief in seine Stirn gemeißelt
Zeigte sich Bedächtigkeit und Liebe zum Volk.
Fürstlicher Rat leuchtete noch in seinem Gesicht,
aber

Das Majestätische fiel von ihm ab: Weise stand er,
Mit breiten Atlas-Schultern, dazu bereit,
Das Gewicht der mächtigsten Monarchien zu tragen.‹«

Picard betrachtete die Seite. »Aus dem zweiten Buch von Miltons *Das verlorene Paradies.* Allem Anschein nach hat Fähnrich Crusher seine klassischen Studien nicht vernachlässigt. Aber ...«

Er sah die Ärztin an und wölbte fragend eine Braue.

Diesmal mied sie Jean-Lucs Blick nicht. »Ich nehme an, es ist eine Art ... Entschuldigung«, sagte sie leise. »Für den Zweifel an der Weisheit des Captains.«

»Ich verstehe.« Picard musterte Beverly eine Zeitlang, bevor er den Computer ausschaltete. »Ich akzeptiere die Entschuldigung.«

Data legte nicht einmal eine Pause ein, um Luft zu holen. Als er am Tisch des Bereitschaftsraums saß und mit dem Bericht begann, schildete er alle Einzelheiten und gab seinen Zuhörern keine Gelegenheit, ihn zu unterbrechen.

Die Rückkehr der Landegruppe erleichterte den Captain so sehr, daß er sich die Ereignisse auf Kirlos ohne irgendein Anzeichen von Ungeduld erläutern ließ. Geordi fügte gelegentlich einen Kommentar hinzu, doch auch er schien bereit zu sein, den Androiden gewähren zu lassen. Worfs Zugeständnis an den Befehlshaber der Landegruppe war weniger enthusiastisch, aber für einen Klingonen angemessen stoisch: Stumm und reglos stand er im Hintergrund.

»Zahlreiche Sullurh nehmen bereits Schlüsselpositionen in der Verwaltung des Planeten ein«, sagte Data schließlich. »Da viele von ihnen in den Botschaften der K'Vin und Föderation arbeiteten, sollte der Herrschaftswechsel ohne große Probleme vonstatten gehen.«

»Minister Gezor scheint nicht ganz so optimistisch zu sein«, sagte Picard. Er sprach rasch weiter, bevor Data

Fragen stellen konnte — die Geduld des Captains hatte ihre Grenzen. »Wie dem auch sei: Kirlos betrifft uns nicht mehr. Es wird Zeit, den Flug fortzusetzen.«

»Ja«, brummte Worf. Sein Blick glitt zur Tür des Bereitschaftsraumes und kehrte dann zu Picard zurück. »Sir.«

Der Captain stand auf und beendete damit die Besprechung. »Commander Data, Lieutenant Commander LaForge, Lieutenant Worf — Sie haben gute Arbeit geleistet.«

Der Klingone reagierte nicht auf das Lob und verließ das Zimmer, doch die beiden anderen Offiziere lächelten.

»Commander LaForge ...«, sagte Picard, um den Chefingenieur daran zu hindern, Data zur Brücke zu begleiten. »Geordi.«

Der Captain trat hinter seinem Schreibtisch hervor und griff nach der Arizit-Statue, die einen Ariantu-Krieger darstellte.

Er reichte sie Geordi. »Vielleicht möchten Sie dies behalten. Als Andenken an Nassa Coleridge.«

LaForge streckte langsam die Hand aus, berührte den glatten Stein und zog die Finger so hastig zurück, als hätte er sich verbrannt.

»Danke, Captain. Aber dieses Kunstwerk ist zu ... kalt.« Picard fürchtete, Schmerz in dem Chefingenieur geweckt zu haben, indem er ihn an den Tod der Professorin erinnerte. Doch dann lächelte Geordi. »Behalten Sie es, Sir. Nassa freut sich bestimmt, wenn die Statue bei jemandem bleibt, der sie zu schätzen weiß.«

»Äh, ja«, murmelte Picard. »Da haben Sie sicher recht.«

Er lächelte, wurde jedoch wieder ernst, als sich das Schott des Bereitschaftsraums hinter LaForge schloß. Seltsam, daß Geordi im Präsens von der Professorin sprach ... Der Captain beschloß, später mit Deanna Troi darüber zu reden.

Eine gewisse Erleichterung darüber, daß LaForge sein Geschenk abgelehnt hatte, konnte er nicht leugnen. Das Angebot war ernst gemeint gewesen, obwohl sich in Picard alles dagegen sträubte, die Statue herzugeben. Vielleicht rief sie unangenehme Assoziationen bei Geordi hervor, doch für den Captain stand sie in unmittelbarem Zusammenhang mit den Ereignissen, die von der Entdeckung der tehuánischen Steinbrüche bis zum Wurmloch über Kirlos führten. Während jener von großen Sorgen geprägten Reise hatte Picard einen Talisman in dem Artefakt gesehen, das ihm feste Substanz anbot, während er mit ungreifbaren Dingen rang.

Er ging zum Ende der Couch, stellte die Statue dort auf dem kleinen Tisch ab, trat zurück und betrachtete sie.

Der Anblick überraschte ihn nicht: Das Kunstwerk schien genau am richtigen Platz zu stehen, umhüllt von sanftem Licht, das die farbigen Adern im Marmor hervorhob. Trotz der glänzenden Schönheit bedauerte Picard den unbekannten Ariantu-Krieger — er blieb in einem ewigen Kampf erstarrt, sprang für immer einem unsichtbaren Feind entgegen.

Während der letzten Tage hatte der Captain seinen eigenen privaten Kampf ausgefochten — und gewonnen.

EPILOG

Es herrschte wieder Ruhe. Thul saß allein in seinem Haus, auf einem Stuhl, der das Beben unbeschädigt überstanden hatte.

Wenn er die Augen schloß und die zerbrochenen Dinge auf dem Boden ignorierte, konnte er fast glauben, daß überhaupt nichts geschehen, daß er Lekhor nie begegnet war. Explosionen und Anschläge, die nie stattgefunden hatten. Ein Heulender Gott, der sich nie anschickte, Kirlos zu vernichten …

Aber Thul konnte die Augen nicht für immer geschlossen halten. Wenn er sie öffnete, offenbarte sich ihm wieder die Realität. Er mußte sich den Fakten stellen — und auch der Schuld, die das Gewissen der Sullurh belastete.

Wir haben Unheil gestiftet und getötet. Wir haben Leid und Schmerz verursacht.

Das durfte nicht in Vergessenheit geraten. Durch die Föderationsgesetze konnten die Sullurh nicht zur Rechenschaft gezogen werden, aber jedes Individuum mußte sich seiner Verantwortung bewußt sein.

Ich sorge dafür, dachte Thul.

Was in diesem Zeitalter der Rückkehr geschehen war, sollte nicht hinter den Schleiern der Geschichte verborgen werden. Man würde sich daran erinnern, das Wissen von einer Generation zur nächsten weitergeben. Auf diese Weise mochte es den Sullurh gelingen, sich nach und nach von ihrer Schuld zu befreien — und vielleicht mehr Weisheit zu erringen.

So etwas darf sich nie wiederholen. Weder in unserem Leben noch in dem der Nachkommen.

Sie hatten eine zweite Chance bekommen. Thul hoffte inständig, daß die Sullurh sie klug nutzten.

A. C. CRISPIN

DIE AUGEN DER BETRACHTER

Dieses Buch widme ich
meiner Freundin Irene Kress.
Mit liebevollem Dank für ihr Verständnis
und ihre Hilfe.

KAPITEL 1

Lieutenant Commander Geordi LaForge, Chefingenieur des Raumschiffs *Enterprise,* erwachte in seiner Kabine. Er schwitzte, und das Herz klopfte ihm bis zum Hals — ein bedrückender Traum hatte ihm absolute Schwärze gezeigt, und nun kehrte er in die reale Finsternis der Blindheit zurück. Einige Sekunden lang blinzelte er und schnappte nach Luft, fragte sich dabei, ob er auch wirklich wach war. Als der Sinn für die Realität zurückkehrte, hob er den Kopf und tastete nach dem VISOR auf dem Nachtschränkchen.

Er setzte es auf, schob die Seiten zu den schläfenintegrierten bioelektronischen Sensoren, preßte sie an die Kontaktpunkte und unterdrückte automatisch den Schmerz. Das artifizielle Sehvermögen bereitete ihm Pein.

Geordi hatte sich längst an diesen Nachteil des ›Sehens‹ gewöhnt. Die meiste Zeit über war er sich des Stechens kaum bewußt. Jahrelange Biofeedback-Übungen lagen hinter dem Chefingenieur: Sie erlaubten es ihm, mit den Schmerzen zu leben, sie hinzunehmen. Es handelte sich um den Preis für eine normale Existenz, und er bezahlte ihn gern.

Aber das Akzeptieren der Pein verdrängte sie nicht aus ihm, obwohl er dadurch besser mit ihr fertig wurde. LaForge seufzte, als der übliche Druck in den Schläfen entstand. Das VISOR gewährte ihm einen Blick in den infraroten Spektralbereich, und daraufhin sah er Einzelheiten der Kabine. Verschiedene Objekte zeigten sich als zitternde bunte Formen; es kam ganz darauf an, wie sie Wärme speicherten oder reflektierten.

Geordi schwang die Beine über den Bettrand und setzte sich auf. Dann fragte er mit einer vom Schlaf heiseren Stimme nach der Uhrzeit.

Der Computer antwortete ihm sofort. Nach dem Dienstplan des Chefingenieurs war es noch mitten in der ›Nacht‹.

»Welcher Tag in welchem Monat?« fragte er und ahnte plötzlich den Grund für seinen Alptraum. »Irdischer Kalender, keine Sternzeit.«

»Heute ist der siebzehnte September.«

Ich muß mir darüber klar gewesen sein, zumindest unterbewußt, dachte LaForge. *Vor siebenundzwanzig Jahren, an diesem Tag und zu dieser Zeit, erlebte ich die letzte Stunde echter Blindheit.*

Geordi erinnerte sich deutlich an die Gerüche und Geräusche des Krankenhauses, in dem er am Morgen vor der Operation erwachte. Ein kleiner Junge, der sich fürchtete und trotzdem entschlossen war, sich der Behandlung zu unterziehen — weil ihm die Ärzte versprochen hatten, daß er anschließend ›sehen‹ konnte.

»Sehen?« wiederholte der Knabe, als ihm die Spezialisten und seine Eltern von der neuen medizinischen Technik erzählten. Er hielt dabei sein Lieblingsspielzeug in den Händen, das Modell eines Raumschiffs. Während er zuhörte, strich er mit den Fingern über die glatten Konturen, ertastete jeden Quadratmillimeter des geschmeidigen Kunststoffrumpfs, jede noch so winzige Unregelmäßigkeit. »Kann ich dann so gut sehen wie alle anderen?«

»Sogar noch *besser*«, erwiderte Doktor Lenske feierlich.

»Gut genug, um die Starfleet-Akademie zu besuchen?« fragte Geordi, und in seinem kleinen, kräftig gebauten Körper prickelte unerwartete Hoffnung.

»Ich glaube schon«, antwortete der Arzt. »Aber ...

um ganz offen zu sein: Das künstliche Sehvermögen hat einen Nachteil. Die VISOR-Technik ist ganz neu, und sie wird dir Schmerzen bereiten.«

Der Junge preßte die Lippen zusammen. Er wußte, was Schmerzen bedeuteten: Es tat weh, wenn man kein Sensornetz trug und an harte Gegenstände stieß, wenn man stolperte und fiel. Seine Finger schlossen sich fester um das Raumschiffmodell. »Es ist mir gleich«, sagte er leise. »Mein größter Wunsch ist es, an der Akademie zu studieren. Ich möchte Starfleet-Offizier werden. Ich möchte sehen.«

LaForges Gedanken verweilten in der Vergangenheit. Erneut glaubte er, auf einer Antigravbahre zu liegen und durch lange Flure zum Operationssaal geschoben zu werden. Der Parfümduft seiner Mutter vermischte sich mit den antiseptischen Aromen des Hospitals. Ihre Hand und die des Vaters ruhten feucht und warm an den Fingern des Knaben. Mit diesem Gefühl schlief er ein — und mit Wärme an den Lidern, Hinweis auf ein helles Licht über ihm.

Als er erwachte und zum erstenmal das VISOR trug, schrie er laut, teilweise aus Schmerz, aber in erster Linie aufgrund der verwirrenden Bilder, die ihm plötzlich ins Bewußtsein strömten, dort wogten und waberten. Farben. Er sah *Farben!*

Geordi stand auf, ging zum Schrank, wählte dort eine Freizeithose und einen Pulli mit kurzen Ärmeln. *Ob das, was ich als ›rot‹ sehe, auch für andere Personen rot ist?* überlegte er.

LaForge vermutete, daß der Blindheitstraum nicht nur durch den Jahrestag der Operation verursacht worden war, sondern auch von den Untersuchungen in der Krankenstation am letzten Morgen. Doktor Crusher hatte ihm gute Gesundheit bescheinigt und ihn anschließend gefragt, ob er das VISOR behalten oder ihr und Doktor Selar den Versuch erlauben wollte, seinen Sehnerv zu regenerieren.

Wenn ich normales Sehvermögen hätte... dachte Geordi, als er sich das Gesicht wusch und nach einem Kamm griff. *Dann würde es mich nicht mehr belasten, wie meine Augen auf andere Personen — insbesondere Frauen — wirken, wenn ich das VISOR abnehme.* Seine Wangen begannen zu glühen, als er sich daran entsann, wie Fremde mit schlechten Manieren damals auf ihn reagiert hatten. »Oh, der arme Junge!« entfuhr es einer Frau. Und: »Mit den Augen kann er überhaupt nichts sehen, oder?« fragte ein Mann — als sei Geordi nicht nur blind, sondern auch taub.

Andererseits: Wenn er das VISOR aufgab, um normal zu sehen, verlor er die einzigartige Fähigkeit einer visuellen Wahrnehmung, die weit über den für ›gewöhnliche‹ Personen zugänglichen Spektralbereich hinausging. Außerdem waren Blindheit und Prothese ein integraler Bestandteil von ihm und seiner beruflichen Laufbahn in Starfleet. Wollte er jemand anders werden?

Er wußte, daß die Regenerationsbehandlung mindestens ein Jahr in Anspruch nahm, und im Anschluß daran mußte er lernen, wie normale Leute zu sehen. Vor kurzer Zeit war er zum Chefingenieur befördert worden, und Captain Picard hatte seine Leistung mehrmals mit Belobigungen gewürdigt. Wollte er all dies in Gefahr bringen?

Geordi seufzte laut und hielt es für sinnlos, sich mit Fragen zu beschäftigen, für die es keine zufriedenstellenden Antworten zu geben schien. Eine Zeitlang erwog er die Möglichkeit, den Maschinenraum aufzusuchen, aber ein kaum merkliches Vibrieren wies ihn auf das einwandfreie Funktionieren des Impulstriebwerks hin. Derzeit brauchte die *Enterprise* nur Impulskraft: Sie kartographierte und erforschte einen relativ unbekannten Raumsektor.

Ja, und vergiß nicht, daß Sonya Gomez Dienst hat, erinnerte sich LaForge. *Sie ist bereits nervös genug. Soll sie etwa glauben, daß du an ihrer Kompetenz zweifelst und es für nötig hältst, ihr über die Schulter zu blicken?*

Außerdem ... Er war nicht in der richtigen Stimmung für Arbeit. Statt dessen verspürte er den Wunsch, mit jemandem zu sprechen. Nicht offiziell — nach Geordis Ansicht gab es keinen Grund, mit seinem Problem an die Bordcounselor heranzutreten, aber ... Wenn er sich mit jemandem unterhielt, gelang es ihm vielleicht, den Schrecken des Traums zu verbannen, in dem er erneut *völlig* blind gewesen war.

LaForge streifte weiche Schuhe über, verließ die Kabine und wandte sich im Korridor nach links. Er spielte mit dem Gedanken, den Gesellschaftsraum im zehnten Vorderdeck aufzusuchen und mit Guinan zu reden. Die geheimnisvolle Wirtin genoß den Ruf, eine ausgezeichnete Zuhörerin zu sein, und ein Drink verhieß Entspannung.

Guinan faszinierte ihn. Angeblich war ihre Haut fast ebenso dunkel wie seine, und er wußte, daß sie äußerlich einem Menschen ähnelte. Aber das VISOR versetzte ihn in die Lage, mehr zu erkennen als die meisten anderen. Guinan mochte humanoid sein, doch sie stammte aus einem anderen Volk. Sie verriet sich durch Körpertemperatur, Metabolismus und einige andere Dinge, die nur Geordi sah.

Auf halbem Wege zum Turbolift blieb er stehen und runzelte die Stirn. Zweifellos befanden sich andere Besatzungsmitglieder in der Bar, und die Vorstellung, einer größeren Gruppe zu begegnen, erfüllte ihn mit vagem Unbehagen. Für seine besten Freunde galt die gleiche Diensteinteilung wie für ihn, was bedeutete, daß sie in ihren Betten lagen und schliefen.

Mit einer Ausnahme.

LaForge lächelte, drehte sich um und schritt in die Richtung zurück, aus der er kam. Vor einer ganz bestimmen Kabinentür blieb er stehen und betätigte den Melder.

»Herein«, erklang eine Stimme. Das Schott glitt beiseite, und Geordi betrat das Quartier.

»Ich bin's, Data«, sagte der Chefingenieur, als er das Schlafzimmer passierte und den Wohnraum erreichte. Dort sah er die übliche Einrichtung — und eine Staffelei. An den Wänden leuchteten einige Computer-Displays, und auf dem Tisch lag ein zur Seite geschobener Geigenkasten.

Lieutenant Commander Data saß an seinem Schreibtisch und hielt ein dünnes, zylinderartiges Objekt in der Hand, das LaForge seltsam erschien. Ein weißgoldener Energiehalo umgab den Androiden; sein Körper schimmerte in orangefarbenen, gelben und limonengrünen Tönen. Die Farben verteilten sich gleichmäßig über die ganze Gestalt, im Gegensatz zu den infraroten Emissionen von Menschen, die sich im Brustbereich konzentrierten. Geordi wußte, daß dieses künstliche Geschöpf auf seine Kollegen sehr menschlich wirkte, abgesehen von der blassen Haut und den glühenden goldenen Augen. Das VISOR vermittelte ihm einen ganz anderen Eindruck.

Data sah auf, als LaForge eintrat, schraubte eine Art Verschlußkappe über den Zylinder. »Hallo, Geordi«, sagte er in einem präzisen, nicht akzentuierten Tonfall.

»Hallo, Data. Was haben Sie da?«

»Die exakte Nachbildung eines altmodischen Füllfederhalters«, erwiderte der Androide und hob den Gegenstand.

»Einen *was?*«

»Einen Füllfederhalter.« Data bemerkte die Verwirrung des Chefingenieurs und fügte hinzu: »Ein Instrument, das dazu dient, mit der Hand zu schreiben.«

»Soll das heißen, Sie stellen eine Hardcopy her, indem Sie auf Papier *schreiben?*« erkundigte sich LaForge. »Aus welchem Grund?« Er seufzte innerlich. Data begeisterte sich immer wieder für irgendwelche neuen Dinge, und das schien auch jetzt der Fall zu sein. Geordi bereitete sich auf eine weitere Erfahrung dieser Art vor.

»Um von der Muse geküßt zu werden«, sagte der Androide. »Ein berühmter Schriftsteller des zwanzigsten Jahrhunderts, dessen Werke ich gelesen habe, vertrat den Standpunkt, daß wahre Literatur nicht mit elektronischen Hilfsmitteln geschaffen werden kann.«

Diesmal seufzte Geordi laut. Nur mit Mühe widerstand er der Versuchung, Data darauf hinzuweisen, daß ›elektronische Hilfsmittel‹ bei seinem physisch-psychischen Funktionskomplex eine erhebliche Rolle spielten. Letztendlich galt das selbst für Menschen. »Äh, schaffen *Sie* Literatur, indem Sie mit der Hand schreiben?«

»Ich glaube, darauf habe ich bereits hingewiesen«, entgegnete Data.

»Welche Art von Literatur?«

So etwas wie Stolz ertönte nun in der Stimme des Androiden. »Ich schreibe einen Roman.«

»Oh«, brachte LaForge nach einer überraschten Pause hervor. »Äh, das ist ... großartig. Worum geht es dabei?«

»Ich erzähle eine erfundene Geschichte aus den Anfangszeiten der interstellaren Raumfahrt. Ein episches Werk, voller Leidenschaft und Würde, aber stilistisch so beschaffen, daß es einem breiten Publikum zugänglich ist.«

»Und wie heißt der Roman?«

»Bisher hat er noch keinen Titel. Ich bin allerdings sicher, daß mir die Inspiration einen zuflüstert, bevor das Buch erscheint.«

»Bevor es erscheint?« Einige Sekunden lang war Geordi sprachlos. »Sie haben den Roman *verkauft?*«

»Nein. Er ist noch nicht fertig, und deshalb habe ich bisher darauf verzichtet, ihn einem Verlag anzubieten. Ich zweifle jedoch kaum daran, daß man seinen literarischen Wert erkennen und ihn publizieren wird. Mehr als fünftausend Jahre der menschlichen Literaturgeschichte sind von mir gründlich analysiert worden, und daher weiß ich, welche grundlegenden Themen und Komponenten eine zentrale Rolle spielen. Bestimmt kann sich mein Werk mit der gegenwärtigen Prosaliteratur zumindest messen.«

»Äh, ja«, murmelte Geordi, ohne die Überzeugung des Androiden zu teilen. Eine seiner Freundinnen aus der Akademiezeit, Laura Wu, hatte versucht, einen Verleger für ihre Kurzgeschichten zu finden, doch sie bekam immer nur Ablehnungen. Nach einer Weile gab sie ihre schriftstellerischen Ambitionen enttäuscht auf.

»Soll ich Ihnen die Szene vorlesen, der ich gerade den letzten Schliff gebe?« fragte Data.

LaForge stöhnte lautlos und erinnerte sich an Lauras Bitte, ihre Arbeiten zu lesen und zu kommentieren. Damals bestand das Ergebnis aus verletzten Gefühlen und Ärger. »Ja«, sagte er laut, und es gelang ihm dabei, interessiert zu klingen.

»Also gut.« Mit einer schwungvollen Bewegung griff Data nach einem Blatt. »Ähem.« Er versuchte, sich zu räuspern, aber es hörte sich nach einem Gurgeln an. »Diese Sequenz betrifft Fritz und Penelope, meine beiden Protagonisten. Sie sind in Station Luna, in einer Beobachtungskuppel — die ideale romantische Umgebung für eine Liebesszene, finden Sie nicht? Penelope ist beunruhigt, denn Fritz geht am nächsten Tag an Bord seines Raumschiffs; sie fürchtet, ihn nie wiederzusehen.« Der Androide begann zu lesen.

Die zerklüfteten Mondberge stachen in die Schwärze des sternenbesetzten Himmels empor, wie Stimmgabeln, die im Takt der Sphärenmusik vibrierten. Penelope drehte sich zu Fritz um. Tränen verschmierten ihr Make-up und röteten die sonst saphirblauen Augen.

»Wir haben nur noch diese Nacht«, hauchte sie. »Morgen bist du fort, und dann sehen wir uns nie wieder.«

Fritz drückte sie so fest an sich, daß die Luft aus Penelopes Lungen entwich, als ihr Zwerchfell komprimiert wurde.

»Ich komme zurück«, versprach er. »Vielleicht dauert unsere Reise Jahre, aber ich schwöre, daß ich zurückkehren werde. Wartest du auf mich, Liebling?«

»Mir bleibt keine Wahl«, erwiderte Penelope. »In deiner Nähe fühle ich mich wie verwandelt. Dann zittern meine Knie, und das Blut strömt mir schneller durch die Adern. Deine Präsenz läßt meinen Körper von Kopf bis Fuß kribbeln. Warum weckst nur du solche Empfindungen in mir?«

»Derartige Reaktionen sind nicht ungewöhnlich, Penelope. Es handelt sich um physiologische Anzeichen für die sexuelle Erregung einer menschlichen Frau.« Fritz beugte sich vor, um von ihren wartenden Lippen Besitz zu ergreifen, sie regelrecht zu plündern.

Penelope stöhnte, als er ...

»Äh, Data«, warf Geordi ein und unterbrach seinen Freund mit einem Wink. »Einen Augenblick. Ich bin kein Schriftsteller, aber Fritz' Ausdrucksweise, während er mit Penelope spricht ... So heißt sie, nicht wahr? Nun, ein Mann würde nicht die physischen Symptome der ... Leidenschaft erläutern, sondern die Frau einfach küssen.«

»Aber sie hat ihm eine Frage gestellt«, meinte Data. »Und Fragen verlangen Antworten.«

»Ja, das stimmt für gewöhnlich, doch in diesem Fall ... Fritz — oder irgendein anderer Mann — verlöre keine Zeit damit, die Reaktionen der Geliebten zu erklären. Er würde sie küssen und dann ... der Natur ihren Lauf lassen.«

»Tatsächlich?« Data musterte seinen Kritiker mit wachsender Bestürzung. »Sind Sie sicher?«

»Nun, ich behaupte nicht, ein großer Experte für lunare Liebesszenen zu sein, aber ... Ja, ich bin sicher.« LaForge lächelte schief. »Wenn Sie den Rat eines Fachmanns wünschen, so wenden Sie sich an Commander Riker.«

»Ich werde diesen Abschnitt umschreiben«, verkündete der Androide ernst. »Was halten Sie ansonsten davon?«

Geordi zögerte. Eigentlich entsetzte ihn das Ergebnis von Datas schriftstellerischen Bemühungen, doch er brachte es nicht fertig, ihm die Wahrheit zu sagen. Er wollte vermeiden, seine Gefühle zu verletzen — vorausgesetzt, er hatte Gefühle, die verletzt werden konnten. Eins stand fest: Data schien wie ein Mensch stolz zu sein auf sein Werk.

»Nun ...«, begann er. »Der Roman ist zumindest ... interessant. Ja, sehr interessant.«

»Bitte erklären Sie mir genau, was Ihnen gefiel und was nicht. Was empfanden Sie, als ich Ihnen die Sequenz vorlas?«

Der Chefingenieur stöhnte lautlos. »Ich ...«

Das Summen des Interkoms rettete Geordi. »Lieutenant Commander Data?« drang die Stimme des Brükkenoffiziers Whitedeer aus dem Lautsprecher.

»Hier Data«, meldete sich der Androide.

»Wir haben eine Nachricht von Starfleet Command erhalten, Sir.«

»Wo ist der Captain?«

»In seinem Quartier, Sir.«

»Und Commander Riker?«

»Auf dem Holodeck Drei, Sir.«

Data stand auf, strich die Uniform glatt und legte den Füllfederhalter beiseite. »Ich bin auf dem Weg zur Brükke, Fähnrich.«

»Ja, Sir.«

Geordi ging bereits zur Tür, erleichtert darüber, nicht mehr die Aufgaben des Literaturkritikers wahrnehmen zu müssen. »Ich ziehe mich rasch um. Bin gespannt, was diesmal anliegt.«

»Anliegt?« wiederholte Data. Dann nickte er. »Oh, ich verstehe. Sie meinen, was los ist, was gespielt wird, was sich zusammenbraut, was geht hier vor, Mann ...«

»Sie haben's erfaßt, Data«, sagte Geordi, als sich die Tür vor ihm öffnete. »Wir sehen uns dann auf der Brükke.«

Kurze Zeit später trug LaForge eine goldene und schwarze Uniform, betrat den Kontrollraum und stellte fest, daß Commander William Riker vor ihm eingetroffen war. Wenn Data Riker zur Brücke gebeten hatte, so durfte man daraus den Schluß ziehen, daß es sich bei der Starfleet-Nachricht nicht nur um eine Routinekommunikation handelte. Geordi schritt zur technischen Station, betrachtete die Anzeigen und spitzte gleichzeitig die Ohren.

Es dauerte nicht lange, bis auch Captain Jean-Luc Picard erschien. Wie immer war er tadellos gekleidet, doch aus irgendeinem Grund gewann Geordi den Eindruck, daß er bis vor wenigen Minuten tief und fest geschlafen hatte. Die rätselhafte Mitteilung schien wichtig genug zu sein, den allgemeinen Dienstplan durcheinanderzubringen. Andererseits ... Manchmal neigte Starfleet Command dazu, aus einer Mücke einen Elefanten zu machen.

Picard sah sich die Botschaft stumm auf einem Sichtschirm an und hob den Kopf. »Commander Riker, Mr. LaForge, Mr. Data — bitte begleiten Sie mich ins Konferenzzimmer«, sagte er mit der für ihn typischen ruhigen Gelassenheit. »Mr. Crusher, Sie haben das Kommando.«

Geordi entspannte sich ein wenig, als er zum Konferenzraum ging. Der Captain sprach sehr selten mit einem französischen Akzent — nur dann, wenn er besorgt oder beunruhigt war. Jetzt klang seine Stimme völlig normal. *Also haben wir es nicht mit einer romulani-*

schen Invasion zu tun, dachte LaForge. *Vielleicht hat man uns neue Einsatzorder übermittelt. Aber wir sind noch nicht damit fertig, diesen Sektor zu kartographieren ... Nun, um was auch immer es geht: Es ist wichtig genug, um unsere derzeitige Mission in den Hintergrund zu rücken.*

Als die Senior-Offiziere den Kontrollraum verlassen hatten und am Tisch des Konferenzzimmers saßen — die neutrale Einrichtung stand in einem auffallenden Kontrast zum Sternenpanorama hinter den breiten Fenstern —, richteten sie erwartungsvolle Blicke auf den Captain.

»Man hat uns angewiesen, ein Problem zu untersuchen, das in einer kürzlich für den Handelsverkehr freigegebenen Route im Sektor 3SR-5-42 entstanden ist«, erläuterte Picard. »Der Transferkorridor verbindet die Föderation mit dem klingonischen Imperium. Der einzige bewohnte Planet in der Nähe heißt Thonolan Vier, eine vor kurzer Zeit gegründete andorianische Kolonie. Starfleet Command hat mir berichtet, daß mehrere Föderationsfrachter beim Flug durch den betreffenden Quadranten verschwunden sind — ohne irgendeine Spur zu hinterlassen. In den letzten sechs Monaten wurden drei Schiffe als vermißt gemeldet.«

Oh-oh, dachte LaForge. *Ich ahne Schlimmes. Dies klingt nach einer ›Steck den Kopf in die Schlinge und finde heraus, was dann passiert‹-Mission.*

»Gestern hat das imperiale Oberkommando den Kontakt mit dem klingonischen Kreuzer *PaKathen* verloren. Wir sollen das Schiff finden und ihm falls notwendig Hilfe gewähren.«

Picard wandte sich an den Androiden. »Mister Data, wieviel Zeit brauchen wir, um den Sektor 3SR-5-42 mit maximaler Reisegeschwindigkeit zu erreichen?«

»Vier Tage und sieben Stunden, Captain«, erwiderte Data fast sofort.

»Wir brechen um dreizehn Uhr auf, sobald wir hier fertig sind.« Picard musterte die Anwesenden der Reihe nach, und sein Gesichtsausdruck wirkte ernst. »Fragen oder Kommentare?«

Commander Riker nickte. »Ich nehme an, einige Raumschiffe haben den Sektor ohne einen Zwischenfall durchquert, oder?«

»Ja, Nummer Eins.«

»Dann schlage ich vor, daß wir die Daten der entsprechenden Logbücher anfordern. Vielleicht enthalten sie Informationen, die uns einen Hinweis darauf geben, was mit den verschwundenen Schiffen geschehen ist.«

»Einverstanden, Nummer Eins. Commander Data, bitte beginnen Sie mit einer Analyse, sobald wir unterwegs sind.« Picard maß seinen Stellvertreter mit einem nachdenklichen Blick. »Wie ist der gegenwärtige Status unserer Kartographierungsmission, Commander Riker?«

»Wir haben die Hälfte der hiesigen Sonnensysteme erfaßt.« Der Erste Offizier lächelte kummervoll. »Der Rest erfordert nach wie vor umfassende Sondierungen.«

»Weisen Sie die wissenschaftlichen Gruppen an, ihre Arbeit einzustellen und alle ermittelten Daten an Starfleet Command weiterzuleiten. Unser Transfer beginnt in einer knappen Stunde.« Picard nickte den Offizieren zu. »Das ist alles.«

Lieutenant Selar beobachtete das kleine, blauhäutige Mädchen. Es trug ein schimmerndes schwarzes Sensornetz über dem Kleid, wanderte langsam zum Schott und blieb abrupt stehen. »Entfernung von der Wand?« fragte Selar.

»Eins Komma drei Meter, wie Sie sagten«, erwiderte das Mädchen.

»Ausgezeichnet«, lobte Selar. »Inzwischen kannst du dich recht gut orientieren.«

»Es fällt mir jetzt nicht mehr so schwer, die Informationen des Sensornetzes mit denen meiner Fühler zu kombinieren. Dieses Netz ist viel besser als das alte.« Das Kind drehte sich zur vulkanischen Ärztin um, und seine trüben Augen starrten an Selar vorbei. »Danke dafür, daß Sie mich den Umgang damit lehren, Doktor Selar.«

Die Vulkanierin schüttelte den Kopf, obwohl das andorianische Mädchen sie gar nicht sehen konnte. »Es ist meine Aufgabe, Thala. Man dankt niemandem dafür, seine Pflicht zu erfüllen.«

Das Kind lächelte verschmitzt. »Ich weiß, daß Sie zusätzliche Zeit mit mir verbracht haben. Doktor Crusher hat es während meiner letzten Untersuchung erwähnt. Sie dachte, ich hätte es nicht gehört.«

Selar hob erstaunt eine Braue. »Ich sollte Doktor Crusher auf dein gutes Gehör hinweisen.«

Betroffenheit zeigte sich in dem blauen Gesicht des Mädchens, und die aus dem baumwollweißen Haar ragenden Fühler zitterten kurz. »O nein, es ist schon wieder passiert, nicht wahr? Wesley meint, manchmal bewegt sich mein Mund im Warptransfer, während der Verstand noch mit Impulskraft arbeitet.«

Selar hielt diesen Vergleich für angemessen, doch die Erheiterung spiegelte sich nicht in den Zügen der Vulkanierin wider. »Je mehr Übung du mit dem Sensornetz hast, desto besser kommst du zurecht, wenn wir die nächste Starbase erreichen. Du weißt ja: Von dort aus setzt du die Reise allein zu deiner Heimatwelt fort.«

Die kleine Andorianerin nickte wortlos und mit vulkanischem Ernst. Selar bedauerte es, das Mädchen an die bevorstehende Trennung erinnert zu haben, doch unmittelbar darauf verdrängte sie diese Empfindungen. Thala mußte sich damit abfinden, daß sie die *Enterprise* bald verließ, um auf einem ihr völlig unbekannten Planeten aufzuwachsen.

Sie war in Weltraum geboren. Ihr Vater Thev hatte als andorianischer Diplomat mit einer Goodwilltour begonnen. Thalas Mutter, eine Linguistin, fiel vor sechs Jahren einem Virus zum Opfer, als ihr Kind erst zwölf Monate alt war. Der Tod des Vaters lag erst fünf Wochen zurück — ein Angriff der Borg hatte ihn und siebzehn weitere Personen umgebracht.

Jetzt stand Thala völlig allein, und die Vorschriften verlangten, daß man sie zu ihrer Familie zurückschickte, sobald es die Umstände erlaubten.

Seit Thevs Tod hatte sich Lieutenant Selar einzureden versucht, daß Thala bei ihren Verwandten besser aufgehoben war. Trotzdem dachte sie voller Sorge an die Zukunft des Mädchens. Das Leben an Bord eines Raumschiffs unterschied sich sehr von dem auf einem Planeten — erst recht dann, wenn es dabei um die andorianische Heimatwelt ging.

Die Andorianer galten als leidenschaftliches Volk, das in technischer und sozialer Hinsicht nicht so hochentwickelt war wie Vulkanier und Terraner. Sie hielten an uralten Traditionen fest, die aus einer barbarischen, blutigen Vergangenheit stammten. Schwächen und Behinderungen begegnete man nicht mit Toleranz; sie wurden als persönliche und familiäre Schande erachtet. Einige andorianische Clans, so hieß es, setzten noch immer Kinder aus, die nicht in einem perfekten Zustand zur Welt kamen. Seit fünfzehn Jahren gehörte Selar zur medizinischen Sektion von Starfleet, und in dieser Zeit hatte sie nie einen Andorianer gesehen, der irgendeine Art von Handikap aufwies.

Was erwartete Thala bei ihrem Volk? Während des vergangenen Jahrs hatte Selar zuerst mit Doktor Pulaski und dann mit der zurückgekehrten Doktor Crusher zusammengearbeitet, gemeinsam mit ihnen überlegt, ob Thala ein VISOR bekommen sollte, so wie Lieutenant Commander LaForge. Implantation von Sensoren und Justierung eines VISORs waren noch nie bei Andorianern durchgeführt worden. Den größten Teil der Arbeit leistete Selar, und häufig ließ sie sich dabei von Geordi beraten.

Wenn Thala die *Enterprise* verließ ... Würde ihr Clan dafür sorgen, daß sie angemessene medizinische Hilfe erhielt, um eines Tages so zu ›sehen‹ wie der Chefingenieur? Tief in ihrem Innern zweifelte die Vulkanierin daran.

Diese Überlegungen erinnerten Selar an etwas anderes. Zusammen mit Doktor Pulaski hatte sie bioelektronische Komponenten entwickelt, um gewisse Körperteile zu ersetzen. Es war jetzt möglich, Lieutenant Commander LaForge mit bioelektronischen Augen auszustatten, die ihm ein normales Erscheinungsbild verliehen — falls er sich gegen eine Regeneration des Sehnervs entschied. Bisher blieb der Chefingenieur skeptisch: Wenn er das VISOR für immer ablegte, verzichtete er auf einen großen Teil seines einzigartigen Sehvermögens.

Aber Thala war nicht an die VISOR-Wahrnehmung zusätzlicher Spektralbereiche gewöhnt, und deshalb erschienen bioelektronische Augen für sie ideal. Sie ähnelten den organischen Äquivalenten und erlaubten es der kleinen Andorianerin gleichzeitig, mehr zu sehen als andere Personen. Außerdem brauchte sie damit nicht den ständigen Schmerz zu ertragen, an dem LaForge litt.

Selar seufzte laut, und Thala wandte sich ihr überrascht zu. »Sind Sie müde, Doktor? Wir können die Lektion beenden, wenn Sie möchten.«

»Nein«, entgegnete die Vulkanierin. »Aber ich glaube, es wird jetzt Zeit fürs Mittagessen.« Sie stand geschmeidig auf — eine große, schlanke Frau mit kurzem Haar. Ihre Ponyfransen reichten fast bis zu den gewölbten Brauen, betonten spitz zulaufende Ohren. Selar war vierzig, noch immer jung nach den Maßstäben ihres Volkes, und ihre scharf geschnittenen Züge wirkten attraktiv, obgleich sie die meiste Zeit in maskenhafter Ausdruckslosigkeit verharrten.

»Ja, ich habe Hunger«, sagte Thala. Sie zögerte kurz

und fragte dann: »Findet morgen eine weitere Lektion statt?«

Selar antwortete nicht sofort und bemerkte bewundernswert kontrollierte Hoffnung im Gesicht des Mädchens. »Ich denke schon«, erwiderte sie. »Es sei denn, in der Krankenstation kommt es zu einem unerwarteten Notfall.« Thalas Wehmut veranlaßte sie, folgende Worte hinzuzufügen: »Möchtest du mich zum Essen in den Gesellschaftsraum begleiten? Ich habe keine anderen Pläne.«

»Darf ich?« hauchte Thala. Sie lächelte erfreut, und ihre Kopffühler vibrierten aufgeregt. »Das wäre großartig! Vielen Dank, Doktor!«

»Es ist nicht notwendig, mir zu danken«, sagte Selar. »Wir müssen beide essen, und angenehme Gesellschaft bei Mahlzeiten fördert die Verdauung.« Das Kind trat mit unsicheren Schritten auf sie zu. *Thala ist noch nicht mit dem neuen Sensornetz vertraut,* dachte die Ärztin. *Wenn sie jetzt stolpert oder fällt, werden ihre bisherigen Fortschritte bedroht.*

Selar streckte die Hand aus, als das Kind sie erreichte. »Komm, wir gehen gemeinsam.«

Kleine blaue Finger schlossen sich um die olivfarbenen der Vulkanierin, als sie das Quartier des Mädchens verließen. Selar führte Thala sanft, während sie durch den Korridor wanderten. Der physische Kontakt ermöglichte es ihr, die Begeisterung der Andorianerin zu spüren — Thala freute sich darüber, noch mehr Zeit mit ihr zu verbringen.

»Nach dem Essen kannst du mir erzählen, wie du mit den anderen Lektionen vorankommst«, sagte Selar.

Thala nickte. »Ich habe mir große Mühe gegeben, und durch dieses neue Netz kann ich noch besser mit dem Computer umgehen, Doktor.«

»Wir kennen uns jetzt seit eins Komma vier Jahren, nicht wahr?« fragte Selar und musterte das Mädchen.

»Das stimmt«, bestätigte Thala würdevoll. »Seit Sie

und Doktor Pulaski damit begannen, mir zu helfen. Damals war ich ein kleines Kind.« Die Andorianerin richtete sich zu ihrer vollen Größe auf.

In Selars Mundwinkeln zuckte es kurz. »Und jetzt bist du praktisch erwachsen, stimmt's?« Thala nickte einmal mehr. »Nun, da wir fast Altersgenossen sind, solltest du mich mit meinem Namen ansprechen. Was hältst du davon, mich Selar zu nennen?«

Das Mädchen neigte förmlich den Kopf, und seine Finger schlossen sich fester um die Hand der Ärztin. »Es ist mir eine Ehre, Selar«, sagte es leise.

Lieutenant Commander Data saß vor der Computerkonsole in seiner Kabine und befaßte sich mit den Logbüchern aller Schiffe, die in den vergangenen fünf Jahren durch den Raumsektor 3SR-5-42 geflogen waren. Die Handelsroute zwischen Thonolan Vier und der Föderation existierte seit knapp einem Jahr, und den neuen Transferkorridor, der die Föderation mit dem klingonischen Imperium verband, hatte man erst vor kurzer Zeit geöffnet. Dennoch wiesen die Aufzeichnungen auf zahlreiche Schiffe hin, deren Flüge durch den betreffenden Sektor führten, größtenteils kleine Kreuzer und unabhängige Frachter.

Wie Data nun feststellte, waren 15,4 Prozent der Raumschiffe verschwunden.

Die Raumfahrt stellte noch immer ein gewisses Risiko dar, aber ein so hoher Prozentsatz konnte nicht mit den gewöhnlichen Gefahren interstellarer Reisen erklärt werden. Doch die Logbücher der zurückgekehrten Schiffe berichteten nichts Außergewöhnliches.

Erneut sah er sich die entsprechenden Dateien an, hielt jedoch vergeblich nach nützlichen Informationen Ausschau. *Abtrünnige Sammler?* dachte er. Nein, vermutlich nicht. So weit von den üblichen Routen entfernt war ihre Präsenz eher unwahrscheinlich. Wenn sie hier Fracht stahlen, so stand der Aufwand an Treibstoff und

Reisezeit in keinem Verhältnis zu dem erzielbaren Preis auf einer ›toleranten‹ Welt, zum Beispiel Arkturus Sechs; die dortige Regierung sah großzügig über Aktivitäten hinweg, die bei anderen planetaren Administrationen als illegal galten.

Datas blasse Züge blieben entspannt, als er sich erhob und in der Kabine umherwanderte. Viele Menschen behaupteten, daß ihnen Bewegung half, konzentriert nachzudenken. Der Androide zweifelte daran, war aber bereit, einen empirischen Test vorzunehmen. Vielleicht sollte er die Meerschaumpfeife und den Jagdhut aus seinen Sherlock Holmes-Abenteuern auf dem Holodeck benutzen.

Als er am Schreibtisch vorbeiging, sah Data den Füllfederhalter und einige mit perfekter Handschrift beschriebene Seiten. Plötzlich erinnerte er sich an sein Gespräch mit LaForge: Geordi schien von dem Roman nicht so begeistert gewesen zu sein, wie der Androide gehofft hatte. *Vielleicht ist er kein Literaturkenner.*

Oder die vorgelesene Szene taugte nichts. Möglicherweise fehlte seinem Werk das gewisse *Etwas,* das es für ein menschliches Publikum verständlich und attraktiv gestaltete. Data hatte auch bei anderen Bemühungen versucht, diesen unbestimmten Faktor zu erfassen — ohne Erfolg. *Vielleicht habe ich wieder versagt.*

Der Androide gelangte zu dem Schluß, daß er eine weitere Meinung einholen mußte, vielleicht gleich mehrere.

Entschlossen fokussierte er seine Aufmerksamkeit einmal mehr auf die Logbucheinträge und stellte fest, daß er nichts übersehen und allen Einzelheiten die erforderliche Beachtung geschenkt hatte. Sein positronisches Gehirn funktionierte mit großer Präzision, doch Data war kein Computer: Ihm konnten Fehler unterlaufen.

Aber diesmal nicht, glaubte er nach einer gründlichen Überprüfung. Nein, er hatte alles berücksichtigt; die Informationen ermöglichten keine Hypothese, nicht einmal Spekulationen.

Data verließ die Kabine und machte sich auf den Weg zur Brücke, um dem Captain Bericht zu erstatten. Picard würde sich kaum freuen, aber der Androide rechnete nicht mit Vorwürfen. Jean-Luc Picard erwartete Resultate von seinen Offizieren und duldete keine Ausreden, doch er war ein fairer Mann, der ein echtes Geheimnis als solches erkannte und akzeptierte.

Ein Geheimnis — genau damit hatten sie es jetzt zu tun. Irgend etwas lauerte draußen im All, und niemand wußte, um was es sich handelte. Die *Enterprise* und ihre Besatzung waren auf eigene Erfahrungen angewiesen, um das Rätsel zu lösen.

KAPITEL 2

Lieutenant Selar saß allein in ihrer Kabine und las noch einmal eine persönliche Subraum-Mitteilung, die man der *Enterprise* übermittelt hatte, bevor das große Raumschiff mit dem Warptransfer begann. Die Nachricht lautete:

> **In Anerkennung lobenswerter Forschungspublikationen und umfangreicher Erfahrungen bezüglich der Entwicklung bioelektronischer Prothesen, vor allen Dingen im Bereich der Xenobiologie, haben die Direktoren der vulkanischen Akademie der Wissenschaften folgenden Beschluß gefaßt: Sie unterbreiten Selar — gegenwärtiger Rang: Starfleet-Lieutenant, medizinische Sektion; derzeit an Bord der U.S.S. *Enterprise,* NCC-1701-D — das Angebot, die Leitung der Akademieabteilung für Bioelektronik zu übernehmen.**

Die vulkanische Ärztin unterdrückte egoistischen Stolz, als sie den Blick zum drittenmal auf das Kommuniqué richtete. Viele Leute bekamen eine solche Chance nur einmal in ihrem Leben — wenn überhaupt. Logik verlangte, das Angebot ohne zu zögern anzunehmen.

Selar stellte sich vor, wie es sein mochte, nach fünfzehn Jahren in die Heimat zurückzukehren. Sie war mit ihrer Arbeit an Bord der *Enterprise* zufrieden. Hier leistete sie wertvolle Dienste und wurde respektiert. Die meisten Vulkanier strebten das Ziel an, nützlich zu sein, und diese Einstellung basierte auf einem von Surak formulierten Prinzip: »Ohne einen nützlichen Zweck kommt das Leben einer leeren Existenz gleich. Worin der ›nützliche Zweck‹ besteht? Er muß den entropischen Tendenzen des Universums entgegengesetzt sein.«

Als Leiterin der bioelektronischen Fakultät der vulkanischen Akademie eröffneten sich Selar ganz neue Möglichkeiten. Sie war imstande, Implantationsmethoden in Hinsicht auf die Angehörigen verschiedener Völker zu entwickeln — dann gab es Standardverfahren für die Ärzte in Starfleet und der Föderation. Dann konnte man Kindern wie Thala helfen, auch wenn sie nicht das Glück hatten, in einem Raumschiff zu leben.

Selar stand auf und schritt langsam durch ihr Quartier, betrachtete dabei die Kunstgegenstände und Kuriositäten, die sie während ihrer fünfzehn Jahre bei Starfleet gesammelt hatte. Die Uniform der medizinischen Sektion trug sie seit dem Ende der Assistenzzeit — und seit damals war sie nicht mehr auf Vulkan gewesen.

Die Finger der Ärztin berührten glattes, versteinertes Holz von Komeera Sieben, und sie dachte daran, ihre Verwandten auf Vulkan wiederzusehen. *Sind sie jetzt in der Lage, die Vergangenheit ruhen zu lassen? Kann* ich *vergessen?*

Selar preßte die Lippen zusammen, als sie vor ihrem inneren Auge die Gesichter der Eltern, Großeltern, Vettern und Kusinen sah. Holobilder vermittelten nur einen statischen Eindruck. *Haben sie sich ebensosehr verändert wie ich?*

Die Vulkanierin stammte aus einer fest in den Traditionen verwurzelten Familie: Ihr Clan war alt und stolz auf die Abstammung. Seine Mitglieder mißbilligten einen großen Teil des Wandels, der sich nach dem Föderationsbeitritt auf Vulkan ausbreitete. Wie in vielen traditionsgebundenen vulkanischen Familien üblich, hatte man Selar als Siebenjährige verlobt, eine mentale Brükke zwischen ihr und einem Jungen geschaffen, der später ihr Ehemann werden sollte. Die Bindung mit Sukat galt bei ihren Verwandten als vielversprechend. Sukats Familie war nicht so alt, jedoch sehr einflußreich.

Die beiden Kinder sahen sich gelegentlich, als sie aufwuchsen, doch abgesehen von dem dünnen psychischen Band zwischen ihnen, das sich leicht ignorieren ließ, kannte Selar den Jungen kaum, den sie eines Tages während der *Koonut kal-if-fee*-Zeremonie heiraten würde. Sukat gehörte zu einer fernen Zukunft, die für ihre damalige Existenz ohne Bedeutung blieb.

Schon als kleines Mädchen verspürte sie den Wunsch, Heilerin zu werden. Sie hielt es für besonders ehrenvoll, es sich zur Aufgabe zu machen, das Leben anderer Personen zu retten, sie von ihrem Leid zu befreien. Selar lernte voller Hingabe und erwies sich selbst nach vulkanischen Maßstäben als außergewöhnlich gute Schülerin. Als Siebzehnjährige besuchte sie die Universität und begann mit dem medizinischen Studium.

Einige Monate später nahm das Lehrinstitut auch Sukat auf. Häufig saßen sie in den Vorlesesälen nebeneinander oder arbeiteten gemeinsam in den Laboratorien; fast jeden Tag trafen sie sich bei der Mittags- oder Abendmahlzeit. Zum erstenmal bekam Selar Gelegenheit, ihren Verlobten besser kennenzulernen ...

... und stellte schon bald fest, daß sie Sukat nicht *mochte.* Die Vorstellung, hundertfünfzig oder hundertsechzig Jahre als seine Ehefrau zu verbringen, bereitete ihr Unbehagen.

Sie paßten einfach nicht zueinander. Selar interessierte sich sehr für andere Völker, auch für Menschen, und darüber hinaus schätzte sie kulturelle Unterschiede. Die Xenobiologie faszinierte sie. Mit großem Respekt achtete sie die UMUK-Grundsätze, jenes vulkanische Credo, das unendliche Mannigfaltigkeit in unendlicher Kombination verehrte.

Sukat hielt alle Nichtvulkanier für intellektuell, physisch und ethisch unterlegen. Selar mußte sich eingestehen, daß er in vielen Fällen recht behielt. Trotzdem sah sie in seiner Haltung etwas, das Menschen vor einigen hundert Jahren als Rassismus bezeichnet hätten.

Selar wollte ferne Planeten und die Wunder zwischen den Sternen sehen, während Sukat interstellare Reisen als eine manchmal notwendige Unannehmlichkeit erachtete.

Ihre einzige Gemeinsamkeit hieß Ehrgeiz. Selar sehnte sich danach, irgendwann herausragende Leistungen auf ihrem Fachgebiet zu vollbringen, und Sukat teilte diese Ambitionen. Aber Selar erzielte bei ihrem Studium größere Erfolge und wurde häufig von den Mentoren gelobt, als sie beide mit dem Praktikum begannen. Sukat reagierte so darauf, als beabsichtige seine zukünftige Frau ganz bewußt, ihn im Vergleich zu ihr als mittelmäßigen Studenten darzustellen. Nie gab er mit Wort oder Tat zu erkennen, daß er auf diese Weise empfand, aber Selar fühlte es ganz deutlich.

Im letzten Verlobungsjahr verkündete Sukat seinen Wunsch nach einer großen Familie. Er sprach sich dagegen aus, die Mutterschaft zugunsten von Selars Karriere zu verzögern. Es sei logischer für Frauen, sich auf ihre berufliche Laufbahn zu besinnen, wenn die Kinder erwachsen und unabhängig waren — anstatt die Karriere in einer wichtigen Phase zu unterbrechen, um Erziehungspflichten wahrzunehmen.

Selar war anderer Meinung. Es erschien ihr sinnvoller, sich zunächst in eine gute Ausgangsposition zu bringen und die Kinder anschließend zusammen mit dem Ehemann zu erziehen. Doch sie schwieg: Inzwischen wußte sie, wie Sukat auf Personen reagierte, die andere Ansichten vertraten.

Als das Ende des Studiums bevorstand und damit der Titel ›Heiler‹ in greifbare Nähe rückte, legten die beiden Familien einen Termin für die Hochzeit fest — und Selar begriff, daß sie Sukat nicht heiraten konnte.

Ruhig informierte sie die Verwandten, und ihre Enttäuschung überraschte sie nicht. Die Ehe mit Sukat sei logisch, erinnerte man Selar. Sie bildeten ein perfektes Paar, sowohl sozial als auch genetisch. Die Eltern warfen Selar vor, närrisch zu sein — der Umgang mit Menschen hatte offenbar einen schädlichen Einfluß auf sie.

Doch die junge Vulkanierin ließ sich nicht umstimmen. Sie lehnte es auch weiterhin ab, Sukat zu heiraten, wandte sich an seine Familie und gab ihren Entschluß bekannt. Diesmal riefen ihre Worte keine Enttäuschung hervor, sondern Verachtung und Erleichterung darüber, daß Sukat die Ehe mit einer so unlogischen und unreifen Frau erspart blieb.

Ernst und mit ausdrucksloser Miene ging Selar fort, um Sukat in seinem Apartment zu besuchen und mit ihm zu sprechen. Trotz der vielen Jahre waren die Erinnerungen an jene letzte Begegnung nicht verblaßt ...

Sukat musterte Selar ungerührt, aber die mentale Verbindung verriet sein ungläubiges Erstaunen. »Es muß ein Mißverständnis vorliegen«, sagte er monoton, und seine anmutigen Züge verfinsterten sich ein wenig. »Niemand macht ohne Grund eine Partnerschaftsbindung rückgängig.«

»Ich habe einen Grund«, erwiderte Selar.

»Aber du hast mir gerade bestätigt, daß ich voll und ganz akzeptabel bin, physisch ebenso wie geistig, daß deine Entscheidung nicht meine Attraktivität als begehrenswerter Mann in Frage stellt.« Sukat klang nun verärgert und auch erschüttert. »Wenn das stimmt — welchen Anlaß kannst du dann dafür haben, mich zurückzuweisen?«

»Ich habe einen Grund«, wiederholte Selar leise.

»Würdest du ihn mir bitte nennen?« fragte Sukat mit kühler Arroganz. Die junge Frau fühlte seine Mißbilligung.

»Er hat nichts mit dir zu tun, nur mit mir«, antwortete sie nach einigen Sekunden. »Deshalb halte ich es für sinnlos, dir zu erläutern, warum ich dich nicht heiraten will.«

»Trotzdem möchte ich Bescheid wissen«, beharrte Sukat. »Ich habe ein Recht darauf.«

»Nun gut«, seufzte Selar. Sie zögerte und senkte unsicher

den Blick. »Ich glaube nicht, daß wir ... zueinander passen«, murmelte sie.

Sukat wölbte eine Braue. »Seit wann spielt das eine Rolle? Du klingst wie ein Mensch; Terraner faseln ständig von Liebe und ähnlichem Unsinn. Das ist doch lächerlich! Du bist ...« Er suchte nach den richtigen Worten. »Du bist absolut ... unlogisch!«

»Ich halte es keineswegs für lächerlich oder unlogisch, wenn Mann und Frau die eheliche Gemeinschaft nicht als Belastung empfinden wollen«, entgegnete Selar. »Zufriedenheit stellt eine wichtige Voraussetzung für ihr eigenes Wohlergehen und das ihrer Kinder dar.«

»Deine Gesellschaft ist mir angenehm.«

Jetzt war es soweit. Selar hatte gehofft, daß Sukat sie nicht zu einer derartigen Offenheit zwang — jetzt mußte sie den Pfad der Wahrheit beschreiten. »Aber deine Gesellschaft ist mir *unangenehm«, sagte sie ehrlich. »Wenn wir zusammen sind, wünsche ich nur, nicht in deiner Nähe zu sein. Die Vorstellung von ... körperlicher Intimität zwischen uns erfüllt mich mit Abscheu.« Selar sehnte sich ein Ende dieses Gesprächs herbei. Alles in ihr drängte danach, die Wohnung zu verlassen, wieder unter einem klaren Himmel zu stehen, dem Vulkans planetarer Begleiter einen rötlichen Ton verlieh.*

»Wie kannst du so etwas behaupten?« entfuhr es Sukat. »Du hast selbst gesagt, daß ich ein Mann bin, den sich viele Frauen wünschen. Deine Reaktion ist ganz und gar unlogisch.«

»Vielleicht hast du recht«, gestand Selar ein. »Vielleicht bin ich wirklich unlogisch. Wie dem auch sei: Ich werde dich nicht heiraten. Unsere Beziehung endet hier und jetzt.«

»Wie närrisch von dir, T'Para.« Aus der Kühle wurde eisige Kälte. »Ich bin dankbar dafür, dich loszuwerden.«

»So heiße ich nicht mehr.« Selar überhörte die Beleidung, erleichtert darüber, daß sie Sukats Präsenz nur noch für wenige Sekunden ertragen mußte. »Das ›T‹ gebührt allein gebundenen Frauen, und ich bin niemandem mehr verpflichtet. Ich habe einen neuen Namen gewählt, der mich in die medizini-

sche Sektion von Starfleet begleiten wird. Ab morgen heiße ich Selar. Ich unterbreche nun unsere mentale Verbindung und erwarte von dir, daß du meinem Beispiel folgst.«

Ohne ein weiteres Wort tastete sie in den geistigen Kosmos, zerriß das psychische Band und wußte, daß Sukat zornig genug war, um ihrer Aufforderung nachzukommen. Sie fühlte sich seltsam nackt und auf eine fast berauschende Weise frei, als sie zur Tür ging und das Apartment verließ …

Das Summen des Interkoms holt Selar in die Gegenwart zurück. Sie tadelte sich stumm dafür, alten Erinnerungen nachgegeben zu haben, streckte die Hand aus und betätigte eine Taste. »Hier Lieutenant Selar.«

Doktor Beverly Crushers Gesicht erschien auf dem Bildschirm. Selar verglich die Farbe ihres Haars mit dem Glanz des vulkanischen Firmaments. »Ich habe gerade schlechte Nachrichten in bezug auf Thala erhalten«, sagte die Ärztin ohne Einleitung.

Selar verdrängte einen Anflug von Besorgnis, und jahrelange Angewohnheit verlieh ihren Zügen gelassene Ruhe. »Hat sie sich verletzt?«

»O nein, nichts dergleichen«, erwiderte Crusher. »Tut mir leid. Ich habe mich falsch ausgedrückt. In körperlicher Hinsicht ist mit Thala alles in Ordnung. Die Nachricht stammt von ihrer Familie und beunruhigt mich.«

»Ja?«

»Ihr Clan will sie nicht. Angeblich hat er keine Möglichkeit, sich um ein behindertes Kind zu kümmern.« Beverly schnitt eine kurze Grimasse. »Die Verwandten nahmen kein Blatt vor den Mund. Sie lehnen Thala ab, und es ist ihnen völlig gleich, was mit ihr geschieht.«

»Was verlangen die Vorschriften in einem solchen Fall?«

Die Ärztin mit dem kastanienbraunen Haar seufzte. »Ich fürchte, sie lassen uns kaum Entscheidungsspielraum. Wenn das Mädchen nicht zu seiner Familie zurückkehren kann, muß es zur nächsten besiedelten Welt gebracht und dort als Waise den planetaren Behörden übergeben werden.« Beverly schüttelte den Kopf. »In Thalas Fall wäre das Thonolan Vier.«

Selar spürte neuerlichen Kummer, als sie daran dachte, daß sie sich in wenigen Tagen von der kleinen Andorianerin trennen mußte und sie wahrscheinlich nie wiedersehen würde. »Aber bei den Bewohnern von Thonolan Vier wird sie ebenfalls nicht willkommen sein.«

»Die dortigen Kolonisten sind verpflichtet, sie aufzunehmen. Vermutlich bringt man sie in einem Pflegeinstitut unter.«

»Oder in einem Heim«, sagte Selar geradeheraus.

»Ich hoffe nicht.« Crusher schauderte unwillkürlich. »O Gott, ich hoffe nicht. Thala ist so nett und intelligent!«

»Gibt es eine legale Alternative?« fragte die Vulkanierin. »Wenn jemand bereit ist, ihre Passage zur Erde — oder nach Vulkan — zu bezahlen ... Wäre das erlaubt? Zwar hat Thala keine Verwandten in meiner Heimat, aber ich versichere Ihnen, daß die vulkanischen Pflegeanstalten weitaus besser sind als die auf Thonolan Vier oder anderen andorianischen Welten. Vulkanier schätzen Kinder, und man würde auch Thala respektieren. Außerdem stellt mein Heimatplanet eine Herausforderung für ihren Intellekt dar. Sie bekäme alles, was sie braucht — auch eine gute Schulbildung.«

»Ich weiß nicht, ob es gestattet ist, sie zu einer anderen Welt zu schicken«, sagte Dr. Crusher. »Nun, ich frage Lieutenant Greenstein. Er kennt sich mit den Vorschriften aus.«

»Ja, gut«, entgegnete Selar. »Ich schlage vor, daß wir Thala zunächst nichts sagen. Wir sollten vermeiden, das Mädchen mit unseren Sorgen um seine Zukunft zu belasten.«

»Einverstanden.«

Selar starrte noch eine Zeitlang auf den leeren Interkom-Schirm. *Es ist nicht fair,* dachte sie, und das Gedächtnis zeigte ihr eine fröhliche, lachende Thala, die im Gesellschaftsraum saß und ein Dessert verspeiste. Ein orangefarbener Fruchteisfleck an ihrem Mund bildete einen seltsamen Kontrast zu der blauen Haut. *Du hast so viele Anlagen. Wenn man dir eine Chance gäbe …*

Die Vulkanierin holte tief Luft. Das Universum hatte nie in dem Ruf gestanden, besonders fair zu sein …

»Commander Riker … entschuldigen Sie bitte.« Der Erste Offizier hörte Datas Stimme, als sich die Tür des Turbolifts schloß.

Der hochgewachsene Mann — sein Bart betonte die attraktiven Züge, anstatt sie zu verbergen — drehte sich um. »Lift, anhalten«, befahl er. »Tür auf.« Die beiden Schotthälften glitten wieder auseinander. »Tut mir leid, Data«, sagte William Riker, als der Androide in die Transportkapsel trat. »Ich war in … Gedanken versunken.« Und zum Kontrollcomputer: »Weiter.«

»Ich verstehe«, erwiderte Data, als der Lift sie durch den stählernen Leib der *Enterprise* trug. »Auch ich habe darüber nachgedacht, was uns am Ziel der Reise erwartet.«

»Sicher sind keine Sammler in dem Quadranten, und für Romulaner ist die Entfernung zur Neutralen Zone zu groß. Abtrünnige Klingonen?« vermutete Riker. »Vielleicht gibt es noch mehr Schläfer-Schiffe, abgesehen von jenem Kreuzer, mit dem es Worf und K'ehleyr zu tun bekamen.«

»Vielleicht«, räumte Data ein. »Aber dann frage ich mich, warum sie den Sektor nicht verlassen haben. Weshalb sollten sie einigen Frachtern auflauern? Vor hundert Jahren verlangte die klingonische Ehre, Föderationskreuzer anzugreifen.«

Riker zuckte mit den Schultern. »Ja, das stimmt.« Der Turbolift hielt an. »Ich habe die Absicht, den Maschinenraum zu inspizieren«, meinte der Erste Offizier. »Wohin sind Sie unterwegs?«

»Zu keinem bestimmten Ort«, antwortete Data. Will

Riker bemerkte einige gefaltete Blätter in der Hand des Androiden. »Möglicherweise suche ich die Brücke auf; mein Dienst beginnt in einer Stunde. Nun, Commander...« Sein Zögern wirkte sehr menschlich.

Riker musterte ihn neugierig. »Irgendein Problem, Data? Geht es dabei um unsere Mission?«

»Nein, Sir.« Der Androide schien sich einen inneren Ruck zu geben. »Ich wollte Sie um Ihre Meinung in Hinsicht auf einen Roman bitten.«

»Meine literarischen Kenntnisse sind beschränkt«, wandte Riker ein. »Der Captain hat weitaus mehr gelesen als ich.«

Will und Data verließen die Transportkapsel, schritten Seite an Seite durch den Korridor. »Ich benötige keinen Rat bei der Auswahl von Lesematerial, Sir«, sagte der Androide. »Das betreffende Werk stammt von mir selbst.«

»Oh«, kommentierte Riker. Er hörte den Mangel an Begeisterung in der eigenen Stimme und fügte rasch hinzu: »Nun, ich freue mich, einen angehenden Schriftsteller in unserer Mitte zu wissen. Wie kann ich Ihnen behilflich sein?«

Data reichte dem Ersten Offizier ein Blatt. »Bitte lesen Sie das und sagen Sie mir ganz ehrlich, was Sie davon halten.«

Riker lehnte sich an die Wand und las langsam die handgeschriebenen Sätze. Nachdenklich rieb er sich das Kinn, überlegte eine Zeitlang und räusperte sich. »Äh, da mir der Rest des Romans unbekannt ist, kann ich kaum ein Urteil fällen...«

»Ich bin gern bereit, Ihnen auch die übrigen Teile des Manuskripts zur Verfügung zu stellen«, bot ihm Data sofort an.

Riker suchte nach Worten. »Nun, ich... ich bin sehr geschmeichelt. Aber derzeit habe ich ziemlich viel zu tun. Sie wissen schon — die unbekannte Gefahr im Sektor 3SR-5-42.«

»Natürlich, Commander«, sagte der Androide ruhig.

»Allerdings haben Sie mir noch nicht mitgeteilt, was Sie von diesem Abschnitt halten.«

»Oh. Ja. Ich finde ihn sehr ... interessant. Ihre Schreibweise ist einzigartig und ... unverkennbar.« Mit plötzlicher Offenheit fuhr er fort: »Aber eine solche Liebesszene ... Nun, ich ziehe andere Darstellungen vor. Ein ... maskuliner Stil ist mir lieber.«

»Zum Beispiel?«

»Riverton gehört zu meinen Lieblingsautoren. Und natürlich Hemingway. *Tod am Nachmittag, Wem die Stunde schlägt* und *Der Schnee vom Kilimandscharo* — er war ein wahrer Meister. Seine Romane sind großartig.«

»Ich ... verstehe«, sagte Data. »Vielen Dank, Commander. Sie haben mir wertvolle Anregungen gegeben. Vielleicht sollte ich die Sequenz umschreiben ...«

Riker klopfte dem Androiden auf die Schulter. »Bemühen Sie sich auch weiterhin«, riet er in einem herzhaften Tonfall. »Ich bin sicher, alle großen Autoren erkennen den Wert des Umschreibens.«

Der Erste Offizier ging in Richtung Maschinenraum fort und fühlte dabei nicht nur Gewissensbisse, sondern auch Mitleid. *Ich konnte ihm unmöglich sagen, daß die Szene schlecht ist,* dachte er. *Es wäre ein zu schwerer Schlag für ihn gewesen.* Riker seufzte und erinnerte sich an seine erste Begegnung mit Data. *Armer Pinocchio ...*

»Eine Nachricht von Starfleet Command, Captain«, sagte Fähnrich Whitedeer.

»Danke«, entgegnete Picard. »Ich nehme sie im Bereitschaftsraum entgegen.«

Er stand auf, durchquerte die Brücke und betrat sein privates Zimmer. Einige Sekunden lang verharrte er am Fenster; sein schlanker Leib zeichnete sich vor der Schwärze des Alls und den Streifenmustern der Sterne ab. Jean-Luc Picard war kahlköpfig und hatte durchdringend blickende nußbraune Augen. Sein Gesicht wirkte so gebieterisch wie das eines römischen Kaisers, doch Lachfalten in den Mundwinkeln beugten dem Eindruck von Hochmut vor.

Derzeit wirkte der Captain sehr ernst. Er nahm an der Computerkonsole Platz und forderte Whitedeer auf, ihm die Nachricht zu übermitteln.

Seine Lippen bildeten einen dünnen Strich, als er auf den Sichtschirm starrte. Die *Marco Polo,* ein Handelsschiff der Föderation, war gestern durch den Sektor 3SR-5-42 geflogen und hätte die Raumstation von Thonolan Vier vor sechs Stunden erreichen sollen.

Der Frachter galt inzwischen als überfällig, und die Subraum-Kommunikationszentrale von Thonolan Vier berichtete, daß kein Kontakt mehr mit dem Schiff bestand — Rufsignale blieben unbeantwortet. Die früheren Kom-Mitteilungen deuteten auf nichts Außergewöhnliches hin.

Starfleet Command wies die *Enterprise* an, auch nach der *Marco Polo* zu suchen. Jean-Luc Picard sah sich im Bereitschaftsraum um und seufzte tief. Er hatte viele Jahre im Weltraum verbracht und dabei gewisse ... Instinkte entwickelt, die er sich nur selten eingestand. Normalerweise traf er seine Entscheidungen auf der Grundlage rationaler Überlegungen, doch manchmal kam es zu Situationen, in denen Vernunft allein nicht genügte. Dann wurde menschliche Intuition notwendig.

Dunkle Vorahnungen regten sich in dem Captain und ließen ihn erschauern. *Ist dies vielleicht unsere letzte Mission?* Beunruhigt dachte er an die *Enterprise,* ein prächtiges Schiff, das man ihm anvertraut hatte; sein Blick glitt über das runde Aquarium mit dem exotischen Fisch zum Modell der *Stargazer. Nach dem Verlust der* Stargazer *kann ich nicht noch einmal ein Schiff verlieren. Anschließend wäre ich nicht mehr ich selbst.*

Er seufzte erneut, hörte das Summen des Türmelders und hob den Kopf. »Herein!« sagte Picard laut — und lächelte, als er sah, wer ins Zimmer kam. »Ich habe Sie erwartet.«

Die Bordcounselor Deanna Troi schmunzelte, und in ihren dunklen betazoidischen Augen schimmerte Mitgefühl. »Sie wissen ja, daß ich Ihre Emotionen wahrnehme, wenn Sie besorgt sind«, erinnerte sie den Captain mit melodisch klingender Stimme. Sie war atemberaubend schön und hatte eine perfekte Figur. Eine edelsteinbesetzte Spange hielt ihr dichtes schwarzes Haar zusammen.

»Ja«, erwiderte Picard. »Ein weiteres Schiff ist verschwunden, Counselor. Diesmal ein Föderationsfrachter — die *Marco Polo.*«

»Das sind schlechte Neuigkeiten.« Troi musterte den Captain aufmerksam. »Aber für Ihr Unbehagen gibt es noch einen anderen Grund. Irgend etwas verwirrt Sie ...«

Picard nickte. »Die *Marco Polo* hat Saatgut für Thonolan Vier geladen — genetisch verändertes *Feleen*-Getreide, das auf thonolanischem Boden wachsen soll. Dort ist der Kaliumgehalt höher als auf anderen andorianischen Welten.«

»Und?« fragte Deanna, als der Captain schwieg und nachdenklich die Fingerspitzen aneinanderpreßte.

Er runzelte überrascht die Stirn und schien vergessen zu haben, daß er nicht allein war. »Was ... Oh. Entschuldigen Sie, Counselor. Ja, ich bin verwirrt. Ich frage mich, was sich jemand von dem Schiff versprechen könnte. Die Fracht läßt sich nicht woanders verkaufen — das modifizierte *Feleen*-Getreide wächst einzig und allein auf Thonolan Vier. Außerdem: Wenn die Diebe das Saatgut den Thonolanern anbieten, geben sie damit ihre Identität preis. Dann wissen wir, wer für das Verschwinden der *Marco Polo* verantwortlich ist.«

»Gehen Sie von der Annahme aus, daß die vermißten Raumschiffe von Piraten überfallen wurden?«

»Das *habe* ich bisher vermutet, ja. Aber jetzt ist alles anders.« Picard zögerte kurz. »Die Theorie erschien zunächst plausibel, doch sie hat nun keinen Sinn mehr.

Diebe wollen in erster Linie Profit erzielen. Sie stehlen nichts Wertloses.«

»Was steckt sonst dahinter?«

»Keine Ahnung. Ich kann mir nicht vorstellen, daß sich Romulaner so weit von ihrem stellaren Territorium entfernen, um Föderationsschiffe anzugreifen. Sie würden damit einen Krieg heraufbeschwören, und bisher deutet alles darauf hin, daß ihnen derzeit nichts an einem offenen Konflikt liegt.«

»Ferengi?« fragte Troi skeptisch.

Picard schüttelte den Kopf. »Sie denken rein ökonomisch und interessieren sich nur für Fracht, die ihnen einen hohen Gewinn in Aussicht stellt. «

»Und was folgt daraus?« Die Counselor klang so, als sei ihr die Antwort bereits klar.

Der Captain nickte langsam. »Wenn es sich nicht um etwas handelt, das wir kennen, so haben wir es mit einem fremden Faktor zu tun. Etwas, dem wir jetzt zum erstenmal begegnen. Vielleicht eine feindliche und sehr gefährliche Entität ...«

»Eine Naturkraft?«

»Meinen Sie ein unbekanntes Phänomen im All?« Picard trommelte mit den Fingern auf den Tisch. »Es wäre denkbar ...«

»Aber Sie halten diese Erklärung für unwahrscheinlich«, sagte Deanna und deutete Jean-Lucs Unsicherheit mit der Erfahrung eines geübten Beobachters.

»Ich weiß es nicht!« platzte es verärgert aus Picard heraus. Dann faßte er sich wieder. »Nein, ich glaube nicht an ein natürliches Phänomen. Mein ... Instinkt — so würden Sie es nennen — rät mir, daß wir uns darauf vorbereiten sollten, dem primären Zweck der *Enterprise* zu genügen.«

»Kontakt mit fremden Lebensformen.«

»Ja. Aber in diesem besonderen Fall hat das Fremde acht Schiffe verschwinden lassen, und ich möchte vermeiden, daß wir ihm ebenfalls zum Opfer fallen.«

Die Counselor warf Picard einen mitfühlenden Blick zu. »Es ist ein Rätsel, Captain. Der von Ihnen bewunderte Dixon Hill wäre sicher fasziniert.«

In Jean-Lucs Mundwinkeln zuckte es kurz, als er sich erinnerte. »Ah, ja. Vielleicht fiele es mir mit Hut und Trenchcoat leichter, dieses Problem zu untersuchen.«

Troi schmunzelte amüsiert, und in ihren dunklen Augen funkelte es. »In dem Fall halte ich es für fair, Commander Data zu erlauben, seine übelriechende Pfeife und die Sherlock-Holmes-Mütze hervorzuholen.«

Picards Lächeln wuchs in die Breite. Er rümpfte die Nase und winkte imaginäre Rauchschwaden beiseite. »Mit der Mütze könnte ich mich noch abfinden«, sagte er. »Aber die Pfeife stellt eine Gefahr für das Lebenserhaltungssystem dar. Lassen wir auch Dixon Hill in den Büchern. Ich muß mich dieser Herausforderung als Jean-Luc Picard stellen.«

Er wurde ernst, und seine Züge verhärteten sich. »Ich werde das Problem lösen, Counselor«, fügte er entschlossen hinzu.

KAPITEL 3

»Wir erreichen jetzt den Sektor 3SR-5-42, Captain«, sagte Fähnrich Wesley Crusher. Die Brückenoffiziere sahen von ihren Konsolen auf und beobachteten die bunten Streifenmuster der Sterne auf dem Wandschirm.

»Setzen Sie die Geschwindigkeit auf Warp eins herab, Mister Crusher.«

»Aye, Sir.« Die Finger des jungen Mannes strichen über einige Kontrollflächen, und das große Raumschiff raste nicht mehr ganz so schnell durchs All. »Warp eins, Captain.«

Picard lehnte sich im Kommandosessel zurück. Die Bordcounselor Deanna Troi nahm wie üblich den Platz links von ihm ein. »Gut, Mister Crusher.« Jean-Luc blickte zum Androiden, der neben Wesley an der Operatorstation saß. »Mister Data, wie lange brauchen wir bis zur letzten gemeldeten Position der *Marco Polo,* wenn wir die gegenwärtige Geschwindigkeit beibehalten?«

»Eine Stunde und siebzehn Minuten, Captain«, antwortete Data. Im hellen Brückenlicht wirkte seine Haut noch blasser als sonst. »Ich habe inzwischen die Fernbereichssensoren aktiviert und mit einer Sondierung begonnen, Sir.«

»Danke, Mister Data. Wann gelangen wir in die Nähe der *PaKathen?*«

»Nun, Sir, wir wissen, wo sich die *Marco Polo* befand, als der Kom-Kontakt zum Frachter abbrach. Nach den letzten verifizierten Koordinaten zu urteilen war der klingonische Kreuzer nicht weit von jenem Raumbereich entfernt. Die Distanz beträgt maximal ein halbes Lichtjahr. Zu genaueren Angaben sehe ich mich leider völlig außerstande, da die *PaKathen* nicht sendete, als sie verschwand. Ihre exakte Position ist daher unbekannt.«

»Ich verstehe.« Der Captain überlegte einige Sekunden lang und straffte die Schultern. »Mister Crusher, berechnen Sie einen Sublicht-Suchkurs, der uns zu beiden Koordinatenpunkten bringt und gleichzeitig eine Sondierungsüberlappung von sechs Lichtmonaten ermöglicht. Berücksichtigen Sie dabei minimale Suchzeit und sparsamen Umgang mit unseren Treibstoffreserven.«

»Ja, Captain!« erwiderte Wesley diensteifrig. Sofort wandte er sich dem Computerterminal zu, und das schmale Gesicht des Jungen gewann jenen verträumten Ausdruck, den es häufig zeigte, wenn er sich mit einer abstrakten Aufgabe befaßte. Ob es um Schularbeiten oder die Navigation der *Enterprise* ging — Wes war immer vollkommen konzentriert. *Er ähnelt seinem Vater sehr,* dachte Picard. *Jacks Züge offenbarten die gleiche Intensität, wenn er sich mit einer Herausforderung konfrontiert sah. Und je größer die Herausforderung, desto mehr mochte er sie.*

Ein zufriedenes Lächeln umspielte die Lippen des Captains, als er den jungen Fähnrich an seinem Pult beobachtete. Dann fühlte er den wissenden Blick der Counselor auf sich ruhen, verbannte das Schmunzeln und ersetzte es durch neuerlichen Ernst.

»Mister Data«, sagte er energisch. »Haben Sie die von mir angeforderten Informationen über den Frachter *Marco Polo?*«

»Ja, Captain.« Der Androide drehte seinen Sessel herum. »Soll ich sie auf den Hauptschirm projizieren, Sir?«

»Ich bitte darum.«

Data berührte eine Sensorfläche. Die Sterne verschwanden vom Wandschirm, wichen der schematischen Darstellung eines Raumschiffs. Es handelte sich um einen großen Transporter, dem die geschmeidige Eleganz der *Enterprise* fehlte. Unter dem kleineren Diskussegment wölbten sich Ladekammern und Containermodule. »Die *Marco Polo* ist ein Frachter der Klasse eins, Captain«, begann Data und sprach in einem belehrenden Tonfall. »Sie dient dazu, landwirtschaftliche Produkte und Luxusartikel zu transportieren. Ihre Standardbesatzung besteht aus dreiundvierzig Personen. Die Ladekammern haben eine Kapazität von ...«

»Ich bin mit den technischen Einzelheiten solcher Schiffe vertraut, Mister Data«, unterbrach Picard den Androiden. »Wie alt ist die *Marco Polo?*«

»Sie wurde vor dreiundneunzig Jahren in Dienst gestellt und vor einunddreißig Jahren gründlich überholt, Sir.«

»Man kann sie also nicht gerade als neu bezeichnen«, sagte der Captain mehr zu sich selbst. Nachdenklich rieb er sich das Kinn. »Nun, bei einem so alten Raumer läßt vermutlich die Triebwerkabschirmung zu wünschen übrig.«

»Da haben Sie sicher recht, Sir.«

»Wir sollten also in der Lage sein, eine Ionenspur zu finden. Suchen Sie mit den Scannern danach, Mister Data.«

»Ja, Captain.«

»Muß ich Sie, Doktor Crusher und meine Freunde bald verlassen, Selar?« fragte Thala beunruhigt. »Kommen meine Verwandten, um mich fortzubringen?«

Die Vulkanierin hob eine Braue, als sie diese Fragen vernahm. Sie saß mit dem kleinen andorianischen Mädchen in ihrem Quartier, und gemeinsam lauschten sie der Musik eines Komponisten, den Selar sehr schätzte: Johann Sebastian Bach. Die vulkanische Ärztin hielt Bach für ein menschliches Genie, das die Tugenden der

Zurückhaltung und Ordnung besonders gut verstanden hatte. Bachs Melodien symbolisierten kontrollierte Emotionen, sublimiert zu akustischer Schönheit. Seine Werke halfen Selar noch mehr als vulkanische Harfenklänge, mit ihren Problemen fertig zu werden.

Auch Thala fand Gefallen an klassischer Musik von der Erde, aber sie bevorzugte eine andere Art. Ihr Lieblingskomponist hieß Elvis Presley.

Selar streckte eine Hand nach dem Computerterminal aus und dämpfte die Musik zu einem leisen Murmeln im Hintergrund. »Warum fragst du mich das, Thala?«

»Weil Sie und Doktor Crusher gesagt haben, daß ich nicht mehr an Bord eines Raumschiffs leben kann und die Verwandten auf der Heimatwelt über meine Zukunft entscheiden. Aber inzwischen sind viele, viele, *viele* Tage vergangen, ohne daß sich etwas Neues ergeben hat.« Das blinde Kind starrte über Selars linke Schulter hinweg, doch die Vulkanierin hatte plötzlich den Eindruck, daß Thala weitaus mehr wahrnahm als ein Sehender.

Einige Sekunden später bestätigte das Mädchen ihre Vermutungen. »Außerdem weiß ich, daß Sie in letzter Zeit besorgt um mich gewesen sind.«

»Ich habe oft … an dich gedacht«, erwiderte Selar langsam. »Und ich bin tatsächlich besorgt, soweit es dein Schicksal betrifft.«

»Warum?«

Die Ärztin stand auf, ging langsam in der Kabine umher und dachte nach. *Thala ist nicht nur intelligent, sondern auch sehr phantasievoll. Vielleicht sind ihre Vorstellungen inzwischen schlimmer als die Wirklichkeit. Und ich kann sie nicht belügen — immerhin bin ich Vulkanierin.* Sie blieb vor der schmalen, mit einem scharlachroten Vorgang abgetrennten Nische stehen, die den traditionellen Feuertopf enthielt. Sorgfältig wählte sie ihre Worte. »Als du erfahren hast, daß du die *Enterprise* verlassen und vielleicht zu deiner Heimatwelt reisen mußt, um bei Verwandten zu leben, die du gar nicht kennst … Erinnerst du dich an deine Reaktion darauf, Thala?«

»Ja«, antwortete die kleine Andorianerin ruhig. »Ich habe gesagt, daß ich nicht bei Fremden untergebracht werden möchte, auch wenn sie mit mir verwandt sind.«

»Nun, als sich Doktor Crusher mit deinem Clan in Verbindung setzte, hat er offenbar ähnlich reagiert.« Selar drehte sich um und musterte das Kind, hielt in dem blauen Gesicht nach Enttäuschung Ausschau. Doch Thalas Züge blieben so ausdruckslos wie die einer erwachsenen Vulkanierin.

»Ich kann verstehen, daß er mich nicht will«, entgegnete das Mädchen. »Es ist mir sogar recht. Ich bin meinen Verwandten nie begegnet.«

»Das stimmt«, pflichtete Selar der Andorianerin bei.

Thala schwieg kurz, und plötzlich erhellte sich ihre Miene. »Wenn es der Clan ablehnt, mich aufzunehmen … Kann ich dann an Bord des Schiffes bleiben, bei Ihnen?«

»Ich weiß nicht, was jetzt geschehen wird«, sagte Selar behutsam. »Vielleicht verlasse ich die *Enterprise.*«

»Wie meinen Sie das?« entfuhr es Thala.

»Man hat mir eine Stellung in der vulkanischen Akademie der Wissenschaften angeboten. Ich soll dort eine Forschungsabteilung leiten. Es ist eine sehr gute Position, und ich ziehe in Erwägung, sie anzunehmen.«

Zum erstenmal seit Wochen zeigte das Mädchen offene Bestürzung. »Sie *verlassen* die *Enterprise?* O nein! Wenn Sie gehen, sehen wir uns nie wieder!« Thala zog die Knie an, neigte den Oberkörper vor und zurück. Andorianer weinten nicht — sie hatten keine Tränendrüsen —, aber das Mädchen wimmerte leise.

Selar preßte die Lippen zusammen, zögerte und fragte sich, ob sie Beverly bitten sollte, das Kind zu trösten — emotionaler Erregung stand sie eher hilflos gegenüber. Der Gedanke an eine bevorstehende Trennung bereitete Thala ganz offensichtlich großen Kummer. Ihre

Trauer erschütterte die Vulkanierin mehr, als sie sich selbst eingestand.

Doch nach langem Zögern begriff Selar, daß sie nicht tatenlos zusehen konnte, wie Thala litt. Sie näherte sich dem Kind und legte ihm widerstrebend die Hand auf den Kopf, zwischen den beiden Fühlern, spürte flauschiges weißes Haar und den runden, warmen Kopf darunter. Etwas in ihr erzitterte, als sie die Niedergeschlagenheit des Mädchens fühlte. »Thala«, sagte sie sanft und strahlte Ruhe aus. »Bitte sei nicht traurig. Ganz gleich, wo du leben wirst — bestimmt findest du neue Freunde ...«

»Aber ich verliere *Sie*«, brachte die kleine Andorianerin hervor und wimmerte erneut.

»Hör mir zu, Thala.« Selar sprach weiterhin leise, aber nun erklang auch Festigkeit in ihrer Stimme. »Hörst du mich?«

»Ja ...«

»Ich schwöre bei meiner Ehre, daß ich die *Enterprise* nicht verlassen werde, bevor deine Zukunft geregelt ist. Hast du verstanden? Ich werde das Angebot der vulkanischen Akademie der Wissenschaften erst annehmen, wenn du ein neues Heim gefunden hast, wo auch immer.« Selar dachte daran, wieviel Zeit verstreichen mochte, bevor sie Gelegenheit bekam, ihre neue berufliche Chance zu nutzen. Rasch verdrängte sie diese Überlegungen. Jemand mußte sich um Thala kümmern, und sie war Ärztin und Lehrerin des Mädchens. *Es ist meine Pflicht.*

»Sie ... versprechen es?«

»Das habe ich gerade gesagt.«

Kleine blaue Finger berührten die Hand der Vulkanierin und schlossen sich darum. »Danke, Selar.«

»Sei unbesorgt. Doktor Crusher und ich versuchen alles, um dein Wohlergehen zu gewährleisten.«

»Ich weiß.«

Selar vernahm das Vibrieren in Thalas Stimme, ignorierte es jedoch — das Mädchen trachtete ganz offensichtlich danach, sich wieder zu fassen. Auch der eigenen Erleichterung schenkte sie keine Beachtung: Durch ihre Entscheidung konnte sie die Rückkehr nach Vulkan und somit den Tag der Abrechnung mit ihrer Familie — auch mit Sukat und seinen Verwandten — noch etwas länger hinausschieben.

»Ich weiß nicht, Sonya«, sagte Geordi LaForge zu der jungen Frau, die unter seiner Anleitung das Warptriebwerk der *Enterprise* überprüfte. »Wenn ich an unsere Mission denke, läuft es mir kalt über den Rücken. Im einen Augenblick fliegen Schiffe durch den Weltraum, und im nächsten sind sie verschwunden. Das gefällt mir nicht.«

Fähnrich Gomez strich eine Strähne ihres schulterlangen Haars zurück und notierte etwas im Logbuch des Maschinenraums. »Wahrscheinlich stecken Ferengi oder Piraten dahinter. Oder abtrünnige Klingonen. Wenn sie die *Enterprise* auf ihren Schirmen sehen, bekommen sie es mit der Angst zu tun und machen sich aus dem Staub.«

»Vielleicht«, murmelte LaForge. »Ich wäre sofort bereit, Ihnen zuzustimmen, wenn die Sache nicht auch den Kreuzer *PaKathen* beträfe. Aber den meisten Piraten käme es nie in den Sinn, ein klingonisches Schiff anzugreifen. Außerdem: Sie wissen ja, mit welcher Verachtung die Klingonen den Ferengi begegnen. Sie würden bis zum letzten Blutstropfen kämpfen, um die Schande zu vermeiden, von den habgierigen kleinen Trollen überwältigt zu werden.«

»Nun, vielleicht stammen die Angreifer ebenfalls aus dem Imperium.«

»Klingonischen Renegaten liegt bestimmt nichts daran, die Aufmerksamkeit eines offiziellen Klingonenkreuzers zu wecken. Das Imperium würde eine ganze Flotte schicken, um das verlorene Schiff zu rächen.«

Gomez sah auf, dachte kurz nach und zuckte mit den Achseln. »Ja, Sie haben recht. Es ist *wirklich* eine seltsame Mission, nicht wahr?«

»Und ob. Sie erinnert mich an Geschichten über die Erde, als es dort noch Segelschiffe gab.«

Gomez war auf einem Kolonialplaneten geboren und hatte Terra nie gesehen. Sie musterte den Chefingenieur interessiert. »Was für Geschichten?«

»Vor vielen hundert Jahren gab es Legenden über Todesfallen für glücklose Seeleute. Man konnte in die windstillen Zonen der Roßbreiten geraten ...«

»Ich wußte gar nicht, daß Rösser und Pferde im Ozean leben«, warf Gomez ein. »Ich hielt sie für pflanzenfressende Landbewohner ...«

»Das stimmt auch«, erwiderte Geordi. »Nur Seepferdchen leben im Meer.«

»Und Seepferdchen sind keine Pferde, die einen maritimen Lebensraum bevorzugen?«

»Nein, sie gehören zu einer ganz anderen Gattung. Sie sind ... Verdammt, ich weiß nicht genau, wie man sie klassifiziert. Vielleicht gehören sie zu den Mollusken oder *Crustacea* ...«

»Wale? Meinen Sie die Buckelwale des Züchtungsprojekts, über das so viele Artikel geschrieben werden?«

In Geordi entstanden ähnliche Gefühle wie bei Gesprächen mit Data — er gewann den Eindruck, langsam in verbalem Treibsand zu versinken. »Nein, Sonya. Wale gehören zur Spezies *Cetacea.* Es handelt sich um intelligente Säugetiere in den terranischen Meeren. Seepferdchen sind viel kleiner ...« — er hielt Daumen und Zeigefinger ein wenig auseinander — »... und sehen ganz anders aus als vierbeinige Pferde.«

»Na schön. Ich bin ganz Ohr. Fahren Sie fort. Die Seeleute ...«

»Nun, es verschwanden immer wieder Schiffe, und viele Legenden boten Erklärungen dafür an — von

Monstren aus der Tiefe bis hin zu einem endlosen Sturz über den Rand der Welt. Auf den Navigationskarten markierte man unerforschte Bereiche mit dem Hinweis: ›Hier lauern Ungeheuer.‹«

Gomez lachte leise. »Aber vermutlich gab es einen ganz anderen Grund für das rätselhafte Verschwinden. Die Besatzungen meuterten, um ein sorgenfreies Leben auf irgendeiner tropischen Insel zu führen, in der Gesellschaft wunderschöner und nur spärlich bekleideter Frauen.«

»Das dürfte häufig der Fall gewesen sein. Aber manchmal gerieten die Schiffe tatsächlich in Gefahr, zum Beispiel im Sargassomeer.«

»Sargasso?«

»So nennt man Braunalgen, die vom Meeresgrund bis zur Wasseroberfläche wachsen. Stellen Sie sich ein Schiff vor, das frei wie ein Vogel segelte — um dann plötzlich in die Algenmasse zu geraten und sich nicht mehr von der Stelle zu rühren. Die Ranken wickelten sich um den Rumpf, und dadurch saß die Besatzung in der Falle. Sie hatte keine Möglichkeit, sich zu befreien.«

»Konnte sie die Algen nicht irgendwie lösen?«

»Die armen Seeleute versuchten alles. Sie schleppten das Schiff mit Beibooten, durchschnitten die Algenfladen und so weiter. Vermutlich hatten sie in manchen Fällen Erfolg, aber weitaus öfter geschah es, daß sie alle Hoffnungen aufgeben mußten. Sie saßen mitten auf dem Meer fest, mit begrenzten Süßwasser- und Nahrungsmittelvorräten. Gelegentlich überlebten die Männer monatelang, indem sie Regenwasser tranken und Fische aßen, aber ...« LaForge schüttelte den Kopf, als er sich die Verzweiflung der Matrosen vorstellte. »Irgendwann verloren sie den Verstand und wurden zu Kanni ...«

Er unterbrach sich abrupt, als er feststellte, daß er etwas Grauenhaftes beschrieb. »Wie dem auch sei: Es war eine ziemlich schlimme Angelegenheit. Andere heimkehrende Seeleute berichteten von Wracks, auf deren Planken Skelette lagen …«

Geordi sah, wie Sonya erbebte, und eine veränderte Körperfarbe wies auf ihr Entsetzen hin. Offenbar hatten ihr seine Schilderungen einen Schrecken eingejagt. »Genug mit den Schauergeschichten«, sagte er, rief sich innerlich zur Ordnung und klopfte der jungen Frau kameradschaftlich auf die Schulter.

»Wir sollten jetzt besser damit beginnen, unseren Bericht über den Treibstoffverbrauch vorzubereiten«, fügte LaForge hinzu und wechselte damit das Thema. »*Bevor* Wesley noch einmal danach fragt. Er ist so versessen darauf, den Captain mit der Effizienz des Suchkurses zu beeindrucken, daß er vielleicht beschließt, selbst hierherzukommen und die Atome im Materie-Antimaterie-Wandler zu zählen.«

»In Ordnung, Chef«, sagte Gomez. Sie bedachte ihren Vorgesetzten mit einem schiefen Lächeln. »Da fällt mir ein …«, murmelte die junge Frau, als sie und Geordi zur anderen Seite des Maschinenraums gingen. »Wenn Sie die Arbeit an Bord eines Raumschiffs jemals langweilen sollte, könnten Sie eine Menge Geld als Horrorautor verdienen.«

LaForge grinste. »Das Schreiben von Romanen überlasse ich Data.«

Doktor Beverly Crusher saß vor dem Kommunikationsschirm im Büro der Krankenstation und versuchte, ihren Ärger nicht zu deutlich zu zeigen. Sie hatte sich mit Thonolan Vier in Verbindung gesetzt, aber das Gespräch enttäuschte sie.

»Ich möchte sicher sein, alles richtig zu verstehen, Verwalter Thuvat«, sagte die Ärztin. »Sie sind bereit, das Mädchen in Ihrem Institut aufzunehmen — unter der Voraussetzung, daß wir vorher *jeden* Verwandten Thalas auf *allen* andorianischen Welten kontaktieren und einen ablehnenden Bescheid erhalten? Himmel, das dauert Monate!«

»Das halte ich für sehr wahrscheinlich.« Die Falten im blauen Gesicht des Verwalters bildeten ein verkniffen wirkendes Netzmuster, als er die Lippen schürzte. Seine Kopffühler zuckten nervös. »Aber wir müssen uns an die Vorschriften halten und dürfen nicht die geringste Möglichkeit übersehen, daß ein Verwandter bereit ist, sich um das Mädchen zu kümmern. Vielleicht findet es einen Platz in einer weniger gut entwickelten landwirtschaftlichen Kolonie. Dort braucht man Arbeitskräfte, ungeachtet aller Behinderungen. Bitte sagen Sie mir: Kann das Kind nähen oder stricken?« Thuvat schnitt eine Grimasse. »Es heißt, Blinde sind oft sehr geschickt mit den Händen. Vielleicht ist das Mädchen zu einfachen manuellen Arbeiten in der Lage, die kein Sehvermögen erfordern ...« Er seufzte und verbarg seinen Abscheu nicht.

Beverly Crusher holte tief Luft und zählte bis zehn, erst auf Englisch, dann auch auf Deutsch und Vulkanisch. »Verwalter Thuvat, Sie scheinen zu glauben, daß Thala nicht nur blind ist, sondern auch geistig zurückgeblieben. Ich darf Ihnen versichern, daß Sie sich irren. An ihrer hohen Intelligenz besteht kein Zweifel, und nach einer guten Ausbildung stünden ihr viele Berufe offen. Sie könnte Informatik, Jura oder Physik studieren. Sie könnte unterrichten, schreiben und vieles mehr! Mit einer visuellen Prothese wäre sie imstande, die gleichen Leistungen wie eine nicht behinderte Person zu vollbringen. Um nur ein Beispiel zu nennen: Unser Chefingenieur Mister LaForge ist von Geburt an blind und hat eine steile Karriere in Starfleet hinter sich!«

»Hmm ...«, kommentierte Thuvat den langen Vortrag der Ärztin. Der Andorianer zögerte und spürte offenbar Crushers Verärgerung; er versuchte, Zeit zu gewinnen. »Nun, Doktor, dies ist nicht meine Entscheidung. Ich versichere Ihnen, daß sich meine Agentur alle Mühe geben wird, um eine zufriedenstellende Lösung zu finden. Ich habe Sie nur darauf hingewiesen, welche Vorschriften in bezug auf Waisenkinder beachtet werden müssen.«

»Angenommen, Thalas Verwandte — auf welchen andorianischen Welten sie auch zu Hause sind — wollen das Mädchen nicht«, sagte Beverly gepreßt. »Was dann?«

»In dem Fall verlangen die Vorschriften, daß wir ihm hier auf Thonolan Vier einen Platz geben.«

»Einen Platz«, wiederholte Crusher langsam. »Was bedeutet das? Von welchem ›Platz‹ sprechen wir denn hier?«

»In unseren größeren Städten gibt es mehrere Institute, in denen man sich um Personen kümmert, die kein normales gesellschaftliches Leben führen können. Jene bedauernswerten Individuen bekommen Nahrung, Obdach und Fürsorge.«

Fürsorge! dachte Beverly empört und stellte sich vor, was Thuvat meinte. *Er klingt so, als sei die Rede von unerwünschten Tieren!* »Und eine Adoption?« fragte sie mit erzwungener Ruhe.

Der Andorianer blinzelte überrascht. »Nun, das ist möglich«, entgegnete er nach einer Weile. »Vielleicht finden wir jemanden ...«

Oh, da bin ich sicher, fuhr es Crusher durch den Sinn. *Eine nette Familie, die jemanden braucht, der Pullover beziehungsweise das andorianische Äquivalent dazu strickt, der in einer Ecke am Kamin hockt und für Almosen dankbar ist. Zum Teufel mit dir!* Tief in ihrem Innern verkrampfte sich etwas, als sie daran dachte, daß Thala an einem Ort leben würde, wo sie überall auf Ablehnung stieß.

»Verwalter Thuvat, ich kann veranlassen, daß eine solche Suche von Föderationsagenturen durchgeführt wird. Aber um ehrlich zu sein: Das wird viel Zeit in Anspruch nehmen. Vielleicht ergeben sich schneller Resultate, wenn *Sie* mit Ermittlungen beginnen.«

Thuvat seufzte. »Ja, vielleicht. Ich bin selbstverständlich dazu bereit, wenn Sie eine entsprechende Bitte an mich richten.« Er hoffte ganz offensichtlich, daß Beverly auf eine solche Anfrage verzichtete. Plötzlich leuchtete Interesse in seinen Augen. »Haben die Eltern ihrer unglücklichen Tochter ein nennenswertes Vermögen hinterlassen? In einem solchen Fall wäre die Adoptionsvermittlung wesentlich einfacher.«

Der Tropfen, der das Faß zum Überlaufen brachte ... In Beverly Crusher fand ein lautloser Kampf statt, zwischen ihrem Wunsch, die Wahrheit zu sagen, und der mahnenden Stimme des Gewissens. Schließlich schüttelte sie traurig den Kopf. »Leider nicht, Verwalter«, log sie. »Es gibt nur einen kleinen Treuhandfonds, den Thala bekommt, wenn sie mündig wird.«

»Oh, das bedauere ich *sehr.*« Thuvats Interesse verflüchtigte sich wieder. »Nun, wenn das alles ist ... Es warten noch andere Pflichten auf mich. Möchten Sie, daß ich trotzdem nach jemandem suche, der vielleicht zu einer Adoption bereit wäre?«

»Nein, danke, Verwalter«, sagte die Ärztin. »Ich will Ihnen nicht noch mehr zur Last fallen und werde mich an die Föderationsagenturen wenden.«

»Gut. Ich wünsche Ihnen viel Glück bei dem Bemühen, Ihr Problem zu lösen.«

»Herzlichen Dank, Verwalter Thuvat. Schade, daß nicht alle Probleme so unbedeutend sind wie dieses«, sagte Beverly mit giftiger Liebenswürdigkeit.

Ihr Sarkasmus prallte wirkungslos an dem Andorianer ab. »Leben Sie wohl, Doktor.«

Crusher drückte zornig eine Taste und unterbrach die Verbindung. »Verdammter bürokratischer Wurm«, murmelte sie, als der Bildschirm vor ihr dunkel wurde. Beverly seufzte, strich sich übers Haar, schloß dann die Augen und begann mit einer mentalen Entspannungsübung.

Ich muß Selar Bescheid geben. Ob Vulkanierin oder nicht

— bestimmt wird sie sich noch mehr Sorgen machen. Was für eine verzwickte Situation. Arme Thala ...

Im Kontrollraum der *Enterprise* richtete sich Wesley Crusher plötzlich in seinem Kontursessel auf. »Captain, ich habe eine Ionenspur geortet«, sagte er, und es gelang ihm nicht, die Aufregung aus seiner Stimme zu verbannen.

»Ausgezeichnet, Mister Crusher.« Picard hob den Kopf, und der Computer leitete seine Worte im internen Kom-System weiter. »Nummer Eins, Mister Crusher hat etwas gefunden.«

»Ich bin unterwegs«, erklang Will Rikers Antwort.

Der Captain wartete, bis sein Stellvertreter die Brücke betrat, während Wesley voller Eifer mit dem Computer arbeitete. Riker sah ihm über die Schulter, blickte auf die Anzeigen und nickte anerkennend. Der Junge errötete stolz.

»Sieht vielversprechend aus, Captain«, sagte der Erste Offizier. »Genau das, was wir uns von der *Marco Polo* erhofften.«

»Sie wurde aus ihrem Kurs gezogen, Sir«, fügte Wesley hinzu. »Von einer Art, äh, Energiefeld.«

»Ein Traktorstrahl?« fragte Riker scharf und sah zu Lieutenant Worf. Der klingonische Sicherheitsoffizier stand hinter dem Kommandozentrum an der Kommunikationskonsole, und seine Lippen bildeten einen dünnen Strich. Doch das Gesicht blieb ausdruckslos.

»Nein, Sir«, erwiderte Wesley und schüttelte verwirrt den Kopf. »Das Kraftfeld entfaltete die gleiche Wirkung wie ein Traktorstrahl, aber es verwendete eine ... unbekannte Energieart.«

»Bestätigung«, sagte Data, als er Rikers Blick spürte. »Es gibt keine Präzedenzfälle, weder in der Föderation noch im stellaren Territorium der Romulaner und Klingonen.«

»Eine neue Art von Energiefeld ...« Picard stand auf

und ging zum großen Wandschirm. »Ist es destruktiver Natur? Irgendwelche Anzeichen von Trümmern, die auf eine Explosion oder einen Kampf hindeuten?«

»Nein, Sir«, antwortete Wesley. »Das Feld wirkt wie ein Traktorstrahl, aber es basiert auf einer fremdartigen energetischen Struktur. Es hat die *Marco Polo* einfach fortgezogen.«

»Was ist mit der *PaKathen?*« knurrte Worf. »Orten Sie auch Spuren von dem Kreuzer?«

»Nein, Lieutenant.« Der junge Fähnrich runzelte die Stirn. »Aber die Triebwerke von klingonischen Schiffen sind gut abgeschirmt — um verräterische Ionenemissionen zu verhindern. Vielleicht ist sie ebenfalls von dem Kraftfeld erfaßt worden.«

»Es wäre auch möglich, daß zwischen dem Verschwinden der beiden Schiffe kein Zusammenhang besteht«, sagte Picard und blickte ins Weltall. Das Sternenlicht spiegelte sich in seinen strengen Zügen wider.

»Möglich ja — aber statistisch unwahrscheinlich«, meinte Data.

»Wie stark ist das Kraftfeld, Mister Crusher? Könnte sich die *Marco Polo* daraus befreit haben?«

»Ich bezweifle es, Captain.« Das Gesicht des Jungen war nun sehr ernst. »Das Schubpotential eines Frachters reicht dafür nicht aus, Sir.«

»Und die *Enter*...«

Picards Stimme verklang, als sich das Schiff plötzlich *schüttelte.* Trotz künstlicher Gravitation, Stabilisatoren, Meteorschilde und vieler anderer Schutzvorrichtungen schien sich die *Enterprise* wie ein unruhiges Pferd aufzubäumen. Der Computer veranlaßte automatisch Alarmstufe Rot.

Jean-Luc hätte fast den Halt verloren, aber die Erschütterungen ließen sofort wieder nach, und dadurch gelang es ihm, das Gleichgewicht zu wahren. Er drehte sich um, beobachtete die Brückenoffiziere und beendete den begonnenen Satz mit bewundernswerter Gelassenheit. »Und die *Enterprise?*« fragte er. »Genügt unsere Triebwerkskapazität, um aus dem Kraftfeld zu entkommen?«

»Unbekannt, Captain«, erwiderte Data. »Ich glaube allerdings, daß wir bald eine Antwort auf diese Frage finden, Sir. Das Energiefeld — wie auch immer es beschaffen sein mag — hat uns gerade erfaßt.«

KAPITEL 4

»Können wir uns irgendwie befreien?« erkundigte sich Picard.

»Unbekannt, Captain«, entgegnete Data. »Bestimmt nicht ohne eine Aktivierung des Warptriebwerks. Das Kraftfeld ist wesentlich stärker als alle Traktorstrahlen, die ich kenne.«

Einige Sekunden des Schweigens folgten dieser Bemerkung des Androiden, und dann wandte sich Picard an den klingonischen Sicherheitsoffizier. »Lieutenant, bitten Sie Mister LaForge auf die Brücke. Ich brauche ihn an der technischen Station.«

»Ja, Captain.«

Der Chefingenieur traf kurze Zeit später ein. Als das fremde Kraftfeld nach dem Schiff tastete, war Geordi gerade lange genug im Maschinenraum geblieben, um festzustellen, daß alle Bordsysteme und Anlagen der *Enterprise* einwandfrei funktionierten. Anschließend machte er sich sofort auf den Weg zur Brücke. Der Turbolift trug LaForge seinem Ziel entgegen, als er den Befehl des Captains erhielt.

Im Kontrollraum sah er sich um und identifizierte die Anwesenden — für den blinden Offizier war ihr Farbspektrum so charakteristisch wie die Gesichter für einen Sehenden.

»Was halten Sie von dem Kraftfeld, das uns erfaßt hat, Mister LaForge?« fragte Picard.

Geordi ging zur technischen Station im rückwärtigen Bereich der Brücke und schnappte verblüfft nach Luft, als er die Anzeigen betrachtete. »Ich dachte, alles gesehen zu haben«, murmelte er und schüttelte den Kopf. »Ganz offensichtlich ein Irrtum.«

»Nun, Mister LaForge?« drängte der Captain.

Geordi richtete sich auf und widerstand der Versuchung, sich am Kopf zu kratzen. »Es handelt sich um eine bisher unbekannte Energieform, die künstlichen Ursprungs ist und uns umgibt, Sir. Sie zieht das Schiff in die gleiche Richtung wie den Frachter *Marco Polo.* Darüber hinaus scheint die Feldstärke erstaunlich hoch zu sein.«

»Künstlichen Ursprungs ...«, wiederholte Picard nachdenklich. »Dann gibt es zwei Möglichkeiten. Entweder basiert das Kraftfeld auf der neuen wissenschaftlichen Entdeckung von Wesen, die wir kennen. Oder ...«

Er warf dem Ersten Offizier einen bedeutungsvollen Blick zu, und Riker nickte kurz. »Oder es wird von Fremden erzeugt, denen wir noch nie zuvor begegnet sind.«

»Unsere gegenwärtige Position, Mister Crusher?« wandte sich Picard an den jüngsten Brückenoffizier.

»Wie Mister LaForge schon sagte: Wir werden durchs All gezogen. Das Kraftfeld überwindet allmählich unser Trägheitsmoment, und dadurch werden wir schneller.«

»Welche Maximalgeschwindigkeit erreichen wir, wenn der Beschleunigungsfaktor gleich bleibt?« fragte Riker.

Erneut bildeten sich Falten in Wesleys Stirn. Geordi sah eine Veränderung der Gesichtsfarben, als sich die Wangenmuskeln bewegten. »Nun, das hängt davon ab, *wohin* wir gezogen werden und welche Entfernung wir zurücklegen. Ich schätze, in zwei Stunden erreichen wie minimale Impulsgeschwindigkeit.«

Picard räusperte sich. »Ist das energetische Niveau des Kraftfelds stabil?«

»Ja, Sir.«

Der Captain sah zur Operatorstation. »Können Sie

die Parameter des Energiefelds feststellen, Mister Data? Sind Sie konstant?«

»Die Parameter lassen sich tatsächlich bestimmen, Captain, aber sie sind nicht konstant und den gleichen Modifikationen unterworfen wie unsere Geschwindigkeit. Die *Enterprise* ist nicht einfach in das Kraftfeld hineingeflogen, Sir. Ich habe das Phänomen geortet, kurz bevor wir in seinen Einflußbereich gerieten. Es schien passiv zu sein — bis es sich plötzlich in unsere Richtung erweiterte und das Schiff umgab. Es streckte sich uns entgegen, mit einer Geschwindigkeit, die fast an volle Impulskraft heranreichte.«

»Wie lange dauerte es, bis uns das Energiefeld ganz umhüllte?«

»Drei Komma eins Sekunden, Sir.«

»Captain«, sagte Geordi. »Das Warptriebwerk ist vorbereitet. Wir können versuchen, einen Transfer einzuleiten.«

»Halten Sie es für möglich, auf diese Weise zu entkommen, Mister LaForge?«

Der Chefingenieur zögerte. »Ich bin nicht sicher, Captain. Wir brauchen dazu eine Menge Energie. Wenn das Kraftfeld konstant bleibt ...« Er schüttelte den Kopf. »Vielleicht.«

»Na schön.« Picard überlegte eine Zeitlang. »Lieutenant Worf, können wir Starfleet Command eine Nachricht übermitteln?«

»Negativ, Sir.« Die tiefe Stimme des Klingonen klang keineswegs bedauernd. *Worf begrüßt jede Chance, es mit irgendeinem Gegner aufzunehmen,* dachte Geordi amüsiert. *Seit langer Zeit sind wir nicht mehr mit einer echten Herausforderung konfrontiert worden, und jetzt hofft er, daß es bald rundgeht.* »Das Kraftfeld blockiert die Subraum-Frequenzen, Sir — wir können weder senden noch empfangen. Solange wir uns in seinem Innern befinden, lassen sich Kom-Kontakte nur über sehr geringe Entfernungen hinweg herstellen.«

Der Captain drehte sich zum Ersten Offizier um. »Empfehlungen, Nummer Eins?«

»Ich schlage vor, wir versuchen, uns aus dem Energiefeld zu befreien. Anschließend fliegen wir zu seinem Ursprung und nehmen eine genaue Sensorsondierung vor.«

Picard dachte darüber nach und schüttelte den Kopf. »Nein. Jetzt ist nicht der geeignete Zeitpunkt, um die Stärke des Kraftfelds auf die Probe zu stellen. Unser Befehl lautet, die *Marco Polo* und den klingonischen Kreuzer *PaKathen* zu lokalisieren. Vielleicht befinden sich beide Schiffe am Ausgangspunkt dieses ... fremdartigen Traktorstrahls.«

»Soll das heißen, wir sollen uns einfach so in eine Falle ziehen lassen?« fragte Riker langsam.

Die Stille auf der Brücke gewann eine fast greifbare Qualität.

Picard nickte. »Wenn wir jetzt versuchen, die Zugkraft des Energiefelds zu überwinden, und wenn uns das nicht gelingt ... Dann haben wir das Warptriebwerk über seine Kapazität hinaus belastet, ohne unser Ziel zu erreichen. Ich halte es für besser, unsere Treibstoffreserven zu schonen und uns von der ›fremden Kraft‹ zu ihrem Ursprung bringen zu lassen — um dort herauszufinden, wer oder was Raumschiffe aus ihrem Kurs reißt. Anschließend versuchen wir einen Transfer, sammeln weitere Daten und gewähren der *Marco Polo* und *PaKathen* eventuell erforderliche Hilfe.«

Riker hob bewundernd die Brauen, und Picard wandte sich an den Klingonen. »Lieutenant Worf, ist es möglich, eine Warnboje mit so hoher Geschwindigkeit auszuschleusen, daß sie den Zugstrahl verläßt?«

Der Sicherheitsoffizier nahm einige Berechnungen vor. »Ja, Captain, ich glaube schon.«

»Bereiten Sie einen Bericht über unseren Missionsstatus vor und starten Sie dann die Boje, Lieutenant.«

»Ja, Sir.«

»Mister Data, justieren Sie die Sensoren auf maximale Sondierungsreichweite in allen Wellenlängen«, sagte Picard. »Und benachrichtigen Sie mich, sobald Sie das Ziel unserer unfreiwilligen Reise orten. Geben Sie diese Anweisungen weiter, wenn Sie abgelöst werden.«

»Das ist nicht nötig, Captain«, erwiderte der Androide.

»Wie meinen Sie das?« Picard wechselte einen kurzen Blick mit Riker. »Ihre Dienstschicht geht bald zu Ende, nicht wahr?«

»Ja, Sir«, antwortete Data, als der Erste Offizier nickte. »Aber ich beabsichtigte, auf der Brücke zu bleiben, solange wir nicht wissen, ob uns Gefahr droht.«

Der Captain blickte nachdenklich zum Wandschirm. »Dazu besteht keine Notwendigkeit«, sagte er und drehte sich wieder zum Androiden um. Seine Züge wirkten jetzt nicht mehr ganz so streng. »Obwohl Ihre Bereitschaft, zusätzliche Arbeit zu leisten, lobenswert ist. Sie können im Dienst bleiben, wenn Sie möchten, Commander. Ich glaube jedoch nicht, daß wir während der nächsten Stunden mit irgendeiner Konfrontation rechnen müssen.«

»Die Anzeigen meiner Instrumente bestätigen diese Einschätzung, Captain. Die Fernbereichssensoren registrieren kein Anzeichen unseres ...« — der Androide zögerte kurz — »... Antagonisten. Mit anderen Worten: Wir erreichen das Ziel in frühestens sechs Stunden.«

»Sechs Stunden«, wiederholte Picard leise »Eine Atempause, Mister Data. Wir sollten sie genießen, solange wir Gelegenheit dazu haben.«

Zwar brachte die gegenwärtige Mission Gefahren mit sich, aber Fähnrich Wesley Crusher war mit dem Leben im allgemeinen recht zufrieden, als er den Gesellschaftsraum im zehnten Vorderdeck betrat. Captain Picard hatte seinen Suchkurs gebilligt und im Beisein von Commander Riker eine innovative Überlappung der

Suchbereiche gewürdigt, die sowohl Treibstoff als auch Zeit sparte. Zwar verzichtete der Captain nicht darauf, jemanden zu loben, der Lob verdiente, aber Komplimente von Jean-Luc Picard waren selten genug, um nicht stolz darauf zu sein.

Die Erinnerung entlockte dem Jungen ein Lächeln, als er durch den großen Gesellschaftsraum schritt. Es herrschte angenehmes Zwielicht; hier und dort standen glänzende Tische mit Bänken, Stühlen und Sesseln, viele davon den breiten Fenstern zugewandt, die ein atemberaubendes kosmisches Panorama boten. Leise Gespräche schufen ein beständiges Murmeln, und im Hintergrund erklang sanfte Musik — Wesley stellte geistesabwesend fest, daß die Melodien von dem vulkanischen Komponisten T'Nira stammten.

»Was möchtest du, Wes?«

Der Junge blinzelte überrascht und merkte erst jetzt, daß er den ganzen Raum durchquert und an der Bar Platz genommen hatte. Guinan stand auf der anderen Seite, beugte sich über die schimmernde Theke und lächelte wissend. Ihre braune Haut mochte etwas heller sein als die Geordis, und das Gesicht der Frau wirkte sehr menschlich, wenn auch seltsam leer. Über dem breiten Mund und der langen Nase funkelten braune Augen unter sehr dünnen Brauen. Manchmal fragte sich Wesley, ob Guinan auch *auf* dem Kopf Haare hatte oder nur am Nacken. Es gab keine Möglichkeit, Aufschluß zu gewinnen: Die Wirtin trug immer große, kunstvoll geschmückte Hüte, die gut zu ihren langen Gewändern paßten.

»Oh, hallo, Guinan. Wie wär's mit einem Ihrer Fruchtsäfte?«

»Vielleicht eine Fomalhaut-Extase? Rosarot und grün?«

»Ja, gern. Und ein Sandwich. Käse mit Schinken und Tomate.«

»Wird prompt geliefert«, versprach Guinan und

wandte sich ab, um den Synthetisierer zu programmieren.

Die Barkeeperin des Gesellschaftsraums stellte für die meisten Besatzungsmitglieder ein Rätsel dar. Niemand wußte, von welchem Planeten sie stammte. Sie war von Jean-Luc Picard höchstpersönlich als Leiterin für das Entspannungszentrum der *Enterprise* ausgewählt worden. Vermutlich hatte der Captain sie schon vorher gekannt, aber er zeigte nicht die Bereitschaft, seine Informationen mit jemandem zu teilen.

Guinan stellte Glas und Teller vor dem jungen Offizier ab, und ihre Lippen deuteten dabei ein geheimnisvolles Lächeln an. Einmal mehr überlegte Wesley, wie alt sie sein mochte. Physisch schien sie im gleichen Alter wie Geordi zu sein, etwa Mitte Dreißig, aber bestimmt war sie viel älter. Ein weiteres Rätsel. Ab und zu verglich Wes sie mit einer Teenagerin, doch wenn er dann in ihre braunen Augen sah, gewann er den Eindruck, daß sie schon seit Jahrhunderten lebte und fast alles gesehen hatte, was es zu sehen gab.

»Du warst sehr zufrieden, als du hereingekommen bist«, sagte Guinan, während Wesley mit großem Appetit von dem Sandwich abbiß.

Der Fähnrich nickte, kaute voller Genuß und schluckte. »Ja, das stimmt. Und ich bin es noch immer. Der Captain hat mir einen Auftrag gegeben und mich anschließend für meine gute Arbeit gelobt.« Wesley legte eine kurze Pause ein, um die nächsten Worte zu unterstreichen. »In der Gegenwart von Commander Riker!«

Guinan schien angemessen beeindruckt zu sein. »Eine große Ehre«, murmelte sie. »Nun, wie ist der Status unserer Mission?«

Wesley zuckte mit den Schultern. »Captain Picard hat die derzeitige Phase als Atempause bezeichnet. Eine Art Traktorstrahl zieht uns einem unbekannten Ziel entgegen, doch der Captain unternimmt nichts dagegen: Er möchte herausfinden, wohin wir gebracht werden. Seiner Ansicht nach haben wir später noch Zeit genug, dem Kraftfeld zu entkommen.«

Guinan füllte das Glas des Jungen, ohne daß er sie darum bat. »Er hat sicher gute Gründe für seine Entscheidung.«

»Natürlich«, sagte Wesley und schob sich den letzten Bissen in den Mund. »Ein tolles Sandwich«, fügte er undeutlich hinzu. »Danke, Guinan.«

»Möchtest du noch eins?«

Der Junge dachte kurz nach, und dann verdrängte ein breites Grinsen den typischen Ernst aus seinem Gesicht. »Warum nicht?«

Wesley verspeiste das zweite Brötchen ebenso schnell wie das erste, lehnte sich zurück und beobachtete, wie die Wirtin Lieutenant Worf eine großzügige Portion *Gagh* brachte. Er sah kurz auf den Teller und drehte hastig den Kopf — Ekel regte sich bei der Vorstellung in ihm, etwas zu essen, das sich bewegte.

Commander Riker muß stählerne Nerven haben, fuhr es Wes durch den Sinn, und er unterdrückte ein Schaudern. *Immerhin hat er es fertiggebracht, an Bord eines klingonischen Schiffes zu arbeiten und seine Mahlzeiten in der dortigen Offiziersmesse einzunehmen. Daß er dadurch nicht an Verdauungsstörungen litt ...*

Eine Stimme unterbrach seinen Gedankengang. »Hallo, Wesley.«

Er wandte sich um und sah Data, der neben ihm stehenblieb. Der Androide hielt mehrere Blätter in der Hand, und darauf zeigten sich per Hand geschriebene Worte. »O Data. Setzen Sie sich.«

»Danke, Wesley.« Er nahm auf dem nächsten Stuhl Platz. Guinan warf ihnen einen fragenden Blick zu und erwartete eine Bestellung — Data brauchte keine Nahrungsmittel, konnte jedoch Flüssigkeiten und Speisen aufnehmen; manchmal trank er ein Glas mit seinen Freunden —, aber die beiden Offiziere schüttelten den Kopf.

Wes betrachtete die Blätter mit zurückhaltender Neugier. »Was haben Sie da, Data?«

»Einen Abschnitt aus dem Roman, den ich zur Zeit schreibe«, antwortete der Androide. »Ich bin gekommen, um dich zu bitten, ihn zu lesen und zu beurteilen. Commander Rikers Kommentar in Hinsicht auf den Stil meiner Erzählung gab mir einige wertvolle Hinweise, und auf dieser Grundlage habe ich umfangreiche Korrekturen vorgenommen.«

Wesley zögerte, überrascht von Datas Anliegen. »Äh, ich weiß nicht ... Technik und Wissenschaft sind meine starken Seiten. Von Literatur verstehe ich leider nur wenig. In der vergangenen Woche fand eine Prüfung statt, bei der es um die Dichter des zwanzigsten Jahrhunderts ging. Dabei gelang es mir nicht, die mythischen und biblischen Bezüge in T. S. Eliots Werken als solche zu erkennen. Ich bezweifle, ob ich als Literaturkritiker geeignet bin.«

»Aber mein Roman wendet sich an ein breites Publikum«, erwiderte Data. »Du solltest zumindest in der Lage sein, mir mitzuteilen, ob er dich interessiert, ob er den Wunsch in dir weckt, mehr zu lesen — ob er alle notwendigen Elemente enthält, um einen Erfolg zu erzielen. In diesem Zusammenhang ist deine Meinung ebenso aussagekräftig wie die aller anderen.«

»Oh.« Dem Jungen fiel kein stichhaltiges Argument ein, um sich aus der Affäre zu ziehen. »Ja, mag sein. Na schön. Ich lese den Abschnitt. Worum geht es bei dem Roman?«

»Um Abenteuer und Romantik zu Beginn der interstellaren Raumfahrt. Diese Szene betrifft einen Mann und eine Frau. Es ist Nacht, und am nächsten Tag müssen sie sich trennen, denn er geht als Captain an Bord eines Raumschiffs, das zu anderen Sternen fliegen und fremde Welten erforschen soll.«

»Ich verstehe.«

Data reichte dem Jungen die Blätter, und Wesley begann zu lesen:

Die Berge des Mondes erstrahlten nun hell im Gleißen des Sonnenaufgangs, der mehrere Tage lang dauern würde. Doch an einigen Stellen verharrte die Dunkelheit, eine Schwärze, die nie von Licht berührt worden war, denn manche Nächte auf dem Mond sind eine Ewigkeit lang. Juan beobachtete die Sonne, musterte dann die *Ingles* Maggie, und er dachte an viele Dinge. *Bueno,* dachte er. *Gut. Wie gut, daß sie hier bei mir ist. Vielleicht sind wir jetzt zum letztenmal für lange, lange Zeit zusammen. Vielleicht sehen wir uns nie wieder*

»Uns bleibt nicht mehr viel Zeit«, sagte er und sah, daß Maggie die Wahrheit dieser Worte erkannte. Ihre Hand schloß sich fester um seine, bis der Druck so heiß brannte wie der Sonnenschein auf den zerklüfteten lunaren Gipfeln. Verlangen entstand in Juan, gefolgt von Sehnsucht und einem fast schmerzhaft intensiven Begehren nach der Frau an seiner Seite. »Maggie, o Maggie«, flüsterte er heiser.

»Ja, ja, ja«, stieß sie leidenschaftlich hervor.

Dann erstreckte sich der weiche Boden der Lunastation unter ihnen, und die Filter der Luftumwälzungsanlage zischten leise, und der Geruch von Reinigungsmitteln stieg Juan in die Nase, und er spürte Maggies Finger auf der Haut, eine Berührung, die er nie vergessen würde, ganz gleich, wie lange er lebte, und Maggie sah, wie der Glanz ungefilterten Sonnenlichts über die Kuppel strich, die Berggipfel in ein so grelles Schimmern tauchte, daß sie die Augen schließen mußte. Trotzdem glaubte sie zu fühlen, wie sich das Funkeln in sie hineinbohrte und sie blendete. So nahe war die Präsenz der Sonne, und das galt auch für Juans

Körper. Er nahm Dunkelheit und Wärme wahr, eine Mischung aus Schwärze und Hitze, die zum Anfang der Galaxis führte, und noch weiter, bis in die Leere vor der Schöpfung. Die Zeit hielt an, und dann drehte sich die Galaxis unter Juan, bebte und zitterte, wölbte sich fort von ihm.

Schließlich kehrte er in sich selbst zurück, wurde wieder zu einer separaten Person. Erschöpft sah er Maggie an und lächelte. »Ich liebe dich. Ich kann es nicht ertragen, dich zu verlassen, aber mir bleibt keine Wahl. Hast auch du gespürt, wie sich die Galaxis bewegte?«

»Ja«, antwortete die Frau. »Ich habe ebenso empfunden. Und so wird es immer für mich sein.«

Wesley erreichte das Ende des handgeschriebenen Abschnitts und schluckte. Seine Wangen glühten, und er wußte nicht, ob es an der Szene selbst lag oder an Verlegenheit Data gegenüber. Zum Glück brannten nur wenige Lampen im Gesellschaftsraum. *Ein schrecklicher Stil, aber was soll ich ihm bloß sagen?* überlegte er hilflos. *Data ist mein Freund, und offenbar verbindet er große Hoffnungen mit seinem Roman. Ich darf seine Gefühle nicht verletzen!*

»Nun?« fragte der Androide. Er beobachtete aufmerksam den Jungen, und sein sonst ruhiges Gesicht verriet erwartungsvolle Anspannung. »Was hältst du davon, Wesley?«

»Nun, der Tonfall ist sehr… klassisch«, entgegnete der Fähnrich und wählte seine Worte mit besonderer Sorgfalt. »Um ganz ehrlich zu sein: Wenn ich nicht wüßte, daß Sie dies geschrieben haben, hätte ich angenommen, daß es sich um eine Passage aus einem Hemingway-Roman handelt.« *Aus einem schlechten,* dachte Wes.

Dieser Hinweis schien Data zu freuen. »Ich habe ganz bewußt beabsichtigt, eine solche Atmosphäre zu schaffen«, gestand er ein. »Ernest Hemingway ist Commander Rikers Lieblingsautor.«

»Dann sollten Sie *ihm* diese Szene vorlegen.«

»Vielleicht nach dem Ende unserer Mission. Bitte sag mir, Wesley: Findest du die Darstellung realistisch? Hat sie Emotionen in dir stimuliert?«

Wes spürte erneut, wie ihm das Blut ins Gesicht schoß, und mit wachsender Verzweiflung suchte er nach den richtigen Worten. »Äh ... nun, Data, ich kann nicht behaupten, große ... praktische Erfahrung zu haben, um Vergleiche anzustellen.« Er räusperte sich. »Was die Stimulation von Gefühlen betrifft ... Ich glaube, die Szene hat tatsächlich ... eine solche Wirkung auf mich entfaltet. Ich meine ...« Er unterbrach sich kurz. »Maggies Denken und Empfinden ... Nun, ich bin kein Mädchen, keine ... Frau.« Wesleys Miene erhellte sich. »Vielleicht sollten Sie eine Frau um ihre Meinung bitten. Frauen lesen mehr romantische Liebesgeschichten als Männer, oder?«

»Ja, ich denke schon.« Data griff nach den Blättern. »Ein guter Vorschlag. Ich werde deinen Rat so bald wie möglich beherzigen.«

Profunde Erleichterung durchströmte Wesley. *Ich bin noch einmal davongekommen.* Er rutschte vom Barhocker und stand auf. »Ich gehe jetzt zur technischen Abteilung«, sagte er. »Fast acht Stunden sind vergangen, seit uns das Kraftfeld erfaßt hat. Vielleicht geschieht bald etwas. Geordi überwacht die Situation. Er weiß sicher, wie unsere aktuelle Lage beschaffen ist.«

»Ich begleite dich bis zum Turbolift«, meinte Data.

Als sie den Gesellschaftsraum verließen, sah Wesley eine kleine Gestalt, die aus der nächsten Transportkapsel trat. »Hallo, Thala!« rief er.

Die Andorianern blieb stehen und wartete. Wie üblich trug sie ein glitzerndes Sensornetz über ihrem beigefarbenen Overall. Wesley beobachtete die zarten, azurblauen Züge, das weiße Haar mit den dünnen

Kopffühlern darüber, und er dachte dabei an die irdischen Sagen über Feen.

Als sich der Fähnrich näherte, hob das Mädchen den Kopf, als sei es imstande, ihn zu sehen. Doch Wes wußte, daß sich Thalas ›Sehvermögen‹ auf die thermischen Konturen seines Körpers beschränkte — die farbsensitiven Fühler vermittelten ihr ein vages, buntes Bild von ihm. »Hallo, Wesley«, sagte Thala, als er vor ihr verharrte. »Wer ist bei dir? Das Sensornetz teilt mir mit, daß dich jemand begleitet, aber die Thermoemissionen sind sehr seltsam.«

»Lieutenant Commander Data«, antwortete der Fähnrich. »Ein Androide.«

»Hallo, Thala«, begrüßte Data das Mädchen. »Wie geht es dir heute?«

Das Kind neigte den Kopf ein wenig zur Seite. »Gut. Es freut mich, Sie kennenzulernen. Ich bin noch nie zuvor einem Androiden begegnet. Zwar sind mir Roboter vertraut, aber Sie unterscheiden sich von Ihnen.«

»Das überrascht mich nicht«, erwiderte Data. »Ich bin einzigartig, soweit wir wissen.«

Wesley kannte das Mädchen bereits seit einigen Jahren. Sie war schon an Bord gewesen, als seine Mutter und er in die Besatzung der *Enterprise* aufgenommen wurden. Als Thalas Vater Thev starb, hatte er mit ihr gesprochen und versucht, sie zu trösten — sein eigener Vater war ebenfalls tot, und daher ahnte er zumindest, wie sie sich fühlte. Die andorianischen Trauerrituale unterschieden sich sehr von den bei Menschen gebräuchlichen Zeremonien, aber Wesley, seine Mutter und Lieutenant Selar nahmen an Thevs ›Todesgesang‹ und den nachfolgenden Trauerfeierlichkeiten teil.

»Ja, ich weiß«, sagte Thala zu Data. »Doktor Soong hat Sie geschaffen. Ich habe mir ein Info-Band angehört. Sind Sie wirklich so stark, wie es darin hieß?«

»Mein physisches Leistungsvermögen ist beträchtlich«, räumte der Androide ein.

»Können Sie mich mit einer Hand hochheben?« fragte das Mädchen neugierig.

»Gewiß.« Data demonstrierte seine Kraft. Thala juchzte, als sie den Boden unter den Füßen verlor. Der Androide hielt sie einige Sekunden lang und setzte sie dann vorsichtig ab.

»Wesley!« stieß die Andorianerin aufgeregt hervor. »Hast du das gesehen?«

»Ja«, sagte der Fähnrich und lächelte schief. »Das war Angeberei, Data.«

»Noch einmal?« Das Mädchen drehte sich hoffnungsvoll zu dem Androiden um.

»Jetzt nicht«, erwiderte Data. »Vielleicht ein anderes Mal.«

»Das wäre großartig!« Thala wurde plötzlich ernst, als ihr etwas einfiel. »Erreichen wir bald eine Starbase, Wesley?«

»Ich weiß es nicht«, antwortete der Junge. »Derzeit sind wir mitten in einer Mission. Ich schätze, es dauert mindestens eine Woche, bis wir zu einer Raumstation fliegen können.«

Der Ausdruck des blauen Gesichts veränderte sich nicht, aber die schmalen Schultern sanken zwei oder drei Zentimeter weit nach unten. »Oh. Würdest du mir einen Gefallen tun, Wesley?«

»Natürlich. Was hast du auf dem Herzen?«

»Bitte gib mir Bescheid, wenn wir das nächstemal irgendwo andocken. Die meiste Zeit über steuerst du das Schiff, und daher bist du ständig auf dem laufenden.«

»Ich verspreche dir, dich zu verständigen, wenn ich zum betreffenden Zeitpunkt im Dienst bin.«

»Danke, Wesley.« Thala wandte sich an Data. »Und *Ihnen* danke ich dafür, daß Sie mich hochgehoben haben.«

»Gern geschehen«, sagte Data, bevor er mit Wes durch den Korridor schritt.

»Ein nettes Mädchen«, meinte der Fähnrich, als sie zum Turbolift gelangten. »Meine Mutter macht sich Sorgen um Thalas Zukunft.« Er seufzte. »Das Leben kann manchmal recht kompliziert sein, nicht wahr?«

Data musterte Wesley mit der für ihn charakteristischen Offenheit. »Bei Menschen ist das sicher der Fall«, stimmte er dem Jungen zu. »Ich beneide euch um diese Reichhaltigkeit der Existenz. Die meiste Zeit über ist mein Leben im Vergleich dazu sehr langweilig.«

Das Schott öffnete sich vor ihnen, und sie betraten die Transportkapsel, um sich von ihr durch das große Raumschiff tragen zu lassen.

Thala sah den verschwommenen Konturen des Androiden und der deutlicheren Fleisch-und-Blut-Silhouette Wesley Crushers nach. Als die beiden Gestalten im Turbolift verschwanden, drehte sie sich um und kehrte zu ihrem Quartier zurück, das aus mehreren Zimmern bestand. Einst hatte sie es mit ihrem Vater geteilt, doch jetzt stand es ihr ganz allein zur Verfügung. Wie lange noch? Thala gab sich keinen Illusionen hin. Es dauerte nicht mehr lange, bis sie die *Enterprise* und alle ihre Freunde verlassen mußte. Diese Vorstellung erfüllte sie mit Furcht und der Entschlossenheit, ihre Angelegenheiten selbst in die Hand zu nehmen.

Zwar hatte das Mädchen nie andorianischen Boden betreten, aber Thala wußte besser als Menschen oder Selar, daß sie bei Andorianern nicht willkommen sein würde. Jahrelang hatte sie sich mit den Traditionen der Heimatwelt befaßt und viel über ihr Volk erfahren, indem sie Thev zuhörte. Sie erinnerte sich deutlich: Manchmal hatte er ganz offen mit anderen Besatzungsmitgliedern gesprochen, ohne sich darüber klar zu sein, daß seine Tochter alles hörte. Thalas Gehör war außergewöhnlich gut, selbst für eine Andorianerin — ein Ausgleich für ihre Blindheit.

Seltsam, dachte das Kind. *Viele Leute scheinen zu glau-*

ben, daß Blinde auch nicht hören können. Ob man Taube so behandelt, als seien sie noch dazu blind?

Thala konzentrierte sich wieder auf das aktuelle Problem. Wesley hatte von einer Mission gesprochen, die mindestens eine Woche dauerte. Doktor Crusher meinte, man würde sie nicht nach Thonolan Vier schicken. Das Mädchen beabsichtigte, bereit zu sein, wenn das Schiff den nächsten Planeten oder die nächste Raumstation erreichte — wo auch immer.

Es schritt durchs Zimmer, wich dabei instinktiv den Einrichtungsgegenständen aus — dazu brauchte sie nicht die Informationen des Sensornetzes. Vor einer kleinen Statue — sie symbolisierte eine alte andorianische Schwarmgöttin — blieb das Kind stehen. Die Skulptur bestand aus glattem, kühlem Stein, der sich für die Finger des Mädchens so anfühlte wie die Jade am Griff des Zeremoniendolches, den Selar in ihrem Quartier aufbewahrte. Es hieß jedoch, der Stein sei gelb, und Selar hatte die Farbe des Dolchgriffs als rot bezeichnet.

Rot, gelb ... Thala dachte daran, daß Selar versuchte, perfekte bioelektronische Augen für sie zu schaffen, mit denen sie in der Lage war, die wahre Bedeutung dieser Worte zu erkennen. Einige Sekunden lang schlossen sich ihre dünnen Finger fester um die glatte Statue, als brodelnde Emotionen die Ruhe aus ihr verdrängten.

Warum bin ich auf diese Weise geboren? fragte sie sich zum tausendsten Mal. Es war schon schlimm genug, blind zur Welt zu kommen, aber gleichzeitig Andorianerin zu sein ...

Thala spürte plötzliche Sehnsucht nach Thev. Er hatte es damals geschafft, die Bürde aus Bräuchen abzustreifen und zu neuen Einstellungen zu finden. Er begegnete seiner Tochter mit großer Zuneigung und ermutigte sie, Fähigkeiten zu entwickeln, die sie auf ein Leben außerhalb der andorianischen Kultur vorbereiten würden. Sie hatten beide geplant, sich nach dem Ende der diplomatischen Reise auf Delma niederzulassen, einem Planeten im Wega-Sektor. Dort gab es viele Möglichkeiten für intelligente Individuen. Behinderungen spielten keine Rolle — man beurteilte jede Person danach, was sie leisten *konnte.*

Thev und Selar hatten Thala gelehrt, daß ihr Handikap nur dann ein echtes Handikap war, wenn sie selbst diese Meinung vertrat. Es kam einem schweren Schlag gleich, als sie erfuhr, daß ihr Vater nicht mehr lebte.

Das Borg-Schiff hatte einen Teil des Rumpfes der *Enterprise* zerstört, und Thev hielt sich in dem betreffenden Bereich auf, als ein Leck in der Außenhülle entstand, das zu einem plötzlichen Druckabfall führte. Thevs Leiche wurde nie gefunden. Thala *wußte,* daß ihr Vater tot war — aber manchmal quälte sie die Vorstellung, daß Thev den Borg-Angriff genutzt hatte, um sie im Stich zu lassen, um sich nicht mehr um die blinde Tochter kümmern zu müssen.

Es fiel sehr schwer, richtig zu trauern, wenn kein Leichnam existierte. Selar tröstete sie mit dem Hinweis, daß ihrem Vater vermutlich nicht genug Zeit geblieben war, um zu begreifen, was passierte — bestimmt starb er innerhalb eines Sekundenbruchteils. Selar hatte ihr die entsetzliche Nachricht gebracht. Sie sprach ganz offen, doch hinter der vulkanischen Maske aus rationaler Sachlichkeit fühlte Thala Anteilnahme.

Seit Thevs Tod kam Selar jeden Tag zu ihr, gelegentlich nur für einige Minuten, wenn viele Patienten darauf warteten, von ihr behandelt zu werden. Aber selbst wenn man es Thala gestattete, an Bord der *Enterprise* zu bleiben — bald stand ihr die Trennung von der Vulkanierin bevor. Dieser Gedanke genügte, um in ihr den Wunsch zu wecken, erneut laut zu wimmern.

Doch dann schluckte sie und straffte die schmalen Schultern. Wenn sie es für möglich hielt, Selar nie wiederzusehen, so verlor sie einen Teil der notwendigen Entschlossenheit.

Thala griff mit der einen Hand nach dem oberen Teil der Statue, schloß die andere um den Sockel und drehte ihn. Es knirschte leise, und die Skulptur öffnete sich — in ihrem Innern war sie hohl. Behutsam tastete das Mädchen nach dem Inhalt.

Es berührte kühles Metall, die geschliffene Härte von Edelsteinen, die Fühlernetze ihrer Mutter. Langsam und vorsichtig zählte Thala die Steine.

Sechzehn natürliche rigelianische Sonnenkristalle; ihr Gewicht reichte von einem Viertel Karat bis fast zwei Karat. Die Edelsteine waren nicht besonders selten, aber man hatte Thala ihre Makellosigkeit und ausgezeichnete Farbe beschrieben: ein funkelndes, rötliches Orange, die Farbe einer Sonne des Rigel-Systems. Ihre *Oriri*-Einfassungen bestanden aus Gold, Kupfer und Iridium — eine kostbare Legierung.

Thala wußte nicht genau, was die Kristalle und das Metall wert waren, aber sie zweifelte nicht daran, daß ihr der Verkauf genug Geld einbrachte, um eine Passage nach Vulkan zu bezahlen und dort genug Zeit zu haben, eine Arbeit zu finden.

Die kleine Andorianerin wollte als Übersetzerin tätig werden. Drei Sprachen beherrschte sie fließend — Andorianisch, Vulkanisch und Englisch —, und man brauchte immer Personen, die transkribieren und übersetzen konnten. Trotz der Erfindung des automatischen Translators vor rund hundert Jahren zogen es viele vulkanische und terranische Geschäftsleute vor, bei Verhandlungen auf die Dienste eines Dolmetschers zurückzugreifen. Bei derartigen Übersetzungen kamen auch subtile Nebenbedeutungen zum Ausdruck, die bei wichtigen Vereinbarungen eine große Rolle spielten.

Wenn sich Thala auf Vulkan befand und genug verdient hatte, um zwei Jahre lang nicht arbeiten zu müssen — manchmal fragte sie sich, wieviel Zeit erforderlich war, um dieses Ziel zu erreichen —, würde sie die Akademie der Wissenschaften besuchen und Selar wiedersehen. Dann konnten sie erneut als Freunde zusammensein.

Sie dachte daran, wie lange das dauern mochte, und etwas schnürte ihr die Kehle zu. Trotzdem hielt sie an ihrem Beschluß fest. Nichts konnte ihre Entschlossenheit erschüttern: Sie wollte *auf keinen Fall* zu einem andorianischen Planeten reisen.

Auf der Heimatwelt erwartete sie ein leeres Leben ohne Freunde, in irgendeinem Heim — in der Gesellschaft von Personen, die nicht wie sie gelernt hatten, ihre Behinderungen zu überwinden. Andorianer, die mit Krankheiten, Entstellungen oder physisch-psychischen Einschränkungen ihrer Leistungsfähigkeit geboren wurden, galten dann als ehrenhaft, wenn sie keine Belastung für andere Leute darstellten.

Mit ziemlicher Sicherheit sah das Schicksal ein Heim für Thala vor, aber wenn sie sehr viel Glück hatte — obwohl in diesem Zusammenhang von ›Glück‹ eigentlich nicht die Rede sein konnte —, entschied jemand, sie zu adoptieren. Vielleicht einer der Clans, der durch Blutfehden viele Mitglieder verloren hatte. Ihre Blindheit war nicht das Ergebnis eines genetischen Defekts, und deshalb glaubte man möglicherweise, daß sie sich für eine Adoption eignete: In ein oder zwei Jahren mochte sie alt genug sein, Kinder zu gebären. Man würde sie in einem Schwarmharem des Clans unterbringen, um sie dort in sicheren Abständen von ausgewählten Männern schwängern zu lassen. Nach der Geburt nahm man ihr die Söhne, damit sie als Krieger aufwuchsen ...

Ihr Volk hatte zumindest in einem Punkt recht, fand Thala. Der Tod war besser, als ein solches Leben zu führen.

Reglos stand sie vor der geöffneten Statue, überlegte und plante, erstellte eine geistige Liste von Dingen, die sie benötigte, und solchen, die sie aufgeben sollte. Die ganze Zeit über drehte sie die dünnen *Oriri*-Ketten mit den Kristallen in ihren Fingern hin und her ...

»Doktor Crusher?« erklang eine zögernde Stimme von der Bürotür, die Beverly nicht geschlossen hatte.

Sie sah auf. »Data? Kann ich Ihnen irgendwie helfen?«

»Störe ich Sie?« fragte der Androide. Seine unnatürlich blassen Züge offenbarten fast so etwas wie menschliche Unsicherheit.

Wenn ich es nicht besser wüßte, hätte ich ihn für nervös gehalten, dachte Crusher. »Nein, ganz und gar nicht«, sagte sie laut. »Kommen Sie herein.«

Data betrat das Büro und zögerte. »Wenn ich Sie bei der Arbeit unterbreche, Doktor ...«

»Derzeit bin ich nicht sehr beschäftigt«, erwiderte Beverly. »Bitte setzen Sie sich. Worum geht's?« Sie lehnte sich in ihrem Sessel zurück und musterte den Androiden neugierig.

Data nahm Platz, und sein Gesicht zeigte nun wieder Gelassenheit. Doch irgend etwas an ihm verriet, daß er nach wie vor unsicher war. »Doktor Crusher ...«, begann er und unterbrach sich.

»Vielleicht sollten Sie mich Beverly nennen.« Sie warf ihm einen wissenden Blick zu. »Ich glaube nämlich, daß Sie keine Schiffsangelegenheiten mit mir besprechen möchten.«

»Sie haben recht«, gestand Data ein. »Nun gut, Beverly ...« Er zögerte einmal mehr und fuhr dann fast hastig fort: »Ich brauche die Meinung einer Frau über etwas, das ich geschrieben habe. Vielleicht sind Sie bereit, mir Ihre Ansicht zu nennen.«

»Über etwas, das Sie geschrieben haben?« Crusher versuchte, sich ihre Verblüffung nicht anmerken zu lassen. »Meinen Sie ein ... kreatives Werk?«

»Ja, Doktor«, bestätigte Data, griff unter seine Uniformjacke und holte einige gefaltete Blätter hervor. »Ich habe einige Entwürfe eines Romans angefertigt, der die Anfangszeit der interstellaren Raumfahrt im allgemeinen und die romantische Beziehung zwischen einem

Captain und einer von ihm geliebten Frau im besonderen betrifft. Diese Szene findet auf dem Mond der Erde statt, in der letzten gemeinsamen Nacht.« Er sah die Ärztin hoffnungsvoll an. »Commander Riker hat mir zu einem maskulineren Stil geraten, und inzwischen bin ich mit dem Umschreiben fertig. Als ich Wesley bat, diesen Abschnitt zu lesen, schlug er mir vor, die Meinung einer Frau einzuholen, da es sich um eine Liebesszene handelt. Aus diesem Grund bin ich hier.«

»Hat er Sie zu mir geschickt?« fragte Crusher und beschloß, ein ernstes Wort mit ihrem Sohn zu reden — es gefiel ihr nicht, daß er ihr den Schwarzen Peter zuschob. Doch Data schüttelte den Kopf.

»Nein. Sie und Deanna Troi sind die beiden Frauen, mit denen ich besonders eng zusammenarbeite, und da die Counselor im Augenblick keine Zeit hat, wende ich mich an Sie.«

»Ich verstehe.« Beverly lächelte schief. »Nun, Data, es ist mir eine Ehre, daß Sie Wert auf meine Meinung legen, aber ich muß Sie darauf hinweisen, daß es mir an literaturkritischen Erfahrungen mangelt.«

»Schon gut, Doktor... Beverly. Mein Roman richtet sich an ein breites Publikum, nicht an Literaten.« Er hob die Blätter. »Soll ich Ihnen die Szene vorlesen?«

»Nein, ich lese sie lieber selbst.« Crusher nahm die Blätter entgegen, starrte auf die handgeschriebenen Wörter und spürte dabei den hoffnungsvollen Blick des Androiden auf sich ruhen. Dadurch fiel es ihr sehr schwer, sich zu konzentrieren.

Sie las den Abschnitt zweimal. Beim erstenmal achtete sie auf die Atmosphäre, und anschließend prüfte sie Stil und Inhalt. Dann sah sie auf. »Ich weiß beim besten Willen nicht, welchen Kommentar ich dazu abgeben soll«, meinte sie ehrlich. *Ich kann Ihnen unmöglich die Wahrheit sagen, denn sie lautet: Diese Szene ist schrecklich.*

»Hat die Darstellung etwas in Ihnen berührt?« fragte

Data. »Empfindet so eine Frau bei einer sexuellen Erfahrung?«

Die mir bekannten Frauen nicht, dachte Crusher spöttisch. *Himmel, dies klingt nach den Phantasien eines pubertären Jungen. Brennendes Sonnenlicht ... Eine ganze Galaxis, die beim Geschlechtsakt erbebt ... Es ist alles viel zu übertrieben.*

»Nun«, begann sie vorsichtig. »Jede Frau sehnt sich danach, einen Seelenfreund zu finden, jemanden, der sie braucht und liebt. Bei ...« Sie blickte auf das erste Blatt. »Bei Juan scheint das der Fall zu sein.« Sie hörte die Skepsis in ihrer Stimme. »Aber den Liebesakt in einer Art Luftschleuse stattfinden zu lassen — das halte ich nicht für besonders romantisch. Ich meine, der Geruch von Reinigungsmitteln und das Zischen der Luftumwälzungsanlage ... Solche Dinge sind zu gewöhnlich und banal, um Romantik zu vermitteln. Vielleicht sollten Sie einen anderen Ort wählen.«

Datas Miene erhellte sich. »Endlich höre ich konkrete Kritik! Ihr Vorschlag ist mir sehr willkommen, Doktor. Der Schauplatz läßt sich leicht ändern: Wie wär's, wenn sich die beiden Protagonisten im botanischen Garten der Lunastation treffen?«

»Hmm ...« Crusher zuckte mit den Schultern. »Schon besser. Wissen Sie, Data, äh, ich finde großen Gefallen an Liebesromanen.« Sie lächelte verlegen. »Um ganz offen zu sein: Ich besitze eine umfangreiche Sammlung von Jacqueline Susanns Werken. Aber um echtes Interesse für die Erlebnisse der dargestellten Personen zu finden ... Ich ziehe Liebesgeschichten vor, in denen die Protagonisten nicht einfach zu Boden sinken und ... Geschlechtsverkehr haben, sondern miteinander *sprechen.* Ihre Beziehung sollte über einen gewissen Zeitraum hinweg wachsen, um sich dann in Liebe zu verwandeln.«

»Können Sie mir Beispiele geben?« erkundigte sich der Androide.

»Meine Lieblingsautorin ist Jane Austen. Ihre Romanfiguren drücken Gefühle so klar und geistreich aus, daß die Emotionen sofort deutlich werden. Außerdem empfinde ich es als reines Vergnügen, ihre elegante Prosa zu lesen.«

»Jane Austen«, wiederholte Data nachdenklich. »Ich werde Ihre Hinweise berücksichtigen, Beverly. Und ich weiß es sehr zu schätzen, daß Sie sich Zeit genommen haben, um die Szene zu lesen.«

»Oh, gern geschehen«, entgegnete Crusher. Das Gewissen warf ihr vor, Data nicht die ehrliche Meinung genannt zu haben, um die er gebeten hatte. »Vielleicht sollten Sie in Erwägung ziehen, sich an eine andere Frau zu wenden — oder an mehrere.« *Wenn er genug Personen fragt … Möglicherweise gelingt es ihm dann, ganz von allein zwei und zwei zusammenzuzählen.*

»Ein guter Rat, den ich gern beherzige«, sagte der Androide würdevoll und steckte das Manuskript ein. »Außerdem werde ich gründlicher darüber nachdenken, woraus die Romantik in einem Roman besteht.«

»Lesen Sie *Vom Winde verweht*«, schlug Beverly vor. »Und *Jane Eyre*. Oder Hightowers *Flamme der Dunkelheit.*«

»Das habe ich bereits«, antwortete Data. »Aber ich befasse mich noch einmal damit, das verspreche ich Ihnen.«

»Gut.« Crusher versuchte, sich an weitere erfolgreiche Romane zu erinnern, als Lieutenant Selar in der Tür erschien, zögerte und sich abwandte.

»Selar!« rief Beverly erleichtert. »Es ist alles in Ordnung. Lieutenant Commander Data und ich haben gerade unser Gespräch beendet. Kommen Sie herein.«

Der Androide stand auf und begrüßte die Vulkanierin, als sie das Büro betrat. »Nochmals vielen Dank für Ihre ausgezeichneten Ratschläge«, sagte er und ging.

»Ich wollte Sie nicht stören«, ließ sich Selar vernehmen. »Der Inventurbericht hätte warten können, bis Sie fertig sind, Beverly.«

Crusher lehnte sich wieder zurück und seufzte. »Sie haben nicht gestört, sondern mich gerettet«, erwiderte sie. »Die Rolle als Literaturkritikerin gefiel mir ganz und gar nicht.«

Selars ganze Reaktion bestand aus einer gewölbten Braue.

»Commander Riker«, sagte Lieutenant Worf plötzlich. »Ich empfange Signale, Sir.«

»Signale?« Der Erste Offizier saß im Kommandosessel und richtete sich abrupt auf. »Woher kommen sie? Können Sie den Sender identifizieren, Lieutenant?«

»Der Ausgangspunkt ist etwa null Komma fünf Lichtjahre entfernt, Commander«, brummte der Klingone. »Was eine Identifizierung angeht ... Ich bin mir nicht sicher, Sir. Die Signale sind schwach, aber ich glaube, sie stammen von der *Marco Polo.*«

»Ist eine Verstärkung möglich? Wird die Nachricht wiederholt?«

»Nein, Commander. Sie wurde nur einmal gesendet. Ich werde versuchen, die Signalstärke der Aufzeichnung zu erhöhen, Sir, aber ...« Worf unterbrach sich, als er die Stirn runzelte und mit der Arbeit begann. Der Erste Offizier aktivierte die interne Kommunikation. »Riker an Captain Picard.«

»Hier Picard.«

»Sir, vielleicht ergeben sich wichtige Hinweise. Lieutenant Worf glaubt, daß er eine Mitteilung von der *Marco Polo* empfangen hat. Er bemüht sich gerade, die Signale zu verstärken.«

»Ich bin gleich bei Ihnen, Nummer Eins.«

Als der Captain die Brücke erreichte, war es dem Klingonen gelungen, eine Signalverstärkung vorzunehmen. »Auf den Schirm, Lieutenant«, sagte Picard.

»Es ist eine Audio-Nachricht, Sir, keine visuelle.«

Jean-Luc hob überrascht die Brauen und nickte. »Na schön, Mister Worf. Ich höre.«

Der Sicherheitsoffizier berührte eine Kontrollfläche, und ein lautes Pfeifen ertönte, untermalt von statischem Knistern. Worf verzog das Gesicht und regelte die Lautstärke.

Kurz darauf vernahmen die Brückenoffiziere eine heisere, keuchende Stimme. Sie klang kaum wie die eines Menschen. »... angegriffen ... nicht zu identifizieren ...« Neuerliches statisches Rauschen, und dann: »... verschiedene Symptome ... acht Selbstmorde und drei Morde ... wir sind hilflos dagegen ...« Die Stimme schluchzte fast. »O Gott, die Träume bringen uns um! Wir brauchen dringend *Hilfe,* aber ... Himmel, nein! Bleibt fort! Kommt nicht hierher! Der Tod hat bereits genug Opfer verlangt ...«

Leises Wimmern folgte und wurde schließlich von der Statik überlagert.

»Ist das alles, Lieutenant?« fragte Picard. Riker — er stand neben ihm und hielt sich an der Rückenlehne des Kommandosessels fest — war einige Sekunden lang schockiert, als er die ruhigen, gelassenen Worte des Captains hörte. Dann bemerkte er die Anspannung in Jean-Lucs Schultern, das kurze Zittern in den Wangenmuskeln. *Er ist ebenfalls erschüttert,* dachte der Erste Offizier. *Er zeigte es nur nicht so deutlich.*

Der am Navigationspult sitzende Wesley Crusher wirkte blaß und bestürzt. Riker konnte es dem Jungen nicht verdenken. Die Stimme hatte so verzweifelt geklungen, so *peinerfüllt ...*

Picard sprach nun etwas lauter. »Doktor Crusher, bitte melden Sie sich im Konferenzzimmer.« Er stand auf. »Commander Riker, Lieutenant Worf, Counselor, Mister Crusher ... begleiten Sie mich.« Er sah zum Androiden. »Sie haben das Kommando, Mister Data.«

Als sie alle an einem langen Tisch saßen, ließ der Captain die Nachricht zweimal wiederholen und musterte seine Offiziere ernst. »Ihre Meinung?«

»Es wird ein Angriff erwähnt«, sagte Worf. »Wir

müssen uns auf den Kampf gegen eine fremde Streitmacht vorbereiten.«

Dr. Crusher schüttelte den Kopf. »Ich bin anderer Ansicht. Es klingt eher nach einer Art Epidemie. Vielleicht ist das mit dem Angriff gemeint. Immerhin erwähnte der Mann Symptome.«

»Ich glaube ebenfalls, daß wir es eher mit einem medizinischen Problem zu tun haben«, sagte Counselor Troi. »Handelt es sich vielleicht um eine Seuche, die das Bewußtsein betrifft? In der Nachricht war von tödlich wirkenden Träumen die Rede ...«

Wesley Crusher schien skeptisch und gleichzeitig interessiert zu sein. Der hochintelligente Junge hatte bereits über dieses Konzept nachgedacht. »Eine Krankheit, die fatale Träume zur Folge hat?« fragte er langsam. »Ist das möglich?«

»Alpträume können eine enorme physische Belastung darstellen«, erwiderte Beverly Crusher. »Sie beschleunigen den Herzschlag, sorgen für mehr Adrenalin im Blut und so weiter.«

»Ich habe es selbst erlebt«, warf Riker ein. »Als ich von dem seltsamen Virus infiziert wurde und die Ärzte Alpträume benutzen mußten, um es in meinen Zellen zu töten, fühlte ich mich wie durch die Mangel gedreht. Alle Muskeln schmerzten, und ich war vollkommen erschöpft.«

»Aber *töten* Träume?« fragte Picard langsam.

»Unter bestimmten Umständen«, antwortete Dr. Crusher. »Wer ein schwaches Herz hat oder an einer entkräftenden Krankheit leidet, wird von einem Alptraum vielleicht so sehr entsetzt und schockiert, daß er dem geistig-körperlichen Streß erliegt ...«

»Die empfangene Sendung deutet allerdings darauf hin, daß sich die ganze Crew ›ansteckte‹«, meinte Riker. »Ich kann mir kaum vorstellen, daß alle Besatzungsmitglieder ein schwaches Herz hatten. Darüber hinaus ist das keine Erklärung für Selbstmorde und Morde.«

»Träume stehen mit dem Unterbewußtsein in Zusammenhang«, sagte Deanna Troi. »Vielleicht fiel die Crew der *Marco Polo* dem mentalen Angriff von fremden Lebensformen zum Opfer, die sie zwangen, sich gegenseitig umzubringen. Vielleicht findet diese mentale Invasion auch in Form von Alpträumen Ausdruck.«

Der Captain nickte. »Das geschähe nicht zum erstenmal.«

Riker sah sich am Tisch um und stellte fest, daß die übrigen Anwesenden seine Erinnerungen teilten: Ein rachsüchtiger Ferengi hatte einmal eine fremde Maschine benutzt, um Jean-Luc Picards Bewußtsein zu manipulieren. Damals litt der Captain an Träumen von seinem verlorenen Schiff *Stargazer.*

»Ein mentaler Angriff ... Bedeutet das, es stecken Ferengi dahinter?« Riker überlegte einige Sekunden lang und schüttelte dann den Kopf. »Diese Sache paßt einfach nicht zu ihnen.«

»Der Meinung bin ich ebenfalls, Nummer Eins. Aufgrund der Art des Kraftfelds vermute ich, daß wir mit einer fremden Macht konfrontiert sind.«

Picard erhob sich, stützte die Hände auf den Tisch und beugte sich vor. »Ich glaube, wir sollten jetzt versuchen, aus dem Energiefeld zu entkommen. Inzwischen müßten wir der *Marco Polo* nahe genug sein, um sie mit den Sensoren zu orten.« Er straffte die Gestalt und sah zu Riker. »Nummer Eins, rufen Sie Mister LaForge auf die Brücke. Ich möchte, daß er sich um die technische Station kümmert.«

»Ja, Captain.«

Picard musterte die übrigen Offiziere. »Kehren Sie jetzt zu Ihren Posten zurück.«

Kurz darauf war das Konferenzzimmer leer.

Einige Minuten später sah Geordi LaForge von seinen Kontrollen auf und nickte. »Das Warptriebwerk ist vorbereitet. Es kann losgehen.«

Picard nickte ebenfalls und wandte sich an Wesley.

»Steuern Sie unser neues Ziel an, Mister Crusher. Ausführung.«

Wes konzentrierte sich auf die Anzeigen und aktivierte das leistungsstarke Triebwerk. Die *Enterprise* vibrierte kaum merklich, und das Navigationsdiagramm zeigte, wie sie sich langsam drehte. »Das wär's, Captain«, sagte der Junge und behielt weiterhin die Instrumente im Auge. »Wir lösen uns aus dem ...«

Er unterbrach sich, als das Raumschiff plötzlich so heftig erbebte wie zu jenem Zeitpunkt, als sie von dem Kraftfeld erfaßt worden war. »Captain!« entfuhr es Geordi. »Je mehr Energie wir aufwenden, um uns aus dem Zugstrahl zu befreien, desto stärker wird er! Wenn wir unsere Bemühungen fortsetzen, überlasten wir das Warptriebwerk, und dann sind wir in *großen* Schwierigkeiten!«

Picard blickte zu Riker. »Schub null.« Ärger ertönte in der Stimme des Captains — *aber man muß ihn gut kennen, um zu hören, wie verärgert er ist,* dachte der Erste Offizier.

Riker sah über Datas Schulter und betrachtete die Anzeigen. »Das Kraftfeld ist nicht nur stärker geworden, Sir«, stellte er fest. »Es hat sich auch bewegt, um uns in seinem Zentrum zu halten.«

»Wie eine Spinne, die ihrer Beute keine Flucht ermöglichen will«, kommentierte Picard grimmig. »Das gefällt mir nicht, Nummer Eins.«

Data hob ruckartig den Kopf. »Captain, ich orte etwas direkt vor uns. Vielleicht sind wir jetzt nicht mehr weit von unserem Bestimmungsort entfernt.«

Jean-Luc Picard kniff die Augen zusammen und flüsterte etwas.

»Wie bitte, Captain?« fragte Data. »Ich habe Ihren Befehl nicht verstanden.«

»Ich sagte: ›Leiten Sie mehr Energie in unsere Deflektoren, Mister Worf.‹« Die Stimme des Captains klang nun gepreßt.

Es gelang Will Riker, seinen Gesichtsausdruck unter

Kontrolle zu halten — er wußte, daß Picard log. Er hatte die ursprüngliche Bemerkung gehört, und sie lautete nicht: »Leiten Sie mehr Energie in die Deflektoren.«

Der Captain hatte einen Kraftausdruck seiner Muttersprache benutzt: *»Merde.«*

Als Riker auf den Wandschirm starrte und überlegte, was nun geschehen mochte, stimmte er seinem Vorgesetzten insgeheim zu.

KAPITEL 5

Energetisches Potential der Deflektoren erhöht, Captain«, sagte der klingonische Offizier.

»Wann erreichen wir das Ziel, wenn wir unsere gegenwärtige Geschwindigkeit beibehalten, Mister Data?«

»Unsere Geschwindigkeit hat sich erhöht, und wir fliegen nun mit fast maximaler Impulskraft, Sir. In zweiundzwanzig Minuten treffen wir am Ausgangspunkt des Kraftfelds ein.«

»Warum haben Sie den Ursprung nicht längst mit den Sensoren geortet?« Der Captain stellte nur eine Frage, erhob keine Vorwürfe.

»Ich weiß es nicht, Sir«, antwortete der Androide verwirrt. »Vielleicht beeinträchtigt das fremde Energiefeld die Sondierungen.«

»Was teilen Ihnen die Scanner über unseren ...« Picard zögerte und fuhr dann mit bitterer Ironie fort: »... über unseren Gastgeber mit, Mister Data?«

»Das zentrale Objekt im Innern des Kraftfelds scheint an der längsten Stelle etwa fünf Kilometer zu durchmessen.«

Jean-Luc schürzte andeutungsweise die Lippen. *Fast ebenso groß wie eine Starbase.* »Und die Form?«

»Ungefähr rechteckig, Sir. Aber das Kraftfeld stört auch weiterhin die Sensorerfassung, und dadurch ist es kaum möglich, genaue Parameter zu ermitteln. Darüber hinaus bin ich nicht imstande, Struktur und Substanz der fremden Konstruktion zu identifizieren. Die einzigen bekannten Legierungen oder Metalle gehören zu den Raumschiffen in der Nähe des Artefakts.«

»Raumschiffe?« wiederholte der Captain scharf. »Plural? Wie viele?«

»Ich bin nicht sicher, Sir. Zwischen einigen von ihnen ist die Distanz so gering, daß sie nicht auseinanderzuhalten sind. Ich schätze ihre Anzahl auf mindestens hundert.«

»Hundert?« hauchte Picard. *Vielleicht eine Armada?* »Ähneln sich ihre Konfigurationen, Commander?«

»Nein, Sir. Sie unterscheiden sich sehr.«

»Sind sie angedockt?«

»Nein, Captain. Sie schweben stationär im All.«

Hat das ... Objekt so viele Raumschiffe eingefangen? Picard sah kurz zu Riker, der die Brauen wölbte. »In welchem Verhältnis steht dazu die Anzahl der Schiffe, von denen wir wissen, daß sie in diesem Sektor verschwunden sind?«

»Zwischen vierzehn und zwanzig bekannte Einheiten sind durch diesen Sektor geflogen und nie zurückgekehrt, Sir. Exakte Angaben sind unmöglich, da einige kleine, private Frachter nicht ihre Zielwelten nannten. Vermutlich ging — oder geht — es bei ihren Flügen um Transportaktivitäten, die im Gegensatz zu den Gesetzen der Föderation stehen.«

»Sie meinen Schmuggler«, sagte Geordi von der anderen Seite des Kontrollraums.

»Genau.«

»Ich verstehe«, murmelte Picard. »Läßt sich eine visuelle Erfassung vornehmen?«

»Noch nicht, Sir. Aber in etwa zehn Minuten sollten wir dazu in der Lage sein.«

Die Brückencrew wartete stumm. Picards Blick schweifte über die Brücke, und er bemerkte die Anspannung in LaForges, Rikers und Worfs Schultern — obgleich die gut ausgebildeten Offiziere sonst keine Anzeichen von Nervosität oder Unruhe offenbarten. Deanna Troi saß ruhig, wirkte gefaßt und hatte die Hände auf dem türkisfarbenen Rock gefaltet, doch JeanLuc sah die Sorge in ihren dunklen Augen. Wesley Crusher war recht blaß, aber die Hände des jungen Fähnrichs zitterten nicht, als sie über die Schaltflächen des Navigationspults glitten.

Eines Tages wird er ein guter Captain sein, dachte Picard nicht zum erstenmal. *Es sei denn, er beschließt, Techniker oder Wissenschaftler zu werden.* Er erinnerte sich kurz an den Reisenden, jenes Wesen, das Wesley Crusher eine große Zukunft prophezeit hatte. *Wenn er lange genug lebt, damit sich sein Schicksal erfüllt,* fügte Jean-Luc in Gedanken hinzu. *Derzeit beginne ich daran zu zweifeln, ob morgen noch jemand von uns am Leben ist ...*

»Mister Worf«, sagte er laut. »Empfangen Sie irgendwelche Signale von der *PaKathen* oder *Marco Polo?*«

»Negativ, Sir«, erklang die tiefe Stimme des Klingonen.

Picard seufzte. »Versuchen Sie in regelmäßigen Abständen, einen Kontakt herzustellen, Lieutenant.« *Nur für den Fall, daß es Überlebende gibt, die uns antworten können ...*

»Ja, Captain.«

»Sir.« Data drehte sich ganz plötzlich in seinem Sessel um und sah Picard aus gelben Augen an. »Ich glaube, ich kann Ihnen jetzt eine visuelle Darstellung geben.«

»Auf den Schirm«, befahl der Captain. »Mister LaForge: Bitte untersuchen Sie das sichtbare Spektrum des Artefakts, soweit Sie dazu in der Lage sind.«

Der Chefingenieur nickte. »Aye, aye, Sir.«

Datas Hände huschten über die Operatorstation, und das Bild auf dem großen Wandschirm stabilisierte sich. »Das Objekt in der Mitte des Projektionsfelds ist unser Ziel, Captain. Wir können es nur deshalb erkennen, weil es sich vor dem Eta Carinae-Nebel befindet. Zwar reflektiert es Licht, aber vor dem hellen Sternenhintergrund erscheint es dunkel. Hinzu kommt, daß wir noch immer recht weit davon entfernt sind.«

Picard beobachtete den Schirm eine Zeitlang, und schließlich sah er einen kleinen trüben Fleck vor dem Glühen des Nebels. »Vergrößerungsfaktor zehn, Mister Data.«

Das Bild flackerte kurz, und das Objekt schien anzuschwellen — aber es blieb zu klein, um irgendwelche Einzelheiten zu erkennen. Das fremde Etwas war auch weiterhin ein Schatten im All.

Der Captain wartete fünf Minuten, bis Data meldete, daß die Distanz zum Artefakt auf hunderttausend Kilometer schrumpfte. »Vergrößerungsfaktor hundert«, sagte er.

Wieder ein Flackern — und dann erschien das Objekt erneut, nun ein wenig heller und wesentlich größer. Die Konturen blieben seltsam verschwommen. Datas Auskünfte erwiesen sich als richtig: Das Artefakt war ungefähr rechteckig, doch es fiel Picard nach wie vor schwer, Details zu beobachten — Dutzende von unterschiedlich geformten Raumschiffen trieben zwischen der *Enterprise* und dem Ausgangspunkt des Kraftfelds.

Picard betrachtete sie und versuchte, einige von ihnen anhand der Konstruktionsmuster zu identifizieren, aber die Entfernung war noch immer zu groß. *Wracks,* fuhr es ihm durch den Sinn. *Im Lauf der Zeit hierhergebracht. Einige der Schiffe dort draußen könnten mehrere hundert Jahre alt sein.* Ihm fiel etwas ein. *Mon Dieu, vielleicht wurden sie vor Jahrtausenden gebaut — oder gar vor Jahrmillionen.*

»Sie sind gefangen«, flüsterte Geordi. »Und *uns* wird es ebenso ergehen. Dieser Raumsektor ist wie das Sargassomeer ...«

Jean-Luc begriff sofort, was der Chefingenieur meinte, und er hielt den Vergleich für angemessen. »Mister Crusher, können Sie die Orbitaldaten der Schiffe genau genug ermitteln, um einen Kurs zu berechnen, der uns zur *PaKathen* und *Marco Polo* führt?«

»Ich habe bereits daran gearbeitet, Captain«, erwiderte der junge Fähnrich. »Uns bleibt ein geringer Manövrierspielraum, solange wir nicht versuchen, uns aus dem Energiefeld zu befreien. Die Berechnung eines derartigen Kurses müßte eigentlich möglich sein.«

»Gut. Beginnen Sie damit. Weiterhin volle Deflektorkapazität, Mister Worf. Wir brauchen die Schilde, um eine Kollision mit den Wracks zu vermeiden.«

Als sich die *Enterprise* dem Artefakt bis auf fünfzigtausend Kilometer genähert hatte, sagte Wesley Crusher: »Kurs berechnet, Captain.«

»Können Sie unsere Geschwindigkeit verringern?«

»Vielleicht.« Die Fingerkuppen des Jungen tasteten über mehrere Kontrollflächen, und sofort wurde das große Raumschiff langsamer. »Der Traktoreffekt hat nachgelassen, Sir.« Wesley klang überrascht.

»Das fremde Etwas will einem Aufprall vorbeugen«, spekulierte Picard. »Gibt es bei den anderen Schiffen irgendwelche Kollisionsspuren?«

»Nein, Sir.«

»Captain ...« Hoffnung glomm in Rikers Augen. »Vielleicht sollten wir jetzt das Warptriebwerk aktivieren.«

»Nein, Nummer eins«, entgegnete Jean-Luc ruhig. »Wenn wir uns auf ein kosmisches Tauziehen einlassen, rammen wir wahrscheinlich einige der eingefangenen Raumer. Warten wir, bis uns das Artefakt dorthin gebracht hat, wo es uns haben möchte. Vielleicht gibt uns das Kraftfeld dann ganz frei. Und vergessen Sie nicht: Unser Befehl lautet, Überlebende der verschwundenen Schiffe zu retten.« Er beugte sich im Kommandosessel vor. »Mister Crusher, gehen Sie auf den neuen Kurs, wenn Sie soweit sind.«

»Aye, Sir!«

Die *Enterprise* wob ein komplexes Muster zwischen den vielen Raumschiffen. Sie war noch immer schnell genug, um einige Vorbeiflüge haarsträubend wirken zu lassen, aber Wesley hatte einen guten Kurs berechnet.

Die ganze Zeit über starrte Picard auf den Schirm, und er sah: ein Handelsschiff der Ferengi, eine romulanische Kriegsschwalbe, einen Gorn-Kreuzer, das Wrack von akamerianischen Sammlern, einen klingonischen Kreuzer (die *PaKathen* oder ein anderer), einen delosianischen Kurier, eine promellianische Fregatte, einen benzitischen Transporter, ein orionisches Sklavenschiff, einen deltanischen Passagierliner ... Ein ganzer Katalog von Raumschiffen aus Vergangenheit und Gegenwart. Und es gab noch viele, viele andere, die dem Captain unbekannt waren.

Wesley leitete ein weiteres Bremsmanöver ein, und die *Enterprise* verharrte im All, etwa zwanzig Kilometer von der *Marco Polo* und fünfzig von der *PaKathen* entfernt.

»Visuelle Darstellung des Artefakts auf den Hauptschirm, Mister Data«, sagte Riker. »Sehen wir uns das Ding an.«

Das Bild im großen Projektionsfeld wechselte und zeigte die fremde Struktur. Die Entfernung zu dem rätselhaften Objekt betrug nur noch zweihundertfünfzig Kilometer, und es offenbarte alle Einzelheiten. Picard richtete den Blick darauf ...

... und wandte ihn fast sofort wieder ab. Die neben ihm sitzende Deanna Troi schnappte nach Luft. Riker stöhnte leise, als empfände er plötzlichen Schmerz, und Wesley keuchte unwillkürlich.

Es kostete Picard eine große Willensanstrengung, sich wieder auf das Objekt zu konzentrieren. Als sein Blick zum Schirm zurückkehrte, fühlte er eine überaus intensive Desorientierung. Seine Augen waren an normale Winkel, übersichtliche Parabeln und gerade Linien gewöhnt, die gerade blieben. Sie lehnten es ab, die Formen des Artefakts wahrzunehmen, ohne Gehirn und Körper starken Belastungen auszusetzen. Undefinierbare, verrückte Farben fluteten dem Captain entgegen. Schwindel erfaßte ihn, und er kämpfte gegen Übelkeit an. »Data!« brachte er hervor. »Filter ein! Und zwar überall im Schiff!«

Der Androide führte den Befehl aus, ohne ihn zu bestätigen, aber unter den besonderen Umständen verzichtete Picard darauf, ihn deswegen zu tadeln. Das Filtersystem gestaltete die Konturen des Artefakts weicher und dämpfte Farben, die das menschliche Bewußtsein marterten. Sie verliehen dem fremden Objekt im All ein nicht mehr ganz so unerträgliches Erscheinungsbild. Der Captain konnte das Artefakt nun zwei volle Sekunden lang beobachten, bevor er sich abwenden mußte.

Nach einer Weile stand Picard auf und atmete tief durch. Ihm zitterten die Knie, und er ging einige Schritte, bis er sich wieder ganz unter Kontrolle hatte. Dann drehte er sich um und musterte die Brückenoffiziere. Niemand sah zum Wandschirm — Geordi bildete die einzige Ausnahme. *Ich frage mich, wie er das Artefakt wahrnimmt,* dachte Jean-Luc.

Deanna Troi war kreideweiß und ballte krampfhaft die Fäuste. Will Rikers Bart täuschte kaum über seine Blässe hinweg. Wesley schluckte mehrmals. Selbst Worf erweckte den Eindruck, als hätte er verdorbenes *Gagh* gegessen und nun Mühe, es im Magen zu behalten.

Nur Data und Geordi schienen den Anblick ungerührt hinzunehmen. Picard mußte sich zwingen, zu seiner Ruhe zurückzufinden. Der sanfte Luftstrom aus den Klimatisierungsschlitzen des Lebenserhaltungssystems kühlte den Schweiß auf seiner Stirn.

»Mister Data, befinden sich Lebensformen in dem Artefakt?« fragte er.

»Das läßt sich nicht feststellen, Captain«, antwortete der Androide. »Das Kraftfeld stört noch immer die Sensorsondierung. Bisher haben die Scanner nichts entdeckt, das auf organisches Leben hindeutet.«

Data justierte die Kontrollen. »Das gilt auch für die

PaKathen, Sir.« Picard sah kurz zu dem Klingonen — Worf preßte die Lippen zusammen, aber ansonsten reagierte er nicht auf den Hinweis. Nach wenigen Sekunden fuhr Data fort: »An Bord der *Marco Polo* scheint es siebzehn Überlebende zu geben, Captain.«

»Und ihr Zustand?«

»Die Sensoren liefern keine genauen Daten, Sir. Die meisten Personen bewegen sich nicht — vielleicht schlafen sie oder sind bewußtlos.«

Picard wandte sich an die Counselor. »Spüren Sie etwas von der *Marco Polo?*«

Troi schloß die Augen und konzentrierte sich. »Ja, ich fühle die Präsenz der Besatzung«, raunte sie. Plötzlich hob sie die Hand zum Kopf, stöhnte und schwankte.

»Counselor!« sagte Picard scharf, aber sie antwortete nicht.

Mit einem Satz war Riker neben Troi und beugte sich über sie. »Deanna!« Er berührte sie an der Schulter. »Ist alles in Ordnung mit dir?« Normalerweise siezte er sie, wenn andere Offiziere in der Nähe weilten, aber Sorge ließ ihn diese Förmlichkeit vergessen.

Die Counselor streckte eine zitternde Hand aus, und der Erste Offizier griff danach, hielt sie fest. Der physische Kontakt schien die Betazoidin zu beruhigen, aber sie zitterte noch immer, wie von jähem Fieber erfaßt. »Captain ...«, hauchte sie. »Die Überlebenden der *Marco Polo ...* Sie sterben. Wir müssen sie retten ...«

Deanna schwankte erneut und rutschte bewußtlos aus dem Sessel.

Will Riker fing sie auf, bevor sie zu Boden sank. Der hochgewachsene Offizier hob sie so mühelos hoch, als sei sie leicht wie ein Kind. Er richtete sich auf, und ihr langes schwarzes Haar reichte ihm schleierartig über den Arm.

»Brücke an Krankenstation«, sagte Picard laut und aktivierte damit das Interkom. »Schicken Sie sofort medizinisches Personal zur Brücke!«

»Ja, Sir!« bestätigte eine ihm unbekannte Stimme.

Riker schritt über die gewölbte Rampe und wartete neben dem Turbolift. Kurze Zeit später öffnete sich das Schott, und zwei Personen betraten die Brücke. Eine von ihnen schob eine Antigravbahre vor sich her. »Sie ist in Ohnmacht gefallen«, sagte Riker, als die Krankenpfleger Deanna Troi auf die Bahre legten.

Einer der Männer untersuchte die Counselor mit einem Medo-Scanner. »Sie hat nur das Bewußtsein verloren, Sir. Bestimmt erholt sie sich bald wieder.«

Riker wollte sich in Bewegung setzen, um Deanna in den Turbolift zu folgen, überlegte es sich jedoch anders. Sorge trübte seine blaugrauen Augen, als er über die Rampe zum Kommandobereich zurückkehrte, aber er ging mit festen, zielstrebigen Schritten.

Dr. Crushers Stimme tönte aus dem Interkom-Lautsprecher. »Captain? Ich war in meiner Kabine. Was ist passiert?«

»Counselor Troi ist in Ohnmacht gefallen. Man bringt sie gerade zur Krankenstation.«

»Haben Sie irgendeine Ahnung, was ihr zugestoßen sein könnte?«

»Ich weiß es nicht. Wir sahen uns zum erstenmal das fremde Artefakt an. Der Anblick war, gelinde gesagt, beunruhigend.« Picard zögerte, als ihm etwas einfiel. »Bitte warten Sie, Doktor.« Er wandte sich zu dem Androiden um. »Verdunkeln Sie alle Fenster, Mister Data. Ich möchte nicht, daß auch andere Leute das Bewußtsein verlieren, während sie das Ding dort draußen beobachten.«

»Ja, Captain.«

»Doktor Crusher«, fuhr Jean-Luc fort. »Das ... *Etwas* ist so fremdartig, daß es den Betrachter physisch belastet. Ich glaube, darauf hat die Counselor reagiert. Außerdem empfing sie alarmierende Emotionen von den Besatzungsmitgliedern der *Marco Polo*. Nach unseren Sensoren zu urteilen, gibt es siebzehn Überlebende an

Bord des Frachters, doch Troi hat uns mitgeteilt, daß sie sterben.«

Picard rechnete mit einer ganz bestimmten Bemerkung von Beverly Crusher, und sie enttäuschte ihn nicht. »Bitte um Erlaubnis, ein Medo-Team zusammenzustellen, das sich zur *Marco Polo* beamt und die Crew rettet.«

»Ich bin mir nicht sicher, ob es möglich ist, den Transporter zu benutzen.«

»Dann nehmen wir ein Shuttle«, sagte die Ärztin sofort.

»Doktor, ich denke über Ihre Anfrage nach und komme darauf zurück«, entgegnete der Captain betont förmlich.

»Aber ...«

»Picard Ende. Mister Data, können wir die Schilde senken, um den Transporter einzusetzen?«

»Unsere Position ist stationär, Sir. Das Kraftfeld hat jetzt nur noch ein geringes energetisches Niveau. Wenn wir die Deflektoren desaktivieren, um einen Transferfokus auszurichten, so entsteht dadurch keine Gefahr — zumindest nicht für die Struktur der *Enterprise*.«

Picard wußte, worauf ihn der Androide hinwies. »Ja, aber dann droht uns ein mentaler Angriff, wie er in der *Marco Polo*-Mitteilung erwähnt wurde. Ich verstehe, was Sie meinen, Data.«

Riker sah Worf an. »Haben Sie Kom-Zugang zum Logbuch oder den taktischen Daten der *PaKathen*, Lieutenant?«

»Captain Khlar nahm den letzten Logbucheintrag vor, als sein Kreuzer hier eintraf, Commander. Er berichtete Auseinandersetzungen und Mordfälle an Bord, fügte diesen Schilderungen eine Absichtserklärung hinzu: Er wollte sich mit Waffengewalt aus der Falle befreien. Die Aufzeichnungen enthalten keine zusätzlichen Informationen.«

Riker warf Picard einen nachdenklichen Blick zu.

»Und der Waffenstatus des klingonischen Schiffes, Lieutenant?«

»Allem Anschein nach hat der Kreuzer die bugwärtigen Phaserkanonen geladen und abgefeuert.«

»Ich bestätige Lieutenant Worfs Auskunft«, sagte Data. »Die Sensoren registrieren ionisierte Partikel, die auf eine Phasersalve hindeuten.«

»Doch das Artefakt ist nicht beschädigt«, murmelte Picard. Er dachte eine Zeitlang nach und seufzte. Es gefiel ihm nicht, die Schilde aus irgendeinem Grund zu senken, aber sie waren mit einer Rettungsmission beauftragt, und dabei ließen sich Risiken häufig nicht vermeiden. »Lieutenant Worf, ich habe beschlossen, eine Medo-Gruppe zur *Marco Polo* zu entsenden, um die Überlebenden hierherzubringen. Stellen Sie ein Sicherheitsteam zusammen, das an Bord des Frachters mit allen Gefahren fertig werden kann. Sie selbst übernehmen die Leitung.«

»Ja, Sir!« Worf zog wie üblich Aktivität dem Warten vor.

»Captain ...« Riker trat näher. »Bitte um Erlaubnis, das Sicherheitsteam begleiten zu dürfen.«

»Abgelehnt, Nummer Eins«, erwiderte Picard ruhig. »Ich brauche Sie hier. Wenn auch wir Opfer eines ... mentalen Angriffs werden, so müssen wir beide bereit sein, uns gegenseitig zu beobachten, nach Anzeichen für geistige Labilität Ausschau zu halten — und konsequente Entscheidungen zu treffen. Haben Sie verstanden?«

»Ja, Captain«, antwortete Riker ernst.

»Lieutenant Worf, versammeln Sie Ihre Gruppe im Transporterraum Drei. O'Brien soll mir Bescheid geben, wenn Sie für den Transfer bereit sind. Dann senken wir die Schilde.«

»Ja, Sir!« Der Klingone forderte einen Fähnrich auf, ihn an seiner Station zu vertreten, bevor er die Brücke verließ.

»Doktor Crusher, hier spricht der Captain«, sagte Picard und aktivierte damit wieder das interne Kom-System. »Wie geht es Counselor Troi?«

»Körperlich ist sie unverletzt, aber ich mußte ihr ein Beruhigungsmittel geben — die Nähe der *Marco Polo*-Crew stellt eine große Belastung für sie dar. Viele Besatzungsmitglieder des Frachters scheinen verrückt zu sein, Sir. Wann können wir eine Rettungsgruppe hinüberbeamen?«

»Ich billige hiermit Ihren Vorschlag, ein Medo-Team zur *Marco Polo* zu schicken, um den Überlebenden zu helfen«, verkündete Picard. »Doch Sie sind unsere Bordärztin, und deshalb möchte ich, daß Sie hierbleiben. Wenn sich die ... Traumkrankheit, Psychoseuche oder was weiß ich auch in der *Enterprise* ausbreitet, so benötige ich Ihre Hilfe. Deshalb dürfen Sie sich nicht in Gefahr begeben. Bitte empfehlen Sie mir jemanden, der die Medo-Gruppe leitet. Geeignet wäre eine Person, die ... innerlich sehr gefestigt ist.«

»Lieutenant Selar, Captain. Sie stammt von Vulkan. Muß ich noch mehr sagen?«

»Nein. Eine ausgezeichnete Wahl. Lieutenant Selar und ihre medizinischen Begleiter sollen so rasch wie möglich den Transporterraum Drei aufsuchen, um sich dort Worf und seinen Sicherheitswächtern anzuschließen.«

»Ja, Captain«, entgegnete Dr. Crusher knapp.

Picard seufzte erleichtert, als die Ärztin nicht darauf bestand, die Medo-Gruppe selbst zu leiten. Wenigstens diese Konfrontation blieb ihm erspart.

Selar war auf dem Weg zu Thalas Quartier, um mit dem andorianischen Kind zu sprechen, als Beverly Crusher sie durchs Interkom-System ausrufen ließ. Sie berührte ihren Insignienkommunikator. »Hier Lieutenant Selar.«

»Ich habe Sie als Leiterin der Rettungsgruppe empfohlen, die sich zur *Marco Polo* beamt«, sagte Dr. Crusher. »Counselor Troi hat berichtet, daß zumindest einige Überlebende an ausgeprägten Geistesstörungen leiden. Das vom fremden Artefakt projizierte Energiefeld hindert uns an einer genauen Sondierung, aber offenbar sind noch siebzehn Besatzungsmitglieder des Frachters am Leben. Die meisten von ihnen scheinen bewußtlos zu sein, aber die anderen könnten gewalttätig werden. Eine Sicherheitsgruppe begleitet Sie. Wie viele Helfer brauchen Sie, um die aktiven Patienten mit Sedativen zu beruhigen und zur *Enterprise* zu transferieren?«

Die Vulkanierin überlegte kurz und gab fast sofort Antwort. »Sechs.«

»Wen schlagen Sie für Ihr Team vor?«

»Die Doktoren Logan und Chandra«, erwiderte Selar. »Die Schwestern Johnson und Itoh, sowie Pfleger Selinski. Außerdem Doktor Gavar, wenn sie sich freiwillig für diesen Einsatz meldet.«

»Bei Chandra habe ich Bedenken«, wandte Beverly Crusher ein. »Ihre Schwangerschaft ist ziemlich weit fortgeschritten. Wenn es an Bord der *Marco Polo* tatsächlich eine bösartige mentale Kraft gibt — wie wirkt sie sich auf einen Fötus aus?«

Selar nickte. »Ein guter Hinweis. Ich wähle statt dessen Doktor Grunewalt.«

»Einverstanden. Ich sorge dafür, daß sich die von Ihnen genannten Personen sofort in der Krankenstation einfinden.«

»Ich bin unterwegs«, sagte Selar und klopfte auf ihren Insignienkommunikator, um die Verbindung zu unterbrechen. Rasch kehrte sie zum Turbolift zurück und dachte daran, ob sie Beverly bitten sollte, sich während ihrer Abwesenheit um Thala zu kümmern. Sie hatte die kleine Andorianerin seit gestern nicht mehr gesehen und erinnerte sich besorgt an ihre traurige Niedergeschlagenheit.

»Selar! Bitte *warten* Sie!« Eine vertraute Stimme ertönte.

»Lift, anhalten«, sagte die Vulkanierin. Zwei Sekunden später eilte Thala in die Transportkapsel und atmete schwer. Offenbar war sie gelaufen, um Selar zu erreichen. »Ich wollte gerade zu dir«, meinte die vulkanische Ärztin. »Leider bleibt uns jetzt nur wenig Zeit. Man hat mich beauftragt, eine Rettungsgruppe zu leiten, die sich zur *Marco Polo* beamt.«

So etwas wie Furcht zeigte sich in den zarten blauen Zügen des Mädchens. »Was ist eigentlich los? Es heißt, überall im Schiff sind die Fenster verdunkelt worden! Droht uns Gefahr?« Thala schluckte. »Kehren die Borg zurück?«

»Wir sind hier viele Lichtjahre vom Raumgebiet der Borg entfernt«, versicherte Selar. »Nein, bei unserer gegenwärtigen Situation gibt es keinen Kontakt mit ihnen.«

Das Kind entspannte sich ein wenig. »Was ist dann passiert?«

»Ich kenne nicht alle Einzelheiten«, antwortete Selar ehrlich. »Und wenn man mich informiert hätte, dürfte ich wahrscheinlich nicht darüber sprechen. Ich glaube jedoch, daß uns keine unmittelbare Gefahr droht.« Sie appellierte an die Vernunft des Mädchens. »Immerhin hat Captain Picard die Alarmstufe Rot beendet.«

»Ja«, gestand Thala ein. »Das stimmt.«

»Du brauchst dir also keine Sorgen zu machen. Ich verspreche dir, daß ich dich besuche, sobald sich mir eine Gelegenheit dazu bietet.«

»Gut«, flüsterte Thala. »Selar«, platzte es dann aus ihr heraus. »Sie setzen doch nicht etwa Ihr Leben aufs Spiel, oder?«

»Ich weiß es nicht«, entgegnete die Vulkanierin. Thalas direkte Frage zwang sie zur Wahrheit. »Allerdings begleitet mich ein Sicherheitsteam, und Lieutenant Worf ist bestimmt in der Lage, uns zu schützen.«

Thala nickte beruhigt. »Ja, bestimmt. Wesley hat gesagt, daß er nicht nur sehr groß und stark ist, sondern auch der beste Schütze an Bord ...« Ihre Stimme verklang, als ihr etwas einfiel. »Aber nicht so stark wie Data! Selar, Sie erraten nie, was geschehen ist, als ich Lieutenant Commander Data begegnete!«

»Ich kann es nicht erraten«, begann Selar, doch genau in diesem Augenblick öffnete sich die Tür des Turbolifts. »Zumindest *jetzt* nicht. Aber ich versuche es später, wenn wir uns treffen. Derzeit muß ich andere Pflichten wahrnehmen.«

»Na schön«, murmelte Thala. Als die Vulkanierin in den Korridor trat, griff sie nach ihren Händen. »Bitte seien Sie *vorsichtig!*« flüsterte sie.

Selar nickte. »Ja, Thala.«

Das Mädchen winkte zum Abschied, und dann glitt das Schott der Transportkapsel wieder zu.

Die vulkanische Ärztin setzte den Weg mit langen Schritten fort und erreichte kurz darauf die Krankenstation. Dort herrschte rege Aktivität, als die Angehörigen der Medo-Gruppe Behandlungsinstrumente und Medikamente zusammenpackten. Selar hatte diese sechs Personen gewählt, weil sie — wie sie selbst — über Erfahrungen im Umgang mit psychiatrischen Patienten verfügten und sich durch unerschütterliche Ruhe auszeichneten. Das galt auch für Doktor Gavar, die tellaritische Ärztin aus dem Starfleet-Austauschprogramm. Viele Tellariten waren streitsüchtig und leicht erregbar, aber Gavar bildete eine Ausnahme, und es erfüllte Selar mit Zufriedenheit, daß sie sich freiwillig für die Mission gemeldet hatte. Gavar konnte die gleiche Kraft entfalten wie ein *Sehlat* — ein großer Vorteil, wenn einige Besatzungsmitglieder der *Marco Polo* tatsächlich zu Gewalttätigkeit neigten. Von Beverly Crusher wußte Selar, daß es an Bord des Frachters zu Mord und Selbstmord gekommen war.

Doktor Logan erwies sich als kleine, dickliche und grauhaarige Frau, die seit dem Medizinstudium zu Starfleet gehörte. Sie hatte ihr Praktikum in einer für

Menschen bestimmten psychiatrischen Abteilung absolviert.

Selinski war ein hochgewachsener, kräftig gebauter und gut vierzig Jahre alter Mann. Er nahm seine Pflichten als Krankenpfleger sehr ernst und kümmerte sich voller Hingabe um die Patienten.

Die kleine Schwester Itoh hatte schräge, fast vulkanisch wirkende Augen und unterschied sich sehr von der korpulenten, dunkelhäutigen Schwester Johnson. Das Wesen dieser beider Frauen widersprach ihrem Erscheinungsbild. Die große Johnson sprach immer sanft und war schüchtern, im Gegensatz zu Itoh, die in dem Ruf stand, sehr redselig zu sein, gern zu lachen und vulgäre Witze zu erzählen.

Johannes Grunewalt war ein kleiner, dürrer Mann ohne nennenswerte körperliche Kraft — aus diesem Grund hatte sich Selar nicht sofort für ihn entschieden. Aber an seiner ärztlichen Kompetenz konnte kein Zweifel bestehen, auch wenn seine Diagnosen häufig als phantasielos bezeichnet werden mußten.

Die Medo-Gruppe nahm ihre Ausrüstung — darunter auch einige Antigravbahren — und folgte Selar zum Transporterraum Drei. Dort begegnete die Vulkanierin Lieutenant Worf und drei bewaffneten Sicherheitswächtern, die er als Clara Bernstein, Ricardo Montez und Caledon vorstellte. O'Brien teilte dem Captain mit, die Einsatzgruppe sei bereit.

Nach einigen Sekunden trat Worf mit seinen Begleitern auf die Plattform, und ihre Gestalten lösten sich in schimmernder Energie auf. Selar und ihr Team stellten sich ebenfalls auf die Transferfelder, und die Vulkanierin nickte O'Brien zu. Als er die Kontrollen betätigte, spürte sie das vom Transporterstrahl verursachte Prikkeln.

Das Medo-Team rematerialisierte auf dem Frachtdeck, das genug Platz für sie alle bot. Die Kühlanlagen funktionierten, und daher war es recht kalt. Und still.

Selar fröstelte — die Kälte belastete sie mehr als einen Menschen —, und außerdem fühlte sie, wie eine sonderbare geistige Unruhe in ihr entstand. Es war *zu* still an Bord der *Marco Polo.* Sie sah, wie Johnson schauderte und Grunewalt einen unsicheren Blick über die Schulter warf.

Die Sicherheitswächter bedeuteten den Ärzten und medizinischen Assistenten, sich nicht von der Stelle zu rühren. Sie zogen ihre Phaser, schritten vorsichtig übers Deck und näherten sich dem Ausgang der großen Frachtkammer. Jeder von ihnen besaß ein schematisches Diagramm des Schiffes.

Kurz darauf hörte Selar den Baß des Klingonen. »Doktor, wir haben jemanden gefunden. Ich fürchte jedoch, in diesem Fall kommt jede Hilfe zu spät.«

Selar trat rasch zu der Sicherheitsgruppe, gefolgt von ihrem eigenen Team. Worf und die übrigen Bewaffneten hockten neben einer Frau, die im offenen Zugang lag. Eine Blutlache hatte sich auf dem grauen Deck gebildet, und ihr Ursprung blieb unter dem reglosen Leib verborgen.

»Der Körper ist kalt«, knurrte Worf, als Selar an seiner Seite verharrte. »Und ich stelle keinen Puls fest.«

Selar sank auf die Knie, hielt ihren Medo-Scanner über die Frau und nickte. »Sie ist seit mindestens zwei Stunden tot.« Sie drehte den Körper um und wußte bereits, was sie erwartete — die Anzeigen des Tricorders waren eindeutig.

Die Leiche rollte auf den Rücken, eine attraktive, rund vierzig Jahre alte Frau mit blonden Locken. Ein Zierdolch steckte in ihrer Brust. Der spitze Stahl hatte die linke Herzkammer durchbohrt und sofortigen Tod bewirkt — deshalb der vergleichsweise geringe Blutverlust.

Der Leib war ebenso kalt wie die Luft in der gekühlten Frachtkammer. Selar sah zu ihrer Gruppe auf und beobachtete Furcht in den weit aufgerissenen Augen

Johnsons. *Ich sollte auf sie achtgeben,* dachte die Vulkanierin.

»Wir teilen uns«, verkündete sie. »Jedes Team besteht aus drei Personen: Arzt, Assistent und Sicherheitswächter. Ist das klar?« Mehrere Köpfe nickten. »Doktor Grunewalt, Sie und Pfleger Selinski bilden eine Gruppe.« Worf forderte Bernstein auf, sich den genannten Personen hinzuzugesellen.

»Schwester Johnson, Sie bleiben bei mir.« Erneut winkte der Klingone, und Caledon — ein kleiner, dunkelhaariger Mann von Proxima II — trat zu der Vulkanierin. »Doktor Logan, Sie nehmen Schwester Itoh mit.« Worf schloß sich dem dritten Team an.

»Was ist mit mir?« fragte Doktor Gavar.

»Sie und Unteroffizier Montez warten hier in der Frachtkammer«, sagte Selar. »Transporterchef O'Brien hat deutlich darauf hingewiesen: Das fremde Kraftfeld umgibt beide Schiffe und verhindert die Ermittlung exakter Ortungsdaten. Auf seine Bitte hin berücksichtigen wir einen Fehlerspielraum bei den Transporterkoordinaten — wir bringen die Patienten hierher, bevor wir sie zur *Enterprise* beamen. Gavar und Montez behandeln die betreffenden Personen vor dem Transfer.«

Die Vulkanierin musterte ihre Begleiter nacheinander. »Während des Transports findet natürlich eine vollständige Dekontamination statt, aber Doktor Crushers Beobachtungen und meine eigenen lassen vermuten, daß wir es nicht mit pathogenen Keimen zu tun haben. Wir gehen von einem bösartigen mentalen Einfluß aus, der seinen Ursprung vielleicht im Artefakt hat.« Sie legte eine kurze Pause ein. »Ich fühle *etwas,* seit wir an Bord sind. Sie ebenfalls?«

Die Ärzte, Assistenten und Sicherheitswächter nickten — selbst Worf, obwohl er zunächst zögerte.

»Aber ich dachte, es seien keine fremden Lebensformen im Artefakt festgestellt worden«, sagte Doktor Grunewalt.

»Das stimmt«, räumte Selar ein. »Allerdings gibt es inzwischen viele neue Entdeckungen in Hinsicht auf diese Mission. Wir können nicht sicher sein, daß die Sensoren alle Einzelheiten des fremden Objekts richtig erfassen. Nun, unser Einsatz gilt in erster Linie dem Frachter. Was auch immer die Crew in den Wahnsinn getrieben hat — der unbekannte Faktor könnte auch uns beeinflussen. Wenn Sie Anzeichen von geistiger Labilität bei einem Gruppenmitglied beobachten, so ist es Ihre Pflicht, sofort Bericht zu erstatten. Haben Sie verstanden?«

Neuerliches Nicken, gefolgt von argwöhnischen Blikken. »Gut. Team Eins ...« Selar deutete auf Grunewalt und Selinski. »Sie nehmen sich den bugwärtigen Aufenthaltsraum sowie Offiziersquartiere und Kombüse vor ...«

Eine Minute später waren alle Aufgaben verteilt, und die Gruppen verließen das Frachtdeck.

Die Tricorder-Anzeigen führten Selar zum ersten Überlebenden. Unterwegs kam sie an sechs Leichen vorbei: Zwei trugen gewöhnliche Kleidung, die dritte einen Schlafanzug; die anderen drei waren nackt. Die beiden Bekleideten hatten sich selbst umgebracht, einer von ihnen — eine Frau — mit einer Überdosis an Sedativen. *Entweder war sie die Bordärztin,* dachte Selar, *oder es gelang ihr irgendwie, den Arzneischrank aufzubrechen.* Der zweite, ein Mann, hielt noch den Phaser in der Hand, mit dem er sich erschossen hatte. Die anderen Besatzungsmitglieder lagen in den Zugängen ihrer Kabinen. Sie schienen erwacht und in den Korridor gewankt zu sein, um dann zu sterben. Die Vulkanierin nahm eine Untersuchung mit dem Scanner vor und sah Caledon an. »Herzversagen«, sagte sie.

»Offenbar hat sie etwas zu Tode erschreckt«, erwiderte der Sicherheitswächter.

»Träume?« hauchte Schwester Johnson nervös. Trotz der dunklen Hautfarbe wirkte sie blaß.

Schließlich fanden sie den Überlebenden, einen knapp sechzig Jahre alten Mann: Er hatte sich in einer Fötusstellung zusammengerollt und so verkrampft, daß Knochen zu brechen und Sehnen zu reißen drohten. Selar und Johnson legten ihn auf eine Antigravbahre und brachten ihn zur Frachtkammer.

Innerhalb der nächsten fünfundvierzig Minuten lokalisierten sie fünf weitere Überlebende. Die anderen Gruppen meldeten ähnliche Erfolge, mit einer Ausnahme: Ein Mann begann zu toben, als man ihn auf die Bahre legte. Er kreischte und heulte so laut, daß Selar ihn hörte, obwohl sie ein Deck entfernt war. Dann starb der Namenlose; Doktor Grunewalts Wiederbelebungsversuche konnten ihn nicht retten.

Als sie den letzten Überlebenden in ihrem Suchbereich entdeckten, vernahm die Vulkanierin das Piepen ihres Insignienkommunikators. Sie aktivierte das kleine Gerät. »Hier Selar.«

»Logan!« erklang eine atemlose Stimme. »Schwester Itoh hat Lieutenant Worf angegriffen und ihn als verdammten klingonischen Spion verflucht. Als ich ihm helfen wollte, fiel sie auch über *mich* her! Zusammen gelang es uns, sie zu bändigen, doch als ich mich umdrehte, um der Tasche ein Sedativ zu entnehmen, *schleuderte* sie den Lieutenant beiseite und floh! Nie zuvor habe ich eine *solche* Kraft erlebt!«

»Wo ist sie jetzt?«

»Keine Ahnung. Sie lief in Richtung Kombüse, aber die Passage führt zum Hauptkorridor. Inzwischen könnte sie praktisch überall sein!«

»Bitte beruhigen Sie sich, Doktor. Wo befindet sich Lieutenant Worf?«

Logan holte tief Luft, und als sie antwortete, verschwand der schrille Klang aus ihrer Stimme. »Hier bei mir.«

»Lieutenant?« fragte Selar.

»Ja, Doktor«, erwiderte Worf.

»Logan soll sich zur *Enterprise* beamen. Warten Sie anschließend auf uns. Wir sind hier bei den Mannschaftsquartieren auf Deck A und kehren jetzt zur Frachtkammer zurück.«

»Verstanden. Worf Ende.«

Selar wies Schwester Johnson und Caledon an, die Antigravbahre zu schieben, und dann schritten sie durch den Korridor. Zwar achtete die Vulkanierin wachsam auf ihre Umgebung, aber der Angriff überraschte sie trotzdem. Im einen Augenblick wanderte sie vorsichtig durch eine Kurve in der Passage, und im nächsten vernahm sie einen hysterischen Schrei. Eine um sich tretende, kratzende und zornige Furie stürzte sich auf sie, schnappte mit den Zähnen nach ihrer Nase.

Die vulkanische Ärztin streckte die Arme, um Schwester Itoh abzuwehren, sie von ihrem Gesicht fernzuhalten. Die Kraft der Verrückten war tatsächlich verblüffend. Eine Hand tastete nach Selars Gesicht, und lange Fingernägel bohrten sich ihr in die Wange. Heißer Schmerz löste eine instinktive Reaktion aus: Selar bückte sich und schüttelte die Angreiferin ab. Itoh fiel und stand wieder auf, aber die Vulkanierin stieß sich ab, prallte gegen sie und schickte die Wahnsinnige erneut zu Boden.

Die Terranerin blieb einige Sekunden lang benommen liegen — Zeit genug für Selar, zu ihr zu kriechen und den Nerv zwischen Hals und Schulter zu finden. Ein kurzer Druck, und Itoh verlor das Bewußtsein.

Selar atmete schwer, rollte von dem erschlafften Leib herunter und setzte sich auf, während die Pein noch immer in ihrem Gesicht glühte. Behutsam hob sie die Finger zur Wange, ließ sie sinken und betrachtete grünes Blut. Die Vulkanierin besann sich auf ihre Biokontrolle, um die Verletzung einzuschätzen; erleichtert stellte sie fest, daß es sich nur um tiefe Kratzer handelte.

Schwester Johnson und Caledon beobachteten sie entsetzt. »Wir sollten Itoh ebenfalls auf die Antigravbahre legen«, sagte Selar, erhob sich mühsam und fühlte dabei ein Zittern in den Knien. »Und wir müssen uns beeilen. Lieutenant Worf fragt sich bestimmt, wo wir bleiben.«

Johnson sah auf ihre bewußtlose Freundin hinab und bebte plötzlich am ganzen Leib. Ihr Gesicht gewann eine grünliche Tönung. Einige Sekunden lang befürchtete Selar, daß die Schwester ebenfalls den Verstand verlor und Amok lief, aber sie fand genug innere Energie, um sich zu beherrschen. Johnson straffte die Schultern und griff nach Itohs Füßen, als Caledon sie an den Armen hochzog. Gemeinsam legten sie die Frau neben das Besatzungsmitglied der *Marco Polo.*

Als die Gruppe das Frachtdeck erreichte, sah Selar, daß Worf den Phaser gezogen hatte und Doktor Gavar mißtrauisch im Auge behielt — sie hockte auf dem bewußtlosen Montez.

»Was ist geschehen?« fragte die Vulkanierin und überlegte, ob auch Gavar dem fremden Einfluß unterlag, der so viele Crewmitglieder des Frachters umgebracht hatte. Doch in den kleinen, müde blickenden Augen der zierlichen Tellaritin flackerte kein Wahn.

»Unteroffizier Montez sprach von den Schatten der Toten, die um uns herum zum Leben erwachten«, erwiderte Gavar, und unbewußte Dramatik erklang in ihrer Stimme. »Er riß den Strahler hervor und eröffnete das Feuer.« Sie deutete auf geschwärzte Stellen an einigen Saatgutsäcken. »Daraufhin wurde mir klar, daß er — wie es in meinem Volk heißt — ein Boot mit einem Sieb paddelt, anstatt ein Ruder zu benutzen. Ich erklärte mich bereit, ihm dabei zu helfen, die ›Schatten‹ zu töten. Dadurch kam ich nahe genug an ihn heran, um ihm eine Dosis Chlorpromazin zu verabreichen. Dann habe ich mich auf ihn gesetzt — um zu verhindern, daß er fortläuft.« Sie zögerte kurz. »Die anderen Gruppen sind zur *Enterprise* zurückgekehrt.«

»Auf meinen Befehl hin«, sagte Worf.

Selar nickte und forderte die Tellaritin auf, sich zu erheben. Als sie stand, trat der Klingone vor, hob den betäubten Menschen hoch und legte ihn sich über die Schulter.

»Gute Arbeit, Doktor«, lobte die Vulkanierin, und Gavar errötete stolz. Selar berührte ihren Insignienkommunikator. »Transporterchef O'Brien?«

»Hier O'Brien«, tönte es sofort aus dem kleinen Lautsprecher.

»Bitte beamen Sie den Rest der Landegruppe und einen weiteren Überlebenden der *Marco Polo* an Bord.«

Einmal mehr spürte die Ärztin das vertraute Prickeln. Die grauen Wände des alten Frachters verflüchtigten sich, wichen dem klaren, sauberen Weiß der *Enterprise.*

»Selar?« Der Kommunikator übermittelte Beverly Crushers Stimme. »Ist alles in Ordnung? Doktor Logan hat von Schwierigkeiten mit Schwester Itoh berichtet.«

»Wir befinden uns wieder in der *Enterprise*«, antwortete die Vulkanierin. »Meine Verletzungen sind unbedeutend, und Schwester Itoh hat keinen körperlichen Schaden erlitten — ich mußte sie nur mit einem vulkanischen Nervengriff betäuben. Was auch immer mentales Chaos unter der Besatzung des Frachters gesät hat — es beeinflußte auch Itoh und Unteroffizier Montez.«

»Sie sind nicht die einzigen.« Beverly Crusher klang so, als fiele es ihr schwer, sich unter Kontrolle zu halten. »Es begann, als wir die Schilde senkten, um Sie zur *Marco Polo* zu beamen. Zwei Crewmitglieder wollten sich umbringen, und hinzu kommt ein Mordversuch. Wir wissen noch immer nicht, welches Grauen den Frachter heimsuchte, aber eins steht fest: Es breitet sich jetzt auch bei uns aus.«

KAPITEL 6

Mit ausgestreckten Händen, blind und verzweifelt, stolperte Thala durch die Trümmer. Das Sensornetz nützte ihr nichts: In den empfindlichen elektronischen Komponenten war es zu einem Kurzschluß gekommen, als die Borg-Waffe den Schutzschild der Enterprise *durchdrang und auf Deck 18 explodierte. Das Mädchen roch Feuer und hörte, wie die Luft zischend ins All entwich.*

Es rutschte auf einem feuchten, schleimigen Etwas aus, stürzte der Länge nach zu Boden und fiel auf eine weiche Masse. Benommen von dem Aufprall tastete Thala um sich. Sie wollte feststellen, wo und worauf sie lag. Ihre Finger strichen über einen zerfetzten, verstümmelten Körper, sanken in kalte Nässe, berührten klebrige Organe. Eingeweide hatten sich ihr schlangenartig um den einen Fuß gewickelt.

Voller Abscheu schnappte sie nach Luft, stemmte sich hoch und griff erneut nach dem Leib, suchte entgegen aller Vernunft nach einem Pulsschlag, obgleich sie wußte, daß es sich um einen Toten handelte. Als sie danach trachtete, Hals oder die Seite des Gesichts zu finden, sanken ihre Finger in etwas Weiches, begegneten dann Härte. In Thalas Magengrube krampfte sich etwas zusammen, als sie begriff, daß sie die Augenhöhlen der Leiche durchstoßen hatte ...

Sie würgte und wimmerte, zog die Hände hastig aus einer schmierigen Substanz zurück, die einst Augen gewesen waren. »Es tut mir leid«, schluchzte sie und spürte, wie schmerzerfülltes Leben in den Körper unter ihr zurückkehrte.

Thalas Finger schienen einem seltsamen Zwang zu gehorchen, als sie sich erneut bewegten, über ein grobknochiges Gesicht glitten, über flauschiges Haar zu ... Fühlern.

Entsetzen packte sie.

Thev. Der Leib ihres Vaters. Und er erzitterte nun, verursachte knirschende Geräusche. Hände hoben sich ihr entgegen, kratzten, suchten nach den Augen.

»Das ist sinnlos, Vater!« schrie Thala. »Ich bin blind!«

Aber die lebende Leiche hielt sie unerbittlich fest, und die Hände setzten ihre Wanderung fort. Zeigefinger bohrten sich ihr in die Augen. Das Mädchen fühlte so intensiven Schmerz wie noch nie zuvor in seinem Leben. Es kreischte und …

… und richtete sich auf dem Bett an Bord der *Enterprise* auf. Thalas Puls raste, und eine Zeitlang preßte sie die Fäuste an die Brust, neigte den Oberkörper in Agonie vor und zurück, während sie leise wimmerte.

Dann schrie sie, diesmal nicht im Traum, sondern laut. Die Einsamkeit drohte sie zu zermalmen. Nur ein Gedanke verhinderte, daß sie aus Angst oder Verzweiflung starb.

Thala zog das Sensornetz über ihr Nachthemd, stand auf, stürmte zur Tür und lief in den Korridor.

»Selar«, stöhnte sie, als sie zum Lift eilte. Sie wiederholte den Namen, schrie so laut, daß ihre Kehle brannte. »Selar. *Selar. Selar!* SELAR! SELARSELAR!!«

Jean-Luc Picard saß am Konferenztisch, faltete die Hände und musterte seine Offiziere. Er wirkte sehr ernst. Vor dieser Besprechung hatte er eine Tasse Earl Grey-Tee getrunken, doch die heiße Flüssigkeit verdrängte nur einen kleinen Teil der bleiernen Müdigkeit aus ihm. »Wie geht es den Überlebenden von der *Marco Polo?*« fragte er Beverly Crusher.

Sie zuckte erschöpft mit den Achseln. Das sonst wie Seide schimmernde rote Haar hatte seinen Glanz verloren, und dunkle Ringe lagen unter den stumpfen Augen der Ärztin. Sie sah hohlwangig und um Jahre gealtert aus. *Wann hat* sie *zum letztenmal geschlafen?* dachte der Captain.

»Vielleicht verlieren wir heute einen von ihnen«, antwortete Beverly leise. »Wenn wir ihn nicht aus seinem Traum oder der Fugue* holen können, in die sein Geist geflohen ist. Seine metabolischen Funktionen versagen bald. Niemand ist in der Lage, über längere Zeit hinweg soviel Furcht zu ertragen.« Sie seufzte. »Bei den anderen bleibt der Zustand derzeit stabil. Die meisten von ihnen leiden an Katatonie. Selar meint, in der vulkanischen Akademie der Wissenschaften gibt es telepathische Heiler, die vielleicht imstande sind, Kontakt mit ihrem Bewußtsein aufzunehmen und es in die Realität zurückzuholen. Aber selbst wenn das gelänge: Wahrscheinlich benötigen sie eine monatelange Therapie, um mit ihren Erfahrungen fertig zu werden. Wir dürfen nicht vergessen, daß einige von ihnen unter dem Einfluß des Fremden gemordet haben.«

»Ist einer Ihrer Patienten zu einem vernünftigen Gespräch fähig?« erkundigte sich Riker. »Wir müssen unbedingt herausfinden, was in der *Marco Polo* geschehen ist.«

»Möglicherweise der Erste Offizier, nach der Nervenregeneration. Als wir ihn für die Behandlung vorbereiteten, sprach er einige Sätze und schien klar bei Verstand zu sein. Aber er hat viel Blut verloren, und die Auswirkungen des Schocks hätten ihn fast das Leben gekostet.«

Picard hob den Kopf. »Er ist also physisch verletzt worden?«

»Der Captain des Frachters rammte ihm zwölfmal ein Messer in den Leib — das hat er selbst gesagt«, erwiderte Crusher unverblümt. »Außerdem wies er darauf hin, daß er den Notruf sendete.«

Picard stellte sich die Szene vor, schüttelte den Kopf und unterdrückte ein Schaudern. »Und Counselor Troi?

---

* Fugue: Verlassen der gewohnten Umgebung im Dämmerzustand. — *Anmerkung des Übersetzers*

Wir brauchen sie. In dieser Situation gewinnt ihr Rat eine ganz besondere Bedeutung.«

Beverly schnitt eine Grimasse. »Captain, ich muß ihr in regelmäßigen Abständen Beruhigungsmittel geben. Wenn sie wieder zu sich kommt, so kann ich nicht für ihre geistige Stabilität garantieren. Die mentale Qual der *Marco Polo*-Crew belastet sie sogar im Schlaf.«

»Glauben Sie, das fremde Artefakt beeinflußt sie?« fragte Riker.

»Nein. Deanna war wach und bei Bewußtsein, bis die Überlebenden des Frachters an Bord gebeamt wurden. Sie fiel erneut in Ohnmacht, als die erste Gruppe eintraf.« Crusher preßte die Lippen zusammen und blickte auf ihre Hände. »Bevor ich ihr ein Sedativ gab, kam es zu Unregelmäßigkeiten bei der Herztätigkeit. Wenn ich zulasse, daß sie das Bewußtsein wiedererlangt ... Dann ist vielleicht nicht nur ihre geistige Gesundheit bedroht.«

»Ich verstehe«, murmelte Picard.

Eine Zeitlang herrschte betroffene Stille. Dann straffte der Captain entschlossen die Schultern und lehnte sich ein wenig zurück. »Prüfen wir noch einmal unsere gegenwärtige Situation. Wir werden von einer Art Traktorfeld festgehalten, dessen energetische Struktur wir nicht kennen; es wird stärker, wenn wir versuchen, daraus zu entkommen.« Picard atmete tief durch. »Für den Zugstrahl ist ein Objekt verantwortlich, das allem Anschein nach von völlig fremdartigen Wesen konstruiert wurde. Sie sind uns so fremd, daß wir selbst den Anblick des Artefakts als unangenehm und verwirrend empfinden.

Die Sensoren entdecken keine Lebensformen im Artefakt, aber das Kraftfeld stört unsere Sondierungen. Da unsere KomSignale keine Reaktion hervorrufen und nichts auf die Existenz von etwas Organischem in dem Objekt hinweist, gehe ich von dieser Annahme aus: Das Artefakt wird entweder ferngesteuert, oder es gehorcht einem Programm, das von Wesen stammt, die entweder tot sind oder ihre Konstruktion aufgaben.

Mit Hilfe der Computerbibliothek haben wir versucht, möglichst viele Raumer in diesem ...« — Picard warf LaForge einen Blick zu — »... kosmischen Sargassomeer zu identifizieren. Aus den Ergebnissen läßt sich folgender Schluß ziehen: Das Artefakt hat bereits Schiffe entführt, als weder die Föderation noch die Sternenreiche der Romulaner und Klingonen existierten.«

Wesley Crusher riß unwillkürlich die Augen auf, als er sich das Alter des fremden Objekts vorstellte.

»Soweit wir das bisher wissen, ist jedes Schiff in einem einwandfreien Zustand. An den Außenhüllen befinden sich keine Ablagerungen von interstellarem Staub, und es fehlen auch Meteoritenspuren. Das Kraftfeld scheint sie nicht nur festzuhalten, sondern auch zu konservieren.«

Picard sah die Offiziere der Reihe nach an. »Als ich das Artefakt zum erstenmal betrachtete, fiel es mir sehr schwer, es richtig zu erkennen. Irgend etwas in mir weigerte sich, die Konturen wahrzunehmen. Meine Reaktion bestand darin, den Blick abzuwenden, weil die Struktur einen krassen Gegensatz zu allen mir vertrauten Dingen bildet. Als ich versuchte, mich auf Formen und Farben zu konzentrieren, spürte ich ein so intensives Schwindelgefühl, daß mir übel wurde. Was ist mit Ihnen?«

Riker, Wesley und Worf bestätigten ähnliche Empfindungen. Beverly Crusher hatte sich eine Aufzeichnung angesehen und meinte, dabei sei ihr ebenfalls schlecht geworden. Der Captain wandte sich an den Androiden. »Wie hat das Artefakt auf Sie gewirkt?«

Data überlegte kurz. »Meine diesbezüglichen Erfahrungen sind nicht von emotionalem Streß geprägt, der bei Menschen Aversion, Schwindel und Übelkeit hervorruft«, sagte er. »Allerdings habe ich aufgrund meiner internen Justierungen keine Möglichkeit, das Etwas auf eine Weise wahrzunehmen, die seine Bedeutung entschlüsseln könnte. Für mich ist es größtenteils ein verschwommener Schemen, obwohl ich einige Einzelheiten erkenne. Die speziellen Farbmuster führen in meinem positronischen Gehirn zu einer Überlastung der Schaltkreise für visuelle Elaboration, und deshalb sehe ich nur Grauschattierungen, verschiedene Abstufen von Licht und Schatten.«

Picard nickte und drehte den Kopf. »Wie bot sich das Artefakt *Ihnen* dar, Mister LaForge?«

Der Chefingenieur zuckte mit den Schultern. »Ich habe es aufmerksam beobachtet, Captain, und dabei gewann ich ebenfalls den Eindruck von absoluter Fremdartigkeit. Doch der Anblick bereitete mir keine Probleme.« Er lächelte schief. »Es mag seltsam klingen, aber ... Mir fiel eine gewisse Symmetrie auf, die ... ästhetischen Reiz hat. Die Farben harmonieren mit den Formen der schotenartigen Gebilde, die aus dem Rumpf ragen.«

Picard wandte sich überrascht an seinen Stellvertreter. Riker hob die Brauen und schüttelte wortlos den Kopf. »Mister LaForge«, sagte der Captain, »können Sie eine Skizze von dem Artefakt zeichnen und zumindest die ungefähre Form wiedergeben?«

»Ich bin kein Künstler, aber ich will's versuchen, Sir«, erwiderte Geordi. Er betätigte die in den Tisch integrierten Kontrollen, damit seine Darstellungen auf den Bildschirmen erschienen.

Zögernd bewegte er die Finger, ›skizzierte‹ mit Hilfe des Computers die Umrisse, fügte Farben und Linien für dreidimensionale Tiefe hinzu. Auf diese Weise entstand das Bild eines ungefähr rechteckigen Objekts mit vielen kleinen ›Auswüchsen‹, deren Strukturen immer nur mit einem ›fast‹ beschrieben werden konnten. Einige von ihnen waren fast kugelförmig, andere fast quadratisch (mit einer parabolischen Seite), fast dreieckig und fast rhomboedrisch. Für manche Formen fand Picard keinen passenden Ausdruck. Die bunten, ineinander überfließenden Farben schienen von der Palette eines übergeschnappten Malers zu stammen.

Mehrere Minuten lang beobachteten die *Enterprise*-Offiziere Geordis Bild. Riker brach als erster den Bann, der von dem sonderbar faszinierenden Objekt ausging. »Was könnte es sein?« murmelte er.

»Eine Waffe«, sagte Worf sofort. »Die nicht Materie vernichtet, sondern den Geist zerstört. Ein teuflisches Ding.«

»Meinen Sie eine Waffe, die dazu bestimmt ist, die Lebensformen an Bord eines Schiffes zu töten, den Raumer jedoch nicht zu beschädigen?« Picard rümpfte die Nase. »Keine angenehme Vorstellung.«

»Aber nicht neu, Captain«, warf Data ein. »Im späten zwanzigsten Jahrhundert wurde auf der Erde eine Waffe entwickelt, die man Neutronenbombe nannte. Sie sollte Leben auslöschen, aber Gebäude und so weiter unbeeinträchtigt lassen.«

Worf musterte die übrigen Anwesenden verblüfft. »Ich wußte gar nicht, daß Menschen fähig sind, etwas so Schreckliches und Effizientes zu ersinnen«, brummte er.

»Wir sind nicht sehr stolz darauf, Lieutenant«, erwiderte Picard scharf. »Außerdem liegt das alles schon einige hundert Jahre zurück.«

»Da wir inzwischen die Überlebenden der *Marco Polo* gerettet haben, Captain ...«, ließ sich Wesley vernehmen. »Vielleicht sollten wir noch einmal versuchen, uns aus dem Kraftfeld zu befreien.«

»Ich habe bereits darüber nachgedacht«, gestand Picard ein. »Allerdings beunruhigt mich die Nähe der anderen Schiffe. Wenn wir gegen den Zugstrahl ankämpfen, besteht die Gefahr, daß wir mit mehreren eingefangenen Raumern kollidieren. Dadurch verringert sich die Stabilität unserer Schilde — bis die Deflektoren schließlich ganz zusammenbrechen.«

»Wir könnten die nächsten Schiffe desintegrieren«,

meinte Worf. »Das wollte ich ohnehin für die *PaKathen* vorschlagen — um den Kriegern an Bord noch im Tod ein ehrenvolles Ende zu gewähren.«

»Aber wenn das Artefakt eine Waffe ist...«, sagte Geordi. »Vielleicht verfügt es dann über Verteidigungssysteme, die aktiv werden, wenn wir das Feuer eröffnen.«

»Wir wissen nicht, ob es eine Waffe darstellt«, erinnerte ihn der Captain.

»Was denn sonst?« knurrte Worf. Neuerliches Schweigen folgte.

Nach einer Weile seufzte der Captain. »Der letzte Eintrag im Logbuch der *PaKathen* und die Sensoranalyse ihrer Phaserbatterien deuten darauf hin, daß der Kreuzer auf das Artefakt gefeuert hat — ohne ein sichtbares Resultat zu erzielen.«

»Die *Enterprise* ist weitaus größer und hat höhere Energiereserven«, sagte Riker. »Vielleicht können wir etwas gegen das Ding ausrichten, obwohl die Waffen der *PaKathen* nicht dazu imstande waren.«

Picard nickte langsam. »Wer wagt, gewinnt, Nummer Eins. Ich glaube, wir sollten ein Experiment durchführen.« Er berührte eine Kontrollfläche im Tisch. »Computer, normaler visueller Modus für die Bildschirme im Konferenzzimmer.«

Die Projektionsfelder einiger Monitore glühten und zeigten das übelkeiterweckende Artefakt. Nur LaForge brachte es fertig, das fremde Gebilde zu beobachten. Picard klopfte auf seinen Insignienkommunikator. »Fähnrich Whitedeer, hier spricht der Captain.«

»Ja, Sir?« ertönte die Stimme des jungen Sicherheitsoffizieres, der an Worfs Brückenstation arbeitete.

»Treffen Sie Vorbereitungen dafür, fünf Sekunden lang aus den Bugphasern auf das Artefakt zu feuern. Warten Sie meinen Befehl ab.«

»Ja, Sir.« Einige Sekunden verstrichen, und dann: »Alles bereit, Captain.«

»Feuer.«

»Bestätigung, Sir.«

Die Offiziere drehten sich um und kniffen die Augen zusammen, als Strahlbündel durchs All zuckten. Grelles, goldenes Licht flammte von den Bildschirmen. Der Captain zählte stumm die Sekunden, und bei *fünf* verblaßte der Glanz.

Das Artefakt hatte sich überhaupt nicht verändert, und Picard wandte voller Unbehagen den Blick davon ab. Hier und dort erklang ungläubiges Murmeln, als die Brückenoffiziere reagierten. Dann drang wieder Whitedeers Stimme aus dem Lautsprecher. »Meine Instrumente zeigen keine Beschädigungen an, Sir.« Er zögerte. »Wenn die Daten richtig sind ... Das Ding hat zweiundneunzig Prozent der Phaserenergie *absorbiert.*«

»Ich verstehe. Das ist alles, Fähnrich.« Jean-Luc seufzte. »Computer, Bildschirmfilter ein.«

Das Artefakt verschwand aus den Projektionsbereichen.

Will Riker schüttelte den Kopf und verzog das Gesicht. »Wer wagt, gewinnt — von wegen.«

»Und wenn wir Photonentorpedos einsetzen?« schlug LaForge vor.

»Sie würden in unmittelbarer Nähe explodieren und dabei soviel destruktive Energie freisetzen, daß auch die *Enterprise* in Gefahr geriete«, warnte Data. »Es sei denn natürlich, das Artefakt absorbiert sie ebenso wie die Phaserstrahlen.«

»Aber wir könnten es versuchen«, sagte Riker. »Wenn wir die Bugschilde verstärken, wird unser Schiff vielleicht nicht beschädigt.«

»Es wäre ein enormes Risiko, Nummer Eins«, kommentierte Picard. »Bevor ich mich darauf einlasse, brauche ich zusätzliche Informationen.« Er wandte sich an die Bordärztin. »Doktor Crusher, wie steht es um die geistige Verfassung der Crew? Wie viele Zwischenfälle hat es gegeben?«

»Fünf, Captain«, antwortete sie ruhig. »Zwei Besatzungsmitglieder, die sich umbringen wollten, ein versuchter Mord — der Mann befindet sich nun in einer Quarantänezelle der Krankenstation — und vor einigen Stunden die Hysterie eines andorianischen Kinds. Außerdem ein Fall von Fugue, wie bei den Überlebenden der *Marco Polo.*«

Picard schürzte nachdenklich die Lippen. »Fünf. Fast zehn Stunden lang sind wir jetzt schon in der Einflußsphäre des Artefakts. Doktor, wie lange waren die übrigen Besatzungsmitglieder des Frachters schon tot, als die Einsatzgruppe ihre Leichen untersuchte?«

»Zwei Personen starben vor achtzehn Stunden, die anderen vor etwa fünfzehn oder noch weniger«, erwiderte die Ärztin. »Ein Mann kam ums Leben, als man ihn gerade auf die Bahre legen wollte.«

»Nun, was auch immer die Männer und Frauen an Bord des Frachters tötete — bei uns breitet es sich nicht annähernd so schnell aus wie in der *Marco Polo*«, sagte der Captain langsam. »Wahrscheinlich liegt es an unseren Deflektoren.«

Beverly nickte. »Die meisten Zwischenfälle in der *Enterprise* ereigneten sich, als wir die Schilde senkten, um es der Einsatzgruppe zu erlauben, sich zusammen mit den Patienten zurückzubeamen.«

»Kein Wunder, daß die *Marco Polo* dem mentalen Angriff viel schneller zum Opfer fiel!« entfuhr es Riker. »Ein Frachter ist nur mit gewöhnlichen Navigationsschilden ausgestattet.«

»Die *PaKathen* hat Deflektoren«, erinnerte ihn Worf. »Es handelt sich um einen militärischen Kreuzer.«

»Aber er verschwand einige Tage vor der *Marco Polo*«, entgegnete der Erste Offizier. »Und vielleicht wirkt sich der fremde Einfluß auf Klingonen stärker aus.«

»Haben Sie etwas gespürt, Lieutenant?« erkundigte sich Crusher besorgt.

Worf hob stolz den Kopf. »Natürlich *nicht*«, begann er und zögerte dann. In seinen Zügen spielte sich ein innerer Konflikt wider: Klingonische Ehre und die Pflichten des Starfleet-Offiziers rangen miteinander. Schließlich nickte er widerstrebend. »Während meines Aufenthalts an Bord der *Marco Polo* bin ich tatsächlich einem gewissen ... psychischen Streß ausgesetzt gewesen.« In seinen Augen blitzte es. »Das gilt für alle Mitglieder der Einsatzgruppe. *Auch* für Lieutenant Selar.«

»Ich verstehe.« Picard achtete darauf, nicht zu lächeln. Er erhob sich, legte die Hände auf den Rücken und wanderte umher, während er über die verschiedenen Möglichkeiten nachdachte. »Offenbar sind wir hier in der *Enterprise* einigermaßen sicher, zumindest für eine Weile. Wir werden diese Zeit nutzen, um mehr über unseren Antagonisten herauszufinden. Mister Crusher, versuchen Sie zusammen mit Lieutenant Commander LaForge, unsere Sensoren für eine genauere Sondierung zu rejustieren. Lieutenant Commander Data kann Ihnen dabei helfen. Halten Sie insbesondere nach Kontrollvorrichtungen oder Maschinen Ausschau, die das Kraftfeld erzeugen. Stellen Sie fest, wie das Artefakt die Phaserstrahlen absorbiert hat. Sie haben acht Stunden Zeit.«

Der Captain sah die Bordärztin an. »Doktor, bitte melden Sie mir stündlich den geistig-emotionalen Zustand von Besatzung und Passagieren.«

»Ja, Sir.« Beverly stand ebenfalls auf. »Ich kümmere mich persönlich darum.«

»Nein«, widersprach Picard. »Sie legen sich ins Bett und schlafen. Sie sind erschöpft, und ich brauche Sie mit klarem Kopf. Verstanden?«

Dr. Crusher schnitt zunächst eine finstere Miene, doch nach einigen Sekunden umspielte ein müdes und trotzdem schelmisches Lächeln ihre Lippen. »Na schön, ich ruhe mich aus. Wenn *Sie* meinem Beispiel folgen. Commander Riker kann die Medo-Berichte in Ihrer Abwesenheit entgegennehmen. Ich möchte nicht gezwungen sein, Sie für dienstuntauglich zu erklären.«

Keiner der am Tisch sitzenden Offiziere sah Jean-Luc

Picard an — mit plötzlichem Interesse starrten sie auf ihre Fingernägel oder strichen imaginäre Staubkörner von den Uniformärmeln. Selbst Data schien seine Neugier zu vergessen.

Der Captain holte tief Luft und nickte. »Einverstanden, Doktor.«

Jean-Luc Picard saß steif im Copilotensessel des Shuttles, das langsam durchs Maxia-Zeta-System flog. Physischer Streß führte dazu, daß alle Nervenstränge und Muskeln seines Leibs zu brennen schienen — doch der körperliche Zustand war erstklassig, wenn man ihn mit der geistigen Verfassung verglich.

Der Captain konnte sich nicht bewegen und kaum blinzeln. Bei jeder noch so geringen Vibration des kleinen Raumschiffs explodierte stechender Schmerz in seinem Kopf. Rauch und der Gestank von brennenden Konsolen stieg ihm in die Nase, hatte sich untrennbar mit dem angesengten Gewebe der Uniform verbunden.

Doch die Pein in Geist und Herz stellte eine viel größere Belastung dar.

Ich habe mein Schiff verloren. Ich habe mein Schiff verloren. Ich habe mein Schiff verloren. *Diese Worte wiederholten sich ständig hinter Picards Stirn, wie ein Wahnsinnsmantra, bis er glaubte, es sei wesentlich einfacher, alle Götter zu verfluchen und dann zu sterben — oder den Verstand zu verlieren. Er sah aus dem Fenster und beobachtete das Wrack mit dem Identifizierungscode NCC 2893; bis vor einer Stunde war es ein prächtiges Raumschiff der Constellation-Klasse gewesen. Picard glaubte zu spüren, wie das Gefüge seiner Existenz zerriß.*

Ich habe mein Schiff verloren. *Man hatte den Forschungskreuzer* Stargazer *seiner Obhut anvertraut, und nun war er dem Angriff eines fremden Gegners zum Opfer gefallen. Wie ein verbranntes und zerstörtes Spielzeug schwebte das Wrack im All, während das Shuttle allmählich fortglitt, und es wirkte überhaupt nicht mehr real.*

Vielleicht ist es nur ein böser Traum, ein Alpdruck, *dachte der Captain, schloß die Augen und hoffte, daß ihn der Zeitstrom zurücktrug. Er wünschte sich, daß die Vergangenheit zur Gegenwart wurde.*

Doch als er die Lider wieder hob, hing die Stargazer *noch immer draußen im Weltraum und schrumpfte zu einem kleinen Fleck. Bald verschwand sie ganz und blieb für immer verloren.* Wie hätte ich diese Katastrophe verhindern können? *überlegte Picard. Mit der linken Hand strich er sich Ruß aus dem Gesicht und nahm dabei erneut den Geruch des Rauches wahr, der am Uniformärmel festhaftete.* Es hätte bestimmt irgendeine Möglichkeit gegeben. Und selbst wenn nicht: Warum bin ich hier? Ein guter Captain sollte mit seinem Schiff untergehen …

Jemand berührte ihn vorsichtig an der Schulter, aber Picard zuckte nicht zusammen, und er verzichtete auch darauf, den Kopf zu drehen. »Captain.« Die leise Stimme des Ersten Offiziers erklang in der Stille. »Der Arzt kann Sie jetzt behandeln.«

Die Stargazer *wurde noch kleiner, als sich die Shuttleflotte für die lange Reise zum nächsten Außenposten der Föderation formierte. Picard winkte stumm ab. Kein Doktor konnte die Wunde in seiner Seele heilen, und er verdiente es nicht, im Schlaf zu vergessen, denn er hatte sein Schiff verloren.*

»Sir.« Der Mann versuchte es erneut und sprach ungewohnt sanft. »Der Arzt möchte Sie jetzt untersuchen.«

»Es ist alles in Ordnung mit mir, Commander«, brachte Picard mit heiserer Stimme hervor — er hatte laute Befehle gerufen und den Qualm eingeatmet.

»Mit allem Respekt, Sir: Es ist nicht *alles in Ordnung mit Ihnen. Sie sind verletzt, Captain. Ihr rechter Arm …«*

Benommen blickte Picard auf den betreffenden Arm hinab und bemerkte zum erstenmal den tiefen Schnitt, der vom Ellbogen bis zu den Deltamuskeln reichte. Blut drang daraus hervor und tropfte ihm von den Fingern. Auf dem Deck hatte sich bereits eine kleine Lache gebildet. Ein Fetzen der Uniform hing von der Schulter herab, und einige Gewebefragmente klebten an der Wunde. Rötliche Verbrennungen des zweiten Grades bildeten Blasen an Unterarm, Hand und Handgelenk.

Als er den Kampf geleitet, seine Besatzung gerettet und die Evakuierungsprozedur beaufsichtigt hatte, fühlte er keinen Schmerz, und auch jetzt blieb alles taub in ihm. Du hast dein Schiff verloren, *flüsterte eine spöttische Stimme inmitten seiner Gedanken.*

»Meine Verletzung kann warten, Nummer Eins«, sagte er. »Zuerst sollen alle anderen Verwundeten behandelt werden.« Er schluckte, und seine Kehle schien verätzt zu sein. »Wie ist unser Status?«

»Keine weiteren Todesfälle mehr, Captain.« Der Commander zögerte und fügte langsam hinzu: »Sir ... bis zur Zivilisation liegt ein weiter Weg vor uns, und ein großer Teil davon führt durch unbekannten Raum.«

Picard stellte sich die direkte Route vor und nickte wortlos.

»Sir?« fragte der Erste Offizier nach einer Weile.

Jean-Luc seufzte. Er hatte gehofft, daß der jüngere Mann fortgegangen war. »Ja, Nummer Eins?«

»Darf ich den Captain respektvoll daran erinnern, daß wir ihn brauchen? Ohne ihn haben wir überhaupt keine Chance, die Föderation zu erreichen.«

Widerstrebend wandte Picard den Blick von der schrumpfenden Stargazer *ab und sah seinen Stellvertreter an. »Wir werden in die Heimat zurückkehren«, sagte er fest.*

»Ich weiß, Sir«, erwiderte der Mann. »Aber nur, wenn Sie *das Kommando haben. Um ehrlich zu sein, Sir: Allein schaffe ich es nicht.« Er deutete auf Picards Wunde. »Sind Sie jetzt bereit, sich behandeln zu lassen, Sir?«*

Noch nie zuvor war dem Captain etwas so schwer gefallen. Ganz langsam straffte er die Schultern, nickte, erhob sich mühsam und stand, ohne daß ihn jemand stützen mußte. Schock und Blutverlust verschleierten ihm den Blick, doch es gelang ihm, ruhig zu sprechen. »Sie haben recht, Nummer Eins. Es wäre falsch, meine Verletzung zu ignorieren. Wo ist der Arzt?«

Als er sich umdrehte, um dem Commander in die Fracht-

sektion des Shuttles zu folgen — sie diente nun als improvisierte Krankenstation —, fiel sein Blick zum letztenmal auf das Wrack der Stargazer. Ich habe mein Schiff verlorren …

Picard wandte sich ganz bewußt vom Fenster ab und verließ die Pilotenkanzel ohne Hilfe. Vermutlich steht mir ein Kriegsgerichtsverfahren bevor, *dachte er.* Vielleicht werde ich degradiert. Oder man verurteilt mich als Verbrecher …

Er wußte, daß nun eine außerordentlich gefährliche Reise begann, und er verglich sie mit dem ungewissen Schicksal, das den Kapitän der Bounty *vor vielen hundert Jahren erwartet hatte, als ihn die Meuterer zusammen mit einigen Getreuen in einem Beiboot aussetzten. Ein wochenlanger Shuttleflug durch unbekanntes All — die meisten Leute hätten so etwas für reinen Wahnsinn gehalten. Aber Picard klammerte sich an der Überzeugung fest, dem Ersten Offizier die Wahrheit gesagt zu haben. Irgendwie würden sie es bis zu einem Außenposten der Föderation schaffen. Es war noch nicht vorbei.*

Die Anklage, das Kriegsgericht, der Flug durch die weite Leere — neben dem Verlust des Raumschiffes wirkte alles andere bedeutungslos. Ich bin ein Captain, der sein Schiff verloren hat, *fuhr es Picard durch den Sinn.* Mir hätte nichts Schlimmeres passieren können …

Jean-Luc Picard öffnete die Augen in der Dunkelheit seines *Enterprise*-Quartiers und setzte sich unsicher auf. »Licht«, murmelte er, und sofort glühten Lampen. Er schwang die Beine über den Bettrand, tastete mit der linken Hand nach der Schulter und rieb sie, um die dort stechende Pein zu vertreiben. *Phantomschmerz,* dachte er. *Eine physische Erinnerung nach dem realistischsten Traum, den ich jemals hatte …*

Er ging ins Hygieneabteil, zog sich einen Morgenmantel über und trat an den Synthetisierer heran. »Tee, Earl Grey«, sagte er aus reiner Angewohnheit, doch als die Tasse im Ausgabefach erschien, überlegte er es sich anders und stellte sie auf der Frisierkommode ab, ohne ihre Hitze zu spüren. »Wasser, kalt.«

Einige Sekunden später nahm er das Glas, setzte es an die Lippen, trank und fühlte, wie das Brennen in der Kehle nachließ. *Erinnerungen an den eingeatmeten Rauch?* fragte er sich. *Eine psychosomatische Reaktion?*

Erneut rieb er sich den schmerzenden Arm. Den Ärzten war es gelungen, die Wunde so gut zu behandeln, daß praktisch keine Narben zurückblieben. Trotzdem gewann Picard den Eindruck, einen dünnen rötlichen Striemen zu erkennen.

Wenn die Besatzungsmitglieder der Marco Polo *so reale Träume hatten ... Dann ist es kein Wunder, daß sie überschnappten.* Er griff nach der Tasse, ließ sich aufs Bett sinken und spürte weichen Teppich unter den Füßen. Eine Zeitlang nippte er mehrmals am Tee, schloß die Augen und genoß den Geschmack, froh darüber, nicht mehr im Damals zu verweilen, wieder im Hier und Heute zu sein — ganz gleich, wie gefährlich die gegenwärtige Situation an Bord der *Enterprise* sein mochte.

Ich habe noch einmal etwas erlebt, das wirklich stattgefunden hat, dachte der Captain. *Der ursprüngliche Schrecken hat sich mit der gleichen Intensität wie an jenem Tag wiederholt, als ich nahe daran war, Selbstmord zu begehen. Es ist schon schlimm genug, erneut mit einem so traumatischen realen Ereignis konfrontiert zu werden ... Aber was mag geschehen, wenn das verdammte Artefakt ebenso intensive Alpträume induziert? Mon Dieu, jetzt verstehe ich, warum einige Männer und Frauen aus Angst starben!*

Er fragte sich kurz, ob auch Beverly Crusher an einem ähnlichen Traum gelitten hatte. *Hoffentlich war es für sie eine angenehmere Erfahrung als für mich.* Picard ging noch einmal ins Hygienesegment, legte dort den Morgenmantel ab und programmierte die Ultraschalldusche auf ›Massage‹.

Als das Gerät die Anspannung aus seinen Muskeln vertrieb, kehrte endlich die Ruhe in ihn zurück. Der

Captain lächelte schief, als er die Dusche auf ›heißes Wasser‹ justierte und sich einseifte. *Beverly hatte sicher etwas anderes im Sinn, als sie von Ausruhen sprach. Ich fühle mich ebenso ausgelaugt und erschöpft wie zuvor ...*

Nachdem er sich gewaschen und eine frische Uniform angezogen hatte, sah er zum Bett und schnitt eine Grimasse. *Eigentlich sollte der Schlaf Erholung bringen, aber jetzt ist genau das Gegenteil der Fall. Es wird lange dauern, bis ich mich wieder hinlegen kann, ohne Träume zu fürchten.*

Er blieb stehen und rieb sich geistesabwesend die fast unsichtbare Narbe am rechten Arm. *Ja, es wird sehr, sehr lange dauern ...*

KAPITEL 7

He, Geordi!«

Lieutenant Commander LaForge sah auf, als Wesley Crusher seinen Namen rief. »Ja?« Er hob die Stimme, um das dumpfe Summen des Materie-Antimaterie-Wandlers und der Dilithiumkristallgeneratoren zu übertönen — von diesen Anlagen stammte die Energie für das Lebenserhaltungssystem der *Enterprise* und ihre Schilde.

»Würden Sie und Data bitte hierherkommen?«

»In Ordnung«, erwiderte Geordi und winkte dem Androiden, der ihm bei der Systemkontrolle half.

Die beiden Offiziere kletterten zum Oberdeck des Maschinenraums, wo der Junge vor Duplikaten der Brückensensoren stand.

»Hast du etwas entdeckt, Wes?« erkundigte sich LaForge.

»Ich habe das vom Artefakt erzeugte Kraftfeld analysiert«, sagte Crusher, und seine Züge offenbarten Verwirrung. »Gewisse Aspekte erscheinen mir sehr merkwürdig.«

Data betrachtete die Anzeigen und richtete dann einen fragenden Blick auf den jungen Fähnrich. »Könntest du dich etwas genauer ausdrücken, Wesley? Alle unsere bisherigen Informationen über das Artefakt deuten darauf hin, daß es sich um eine für uns völlig fremdartige Konstruktion handelt, ohne irgendwelche Verbindungen zu unserem Bezugssystem. Deshalb glaube ich, daß viele seiner Aspekte die Bezeichnung ›merkwürdig‹ verdienen, nicht nur einige — was zumindest auf ein geringes Maß an Vertrautheit hinweisen würde.«

Geordi verzog das Gesicht. »Manchmal klingen Sie so, als hätten sie ein Wörterbuch verschluckt, Data.«

»Ich habe keine Wörterbücher verspeist«, antwortete der Androide ernst. »Aber meine internen Speichermodule enthalten ...«

»Schon gut«, brummte Geordi resigniert. »Was meinst du mit ›merkwürdig‹, Wes? Data hat recht: Das Ding ist ganz und gar seltsam.«

»Ich weiß«, pflichtete ihm Crusher bei. »Aber die bisher von mir ermittelten Werte lassen folgenden Schluß zu: Der Traktoreffekt betrifft nur einen kleinen Teil der energetischen Struktur des Zugstrahls. Das Artefakt emittiert viele Arten von Wellenlängen, die miteinander ... verschmelzen und in ihrer Gesamtheit das Kraftfeld bilden.«

Geordi prüfte die Anzeigen selbst. Wesley deutete auf eine grüne Linie in der visuellen Darstellung der Spektralanalyse.

»Sehen Sie diesen Teil der Wellenlänge? Er hält uns hier fest.« Er strich mit dem Finger über den Monitor. »Der Rest ist etwas ganz anderes, und vielleicht besteht er aus vielen verschiedenen Dingen. Wir werden mit unterschiedlichen Formen von Energie bombardiert, die mir ein Rätsel sind, und ich weiß nicht, wozu sie dienen. Das Traktorfeld ist die einzige Ausnahme, und es erscheint mir ebenfalls sonderbar.«

»In welcher Hinsicht?«

»Vielleicht ist es ein Nebeneffekt des Kraftfelds und nicht der primäre Zweck. Ich glaube nicht, daß es dazu bestimmt war, den gegenwärtigen Einfluß zu entfalten. Vermutlich sollte es ganz anders auf Schiffe wirken, die sich völlig von den bei uns gebräuchlichen unterscheiden. Welche Wesen auch immer das Artefakt erbaut haben: Sie sahen die Wissenschaft aus einer anderen Perspektive. Damit meine ich Physik, Mathematik und so weiter.«

»Ich verstehe nicht ganz ...«, murmelte Geordi.

»Ich nehme an, die unbekannten Konstrukteure flogen nicht durchs All, indem sie den Raum mit Warptriebwerken krümmten. Sie *wichen ihm aus* und erreichten dadurch Überlichtgeschwindigkeiten.«

»Wie weicht man dem Raum aus?« fragte Data fasziniert.

»Ich weiß es nicht genau. Aber ich glaube, die Fremden wechselten in eine andere Dimension, in der alles *komprimiert* ist.« Wesley preßte die Hände zusammen. »Jenes Universum muß wesentlich kleiner sein als unseres, und deshalb brauchten die Konstrukteure dort nicht weit zu fliegen, um in bezug auf unseren Kosmos große Strecken zurückzulegen. Während des Transfers waren sie überhaupt nicht in unserem Raum-Zeit-Kontinuum unterwegs.«

Geordi hatte sich nie mit multikosmischer Geometrie und theoretischer Physik anfreunden können. Er zog das Hier und Jetzt vor, ein Universum, in dem E gleich mc^2 war — wobei natürlich berücksichtigt werden mußte, daß menschliche Wissenschaftler vor langer Zeit herausgefunden hatten, wie man die normale Raumkrümmung beeinflußt und Einsteins Edikt außer Kraft setzt.

LaForge kratzte sich an der Schläfe. »Aber wir haben nie ein Raumschiff der Fremden gesehen — es sei denn, diese Beschreibung trifft auf das Artefakt zu.«

Wesley schüttelte den Kopf. »Ich bin sicher, daß es kein Schiff ist, eher eine Art Raumstation. Es verfügt nicht über ein … Dimensionstriebwerk.«

»Woher weißt du dann, welche Transfermethode die Unbekannten benutzten?«

Der Junge biß sich auf die Lippe. »Ich *weiß* es nicht, Geordi! Ich habe nur den Eindruck, daß die Fremden eine andere Art von Physik hatten, daß sie den Weltraum aus einem anderen Blickwinkel sahen, den ich noch nicht verstehe. Ich schätze, bisher bleibt alles nur eine Theorie, die auf geringen Daten, wenigen Beobachtungen und keinen Fakten basiert. Es ist ein … Gefühl, das in mir entsteht, wenn ich mir die Struktur des Kraftfelds ansehe.«

»Eine Ahnung.«

»Ja«, gestand Wesley ein und ließ die Schultern hängen.

Geordi lächelte. Bei anderen Personen hätte er unter diesen Umständen mit den Augen gerollt. Die Technik gründete sich auf Fakten: mathematische Formeln, die Gesetze der Physik, wissenschaftliche Theorie und Daten plus Beobachtung. Für Ahnungen gab es dabei keinen Platz. Aber inzwischen kannte er Wesley schon seit einigen Jahren und wußte, daß der Junge etwas hatte, das ihm und allen anderen fehlte. Einen sechsten Sinn, einen Funken Genialität, der es ihm manchmal erlaubte, intuitive Lösungen für ein bestimmtes Problem zu finden — Lösungen, die sich als richtig erwiesen und brillant waren.

Deshalb nahm der Chefingenieur Wesleys Hinweise sehr ernst.

»Die verschiedenen miteinander verbundenen Energiefelder sind zwar fremdartig, scheinen jedoch harmlos zu sein«, sagte Data. Während des Gesprächs der beiden Menschen hatte er aufmerksam die Anzeigen beobachtet.

»Ja, aber einige energetische Faktoren sind für Wahnsinn, Depressionen und die übrigen psychisch-emotionalen Belastungen verantwortlich, an denen die Besatzung leidet«, erwiderte Wesley.

Geordi dachte darüber nach. »Könnte das Gehirn von Menschen oder Humanoiden einen Teil der Emissionen empfangen beziehungsweise absorbieren?« fragte er.

Wesley starrte ins Leere und betätigte dann einige Tasten. Ein anderes Wellenband erschien über dem ersten, und der Junge stieß einen triumphierenden Schrei aus. »Sie sind ein Genie, Geordi!«

LaForge lächelte. *Nein, wohl kaum. Ich arbeite nur hart. Du bist hier das Genie.* Laut sagte er: »Glaubst du?«

»Und ob! Sehen Sie nur. Diese Form der fremden Energie ähnelt den EEG-Mustern menschlicher Alphawellen! Solche Wellen strahlt das Gehirn die ganze Zeit über aus, aber insbesondere im *Schlaf!*« Die Stimme des Jungen überschlug sich vor Aufregung, doch Geordi verspottete ihn deshalb nicht. Er erinnerte sich deutlich an den eigenen Stimmbruch.

»He, ich glaube, du bist da wirklich auf etwas gestoßen, Wes«, sagte LaForge, betrachtete die Muster und verglich sie miteinander. Sein VISOR konnte die beiden Wellenlängen besser korrelieren als normales menschliches Sehvermögen. »Sie stimmen nicht genau überein, aber sie ähneln sich sehr. Dieser Bestandteil des Kraftfelds beeinflußt die Besatzung, während sie schläft.«

»Kann man ihn irgendwie herausfiltern?« fragte Data.

»Unsere Schilde absorbieren einen hohen Prozentsatz, aber nicht alles«, erwiderte Geordi. »Und die Deflektoren haben volle energetische Stärke. Zum Glück findet derzeit kein Warptransfer statt — in dem Fall müßten wir einen Teil der Energie für die Triebwerke verwenden.«

Wesley warf ihm einen bitteren Blick zu. »Zum Glück? Mir wäre ein Warptransfer weitaus lieber — um aus dem Einflußbereich des Artefakts zu verschwinden. Vergessen Sie nicht, daß seine Emissionen eine erhebliche Gefahr für uns darstellen.«

»Ich weiß«, entgegnete Geordi und seufzte. »Heute morgen bin ich zur Krankenstation gegangen, um Thala zu besuchen. Das arme Mädchen sah aus, als hätte es ein klingonisches Aufstiegsritual hinter sich.«

»Meine Mutter hat mir gesagt, daß Thala schreiend zu ihr kam, so entsetzt, als hätte sie ein Gespenst gesehen«, meinte Wesley geistesabwesend, während er weiterhin auf die Anzeigen starrte.

»Ja«, bestätigte Geordi düster. »Ich war zugegen, als sie von dem Traum erzählte, den ihr das Artefakt freundlicherweise geschenkt hat. Schon nach wenigen

Sekunden habe ich den Appetit verloren. Zerfetzte Leichen und durchstochene Augen...« Er schauderte. »Seitdem wage ich es kaum mehr, unter die Bettdecke zu kriechen.«

»Irgendwann müssen Sie schlafen«, stellte Wesley fest.

Der Chefingenieur nickte. »Das stimmt leider. Aber bevor ich das nächste Mal an der Matratze horche, möchte ich mindestens hundert Lichtjahre weit von dem Ding entfernt sein.« Er vollführte eine Geste, die dem Artefakt galt.

»Wesley...«, sagte Data. »Vielleicht solltest du den Medo-Computer anweisen, weitere Hirnwellen-Korrelationen vorzunehmen.«

»Gute Idee.« Wes kam der Aufforderung sofort nach.

Kurze Zeit später sahen sie das Ergebnis auf dem Schirm: Einige Emissionen des Artefakts ähnelten den Hirnwellenmustern von Menschen, Betazoiden, Andorianern, Klingonen und Vulkaniern. Seltsamerweise fehlten Ausstrahlungen, die sich mit den Hirnströmen von Tellariten korrelieren ließen — wahrscheinlich die Erklärung dafür, daß Doktor Gavar an Bord der *Marco Polo* nicht ebenso den Verstand verloren hatte wie Sicherheitswächter Montez.

Wesley beauftragte den Bibliothekscomputer, die Hirnwellenmuster aller bekannten Völker mit den energetischen Komponenten des Kraftfelds zu vergleichen. Anschließend befaßten sich die Offiziere wieder mit der Struktur des Artefakts — sie wußten, daß es eine Weile dauern würde, bis der Computer Resultate lieferte. Er stellte ein Kunstwerk kybernetischer Technik dar, doch es gab Hunderte von intelligenten Spezies...

»He, dies ist interessant«, sagte Wesley nach einer Minute. »Ich habe das Artefakt in allen Frequenzbereichen sondiert, sogar mit Röntgenstrahlen — immerhin befindet sich nichts Lebendiges darin, das verletzt werden könnte...« Er zögerte und justierte die Instrumente. »Raten Sie mal, was sich dabei ergab.«

»Ich sterbe vor Neugier«, erwiderte Geordi ironisch.

»Das Innere weist Kammern auf, und sie ähneln den schotenartigen Gebilden an der Außenseite. Es sind ziemlich viele ...« Wes berührte eine Kontrollfläche. »Eintausendzweiundneunzig, um ganz genau zu sein.«

»Merkwürdig«, murmelte LaForge und wiederholte unbewußt ein Wort, das der junge Fähnrich so gern benutzte. Wesley grinste breit, und daraufhin begriff der Chefingenieur, was er gerade gesagt hatte. »Wozu dienen die Kammern?«

Wes zuckte mit den Schultern. »Keine Ahnung.«

»Ihre Form und Größe ist verschieden.« Data betrachtete das Röntgenbild. »Das gilt sicher auch für die Funktion — warum sollten sie sonst unterschiedlich beschaffen sein?«

»Dafür gibt es viele mögliche Erklärungen«, antwortete Geordi. »Religiöse Vorschriften, Tradition, persönliche Vorliebe des Architekten, der sie entworfen hat ... Oder so fremdartige Motive, daß wir sie nicht erraten können.« Er überlegte. »Irgendwelche Anzeichen für Mannschaftsquartiere? Vielleicht ist das Ding eine fliegende Kaserne oder etwas in der Art.«

»Darüber habe ich ebenfalls nachgedacht«, sagte Wesley. »Aber wie soll ich Unterkünfte lokalisieren, solange wir nicht wissen, wie die Unbekannten aussahen?«

»Kannst du Einrichtungsgegenstände identifizieren? Fallen dir Wiederholungen von Formen auf, die Betten, Schränke, Stühle und Tische vermuten lassen?«

»Nein. Einige Räume enthalten Objekte, aber keins gleicht dem anderen. Etwa siebzig Prozent der Zimmer sind völlig leer.«

»Waffen?«

»Nichts deutet auf Waffen oder entsprechende Kontrollsysteme hin«, sagte Wesley. »Die Sensoren registrieren keine dafür typischen Emissionen.«

»Nun, das ist immerhin etwas«, brummte Geordi.

»Vielleicht können wir das Ding in Fetzen schießen und dann von hier verschwinden.«

»Die Zerstörung des Artefakts wäre sehr bedauerlich«, warf Data ein.

»Warum?« fragte Wesley. »Es ist gefährlich.«

»Ja, aber sowohl das Objekt als auch die von ihm eingefangenen Schiffe bilden einen überaus kostbaren historischen und archäologischen Schatz. Wissenschaftler könnten viel über die Geschichte unserer Galaxis herausfinden, indem sie ...«

Der Androide unterbrach sich, als der Computer piepte. »Angeforderte Datenanalyse komplett«, erklang die neutrale, einer Frau nachempfundene Sprachprozessorstimme.

»Akustische Ausgabe«, sagte Geordi.

»Gemeinsamkeiten zwischen den Kraftfeldemissionen des Artefakts und den Hirnwellenmustern verschiedener Völker: Andorianer null Komma vier zwei, Betazoiden ...«

Das sind sehr interessante Analyseergebnisse, dachte Geordi einige Minuten später. Nur bei einer Spezies gab es eine hohe Korrelationsrate — bei Medusen.

»Medusen«, dachte LaForge laut. »Es sollte mich eigentlich nicht überraschen, daß sie mit den Konstrukteuren des Artefakts verwandt sein könnten. Himmel, sie sind so fremdartig, daß wir nicht einmal ihren Anblick ertragen — eine weitere Parallele zum Artefakt.«

»Haben die Medusen Kolonien oder dergleichen?« erkundigte sich Wesley.

»Keine bekannten«, erwiderte Data. »Offen gestanden: Ich bezweifle, daß die Medusen mit den Erbauern des Objekts identisch sind. Es ist wahrscheinlicher, daß die Gedankenprozesse seiner Schöpfer denen der Medusen ähneln.«

»Klingt vernünftig«, kommentierte Geordi nachdenklich. Nach einigen Sekunden seufzte er. »Nun, es mag ja ganz nett sein, *eventuell* entfernte Verwandte der Medusen zu finden, aber das hilft uns nicht dabei, aus diesem kosmischen Sargassomeer zu entkommen.«

»In der Tat«, stimmte ihm Wesley zu. »Vielleicht bringt uns *das* hier weiter.« Er zeigte auf den Schirm. »Das Artefakt enthält eine Sauerstoff-Stickstoff-Atmosphäre!«

»Soll das ein Witz sein?« entfuhr es Geordi. Dann pfiff er leise durch die Zähne. »Es wird immer merkwürdiger, nicht wahr, Data?«

»Ich halte diese Entdeckung nicht für so außergewöhnlich wie Sie«, entgegnete der Androide. »Immerhin atmen auch die Medusen ein Sauerstoff-Stickstoff-Gemisch. Warum sollte es uns verblüffen, daß auch die Erbauer des Artefakts eine solche Atmosphäre bevorzugten?«

Wesley zuckte mit den Achseln, sah den Chefingenieur an und lächelte dünn. »Guter Hinweis.«

»Da wir jetzt wissen, daß es in dem Artefakt Kammern mit atembarer Luft gibt ...«, murmelte Geordi. »Vielleicht können wir eine Einsatzgruppe hinüberbeamen, um die Kontrollen für das Traktorfeld zu finden und es zu desaktivieren! Dann säßen wir hier nicht länger fest. Und das Ding hätte keine Möglichkeit mehr, andere Schiffe einzufangen.«

»Ich weiß nicht.« Wes klang skeptisch. »Wenn uns schon der Anblick des Artefakts verwirrt — was erwartet uns dann in seinem Innern?«

»Sicher sind die Kammern ebenso fremdartig wie die Außenseite«, räumte Geordi ein. »Aber es wäre ein Risiko wert, wenn wir dadurch volle Manövrierfähigkeit zurückerhalten. Ist einer der Räume groß genug, um mehrere Personen aufzunehmen?«

»Die meisten scheinen ziemlich klein zu sein, doch bei einigen reichen die Ausmaße an einen Shuttlehangar heran«, antwortete der junge Fähnrich.

»Gut. Es würde mir nicht sonderlich gefallen, in einer Stahlwand zu materialisieren.«

»Deutet irgend etwas auf Maschinen oder Energiegeneratoren hin, die uns Zielkoordinaten für die Einsatzgruppe geben?« fragte Data.

»Soweit sich das bisher feststellen läßt — nein«, erwiderte Wesley. »Wie ich schon sagte ...« Er sah Geordi an und lächelte entschuldigend. »Dort drüben ist alles sehr *merkwürdig.*«

Der fünfzehnjährige Will Riker durfte zum erstenmal für einen Tag die Starfleet-Akademie verlassen. Er sah sich die Sehenswürdigkeiten von San Francisco an, und am Nachmittag bewunderte er, wie so viele vor ihm, die Schönheit der Golden Gate Bridge. Sie hing unter dem Himmel, spiegelte sich im Wasser der Bucht wider, wirkte wie eine Brücke, die ins Walhalla oder Vorta Vor führte, das Kriegerparadies der Romulaner. Eine Brücke zur Ewigkeit ...

Der Junge beobachtete alle Einzelheiten, genoß den Triumph der menschlichen Baukunst, der schon mehrere hundert Jahre alt war. Das rote Licht der untergehenden Sonne glühte an bernsteinfarbenen Türmen, verwandelte die hohen Kabel in Fäden aus gesponnenem Gold.

Will trank die Pracht dieses Bauwerks und fühlte, wie ihm der Wind durchs Haar strich, als er auf Land's End stand. Links hinter ihm, nur zwei Kilometer entfernt, erstreckte sich der Golden Gate Park.

Er hatte großen Gefallen daran gefunden, durch Gras zu wandern, Bäume und Vögel zu sehen — natürliche Dinge statt Klassenzimmer, Korridore und Raumschiff-Attrappen. Es fiel ihm noch immer schwer, sich mit dem Leben in der Akademie abzufinden. Will stammte aus Alaska und war viel mehr daran gewöhnt, sich im Freien aufzuhalten, zu wandern und zu angeln. Die Hektik der Großstadt verunsicherte ihn nach wie vor.

Zweimal hatte er seinem Vater geschrieben, doch die einzige Antwort kam von einem Bekannten: Carl Riker war als Berater von Starfleet Command beauftragt worden, bei der Lösung eines schwierigen Problems im Prokyon-System zu helfen.

Natürlich ist es zuviel Mühe für ihn, seinem Sohn mitzuteilen, wohin er fliegt, *dachte Riker bitter.* Ich habe es satt, auf seiner Prioritätenliste immer ganz unten zu stehen. Wahrscheinlich schert er sich überhaupt nicht darum, daß ich bei der letzten Prüfung die beste Note bekam.

»Hat Ihnen niemand gesagt, daß Ihr Gesicht erstarren könnte, wenn Sie so finster dreinblicken, Kadett?« fragte eine amüsiert klingende Sopranstimme.

Will zuckte heftig zusammen, drehte sich um und sah eine Frau. Sie musterte ihn aus humorvoll funkelnden Augen, deren Farbe — ein strahlendes Graugrün — ihn an das Wasser in der Bucht erinnerte. Sie wirkte exotisch und faszinierend, hatte hohe Wangenknochen, einen breiten Mund mit makellosen weißen Zähnen und ein spitzes Kinn. Modisch frisiertes dunkles Haar umgab ihren Kopf wie eine flauschige Wolke. Zwar waren ihre Züge regelmäßig, aber Will glaubte trotzdem, nie zuvor eine schönere Frau gesehen zu haben.

Ihr rotes Kleid bestand aus einem seidenen Material, und der Wind zupfte daran, drückte es ihr an den Leib, betonte damit die Konturen kleiner, hoher Brüste, die Wölbungen der Hüften, die schmale Taille. Ihre langen Beine drückten atemberaubende Eleganz aus. »Tut mir leid, daß ich Sie erschreckt habe«, sagte sie, obgleich Will wußte, daß Absicht dahintersteckte. Sie schmunzelte. »Sie sahen aus wie eine Gewitterwolke. Und Sie sind zu jung, um sich so sehr zu ärgern.«

Sie machte sich lustig über ihn, doch aus irgendeinem Grund war es Riker egal. Er beobachtete sie aufmerksam: Für eine Frau schien sie recht groß zu sein, aber er überragte sie trotzdem. Schon vor einem Jahr hatte er die Erwachsenengröße erreicht, und das Gewicht hinkte noch immer ein wenig hinterher. Er war nach wie vor recht dünn, doch harte Arbeit in der Akademie-Sporthalle sorgte dafür, daß die Schultern allmählich breiter wurden. Trotzdem fühlte er sich dürr und unbeholfen. Es kam immer einem Schock gleich festzustellen, daß alle anderen zu ihm aufsehen mußten.

Er erwiderte das Lächeln zögernd und brachte hervor: »Meine Mutter hat mir ebenfalls geraten, keine so finstere

Miene zu schneiden, aber inzwischen sind viele Jahre vergangen. Ich hab's einfach vergessen.« Er grinste nun. »Bitte entschuldigen Sie, falls ich Ihnen Angst gemacht haben sollte.«

»Das war tatsächlich der Fall«, entgegnete die Frau mit unbewegtem Gesicht. »Aber ich verzeihe Ihnen.« Sie schmunzelte einmal mehr, als sie die Hand ausstreckte. »Ich bin Paula Andropowa.«

»Will Riker«, sagte er, griff nach der Hand und spürte lange, starke Finger. Er entsann sich an ein altes Buch, das er einmal gelesen hatte, verneigte sich, hauchte einen Kuß auf die Hand und befürchtete, viel zu plump zu sein. Er hatte es schon mehrmals mit würdevollen Gesten versucht — und sie immer verpatzt. Aber diesmal unterlief ihm nicht der geringste Fehler. Er verbeugte sich nicht wie ein närrischer Jugendlicher, sondern wie ein erfahrener Aristokrat.

Ein Wunder geschah: Genau im richtigen Augenblick hob Paula den Saum ihres roten Kleids und vollführte einen perfekten Knicks!

Er hielt ihre Hand und stützte die Frau, als sie sich wieder aufrichtete, ließ dann ihre Finger los. »Ich fasse es nicht«, sagte er, und selbst für die eigenen Ohren klang seine Stimme erstaunlich geistreich und klug. »Es gibt noch einen anderen Menschen, der alte Romantik liebt. Ich dachte, außer mir hält niemand mehr etwas davon.«

Paula lachte und zeigte ihre weißen Zähne. »Ich bekenne mich schuldig, Sir. Ich liebe nicht nur die klassische Literatur, sondern tanze auch zu der Musik von Opern.«

»Eine Tänzerin!« Will sah ihren langen, anmutigen Hals, die muskulösen Beine. Er nickte. »Ich hätte es wissen sollen.«

Wieder erfaßte der Wind Paulas Kleid, und diesmal fröstelte sie. »Schade«, sagte sie und sah sich um. »Wir haben die letzte Phase des Sonnenuntergangs verpaßt.«

»Ist Ihnen kalt?« fragte Will und bedauerte es, keine Jacke zu haben, die er ihr anbieten konnte. Dann wäre sie vielleicht geblieben.

»Um ehrlich zu sein — ja«, gestand sie ein. »Aber ich würde gern noch etwas länger mit Ihnen sprechen. Es geschieht

nicht jeden Tag, daß ich einem Aristokraten begegne. Darf ich Sie zu einem Drink einladen?«

Riker mußte erst um Mitternacht zur Starfleet-Akademie zurückkehren. »Warum nicht?« erwiderte er, nahm galant Paulas Arm und begriff plötzlich, daß er sich von ihr ›abschleppen‹ ließ. Diese wunderschöne Frau schien tatsächlich an ihm interessiert zu sein, an Will Riker, der nur aus Knien und Ellbogen zu bestehen schien. Für eine kurze, demütige Sekunde dankte er allen Göttern im Universum dafür, daß er wenigstens keine Pickel hatte.

Sie tranken Synthehol zusammen und brachten zuerst den traditionellen Toast ›Auf die Ferengi!‹ aus — dieses Getränk stammte von den galaktischen Händlern. Es entspannte und erheiterte wie Alkohol, aber man konnte die Wirkung willentlich steuern.

Anschließend unterhielten sie sich stundenlang, über Bücher, Musik und Theateraufführungen. Will hörte, daß Paula Ballerina gewesen war, doch eine Knieverletzung hatte sie gezwungen, ihre Karriere aufzugeben. Sie erzählte ihm von ihren Ballettaufführungen, und er beschrieb ihr, wie der Sonnenschein auf den Schneehängen des Mount McKinley glänzte.

Schließlich warf er einen Blick auf die Uhr und erschrak: Wenn er sich nicht beeilte, traf er zu spät in der Akademie ein. »Ich muß jetzt gehen«, sagte er. »Leider.« Er zögerte und gab dem inneren Drängen nach. »Äh ... was hältst du davon, wenn wir uns noch einmal treffen?« Inzwischen duzten sie sich. »Ich kenne niemanden in San Francisco, abgesehen von den anderen Kadetten, und dieser Abend war ...« Er lächelte und zuckte mit den Schultern. »Wunderbar«, beendete er den Satz.

»Ich würde dich gern wiedersehen, Will«, entgegnete Paula und gab ihm ihre Adresse. »Besuch mich, wenn du das nächste Mal einen freien Tag bekommst. Ruf mich nur vierundzwanzig Stunden vorher an, einverstanden?«

»Damit du all deine Liebhaber verjagen kannst?« fragte Riker kühn.

Die Frau lächelte. »O nein, ich verjage sie nie. Wenn sie

mich langweilen, verfüttere ich sie an meine aldebaranische Maulschale namens Archibald.« Paula sah noch einmal aufs Chronometer. »Du solltest laufen, wenn du dich nicht verspäten willst!«

Will lief tatsächlich, fast den ganzen Weg bis zu den Türmen des Starfleet-Hauptquartiers und an ihnen vorbei zum Wohnheim. Doch der Grund dafür war nicht etwa die Sorge, zu spät zu kommen. In ihm prickelte eine so intensive Aufregung, daß er einfach nicht ruhig gehen konnte! Am liebsten hätte er vor Begeisterung laut geschrien.

Ich gefalle ihr! Sie möchte mich wiedersehen! Eine hinreißende Frau, die jeden haben könnte ... *Es erschien ihm zu schön, um wahr zu sein. Paula kam einem Wunder gleich.*

Und an meinem nächsten freien Tag besuche ich sie in ihrer Wohnung, *dachte er, als er sich entkleidete.* Was wird geschehen? Vielleicht möchte sie ausgehen. Oder wir bleiben und ... sprechen miteinander. Das wäre herrlich. Andererseits: Ihr Lächeln deutete darauf hin, daß sie mehr als nur ein Gespräch im Sinn hat. Das glaube — hoffe — ich ...

Will hatte noch nicht viele Erfahrungen mit dem anderen Geschlecht gesammelt, aber er wußte, daß sich etwas anbahnte. Und wenn sie mit mir ins Bett will? *Dieser Gedanke erfüllte ihn mit einer sonderbaren Mischung aus Vorfreude und Panik.* Bestimmt merkt sie sofort, daß es für mich das erste Mal ist. Wie soll ich mich verhalten?

Es gelang ihm schließlich, genug innere Ruhe zu finden, um sich auf den Mathematik-Unterricht am nächsten Tag vorzubereiten. Integralrechnung stand auf dem Lehrplan. Vielleicht empfängt sie mich überhaupt nicht. Denk erst darüber nach, wenn es soweit ist. Himmel, vielleicht dauert es ein Jahr, bis ich mir den nächsten freien Tag verdiene ...

Aber schon im nächsten Monat bekam er noch einmal Ausgang. Will rief Paula an, und sie lud ihn in ihr Apartment ein. Ganz offensichtlich freute sie sich darüber, ihn wiederzuse-

hen, und ihr lag nichts *daran, die Wohnung zu verlassen. Sie redeten miteinander, doch nach einer Weile entstanden erste Pausen in ihrer Konversation, wurden länger ...*

Wenn Paula spürte, daß es für Will das erste Mal war, so sprach sie ihn klugerweise nicht darauf an. Außerdem: Wie in vielen anderen Dingen lernte er schnell.

Ihre Beziehung dauerte dreieinhalb Jahre. Paula blieb die ganze Zeit über eine geheimnisvolle Frau, die Will kaum an ihrer Vergangenheit teilhaben ließ. Er wußte, daß sie als Mittlerin zwischen einem großen Theater und den dort auftretenden Schauspielern arbeitete, aber mehr Informationen bot sie ihm nicht an. Ihre Kollegen lernte er nie kennen.

Dafür machte sie ihn mit vielen Attraktionen der Stadt vertraut: Konzerte, Theater, Ballett, Oper. Will nutzte die seltenen Wochenenden außerhalb der Akademie, um mit Paula in der Sierra zu wandern. Wenn sie in Jeans und T-Shirt ein Zelt aufbaute, wirkte sie ebenso natürlich wie beim Tanz im Abendkleid.

Paula war verheiratet gewesen und geschieden. Riker fragte sich häufig, wie alt sie sein mochte. Bestimmt älter als er ... Mit der Leidenschaft einer Tänzerin hielt sie sich in Form, und es gelang ihr mühelos, ihre Schönheit zu bewahren. Ihr Altersunterschied schien keine Rolle zu spielen.

Als ihn nur noch einige Monate vom neunzehnten Geburtstag trennten, stand sein erster Einsatz als Fähnrich bevor, an Bord des Kreuzers Nogura. *Er freute sich sehr auf die Mission im All und bedauerte nur, Paula verlassen zu müssen.*

»Ich werde dich sehr vermissen«, flüsterte er ihr zu, als sie nebeneinander im Bett lagen, nachdem sie sich geliebt hatten. Am nächsten Tag um zwölf Uhr startete sein Shuttle.

»Ich dich auch, Will«, erwiderte Paula leise und traurig. Ihre Augen glänzten im Mondschein, der durchs Schlafzimmerfenster schimmerte.

»Aber wir sind nicht für immer getrennt«, sagte Will. »Nach einem Jahr bekomme ich Landurlaub und nehme erneut an einigen Lehrkursen in der Akademie teil. Ich habe mich für die Ausbildung zum Kommandooffizier entschieden.«

»Gut«, antwortete Paula. »Das ist die richtige Laufbahn für dich, Will. Du weckst Vertrauen, und wenn du Befehle gibst, möchte *man sie befolgen. Nicht jeder hat diese Fähigkeit.«*

Er strich ihr einige Haarsträhnen aus dem Gesicht, küßte sie am Hals und hörte kaum zu. Etwas anderes beschäftigte ihn. »Nur ein Jahr«, murmelte er. »Das ist nicht sehr lange. Du wartest auf mich, nicht wahr?«

Riker spürte, wie sich Paulas Schultermuskeln spannten, als sie sich versteifte. Er wich ein wenig zurück und versuchte, ihre Züge zu erkennen, doch sie rollte sich auf den Rücken, hob dabei das Laken über die Brüste.

»Was ist denn?« fragte er besorgt und verwirrt. »Ich dachte, du ... empfindest ebenso für mich wie ich für dich. Das stimmt doch, oder?«

»Will ...«, kam es ganz sanft von Paulas Lippen.

»Paula ...« Seine Stimme klang rauh, als ihn Furcht erfaßte. Verdammt, ich liebe sie! Das muß sie doch wissen! *»Ich liebe dich!« stieß er hervor. »Das spürst du bestimmt. Und du liebst mich.«*

Sie holte tief Luft. »Nein, Will, das ist nicht wahr.«

Riker fluchte halblaut und schaltete die Lampe auf dem Nachtschränkchen ein. In dem trüben Licht sah Paulas Gesicht ein wenig blaß aus, aber sie begegnete ruhig seinem Blick.

»Es tut mir leid, Will«, sagte sie.

»Was denn? Daß du mich nicht liebst? Wie kannst du so etwas behaupten? Himmel, ich weiß, daß du lügst!« Aber die Furcht fraß sich tiefer in ihn hinein und nagte am Kern seines Selbst. Sie klang so sicher.

»Es ist die Wahrheit. Ich mag dich sehr, Will, und in gewisser Weise liebe ich dich. Aber es handelt sich nicht um die Liebe, die du meinst. Du glaubst, mich auf eine andere Weise zu lieben.«

»Ich glaube *es!« Riker rang um seine Selbstbeherrschung. »Verdammt, Paula, ich* glaube *es nicht nur —* ich weiß *es! Warum ...« Seine Stimme vibrierte nun, und er hörte einen*

viel zu vorwurfsvollen, klagenden Tonfall. »Warum liebst du mich nicht?«

Sie seufzte und wandte sich ihm wieder zu. In ihrem Gesicht zeigte sich nun ein Schatten von Melancholie. »Weil wir nicht zueinander passen, Will.«

Er starrte sie verblüfft an. Ein kurzes Lächeln berührte Paulas Lippen. »Oh, ich beziehe mich damit keineswegs auf gesellschaftliche Unterschiede oder ähnlichen Unsinn. Nein, ich meine folgendes: Was Alter und Erfahrung betrifft, können wir uns nie ebenbürtig sein. Die entsprechende Kluft zwischen uns ist zu groß. Wenn du Gelegenheit erhältst, zu mir aufzuholen, hat unser Verhältnis keinen Sinn mehr. Dann bin ich längst zu alt.«

Riker setzte zu einem Einwand an, aber Paula legte ihm die Hand auf den Mund. »Weißt du, wie alt ich bin?«

»Älter als ich«, räumte er widerstrebend ein. »Aber was bedeutet das schon? Was sind fünf oder sechs Jahre? Oder zehn?«

Die Frau schmunzelte kurz. »Danke, Will. An jenem Tag auf Land's End habe ich eine gute Wahl getroffen. Du hast die Instinkte eines Diplomaten und bist redegewandt genug, um sie zum Ausdruck zu bringen. Die Damen dieser Galaxis werden dir zu Füßen liegen.« Paula überlegte kurz, bevor sie noch etwas leiser hinzufügte: »Ich habe einen Sohn, der fünf Jahre älter ist als du.«

Will war sprachlos, aber er erholte sich schnell von der Überraschung. »Das ist mir gleich! Was macht es für einen Unterschied?«

»Darauf habe ich dich gerade hingewiesen«, sagte Paula. »Du bist verrückt genug, um dich schon jetzt zu binden — noch dazu an eine Frau, die keine Zeit hat, um auf deine Rückkehr zu warten.«

»Die keine Zeit hat?« wiederholte Riker benommen. »Soll das heißen, du leidest an einer unheilbaren Krankheit oder so?«

»Nein, natürlich nicht. Aber in meinem Alter darf man keine Zeit mit Warten verschwenden. Und um ganz ehrlich zu sein: Ich möchte auch gar nicht auf dich warten. Ich bin schon

mehrmals in solchen Situationen gewesen, und glaub mir — es ist besser, einfach auseinanderzugehen.«

Für Will brach eine Welt zusammen. »Du möchtest mich nicht wiedersehen, wenn ich zurückkehre?«

»Nein. Das halte ich nicht für klug. Es wäre eine Lüge, dir eine andere Antwort zu geben, und ich habe dich nie belogen, Schatz.«

Das stimmte.

Paula beugte sich vor und küßte ihn zärtlich. »Schlaf jetzt«, sagte sie mit gespielter Strenge. »Damit wir morgen früh noch etwas Zeit haben. Ich möchte dich mit angenehmen Erinnerungen zu fernen Sternen schicken.«

Aber als ihre regelmäßigen Atemzüge tiefen Schlaf verrieten, kroch Riker leise unter der Decke hervor, sammelte seine Kleidungsstücke ein und zog sich im Flur an. Kurz darauf verließ er die Wohnung und fragte sich dabei, ob er eine Nachricht zurücklassen sollte — doch es schien bereits alles gesagt zu sein. Er wollte Paula nicht verletzen, indem er schon jetzt ging, aber er konnte unmöglich noch einmal mit ihr zusammen sein; schließlich wußte er jetzt, daß sie ihn nicht liebte.

Nachdenklich und mit gesenktem Kopf ging er durch die stille, vom Mondschein erhellte Stadt. Morgen begann seine erste Mission im All. Morgen veränderte sich sein ganzes Leben — es hatte *sich bereits verändert. Schon jetzt fühlte er sich anders: härter, stärker, älter.*

Am Ende des Blockes blieb er stehen, drehte sich um und sah zum Schlafzimmerfenster von Paulas Apartment. Hat sie wirklich geschlafen oder nur den Anschein erweckt? *dachte er. Vermutlich war letzteres der Fall.* Sie wußte, daß es auf diese Weise für uns beide einfacher sein würde.

Will lächelte dünn, hauchte einen Kuß in Richtung des Gebäudes und ging dann mit langen Schritten durch die Nacht, seiner Zukunft entgegen.

Commander Will Riker öffnete die Augen und setzte sich in der Dunkelheit auf. Die blonde Frau neben ihm gab einen fragenden Laut von sich und hob ein Lid.

»Schon Zeit zum Aufstehen?« murmelte sie und schmiegte sich ans Kissen.

»Nein«, flüsterte Riker. »Schlaf ruhig weiter.«

»Gut ...« Sie senkte das Lid wieder.

Der Erste Offizier verließ das Bett, sah einige Sekunden lang auf die Blondine hinab und fragte sich, ob sie ebenfalls träumte. Er konnte vermutlich von Glück sagen. Sein Traum war ebenso real gewesen wie die anderen, die man ihm beschrieben hatte, aber er konfrontierte ihn nicht mit irgendeinem entsetzlichen Erlebnis.

Sonderbarer Kummer erfaßte ihn, als er begriff, daß er viele Jahre lang nicht an Paula gedacht hatte. Er fragte sich, wo sie jetzt sein mochte, wie es ihr erging... Seit ihrer ersten Begegnung waren inzwischen fast zwanzig Jahre vergangen. Er entsann sich an damals und schmunzelte. Eine angenehme Zeit ...

Weißt du was, Paula? In vielen Dingen hattest du recht, aber in einem wichtigen Punkt hast du dich geirrt. Ich habe dich geliebt. Das wird mir erst jetzt klar. Ich habe dich wirklich geliebt. Nach dir traten viele Frauen in mein Leben — das Gedächtnis zeigte ihm Deanna Troi —, *und ich habe einige von ihnen geliebt. Ich weiß nun, wie man sich dabei fühlt, und solche Empfindungen brachte ich damals auch dir entgegen.*

Auf Zehenspitzen schlich er aus dem Schlafzimmer in den Aufenthaltsraum und aktivierte dort das Interkom auf dem Schreibtisch. Da er nicht angezogen war, begnügte er sich mit einem Audio-Kanal. Nach einigen Sekunden hörte er Lieutenant Selars klare Stimme. »Krankenstation.«

»Hier spricht Commander Riker, Doktor. Wie geht es Counselor Troi?«

»Ihr Zustand ist stabil, Commander. Wir geben ihr noch immer Beruhigungsmittel, um einem emotionalmentalem Trauma vorzubeugen.«

»Weitere Probleme mit der Besatzung, Lieutenant?«

Selars Tonfall veränderte sich ein wenig, und Riker

glaubte, so etwas wie Betroffenheit zu hören. »Wir haben einen Mann von der *Marco Polo* verloren, Sir. Einen Fugue-Patienten. Sein Herz versagte. Und heute morgen beging jemand Selbstmord ...«

Will atmete tief durch und versuchte, ruhig zu klingen, als er fragte: »Wer?«

»Eine unserer Schwestern, Sir. Penelope Johnson.«

»Ich verstehe, Lieutenant«, sagte der Erste Offizier langsam. »Das tut mir sehr leid. Riker Ende.«

Er setzte sich mit der Brücke in Verbindung. »Captain?«

»Nummer Eins?«

»Ja, Sir. Ich habe gerade mit der Krankenstation gesprochen. Ein Besatzungsmitglied ist gestorben.«

»Ich weiß«, erwiderte der Captain bedrückt. »Und ich hoffe, daß Geordi, Data und Wesley etwas entdecken. In spätestens zwei Stunden erstatten sie mir Bericht.«

»Was die Träume betrifft, Sir ...«, begann Riker und zögerte.

»Ja, Nummer Eins?« fragte Picard kurz darauf, als der Erste Offizier auch weiterhin schwieg.

»Ich verstehe jetzt, was Sie meinten, als Sie ihre Realitätsnähe erwähnten, Sir. Ich hatte den Eindruck, alles noch einmal zu erleben, jede Einzelheit.«

»War es schlimm?« erkundigte sich Picard sanft.

»Eigentlich nicht, Captain. Mein Traum läßt sich kaum mit Ihrem vergleichen. Aber ich empfand ihn als *sehr* real.«

»Ja, Will«, entgegnete Picard bitter. »Und für Johnson müssen die Traumbilder *zu* real gewesen sein.«

»Ich gehe jetzt zu Geordi und Data«, sagte Riker. »Die Vorstellung, noch ein oder zwei Stunden zu schlafen, hat ihren Reiz verloren.« Seine Stimme klang grimmig.

»Gute Idee«, antwortete der Captain. »Ich verstehe Sie.«

»Riker Ende.«

KAPITEL 8

»Doktor?«

Beverly Crusher hob den Kopf und sah Lieutenant Selar in der Tür des Büros. »Kommen Sie herein.«

Selar betrat das Zimmer. »Sie haben mich gerufen, Doktor?«

»Ja«, bestätigte Crusher und deutete auf einen Sessel. »Wie reagiert das Medo-Personal auf Johnsons Tod?« Sie lächelte schief und humorlos. »Wissen Sie, ich habe mich umgehört, aber dem Chef gegenüber will man sich offenbar nichts anmerken lassen.«

Die Vulkanierin nickte. »Die Reaktionen sind so, wie man sie unter den gegenwärtigen Umständen erwarten kann. Schwester Johnson war bei ihren Kollegen sehr beliebt, und man erachtet ihren Tod als bedauernswerte Folge unserer Mission. Soweit ich das bisher feststellen konnte, leidet in diesem Zusammenhang niemand an Schuldgefühlen. Ich habe kein für Menschen typisches Wenn-ich-doch-nur-Verhalten beobachtet, mit dem einzelne Personen das Gefühl zum Ausdruck bringen, individuelle Verantwortung für den fatalen Zwischenfall zu tragen.«

»Nun, das ist immerhin etwas.« Crusher schüttelte langsam den Kopf und biß sich auf die Lippe. »Ich frage mich, was Johnson zum Selbstmord veranlaßt haben mag ...«

Selar wölbte eine Braue. »Es hat keinen Sinn, darüber zu spekulieren. Ganz gleich, welche Träume die Schwester in den Tod trieben — die letztendliche Ursache ist das Artefakt.«

»Haben Sie ebenfalls geträumt, Selar?« Beverly sah zur Seite und mied den Blick der Vulkanierin.

»Mein Volk träumt nur selten«, erwiderte die vulkanische Ärztin ruhig. »Bisher bin ich verschont geblieben.«

»Ich nicht«, sagte Crusher. Diesmal trafen sich ihre Blicke — hier grünblaue Augen, dort dunkle, fast schwarze. Entschlossen straffte sie die Schultern. »Und deshalb verstehe ich, warum Penny in den Tod floh.«

»Ich nehme an, daß Sie Ihre eigenen Erfahrungen erwähnen, weil Sie darüber mit mir sprechen möchten«, bemerkte Selar und wählte einen nicht mehr ganz so förmlichen Tonfall, da es um etwas Persönliches ging. »Was haben Sie geträumt, Beverly?«

Eine lange Pause folgte. »Der Traum betraf den glücklichsten Tag in meinem Leben«, antwortete Crusher schließlich. »Aber damals ahnte ich nichts davon. Erst später, als Jack starb, begriff ich, wie perfekt jener Tag gewesen ist.« Sie lächelte traurig. »Solche Erkenntnisse kommen immer zu spät.«

»Sie träumten von Ihrem verstorbenen Mann?«

»Ja ...« Beverly ballte die Fäuste auf dem Schreibtisch. »Himmel, Selar, es war alles so *real!* Wie ein echtes Erlebnis. Nichts deutete auf einen Traum hin. Zu keinem Zeitpunkt habe ich befürchtet, zu erwachen und jene angenehmen Bilder zu verlieren. Sie stellten die *Wirklichkeit* für mich dar.«

Crusher holte tief Luft. »Damals war Wesley noch ein kleiner Junge«, begann sie mit unbewußter mütterlicher Melancholie. »Jack hatte Landurlaub — den längsten seit Wesleys Geburt. An jenem Tag nahmen wir einen Gleiter und flogen zu den Black Hills. Es war Sommer, der herrlichste Teil des Sommers, und überall blühte es. Ein blauer Himmel erstreckte sich über uns, und an den Berghängen wuchsen grüne Kiefern, Schierlingstannen und Fichten. In der Ferne grasten Tiere auf den Wiesen — Hirsche oder Elche.

Wir wanderten, und Wesley hockte auf den Schultern

seines Vaters. Er verlangte, daß wir die Namen aller Dinge nannten, die wir unterwegs sahen. Nach einer Weile lachten wir und drohten, ihm Phantasienamen zu nennen, weil wir nicht *alle* Pflanzen identifizieren konnten. Wir neckten Wes und bezeichneten ihn als unser Elefantenkind.«

Selar hob fragend die Brauen. Beverly zögerte kurz und schmunzelte. »Diese Anspielung bezieht sich auf eine Geschichte von Rudyard Kipling. Es geht dabei um einen kleinen Elefanten mit unersättlicher Neugier. Das Märchen erklärt Kindern, warum Elefanten lange Rüssel haben.«

Die Vulkanierin nickte. »Ich verstehe. Menschen neigen dazu, alles zu romantisieren.«

Beverly lachte leise. »Ja, Sie haben recht. Nun, nach einigen Kilometern nahmen wir an einem Bach Platz und ließen die Füße ins Wasser baumeln. Es war kalt und fühlte sich an, als käme es direkt von einem Gletscher — vermutlich stimmte das auch.« Sie schauderte übertrieben. »Wir bespritzten uns gegenseitig, bis wir alle naß waren, und die ganze Zeit über lachten wir fröhlich.«

Selar runzelte skeptisch die Stirn. Allem Anschein nach entzog es sich ihrem Verständnis, warum es jemand als angenehm empfinden sollte, mit eiskaltem Wasser bespritzt zu werden. Aber sie schwieg und wartete darauf, daß Crusher fortfuhr.

»Später lagen wir im Gras, und Wesley schlief ein. Jack und ich ... Wir wollten uns lieben, fürchteten jedoch, den Jungen zu wecken. Deshalb schmiegten wir uns nur aneinander ...« Beverlys Stimme verklang. Sie starrte auf die noch immer geballten Fäuste und rang um ihre Fassung.

»Wenn es Sie zu sehr belastet, davon zu erzählen ...«, sagte Selar, aber die rothaarige Frau schüttelte den Kopf.

»Es ist wichtig, daß alle Ärzte und Assistenten verstehen, was hier geschieht«, betonte sie. »Da Sie keine derartigen Träume hatten — wahrscheinlich brauchen Sie auch nicht damit zu rechnen —, müssen Sie einen Eindruck davon gewinnen, wie sie beschaffen sind. Außerdem: Es hilft Menschen, wenn sie mit jemandem darüber sprechen können. Der Grund dafür … Ich kenne ihn nicht. Vielleicht möchten wir auf diese Weise Distanz schaffen.« Crusher stand auf und ging in dem kleinen Büro umher. »Ich … benötige nur einige Sekunden, um mich wieder unter Kontrolle zu bringen.«

Eine knappe Minute später nahm sie wieder Platz. »Nach der Wasserschlacht schliefen wir ebenfalls ein. Als wir erwachten, war unsere Kleidung trocken, und wir hatten großen Hunger. Wir kehrten zum Gleiter zurück, um zu essen. Ich hatte alles selbst zubereitet, und es schmeckte herrlich!« Beverly sah Selar an. »Ich erinnere mich an jeden einzelnen Bissen, und wissen Sie was? Während der ersten halben Stunde nach dem Erwachen verspürte ich kaum Appetit. Für gewöhnlich lege ich großen Wert auf ein ordentliches Frühstück, aber ich fühlte mich vollkommen gesättigt — als hätte ich bereits eine großzügige Mahlzeit eingenommen.«

Beverly lächelte. »Die Stasiseinheit enthielt ein von mir vorbereitetes Käsesoufflé, und es erwies sich als perfekt.« Sie seufzte. »Der Cheddar wirkte ebenso aufgequollen wie die weißen Wolken am Himmel. Außerdem gab es selbstgebackenes Brot mit echter Butter und Honig. Und Obst: Birnen, Äpfel … Wesley aß eine Banane. Er liebte Bananen …«

»Allmählich bekomme ich Hunger«, kommentierte Selar, und Crusher schmunzelte.

»Und das Dessert: Schokoladencreme. Ein wahrer Genuß. Jack meinte, es sei das Leckerste, das er jemals gegessen hatte.«

Beverly unterbrach sich. Nach einer Weile fragte die Vulkanerin behutsam: »Und dann?«

Crusher zuckte mit den Achseln. »Für einen Außenstehenden geschah nichts Spektakuläres. Wir packten unsere Sachen in den Gleiter und flogen nach Hause. Nachdem wir Wesley ins Bett gebracht hatten, liebten wir uns und schliefen. Das ist alles ...« Tränen quollen ihr in die Augen.

»Ich wußte nicht, daß es der glücklichste Tag in meinem Leben war«, flüsterte Beverly. »Sonst hätte ich ihn noch weitaus mehr genossen. Jede Minute, jede einzelne Sekunde. Ich wäre nie von Jacks Seite gewichen. Wir liebten uns, und anschließend drehte ich mich um. Jetzt bedauere ich, daß wir uns nicht die ganze Nacht umarmten ...«

»Als Sie aus dem Traum erwachten, wurden Ihnen Ihre ... Versäumnisse klar«, sagte Selar.

»Ja«, erwiderte Crusher leise. »Ich spürte noch einmal den Kummer über Jacks Tod, die Verzweiflung — mit der gleichen Intensität wie damals. Während des Traums lebte er, und als ich erwachte, hatte ich das Gefühl, er sei gerade erst gestorben. Die Trauer kehrte zurück.«

»Ich nehme Anteil an Ihrem Leid.« Selars förmlicher Tonfall wies darauf hin, daß sie etwas wörtlich aus ihrer Muttersprache übersetzte. »Haben Sie mit jemand anders darüber gesprochen?«

Beverly schüttelte den Kopf. »Als ich Captain Picard den stündlichen Medo-Bericht übermittelte, erwähnte er einen Traum von der *Stargazer.* Es muß einer der schlimmsten Augenblicke seines Lebens gewesen sein. Er nannte keine Einzelheiten, aber inzwischen kenne ich ihn ziemlich gut ... Wie dem auch sei: Sicher ist es sehr schwer für ihn gewesen.«

Sie seufzte tief. »Als er mich fragte, ob ich ebenfalls geträumt habe ... Ich konnte ihm nicht die Wahrheit sagen; es wäre zu schmerzlich für ihn gewesen. Jean-Luc ist die einzige Person, mit der ich nie den Kummer über Jacks Tod teilen würde. Dadurch müßte ich mich Gefühlen stellen, die ich zu überwinden versuche. Und es käme einer enormen Belastung für Jean-Luc gleich. In gewisser Weise war Jacks Tod für ihn genauso traumatisch wie für mich.«

»Das habe ich bereits vermutet«, sagte die Vulkanierin. »Vielleicht sollten Sie den Captain auf Ihren Traum hinweisen, ohne ihn zu beschreiben. Picard ist nicht nur sehr diplomatisch, sondern hat auch großes Einfühlungsvermögen. Er besteht sicher nicht darauf, daß Sie ihm Details nennen.«

»Einverstanden, Selar.« Beverly nickte. »Ich werde Ihren Rat beherzigen. Nun, ich weiß jetzt, warum die ›glücklichen‹ Opfer der Katatonie anheimfallen und die anderen so verzweifelt erwachen, daß sie sich vom Tod Erlösung erhoffen. Schreckliche Ereignisse gehören zur Vergangenheit vieler Personen, und das Artefakt sorgt dafür, daß die Betreffenden alles so erleben, *als geschähe es erneut.*« Crusher schnitt eine Grimasse. »Nun, ich kann verstehen, daß sie sich umzubringen versuchen.«

»Ja«, sagte Selar. »Auch meine Vergangenheit enthält Elemente, mit denen ich nicht noch einmal konfrontiert werden möchte.«

Beverly überlegte kurz. »Wer die Starfleet-Ausbildung erfolgreich hinter sich gebracht hat, scheint geistig stabiler zu sein. Bisher haben nur zwei Besatzungsmitglieder der *Enterprise* Zorn oder Furcht so gegen ihre Kameraden gerichtet, wie es an Bord des Frachters der Fall war. Und Gott sei Dank: Itoh und Montez wurden betäubt, bevor sie jemanden ernsthaft verletzen konnten.«

»Vielleicht haben Sie recht«, erwiderte Selar. »Allerdings sollten wir auch berücksichtigen, daß die Schilde der *Enterprise* einen besseren Schutz vor den Emissionen des Artefakts bieten als die Navigationsdeflektoren der *Marco Polo.*«

»Wesley ...« Geistesabwesend strich sich Beverly mit der Hand übers Haar. »Lieber Himmel, ich frage mich, ob er ebenfalls Träume hatte.«

»Als ich das letztemal mit ihm sprach, vor etwa einer Stunde, wirkte er völlig normal. Er forderte Informationen aus den medizinischen Datenbanken an, und sie betrafen die Hirnwellen intelligenter Wesen.«

»Sicher benötigte er sie für seine Forschungen.« Crusher lächelte schief. »Der Captain hat großes Vertrauen zu ihm. Immerhin gibt er Wes Aufträge, bei denen es um Sicherheit und Gesundheit der Crew geht. Ich hoffe nur, er bürdet ihm damit nicht zuviel Verantwortung auf.«

»Wesley liebt Herausforderungen, soweit ich das beurteilen kann«, sagte Selar. »Denken Sie daran, Beverly: Er ist jetzt fast erwachsen.«

»Ja.« Crusher schüttelte den Kopf. »Erst gestern scheint er noch in Thalas Alter gewesen zu sein. Übrigens ...« Sie sah auf. »Wie geht es Thala?«

»Besser.« In den Wangen der Vulkanierin mahlte es kurz. »Obwohl sie einen großen Schock erlitt. Sie hat sich gut genug erholt, um die Krankenstation zu verlassen ...«

Sie sprach nicht weiter. Beverly wartete eine Zeitlang. »Aber?«

»Aber sie bat so sehr darum, nicht ihr Quartier aufsuchen zu müssen, daß ich beschloß, sie hierzubehalten.« Selar schien nicht sicher zu sein, ob sie ihre Entscheidung rechtfertigen mußte — und ob ihr das gelang.

Beverly winkte beruhigend. »Seien Sie unbesorgt. Noch gibt es hier genug Platz. Das arme Mädchen hat viel durchgemacht und verdient es, sich bei uns geborgen zu fühlen.«

»Konnten Sie inzwischen feststellen, ob es sich vermeiden läßt, Thala zu einer andorianischen Kolonie zu bringen, wenn jemand ihre Passage nach Vulkan bezahlt?«

»Ja, vor zwei Tagen habe ich Lieutenant Greenstein gefragt, unmittelbar nach meinem Gespräch mit dem Verwalter auf Thonolan Vier.« Beverly musterte die Vulkanierin neugierig. »Da fällt mir ein ... Kennen Sie zufällig jemanden, der bereit wäre, Thalas Passage zu bezahlen? Von diesem Sektor aus ist es ziemlich weit bis nach Vulkan, und das wirkt sich auf den Preis aus.« Ein wissendes Lächeln zuckte in Crushers Mundwinkeln.

»Ich bin gern bereit, das notwendige Geld zur Verfügung zu stellen«, sagte Selar sofort. »Und dafür zu sorgen, daß Thala die richtige medizinische Hilfe und eine gute Ausbildung bekommt.«

Beverly nickte. »Nun, Howard meinte, es sei eine faule Sache, Thala nach Vulkan zu schicken.« Als Selar eine Braue wölbte, fügte sie hinzu: »Es widerspräche den Buchstaben des Gesetzes.«

Die Augen der vulkanischen Ärztin verrieten Enttäuschung. »Das ist sehr bedauerlich.«

»Aber unter uns ...« Crusher beugte sich vor und fing Selars Blick ein. »Vielleicht müssen wir uns in diesem Fall nicht unbedingt an die Vorschriften halten.«

»Warum nicht?«

»Weil die Andorianer Thala ablehnen. Wenn sie einfach verschwände, würde sich niemand nach ihr erkundigen.«

Selar hob erneut eine Braue. »Tatsächlich?«

Crusher preßte kurz die Lippen zusammen. »Ich glaube, man würde Thala nur dann aufnehmen, wenn Aussicht bestünde, Anspruch auf ihr Erbe zu erheben.« Sie lachte bitter. »Wenn es nach den Andorianern ginge ... Wir könnten das Mädchen an ein Bordell verkaufen, wenn wir anschließend das Geld mit ihnen teilen! Eine derartige Herzlosigkeit finde ich abscheulich.«

Beverly atmete tief durch, um sich wieder zu fassen, und sie lächelte gezwungen. »Selar, wenn Sie Thalas Passage nach Vulkan bezahlen wollen, damit sie dort angemessene medizinische Hilfe und eine ordentliche Ausbildung erhält ... Ich ziehe den Hut vor Ihnen.«

Die Vulkanierin blinzelte verwirrt. »Den Hut?« wiederholte sie. »Ich habe Sie nur einmal mit einem Hut gesehen, auf dem Weg zum Holodeck. Bei jener Gelegenheit trugen Sie sehr unpraktische Schuhe mit kleinen Stangen anstelle von Absätzen.«

Crusher rollte mit den Augen. »Nein, ich meine, daß Sie auf mich zählen können, daß ich Ihnen helfen möchte, soweit es mir möglich ist.«

»Oh.« Selars Miene erhellte sich ein wenig. »Dafür bin ich Ihnen sehr dankbar.«

»*Ich* bin Ihnen zu Dank verpflichtet«, erwiderte Beverly. »Während der vergangenen Tage hat es mich sehr erleichtert zu wissen, daß jemand zugegen ist, der sich hier um alles kümmert. Ich weiß das sehr zu schätzen.«

Selar neigte den Kopf und holte ihrerseits tief Luft. »Ich ... muß Ihnen etwas sagen.«

»Ja?«

»Man hat mir angeboten, die bioelektronischen Forschungen an der vulkanischen Akademie der Wissenschaften zu leiten. Dadurch bekomme ich die Möglichkeit, mehr zu leisten als in Starfleet — ich könnte die Prothesen für Personen wie Geordi LaForge und Thala verbessern. Ich ziehe ernsthaft in Erwägung, meine bisherige berufliche Laufbahn aufzugeben.« Selar legte eine kurze Pause ein, und ein Hauch von Sarkasmus erklang in ihrer Stimme, als sie fortfuhr: »Vorausgesetzt natürlich, daß wir die gegenwärtige Mission überleben.«

»Herzlichen Glückwunsch! Es ist eine große Ehre für Sie. Mit Ihren Fähigkeiten in den Fachgebieten Medizin und Elektronik erzielen Sie sicher große Erfolge. Wir würden Sie natürlich sehr vermissen, aber ich empfehle Ihnen, das Angebot anzunehmen — wenn es Ihrem Wunsch entspricht.«

»Genau in diesem Punkt bin ich nicht ganz sicher«, erwiderte die Vulkanierin ernst. »Es *sollte* meinem Wunsch entsprechen und ein Ziel sein, auf das ich fünfzehn Jahre lang hingearbeitet habe ...« Sie unterbrach sich und senkte den Blick.

»Aber?« fragte Beverly sanft. »Möchten Sie nicht nach Vulkan zurück?«

Selar hob überrascht den Kopf, und ihre Pupillen weiteten sich ein wenig. »Woher...«, begann sie und zögerte. »Woher wissen Sie das?«

»Wir kennen uns schon seit langer Zeit«, sagte Crusher und lächelte andeutungsweise. »Ich habe häufig beobachtet, wie Sie reagieren, wenn Ihre Heimatwelt erwähnt wird. Außerdem wies Deanna einmal darauf hin, daß Sie nicht gern über Ihre Familie sprechen. Im Vergleich zu Menschen sind Vulkanier sicher keine Klatschmäuler, aber die anderen Vulkanier an Bord reden viel öfter über ihre Heimat als Sie.«

»Meine Familie hält mich für...« Selar suchte nach den richtigen Worten. »... für eine ›schwarze Kuh‹.«

»Ein schwarzes Schaf«, berichtigte Beverly, und es gelang ihr, nicht zu schmunzeln.

»Danke. Ich habe es abgelehnt, den für mich ausgewählten Mann zu heiraten, und dieses Verhalten erregte den ... Unwillen meiner Verwandten. Sie sind nicht bereit, mir die Mißachtung der Tradition zu verzeihen. Alle zwei oder drei Wochen erhalte ich Kom-Nachrichten von ihnen, die mich an meine Schande erinnern und den Erfolg meines früheren Verlobten schildern.«

Selar seufzte. »Ich empfand es als große Erleichterung, als Sukat schließlich heiratete. Vorher mußte ich mir immer anhören, daß es noch nicht zu spät ist, daß er mir vielleicht die Ehre erweist, mich als seine Frau zu akzeptieren, wenn ich ihn in aller Form um Verzeihung bitte.«

Beverly schüttelte voller Mitgefühl den Kopf. »Ich kann mir vorstellen, wie es Ihnen ergeht. Die Familie ...« Sie schnitt eine Grimasse. »Ich habe — hatte — einen Onkel, der nicht nur ein Halunke war, sondern auch eine verdammte Nervensäge.« Sie dachte einige Sekunden lang nach. »Nun, es ist eine lange Geschichte, aber ich weiß, was Sie meinen. Unsere Freunde können wir auswählen, aber mit den Verwandten muß man sich abfinden.«

»In der Tat«, bestätigte Selar und versuchte nicht, ihre Ironie zu verbergen. »Es ist schon schlimm genug, derartige Vorwürfe hinzunehmen, während man sich viele Lichtjahre entfernt an Bord eines Raumschiffs befindet. Doch wie wäre es, auf dem gleichen Planeten zu leben, in unmittelbarer Nähe der Verwandten?«

»Sie sollten ihnen mitteilen, daß Sie nichts mehr davon hören wollen«, riet Beverly. »Wenn Sie ihnen deutlich zu verstehen geben, daß Sie nicht bereit sind, weitere ... Vorwürfe hinzunehmen, wird man Sie schließlich in Ruhe lassen. Immerhin sind Sie kein junges Mädchen, das gerade die Schule hinter sich hat. Sie kehren als erfahrene Ärztin und Spezialistin zurück.«

Selar nickte und erweckte den Eindruck, als sei ihr diese Möglichkeit bisher noch nicht in den Sinn gekommen. »Außerdem könnte ich darauf hinweisen, daß ich entschlossen bin, meinen Bindungspartner selbst zu wählen.«

»Ja! Und wenn sich Ihre Familie darüber aufregt ... Sagen Sie ihr, sie soll ihre Beschwerden aufschreiben, zusammenfalten und dorthin stecken, wo die Sonne nie scheint.« In Crushers Augen funkelte es amüsiert.

»Wo die Sonne nie ...« Selar schwieg plötzlich, als ihr der Sinn dieser besonderen Metapher klar wurde. »Ein ausgezeichneter Rat, Doktor«, kommentierte sie, ohne die Miene zu verziehen.

»Und er ist völlig kostenlos«, entgegnete Crusher ebenso würdevoll.

Nach der Patientenvisite war es Zeit fürs Mittagessen. Selar suchte nach Thala, um ihr vorzuschlagen, gemeinsam den Gesellschaftsraum aufzusuchen, und sie fand das Mädchen an einem Computerterminal. »Hallo, Thala. Möchtest du mit mir essen?«

Die kleine Andorianerin hob überrascht den Kopf

und schaltete hastig den Sichtschirm aus. Selar konnte nur einen kurzen Blick auf den Monitor werfen: Er hatte eine Art Gittermuster gezeigt, über das Thalas Fingerkuppen strichen, während der Computer ihr die einzelnen Bereiche nannte. »O Selar!« stieß das Mädchen atemlos hervor. »Ich habe Sie gar nicht bemerkt!«

»Bitte entschuldige, daß ich dich erschreckt habe«, erwiderte die Vulkanierin und fügte neugierig hinzu: »Offenbar hast du gelernt.«

»Ja ... ja, das stimmt.« Das blaue Gesicht brachte Unsicherheit zum Ausdruck. Thala schien sich zu fragen, ob Selar Einzelheiten der Bildschirmdarstellung gesehen hatte. »Ich habe mich mit der Struktur naher Raumbasen beschäftigt«, sagte sie. »Und mir alle Einzelheiten eingeprägt — für den Fall, daß ich eine davon besuche. Dann komme ich dort allein zurecht.«

»Du bist schon einmal in einer Starbase gewesen«, entgegnete Selar verwirrt und vermutete, daß ihr das Kind nicht die ganze Wahrheit anvertraute. »Darüber hinaus solltest du nicht mit dem Gedanken spielen, allein in einer Raumstation umherzuwandern. Das wäre sehr unklug.«

»Ja, mein Vater hat mich zu einigen Raumbasen mitgenommen«, gestand Thala ein. »Aber diesmal ging es mir um etwas anderes. Ich wollte ...« Thala zögerte und fuhr dann rasch fort: »Wesley hat mir versprochen, mich nach dem nächsten Andocken herumzuführen, und ich möchte ihn beeindrucken, indem ich über alles Bescheid weiß.«

»Ich verstehe.« Die Erklärung schien völlig logisch zu sein, aber ein Rest von Skepsis verharrte in Selar.

Sie fragte sich, ob sie von ihrem Beschluß erzählen sollte, Thalas Passage nach Vulkan zu bezahlen und dafür zu sorgen, daß sie nicht nur die richtige medizinische Hilfe bekam, sondern auch eine erstklassige Ausbildung. Aber nach kurzem Nachdenken entschied sie sich dagegen. Selar hielt es für besser, später davon zu sprechen, nach dem Ende der gegenwärtigen Mission — *falls* es ihnen gelang, das Traktorfeld zu verlassen —, wenn alle Vorbereitungen getroffen waren. Sie durfte nur dann Hoffnung in dem Kind wecken, wenn sie sicher sein konnte, daß alles klappte. Immerhin blieb ihnen noch viel Zeit.

Hinzu kam: Thala überwand gerade erst den Schock angesichts ihres schrecklichen Alptraums. Emotionale Erregung — selbst positive — mußte vermieden werden, bis sie sich völlig von den Nachwirkungen des Traumas erholt hatte.

Deshalb verzichtete Selar darauf, sich nach den wahren Motiven der Andorianerin zu erkundigen. Sie nickte nur. »Was ist mit dem Essen? Soll ich allein gehen?«

»Ich komme mit!« Thala sprang fröhlich auf und strahlte. »Ich bin halb verhungert!«

Der Junge wanderte barfuß neben der Straße und spürte warmen Sand zwischen den Zehen. Die beiden Sonnen glühten hell und heiß am Himmel. Es dauerte noch eine Weile, bis die Regenzeit auf Khitomer begann; Hitzedunst flirrte über der braunen und graugrünen Landschaft. Kleine Wolken aus weißem Staub umwogten Worfs nackte Beine, als er LengwI' folgte, seinem Targ.

Der Targ *war ein graues, sehr muskulöses Tier mit langer Schnauze und kleinen Knopfaugen. Es reichte dem Jungen bis zur Brust, obgleich Worf für sein Alter als recht groß galt. Bis zu seinem ersten Aufstiegsritual dauerte es noch eine Weile, aber er träumte bereits davon und stellte sich vor, eines Tages Krieger zu sein und an Bord eines Schlachtkreuzers zwischen den Sternen zu fliegen. Er hoffte, irgendwann einmal Kommandant eines solchen Schiffes zu werden, im Sessel des Captains zu sitzen, Leder und Metall auf den Schultern zu spüren.*

Der Targ *schnaubte plötzlich und stob davon, schnüffelte im Schatten zwischen einigen Bäumen. Das Tier grunzte, und seine Stoßzähne bohrten sich durch hellgrünes Gras, rissen den Boden auf. Etwas sauste fort, und der* Targ *heulte trium-*

phierend, als er das kleine, pelzige Geschöpf mit den Vorderläufen einfing. Er schnappte danach, und Blut spritzte aus der Kehle des Wühlers, als scharfe Targ-Zähne den zuckenden Körper zerrissen. Das klingonische Tier verschlang den Kadaver.

»Brav, LengwI'!« lobte Worf. Der Targ grunzte erneut, zappelte zufrieden und drückte seine klebrige Schnauze an die Hand des Jungen. »Du hast den Wühler erwischt! Du bist der beste Jagdtarg auf dem ganzen Planeten!« Er strich über die Halskrause des Tiers und achtete darauf, nicht die spitzen Stacheln zu berühren.

LengwI' schniefte und wußte natürlich nicht, daß er der einzige Targ auf Khitomer war, einer abgelegenen Provinzwelt des Imperiums. Worf schnitt eine finstere Miene, und dadurch wirkte sein Gesicht noch verdrießlicher als sonst. Wenigstens hatten ihm seine Eltern erlaubt, den Targ in die kleine klingonische Kolonie mitzunehmen. Ohne LengwI' wäre es sehr langweilig gewesen.

Worf seufzte. Khitomer gefiel ihm nicht, aber er saß auf diesem Planeten fest, während sein Vater Mogh das Kommunikationssystem installierte. Inzwischen dauerte die Arbeit schon einige Monate länger, als Mogh zunächst geglaubt hatte.

Geistesabwesend stieß der Junge den Fuß in das von LengwI' gegrabene Loch und schob Erdbrocken über freigelegte Wurzeln. Wenn Mogh doch nur endlich entschied, Worf, LengwI', Mutter und das Kindermädchen Kahlest nach Hause zu bringen — dann wäre alles in Ordnung. Zu Hause warteten andere Jungen auf ihn, mit denen man Schlachtstrategien entwickeln und den unbewaffneten Kampf üben konnte. Hier gab es nur wenige Kinder in Worfs Alter, und die meisten von ihnen waren Mädchen.

Was natürlich nicht bedeutete, daß er Mädchen prinzipiell ablehnte. Einige von ihnen konnten gut kämpfen, glichen geringere Größe und Kraft durch schnellere Reflexe, Schläue und Wildheit aus. Trotzdem zog er gleichaltrige Jungen vor.

Worf seufzte. LengwI' spürte seine Stimmung, brummte

fragend und rieb die Schnauze an der Hand. Als der Knabe den Kopf senkte, bemerkte er das Glitzern in den Augen des Tiers. »Du hast doch gerade erst gefressen«, sagte er. »Bist du schon wieder hungrig?« LengwI' schnüffelte bestätigend. »Nun, es ist noch zu früh, dich zu füttern. Du mußt dir selbst etwas besorgen. Geh auf die Jagd. Töte!«

Die feuchte Schnauze des Targ *vibrierte, als er schnupperte, Witterung aufnahm und zu einem anderen Baum lief. Worf beobachtete stolz, wie das Tier grub, einen zweiten Wühler fand und ihn ebenso verschlang wie den ersten. »Gut gemacht!« lobte er.*

Worf sah zum Himmel hoch und stellte fest, daß die kleine, rötliche Sonne dicht über dem Horizont hing. Ihm knurrte der Magen. Bald wurde es Zeit fürs Abendessen, und heute hatte seine Mutter Rokeg *vorbereitet — Blutpastete.*

Bei diesem Gedanken lief ihm das Wasser im Mund zusammen. Mit einem Wink forderte er den Targ *auf, den letzten Fleischfetzen des Wühlers keine Beachtung mehr zu schenken, drehte sich dann um und ging in die Richtung zurück, aus der er kam. Hinter ihm knirschten die Hufe des* Targ *über den Boden. »Diesmal holst du mich nicht ein!« rief der Junge herausfordernd und lief los.*

Worf öffnete die Augen, setzte sich auf und sah die vertraute Umgebung seines Quartiers. Der Traum war so *real* gewesen! Er glaubte noch immer, den Geruch von Khitomers Staub und Vegetation wahrzunehmen, und das neuerliche Knurren des Magens erinnerte ihn an echte *Rokeg*-Blutpastete, heiß und salzig. Den Synthetisierern der *Enterprise* gelang es einfach nicht, den richtigen, frischen Geschmack zu reproduzieren.

Er rollte sich von der schmalen Koje und stand auf. Worfs Kabine war spartanisch eingerichtet und zeichnete sich durch eine fast klösterliche Schmucklosigkeit aus.

Rasch zog er die Uniform an, streifte die Schärpe über breite Schultern, prüfte sein Erscheinungsbild im Spiegel und kontrollierte den Phaser. Dann strich er das Haar glatt. Er trug es kürzer als die meisten Klingonen: Einerseits mußte er den Erwartungen genügen, die man einem Starfleet-Offizier entgegenbrachte, doch andererseits wollte er nicht ganz darauf verzichten, wie ein klingonischer Krieger zu wirken.

Anschließend ging er zur Tür. Auf halbem Wege dorthin blieb er plötzlich stehen und versteifte sich unwillkürlich. Jener Traum ... Er hatte ihm Bilder aus der Vergangenheit gezeigt. *Die Ereignisse jenes Tages haben tatsächlich stattgefunden.* Er entsann sich nun daran ...

Nach dem Abendessen war er gesättigt zu Bett gegangen, doch mitten in der Nacht hatte ihn sein Vater geweckt und ihn zusammen mit Worfs Mutter und Kahlest zum Bunker gebracht.

Kurze Zeit später nahm der Junge den besonderen Geruch von Zerstörung und Tod wahr. Er hörte das Stöhnen der Verletzten und Sterbenden. Mutter hielt ihn in den Armen und ignorierte den Protest ihres Sohnes — Worf wollte gegen den Feind kämpfen, der die Kolonie ohne jede Vorwarnung überfallen hatte.

Der romulanische Angriff auf Khitomer war nicht provoziert worden und kam völlig überraschend. Bevor der Morgen des nächsten Tages dämmerte, starben viertausend Klingonen; zu den Opfern gehörten auch Worfs Familie und sein *Targ*. Föderationsoffiziere fanden den kleinen klingonischen Jungen, als er versuchte, aus einem großen Trümmerhaufen zu kriechen, und sie holten ihn ins Licht der beiden Sonnen zurück. Als er die Dunkelheit des Schreckens verließ, fiel sein erster Blick auf eine Uniform — sie ähnelte derjenigen, die er nun selbst trug.

Den Rest seines Lebens hatte er bei Menschen verbracht ...

Während der Rokeg-*Mahlzeit waren wir zum letztenmal zusammen,* dachte er nun. Vor seinem inneren Auge sah er, wie LengwI' unter dem Tisch hockte, wie er ihn heimlich mit Blutpastete fütterte. Er hörte noch einmal den Tadel seiner Mutter, das laute Lachen seines Vaters ...

Der Klingone setzte sich wieder in Bewegung und verdrängte die Erinnerungen. Kummer und das Gefühl der Einsamkeit hatten keinen Platz im Herzen eines klingonischen Kriegers. Arbeit wartete auf ihn. Er mußte seine Pflicht erfüllen.

Mit langen, zielstrebigen Schritten verließ Worf die Kabine. Einmal mehr knurrte ihm der Magen, aber seltsamerweise stellte er fest, daß er den Appetit auf Blutpastete verloren hatte.

Als die Forschungsgruppe ihre Untersuchungen beendete, versammelten sich die Senior-Offiziere der *Enterprise* erneut im Konferenzzimmer, um die Analyseergebnisse entgegenzunehmen. Data, LaForge und Fähnrich Crusher erstatteten ausführlich Bericht. Im Anschluß daran schilderte Wesley die Schlußfolgerungen in Hinsicht auf das Artefakt. Zuerst war er ein wenig nervös, aber nach einigen Minuten gelang es ihm, sich von der Unsicherheit zu befreien. Daraufhin sprach er in einem präzisen Tonfall, beschrieb die Resultate der Sensorsondierungen und ihre Korrelationen mit den medizinischen Informationen.

Picard nickte, als der junge Mann seine Ausführungen beendete. »Danke, Mister Crusher. Ihre Angaben sind sehr aufschlußreich. Irgendwelche Kommentare dazu?«

Der Captain hatte bereits eine Entscheidung getroffen, doch bevor er sie verkündete, wollte er sich die Meinungen der übrigen Anwesenden anhören. Er war durchaus bereit, es sich anders zu überlegen, wenn es triftige Gründe dafür gab.

Das schien diesmal nicht der Fall zu sein. Die Diskussion betraf zunächst schon bekannte Spekulationen und Theorien. Worf und Riker hielten das Artefakt noch immer für eine Waffe und schlugen vor, die *Enterprise* sollte ein Risiko eingehen und versuchen, es zu vernichten. LaForge sprach sich dafür aus, eine Einsatzgruppe in das Artefakt zu beamen, um den Kraftfeldgenerator auszuschalten. Beverly Crusher warnte vor jedem Kontakt mit der fremden Umgebung.

Nach einer Weile hob Picard die Hand. »Ich habe beschlossen, Lieutenant Commander LaForges Anregungen zu folgen und eine Gruppe zum Artefakt zu schikken, um dort das Energiefeld zu desaktivieren.« Er wandte sich an Will Riker. »Nummer Eins, Sie leiten das Team.«

Der Erste Offizier nickte ernst und gleichzeitig erleichtert. Die Leitung von Lande- und Einsatzgruppen gehörte zu seinen Pflichten, aber offenbar hatte er damit gerechnet, daß Picard diese Aufgabe selbst wahrnehmen wollte — manchmal brachte er einen derartigen Wunsch zum Ausdruck.

»Lieutenant Worf, Sie schließen sich dem Team als Sicherheitsoffizier an.«

Der Klingone lächelte nicht, brummte jedoch zufrieden. Wie üblich sehnte er sich danach, endlich etwas zu unternehmen.

»Commander LaForge, Mister Data ... Bitte begleiten Sie die Gruppe und benutzen Sie Ihr besonderes Sehvermögen, um soviel wie möglich über das Artefakt herauszufinden.«

»Ja, Sir«, murmelte die beiden Offiziere.

»Captain, ich möchte noch eine andere Person empfehlen«, sagte Riker.

»Ja, Nummer Eins?«

»Vielleicht sollte Dr. Gavar mitkommen. Allem Anschein nach beeinflußt das Kraftfeld nicht die Hirnströme von Tellariten, und daher könnte sich Gavars Präsenz für uns als recht nützlich erweisen.«

Picard nickte. »Einverstanden. Doktor Crusher?«

Beverly zögerte. »Nun, an Bord der *Marco Polo* hat

Gavar tatsächlich eine gewisse Widerstandsfähigkeit den Emissionen des Artefakts gegenüber unter Beweis gestellt. Aber ich ziehe es vor, ihr keinen direkten Einsatzbefehl zu geben — sie ist nur aufgrund des Austauschprogramms für Starfleet-Offiziere bei uns. Wenn sie sich freiwillig meldet ...« Sie beendete den Satz nicht.

»Na schön«, sagte Picard. »Also auf einer freiwilligen Basis.«

Die Ärztin berührte ihren Insignienkommunikator. »Gavar?«

»Ja, Doktor?« erklang die Stimme der Tellaritin.

»Der Captain schickt eine Gruppe zum Artefakt, mit dem Auftrag, uns von dem Traktorfeld zu befreien. Wir wissen inzwischen folgendes: An Bord des Frachters fielen Sie nicht wie Montez einer Psychose zum Opfer, weil tellaritische Gehirne von den Energien des Artefakts unbeeinflußt bleiben. Deshalb sucht Captain Picard nach einem Tellariten, der sich freiwillig für die Mission meldet.«

Einige Sekunden lang herrschte Stille, und dann erwiderte Dr. Gavar: »Bitte informieren Sie den Captain, daß ich bereit bin, die Einsatzgruppe zu begleiten.«

»Danke«, sagte Crusher. »Ich teile es ihm mit. Crusher Ende.«

Sie klopfte erneut auf den kleinen Kommunikator, um die Verbindung zu unterbrechen. »Wann wollen Sie aufbrechen?« fragte sie Riker.

Der Erste Offizier erhob sich entschlossen. »Ich möchte diesen Ort so schnell wie möglich verlassen.« Er sah den Captain an. »Deshalb schlage ich vor, wir verlieren keine Zeit und machen uns unverzüglich auf den Weg.«

Der Captain nickte. »Wie Sie meinen, Nummer Eins. Ich wünsche Ihnen viel Glück.«

KAPITEL 9

Sie versammelten sich vor dem Transporterraum Vier, und Commander Riker musterte die übrigen Mitglieder des Einsatzteams. Data, Geordi, Worf und Dr. Gavar trugen — wie er selbst — dicke Uniformen mit isolierenden Jacken. Die von Data und Wesley ermittelten Sensordaten deuteten darauf hin, daß es in dem Artefakt recht kühl war: Die Temperatur lag nur knapp über dem Gefrierpunkt.

Riker überprüfte noch einmal die Justierungen seines Phasers, und die anderen folgten seinem Beispiel. Zwar hatten sie keine Lebensformen im Innern des fremden Objekts entdeckt, aber vielleicht gab es dort automatische Verteidigungssysteme. Außerdem hielt es Will trotz der Sondierungen für möglich, organischen Entitäten zu begegnen; das Artefakt war so fremdartig, daß sie mit neuen Überraschungen rechnen mußten.

Er sah zu der Tellaritin, die eine Tasche an ihrem Gürtel befestigt hatte. Als Gavar seinen Blick bemerkte, klopfte sie mit einer hufartigen Hand auf den Beutel.

»Medizinische Ausrüstung«, erklärte sie knapp.

»Ich bezweifle, ob wir sie benötigen«, sagte Riker. »Aber es ist in jedem Fall besser, auf alles vorbereitet zu sein. Wollen Sie einen Phaser, Doktor?«

»Nein, Sir«, erwiderte Gavar und verzog die Schnauze. »Ich bin kein guter Schütze. Ich könnte stolpern und unabsichtlich auf etwas — oder jemanden — schießen.«

Worf rollte nicht mit den Augen, aber sein Gesichtsausdruck vermittelte eine deutliche Botschaft.

»In Ordnung, Gavar«, entgegnete Riker hastig. »Abgesehen von Ihnen sind alle bewaffnet. Übrigens: Ich möchte Ihnen persönlich dafür danken, daß Sie sich freiwillig für diese Mission gemeldet haben.«

»Es ist meine ärztliche Pflicht, Sir«, antwortete die Tellaritin ruhig, und ihre kleinen, von rosaroter Haut umgebenen Augen blickten sehr ernst. »Ich bin zu allem bereit, um Patienten zu retten.«

»Commander Data, bitte zeichnen Sie ständig auf«, sagte Riker. »Verstanden?«

»Ja, Commander«, bestätigte der Androide und kontrollierte noch einmal seinen Tricorder.

»Sind wir soweit?«

Als seine Begleiter nickten, führte Riker sie in den Transporterraum. Dort wartete O'Brien an der Konsole.

»Halten Sie den Transferfokus ständig auf uns gerichtet«, wandte sich der Erste Offizier an den Transporterchef, »damit Sie uns sofort zurückbeamen können, wenn wir in Schwierigkeiten geraten.«

»Ja, Commander. Aber dazu müssen Sie zusammenbleiben. Das Kraftfeld verhindert eine exakte Ortung von Individuen.«

Riker nickte. »In Ordnung.« Er drehte sich zu den anderen Offizieren um. »Niemand verläßt die Gruppe. Ist das klar?«

»Ja, Sir«, lautete die mehrstimmige Antwort.

»Viel Glück, Commander.« Riker bemerkte eine gewisse Anspannung in dem breiten und normalerweise fröhlichen Gesicht des Transporterchefs. In Mund- und Augenwinkeln schienen neue Falten entstanden zu sein. Der Erste Offizier fragte sich stumm, ob auch O'Brien an Träumen litt.

Das war jetzt bei vielen Besatzungsmitgliedern der Fall. Immer mehr Personen an Bord wirkten hohlwangig, und in zahlreichen Augen flackerte Furcht. Riker entsann sich an Dr. Crushers Bericht: Vierzig Prozent der Crew und fünfzig Prozent der Passagiere hatten einen vom Artefakt verursachten ›realen‹ Traum erlebt.

Nicht alle Träume waren negativ, aber Schreckensvisionen kamen wesentlich häufiger vor als angenehme Erfahrungen.

Es gab noch schlimmere Statistiken. Siebzehn Selbstmordversuche, einer davon erfolgreich; in einem anderen Fall bestanden kaum mehr Überlebenschancen für das Opfer. Fünf Mordanschläge. Dreiundvierzig katatonische Patienten. Vierundachtzig Nervenzusammenbrüche. Hundertzweiundsechzig Männer und Frauen, die wegen Depressionen und Apathie behandelt werden mußten. Und natürlich eine Betazoidin, die nicht geweckt werden durfte: Das sich in der *Enterprise* ausbreitende emotionale und psychische Trauma bedrohte ihren Verstand.

Auf dem Weg zum Transporterraum hatte Will kurz die Krankenstation besucht. Eine Zeitlang blickte er auf die entspannten, von glänzenden schwarzen Locken umrahmten Züge der Counselor hinab. *Dornröschen,* dachte er dabei und spürte, wie ihm irgend etwas den Hals zuschnürte. Die schlafende Deanna weckte vergessen geglaubte Erinnerungen und Gefühle.

Riker griff nach einer schlaffen Hand und versuchte, eine geistige Verbindung zu der betäubten Troi herzustellen. *Halt durch, Deanna. Wir überwinden die gegenwärtige Krise, das verspreche ich dir. Hab nur etwas Geduld ...*

Als er die Krankenstation verließ, stellte er besorgt fest, daß fast alle Betten belegt waren. Da es an Platz fehlte, hatte man damit begonnen, die Patienten auch in nahen Aufenthaltsräumen und Mannschaftsquartieren unterzubringen.

Der Mangel an arbeitsfähigem Personal wirkte sich allmählich in allen Abteilungen des Schiffes aus, und die Krankenstation bekam es stündlich mit neuen Fällen zu tun. *Es muß uns gelingen, das Kraftfeld zu desaktivieren,* dachte Riker. *Sonst bleibt uns nichts anderes übrig, als ein Risiko einzugehen und zu versuchen, das verdammte Artefakt zu vernichten.*

Die Einsatzgruppe bezog auf der Transferplattform Aufstellung, und Worfs rechte Hand tastete nach dem Phaser im Halfter. Riker schaltete seine Taschenlampe ein, für den Fall, daß sie in Dunkelheit rematerialisierten, und dann nickte er O'Brien zu. »Energie!« befahl er.

Die Wände des Transporterraums verflüchtigten sich. Will fühlte ein Prickeln, als der Transferstrahl seinen Körper in eine energetische Matrix verwandelte, und damit einher ging profunde Desorientierung — ein Empfinden, an das sich Riker im Laufe der Jahre gewöhnt hatte.

Kühle Luft strich ihm über Wangen und Hals. Buntes Licht umgab ihn, und Geräusche drangen an seine Ohren. Dem Ersten Offizier blieb nur eine Sekunde, um festzustellen, daß er sich nun im Innern des Artefakts befand — unmittelbar darauf erfaßte ihn ein so intensiver Schwindel, daß er sich kaum mehr auf den Beinen halten konnte.

Er keuchte, schien blind und taub zu sein, als ihm fremde Farben und Laute entgegenfluteten, die nicht für menschliche Augen und Ohren bestimmt waren. Ein fremder Geruch stieg ihm in die Nase, süßer als Wein, bitterer als Galle.

Riker krümmte sich zusammen, würgte, taumelte einige Schritte und versuchte, die Augen zu schließen, sich die Ohren zuzuhalten. Aber die schrecklich grellen Farben und absurden Formen hämmerten weiterhin auf ihn ein, marterten seine Pupillen, während Geräusche des Wahnsinns seine Trommelfelle erzittern ließen, von dort aus ins Bewußtsein vordrangen und das mentale Gefüge zerfetzten. Die Luft quälte Gesicht und Hände, schien die Haut von den Knochen zu schaben.

O Gott, bitte sorg dafür, daß es aufhört! kreischte es hinter Rikers Stirn.

Aber Mund und Zunge gehorchten ihm nicht. Der Körper glitt zu Boden, entzog sich seiner bewußten Kontrolle, gehörte ihm gar nicht mehr...

Und das galt auch für sein Selbst. Die geistige Pein war am schlimmsten.

Geburt, die Agonie des Todes, Orgasmus, Schmerz — körperliche und geistige Erfahrungen verzerrten sich plötzlich, wurden auseinandergerissen und anschließend neu zusammengefügt. Gleichzeitig versuchte der Erste Offizier, zu begreifen und zu verstehen, bisher vertraute Maßstäbe zu benutzen, um zu beurteilen und einzuschätzen. Die Folge war absolutes Chaos.

Sonderbare Emotionen durchströmten ihn, alle fremdartig und intensiv und völlig *falsch*, deformiert und entstellt. Sie erschütterten seine geistige Stabilität, nagten daran, zupften und kratzten, veranlaßten sein Ich schließlich, in die entferntesten Winkel des Bewußtseins zurückzuweichen. Die Essenz seines Wesens — der Kern des Selbst, seine *Seele* — versuchte vergeblich, vor dieser mentalen Vergewaltigung zu fliehen.

In einem letzten, halbwegs klaren Augenblick merkte Will Riker, daß er zusammengerollt auf der Seite lag, neben einer Lache aus Erbrochenem, daß er entweder starb oder den Verstand verlor. In jener Sekunde wünschte er sich nichts sehnlicher als den Tod und wußte: Keine der archaischen Vorstellungen von ewiger Verdammnis reichte an das Entsetzen heran, das nun in den Tiefen seines eigenen Geistes auf ihn wartete — wenn das Schlimmste geschah und er am Leben blieb.

Geordi LaForge schrie, aber er hörte die eigene Stimme nicht. Er vernahm nur eine verworrene Kakophonie, Geräusche, die ein psychisches Chaosecho in ihm bewirkten. Unter der Haut brannte kaltes Feuer, und der Geschmack in seinem Mund schien die Zunge zu verätzen.

Der Chefingenieur wußte nicht mehr, wo er sich befand und was aus seinen Gefährten geworden war. Er taumelte, prallte an Wände und *Dinge*, schrie die ganze Zeit über, bis seine Stiefel an etwas Festes stießen. Geordi fiel, blieb liegen …

Die Bewegungen hatten ihm offenbar dabei geholfen, einen Teil des fremden Einflusses von sich fernzuhalten. Als er nun lag, kroch das Etwas gnadenlos in sein Bewußtsein und versuchte, dem Gehirn eine neue Form zu geben, ihm eine andere Struktur zu verleihen. LaForge spürte, wie sich sein Körper bemühte, in einem fremden Rhythmus zu atmen, wie das Blut in fremden Mustern floß, wie das Fleisch danach trachtete, sich auf eine fremde Weise um die Knochen zu schließen.

O Gott, laß mich taub werden! dachte er und stopfte sich Finger in die Ohren. Er besann sich auf Multiplikationstabellen, natürliche Logarithmen und Quadratwurzeln, hoffte dabei, das Chaos mit mathematischer Ordnung abzuwehren.

Während Geordi einen aussichtslosen Kampf führte, drehte er den Kopf von einer Seite zur anderen, hielt mit dem VISOR Ausschau und widersetzte sich der Finsternis, die ihn forttragen und ihm Vergessen schenken wollte. Er konzentrierte sich, um noch etwas länger bei Bewußtsein zu bleiben, rang dabei um jede Sekunde. Die Vorstellung, nicht mehr zu sehen, erschien ihm entsetzlicher als alles andere.

Doch kurz darauf errang die Dunkelheit den Sieg. Geordi sank ins Nichts, und bevor er sich in der Schwärze verlor, bedauerte er, daß ihm sein besonderes Sehvermögen überhaupt nichts nützte.

Das *May'QeH* erfüllte Worf, der Kampfwahn, und es fühlte sich gut an. Der Klingone stürmte durch die Korridore und wußte gar nicht, wo diese sich befanden, ob sie tatsächlich existierten oder ein mentales Labyrinth darstellten, das man seinem Geist aufzwang. Vielleicht weilte er in einer anderen Existenzebene — es ließ sich nicht feststellen. Und es spielte auch keine Rolle. Er war hier, um zu kämpfen, und nur darauf kam es an. Alles andere verlor an Bedeutung.

Er versuchte nicht mehr, die Würde eines Starfleet-

Offiziers zu wahren. Das war vorbei. Feuer brannte nun in Worfs Blut und vertrieb alle Hemmungen, die auf Erziehung und Starfleet-Ausbildung zurückgingen. Die Erkenntnis, daß es einen Feind zu überwältigen galt, weckte wütende Begeisterung in ihm, und er dachte nur noch an den Sieg.

Eine warnende Stimme wies ihn auf Gefahr hin, aber sie ähnelte dem *Hlq* in seinen Adern und wirkte so, als hätte er etwas Hochprozentiges getrunken, zum Beispiel romulanisches Bier — nicht das von schwachen Menschen bevorzugte Synthehol. Blind vor Zorn lief er weiter... Oder blendete ihn explodierendes Licht? Es spielte keine Rolle. Worf brüllte, holte mit der Faust aus — sie sollte gepanzert sein; warum fehlte der mit Stahlfacetten ausgestattete Lederhandschuh? — und rammte sie an etwas Hartes.

Der Kriegsgesang in seinem Blut machte ihn taub... Oder hinderten ihn die fremden Geräusche daran, etwas anderes zu hören? Auch das spielte keine Rolle. Er war hier, um zu kämpfen.

Aber was bedeutete *hier?* Verwirrt drehte sich Worf um und überlegte, ob er noch immer im eigenen Körper steckte oder es mit einem Gegner zu tun hatte, der irgendwo in seinem Bewußtsein lauerte. Er konnte nicht zwischen Realität und Illusion unterscheiden, aber das spielte ebenfalls keine Rolle! Er versuchte herauszufinden, was den Schmerz verursachte, bemühte sich jedoch nicht, ihn zu unterdrücken. Ein kühner Krieger benutzte die Pein als Ansporn, um noch größeren Ruhm zu erringen.

Worf blinzelte und merkte plötzlich, daß sein Phaser fehlte. Er hielt ihn nicht mehr in der Hand! Was war geschehen? Er mußte den Strahler unbedingt wiederfinden! Mit dem Phaser konnte er viel mehr zerstören als mit Händen oder Füßen, obgleich seine Gliedmaßen Waffen gleichkamen.

Er wirbelte um die eigene Achse — aber bewegte er

sich wirklich? Er konnte unmöglich sicher sein —, und begann mit der Suche nach dem Strahler. Sicher lag der Phaser irgendwo in der Nähe, ein Werkzeug, das ihm half, sein Ziel zu erreichen: Sieg und Ruhm. Mit ihm würde er den Feinden und diesem Ort seine Wut zeigen. (Doch handelte es sich um einen Ort? Oder beschränkten sich die Ereignisse auf Worfs inneren Kosmos?)

Er schüttelte den Kopf, fletschte die Zähne und kniff die Augen zusammen, versuchte, den Blick auf seine unmittelbare Umgebung zu fokussieren. Aber so sehr er sich auch bemühte: Er sah nur Fremdartigkeit, keinen Phaser. Er heulte Flüche, denn die *QI'yaH*-verdammten Farben, Bilder und Formen waren ihm im *Ghuy-cha'*-Weg! Schlimmer noch: Angesichts der fremden *Qu'vatlI*-Geräusche hörte er nicht einmal die eigene Stimme.

»NaDev vo'ylghoS!« donnerte Worf und befahl den Bildern, Farben und Geräuschen, endlich zu verschwinden.

Doch sie reagierten nicht. Der Klingone wankte um eine Ecke, und hinter dem bunten Schleier vor seinen Augen sah er eine dunkle, fast vertraute Gestalt. Etwas Konkretes! Jemand, den er töten konnte!

Zornig stürzte er dem Feind entgegen, doch er wich seiner ausgestreckten Hand aus. (Existierten Gegner und Hand tatsächlich?) Etwas berührte ihn am Bein, und er verlor das Gleichgewicht, stürzte zu Boden. Mit den Reflexen eines Kriegers sprang er wieder auf, spannte die Muskeln, duckte sich …

Die in sein Ich strömenden Farben, Bilder und Schatten verspotteten ihn. Weit und breit war nichts von einem Feind zu sehen …

Die Wut des Klingonen kühlte so plötzlich ab wie glühende Kohlen, auf die man Wasser goß. Wo lag der Phaser? Er sollte wild um sich schießen, den Gegner angreifen und ihn umbringen! Irgend etwas ging nicht mit rechten Dingen zu. Worf taumelte, und vor seinen Augen drehte sich alles.

Er bemühte sich noch immer, klar zu denken und zu kämpfen, spürte jedoch, wie die Beine unter ihm nachgaben. Mit einem dumpfen Pochen fiel er auf den harten Boden, blieb reglos und mit dem Gesicht nach unten liegen.

Als Gavar materialisierte, wußte sie sofort, daß sie in Schwierigkeiten war. Farben stachen in ihre kleinen Augen, und sie sah beunruhigende, bizarre Formen. Gleichzeitig drangen ihr seltsame Geräusche in die zusammengefalteten Ohren, und sie nahm einen ekelerregend süßen Geruch wahr. *Meine Sinne,* dachte sie erschrocken und senkte die Lider. *Ich kann ihnen nicht mehr vertrauen ...*

Etwas Schweres fiel dicht vor ihren Füßen zu Boden. Ein Körper. Gavar kniete nieder, strich mit einer dreifingrigen Hand über den Leib, berührte das Gesicht und fühlte ›Haut‹, die glatter war als bei Menschen und Klingonen. Commander Data. Eine sensorische Überladung hatte offenbar zu Kurzschlüssen in den Schaltkreisen des Androiden geführt.

Die Tellaritin tastete blind nach dem Medo-Beutel, öffnete ihn, fand eine Verbandrolle und daneben die Schere. Gavar hielt die Augen auch weiterhin geschlossen und versuchte, fremde Geräusche zu ignorieren, die wie zornige Insekten über ihre Trommelfelle krochen. Sie schnitt einige Streifen vom Verband ab und stopfte sie sich tief in die Ohren, was ihr zumindest etwas Erleichterung verschaffte. Die Ärztin atmete tief durch — jetzt konnte sie das akustische Chaos besser ertragen.

Nun zu den Augen. Erneut griff Gavar nach dem Verband und wickelte sich einen Teil davon um den Kopf. Nach einer Weile wagte sie es, die Lider ein wenig zu heben und durch den halbtransparenten Stoff zu sehen. Gut. Der Synthomull dämpfte die grellen Farben, nahm den verwirrenden Winkeln und Kanten der Objekte um sie herum ihre übelkeiterweckende Schärfe.

Sie fragte sich, wieviel Zeit seit dem Retransfer vergangen war. Vermutlich nicht mehr als eine Minute. Die Tellaritin klopfte auf ihren Insignienkommunikator und fragte sich, ob man ihre Stimme trotz der Kakophonie verstehen konnte. »Hier Gavar«, sagte sie mit einem heiseren Schnaufen. »Im Artefakt ist keine normale Wahrnehmung möglich. Ich mußte Augen und Ohren bedecken, um zu vermeiden, den Verstand zu verlieren. Commander Data hat das Bewußtsein verloren, vielleicht aufgrund von Kurzschlüssen in seinen Schaltkreisen. Ich kann Sie nicht hören. Um Sie zu verstehen, müßte ich riskieren, mich erneut den hiesigen Geräuschen auszusetzen, und das wäre zu gefährlich. Ich versuche jetzt, alle Mitglieder der Einsatzgruppe an einem Ort zu versammeln, so daß Sie uns zurückbeamen können. Leiten Sie den Transfer erst dann ein, wenn ich Ihnen Bescheid gebe. Das Artefakt ... Hier drin ist es wie in einem fremden Alptraum.« Die Tellaritin zögerte kurz. »Ich melde mich bald wieder. Gavar Ende.«

Nach einer Weile vernahm sie etwas anderes, ein vertrautes Geräusch — es stammte von einem Menschen und deutete auf Schmerz hin. Die Ärztin fühlte sich dadurch an ihre Zeit in einer psychiatrischen Klinik erinnert: ein schriller Schrei, so scharf wie eine Klinge aus Wahnsinn.

Gavar beobachtete einen Schemen, der ihr entgegentaumelte, und sie wich zurück. Der Mensch — wer auch immer es sein mochte — stolperte über den reglosen Data und fiel. Einige Sekunden lang wand er sich hin und her. Die Tellaritin sah, wie er zuckte, und seine Schreie erklangen auch weiterhin, bevor er ganz plötzlich schwieg.

Rasch näherte sich Gavar und fühlte den Puls. Der Mann atmete und lebte, aber sein Herz schlug viel zu schnell. Ihre Finger ertasteten das sichelförmige VISOR — LaForge.

Die Ärztin ließ ihn liegen — Geordis Beine ruhten an Datas Rücken —, stand auf, schob sich an der Wand entlang und suchte inmitten der fremden Formen nach weiteren vertrauten Gestalten.

Nur wenig später reagierte ihre empfindliche Nase auf einen Geruch, der sich von allen anderen unterschied — Erbrochenes von einem Menschen. Gavar starrte durch den Synthomull vor ihren Augen und erkannte etwas Dunkles vor dem Hintergrund wogender Farben. *Commander Riker?* dachte sie. Ihre stumme Frage wurde beantwortet, als sie die Stirn des Mannes berührte.

Der Erste Offizier lebte, schien aber in einer noch schlechteren Verfassung zu sein als LaForge. Die Tellaritin griff nach der Jacke und zog den schweren Körper in Richtung der anderen. Sie atmete schwer und ließ Riker los, als sie die übrigen Offiziere erreicht hatte, richtete sich dann auf. Der Klingone ... Wohin war er verschwunden?

Erneut aktivierte sie ihren Kommunikator. »Hier Gavar. Ich habe die Menschen gefunden. Sie leben. Ich beginne jetzt mit der Suche nach Worf. Gavar Ende.«

Wo sollte sie nach dem Klingonen Ausschau halten? Die Ärztin beschloß, den Verband über einem Ohr zu lösen und eine Sekunde lang zu horchen ...

Jene Sekunde ließ sie fast dem Verderben anheimfallen. Gavars Knie gaben nach, und sie sank an die Wand. Die Scharniere des Bewußtseins rasselten, als Wahnsinn an schwache Schutzbarrieren prallte. Aber sie vernahm ein fernes Brüllen, das nicht ins Muster der undefinierbaren Geräusche paßte, und es kam von rechts ...

Die Tellaritin zögerte, dachte nach, überlegte. Verrückte Menschen waren eine Sache, aber ein übergeschnappter Klingone ... Sie spielte kurz mit dem Gedanken, sich nicht um den Sicherheitsoffizier zu kümmern und die *Enterprise* aufzufordern, den Rest der Gruppe zurückzubeamen. Dann verhärteten sich ihre Züge, und sie straffte den untersetzten, schweineartigen Leib. *Ich muß zumindest versuchen, Worf zu retten,* fuhr es ihr durch den Sinn. *Ich kann nicht zulassen, daß er an diesem entsetzlichen Ort stirbt.*

Gavar wandte sich nach rechts und spürte dabei das Gewicht des Medo-Beutels am Gürtel. Sie blieb stehen und öffnete ihn, als ihr etwas einfiel. *Wenn ich die richtige Ampulle finde ...*

Sie nahm den Injektor und stellte sich vor, wo die einzelnen Medikamente verstaut waren. Vor ihrem inneren Auge entstand ein Bild der Anordnung. Dr. Crusher veranstaltete häufig Übungen für das Personal ihrer Abteilung: Alle Ärzte, Assistenten, Schwestern und Pfleger mußten in der Lage sein, ihre Pflichten in Schwerelosigkeit zu erfüllen, bei schlechten Lichtverhältnissen, in Finsternis und inmitten von simulierten Trümmern.

Da ist es. Gavars Huffinger schlossen sich um das gesuchte Sedativ, und sie betete zu allen tellaritischen Göttinnen, daß sie sich nicht geirrt hatte. Wenn sie Worf das falsche Mittel verabreichte, brachte sie ihn dadurch vielleicht um.

Einmal mehr hob sie den Verband über einem Ohr, diesmal nur für einen Sekundenbruchteil, und wieder hörte sie das Brüllen in der Ferne. Der Klingone, kein Zweifel.

Gavar blieb dicht an der Wand und hielt den Injektor bereit, als sie den Weg behutsam fortsetzte. Irgendwann erreichte sie eine Abzweigung, streckte die Hände aus, fand die Öffnung einer anderen Passage und verharrte. »Lieutenant? Sind Sie dort?« Sie erwartete keine vernünftige Antwort, hoffte aber, daß der Sicherheitsoffizier sie hörte und wütend schrie.

Ihr Puls raste, und immer wieder blieb sie stehen, um kurz zu horchen. Es dauerte fast eine Minute, bis sie wieder etwas vernahm. Der Schrei kam erneut von rechts ...

Die Ärztin folgte dem Verlauf des neuen Korridors, und schließlich spürte sie eine Vibration in der Wand — als sei etwas Schweres dagegengestoßen. Gavar erstarrte und fragte sich, ob sie es noch einmal wagen sollte, den Verband zu heben. Sie spähte durch den Synthomull, suchte nach einer dunklen Gestalt ...

Die Vibration wiederholte sich, war noch etwas stärker. Gavar löste den Stoff am einen Ohr und hörte das wütende Heulen des Klingonen.

Mutter der Vielen! Furcht erfaßte sie. *Ich habe den Phaser vergessen!*

Sie versteifte sich, rechnete mit einem tödlichen Strahl, der sie verbrannte oder desintegrierte.

Vor ihr ragte ein Schatten empor. Worf.

Er sprang auf sie zu, und Gavar trat zur Seite — trotz ihrer nicht unbeträchtlichen Körpermasse war sie flink und agil. Der Klingone taumelte mit erhobenen Armen heran, und sein heißer Atem strich über die Wange der Tellaritin. Sie brachte Worf zu Fall, indem sie ihm fest ans Schienbein trat. Unmittelbar darauf hockte sie an seiner Seite, drückte ihm den Injektor irgendwo an den Leib — die Schulter, vermutete sie — und betätigte den Auslöser. Dann zog sie sich hastig zurück und stand hinter dem klingonischen Sicherheitsoffizier, als er sich erhob.

Gavar zählte die verstreichenden Sekunden nach ihren eigenen Herzschlägen. Zehn, zwölf, fünfzehn ... *O Mutter, wirkt das Betäubungsmittel nicht?*

Siebzehn, zwanzig ... zweiundzwanzig ...

Der Boden unter ihren Hufen erzitterte, als Worf einem Monument gleich stürzte.

Ich danke euch allen, Mütter, dachte Gavar erleichtert. Sie prüfte Worfs Puls und Atmung. Der Klingone war bewußtlos — sie hatte ihm die ganze Dosis gegeben, weil sie das Gerät mit verbundenen Augen nicht justieren konnte —, aber er lebte noch. *Ich habe also das richtige Sedativ gewählt.*

Mit beiden Händen griff sie nach der Jacke und zog Worf durch den Korridor. Aber es lag ein weiter Weg vor ihr, und schon nach wenigen Metern fühlte sie stechende Schmerzen im Rückgrat.

Gavar rollte Worf herum, streifte hastig die eigene Jacke ab und schlang ihm die Ärmel um den Kopf. Dann ging sie zur anderen Seite, kehrte ihm dort den Rücken zu, hob seine Stiefel und schob sie sich in die Armbeugen. Schon besser. Sie zog erneut ...

... und blieb abrupt stehen, mit klopfendem Herzen. War sie in der richtigen Richtung unterwegs?

Oder hatte sie sich umgedreht? Lagen die übrigen Offiziere auf der anderen Seite? Die Tellaritin wußte, daß eine falsche Entscheidung nicht nur Worfs Tod bedeutete, sondern auch ihr eigenes Ende. Langsam wandte sie sich um, hielt Worfs Stiefel fest und ging los.

Gavars linker Ellenbogen glitt über die Wand — nur der Tastsinn ermöglichte eine Orientierung.

Es dauerte nicht lange, bis der Arm in leere Luft stieß. Die Ärztin hoffte inständig, daß ihr kein Fehler unterlief, als sie die linke Abzweigung wählte.

Der Rückweg erschien ihr viel länger, und Gavars Besorgnis wuchs. Sie fürchtete, sich verirrt zu haben, durch ein Labyrinth des Wahnsinns zu wandern. Entschlossen straffte sie die Schultern, zählte ihre Schritte und bedauerte, während der Suche nach Worf nicht daran gedacht zu haben. *Fünfundzwanzig, sechsundzwanzig, siebenundzwanzig ...*

Sie beschloß, bei *fünfzig* umzukehren und in die andere Richtung zu gehen.

Dreiundvierzig, vierundvierzig, fünfundvierzig, sechsundvierzig ...

Mit einem Huffuß stieß sie an etwas Weiches. Sie hatte das Ziel erreicht!

Seufzend ließ Gavar ihre Last sinken und achtete

nicht darauf, wo Worfs Stiefel an den Boden stießen. Sie berührte ihren Insignienkommunikator. »Hier Gavar«, schnaufte sie. Die Tellaritin war außer Atem, und zwar nicht nur aufgrund der körperlichen Anstrengung. Eine sonderbare Mischung aus Entsetzen und Erleichterung schien ihr die Luft aus den Lungen zu pressen. »Ich habe sie alle gefunden. Wir sind jetzt wieder zusammen. Beamen Sie uns zurück, Mister O'Brien!«

Der Synthomull vor den Augen hinderte sie daran, das Schimmern des Transporterfelds zu sehen, aber nach ein oder zwei Sekunden fühlte sie das Prickeln des Transfers.

Als Gavar rematerialisierte, riß sie den Verband vom Kopf, hörte Stimmen und spürte Hände.

Die klaren, übersichtlichen Konturen des Transporterraums boten sich ihrem Blick dar, und Dr. Chandra trat ihr entgegen. Tellariten weinten nicht, aber Gavars Knie gaben nach, und sie wäre auf der Plattform zusammengebrochen, wenn die menschliche Frau sie nicht gestützt hätte.

»Leben die Offiziere?« fragte sie und starrte auf die reglosen Mitglieder der Einsatzgruppe hinab. Beverly Crusher untersuchte Commander Riker mit einem Scanner. Medizinische Prioritäten rückten nun wieder in den Fokus von Gavars Bewußtsein, und sie bemühte sich, ein professionelles Gebaren zu zeigen. »Doktor Crusher«, sagte sie etwas ruhiger und gefaßter. »Ich mußte dem Klingonen ein Sedativ geben — zwanzig Kubikzentimeter *Qong-Hergh*.«

Beverly sah auf. Sie wirkte sehr ernst, doch in ihren Zügen fehlte jene Niedergeschlagenheit, die Gavar befürchtet hatte. »Sie sind alle am Leben«, lautete die Antwort. »Und das haben sie Ihnen zu verdanken.«

Jean-Luc Picard betrat die Krankenstation mit so langen Schritten, daß er fast zu laufen schien. Beverly Crusher hatte ihn selten so erregt gesehen. Als er sie neben dem Diagnose- und Behandlungsbett bemerkte, auf dem der bewußtlose Will Riker lag, blieb er kurz stehen und näherte sich dann langsam, als wollte er vermeiden, den komatösen Patienten zu wecken. »Wie geht es ihm?« fragte er leise.

Beverly seufzte. *Wenn es doch nur möglich wäre, Will mit einigen lauten Geräuschen zu wecken! Aber so einfach ist es nicht.*

»An seinem physischen Zustand gibt es nichts auszusetzen«, erwiderte sie. »Doch er hat sich geistig zurückgezogen, wahrscheinlich in dem verzweifelten Versuch, nicht ganz und gar den Verstand zu verlieren.«

Picard sah sich um. »Was ist mit LaForge, Worf und Data?«

»Sie erholen sich«, entgegnete Beverly knapp. »Geordi kam einige Minuten nach der Rückkehr zu sich; wir haben mit ein wenig Tricordrazin nachgeholfen. Worf schläft noch — Gavar hat ihm ein starkes klingonisches Sedativ verabreicht, noch dazu eine volle Dosis —, aber sein Hirnwellenmuster weist auf normale Aktivität hin. Ich schätze, er erwacht in etwa acht Stunden. Doktor Selar und Commander LaForge bemühen sich gerade, das volle Funktionspotential Datas wiederherzustellen. Angeblich dauert es nicht mehr lange.«

»Was ist mit Data geschehen? Warum erlag er ebenfalls dem Einfluß des Artefakts? Als Androide kann er wohl kaum ein mentales Trauma erleiden.«

»Offenbar hat sein positronisches Gehirn alle internen Systeme abgeschaltet, als es völlig fremdartige und widersprüchliche sensorische Eindrücke empfing. Er verlor als erster das Bewußtsein.«

»Ich möchte so schnell wie möglich mit den Offizieren reden — abgesehen natürlich von Lieutenant Worf.« Picard musterte das bärtige Gesicht Rikers. »Ist er im Koma?«

»Nein«, antwortete Dr. Crusher. »Derzeit ähnelt seine geistige Verfassung der Katatonie, die schon bei vielen anderen Opfern des Artefakts diagnostiziert wurde.«

»Rechnen Sie damit, daß er ohne Hilfe zu sich kommt? Oder können Sie ihn irgendwie wecken?«

Beverly seufzte. »Nein, ich glaube nicht, daß er einfach so erwacht. Ich erwäge einige Möglichkeiten. Zuerst wollte ich einen der Vulkanier an Bord bitten, eine Gedankenverschmelzung zu versuchen, aber leider gehören keine Psycho-Heiler zu unserem medizinischen Personal. Dabei handelt es sich um eine Spezialität auf Vulkan — so wie die Psychiatrie auf der Erde. Die Ärzte in der vulkanischen Akademie der Wissenschaften sind vielleicht imstande, Will zu helfen ...« Crusher schüttelte den Kopf.

»Ich kann es mir nicht leisten, auf eine hypothetische Heilung in der Zukunft zu warten!« sagte der Captain scharf. »Verdammt, Doktor, ich *brauche* Commander Riker, und zwar *jetzt*.« In Picards nußbraunen Augen glänzte nicht nur Sorge, sondern auch eine Furcht, die Beverly dort noch nie zuvor beobachtet hatte. »Die gegenwärtige Krise spitzt sich immer mehr zu. Wenn noch einmal zwölf Stunden verstreichen, ohne daß wir eine Lösung finden, ergeht es uns ebenso wie der *Marco Polo*.«

Beverly preßte kurz die Lippen zusammen und ließ ihren Blick durch die überfüllte Krankenstation schweifen. »Niemand weiß das besser als ich, Sir. Aber ich kann keine Behandlung anordnen, die Leben oder geistige Gesundheit eines Patienten gefährdet!«

»Counselor Troi ... Zwischen ihr und Will gibt es eine besondere Verbindung. Könnte Deanna einen Kontakt mit Rikers Ich herstellen, wenn sie zu ihm spricht und dabei auch ihre empathischen Fähigkeiten benutzt?«

Crusher zögerte. »Vielleicht. Aber wenn ich Troi wekke, wird sie dem mentalen Trauma an Bord ausgesetzt. Es wäre ein großes Risiko.«

»Sie überwachen ihren Zustand und betäuben die

Counselor wieder, falls die Belastung zu groß für sie wird.« Picard sah zur schlafenden Troi. »Wenn Deanna wüßte, daß Will sie braucht ... Sie würde ihm sofort helfen wollen, ungeachtet aller Risiken«, sagte er ruhig. »Das wissen Sie ebensogut wie ich.«

Fast eine Minute lang betrachtete die rothaarige Ärztin das unbewegte Gesicht des Ersten Offiziers, und als sie den Kopf hob, erhellte sich ihre Miene. »Vielleicht gibt es eine Möglichkeit«, hauchte sie. »Wenn es klappt ...«

»Wenn *was* klappt, Doktor?« fragte der Captain.

»Als Commander Riker von jener Pflanze infiziert wurde ...«, begann Crusher. »Man hat alle Bereiche seiner Hirnrinde genau analysiert, um festzustellen, welche Erinnerungen das fremde Virus umbrachten.«

Picard nickte. »Fahren Sie fort.«

»Deshalb stehen mir sehr umfangreiche und exakte Daten über Wills Gehirn zur Verfügung — im Gegensatz zu vielen anderen Besatzungsmitgliedern. Wenn ich Counselor Troi veranlassen kann, ihr Bewußtsein so zu kanalisieren, daß sie nur mit Riker verbunden ist und nicht auch das psychisch-emotionale Trauma empfängt ...« Beverly schlug sich mit der Faust auf die offene Hand. »Deanna wäre imstande, sich auf den richtigen Bereich von Wills Selbst zu konzentrieren und ihm mitzuteilen, daß er in Sicherheit ist. Es könnte gelingen!«

Der Captain nickte erneut. Sein Gesicht brachte Zufriedenheit und Respekt zum Ausdruck. »Versuchen Sie es, Doktor.«

»Ich gebe Ihnen Bescheid, wenn alles vorbereitet ist.« Als Picard die Krankenstation verlassen wollte, fügte Beverly hinzu: »Captain ...«

Er drehte sich noch einmal zu ihr um. »Ja?«

»Ich möchte Doktor Gavar für die Tapferkeitsmedaille empfehlen.«

»Etwas in der Art hatte ich ebenfalls im Sinn«, sagte

Jean-Luc. »Ich leite Ihre Empfehlung gern weiter. Übrigens: Gavar sollte bei der Einsatzbesprechung zugegen sein.« Er sah noch einmal auf den Ersten Offizier hinab. »Sie findet statt, sobald sich Commander Riker erholt hat.«

»Ich verstehe, Captain«, erwiderte Crusher. »Ich fange sofort an.«

»Wer oder was ist das?« fragte eine Stimme. Die von ihr verursachten Geräusche hallten in einem erwachenden Bewußtsein wider. »Kein Mensch, oder?«

Eine automatische Reaktion auf die Frage offenbarte Wissen — Informationen, die auf einen solchen Augenblick gewartet hatten. Das Wesen mit der persönlichen Identität ›Data‹ öffnete seine ...

(Bin ich ein ›Er‹? überlegte das Geschöpf und fand sofort die Antwort: Ja, Programm und Körper sind mit männlichen Attributen ausgestattet worden.)

... Lider und nahm zum erstenmal bewußt die Außenwelt wahr.

Gesichter umgaben ihn, und seine Programmierung ordnete sie der Kategorie ›menschlich‹ zu. Zwei Männer und eine Frau. Es kam einer angenehmen Überraschung für ihn gleich, daß es ihm nicht schwerfiel, die Geschlechtsunterschiede zu erkennen.

(Allem Anschein enthalten meine Speichermodule viele Daten, und außerdem besitze ich ausgezeichnete Differenzierungseigenschaften. Das ist gut. Informationen sind wertvoll, bilden die Basis für Wissen und Weisheit.)

»Sieht wie eine Art Roboter aus«, erklang eine andere Stimme.

Weitere Erkenntnisse veranlaßten Data, den Mund zu öffnen. »Ich bin kein Roboter, sondern ein Androide«, sagte er. »Mein Name lautet Data.«

Die Menschen wichen verblüfft und beunruhigt zurück. »Das Ding spricht!« entfuhr es einem der beiden Männer.

»In der Tat«, bestätigte Data, hob den Oberkörper und drehte den Kopf, um einen Eindruck von der Umgebung zu gewinnen. Er saß auf einer glatten Steinplatte in einer Wandnische. Hinter den Menschen bemerkte er graues Gestein und in den Fels gemeißelte Stufen. »Ich beherrsche viele verschiedene Sprachen und grüße Sie«, fügte er hinzu.

Die Besucher standen dicht nebeneinander und nahmen eine defensive Haltung ein. Data sah, daß ihre Hände auf den Kolben von Waffen ruhten, die seine Erinnerung als ›Phaser‹ identifizierte. Ihre Gesichter waren blaß, die Augen weit aufgerissen.

»Ah«, kommentierte der Androide. »Eine typisch menschliche Furchtreaktion! Ich versichere Ihnen, daß Ihnen von mir keine Gefahr droht. Würden Sie mir bitte sagen, wer Sie sind?«

Der erste Mann schluckte, und Data beobachtete fasziniert, wie sich der Adamsapfel bewegte, als die Halsmuskeln kontrahierten. (Das muß ich selbst einmal versuchen! Wie fühlt sich so etwas an?) *»Wir kommen von dem Starfleet-Schiff* Tripoli*«, entgegnete der hellhäutige Mann, und seine Stimme vibrierte nun. »Ich bin Lieutenant Adams. Fähnrich Sait ...« Er deutete auf die dunkelhäutige Frau. »Und Lieutenant Maginde ...« Er nickte in Richtung des zweiten Mannes, der eine besonders dunkle Haut hatte.*

»Es ist mir eine Ehre, Sie kennenzulernen«, erwiderte Data, als er in seinen Speicherbänken eine höfliche Antwort fand.

»Wie kamen Sie hierher, äh, Data?« fragte die Frau.

Der Androide blickte sich erneut um. Die Felswand auf der linken Seite schien spezielle Aufmerksamkeit zu verdienen, aber der Grund dafür war ihm unbekannt, und diesmal gaben seine Gedächtniskomponenten keine Auskunft. »Ich weiß es nicht«, sagte er langsam. »Ich spüre, daß ich programmiert worden bin, um hier zu erwachen, unmittelbar nach meiner Entdeckung durch intelligente Wesen wie Sie, aber das Warum ist mir nicht klar.«

»Gibt es irgendwelche Bewohner auf dieser Welt?« erkun-

digte sich Maginde. »Wir haben hier eine Kolonie erwartet, doch es fehlt jede Spur davon.«

Wieder starrte Data zu der Felswand, doch es regten sich keine Erinnerungen in ihm. »Auch das weiß ich leider nicht. Jemand hat mich auf diese Steinplatte gelegt, aber es mangelt mir an Informationen darüber, ob die betreffenden Personen von diesem Planeten stammen. Vielleicht hat man mich von einem anderen Ort hierhergebracht.«

Die Menschen wechselten stumme Blicke.

»Hören Sie, Data«, sagte Adams schließlich. »Wie beamen uns jetzt an Bord des Raumschiffs zurück, um dem Captain — unserem vorgesetzten Offizier — Bericht zu erstatten. Sie wird entscheiden, was mit Ihnen geschehen soll.«

»Kehren Sie zurück?« Der Androide bedauerte plötzlich, daß ihn die Menschen verlassen wollten.

Die Enttäuschung schien in seiner Stimme Niederschlag zu finden. »Seien Sie unbesorgt, Data«, erwiderte die Frau und lächelte. »Ich verspreche Ihnen, daß jemand zu Ihnen zurückkehrt.«

Einige Sekunden später lösten sich die drei Gestalten in einem energetischen Flirren auf, das die Speicherbänke des Androiden als einen Starfleet-Transporterstrahl identifizierten.

Data schob sich zum Rand der Steinplatte, ließ die Beine hinunterbaumeln und prüfte sein Erscheinungsbild. Er trug einen schlichten gelben Overall. Neugierig öffnete er ihn und betrachtete die fleischartige Substanz auf der Brust. Die Haut wirkte unnatürlich blaß und schimmerte in einem matten goldenen Ton. Er berührte den Kopf, fand Haar und fragte sich, welche Farbe es haben mochte. Anschließend löste er auch die unteren Säume des Overalls und sah dort etwas, das ihm die Programmierung bereits angekündigt hatte: Er verfügte über alle körperlichen Merkmale eines menschlichen Mannes.

Darüber hinaus wußte er, daß er auch alle Funktionen eines menschlichen Sexualpartners erfüllen konnte. Die Datenmodule enthielten umfassende Informationen über dieses Thema.

Data schloß den Overall wieder und stand vorsichtig auf. Er ging einen Schritt und fragte sich, ob es sein erster war.

Der Boden unter den Füßen fühlte sich hart und uneben an. Mit einigen weiteren behutsamen Schritten verließ der Androide die Nische, in der er das Bewußtsein erlangt hatte, beobachtete dann noch einmal die steinernen Stufen.

Wer hat mich geschaffen? *dachte er.* Und zu welchem Zweck? Ich habe ein individuelles Selbst, aber es ist künstlicher Natur. Ich bin kein Mensch. *Er entsann sich an Adams, Sait und Maginde.* Sie erachten mich als Objekt, als ein ›Es‹, trotz meiner Ähnlichkeit mit einem Menschen.

Langsam stieg der Androide die Stufen hoch, bis er ebenen Boden erreichte. Seine Speicherbänke nannten ihm die Namen der Dinge, die er sah: Bäume, Gras, Sträucher, Wiesen, Himmel ... In der Ferne ragten Berge auf. Data trat durchs Gras am Ende der Treppe und ging zu einem nahen Baum. Er sah sich um und stellte plötzlich fest, daß die in seinen Speicherbänken definierten Parameter für ›gesund‹ nicht auf die Vegetation zutrafen. Dieser Ort ist tot, *dachte er, und es beunruhigte ihn, daß mit dem Planeten etwas nicht in Ordnung war.* Warum?

Kurz darauf überlegte er: Ich werde Jahrtausende leben. Ich kann zerstört werden, aber ohne ernsthafte Verletzungen existiert mein Körper eine Ewigkeit lang, und damit auch der Geist. Vorausgesetzt, es herrscht kein Mangel an den richtigen Ersatzteilen.

Data erinnerte sich an die Menschen. Aber sie werden sterben. Das ist ein weiterer Aspekt, der uns trennt.

Er blickte zum Himmel und fragte sich, wo das Raumschiff sein mochte. Würden die drei Besucher ihr Versprechen halten und zurückkehren? Oder beschlossen sie statt dessen, ihn auf einer toten Welt zurückzulassen? Standen ihm Jahrhunderte der Einsamkeit bevor, bis ein wichtiger Schaltkreis versagte und sein Bewußtsein auslöschte? Diese Vorstellung erfüllte Data mit dem intensiven Wunsch nach einer anders gestalteten Zukunft. Er wollte nicht allein sein und sehnte sich nach Gesellschaft. Man hatte ihn geschaffen, um nützlich zu sein; die Programmierung sah keine einsame Muße vor.

Data sprach laut, während er das Firmament beobachtete. »Bitte lassen Sie mich nicht allein. Ich möchte Sie begleiten.«

Während er an die Menschen im Schiff dachte, die sich miteinander unterhielten, Freundschaft und Pflichten teilten, deren Leben einen Sinn hatte ... Dabei ging dem Androiden zum erstenmal jener Gedanke durch den Kopf, der ihn charakterisierte und seine Existenz bestimmte. Ich wünschte, ich könnte zu ihnen gehören. Ich möchte ebenfalls ein Mensch sein ...

»Jetzt noch diese lose Verbindung — dann müßte alles in Ordnung sein«, sagte eine vertraute Stimme. Data öffnete die Augen und sah die besorgten Gesichter von Geordi LaForge und Dr. Selar. »Können Sie mich hören?« fragte Geordi unruhig.

»Ja«, bestätigte der Androide, und daraufhin lächelte der Chefingenieur erleichtert. Selbst Selars maskenhaft starre Züge schienen sich ein wenig zu entspannen.

»Großartig!« entfuhr es LaForge. »Lieber Himmel, einige Sekunden lang habe ich wirklich mit dem Schlimmsten gerechnet, Data! Ich dachte, wir hätten alles repariert, aber Sie blieben trotzdem bewußtlos. Das hat mir einen ziemlichen Schrecken eingejagt — bis Selar eine unterbrochene Verbindung fand.«

Der Androide ignorierte diesen Hinweis, als er sich einer außergewöhnlichen Erkenntnis stellte. »Geordi ...« Er berührte LaForge am Arm. »Ich habe geträumt!«

»*Wie* bitte?« Der Chefingenieur starrte ihn groß an. »Ist das möglich?«

»Ich meine es ernst.« Data erinnerte sich. »Ich träumte von dem ersten Erwachen auf meiner Heimatwelt, wo mich Doktor Soong schuf. Alles wiederholte sich, und es wirkte sehr real!«

»Glauben Sie, das Artefakt steckt dahinter?« fragte LaForge, und es klang noch immer ein wenig skeptisch.

»Eher die gelockerte Verbindung«, warf Selar ein.

»Dadurch wurde ein bestimmtes Segment in Ihren Speicherbänken stimuliert, Data.«

»Was auch immer der Grund sein mag — ich hatte einen Traum«, sagte der Androide. »Ich habe die Erfahrung der übrigen Besatzungsmitglieder geteilt.« Seine Hand schloß sich etwas fester um Geordis Arm, wobei er natürlich darauf achtete, nicht zu starken Druck auszuüben. »Diesmal stand ich nicht abseits, sondern nahm an den Erlebnissen vieler Menschen an Bord teil. Es handelte sich eindeutig um eine menschliche Reaktion.«

LaForge zuckte mit den Schultern. »Vielleicht haben Sie recht. Nun, Data: War es ein angenehmer Traum, oder empfanden Sie ihn als Belastung?«

»Ich kann nicht behaupten, daß diese besondere Erfahrung unangenehm gewesen ist«, antwortete der Androide. »Durch den Traum konnte ich erkennen, welche Fortschritte ich in den vergangenen achtundzwanzig Jahren erzielt habe. Im Gegensatz zu vielen anderen Personen an Bord der *Enterprise* muß ich dem Artefakt dankbar sein, weil es mir diesen Blick in die Vergangenheit gewährte.«

KAPITEL 10

Überall um ihn herum lauerte Gefahr. Jene Entität, die man in der Außenwelt als William T. Riker kannte, war sich sowohl der Gefahr als auch der Notwendigkeit bewußt, verborgen zu bleiben, sich auch weiterhin an diesem dunklen, geheimen Ort zu verstecken. Manchmal überlegte er, *wo* er sich befand ... Er entsann sich nur daran, daß ihn *Dinge* veranlaßt hatten, hier Zuflucht zu suchen, daß sie ihn auch weiterhin bedrohten. Derzeit genoß er Sicherheit. Aber er begriff auch: Wenn er versuchte, die Finsternis zu verlassen, würden *sie* ihn erwischen — um ihn zu töten und zu verschlingen. Dann gab es keine Hoffnung mehr für ihn. Ein Teil von ihm verabscheute es, sich zu verstecken, denn er war immer mutig gewesen, hatte Gefahren nie gescheut. Aber der winzige rationale Faktor seines Selbst warnte ihn: Manche Bedrohungen waren zu entsetzlich, als daß man sich ihnen stellen konnte.

Vor langer Zeit hatte er die Kopie einer Karte aus dem sechzehnten Jahrhundert gesehen, als Menschen noch über die Meere segelten und nicht zwischen den Sternen reisten. Riker erinnerte sich an eingezeichnete Wasserstraßen und dergleichen — sichere Routen zur Neuen Welt. Doch andere Bereiche blieben leer und weiß. Dort zeichnete man Phantasiegeschöpfe ein — ähnlich den Wesen von Berengaria Sieben, ausgestattet mit Schuppen, Reißzähnen, Flügeln und langen Schwänzen. Darunter stand folgender Hinweis: ›Hier leben Ungeheuer.‹

Riker fühlte sich nun in einer der nicht kartographierten Regionen gefangen, umgeben von Monstren, die weitaus gräßlicher waren als Drachen. Er verharrte in Sicherheit, solange er sich nicht bewegte und keinen Versuch unternahm, das Versteck zu verlassen. Sein Gedächtnis zeigte ihm Beispiele dafür, daß er Gefahren mit kühler Vernunft überwunden oder sich ihnen, als letzte Möglichkeit, zum Kampf gestellt hatte. Doch gegen diese Feinde ließ sich nichts ausrichten. Er blieb nur dann am Leben, wenn er sich verbarg.

Deshalb hockte er in der Schwärze, reglos und stumm.

Irgendwo in ihm reifte die vage Erkenntnis heran, daß er nicht für immer im Verborgenen bleiben konnte. Doch jener kleine Teil seines Selbst, der sich einen Rest von Vernunft bewahrte, flüsterte ihm zu: Wenn dich die Ungeheuer nicht finden, geben sie irgendwann auf und suchen nach anderen Opfern; dann kannst du dich wieder ans Licht wagen.

Er beschloß zu warten — bis er ganz sicher war.

Natürlich gab es keine Möglichkeit für ihn, die verstreichende Zeit zu messen, doch Riker dachte nicht daran. Er wußte nur, daß er sich in Sicherheit befand, solange er das Versteck nicht verließ, sich nicht von der Stelle rührte.

Plötzlich spürte er Bewegung am Rande seines Sanktuariums. Unruhe entstand in ihm, wuchs zu beginnender Panik. Die Ungeheuer hatten ihn gefunden!

Will ... Eine Stimme hallte durch die entfernten Winkel seines Bewußtseins. *Will Riker ...*

Die Stimme — oder ein Gedanke? Er konnte nicht sicher sein — hörte sich vertraut an. Aber einige der Monstren waren sehr schlau. Vielleicht versuchten sie nun, ihn aus dem Versteck zu locken.

Riker antwortete nicht. *Fort mit euch,* dachten die rationalen Fragmente seines Ichs.

Zeit verging. Sekunden? Minuten? Stunden? Schließlich entspannte er sich wieder.

Dann ertönte die Stimme erneut, und diesmal war sie viel näher.

Will! Ich bin's, Deanna. Wo bist du? Zeig dich. Jetzt droht keine Gefahr mehr.

Deanna? Er glaubte, sich an eine Deanna zu erinnern. Einst hatten sie sich geliebt, doch dann beschränkte sich ihre Beziehung auf die von guten Freunden. Er durfte Deanna vertrauen — er hatte ihr immer vertraut ...

Aber vielleicht war es nicht die echte Deanna, sondern ein Feind, der ihm eine Falle stellen wollte.

Er blieb verborgen.

Will! Diesmal erklang die Stimme fast im Innern der Zuflucht! *Zeig dich, Will. Du bist jetzt in Sicherheit. Es ist enorm schwer für mich, Kontakt mit dir aufzunehmen. Will, wenn ich länger hierbleibe, könnte ich den Verstand verlieren! Will,* Izmadi, *ich brauche dich. Du mußt mir vertrauen!*

Nur Deanna nannte ihn *Izmadi.* Niemand sonst kannte den Kosenamen. Dieses eine Wort und das drängende ›Ich brauche dich‹ überzeugten ihn.

Deanna? dachte er und näherte sich der Präsenz in seinem Geist. *Bist du es wirklich, Deanna?*

In der betazoidischen Antwort kamen intensive Freude und Erleichterung zum Ausdruck. *Ja, Will! O Gott, ich bin so froh, daß ich dich gefunden habe! Komm mit mir!*

Aber dort draußen lauern Ungeheuer, erwiderte er mit der Schlichtheit eines Kindes.

Wenn wir zusammen sind, können sie uns kein Leid zufügen, erwiderte Deanna. *Zusammen sind wir sicher und glücklich, stimmt's?*

Ja ..., gestand Riker zögernd ein.

Will, es ist gefährlich für uns, länger an diesem Ort zu verweilen, teilte ihm Troi mit. *Insbesondere für mich. Komm jetzt, wenn du vermeiden möchtest, daß mir etwas zustößt!*

Er wollte nicht, daß Deanna irgend etwas geschah. Er liebte sie, würde sie immer lieben, obgleich sich jene Liebe im Lauf der Jahre verändert hatte. Sie war nun kein romantisches Feuer mehr wie zu Anfang, sondern die Liebe eines wahren Freundes. Nein, er durfte nicht zulassen, daß Deanna verletzt wurde, während sie versuchte, ihm zu helfen.

Ein Satz aus der Kindheit fiel ihm ein. *Na schön, ob bereit oder nicht — ich komme!*

Riker eilte der anderen Präsenz entgegen.

Deanna erwartete ihn, und es war die echte Deanna. Ihre Liebe umhüllte ihn, schenkte ihm Sicherheit, und wie Dantes Beatrice führte sie ihn an den Monstren vorbei durchs Inferno, aus seiner ganz persönlichen Hölle ... Die Ungeheuer knurrten, zischten und heulten, aber sie konnten nichts gegen Deanna und Riker ausrichten.

Die öde Landschaft seines privaten Fegefeuers erhellte sich, als Will in die bewußte Welt zurückkehrte. Vernunft entfaltete sich wieder, und mit ihr kam der Sinn für die physische Existenz. Und das Wissen.

Er war nun wieder allein — und geheilt.

Will Riker öffnete die Augen und sah drei Gesichter, die ihn besorgt beobachteten: Deanna Troi, Jean-Luc Picard und Beverly Crusher. Deanna hielt seine Hand so fest, daß es schmerzte, aber er wollte nicht, daß sie ihn losließ. Er benötigte den menschlichen Trost ihrer Berührung. Wills Zunge bewegte sich in einem Mund, der ihm so trocken erschien wie der Sand auf Velara Drei.

»Hallo«, hauchte er und fühlte sich verwirrt. Hatte er nicht mit einer Einsatzgruppe in den Transfer gehen sollen? Wie kam er *hierher?* Wo befand er sich überhaupt? »Wo bin ich?«

»Er hat sich erholt«, sagte Crusher, und es klang überaus erleichtert. »Sie haben es geschafft, Deanna! Und das bedeutet für Sie — zurück ins Bett.«

Zwei der Gesichter verschwanden, und Riker spürte, wie sich Trois Finger von seiner Hand lösten. Er glaubte, etwas Kostbares verloren zu haben, und versuchte, den Blick auf die beiden Frauen zu richten. Aber er war so steif und schwach, daß er kaum den Kopf drehen konnte.

Außerdem: Nach wenigen Sekunden schloß sich eine andere Hand um seinen Unterarm. »Will ...«, sagte Picard sanft, und ein Lächeln lockerte die angespannten Züge des Captains. »Willkommen daheim!«

Riker versuchte, Antwort zu geben, doch es dauerte eine Weile, bis ihm der Mund gehorchte. »Ich freue mich, wieder *daheim* zu sein — wo auch immer das sein mag.« Er entsann sich daran, in dem Artefakt das Bewußtsein verloren zu haben, rollte die Augen von einer Seite zur anderen und sah eine vertraute Umgebung. *Ich bin in der Krankenstation,* dachte er.

»Sie sind in der Krankenstation«, sagte Dr. Crusher, und ihr Gesicht erschien über ihm. »An Bord der *Enterprise.*«

»Und Deanna?«

»Ich habe ihr ein Sedativ gegeben«, erwiderte die Ärztin. »Es ist zu anstrengend für sie, wach zu bleiben.«

»Darf ich mich aufsetzen?« Riker versuchte vorsichtig, die Diagnose- und Behandlungskonsole über seiner Brust beiseite zu schieben. »Und könnte ich etwas zu trinken bekommen?«

»Ja, richten Sie sich auf, aber haben Sie es nicht zu eilig damit«, entgegnete Beverly und befreite ihn von dem Gerät. Picard half ihm. Wenige Sekunden später saß er auf der Liege und trank herrlich kühles Wasser.

»Ich erinnere mich kaum an etwas«, murmelte er. »Ich weiß nur noch, daß ich an einem ... sicheren Ort war und ihn nicht verlassen wollte ...«

Die vielen Lücken im Gedächtnis füllten sich, und Will drehte sich halb um, blickte über die Schulter zur schlafenden Gestalt auf der nächsten Liege. Troi sah genauso aus wie vor der Mission des Einsatzteams — mit einer Ausnahme. Ihre Lippen deuteten nun ein Lächeln an.

»Deanna!« entfuhr es Riker, als deutliche Erinnerungsbilder vor seinem inneren Auge entstanden. »Ihre Stimme — ihr Bewußtsein — hat mich zurückgeholt!«

»Ja.« Die Ärztin nickte. »Sie erwachte lange genug, um einen Kontakt mit Ihnen herzustellen, und anschließend mußte ich sie erneut betäuben. Aber die Counselor hat Sie gerettet, Will. Wenn sie wieder zu sich kommt, hat sie ein ordentliches Dankeschön von Ihnen verdient.«

»Ein Abendessen im besten Restaurant der nächsten Starbase, die wir erreichen«, sagte Will mit Nachdruck. »Und zwei Dutzend rote Rosen.« Er überlegte kurz. »Besser drei Dutzend. Und eine Schachtel mit ihrer Lieblingschokolade.«

Beverly Crusher lächelte. »Das ist ein guter Anfang.«

Picard saß im kleinen Büro der Bordärztin und musterte die wieder genesenen Mitglieder der Einsatzgruppe. Es waren alle zugegen, abgesehen von Worf, der noch immer schlief. Der Captain bedauerte das keineswegs: Er wollte unter allen Umständen vermeiden, daß ein Klingone im Kampfwahn an Bord seines Schiffes wütete. Inzwischen wußte er, warum die Besatzung der *PaKathen* nicht lange überlebt hatte.

Will Riker wirkte noch immer recht blaß unter seinem Bart, doch die Augen zeigten ihren alten Glanz. Geordi LaForge sah hohlwangig aus, aber er lächelte wieder. Data starrte ins Leere und erweckte den Eindruck, über irgend etwas nachzudenken, Gavar schien von allen Anwesenden in der schlechtesten Verfassung zu sein, was kaum überraschte. Die Mimik der tellaritischen Ärztin ließ sich nur schwer deuten, aber ihre Haltung deutete auf Erschöpfung hin: Sie stützte die Ellbogen schwer auf den Tisch und verschränkte die Arme.

Datas Tricorder war mit dem Computerterminal des Büros verbunden. Nach dem Retransfer hatte man das Ortungs- und Aufzeichnungsinstrument in der verkrampften Hand des Androiden gefunden. Als Data im

Artefakt das Bewußtsein verlor und fiel, lag das kleine Gerät unter ihm, und deshalb enthielten seine Speicher nur wenige visuelle Daten — die selbst stark gefiltert nicht von Menschen betrachtet werden konnten. Was die Geräusche betraf... Picard lehnte es ab, sie noch einmal zu hören.

Zum Glück lieferte der Tricorder umfangreiche Informationen über Schwerkraft, Atmosphäre, Energiequellen und die interne Struktur des Artefakts. Sie wußten jetzt weitaus mehr über die Konfiguration des fremden Objekts. Picard hatte sich eingehend mit den entsprechenden Aufzeichnungen beschäftigt und dabei immer wieder überlegt, ob sie auf Verteidigungssysteme oder Kraftfeldkontrollen hinwiesen.

Der Captain räusperte sich. »Bevor wir die gescheiterte Mission der Einsatzgruppe erörtern, möchte ich Doktor Gavar meine Anerkennung aussprechen. Ihr heldenhaftes Handeln hat den anderen Mitgliedern des Teams das Leben gerettet. Lieutenant...« Er sah die Tellaritin an. »Ich danke Ihnen. Und ich werde dafür sorgen, daß Starfleet Command Ihr Verhalten angemessen würdigt.«

Das breite Gesicht der Ärztin rötete sich, und sie senkte den Kopf. »Danke, Captain.«

Herr im Himmel! dachte Picard amüsiert. *Sie ist verlegen!*

Die übrigen Offiziere folgten dem Beispiel des Captains und bedankten sich ebenfalls bei der Tellaritin. Soviel Aufmerksamkeit schien ihr profundes Unbehagen zu bereiten, und der Captain hob rasch die Hand, als er befürchtete, daß Gavar aufsprang und den Raum verließ. »Kommen wir jetzt zur Sache«, sagte er. »Ich bitte jeden von Ihnen, die persönlichen Erfahrungen so genau wie möglich zu beschreiben. Commander Riker?«

Die einzelnen Offiziere begannen mit ausführlichen Berichten. Gavars Schilderungen waren natürlich besonders lang, und Picard seufzte, als sie schließlich schwieg.

»Offenbar hatten Sie alles andere als angenehme Erlebnisse«, kommentierte er. »Was sollen wir jetzt unternehmen?«

Riker straffte die Gestalt und richtete einen ernsten Blick auf den Captain. »Wir können es uns nicht leisten, noch länger zu warten. Wir müssen den Versuch riskieren, das Artefakt mit Photonentorpedos zu vernichten! Die vom Tricorder aufgezeichneten Daten lassen nicht den Schluß zu, daß es in dem fremden Objekt Verteidigungssysteme gibt.«

»Sie sehen also keine Waffe mehr darin?« fragte Picard und wölbte eine Braue.

»Das habe ich nicht gesagt, Sir«, erwiderte der Erste Offizier. »Ich halte das Artefakt nach wie vor für eine Waffe — und für eine sehr gefährliche noch dazu. Ihre *physischen* Auswirkungen sind sekundärer Natur. Sie ist in erster Linie dazu bestimmt, das Bewußtsein zu zerstören, und in dieser Hinsicht hat sie einen weitaus fataleren Effekt als alle jemals erfundenen Bomben oder Phaser.«

»Der Meinung schließe ich mich an, Captain«, ertönte eine dumpfe Stimme von der Tür her. Lieutenant Worf stand dort, stützte sich an der Wand ab und sah aus, als hielte er sich nur mit Willenskraft auf den Beinen. Der Klingone taumelte ins Zimmer und sank müde in einen Sessel.

»Lieutenant ...«, begann Picard.

»Ich habe versucht, ihn aufzuhalten.« Dr. Crusher folgte dem klingonischen Sicherheitsoffizier und warf ihm einen empörten Blick zu. Ihr Haar war zerzaust — hatte sie Worf nicht nur verbalen, sondern auch physischen Widerstand geleistet? »Aber er wollte unbedingt das Bett verlassen!« Sie starrte den Klingonen finster an.

»Meine Pflicht besteht darin, hier zugegen zu sein, Captain«, sagte Worf in einem fast bittenden Tonfall.

Picard winkte der entrüsteten Beverly zu. »Schon gut,

Doktor Crusher. Da er schon einmal hier ist, soll er ruhig bleiben. Vielleicht kann er wertvolle Diskussionsbeiträge leisten.«

»Danke, Sir«, brummte Worf. Die Bordärztin drehte sich ruckartig um, marschierte zur Tür und verschwand mit einem abfälligen Schnaufen im Korridor.

»Lieutenant, erzählen Sie uns, was Sie in dem Artefakt erlebt haben«, sagte Picard.

Worf erstattete ebenfalls Bericht und beendete ihn, indem er Gavar unsicher musterte. »Ich habe gehört, wie Sie sich während des Einsatzes verhielten, Doktor. Und ich muß eingestehen, daß ich mich irrte, als ich glaubte, Sie seien für die Mission ungeeignet. Sie haben den Mut eines wahren Kriegers bewiesen und großen Ruhm errungen.«

»Danke, Lieutenant«, murmelte die Tellaritin.

»Captain ...« Die Augen unter den breiten Brauenhöckern glühten, als der Klingone Picard ansah. »Ich pflichte Commander Rikers Einschätzung der Situation bei. Das Artefakt ist eine außerordentlich gefährliche Waffe, die jede Mühe rechtfertigt, sie zu vernichten!«

»Aber wir wissen nicht, ob Photonentorpedos das Schutzfeld des Objekts durchdringen können«, entgegnete Jean-Luc. »Außerdem: Wenn Sie in unmittelbarer Nähe explodieren, wird vielleicht die *Enterprise* beschädigt.«

»Das stimmt, Sir«, erwiderte Riker. »Trotzdem bin ich der Ansicht, daß wir ein solches Risiko eingehen müssen.«

Picard wandte sich an Data. »Was meinen Sie, Commander?«

»Nun, Captain, ich bin nicht lange genug bei Bewußtsein geblieben, um das Innere des Artefakts zu erkennen. Aber wenn es tatsächlich eine Waffe darstellt, so frage ich mich, warum einige der von ihr induzierten Träume positiv und sogar angenehm sind.«

»Ein guter Hinweis«, räumte Picard ein. »Allerdings

spielt es kaum eine Rolle, ob das Artefakt als Waffe geschaffen wurde oder nicht. Viel wichtiger sind seine Wirkungen, und die müssen im großen und ganzen als negativ und gefährlich bezeichnet werden. Allmählich glaube auch ich, daß wir es zerstören müssen — ganz gleich, welchem Zweck es dient. Das Risiko ist erheblich, aber wenn wir hierbleiben, drohen allen Besatzungsmitgliedern Wahnsinn und Tod. Haben Sie dem etwas hinzuzufügen, Doktor Gavar?«

»Nein, Sir«, antwortete die Tellaritin. »Derartige Entscheidungen überlasse ich Ihnen und den Offizieren, die sich mit solchen Dingen besser auskennen. Meine Pflicht besteht in erster Linie darin, mich um die Patienten zu kümmern.«

»Ich verstehe.« Picard nickte ihr zu. »Sie können gehen, Doktor.«

»Danke, Captain.« Gavar stand auf und verließ den Raum.

»Lieutenant LaForge, von Ihnen haben wir noch nichts gehört«, sagte Jean-Luc. »Wie sollten wir Ihrer Meinung nach vorgehen? Halten Sie es auf der Grundlage unserer bisherigen Beobachtungen ebenfalls für richtig, Photonentorpedos auf das Artefakt abzufeuern?«

Der Chefingenieur seufzte. »Ja, Captain, ich fürchte, unter den gegenwärtigen Umständen bleibt uns keine andere Wahl. Obwohl ich ahne, daß wir damit überhaupt nichts ausrichten — zumindest nicht gegen das Artefakt. Die Explosionen hätten nur erhebliche Auswirkungen auf *uns.*« Er ballte die Fäuste. »Darüber hinaus finde ich es sehr bedauerlich, solche Schönheit zu zerstören.«

Riker, Data und Worf drehten sich um und starrten LaForge ungläubig an. *»Schönheit?«* brachte der Erste Offizier schließlich hervor. »Sind Sie übergeschnappt, Geordi? Es war schecklich dort drüben! Wie können Sie in diesem Zusammenhang von *Schönheit* sprechen?«

»Ja, es war schrecklich«, bestätigte LaForge. »Auch ich hätte fast den Verstand verloren.« Der Chefingenieur verzog kurz das Gesicht. »Aber ich habe die Bilder an den Wänden gesehen, die fließenden Farben, die Strukturen und Muster. Ich hätte sie stundenlang betrachten können — nie zuvor hat sich mir etwas Schöneres dargeboten.«

Picard beugte sich interessiert vor. »Mister LaForge, bitte beschreiben Sie möglichst genau, *was* Sie in dem Artefakt gesehen haben.«

Geordi winkte hilflos und zuckte dann mit den Achseln. »Es ist im wahrsten Sinne des Wortes unbeschreiblich, Sir. Die Wände zeigten Bilder, und alle unterschieden sich voneinander. Einige ... flossen, andere bewegten sich nicht. Auch die Decken wiesen Darstellungen auf. Die Farben waren sehr seltsam, aber sie erschienen mir ästhetisch.«

LaForge unterbrach sich kurz, als er die Verblüffung in den Mienen der Zuhörer bemerkte. »Es sind natürlich nur Spekulationen, aber ich glaube, einige Bilder präsentierten die Konstrukteure des Artefakts. Ihre Körper ... Es gibt keine Parallelen zu uns bekannten physischen Formen. Sie sahen aus wie ... langgezogene Dreiecke aus verschiedenen Arten von Kristallen oder Metallen — ein sonderbarer Glanz ging von ihnen aus. Und aus jedem Individuum ragten wimpel- oder papierschlangenartige Gebilde. Jedes Wesen verfügte über ein eigenes, prächtiges Muster. Ich weiß nicht, ob es sich dabei um die Haut der Geschöpfe oder um Kleidung handelte.«

Picard runzelte verwundert die Stirn und sah die Anwesenden der Reihe nach an. Riker wirkte verdutzt, Data neugierig und Worf beunruhigt. Geordi schüttelte den Kopf. »Captain, wenn ich von *Dreiecken* spreche, so benutze ich nur einen für uns vertrauen Ausdruck. Für exakte Beschreibungen gibt es keine geeigneten Worte in unserer Sprache.«

»Ich verstehe«, sagte Picard. »Fahren Sie fort.«

»Nun, die Dreieckwesen ... Ihre Bilder hatten *Konsistenz.* Sie glänzten nicht nur, sondern waren auch glatt, rauh oder samtig. Und die Geräusche schienen damit in Verbindung zu stehen. Das VISOR gab mir die Möglichkeit, die Bilder als etwas Sinnvolles zu erkennen — Commander Rikers und Lieutenant Worfs normales Sehvermögen konnte sie nicht übersetzen —, doch meine übrigen Sinne funktionieren auf die übliche Art und Weise. Deshalb hörte ich die Geräusche als entsetzliche Kakophonie und wünschte mir, taub zu sein. Ich roch und schmeckte sie auch, fühlte sie auf der Haut.« Geordi schauderte heftig.

»Haben Sie etwas anderes außer dem Ort gesehen, an dem wir materialisierten?« erkundigte sich Riker.

»Nein. Ich verlor zu schnell das Bewußtsein. Schade.«

»Gab es noch etwas, außer den Dreiecken, das Sie für Darstellungen der Konstrukteure hielten?« fragte Data.

»Ja, aber die Dreiecke kamen besonders häufig vor. Aus diesem Grund nahm ich an, daß sie den Erbauern des Artefakts nachempfunden sind.«

Geordi hob die Arme und unterstrich seine nächsten Worte mit einigen Gesten. »Mir fielen ... umhergleitende Dinge auf, wie Schlangen mit weidenartigen Ranken. Und große Blöcke aus klumpigen Substanzen, wie Berge, die man durch Wasser beobachtet. Sie wissen schon: Die Konturen erzittern dauernd.« Erneut schüttelte er den Kopf. »An mehr erinnere ich mich nicht. Ich war nur einige Sekunden länger bei Bewußtsein als Commander Riker.«

LaForge schwieg, und der Captain schien in Gedanken versunken zu sein. »Sie haben von Schönheit gesprochen«, murmelte Picard.

»Ja.« Geordi nickte sofort. »Es war so schön, daß ich es mein Leben lang nicht vergessen werde.«

»Dabei kommt es in erster Linie auf die Augen der Betrachter an«, sagte der Captain langsam. Er hob den

Kopf, und seine nußbraunen Augen blickten ernst. »Schön ist, was gefällt.«

»Eine Redewendung, die man häufig bei Kunstwerken gebraucht«, kommentierte Data.

Picard nickte. »Genau.«

»Kunst?« wiederholte Geordi. Dann erhellte sich seine Miene, und er schnippte mit den Fingern. »Natürlich — *Kunst!*«

Riker sah sich verwirrt um, und schließlich dämmerte ihm eine Erkenntnis. Seine blaugrauen Pupillen weiteten sich. »Sie glauben, das Artefakt ist eine Art Museum oder Kunstgalerie?«

»Ja, Nummer Eins«, erwiderte der Captain. »Welcher andere Ort enthält kleine Zimmer mit einzelnen Objekten? Welcher andere Ort hat Flure und Zimmer, an deren Wänden Bilder hängen?«

»Eine ungewöhnliche Idee«, meinte Data. »Aber sie würde eine Menge erklären, zum Beispiel den Umstand, daß sich die vielen Gegenstände in dem Artefakt voneinander unterscheiden. Vermutlich gibt es dort auch Skulpturen und dreidimensionale Kunstwerke.«

»Aber warum ist das Artefakt so destruktiv?« knurrte Worf, der an seiner Skepsis festhielt. »Humanoide können nicht einmal seinen Anblick ertragen.«

»Es war nie dafür bestimmt, von Humanoiden bewundert zu werden«, antwortete Geordi hastig. »Ein anderes Volk hat es gebaut, eine Spezies, die ich hiermit ›Künstler‹ nenne. Jene Aliens pflegten einige Kunstformen, die unseren ähnelten — Bildhauerei, Musik, Malerei und so weiter —, aber sie dachten und fühlten so völlig anders, daß ihre Kunst unseren Verstand bedroht. Das gilt auch für die Architektur.«

»Ja, und ein anderer Aspekt kommt hinzu«, sagte Picard. »Die Künstler schufen eine Kunstform, bei der Emotionen verwendet werden. Sie komponierten mit Gefühlen. Wie bei einer Geschichte, deren Plot unbekannt bleibt, während man erfährt, was die Protagonisten spüren. Doch ihre fremden Gefühle treiben Menschen ...« — er warf dem Klingonen einen kurzen Blick zu — »... und Humanoiden in den Wahnsinn.«

»Woraus folgt: Das Kraftfeld versucht, uns etwas mitzuteilen. Eine für die Künstler verständliche Botschaft, die wir jedoch nicht ertragen.« Geordi schüttelte nachdenklich den Kopf. »Kein Wunder, daß die Klingonen der *PaKathen* tot sind. Die Emanationen des Artefakts weckten in ihnen den Wunsch, zu kämpfen und zu töten.«

»Diese Wirkung hatten sie auch auf mich«, brummte Worf.

»Allem Anschein nach kennen wir jetzt einen Teil des Geheimnisses«, stellte Picard fest. »Nun, die wahre Natur des Artefakts mag sehr interessant sein, aber selbst mit diesem Wissen sind wir nicht imstande, unser Problem zu lösen. Das fremde Objekt dient keinen destruktiven Zwecken, doch es stellt trotzdem eine Gefahr für die *Enterprise* dar.«

»Wahrscheinlich müssen wir nach wie vor versuchen, es zu zerstören«, sagte Riker. »Ich wünschte, wir könnten darauf verzichten. Die Vorstellung, das Feuer auf eine Kunstgalerie zu eröffnen ... Mir wäre es lieber, das Artefakt nach wie vor für eine aufgegebene apokalyptische Waffe halten zu können.« Das Unbehagen war dem Ersten Offizier deutlich anzumerken. »Wenigstens brauchen wir jetzt nicht mehr zu befürchten, mit unserem Angriff ein automatisches Verteidigungssystem zu aktivieren.«

»Das kommt darauf an, Nummer Eins«, erwiderte Picard. »Viele der bei uns gebräuchlichen Galerien und Museen sind mit Sicherheitsanlagen geschützt.« Er deutete auf den Tricorder. »Allerdings nehme ich aufgrund der Ortungsdaten und übrigen Informationen an, daß die Künstler ihr Artefakt nicht mit einem Verteidigungspotential ausgestattet haben — sieht man einmal von dem Kraftfeld ab, das Phaserenergie absorbiert.«

»Photonentorpedos sind unsere wirkungsvollsten Waffen«, sagte Riker. »Und sie verwenden eine andere Art von Energie — die hoffentlich nicht absorbiert werden kann.«

»Wenn wir das Artefakt zerstören, vernichten wir dadurch vielleicht das letzte Erbe einer ausgestorbenen Spezies, Captain«, gab der Androide zu bedenken. »Das wäre sehr bedauerlich.«

»Ich weiß, Data. Und ich schließe mich Ihrer Meinung an.« Picard seufzte. »Wenn es irgendeine Möglichkeit gäbe, das Traktorfeld zu verlassen oder es abzuschalten, so würde ich sie sofort nutzen. Leider ist das nicht der Fall.«

Falten bildeten sich in Geordis Stirn. »Wenn ich mir die Ohren zustopfe, ins Artefakt zurückkehre und dort nach den Kontrollen des Kraftfelds suche ...« Der Chefingenieur beugte sich vor. »Verdammt!« fluchte er gepreßt. »Es *muß* eine Alternative geben! Es wäre unverzeihlich, solche Schönheit für immer auszulöschen! Captain, der Inhalt des Artefakts könnte sich als galaktischer Schatz erweisen, wenn es möglich ist, ihn zu untersuchen und in für uns verständliche Begriffe zu übersetzen.«

»Sie vergessen die mentalen Kunstwerke«, erinnerte Riker den Chefingenieur ernst. »Innerhalb von höchstens sechzig Sekunden fielen Sie dem Wahnsinn anheim, und das brächte uns nicht weiter.«

»Wenn die Tellaritin ...«, begann Worf. Picard sah ihn an und hob erstaunt die Brauen. Kunstverständnis hatte er von dem Klingonen nicht erwartet.

Riker schüttelte den Kopf. »Doktor Gavar ist keine Technikerin. Selbst wenn sie blind und taub den richtigen Weg fände, was ich für unwahrscheinlich halte — sie hätte überhaupt keine Chance, die betreffenden Kontrollen zu entdecken und das Kraftfeld zu desaktivieren.«

»Ja«, murmelte LaForge enttäuscht. »Für diese Aufgabe wäre niemand besser geeignet als Data, aber er ist nicht darauf programmiert, mit dem fremden sensorischen Input fertig zu werden.«

Niedergeschlagenes Schweigen folgte. Nach einer Weile straffte Picard die Schultern, stand auf und wandte sich an die Offiziere. »Leider bleibt uns keine Wahl — die Sicherheit der *Enterprise* hat absoluten Vorrang. Lieutenant«, sagte er zu Worf, »treffen Sie Vorbereitungen dafür, Photonentorpedos auf meinen Befehl hin abzufeuern.«

Worf erhob sich ebenfalls und schwankte. »Ja, Sir.«

»Captain ...«, entfuhr es Data plötzlich. »Bitte warten Sie. Vielleicht habe ich eine Lösung gefunden.«

Picard nahm Platz, und Worf ließ sich eine Sekunde später in den Sessel sinken. »Ich höre, Mister Data«, sagte der Captain.

»Lieutenant LaForge hat recht: Meine Schaltkreise und Programmierung sind nicht für das Ambiente im Artefakt geeignet.« Die goldenen Augen des Androiden blickten sehr ernst. »Aber, Sir ... Ich bin eine Maschine. Ich kann neu programmiert, rejustiert und so verändert werden, daß die Emanationen des Artefakts mein Funktionspotential nicht beeinträchtigen.« Data drehte sich zu Geordi um. »Sie und Doktor Selar wären imstande, die notwendigen Modifikationen vorzunehmen, so daß ich in dem fremden Objekt nicht das Bewußtsein verliere.«

Alle starrten den Androiden an. »Wissen Sie eigentlich, auf was Sie sich einlassen?« fragte Picard.

»Ja, Sir«, antwortete Data ruhig. »Das ist mir klar. Und ich unterbreite diesen Vorschlag, weil ich bereit bin, alle Konsequenzen zu akzeptieren.«

»Es gibt keine Garantie dafür, daß wir Sie nach der Veränderung Ihrer Schaltkreise und Programmierung in den gegenwärtigen Zustand zurückversetzen können, Data«, sagte LaForge und warnte: »Vielleicht melden Sie sich für das Äquivalent eines Himmelfahrtskommandos!«

»Ein Risiko, das ich auf mich nehme, Geordi. Ich bin wie Sie der Ansicht, daß der Inhalt des Artefakts einen Schatz verkörpert. Es könnten die letzten Hinterlassenschaften eines ausgestorbenen Volkes sein. Wir werden nie erfahren, wer die Fremden waren, was mit ihnen geschah und ob es Überlebende gibt — es sei denn, Archäologen der Föderation bekommen die Möglichkeit, das Artefakt zu untersuchen.«

»Selbst wenn es gelänge, das Traktor- und Emotionsfeld zu desaktivieren ...«, ließ sich Riker vernehmen. »Die innere Struktur des Objekts ist viel zu ... verrückt. Archäologen wären gar nicht imstande, dort tätig zu werden. Sie könnten die fremde Umgebung ebensowenig ertragen wie wir.«

»Vielleicht sind Roboter und Sonden in der Lage, die ersten Arbeiten zu erledigen«, warf Picard ein. »Bestimmt findet man irgendeinen Weg — das Artefakt stellt eine viel zu interessante Herausforderung dar. Doch darum geht es hier nicht. Wir müssen über Datas Vorschlag entscheiden.« Er musterte den Androiden. »Wie lange dauert es, um Ihre Schaltkreise und Programmierung dem Ambiente des Artefakts anzupassen.«

»Mindestens eine Stunde, Captain. Doktor Selar, Doktor Crusher, Wesley Crusher und Geordi könnten einen großen Teil der Modifikationen vornehmen, während ich abgeschaltet bin. Ich hätte dadurch nicht zu ... leiden. Das einzige Problem ist folgendes: Nach der Reaktivierung stellt die Umgebung der *Enterprise* sicher eine große Belastung für mich dar. Mein Aufenthalt müßte auf einen Ort ohne besondere Merkmale beschränkt sein, während ich den Transfer erwarte.«

»Wenn wir den Transporterraum verdunkeln und dafür sorgen, daß es dort still ist ...«, überlegte Geordi laut.

Picard hob die Hand und sah die Anwesenden der Reihe nach an. »Meine Herren, ich genehmige dieses

Experiment, weil ich glaube, daß Commander Data einen Erfolg erzielen könnte. Doch die erforderlichen Vorbereitungen müssen in höchstens einer Stunde abgeschlossen sein. Wir können es uns nicht leisten, noch mehr Zeit zu verlieren. Das mentale Trauma breitet sich auch weiterhin an Bord aus.«

Die Offiziere nickten ernüchtert. Geordi schüttelte sich und sprang auf. »Kommen Sie, Data. Wir müssen eine Frist einhalten. Machen wir Dampf.«

»Machen wir Dampf ...«, wiederholte der Androide verwirrt und ging zusammen mit dem Chefingenieur zur Tür. »Oh, ich verstehe. Sie meinen: beeilen, sich sputen, sich nicht auf die faule Haut ...«

Datas Stimme verklang im Korridor. Riker lächelte, wurde dann wieder ernst. »Ich hoffe, wir verlieren ihn nicht durch diese Mission, Captain.«

»Diese Hoffnung teile ich, Nummer Eins«, erwiderte Picard. »Drücken wir ihm den ...«

Ein lautes, sägendes Geräusch unterbrach ihn. Jean-Luc und Will sahen zu Worf: Das Sedativ in seinem Blut hatte schließlich den Sieg über das klingonische Pflichtbewußtsein errungen. Worf saß zurückgelehnt am Tisch, den Kopf nach hinten geneigt, und er schlief ziemlich laut.

Riker schnitt eine Grimasse. »Ich habe noch nie einen Klingonen schnarchen gehört. Als ich stellvertretender Kommandant der *Pagh* war, brachte man die Offiziere zum Glück in Einzelquartieren unter.«

Der Captain stand bereits. »Überlassen wir Dornröschen seinem unterbrochenen Nickerchen, Nummer Eins.«

Leise verließen die beiden Menschen den Raum — obgleich Picard vermutete, daß es möglich gewesen wäre, auf den Rücken von Pferden hinauszugaloppieren, ohne den schlafenden Lieutenant zu wecken.

KAPITEL 11

Lieutenant Commander Data wanderte mit ruhigen, sicheren Schritten durch den Korridor und trug einen Karton unter dem Arm. Er erreichte die Krankenstation und betrat sie. Ein Teil seiner Aufmerksamkeit registrierte die große Anzahl der Patienten: Von vielen Betten erklang leises Stöhnen, Schluchzen und Wimmern; dies schuf einen von Kummer und Elend geprägten akustischen Hintergrund, der für die hier tätigen Ärzte, Schwestern und Pfleger sicher sehr zermürbend war. Data sah sich um, und sein Blick verharrte an einem vertrauten Gesicht. LaForge saß an einem Computerterminal, ganz auf die Arbeit konzentriert.

Geordi hob den Kopf, als sich der Androide näherte. »Hallo, Data. Wir sind jetzt fast soweit, um die letzten Veränderungen an Ihrer Programmierung vorzunehmen. Anschließend können wir die Schaltkreise neu justieren.«

»Gut«, sagte Data. »Ich bin bereit und habe nur eine Bitte.«

»Welche?«

»Da ich für die letzten Modifikationen abgeschaltet werden muß, wäre ich Ihnen sehr dankbar, wenn Sie etwas für mich aufbewahren würden.« Der Androide ließ seinen Blick erneut durch die Krankenstation schweifen und senkte befangen die Stimme. »Wenn mir etwas zustößt ... ich meine, wenn meine normale ...« Er zögerte. »Wenn meine normale Persönlichkeit nicht wiederhergestellt werden kann, dann ist das hier wenigstens sicher.«

Langsam streckte er Geordi den Karton entgegen. LaForge nahm den Behälter, öffnete ihn und sah einen Stapel aus handbeschriebenen Blättern. »Ihr Roman.«

»Ja.«

»Ich gebe gut darauf acht, bis Sie zurückkehren«, versprach der Chefingenieur. »Seien Sie unbesorgt, Data. Ihr ursprüngliches Ich geht nicht verloren, das schwöre ich Ihnen. Ich werde nicht eher ruhen, bis Sie wieder der Data sind, den wir alle kennen.«

»Ich weiß, daß ich Ihnen vertrauen kann, Geordi«, erwiderte der Androide. »Und mir ist auch klar, daß ich die richtige Entscheidung getroffen habe.« Er beobachtete, wie LaForge geistesabwesend in dem Manuskript blätterte. »Nun, sicher gibt es viel für Sie zu tun, aber wenn Sie Zeit finden und den Roman lesen möchten — es steht Ihnen frei.«

LaForge räusperte sich verlegen. »Äh, bestimmt wartet eine *Menge* Arbeit auf mich«, murmelte er.

»Sie werden feststellen, daß Darstellung und Stil jetzt ganz anders sind«, sagte Data und hoffte, daß Geordi den Roman las. Geschichten sollten mit Lesern geteilt werden — welchen Sinn hatte es sonst, sie zu schreiben? »Ich habe romantischere Schauplätze gewählt, und ich glaube, die Dialoge sind geistreicher.«

»Hm ... ja.« LaForge sah mit plötzlicher Sorge auf. »Data ...«, begann er. »Haben Sie Angst? Noch können Sie es sich anders überlegen.«

»Ich bin nicht in der Lage, Furcht zu empfinden«, entgegnete der Androide gelassen. »Und selbst wenn das der Fall wäre: Ich bin sicher, unter den besonderen Umständen würde die Neugier alle Ängste überwiegen. Ich *bin* dazu imstande, neugierig zu sein, und das Artefakt ist außerordentlich faszinierend.«

»Das können Sie laut sagen«, brummte Geordi und stellte den Karton in einen kleinen Container, den er anschließend schloß.

Data kam der Aufforderung nach und sprach lauter.

»Ich bin nicht in der Lage Furcht zu ...« Er unterbrach sich, als LaForge hastig den Kopf schüttelte.

»Nein, so habe ich das nicht gemeint! ›Das können Sie laut sagen‹ ist ein umgangssprachlicher Ausdruck, der bedeutet, daß eine Bemerkung stimmt.«

»Oh.« Data neigte den Kopf zur Seite und deutete ein zufriedenes Nicken an. »Diese Redewendung ist neu für mich — obwohl meine Speicherbänke schon recht viele Beispiele für Slang und Umgangssprache enthalten.«

»Ich weiß«, pflichtete ihm LaForge bei und stand entschlossen auf. »Inzwischen müßte Selar die neuen Mikrochips fertiggestellt haben. Sind Sie für die letzten Veränderungen bereit?«

»Ja, das bin ich«, sagte Data fest.

»Na schön. Dann gehen wir jetzt zum Transporterraum. Ich habe mit Selar vereinbart, daß wir uns dort treffen, um die entscheidenden Modifikationen durchzuführen. Anschließend beamen wir Sie zum Artefakt.«

Die beiden Offiziere schritten durch die langen Korridore des großen Raumschiffs und schwiegen. *Geordi fürchtet, daß er mich nie wiedersieht,* dachte Data. *Er glaubt, daß die Veränderungen meinen ›Tod‹ bedeuten.*

Der Androide suchte vergeblich nach geeigneten Worten, um LaForge zu beruhigen. Die Situation war zu ernst, zu ungewiß. Data wußte aus Erfahrung, daß Menschen bei solchen Gelegenheiten ihre Besorgnis mit Witzen tarnten, sich mit Scherzen von der Anspannung befreiten. Aber er hatte den menschlichen Humor schon vor langer Zeit als sehr komplexes Phänomen erkannt, und seine Bemühungen, lustig zu sein, schlugen regelmäßig fehl. Trotzdem zeigten sich die Menschen oft von ihm amüsiert, aus Gründen, die Data nicht verstand.

Einmal mehr wünschte er, so wie Geordi und die anderen lachen zu können. Nur einmal in seiner Existenz hatte er wirklich gelacht; die Erinnerung daran war ihm lieb und teuer. *Q* mochte ein sonderbares und häufig auch gefährliches Wesen sein, aber er hatte dem Androiden damals ein kostbares Geschenk gemacht, indem er ihm für kurze Zeit das Lachen ermöglichte.

Als sie den Transporterraum erreichten, verständigte Geordi die Vulkanierin Selar, und dann warteten die beiden Offiziere. Die wenigen Minuten der Untätigkeit schienen Geordis Nerven auf eine harte Probe zu stellen: Ständig ging er unruhig umher. Data hingegen stand völlig still, während ihn O'Brien mit einem speziellen Transponder ausrüstete. Das Gerät sollte den Transporterchef in die Lage versetzen, Data ständig zu orten — um jederzeit imstande zu sein, ihn zurückzubeamen.

Das Zugangsschott glitt beiseite, und Wesley Crusher kam herein, gefolgt von Dr. Selar. »Ich bin fertig«, sagte Selar zu Geordi. »Wesley hat mir bei den letzten Komponenten geholfen.«

Der Junge trat an den Androiden heran, und Sorge lag wie ein Schatten auf seinem schmalen Gesicht. »Ich möchte, daß Sie folgendes wissen: Ich halte es für sehr mutig von Ihnen, sich solchen Gefahren auszusetzen, um uns zu helfen.«

»Mein Verhalten scheint kaum Mut zu erfordern, Wesley«, erwiderte Data. »Es basiert nur auf dem Wunsch, einen uralten Kunstschatz vor der Zerstörung zu bewahren.«

Wes schüttelte den Kopf. »Ich bin sicher, daß jeder Ihre Entscheidung für sehr tapfer hält.«

Der junge Fähnrich streckte ernst die Hand aus. Nach kurzem Zögern griff Data danach, schüttelte sie und achtete darauf, nicht zu fest zuzudrücken. »Auf dem Weg hierher bin ich Thala begegnet«, sagte Wesley. »Als ich ihr erzählte, daß Sie sich zum Artefakt beamen, um zu versuchen, uns aus dem Traktorfeld zu befreien ... Daraufhin äußerte sie den Wunsch, Ihnen etwas zu sagen. Die kleine Andorianerin wartete draußen. Soll ich sie fortschicken, oder möchten Sie mit ihr sprechen?«

»Warum nicht?« entgegnete Data und fragte sich, was ihm das Mädchen mitteilen wollte.

Wes ging zur Tür, öffnete sie und winkte. »Alles in Ordnung, du kannst hereinkommen.«

Zögernd betrat das Kind den Transporterraum. »Hallo, Thala«, sagte der Androide.

»Hallo, Data.« Sie drehte den Kopf und orientierte sich mit Hilfe des Sensornetzes. »Hallo, Mister O'Brien. Hallo, Geordi.«

Die Offiziere erwiderten den Gruß.

»Der Captain hat uns eine Frist gesetzt, Thala«, erinnerte Wesley sogleich das Mädchen. »Du mußt dich beeilen.«

»In Ordnung.« Die Andorianerin näherte sich Data. »Wes hat mir gesagt, daß Sie das Artefakt daran hindern wollen, uns weiterhin mit schrecklichen Träumen zu quälen. Er hat auch betont, welche Risiken Sie eingehen. Sie sind sehr mutig.«

Thala hob eine kleine blaue Hand, doch als sich der Androide bückte, um danach zu greifen, schlang sie ihm impulsiv die Arme um den Hals und küßte ihn auf die Wange. Einige Sekunden später schien sie der Gefühlsausbruch mit Verlegenheit zu erfüllen — sie drehte sich um und lief zur Tür. Das automatische Schott glitt gerade noch rechzeitig genug zur Seite. Thalas Sensornetz glitzerte kurz, und dann war sie verschwunden.

Data wandte sich an Wesley. »Wenn du sie wiedersiehst ...« Diesmal verzichtete er auf das förmliche Sie, mit dem der Junge häufig im Dienst angesprochen wurde. »Richte ihr meinen Dank für den Kuß aus.« Als der Fähnrich nickte, schritt Data zu der mobilen Antigraveinheit, die Selar in einer Ecke installiert hatte. Er streckte sich darauf aus.

Geordi, Wesley und die Vulkanierin prüften noch einmal die neuen Mikrochips. Der Androide hörte ihnen stumm zu, und nach einer Weile richtete sich LaForge auf. »Na schön. Es ist alles soweit.« Der Chefingenieur trat etwas näher. »Es wird jetzt Zeit, Sie abzuschalten. Alles klar?«

»Ich bin bereit«, wiederholte Data ruhig. »Wünschen Sie mir Glück, Geordi.«

LaForge nickte. »Alles Glück im Universum.« Er klopfte seinem Freund beruhigend auf die Schulter und beugte sich vor. Data spürte, wie er unter seinen linken Arm tastete, dort nach dem Desaktivierungsschalter suchte. Der Androide widerstand der plötzlichen Versuchung, seine Meinung zu ändern. *Steht mir der Tod bevor?*

Dann fühlte er nichts mehr.

Das Bewußtsein kehrte zurück, und mit ihm kam die Erkenntnis, daß etwas ganz und gar nicht stimmte. Der infrarote Teil seines Sehvermögens zeigte ihm nur vage Konturen, aber sie erwiesen sich als sehr verwirrend. Umrisse und Winkel der Kammer — alles schien völlig *falsch* zu sein.

Data erinnerte sich an den Grund für die aktuelle Desorientierung, und er wußte auch, daß der Transporterraum ebenso beschaffen war wie vorher — er selbst hatte sich verändert, stellte nun eine andere Person dar.

Als man ihn bewegte, hörte er Geräusche und begriff auf einer intellektuellen Ebene, daß es sich um Stimmen handelte, die leise sprachen. Sein elektronisches Gedächtnis wies den Worten sogar Signifikanz zu, aber trotzdem blieben sie unverständlich für ihn. Die Sätze ergaben einfach keinen Sinn, weil es ihrem Kontext an Bedeutung fehlte.

Er schien gleichzeitig zwei verschiedene Identitäten zu haben und an Schizophrenie zu leiden, an jenem Syndrom, das man früher einmal fälschlicherweise als ›gespaltene Persönlichkeit‹ bezeichnet hatte. Einen kleines Fragment seines Bewußtseins, das er mit dem alten Data gleichsetzte, entsann sich daran, wer und was er war, worauf die Veränderung zurückging. Doch der andere, größere Teil verharrte in chaotischer Verwirrung.

Er unterdrückte das Verlangen, aufzustehen und fortzulaufen. Die Präsenz der anderen Personen erschien ihm fast unerträglich, und er mußte sich sehr beherrschen, um ruhig liegenzubleiben.

Der neue Data wollte jene Laute von sich geben, die seine veränderte Programmierung nun als normal erachtete, aber der alte Data hielt es für besser zu schweigen — um zu vermeiden, den Wesen in seiner Nähe Kummer zu bereiten. Der neue Data konnte sie nicht richtig erkennen — ihre Gestalten waren viel zu fremdartig —, aber dem alten Data erschienen sie vertraut.

Er überlegte kurz, ob der neue den alten Data ganz verdrängte, bevor der Transfer erfolgte, aber dann spürte er ein Prickeln, das der alte Data als Auswirkung eines Transporterstrahls identifizierte. Der neue Data verstand es nicht und wollte dagegen ankämpfen, doch dem alten Data gelang es, den Körper stillzuhalten, bis sich das Transferfeld verflüchtigte.

Er lag im Artefakt auf dem Boden, und langsam richtete er sich auf. Der neue Data hatte nun die Kontrolle über den physisch-psychischen Komplex des Androiden, und das mußte auch der Fall sein — für diesen Zweck hatte man ihn geschaffen. Der neue Data *war* Data, zumindest jetzt. In einem entlegenen Winkel des Bewußtseins fragte sich der alte Data, ob das neue Ich für immer Data bleiben würde, aber er verdrängte diese Besorgnis rasch: Derzeit kam es nur darauf an, den Auftrag zu erfüllen.

Der Androide blickte sich mit verändertem Sehvermögen um, horchte mit verändertem Gehör und fühlte mit veränderten Sinnen.

Geordi hatte recht. Das Artefakt *war* schön.

Data betrachtete die Wandgemälde in der Nähe, nahm Farbnuancen, Konsistenz und subtile Schattierungen wahr. Bei einigen Bildern handelte es sich um

Stilleben, aber andere ähnelten holographischen Aufzeichnungen und bewegten sich in Sequenzen, die nie eine Wiederholung erfuhren.

Und die Geräusche... Data spielte Violine und glaubte, recht viel über die Musik vieler Föderationswelten zu wissen, aber etwas in dieser Art hatte er nie zuvor vernommen. Hier war die verwendete Tonleiter außergewöhnlich, reichte unter und über die Schwellen des menschlichen Gehörs. Die tonalen und atonalen Klänge woben ein feines Muster, sponnen einen akustischen Gobelin.

Sie begleiteten die Bilder, wie LaForge angenommen hatte. Jede Darstellung verfügte über ihr eigenes Thema, ihr individuelles Leitmotiv, und die jeweilige Geschichte fand teilweise in Musik und Liedern Ausdruck. Data glaubte sich an eine Oper erinnert, aber hier bildeten auch Gefühle wichtige Bestandteile der Komposition. Sie metamorphierten von Bild zu Bild, von einer Sekunde zur anderen.

Data konnte die emotionalen Komponenten zwar als solche identifizieren, sie jedoch nicht nachempfinden. Auch in dieser Hinsicht erwies es sich als Nachteil, eine Maschine zu sein. Er erkannte die Gefühlsbestandteile jeder Geschichte, doch sie riefen kein Echo in ihm hervor. Das enttäuschte ihn sehr.

Alle Gestalten in den Bildern hatten ihre eigenen Geschichten, doch sie verbanden sich miteinander und formten eine übergeordnete Botschaft aus Hoffnung, gutem Willen und Mut angesichts der Unvermeidlichkeit des Todes. Die Kunst war ein integraler Bestandteil des Lebens dieser Personen gewesen. Sie hatten gelebt, um zu schaffen, während sich andere Völker in erster Linie darauf konzentrierten, zu forschen, Geld zu verdienen oder Macht zu sammeln.

Data wanderte durch den Korridor, sah sich um und lauschte. Die ganze Zeit über zeichnete er mit dem Tricorder auf. Solche Schönheit durfte nicht verlorengehen!

Er verharrte vor kleinen Zimmern, in denen Skulpturen ruhten, einzigartig und komplex, schimmernd und *fließend*. Einige von ihnen bewegten sich wie die Bilder, und viele veränderten sich auf eine faszinierende Art und Weise, vermittelten damit ebenfalls eine Botschaft.

Jedes Kunstwerk hatte eine emotionale Komponente und musikalische Begleitung.

Data bemerkte einen blinkenden Kontrollsensor am Tricorder und erinnerte sich plötzlich daran, daß er versprochen hatte, der *Enterprise* in regelmäßigen Abständen Bericht zu erstatten — die menschliche Welt erschien ihm jetzt so fremdartig, daß es schwer war, an sie zu denken. Wie vereinbart betätigte er einen Schalter und schickte dem Schiff damit ein Signal. Es bedeutete: ›Alles in Ordnung. Ich bin unverletzt und setze meine Mission fort.‹ Wenn er eine andere Taste drückte, forderte er O'Brien damit auf, ihn zurückzubeamen.

Automatisch merkte er sich den Weg, den er beschritt, ging weiter, zeichnete auf und bewunderte — ohne zu vergessen, daß er nach dem Kontrollzentrum Ausschau hielt, das sich irgendwo in der labyrinthenen Innenstruktur des Artefakts befinden mußte.

Während er mit der Suche begann, beobachtete er die Bilder an den Wänden, folgte ihren Geschichten und horchte den süßen, schwer faßbaren Klängen der begleitenden Musik.

Viele der Kammern, an denen er vorbeikam, waren zu winzig, um sie zu betreten. Manchmal begnügte er sich damit, niederzuknien und einen Blick hineinzuwerfen. Er gewann den Eindruck, daß die Künstler höchstens einen Meter groß gewesen sein konnten.

Unterwegs sammelte er immer mehr Daten und dachte daran, daß er seit Jahrhunderten — oder vielleicht seit Jahrtausenden — das erste Wesen war, das diese Wunder betrachtete.

Einige der Geschichten erschienen ihm als überaus traurig (obgleich er die Trauer nur mit dem Intellekt zur

Kenntnis nahm), während andere fröhlich wirkten. Manche erinnerten ihn an die menschliche Gedichtform namens *Haiku,* in der Bild und Laut einen einzelnen Eindruck präsentieren sollten. Doch ihr Sinn entzog sich seinem Verständnis.

Der Androide prüfte die Anzeigen des Tricorders, betätigte den Schalter, sendete ein weiteres Alles-in-Ordnung-Signal und begriff, daß er erst ein Drittel der monolithischen Struktur durchquert hatte.

Die kleinen Nischen mit den Statuen wiesen darauf hin, daß es in dieser Kunstgalerie viel Platz gab. Data entsann sich an die Beschaffenheit von menschlichen Systemen solcher Art, wählte einen direkten Weg und näherte sich dem Zentrum des Artefakts.

Zumindest in dieser einen Hinsicht stützte sich das architektonische Konzept der Künstler auf die gleichen Prinzipien wie die bei Menschen gebräuchliche Konstruktionsweise. Der zentrale Teil des Artefakts enthielt sanft vibrierende Anlagen, zuständig für Atmosphäre, Wärme und Licht. Irgendwo mußte sich auch eine Maschine befinden, die für das Kraftfeld verantwortlich war — für jene Energie, die während eines unbekannten Zeitraums mehr als hundert Raumschiffe eingefangen und ihre Besatzungen getötet hatte.

Data untersuchte die Funktionsweise der fremden Geräte. Die Sprache der Künstler unterschied sich natürlich von allen menschlichen Kommunikationsmethoden, aber der in sein positronisches Gehirn integrierte Translator sollte eigentlich übersetzen können, wenn ihm genügend Informationen als Elaborationsbasis zur Verfügung standen.

Kurze Zeit später fand der Androide einen ›Schlüssel‹, den die Künstler zurückgelassen hatten: Als er eine bestimmte Konsole berührte, projizierte sie Bilder. Sie stellte einen interstellaren Stein von Rosette dar, der mit einfachen, allgemeinen Begriffen begann, mit Zahlen und Additionen, mit Ausdrücken für *Planet* und *Sonne.*

Die Bilder waren zu einer logischen Kette verknüpft und wandten sich allmählich komplexeren Dingen zu, zum Beispiel *Lichtgeschwindigkeit, Raumschiff* und *Katastrophe.*

Datas positronisches Gehirn arbeitete mit der Geschwindigkeit von Elektronen (die der des Lichtes entsprach), und deshalb wurde die Informationsaufnahme nur von der Leistungsfähigkeit seiner Augen beschränkt — sie lasen, erkannten und korrelierten weitaus schneller als menschliche Pupillen.

Innerhalb weniger Minuten sondierte er den ›Stein von Rosette‹, lernte die Sprache der Künstler, erfuhr von ihrer Geschichte und der des Artefakts.

Sie nannten ihre Welt Yla und sich selbst Ylaner — ein friedliches Volk, das immer nur Freude und Erbauung suchte. Ihr Vokabular enthielt keine Wörter für *Krieg* oder *Kampf. Die beste Annäherung an dieses Konzept hieß Uneinigkeit* beziehungsweise *Meinungsverschiedenheit.* Ihre größte Leidenschaft galt der Kunst. Fast alle Individuen beschäftigten sich damit, ganz gleich, welchen Berufen sie nachgingen. Nicht jeder Ylaner war ein begabter Künstler; die Vorsehung hatte das Talent nicht gleichmäßig verteilt. Aber alle künstlerischen Bemühungen stießen auf Anerkennung.

Die Ylaner hatten mindestens fünfzehntausend Jahre lang in Harmonie existiert, als einheitliche, zivilisierte Gesellschaft, als plötzlich das Schicksal zuschlug: Tödliche Strahlung ging von ihrer bis dahin stabilen Sonne aus. Sie brachte fast ein Viertel der Bevölkerung um, und diese Tragödie war schon schrecklich genug. Doch im Lauf der Jahre stellte sich heraus, daß die Strahlung einen noch fataleren Effekt bewirkte: Sie sorgte dafür, daß die Männer — *alle* Männer — steril wurden.

Die Ylaner begriffen bald, daß diese Tatsache einem Todesurteil für ihr ganzes Volk gleichkam. Sie zeichneten sich durch eine recht hohe Lebenserwartung aus, und einige von ihnen versuchten, das Problem mit wissenschaftlichen Mitteln zu lösen. Ihre Geschichte beschrieb die entsprechenden Bemühungen — sie schlugen fehl.

Einige Jahrhunderte vor dem heimtückischen Verrat ihrer Sonne hatten die Ylaner mit der Raumfahrt begonnen — nicht als Mittel zum Zweck, sondern aus Neugier. Sie unterlagen nicht dem menschlichen Zwang zu erforschen, und Handel war ebenfalls kein Motiv, denn in ihrem abgelegenen Sektor der Galaxis fanden sie keine andere intelligente Spezies. Darüber hinaus fehlte die Notwendigkeit, geeignete Kolonialwelten zu finden: Schon seit vielen tausend Jahren gab es eine wirksame Bevölkerungskontrolle.

Als die älteren Ylaner starben, ohne daß jemand ihren Platz einnehmen konnte, häuften sich auch bei den jüngeren die Todesfälle. Viele Ylaner, die keine Kinder hatten, begingen Selbstmord — sie sahen keinen Sinn mehr im Leben.

Etwa zu diesem Zeitpunkt entwickelten einige hochrangige Ylaner die Idee des Artefakts. Entwurf und Konstruktion gaben dem Rest des Volkes eine neue Aufgabe, die Chance zu einer letzten kreativen Anstrengung. Das Artefakt wurde zu einem planetaren Projekt, und sein Bau bedeutete, daß die Ylaner halb vergessene Technologien wiederentdecken mußten. In den nächsten Jahren entstand im All ein Objekt, das die Kunstschätze Ylas aufnehmen sollte.

Die Aussterbenden konstruierten das Artefakt als ein Denkmal für sich selbst, als eine Geste des galaktischen guten Willens, die sich an alle anderen Völker richtete. Nach seiner Fertigstellung schickten sie es auf einen Kurs, der es langsam durch den Orionarm der Milchstraße brachte.

Nach Datas Schätzung trieb das Artefakt inzwischen seit einer halben Million Jahren durchs All.

Es driftete, fing ein — und tötete.

Der Androide war froh, daß die freundlichen, wohlwollenden Ylaner nie erfahren würden, wie sie zwischen den Sternen Grauen gesät und schrecklichen Tod verursacht hatten.

Data verarbeitete die empfangenen Informationen, drückte einmal mehr die Alles-in-Ordnung-Sendetaste am Tricorder und wandte sich anderen Aufzeichnungen zu. Interessant ... in höchstem Maße interessant. Wesley behielt recht: Die Ylaner hatten das Universum tatsächlich aus einer völlig anderen Perspektive betrachtet. Ein großer Teil ihrer wissenschaftlichen Kenntnisse unterschied sich von allem, was Data kannte. Zum Beispiel: In dem Artefakt befanden sich Samen, aus denen lebende Kunstwerke wuchsen, wenn man sie gemäß den Anweisungen pflanzte. Data wußte, daß viele Gärtner auf der Erde den Gartenbau als eine Kunstform erachteten, aber in diesem Fall handelte es sich um etwas ganz anderes: genetisch manipulierte Pflanzen, aus denen lebendige Skulpturen werden sollten. *Vorprogrammierte Bonsais,* dachte der Androide.

War die Saat noch fruchtbar, nach fünfhunderttausend Jahren? Es schien kaum möglich zu sein, aber Data spielte mit dem Gedanken, einige Samen zur *Enterprise* mitzunehmen und in den botanischen Laboratorien zu experimentieren.

Er merkte, daß er sich schon seit mehr als einer Stunde im Artefakt aufhielt; daraufhin sondierte er die Aufzeichnungen noch schneller und suchte nach Hinweisen auf das Energiefeld, mit dem die Ylaner ihr Werk umgeben hatten.

Schließlich fand er einen — und stellte fest, daß Wesley Crusher erneut sein besonderes Genie bewiesen hatte. Das Energiefeld war tatsächlich nicht dazu bestimmt, negativ zu wirken.

Der Traktoreffekt erwies sich, wie der Junge behauptet hatte, als unerwartete Begleiterscheinung der fremden Energie. Er kam nicht bei Schiffen zur Geltung, die von den Ylanern benutzt worden waren, um interstellare Entfernungen zurückzulegen — auch in diesem Fall lag Wesley mit seiner Vermutung in Hinsicht auf Dimensionstriebwerke richtig. Aber bei Raumern, die den Warpantrieb verwendeten, verhielt sich das Kraftfeld wie ein Traktorstrahl.

Die Ylaner hatten die Emissionen des Artefakts als einen Wegweiser geschaffen, als Einladung: ›Kommt! Kommt und seht unsere Kunstgalerie!‹ Data verglich das Energiefeld mit einer Werbung.

Er nahm weitere Informationen auf, scannte so schnell, wie es seine Augen erlaubten — und dann fand er die gesuchte Sektion. Er trat an eine andere Konsole heran und ging in die Hocke, bis sein Kopf auf einer Höhe mit den Kontrollen war.

Der Androide tastete nach der roten Scheibe im Pult, und als blaue Lichter glühten, berührte er sie in der vorgeschriebenen Reihenfolge. Nach fünfhunderttausend Jahren zuverlässiger Funktion ließen die kaum spürbaren Vibrationen der Anlage nach, und die Anzeigen erloschen.

Das Kraftfeld verschwand, und mit ihm die emotionalen Emanationen. Das kosmische Sargassomeer existierte nicht mehr. Die *Enterprise* war frei.

»Ich habe das Retransfersignal empfangen!« entfuhr es O'Brien aufgeregt.

»Und das ist noch nicht alles!« platzte es aus LaForge heraus. Er leistete dem Transporterchef Gesellschaft, während sie auf Datas Rückkehr warteten. »Er hat das Energiefeld abgeschaltet! Es gehen keine Emissionen mehr von dem Artefakt aus ... Wir können die Schilde senken!«

O'Briens angespannte Züge lockerten sich. »Dann sind wir frei — dem Himmel sei Dank«, sagte er leise.

Geordis Insignienkommunikator zirpte, und er klopfte kurz darauf. »Hier LaForge.«

»Ich nehme an, daß Sie auch Sensorerfassungen vornehmen«, erklang Picards Stimme.

»Und ob, Captain! Er hat es geschafft!«

»Ja, Mister LaForge, das scheint tatsächlich der Fall zu sein.« Geordis taktisches Display zeigte, daß die Deflektoren nacheinander desaktiviert wurden. »Hat Commander Data das vereinbarte Signal für den Retransfer gesendet?« fragte Picard.

»Ja, Sir. Wir holen ihn jetzt zurück.«

»Halten Sie mich über seinen Status auf dem laufenden.«

»Ja, Sir.«

»Picard Ende.«

Erneut berührte Geordi seinen Kommunikator. »Lieutenant Selar?«

»Hier Selar.«

»Wir beamen Data an Bord.«

»Ich treffe gleich bei Ihnen ein.«

O'Brien trübte das Licht im Transporterraum und bediente die Kontrollen. Ein charakteristisches Summen ertönte, und im energetischen Flirren erschien eine dunkle Gestalt ...

Data materialisierte auf der Plattform und schwankte. »Ist alles in Ordnung mit Ihnen?« fragte Geordi und trat näher. Der Androide wich zurück und hob einen Arm vor die Augen. Seltsame Geräusche entrangen sich seiner Kehle, ohne irgendeine Ähnlichkeit mit menschlicher Sprache. Der Chefingenieur hatte so etwas noch nie zuvor gehört.

»Was ist los mit ihm?« erkundigte sich O'Brien besorgt. »Er scheint Angst zu haben.«

»Nein, dies ist keine emotionale Reaktion«, erwiderte LaForge und musterte Data aufmerksam. »Wahrscheinlich hat er in dem Artefakt soviel Zeit verbracht, daß es ihm nun sehr schwer fällt, von dem fremden sensorischen Input auf den normalen Funktionsmodus umzuschalten.«

»Warum bedeckt er Augen und Ohren?«

Data zuckte zusammen und wich noch weiter zurück,

als er die menschlichen Stimmen hörte. »Seine audiovisuellen Sensoren übermitteln ihm widersprüchliche Informationen«, flüsterte Geordi. »Das beeinträchtigt die Funktion des positronischen Gehirns.«

»Warum legt er seine Systeme nicht einfach still, so wie beim ersten Aufenthalt im Artefakt?« O'Brien runzelte die Stirn.

»Ich bin mir nicht sicher. Vielleicht ist er zumindest teilweise mit dieser Umgebung vertraut, während ihm das Ambiente im Artefakt bei der ersten Erkundungsmission völlig fremdartig erschien. Aber jetzt hat er dort genug Zeit verbracht, um sich daran zu gewöhnen.« LaForge seufzte. »Wissen Sie, in gewisser Weise mußte er sein Bewußtsein teilen, und jetzt kommt es zu einem Konflikt zwischen der rejustierten Ichhälfte und dem normal programmierten Selbst.«

»Was stellen wir nun mit ihm an?«

Geordi beobachtete den Androiden. »Keine Ahnung. Wenn es mir gelänge, ihn zu desaktivieren ... Dann könnte ich die Umschaltung selbst vornehmen.«

Langsam und vorsichtig näherte er sich Data. »Ganz ruhig«, sagte er, als spräche er zu einem fremden Hund. »Ich bin's, Geordi. Sie müssen mir erlauben, Sie abzuschalten. Dann passen wir Sie wieder an die Umgebung der *Enterprise* an.«

Er trat noch einen Schritt vor, und der Androide taumelte zurück, bis er an die hintere Wand stieß. Noch immer gab er koloraturartige Baßlaute von sich. Als LaForge nicht stehenblieb, ruderte er wild mit den Armen und wurde noch nervöser.

»Verdammter Mist«, brummte der Chefingenieur und warf O'Brien einen verzweifelten Blick zu. »Er ist stärker als eine Kompanie Klingonen. Er will mich nicht nahe genug heranlassen, um ihn abzuschalten, und ich kann ihn unmöglich überwältigen.«

»Wie wär's, wenn Sie einen Phaser benutzen, um ihn zu betäuben?« schlug der Transporterchef vor.

»Er ist ein Androide, kein Mensch. Lähmstrahlen bleiben ohne Einfluß auf sein positronisches Gehirn. Und wenn ich die Waffe auf stärkere Emissionen justiere, besteht die Gefahr ernster Verletzungen!«

Data bebte am ganzen Leib, und Geordi hob den Zeigefinger vor die Lippen. »Unser Gespräch scheint ihn noch mehr zu desorientieren«, hauchte er.

O'Brien nickte und schwieg.

Plötzlich öffnete sich die Tür des Transporterraums, und Selar kam herein. Sie starrte durchs Halbdunkel, sah erst LaForge an und blickte dann zum zitternden Androiden. Rasch schätzte sie die Situation ein, wandte sich wieder an die Menschen und wölbte eine Braue. »Was nun?« lautete ihre stumme Frage.

Geordi zuckte mit den Schultern.

Der Insignienkommunikator des Chefingenieurs zirpte, und Data zuckte noch heftiger zusammen als seine Begleiter. »Wie ist die Lage, Mister LaForge?« fragte Picard.

Geordi klopfte auf das kleine Gerät. »Nicht besonders gut, Sir«, raunte er. »Der veränderte Teil seines Bewußtseins scheint dominant zu sein. Data läßt uns nicht in seine Nähe. Offenbar ist er völlig verwirrt und glaubt sich bedroht.«

»Commander Riker und ich sind zu Ihnen unterwegs.«

Selar, O'Brien und LaForge gingen in den Korridor, um auf Picard zu warten und die Situation zu erörtern. Bevor er den Transporterraum verließ, gab O'Brien einen Code ein und blockierte damit die Kontrollen der Konsole.

»Vielleicht sollten wir einige Sicherheitswächter rufen ...«, begann der Transporterchef und verstummte, als Geordi den Kopf schüttelte.

»Jemand könnte verletzt werden. Data ist *stark!* Ich habe gesehen, wie er massive Stahltüren aufbrach und fünfhundert Kilo schwere Felsen hob.«

»Sie brauchten ihn nicht lange festzuhalten«, sagte Selar. »Nur für ein oder zwei Sekunden — bis einer von uns den Desaktivierungsschalter betätigen kann.«

»Es ist zu gefährlich«, beharrte LaForge. »Wenn es doch nur ein geeignetes Betäubungsmittel gäbe ... Aber Data reagiert nicht auf irgendwelche Sedative, oder?«

Diesmal schüttelte Selar den Kopf.

»Ich sehe nur eine Lösung für dieses Problem«, sagte Geordi schließlich. »Data und ich beamen uns zum Artefakt. Sobald er sich dort von der Desorientierung erholt, kann ich ihn ausschalten, und dann kehren wir sofort hierher zurück.«

»Ich habe von der speziellen internen Struktur des fremden Objekts gehört«, kommentierte Selar. »Und daraus schließe ich, daß Ihr Verstand bedroht wäre.«

»Der Aufenthalt in dem Artefakt ist nicht gerade angenehm, zugegeben, aber ich bin sicher imstande, einige Sekunden lang durchzuhalten. Das hoffe ich wenigstens ...« Geordi sprach nicht weiter.

Schritte kamen näher, und als sich die drei Offiziere umdrehten, sahen sie Commander Riker und Captain Picard. LaForge schilderte die Situation mit einigen knappen Worten und fügte seinen Vorschlag hinzu, zusammen mit Data das Artefakt aufzusuchen.

»Dem Ding sind bereits genug Besatzungsmitglieder zum Opfer gefallen«, entgegnete Picard bitter. »Ich möchte nicht riskieren, noch jemanden zu verlieren.« Er runzelte die Stirn und überlegte. »Wo genau befindet sich Commander Datas Desaktivierungsschalter?«

»An der linken Seite, Sir«, antwortete Riker. »Im Bereich des verlängerten Rückens.«

Picard deutete zum Schott. »Öffnen Sie die Tür, Mister O'Brien. Ich möchte einen unmittelbaren Eindruck gewinnen.«

Riker versperrte ihm den Weg. »Sir, Sie haben doch nicht vor, sich dem Androiden zu nähern, oder?«

Picard schwieg und winkte O'Brien zu, woraufhin der

Transporterchef das Schloß entriegelte. Ein leises Zischen, und das Schott glitt auf. Riker zögerte zunächst, trat jedoch zur Seite, als der Captain warnend den Kopf schüttelte. Der drohende ›Ich dulde keine weiteren Einwände‹-Blick in Picards Augen veranlaßte ihn dazu, sich dem Willen seines Vorgesetzten zu fügen.

Der Captain schritt durch die Tür, verharrte nach etwa drei Metern und beobachtete die an der Wand hokkende Gestalt des Androiden. »Commander Data«, sagte er leise.

Ein Sopran-Kreischen erklang, und Data trat um sich, versuchte vergeblich, noch weiter zurückzuweichen.

Picard hielt entschlossen auf ihn zu.

»Sir«, flüsterte Riker drängend. »Bringen Sie sich nicht in Gefahr. Lassen Sie es mich versuchen.«

Jean-Luc ignorierte ihn. »Data«, sagte er ruhig. »Hier spricht der Captain. Sie wissen, wer ich bin.«

Der Androide knurrte und holte mit den Armen aus. Picard achtete nicht darauf und trat noch einen Schritt vor. »Sir ...« Rikers besorgte Stimme. »Es wäre sicher klüger, wenn ...«

»Nein, Nummer Eins«, unterbrach Picard den Ersten Offizier. Er drehte nicht den Kopf. »Das wahre Ich Commander Datas verbirgt sich irgendwo in seinem Kopf, auch wenn derzeit das veränderte Selbst dominant ist. Ich bin sicher, daß er mich nicht verletzen wird. Ich vertraue ihm — und ich vertraue Doktor Soongs Programmierung. Data ist gar nicht imstande, einem Menschen Leid zuzufügen, ganz gleich, wie man ihn provoziert.«

»Doktor Soong hat auch Lore programmiert, Sir«, erinnerte Riker den Captain. »Und Lore wollte uns alle in den Tod schicken.«

»Data ist ... Data, Commander. Ich habe Vertrauen zu ihm.« Noch ein Schritt nach vorn.

»Aber wollen Sie deshalb Ihr Leben riskieren, Sir?« hauchte Riker. »Denken Sie an seine physische Kraft.«

»Data wird mich nicht verletzen, Nummer Eins«, wiederholte Picard und setzte den Weg fort. Inzwischen hatte er fast die Transporterplattform erreicht, wo der wimmernde, knurrende Androide lag, zuckte und um sich schlug.

Der Captain ging weiter und formulierte sanfte, beruhigende Worte. Data krümmte sich zusammen, erbebte noch einige Male und schien dann apathisch zu werden. Die von ihm verursachten Geräusch klangen jetzt nicht mehr so laut.

Geordi hielt die Luft an, als der Captain auf die Plattform kletterte und sie überquerte. Data schrie und vollführte abwehrende Bewegungen mit den Armen — ohne den Captain zu berühren.

»Ganz ruhig, Data«, flüsterte Jean-Luc, bückte sich und tastete nach der linken Seite des Androiden.

Eine Sekunde später erschlaffte Data.

LaForge ließ den angehaltenen Atem mit einem langen Seufzen entweichen.

Eine Stunde später, in der überfüllten Krankenstation, wandte sich LaForge an Beverly Crusher. »Bitte sagen Sie Selar, daß wir beginnen können.«

Innerhalb weniger Sekunden beendeten sie die letzten Systemtests. Geordi klopfte auf seinen Insignienkommunikator. »Hier LaForge. Sie wollten informiert werden, wenn alles vorbereitet ist, Captain.«

»Ich bin unterwegs«, erwiderte Picard.

Als Jean-Luc mit Will Riker und Wesley Crusher eintraf, schwitzten Geordis Hände. Er sah in das ausdruckslose Gesicht des Androiden und hoffte inständig, daß die Züge bald wieder das für Data typische unschuldige Staunen zeigten. *Wenn etwas schiefgeht ...,* dachte er. *Ich schwöre, daß ich dann alles versuchen werden, um Ihr Buch zu veröffentlichen — selbst wenn es mich einen Zwei-Jahres-Sold kostet, um einen Verleger zu überzeugen. Aber vielleicht ist das gar nicht nötig.*

Picard nickte ihm zu. »Also los, Mister LaForge.«

Hinter dem Rücken kreuzte Geordi die Finger der linken Hand, und in den Stiefeln kreuzte er auch die Zehen. Dann hob er die rechte Hand — sie zitterte ein wenig, obwohl er sich bemühte, sie stillzuhalten —, streckte sie aus und berührte den Schalter.

Data öffnete goldene Augen. Langsam sah er sich um und musterte die verschiedenen Gesichter: Doktor Crusher, Selar, Riker, Picard, Wesley, schließlich auch LaForge. »Geordi«, sagte er deutlich. »Sie hatten recht. Das Artefakt ist wunderschön.«

»Data!« rief der Chefingenieur glücklich. Er schlang einen Arm um Wesleys Schulter, drückte den Jungen an sich und grinste wie ein Narr. Die Feier fand leise statt, mit Rücksicht auf die vielen Patienten in der Krankenstation. Nach einer Weile setzte sich Data auf, schwang die Beine über den Rand der Liege, stand und schien wieder ganz sein ursprüngliches Selbst zu sein.

Mit einer förmlichen Geste legte ihm Picard beide Hände auf die Schultern. »Data«, sagte er, »auf der Erde heißt es: ›Die größte Liebe hat der Mensch, der sein Leben für Freunde opfert.‹ Ihre Bereitschaft, das eigene Leben zu geben, um uns zu retten, bedeutet ebensoviel wie das Opfer. Wir stehen tief in Ihrer Schuld.«

»Aber ich bin kein Mensch, sondern ein Androide«, erwiderte Data.

»Sie sind Sie«, sagte Jean-Luc fest. »Und Sie sind einzigartig. Es ist ein großes Glück für uns, Sie zu unseren Freunden zu zählen.«

»Das können Sie laut sagen, Captain«, meinte Geordi und lächelte.

KAPITEL 12

»Thala?«

Die Andorianerin erwachte und fragte sich, wer ihren Namen genannt hatte. Nach einigen Sekunden erklang die Stimme noch einmal. »Hörst du mich, Thala?« Erleichtert begriff sie, wer sich per Interkom mit ihr in Verbindung zu setzen versuchte.

Hastig sprang sie aus dem Bett und drückte eine Taste. »Ja, Wesley.«

»Wo bist du?«

»Ich habe geschlafen, aber das macht weiter nichts. Was ist los?«

»Du hast mich gebeten, dir Bescheid zu geben, wenn wir irgendwo andocken. Wir erreichen die Starbase 127 in etwa zehn Minuten.«

Gemischte Gefühle regten sich in dem Mädchen: Aufregung, Trauer, Sorge und Entschlossenheit. »Oh«, sagte es. »Danke, daß du daran gedacht hast, Wesley. Ich weiß das sehr zu schätzen.«

»Schon gut«, entgegnete der Junge fröhlich. »Wir sehen uns später.«

»Äh ... ja. Noch einmal besten Dank.«

Der entscheidende Augenblick war also gekommen: Es wurde Zeit, die *Enterprise* für immer zu verlassen. Thala schluckte krampfhaft. Als das Artefakt keine Gefahr mehr darstellte, begann ein langer Rückflug, doch nun ging er zu Ende, und Thala stand eine andere Reise bevor.

Als Data das Kraftfeld abgeschaltet und damit die *Enterprise* befreit hatte, setzte das große Raumschiff seine

Phaserkanonen ein, um der Bitte des klingonischen Oberkommandos zu entsprechen und die *PaKathen* zu zerstören. Anschließend, mit der *Marco Polo* im Schlepptau, nahm es Kurs auf Thonolan Vier, um das längst überfällige Saatgut abzuliefern.

Während des Aufenthalts im Orbit der andorianischen Kolonie blieb Thala der Panik nahe. Die ganze Zeit über befürchtete sie, daß die planetaren Behörden vielleicht ihre Meinung änderten und entschieden, sie doch aufzunehmen. Aber das war glücklicherweise nicht der Fall.

Während der nächsten Tage verließ sie nur selten ihr Quartier. Es mußten noch immer viele Patienten behandelt werden, und deshalb konnte Selar nur wenig Zeit für sie erübrigen. Trotzdem rief sie jeden Tag an, um kurz mit ihr zu sprechen. Gestern hatte die Vulkanierin Thala zum Essen eingeladen und hinzugefügt, sie müßte ihr etwas Wichtiges mitteilen.

Es tut mir leid, Selar, dachte die Andorianerin niedergeschlagen. *Leider kann ich die Einladung nicht annehmen. Und ich habe nicht einmal die Möglichkeit, mich dafür bei Ihnen zu entschuldigen. Ich darf keine Spuren hinterlassen.* Thala trat an die Statue heran, öffnete sie und entnahm ihr die Kristalle. Einige Sekunden lang bedauerte sie, sich von der kleinen Skulptur trennen zu müssen: Sie war zu schwer und hätte sie nur behindert. *Vielleicht muß ich laufen, und ihr Gewicht würde mich belasten.*

Mit hastigen Schritten eilte Thala durch die Kabine und zwang sich dazu, etwas zu essen — sie wußte nicht, wann sich wieder eine Gelegenheit dazu bieten würde. Sie duschte in der Hygienezelle und breitete ihre Kleidung aus. Bevor sie sich anzog, benutzte sie aus der Krankenstation stibitzte Pseudohaut, um die Fühlergespinste an ihrem Brustkorb zu befestigen. Dann streifte sie mehrere Kleidungsstücke über und wählte ihr bestes Sensornetz. Sie konnte kein Gepäck mitnehmen — das hätte sicher Verdacht erregt.

Schließlich stopfte Thala einen Umhang aus altairianischer Spinnenseide in eine Gürteltasche ihres Vaters und fügte einige Nahrungsmittel hinzu. Die Isoliereigenschaften der Spinnenseide würden eine Sensorerfassung ihrer Körperwärme verhindern.

Die Andorianerin kontrollierte das Chronometer und stellte fest, daß weniger als eine Stunde verstrichen war. Sie seufzte. Das medizinische Personal der *Enterprise* brauchte sicher noch mehr Zeit, um den Transport aller Patienten zu den Krankenabteilungen der Starbase zu überwachen. Thala nahm angespannt Platz, um zu warten.

Zum Glück gab es nicht ganz so viele psychisch Kranke, wie Selar und Beverly Crusher zunächst angenommen hatten. Als das Artefakt keine schädlichen Emissionen mehr ausstrahlte, begann bei vielen depressiven und apathischen Patienten eine spontane Rekonvaleszenz.

Aber Counselor Troi hatte dennoch alle Hände voll zu tun. Sie beriet jene Männer und Frauen, die durch Träume an verdrängte, sehr unangenehme Erlebnisse erinnert worden waren. Die Betazoidin schien jedoch zuversichtlich zu sein. Thala hatte gehört, wie sie sich an Beverly Crusher wandte und meinte, nur in ein oder zwei Fällen sei der Zustand noch immer kritisch.

Die meisten Patienten, die man nun der Obhut der Starbase-Ärzte übergab, sollten zur vulkanischen Akademie der Wissenschaften gebracht werden. Dort konnten ihnen speziell ausgebildete Telepathen dabei helfen, die Wunden in ihren Seelen zu heilen.

Als seit dem Andocken der *Enterprise* zwei Stunden vergangen waren, stand Thala auf, ›sah‹ sich noch ein letztes Mal in ihrem Quartier um und verließ die Kabine. Sie trat in den Korridor, wandte sich nach links und schritt zum nächsten Turbolift, um sich von ihm zum Transporterraum tragen zu lassen.

Unterwegs verabschiedete sie sich stumm von allen Besatzungsmitgliedern, die sie kennengelernt hatte. Die

Andorianerin versuchte, nicht an Selar zu denken. Sie ging zielstrebig und ohne zu zögern, warf keinen ›Blick‹ zurück.

»Sind Sie beschäftigt, Counselor?«

Deanna Troi saß an ihrem Lieblingstisch im Gesellschaftsraum und aß eine von Guinans Spezialitäten: Eiscreme mit heißer Soße und Schokoladensplittern. Sie schluckte und sah auf, als sie die zaghafte Stimme hörte. »O Data!« rief sie. »Nein, ich gehe nur einem meiner Laster nach. Kommen Sie und setzen Sie sich.«

»Danke«, sagte der Androide und nahm Platz. Troi bemerkte, daß er einen Karton mitgebracht hatte. Behutsam leckte sie sich Schokolade aus dem Mundwinkel und betupfte die Lippen mit einer Serviette. »Wie geht es Ihnen?« fragte sie. »Haben Sie sich nach der Rejustierung Ihrer Schaltkreise gut erholt?«

»Das ist tatsächlich der Fall«, erwiderte Data. »Wie geht es Ihnen, Counselor?«

»Data, dieser Ort dient der Entspannung. Bitte nennen Sie mich Deanna.« Sie lächelte freundlich. »Ja, auch mit mir ist alles in Ordnung. Derzeit belohne ich mich für die harte Arbeit während des Rückflugs. Meine Patienten machen alle gute Fortschritte.« Sie schob sich den letzten Löffel Eiscreme in den Mund, genoß den exquisiten Geschmack, schluckte und seufzte. »Schokolade ist herrlich. Poesie für den Gaumen ...«

Datas goldene Augen funkelten. »Da wir gerade von literarischen Dingen sprechen, Deanna ...« Er stellte den Karton auf den Tisch.

Troi betrachtete ihn neugierig. »Was befindet sich dort drin?«

Der Androide zögerte kurz. »Ich möchte Sie um Ihre ehrliche Meinung über ein von mir geschriebenes Manuskript bitten. Ich wäre Ihnen sehr dankbar, wenn Sie diese Szene lesen und mir sagen würden, was Sie davon halten.«

»Ein Manuskript?« Die Counselor starrte Data überrascht an. »Soll das heißen, Sie haben ein *Buch* geschrieben?«

»Ja. Einen Roman. Er handelt von einem romantischen Abenteuer, das zu Beginn der interstellaren Raumfahrt stattfindet. Es geht dabei um die Beziehung zwischen einem der ersten Raumschiffkommandanten und der von ihm geliebten Frau.« Data zögerte erneut, bevor er hastig fortfuhr: »Ich habe bereits mehrere Personen an Bord nach ihrer Meinung gefragt, aber Doktor Crusher schlug vor, ich sollte mich an eine weitere Frau wenden. Deshalb bin ich zu Ihnen gekommen.«

Troi zuckte mit den Achseln. »Einverstanden, ich lese die Szene. Aber ich warne Sie: Zu meinen besten Freundinnen auf Betazed gehört eine bekannte Autorin. Kathella bittet mich häufig, ihre Geschichten zu lesen, weil sie mich als harte Kritikerin kennt. Sie sagte mir einmal, ohne meine scharfe literarische Kritik wären ihre Bücher nicht annähernd so gut geschrieben.«

»Genau darauf kommt es mir an«, entgegnete Data fest. »Hier ist die gleiche Szene, die Doktor Crusher gelesen hat. Mit einem Unterschied: Ich habe sie inzwischen gründlich überarbeitet.« Er reichte der Counselor einige Blätter.

Deanna lehnte sich zurück, leckte sich die letzten Schokoladereste von der Unterlippe und las:

Margaret war gerade in den botanischen Garten zurückgekehrt, um ihren unterbrochenen Spaziergang fortzusetzen, als sie Mr. Rodriguez sah, der ihr entgegenschritt. Zielstrebige Entschlossenheit prägte alle Einzelheiten in seinem markanten Gesicht. Im Licht der Erde, das durch die Kuppel herabströmte, sah Margaret sein dunkles Haar und glitzernde Augen, die einen so durchdringenden Blick auf sie richteten, daß sie errötete, und ein höflicher Gruß verschwand unausgesprochen von

ihren Lippen. Der Mann trat direkt auf sie zu, blieb dicht vor ihr stehen, und sein hypnotischer Blick klebte an ihr fest, als er begann:

»Verehrteste Lady Margaret, da ich morgen mit einer Reise beginne, die sehr gefährlich ist und von der ich vielleicht nicht zurückkehre, halte ich es für meine Pflicht, Ihnen meine Hochachtung auszusprechen. Ich bewundere Sie, doch damit gestehe ich nur die halbe Wahrheit ein.« Rodriguez ergriff ihre widerstrebende Hand und fügte mit aufgeregt zitternder Stimme hinzu: »Um ehrlich zu sein, teuerste Lady Margaret — ich liebe Sie!«

Man kann sich leicht Margarets Verwirrung vorstellen, ihre grenzenlose Verblüffung darüber, eine solche Bemerkung aus dem Mund des stolzen, hochgeborenen Rodriguez zu hören. Schweigend starrte sie ihn an und fragte sich, ob er den Verstand verloren hatte — oder sie ihren.

Als sie nach Worten suchte, kniete er vor ihr auf dem Pfad des botanischen Gartens, hob mit einer ruckartigen Bewegung ihre Hand an die Lippen und küßte sie nicht einmal, sondern gleich mehrmals, wobei er voller Leidenschaft stöhnte: »Ich liebe Sie! Ich liebe Sie!«

Margaret bemühte sich vergeblich, die Hand zurückzuziehen. Es fiel ihr sehr schwer, an der Würde festzuhalten. »Bitte lassen Sie meine Hand los, Mister Rodriguez«, sagte sie, und es klang schmerzerfüllt. Sie befürchtete, daß ein anderer Wanderer sie bei einer so persönlichen Begegnung überraschen und ihre Privatsphäre verletzen konnte. »Ich muß zugeben: Ich kannte Sie noch nicht einmal seit zwei Wochen, als mir klar wurde, daß Sie genau der Mann sind, nach dem ich immer gesucht habe. Wenn es doch nur nicht so große gesellschaftliche Unterschiede zwischen uns gäbe! Wenn wir doch nur ...«

Deanna konnte nicht länger ernst bleiben, ließ die Blätter sinken und lachte. »O Data, das ist urkomisch!«

Das Gesicht des Androiden zeigte Zufriedenheit. »Es freut mich, daß es Ihnen gefällt. Ich habe mich sehr bemüht, die Dialoge kultiviert und geistreich zu gestalten.«

»Ich bin von der Szene begeistert!« Troi kicherte und deutete auf das Manuskript. »Dies ist die beste Parodie auf Jane Austen — oder vielleicht Charlotte Brontë —, die ich seit langer Zeit gelesen habe! Man könnte einen Lachkrampf davon bekommen!«

Datas blasse Züge erstarrten plötzlich. »Der Roman stellt keine Parodie dar«, sagte er langsam.

Deanna wurde übergangslos ernst. »Tatsächlich nicht?«

»Nein.«

»O Data ...« Die Counselor schluckte. »Tut mir leid. Ich dachte, Sie wollten den altmodischen Stil parodieren, damit er komisch wirkt.«

»Ich habe versucht, Miß Austen nachzuahmen und in einem niveauvolleren Stil zu schreiben. Der Roman ist größtenteils als ernstes Werk beabsichtigt.« Der Androide musterte Troi aufmerksam. »Unter diesen Voraussetzungen ... Wie lautet Ihre ehrliche Meinung in bezug auf mein Werk?«

Deanna holte tief Luft. »Meiner ehrlichen Meinung nach werden Sie es als Schriftsteller kaum weit bringen, wenn Sie nicht Ihre eigene Sprache finden, Data. Es ist allgemein bekannt, daß Autoren dann am besten schreiben, wenn sie von Dingen erzählen, die sie kennen. Was Phantasie natürlich nicht ausschließt. Aber es bedeutet: Wer keine Kinder hat und sie nicht mag, sollte keine Bücher für sie verfassen.« Die Counselor atmete erneut tief durch. »Und es bedeutet auch: Wer das Phänomen der Liebe nicht selbst erlebt hat, ist schlecht beraten, sich an einer leidenschaftlichen Liebesgeschichte zu versuchen.«

»Sie halten meinen Roman also nicht für gut.«

Troi schüttelte den Kopf, entschlossen dazu, die Bitte des Androiden zu erfüllen und ihm ihre ehrliche Meinung zu geben. »Nein, Data.«

Langsam griff er nach den Blättern und legte sie in den Karton zurück. »Wenn ich jetzt darüber nachdenke, gelange ich zu dem Schluß, daß die anderen Kritiker Ihre Ansicht teilten — sie haben es nur nicht zugegeben. Ich möchte Ihnen für Ihre Offenheit danken, Deanna. Ihre Hinweise waren sehr aufschlußreich für mich.«

Troi streckte die eine Hand nach Data aus und hatte das Gefühl, gerade einen Mord verübt zu haben. »Ich kann Ihnen dabei helfen, Ihren Stil zu verbessern.«

»Danke, Deanna«, erwiderte der Androide ernst. »Ich ziehe Ihr Angebot in Erwägung.«

Er nickte ihr zu, stand auf und verließ den Gesellschaftsraum. Troi starrte stumm auf ihren leeren Eisbecher und winkte Guinan herbei. »Noch einen davon«, sagte sie zu der Wirtin und nickte in Richtung der geschmolzenen Eisreste. »Jetzt bin *ich* deprimiert.«

Die dunkelhäutige Frau nickte. »Ich habe alles gehört. Es war richtig von Ihnen, ganz ehrlich zu sein, Deanna.«

»Glauben Sie?«

»Ich weiß es. Die Wahrheit schmerzt, heißt es. Aber wenn es dabei nicht gerade um Mode und Frisuren geht, ist Ehrlichkeit am besten.«

»Danke.« Troi sah Guinan an und lächelte. »Manchmal braucht selbst die Counselor psychologische Hilfe. Insbesondere dann, wenn sie von Ihnen stammt.«

Die Wirtin ging zur Theke. »Noch ein Eisbecher mit Schokolade — kommt sofort.«

Selar begab sich nicht sehr häufig in den Gesellschaftsraum des zehnten Vorderdecks, aber nachdem sie die Verlegung der Patienten beaufsichtigt hatte, sehnte sie sich nach einer Gelegenheit, in aller Ruhe nachzudenken. Außerdem verspürte sie nach einer vergessenen Mahlzeit erheblichen Appetit.

Sie schritt durch die aus Holz bestehende Doppeltür und nahm an der Theke Platz. Guinan begrüßte sie mit einem Lächeln und fragte: »Was darf's sein, Lieutenant?«

Selar überlegte kurz. »Steht auch vulkanische *Plomeek*-Suppe auf der Speisekarte?«

»Die beste außerhalb von Vulkan«, versicherte die Wirtin. »Ich bin gleich wieder da.«

Als die Suppe vor ihr stand, nahm Selar ein köstliches Aroma wahr, und ihr Magen knurrte hungrig. Sie begann zu essen und ließ den Löffel erst sinken, als der Teller leer war. Guinan schob ihr unaufgefordert eine Schüssel mit Stangensellerie, Möhren und Tofu-Soße zu, stellte daneben ein Glas Wasser ab. »Eine anstrengende Mission«, sagte sie. Ihre dunklen Augen beobachteten, und ihnen entging nichts.

Selar tauchte eine Möhre in die Soße, biß ab und nickte bestätigend, während sie kaute. Dann schluckte sie und nahm überrascht den Wunsch zur Kenntnis, sich Guinan anzuvertrauen. »Vielleicht ist es meine letzte Mission als Besatzungsmitglied der *Enterprise.*«

Die Wirtin hob eine fast haarlose Braue. »Im Ernst? Wohin fliegen Sie? Hat man Sie versetzt?«

»Nicht in dem Sinne. Starfleet hat mir unbefristeten Urlaub gewährt, so daß ich ein Angebot der vulkanischen Akademie der Wissenschaften annehmen kann. Ich werde dort die Abteilung für Bioelektronik leiten.«

Guinan wirkte angemessen beeindruckt. »Wann brechen Sie auf?«

»Wenn die *Enterprise* morgen das Dock verläßt, bin ich nicht mehr an Bord«, antwortete die Ärztin. »Ich bleibe zunächst in der Starbase und kümmere mich dort um die Patienten. Nächste Woche begleite ich sie nach Vulkan.«

»Oh, Sie haben es recht eilig, wie?«

Selar nickte.

»Nach dieser Mission ist es bestimmt eine Erleichterung für Sie, in Ruhe und Frieden Forschungsarbeiten nachzugehen«, sagte Guinan und polierte die glänzende Theke mit einem Tuch. »Anders ausgedrückt: Sicher fehlen wir Ihnen kaum.«

»Ich werde die *Enterprise* vermissen«, gestand Selar ein. »Und das gilt auch für eine ganz bestimmte Person. Aber wenigstens wird sie sich ebenfalls auf Vulkan befinden, und dadurch kann ich sie gelegentlich besuchen.«

»Von wem sprechen Sie?«

»Von Thala, der kleinen Andorianerin, die kürzlich ihren Vater verloren hat.« Selar nahm eine Stange Sellerie, tauchte sie ebenfalls in die Tofu-Soße und kaute.

»Ich kenne Thala. Sie und Wesley haben das Mädchen mehrmals hierhergebracht. Es reist also nach Vulkan? Mit Ihnen?«

»Nein, nicht in meiner Begleitung. Ich werde an Bord eines Medo-Kreuzers der Flotte unterwegs sein. Aber ich habe Thala ein Ticket für einen Passagierliner gekauft, der die Starbase fast zur gleichen Zeit verläßt wie mein Schiff, die *Lancet*. Sie trifft nur einen Tag später auf Vulkan ein.«

»Und was geschieht dort mit Thala?«

»Ich werde dafür sorgen, daß man sie in einem ausgezeichneten Pflege- und Lehrinstitut unterbringt, damit sie nicht nur die richtige Behandlung bekommt, sondern auch eine gute Ausbildung. Vermutlich kann sie früher oder später Augenprothesen erhalten, und damit wäre sie in der Lage, jeden beliebigen Beruf zu ergreifen. Eine meiner ersten Aufgaben wird es sein, derartige Prothesen für Andorianer zu entwickeln.«

»Das ist sehr lobenswert«, sagte Guinan und wischte erneut mit dem Tuch über die Theke. Selar wollte sie gerade darauf hinweisen, daß jene Stelle bereits gereinigt war, als die Wirtin wie beiläufig bemerkte: »Ich bin natürlich froh, daß Thala auf Vulkan ein gutes Institut erwartet, aber... Nun, ich frage mich, ob irgendwelche Institute ein echtes Heim ersetzen können.«

»Ja.« Selar war sich auf unangenehme Weise der Tatsache bewußt, daß die Wirtin einen Gedanken aussprach, der sie schon seit einer ganzen Weile beschäftigte. »Das Mädchen ist eine Waise ...«

Guinan warf der Vulkanierin einen bedeutungsvollen Blick zu. »Kein Gesetz verlangt, daß Thala eine Waise *bleiben* muß.«

Selar hatte das Glas an die Lippen gehoben, und jetzt setzte sie es langsam ab. »Wie meinen Sie das?«

»Jemand könnte sie adoptieren«, sagte die dunkelhäutige Frau. »Jemand, für den sie wichtig genug ist.«

»Die Andorianer sind ein leidenschaftliches, emotionales Volk«, stellte Selar fest. »Vermutlich gibt es keine vulkanischen Paare, die den Wunsch haben, ein solches Kind zu adoptieren.«

»Vielleicht nicht«, räumte Guinan ein. »Aber es sind nicht unbedingt Mutter *und* Vater erforderlich, um eine Familie zu bilden. Ich könnte Ihnen viele Beispiel für erfolgreiche alleinerziehende Eltern nennen.« Erneut bedachte sie die Vulkanierin mit einem wissenden Blick. »In einer solchen Familie wäre Thala viel besser aufgehoben, finden Sie nicht? Ich meine ...« Sie lächelte. »Es erscheint mir logisch.«

Selar griff nach dem Glas und trank einen Schluck. Ihre Gedanken rasten. »Sollte *ich* Thala adoptieren?«

Guinan zuckte mit den Achseln. »Warum nicht?«

Die Ärztin musterte sie eine Zeitlang. »Ja, warum nicht?« sagte sie schließlich. »Ich erkenne eine gewisse elegante Logik in Ihrem Vorschlag.«

Guinan schmunzelte geheimnisvoll. »Das freut mich.«

»Wenn ich Thala adoptiere, kann ich mich selbst um ihre medizinische Behandlung und Ausbildung kümmern. Ich müßte sie nicht der Kompetenz anderer Personen anvertrauen. Ich wäre in der Lage sicherzustellen, daß es ihr an nichts fehlt.«

»In der Tat«, entgegnete Guinan ruhig. »Und von einem emotionalen Standpunkt aus gesehen: Sie sind an Thala gewöhnt und kämen wesentlich besser mit ihr zurecht als andere Vulkanier.« Wieder ein wissender Blick. »Wer weiß? Vielleicht finden Sie sogar... Gefallen an ihrer Gesellschaft.«

»Das ist bereits der Fall«, erwiderte Selar. »Thalas Glück und Wohlergehen spielen eine große Rolle für mich.«

»Sind Sie dem Mädchen ebenfalls sympathisch?«

»Ja, ich glaube schon.«

Guinan breitete die Arme in einer Na-bitte-Geste aus. »Nun, was kann man mehr verlangen?«

Selar wölbte die Brauen, und in ihren Mundwinkeln zuckte es kurz. »Ihre Logik ist wirklich makellos, Guinan.« Entschlossen klopfte sie auf ihren Insignienkommunikator. »Hier Selar. Doktor Crusher, ich habe beschlossen ...«

Beverlys besorgte Stimme unterbrach sie. »Selar, ich wollte mich gerade mit Ihnen in Verbindung setzen! Thala ist weggelaufen!«

Die Vulkanierin zwang sich zur Ruhe. »Was ist passiert? Wo hat man sie zuletzt gesehen?«

»Sie überredete LaForge dazu, mit ihr die Starbase aufzusuchen. Als er einmal nicht hinsah, verschwand das Mädchen. Er hielt überall Ausschau und rief nach Thala — vergeblich.«

»Eine Entführung?«

»Nein. Geordi vermutet, das Kind sei absichtlich fortgelaufen, um sich irgendwo zu verstecken. Sie schritten durch einen Park, und niemand befand sich in der Nähe — in der Starbase herrscht derzeit ›Nacht‹. Als er Thala nach einigen Minuten nicht fand, benachrichtigte er die Sicherheitsabteilung. Man hat überall Sensoren installiert, aber bisher ergab sich nichts.«

»Die logische Schlußfolgerung lautet, daß sich die Andorianerin noch immer im Park aufhält.«

»Ja, aber wo? Geordi suchte mit seinem VISOR nach ihr — ohne Erfolg. Selbst wenn sie von normalen Augen nicht wahrgenommen werden kann — der Chefingenieur hätte sie eigentlich im infraroten Spektrum entdecken müssen.«

»Vergessen Sie nicht, daß Thala ebenfalls blind ist. Sie kann sich also in LaForges Lage versetzen; es fiele ihr sicher nicht schwer, selbst für ihn verborgen zu bleiben.«

»Sie glauben also auch, daß sie sich absichtlich versteckt hat? Aber warum? Will sie uns einen Streich spielen?«

Der Vulkanierin fiel ein, daß sich Thala mit der inneren Struktur einer typischen Starbase befaßt hatte. »Nein. Ich nehme an, es handelt sich um den bewußten Versuch, von der *Enterprise* zu entkommen. Wahrscheinlich hat Thala ihre Flucht schon seit einer ganzen Weile geplant.«

»Wir müssen sie finden. Ich gebe unserer Sicherheitssektion Bescheid.«

»Lassen Sie es zuerst mich versuchen«, bat die vulkanische Ärztin. »Ich möchte Thala etwas mitteilen. Ich bin bereit, sie zu adoptieren — wenn sie damit einverstanden ist.«

»O Selar, das wäre wundervoll!« Begeisterung erklang in Beverly Crushers Stimme. »Das Mädchen lehnt bestimmt nicht ab. Es mag Sie sehr!«

»Ich halte es für besser, Thala zu fragen, während niemand sonst zugegen ist. Bitte gestatten Sie mir, nach ihr zu suchen. Ich melde mich spätestens in dreißig Minuten bei Ihnen.«

»Einverstanden. Ich warte solange.«

»Selar Ende.«

Die Vulkanierin stand auf und sah Guinan einige Sekunden lang schweigend an. »Danke dafür, daß Sie mir geholfen haben, die einzige logische Lösung zu finden.«

Guinan lächelte. »Wo wollen Sie mit der Suche beginnen?«

»Im Park. Wenn ich dort keinen Erfolg erziele, halte ich auch in den anderen Sektionen der Starbase nach Thala Ausschau, bis ich sie finde.«

Die Wirtin nickte. »Viel Glück.«

Thala hockte unter dem Umhang aus altairianischer Spinnenseide, zwischen den dicken Wurzeln eines großen *Flinan*baums von Deneb Vier. In der Wurzelstruktur von *Flinan*pflanzen gab es kleine höhlenartige Öffnungen; viele Leute wußten nichts davon, aber Thev hatte sie seiner Tochter während eines Landurlaubs gezeigt. Der Umhang schirmte ihre thermische Energie ab, und deshalb war sie praktisch nicht zu entdecken — es sei denn, man setzte spezielle Sensoren ein, um sie zu lokalisieren.

Sie seufzte, rutschte ein wenig zur Seite und versuchte, eine bequemere Position zu finden. Nach einer Weile prüfte sie das in ihr Sensornetz integrierte Chronometer. Erst vor einer Stunde war sie von Geordi weggelaufen, und die Andorianerin spürte Gewissensbisse, als sie sich daran erinnerte. Sie hielt LaForge für ihren Freund und hatte sich schrecklich gefühlt, als sie die Sorge in seiner Stimme vernahm, während er ihren Namen rief. Doch ihre Entschlossenheit blieb unerschütterlich fest, und sie verließ ihr Versteck nicht.

Thala fragte sich, ob andere Besatzungsmitglieder der *Enterprise* mit einer Suche beginnen würden. Das mochte tatsächlich der Fall sein. Wenn es geschah, mußte sie sich vielleicht an einem anderen Ort verbergen. Sie erinnerte sich an die innere Struktur der Starbase und wählte ein alternatives Versteck: den Lagerraum eines nahen Computerzentrums.

Wann setzte die *Enterprise* ihren Flug fort? Wie lange

dauerte es, bis sich Thala frei bewegen und die verschiedenen Juwelierläden besuchen konnte, um festzustellen, wer ihr den besten Preis für die Kristalle bot? Um zu vermeiden, mit ihrer Neugier aufzufallen, hatte sie Wesley nicht gefragt, wieviel Zeit das große Raumschiff im Dock der Starbase verbrachte.

Plötzlich schien das Blut in ihren Adern zu gerinnen, als sie eine vertraute Stimme vernahm. »Thala! Thala! *Thala,* wo bist du?«

Selar. Das Mädchen hielt sich die Ohren zu — es wollte die Vulkanierin nicht hören und hoffte inständig, daß sie wieder ging. *Ich muß an der getroffenen Entscheidung festhalten,* dachte Thala. *Wenn ich jetzt nachgebe, ende ich auf irgendeiner andorianischen Kolonialwelt, um dort eine nutzlose Bürde zu sein — oder als Brutmutter in einem Schwarmharem.* Das durfte nicht passieren!

Vorsichtig nahm sie die Finger aus den Ohren und lauschte. »Thala!« ertönte Selars Stimme, lauter und näher. »Thala, der Park ist nur null Komma zehn Kilometer breit, und daher weiß ich, daß du mich hören kannst! Achte auf meine Worte. Ich versichere dir, daß ich die Wahrheit sage. Bei meiner Ehre als Vulkanierin schwöre ich, daß man dich nicht zu einer andorianischen Welt schicken wird.«

Thala war so verblüfft, daß sie mit offenem Mund horchte. Ihre vulkanische Freundin rief aus vollem Hals eine persönliche Botschaft — mitten in einem öffentlichen Park. Zwar war es noch immer ›Nacht‹ in der Starbase, aber vielleicht befanden sich trotzdem andere Personen in der Nähe und hörten Selar. Derzeit klang die sonst so gelassene Vulkanierin alles andere als ruhig und logisch.

»Thala, ich bitte dich, mich nach Vulkan zu begleiten. Ich möchte, daß wir zusammenbleiben. Die Logik verlangt es.« Selar hustete und fuhr fast krächzend fort: »Verstehst du mich, Thala? Bitte zeig dich. Ich werde allmählich heiser.«

Die Andorianerin schnappte nach Luft, streifte den Umhang ab und kroch aus ihrem Versteck. In ihrer Aufregung achtete sie kaum auf die vom Sensornetz übermittelten Informationen, als sie am *Flinan*baum vorbeieilte und zur Vulkanierin lief. »Selar!« platzte es aus ihr heraus.

Als sie durch den Park stürmte, stieß sie mit dem Fuß an eine aus dem Boden ragende Wurzel, fiel und verstauchte sich den Knöchel. Thala spürte kaum den Schmerz. In ihr zitterte und bebte alles. *Sagt Selar die Wahrheit?* dachte sie verwirrt. *Ich muß ihr glauben — Vulkanier lügen nicht.*

»Selar!« wiederholte sie, stand auf und humpelte. »Selar?«

Sie hörte Schritte, und das Sensornetz zeigte ihr einen rasch näher kommenden Schemen. Hände berührten das Mädchen an den Schultern, hielten es fest. »Thala?«

»Haben Sie es ernst gemeint?« fragte das Kind atemlos. »Sie nehmen mich mit nach Vulkan?«

»Ja, es ist mein Ernst«, bestätigte Selar und kniete vor Thala. Sie schien ebenfalls außer Atem zu sein. »Wir bleiben in meiner Heimat zusammen. Wenn du möchtest ... Ich bin bereit, dich zu adoptieren, als meine Tochter.«

Die kleine Andorianerin starrte ihre Freundin aus blinden Augen an. Schließlich nickte sie und flüsterte: »Das wäre wundervoll!«

»Gut, das ist also geregelt«, sagte die vulkanische Ärztin und stand auf. »Komm, laß uns nun zur *Enterprise* zurückkehren. Alle machen sich Sorgen um dich.«

»Tatsächlich?« Thala trat einen Schritt vor und zuckte zusammen, als sie stechenden Schmerz fühlte.

»Was ist los?« fragte Selar, kniete erneut und tastete mit sanften Fingern über die Verletzung.

»Ich habe mir den Knöchel verstaucht«, erwiderte

Thala und versuchte, den Fuß mit ihrem Gewicht zu belasten. Die Schmerzen ließen langsam nach. »Es ist nicht weiter schlimm.«

Starke Hände faßten das Mädchen an den Seiten und hoben es hoch, als sei es nicht schwerer als ein Baby. »Schling mir die Arme um den Hals«, sagte Selar.

»Ich kann aus eigener Kraft gehen«, entgegnete Thala, kam der Aufforderung jedoch nach. Sie empfand es als herrlich, auf diese Weise gehalten zu werden — und noch schöner war das Wissen, bald ein echtes Zuhause zu haben.

»Ich ziehe es vor, dich zu tragen«, sagte Selar und ging mit langen Schritten. »Logischerweise ist es die schnellste und effizienteste Methode, um unser Ziel zu erreichen.«

Thala seufzte glücklich. »Ich schätze, von jetzt an muß ich immer sehr logisch sein.«

»Das halte ich für eine sehr logische Schlußfolgerung«, kommentierte Selar mit fester Stimme.

»Wie soll ich Sie ... dich jetzt nennen?« fragte Thala unsicher. »Werde ich wirklich deine Tochter sein?«

»Ja«, sagte Selar. »Und du kannst mich nennen, wie du möchtest.«

»Ich denke darüber nach«, versprach das Mädchen.

Geordi LaForge träumte vom Artefakt, und mit den Augen der Erinnerung sah er noch einmal die Schönheit der Wände, als ihn das Summen des Interkoms weckte. Er murmelte einen Fluch, rollte sich aus dem Bett und sagte laut: »Hier LaForge.«

»Geordi ...« Datas Stimme. »Ich benötige Ihre Hilfe bei einer persönlichen Aufgabe. Könnten Sie in mein Quartier kommen?«

Der Chefingenieur unterdrückte ein Gähnen. »Natürlich, Data. Ich bin gleich bei Ihnen.«

Er atmete tief durch, griff nach dem VISOR, setzte es auf und spürte, wie sich ihm vertraute Pein in die Schläfen fraß. Er seufzte. *Verdammt, wenn ich nur nicht diesen Schmerz ertragen müßte ...*

Die Bilder des Traums schoben sich vor sein inneres Auge, und Geordi lächelte, als er an die ästhetische Pracht des Artefakts dachte. Fast zärtlich strich er über den Rand des VISORs. *Wenn ich dieses Gerät nicht hätte, wenn ich nicht richtig damit umgehen könnte — dann wäre jene Schönheit vielleicht für immer verlorengegangen.* Ein dünnes Lächeln umspielte seine Lippen. »Ich schätze, letztendlich gleicht sich alles aus«, murmelte er. »Die Vulkanier haben durchaus recht, wenn sie Unterschiede ebenso schätzen wie Ähnlichkeiten ...«

Er verdrängte diese Überlegungen, als er sich daran entsann, daß Data auf ihn wartete. LaForge pfiff fröhlich vor sich hin, als er Kleidung überstreifte und dann zur Kabine des Androiden ging. Dort stellte er fest, daß Data zwei hohe Stapel aus Blättern gebildet hatte. »Können Sie einen davon tragen, Geordi?« fragte er.

Der Chefingenieur betrachtete die Stapel skeptisch. »Wie wär's, wenn ich einen Antigravtransporter vom Frachtdeck hole?«

»Nein«, erwiderte Data fest. »Das ist nicht nötig.«

»Wie Sie meinen«, sagte LaForge, als er begriff, daß der Androide in diesem Punkt keine Diskussion zulassen wollte. Ohne weitere Einwände griff er nach einem der beiden Stapel.

»Wohin gehen wir?« erkundigte er sich, als sie durch den Korridor schritten. Jeder von ihnen trug ein schweres Manuskript.

»Warten Sie's ab«, entgegnete Data geheimnisvoll.

Nach einer Weile erreichten sie den Transporterraum. Der Androide winkte O'Brien beiseite, legte die Blätter auf ein Transferfeld und bedeutete LaForge, seinem Beispiel zu folgen. »Aber das hier ist Ihr *Buch*«, wandte der Chefingenieur ein.

Data schüttelte den Kopf. »Nein, Geordi. Ich muß dies hinter mich bringen.«

Als das gesamte Manuskript auf der Plattform lag, justierte der Androide die Kontrollen auf molekulare Streuung und aktivierte den Transporter.

Die verschiedenen Romanversionen glühten und lösten sich auf.

LaForge kratzte sich verwundert am Kopf. »Lieber Himmel, was hat Sie *dazu* veranlaßt?« brachte er hervor.

»Mein Werk war mit Mängeln behaftet«, erklärte Data ruhig. »Schlimmer noch: Es war *schlecht.* Counselor Troi hat mir die Wahrheit gesagt: Um gut zu schreiben, sollte ein Autor von Dingen berichten, die er kennt. Ich bin kein Mensch, und deshalb hat es keinen Sinn, einen Roman aus menschlicher Sicht zu verfassen.«

»Data ...« LaForge fühlte, wie seine Verlegenheit wuchs. Er wollte trösten — aber wie? »Meine Güte, es tut mir leid. Vielleicht sollten Sie über ein Thema schreiben, das Ihnen vertraut ist.«

»An diese Möglichkeit habe ich ebenfalls gedacht.« Der Androide holte eine Datenkassette hervor. »Doch dann fand ich heraus, daß derartige Literatur bereits existiert.«

Er reichte die Kassette LaForge. Der Chefingenieur las das Etikett, und ihm wurde das Herz schwer: *Ich, der Robot.**

»Was soll ich dazu sagen?« murmelte Geordi betroffen. Und lauter: »Verdammt, Data, Sie sind *kein* Roboter.«

»Aber auch kein Mensch. Und ich sollte endlich aufhören, mich wie einer zu benehmen.«

»Es tut mir leid.« LaForge suchte nach den richtigen Worten. »Was Sie eben getan haben ... Dazu gehört eine Menge Mut. Vielleicht hätten wir darüber sprechen sollen, bevor Sie das ... Ergebnis Ihrer literarischen Bemühungen einfach so zerstörten.«

---

* Von Isaac Asimov; deutsche Erstveröffentlichung 1952. *Anmerkung des Übersetzers*

»Ich weiß Ihre Anteilnahme zu schätzen«, sagte Data mit ausdruckslosem Gesicht. »Aber diese Entscheidung konnte nur ich allein treffen.«

LaForge zuckte mit den Schultern. »Ja, da haben Sie sicher recht. Und bestimmt ist sie Ihnen sehr schwer gefallen.«

Die beiden Freunde ignorierten den ziemlich verdutzten O'Brien, verließen den Transporterraum und wanderten durch den Korridor. »Was halten Sie davon, das zehnte Vorderdeck aufzusuchen?« fragte Geordi hoffnungsvoll.

»Meinetwegen«, erwiderte Data ohne große Begeisterung.

Als sie den Gesellschaftsraum betraten, erklang eine vertraute Stimme. »Data! Gut, daß Sie hier sind. Ich wollte mit Ihnen sprechen.«

Die Offiziere durchquerten das fast leere Zimmer, näherten sich Picard und Riker. Es kam nur selten vor, daß sie sich gemeinsam einen Drink genehmigten, aber derzeit wurden sie beide nicht auf der Brücke gebraucht — die *Enterprise* schwebte sicher im Dock der Starbase. »Setzen Sie sich zu uns«, sagte der Captain jovial. Offenbar war er sehr gut gelaunt.

LaForge wechselte einen kurzen Blick mit Data und nahm Platz. »Hallo, Captain. Hallo, Commander.«

Picard und Riker erwiderten den Gruß.

Der Androide zögerte zunächst und schien zu erwägen, die Einladung abzulehnen, doch dann erschien Guinan wie aus dem Nichts und brachte Gläser für die Neuankömmlinge. Als Data das für ihn bestimmte Getränk sah, setzte er sich ebenfalls und nickte seinen beiden Vorgesetzten höflich zu. »Sie möchten etwas mit mir erörtern, Captain?« fragte er.

»In der Tat, Mister Data!« Picards Lächeln kam fast einem Grinsen gleich. »Ich habe gerade ein Gespräch mit Professor Jonas geführt, dem Leiter der archäologischen Forschungsgruppe auf Castor Drei. Er war fast außer sich vor Aufregung, nachdem er Ihren Bericht über das Artefakt gelesen hat, inbesondere den Teil, der die Ylaner und ihre Kunst betrifft.«

Der Androide nickte stumm.

»Er bat mich, Sie für die nächsten Wochen zu beurlauben, damit Sie den Archäologen helfen können, die bald mit ersten Untersuchungen in Hinsicht auf die ylanischen Hinterlassenschaften beginnen. Der Professor bezeichnete das Artefakt als wichtigste archäologische Entdeckung dieses Jahrhunderts!«

Riker wirkte skeptisch. »Ist das nicht ein wenig übertrieben, Captain? Während der letzten fünfzig Jahre kam es zu einigen sehr wichtigen Entdeckungen.«

»Ja, aber Jonas ist davon überzeugt, daß die Forschungen und Analysen im Artefakt wesentlich mehr neue Erkenntnisse liefern.«

»Der Professor war also von meinem Bericht beeindruckt?« fragte Data langsam. LaForge stellte erleichtert fest, daß sich die Miene des Androiden zu erhellen begann.

»Und ob! Er glaubt, daß Sie überaus wertvolle Beiträge leisten können, wenn Sie bereit sind, bei den Untersuchungen zu helfen.«

»Ich habe meine Programmierung geringfügig modifiziert, um den Wechsel vom alten zum neuen Data zu erleichtern und gleichzeitig vollständige bewußte Kontrolle darauf auszuüben«, sagte der Androide nachdenklich. Die letzten Schatten wichen aus seinen Zügen. »Wie sähe ich mit einem Tropenhelm aus?«

»Er verliehe Ihnen bestimmt ein verwegenes Erscheinungsbild«, antwortete Picard und schmunzelte. »Möchten Sie, daß ich Starfleet Command bitte, Sie für die nächsten Wochen freizustellen?«

Der Androide nickte. »Ja, Captain. Ich glaube, es würde mir gefallen, Professor Jonas zu helfen.«

Geordi seufzte. »Ich habe von den Bildern im Artefakt geträumt. Es ist schade, daß Sie und Commander Riker die Darstellungen nicht sehen konnten, Captain.«

»Das bedauere ich ebenfalls, Mister LaForge«, erwiderte Picard. »Ich interessiere mich sehr für Kunst. Von Zeit zu Zeit versuche ich mich selbst als Maler.« Er sah Data an und lächelte schief.

»Wenn es doch nur eine Möglichkeit gäbe, die Kunst der Ylaner — ihre Bilder, Musik, Literatur und alles andere — in für Menschen verständliche Begriffe zu übertragen«, überlegte Geordi laut. »Dann könnten alle von ihrer Geschichte erfahren — darin besteht der Sinn des Artefakts.«

»Ich fürchte, das ist nicht möglich«, sagte Riker kummervoll. »Niemand kann ihre Kunst sehen oder hören, ohne den Verstand zu verlieren.«

»*Ich* bin dazu in der Lage«, verkündete Data ernst.

»Das stimmt«, räumte der Erste Offizier ein.

Langes Schweigen folgte. Geordi spürte, wie sich ein Lächeln auf seinen Lippen ausbreitete, und er wandte sich an den nachdenklichen Androiden. »Data!« entfuhr es ihm. »Das ist Ihre Chance! Etwas, zu dem nur *Sie* imstande sind, das nur *Sie* wissen. Sie haben damit Gelegenheit, dem Universum große Kunst zu schenken.«

»Daran habe ich gerade gedacht«, sagte Data. In seinen goldenen Augen funkelten Neugier und Aufregung. »Es wäre ein einzigartiges Geschenk, nicht wahr?«

»Ja«, entgegnete Geordi. »Etwas, das nur Sie geben können.«

»Nun, wenn ich sowohl die einzelnen Strukturen als auch die Daten in den Speicherbänken der Computer aufzeichne, während meiner freien Zeit damit arbeite ...« Der Androide zögerte kurz, bevor er hinzufügte: »Das Projekt würde Jahre in Anspruch nehmen.«

»Bei wahrer Kunst und wahrer Literatur ist das oft der Fall«, meinte der Captain und lächelte. »Meiner Ansicht nach gibt es keine größere Herausforderung. Die Geschichte eines ganzen Volkes, vom Anfang bis zum

Ende — ein episches Projekt. Sind Sie bereit, sich dieser Aufgabe zu stellen, Commander?«

Data nickte, und sein Gesicht offenbarte neue Entschlossenheit. »Ja, das bin ich«, sagte er, und die schlichte Antwort klang wie ein Schwur.

Jean-Luc Picard hob sein Glas, ebenso LaForge und Riker. »Ein Trinkspruch«, sagte der Captain feierlich. »Auf Data und sein neues Abenteuer!«

Die goldgelben Augen des Androiden glänzten, als die drei Offiziere tranken. Ihre Silhouetten zeichneten sich vor den breiten Panoramafenstern des Gesellschaftsraumes ab, hinter denen die Pracht ferner Sterne leuchtete.

QUELLENVERZEICHNIS

Diane Carey GESPENSTERSCHIFF/Ghost Ship

Aus dem Englischen von Norbert Stresau
(Der Titel erschien bereits in der Reihe
»Heyne Science Fiction & Fantasy«
mit der Band-Nr. 06/4757 in der 4. Auflage.)

Carmen Carter, Peter David, Michael Jan Friedman,
Robert Greenberger PLANET DES
UNTERGANGS/Doomsday World

Aus dem Englischen von Andreas Brandhorst
(Der Titel erschien bereits in der Reihe
»Heyne Science Fiction & Fantasy«
mit der Band-Nr. 06/4899 in der 3. Auflage.)

A. C. Crispin DIE AUGEN DER BETRACHTER/
The Eyes of the Beholders

Aus dem Englischen von Andreas Brandhorst
(Der Titel erschien bereits in der Reihe
»Heyne Science Fiction & Fantasy«
mit der Band-Nr. 06/4914 in der 3. Auflage.)

HEYNE BÜCHER

ALAN BURT AKERS

Die Saga von Dray Prescot -
der größte Zyklus im Programm
HEYNE SCIENCE FICTION & FANTASY

Dray Prescot, Offizier und Zeitgenosse Napoleons, verschlug es einst auf den tödlichen Planeten Kregen. Da tauchen gegen Ende des 20. Jahrhunderts geheimnisvolle Kassetten auf, und es gibt keinen Zweifel: Dray Prescot lebt...

... und wird weitere unglaubliche Abenteuer zu bestehen haben, bis sein tausendjähriges Leben abgelaufen ist.

Die Intrige von Antares
06/4807

Die Banditen von Antares
06/5137

Als Originalausgaben bei Heyne

Wilhelm Heyne Verlag
München

HEYNE BÜCHER

Star Trek

Deep Space Nine

Eine weitere Serie im Star Trek-Universum: eine geheimnisvolle Raumstation weit draußen in der Galaxis, von vielen intelligenten Spezies besucht und am Rande eines Wurmlochs gelegen, durch das die Routen zu den entferntesten Bereichen der Milchstraße führen - und weit darüber hinaus.

06/5115

Außerdem erschienen:

Peter David
Die Belagerung
06/5129

K.W. Jeter
Die Station der Cardassianer
06/5130

Sandy Schofield
Das große Spiel
06/5187

Wilhelm Heyne Verlag
München